U0139680

朔方文庫

主編 胡玉冰

清閟閣遺稿

〔元〕倪瓚 撰
蔡淑梅 郭婉瑩 王婧哲 楊思雨 校注

友石山人遺稿

〔元〕王翰 撰 曹曉文 于薇 校注

虛舟集

〔明〕王偁 撰
邵敏 林光釗 張倩 校注

上海古籍出版社

圖書在版編目(CIP)數據

清閟閣遺稿 /（元）倪瓚撰；蔡淑梅等校注. 友石山人遺稿 /（元）王翰撰；曹曉文，于薇校注. 虛舟集 /（明）王偁撰；邵敏，林光釗，張倩校注. —上海：上海古籍出版社，2022.8
（朔方文庫）
ISBN 978-7-5732-0338-0

Ⅰ.①清… ②友… ③虛… Ⅱ.①倪… ②王… ③王… ④蔡… ⑤曹… ⑥于… ⑦邵… ⑧林… ⑨張… Ⅲ.①古典詩歌-詩集-中國-元代②古典詩歌-詩集-中國-明代 Ⅳ.①I222.74

中國版本圖書館 CIP 數據核字(2022)第 107879 號

朔方文庫

清閟閣遺稿

〔元〕倪　瓚　撰　蔡淑梅　郭婉瑩　王婧哲　楊思雨　校注

友石山人遺稿

〔元〕王　翰　撰　曹曉文　于　薇　校注

虛舟集

〔明〕王　偁　撰　邵　敏　林光釗　張　倩　校注

上海古籍出版社出版發行
（上海市閔行區號景路 159 弄 1-5 號 A 座 5F　郵政編碼 201101）
(1) 網址：www.guji.com.cn
(2) E-mail：guji1@guji.com.cn
(3) 易文網網址：www.ewen.co
上海展强印刷有限公司印刷
開本 710×1000　1/16　印張 30.25　插頁 6　字數 394,000
2022 年 8 月第 1 版　2022 年 8 月第 1 次印刷
ISBN 978-7-5732-0338-0
K·3197　定價：158.00 元
如有質量問題，請與承印公司聯繫
電話：021-66366565

朔方文庫

主編 胡玉冰

清閟閣遺稿

〔元〕倪瓚 撰

蔡淑梅 郭婉瑩 王婧哲 楊思雨 校注

友石山人遺稿

〔元〕王翰 撰 曹曉文 于薇 校注

虛舟集

〔明〕王偁 撰

邵敏 林光釗 張倩 校注

上海古籍出版社

圖書在版編目（CIP）數據

清閟閣遺稿 /（元）倪瓚撰；蔡淑梅等校注. 友石
山人遺稿 /（元）王翰撰；曹曉文，于薇校注. 虛舟集 /
（明）王偁撰；邵敏，林光釗，張倩校注. —上海：上
海古籍出版社，2022.8
（朔方文庫）
ISBN 978-7-5732-0338-0

Ⅰ.①清… ②友… ③虛… Ⅱ.①倪… ②王… ③王
… ④蔡… ⑤曹… ⑥于… ⑦邵… ⑧林… ⑨張… Ⅲ.①
古典詩歌–詩集–中國–元代②古典詩歌–詩集–中國–
明代 Ⅳ.①I222.74

中國版本圖書館 CIP 數據核字（2022）第 107879 號

朔方文庫

清閟閣遺稿

〔元〕倪　瓚　撰　蔡淑梅　郭婉瑩　王婧哲　楊思雨　校注

友石山人遺稿

〔元〕王　翰　撰　曹曉文　于　薇　校注

虛舟集

〔明〕王　偁　撰　邵　敏　林光釗　張　倩　校注

上海古籍出版社出版發行

（上海市閔行區號景路 159 弄 1-5 號 A 座 5F　郵政編碼 201101）

（1）網址：www.guji.com.cn

（2）E-mail：guji1@guji.com.cn

（3）易文網網址：www.ewen.co

上海展强印刷有限公司印刷

開本 710×1000　1/16　印張 30.25　插頁 6　字數 394,000
2022 年 8 月第 1 版　2022 年 8 月第 1 次印刷
ISBN 978-7-5732-0338-0
K·3197　定價：158.00 元
如有質量問題，請與承印公司聯繫

電話：021-66366565

國家社會科學基金重大項目
"《朔方文庫》編纂"（批准號：17ZDA268）經費資助出版

寧夏回族自治區"十三五"重點學科
"中國語言文學"學科建設經費資助出版

寧夏大學"民族學"一流學科群之"中國語言文學"學科
（NXYLXK2017A02）建設經費資助出版

《朔方文庫》委員會名單

學術委員會

主　任：陳育寧

委　員：（按姓氏筆畫排序）

于　亭　　吕　健　　伏俊璉　　杜澤遜　　周少川　　胡大雷

陳正宏　　陳尚君　　殷夢霞　　郭英德　　徐希平　　程章燦

賈三强　　趙生群　　廖可斌　　漆永祥　　劉天明　　羅　豐

編纂委員會

主　編：胡玉冰

委　員：（按姓氏筆畫排序）

丁峰山　　田富軍　　安正發　　李建設　　李進增　　李學斌

李新貴　　邵　敏　　胡文波　　胡迅雷　　徐遠超　　馬建民

湯曉芳　　劉鴻雁　　趙彦龍　　薛正昌　　韓　超　　謝應忠

總　序

陳育寧

　　寧夏古稱"朔方"，地處祖國西部地區，依傍黃河，沃野千里，有"塞上江南"之美譽。她歷史悠久，民族衆多，文化積澱豐厚。在這片土地上產生並留存至今的古代文獻檔案數量衆多、種類豐富，有傳統的經史子集文獻、地方史志文獻、西夏文等古代民族文字文獻、岩畫碑刻等圖像文獻，以及明清、民國時期的公文檔案等，這些文獻檔案記述了寧夏歷朝歷代人們在思想、文化、史學、文學、藝術等各方面的成就，蘊含着豐富而寶貴的、具有地域和民族特色的歷史文化内涵，是中華各民族人民共同的精神和文化財富，保護好、傳承好這批珍貴的文化遺產，守護好各民族共有的精神家園，扎實推進新時期文化的繁榮發展，是寧夏學者義不容辭的擔當。

　　黨和國家歷來高度重視和關心文化傳承與創新事業，積極鼓勵和支持古籍文獻的收集、保護和整理研究工作，改革開放以來，批准實施了一批文化典籍檔案整理與研究重大項目，取得了一大批重要成果。2017 年 1 月，中共中央辦公廳、國務院辦公廳印發《關於實施中華優秀傳統文化傳承發展工程的意見》，把中華優秀傳統文化的傳承和發展推上了新的歷史高度。《意見》指出，要"實施國家古籍保護工程"，"加強中華文化典籍整理編纂出版工作"。這給地方文獻檔案的整理研究，帶來了新的機遇。

　　寧夏作爲西部地區經濟欠發達省份，一直在積極努力地推進優秀傳統文化傳承發展事業。2018 年 5 月，《寧夏回族自治區實施中華優秀傳統文化傳承發展工程方案》和《寧夏回族自治區"十三五"時期文化發展改革規劃綱要》正式印發，爲寧夏文化事業的發展繪就了藍圖。寧夏提出了"小省區也能辦大文化"的理念，決心在地方文化的傳承發展上有所作爲，有大作爲。在地方文獻檔案整理研究方面，寧夏雖資源豐富，但起步較晚，力量不足，國家級項目少。

這種狀況與寧夏對文化事業的發展要求差距不小,亟須迎頭趕上。在充分論證寧夏地方文獻檔案學術價值及整理研究現狀的基礎上,以寧夏大學胡玉冰教授爲首席專家的科研團隊,依托自治區“古文獻整理與地域文化研究”人文社科重點研究基地以及自治區重點學科“中國語言文學”、重點專業“漢語言文學”的人才優勢,全面設計了寧夏地方歷史文獻檔案整理研究與編纂出版的重大項目——《〈朔方文庫〉編纂》,並於 2017 年 11 月申請獲批立項爲國家社科基金重大項目,這一項目的啓動,得到了國家的支持,也有了更高的學術目標要求。

　　編纂這樣一部大型叢書,涉及文獻數量大、種類多,時間跨度長,且對學科、對專業的要求高,既是整理,更是研究,必須要有長期的學術積累、學術基礎和人才支持。作爲項目主持人,胡玉冰教授 1991 年北京大學畢業後,一直在寧夏從事漢文西夏文獻、西北地方(陝甘寧)文獻、回族文獻等爲主的古文獻整理研究工作,他是寧夏第一位古典文獻專業博士,已主持完成了 4 項國家社科基金項目,包括兩項重點項目,出版學術專著 10 餘部。從 2004 年主持第一項國家社科基金項目開始,到 2017 年“《朔方文庫》編纂”作爲國家社科基金重大項目立項,十多年來,胡玉冰將研究目標一直鎖定在地方文獻與民族文獻領域。其間,他完成的國家社科基金項目結項成果《寧夏古文獻考述》,是第一部對寧夏古文獻進行分類普查、研究,具有較高學術價值的成果,爲全面整理寧夏古文獻提供了可靠的依據;他完成的《傳統典籍中漢文西夏文獻研究》入選《國家社科基金成果文庫》,爲《朔方文庫·漢文西夏史籍編》奠定了研究基礎;他完成出版的《寧夏舊志研究》,基本摸清了寧夏舊志的家底,梳理清楚了寧夏舊志的版本情況,爲《朔方文庫·寧夏舊志編》奠定了研究基礎。在項目實施過程中,胡玉冰注重與教學結合,重視青年人才培養,重視團隊建設。在寧夏大學人文學院,胡玉冰參與創建的西北民族地區語言文學與文獻博士學位點、中國古典文獻學碩士學位點,成爲寧夏培養古典文獻專業高級專門人才的重要陣地。他個人至今已培養研究生 40 多人,這些青年專業人員也成爲《朔方文庫》項目較爲穩定的團隊成員。關注相關學術動態,加強與兄弟省區和高校地方文獻編纂同行的學術交流,汲取學術營養,也是《朔方文庫》在實施過程中很重要的一則經驗。

　　《朔方文庫》是目前寧夏規模最大的地方文獻整理編纂出版項目,其學術意義與社會意義重大。第一,有助於發掘和整合寧夏地區的文化資源,理清寧夏文脉,拓展對寧夏區情的認識,有利於增强寧夏文化軟實力,提升寧夏的影響力,促進寧夏經濟社會全面發展;第二,有助於深入研究寧夏歷史文化的思想精髓和時代價值,具有歷史學、文學、文獻學、民族學等多學科學術意義,推動寧夏人文學科的建設與發展;第三,有助於推進寧夏高校"雙一流"建設,帶動自治區人文社科重點研究基地、重點學科、重點專業以及學位點建設,對於培養有較高學術素質的地方傳統文化傳承與創新的人才隊伍有積極意義;第四,在實施"一帶一路"倡議大背景下,深入探討民族地區文獻檔案傳承文明、傳播文化的價值,可以更好地爲西部地區擴大對外文化交流提供決策支持。

　　編纂《朔方文庫》,既是堅定文化自信、鑒古開新、傳承和弘揚中華優秀傳統文化的需要,也是服務當下經濟社會文化發展的需要,是一項功在當代、澤溉千秋的文化大業。截至 2019 年 7 月,本重大項目已出版大型叢書兩套、研究著作,依托重大項目完成碩士研究生學位論文 9 篇。叢書《朔方文庫》爲影印類古籍整理成果,按專題分爲《寧夏舊志編》《歷代人物著述編》《漢文西夏史籍編》《寧夏典藏珍稀文獻編》《寧夏專題文獻和文書檔案編》共五編。首批成果共 112 册,收書 146 種。其中《寧夏舊志編》32 册 36 種,《歷代人物著述編》54 册 73 種,《漢文西夏史籍編》15 册 26 種,《寧夏典藏珍稀文獻編》10 册 7 種,《寧夏專題文獻和文書檔案編》1 册 4 種。《寧夏珍稀方志叢刊》共 16 册,爲點校類古籍整理成果,由中國社會科學出版社、上海古籍出版社分別於 2015 年、2018 年出版。《朔方文庫》出版時,恰逢寧夏回族自治區成立 60 周年,這也説明,在寧夏這樣的小省區是可以辦成、而且已經辦成了不少文化大事,對於促進寧夏文化事業的發展、提升寧夏知名度起到了重要作用。同時也要看到,由於基礎薄弱,條件和力量有限,我們還有許多在學術研究和文化建設上想辦、要辦而還未辦的大事在等待着我們。

　　國內出版過多種大型地方文獻的影印類成果,但尚未見相應配套的點校類整理成果。即將由上海古籍出版社推出的《朔方文庫》點校類整理成果,是胡玉冰及其學術團隊在影印類成果的基礎上的再拓展、再創新。從這一點來説,國家社科基金重大項目"《朔方文庫》編纂"開創了一個很好的先例,即在基本完成影印任務的情況下,依托高質量的研究成果,及時推出高質量的點校類整理成果,將極大地便于學界的研究與利用。我相信,《朔方文庫》多類型學術成果的編纂與出版，再一次爲我們提供了經驗，增强了信心，展現了實力。祇要我們放開眼界，集聚力量，發揮優勢，精心設計，培養和選擇好學科帶頭人，一個項目一個項目堅持下去，一個個單項成績的積累，就會給學術文化的整體面貌帶來大的改觀，就會做成"大文化"，我們就會做出無愧於寧夏這片熱土、無愧於當今時代的貢獻！

2020 年 7 月於銀川

（陳育寧，教授，博士生導師，寧夏自治區政協原副主席，寧夏大學原黨委書記、校長）

目　　録

清 閟 閣 遺 稿

友石山人遺稿

虚　舟　集

清閟閣遺稿

〔元〕倪瓚　撰　　蔡淑梅、郭婉瑩、王婧哲、楊思雨　校注

整 理 説 明

　　《清閟閣遺稿》十五卷，元朝倪瓚撰。倪瓚詩文集的版本可分爲三類。國家圖書館藏十四卷本，萬曆二十八年（1600）瓚八世孫倪珵刊。上海圖書館藏十五卷本，《中國古籍總目》著録爲萬曆三十九年（1611）倪錦刻本，此本較十四卷本内容爲多，并修改了部分錯誤。又北京大學圖書館藏十五卷本，此本書版與上海圖書館藏本同，然經倪桌增修，且“胡”“蠻”“夷”等字爲墨丁，蓋刷印於清朝。

　　倪瓚（1301—1374），初名珽，字元鎮，號云林居士，江蘇無錫人。元末明初著名畫家，與黃公望、王蒙、吴鎮合稱“元四家”。《明史》卷二九八有傳。

　　國家圖書館《清閟閣遺稿》十四卷本，其卷一《四言》、卷二《五言古詩》、卷三《五言律詩》、卷四《五言絶句》、卷五《六言絶句》、卷六《七言古詩》、卷七《七言律詩》、卷八《七言絶句》、卷九《詞》（原書缺頁，未有卷端，審其内容爲詞，故據書例擬題）、卷十《贊》、卷十一《題跋》、卷十二《序類》《引》《疏》《記》《辭》、卷十三《書牘》、卷十四《高逸》。卷十四非倪瓚詩文，而是他人所撰與倪瓚有關之詩文。

　　倪瓚集於萬曆前傳者或有兩種，其八世孫倪珵將兩種舊傳之集合刻。此外，倪珵博考志乘及題畫者，得十之一。因倪瓚曾避亂三泖，倪珵又親往三泖，更訪得收藏者十之五。最終編成此十四卷本。

　　倪瓚畫名甚高，故詩名爲之所掩，毛晉曰：“語云‘米顛之後，復有倪迂’，即殘箋斷素，珍之不啻吉光片羽。至其詩文輒存而不論，何貴目而賤心也。”（《倪云林遺事》）《清閟閣遺稿》是倪瓚詩文集的重要版本，是研究倪瓚詩文的基礎文獻。

　　《北京圖書館古籍珍本叢刊》第九十五册影印出版萬曆二十八年刻本。朱艷娜、谷紅岩等對《清閟閣遺稿》均有較爲詳細的考證。朱艷娜研究認爲，倪瓚詩文集的版本流變可分爲三個系統，一是《倪云林先生詩集》系列，二是《清閟閣遺稿》系列，三是俞憲刻本《倪隱君集》。

　　本書主要以標點、校勘、注釋等方式對《清閟閣遺稿》進行整理。以國家圖書館藏明萬曆二十八年（1600）刊本爲底本，以《四部叢刊》影印《倪雲林先生詩集》、《元代珍本文集彙刊》影印《清閟閣全集》（簡稱《彙刊》）、《四庫全書薈要》本《清閟閣全集》（簡稱《薈要》）爲主要參校本，部分整理成果參考西泠印社出版社 2010 年版江興祐點校《清閟閣集》。正文或脚注中以“□”符號表示原本漫漶不清或破損的文字，一個“□”符號代表一個字，原本缺漏内容較多者脚注説明，并以“……”符號表示。正文中以“〔　〕”符號括注的文字，均係整理者所加。《清閟閣遺稿》刊刻或引用他書文獻時，因避當朝名諱而改前朝文字者，均據原字或原書回改，僅於首見處出校説明，餘皆徑改，不再一一出校。《清閟閣遺稿》中無詩題者，整理者根據詩序及詩作内容擬定題目。

　　附録：《清閟閣遺稿》整理研究成果

　　《倪雲林詩文集版本論略》：谷紅岩撰，《長江論壇》2013 年第 1 期。

　　《倪瓚詩文集版本考》：朱艷娜撰，南京師範大學中國古代文學專業 2011 届碩士學位論文，指導教師張采民教授。

清閟閣遺稿卷一

四 言

題南山寺畫①

至正十年十月廿三日，余以事來荆溪，重居寺主邀余寓其寺之東院，凡四閱月，待遇如一日。余將歸，乃命大覺懺除垢業，使悉清净，乃爲寫寺南山。畫已，因畫説偈。

我行域中，求理勝最。遺其愛憎，出乎内外。去來作止，[1]夫豈有礙。依桑或宿，御風亦邁。雲行水流，游戲自在。[2]乃幻岩居，現於室内。照胸中山，歷歷不昧。如波底月，光燭眈睞。[3]如鏡中燈，是火非詒。[4]根塵未净，自相翳晦。耳目所移，有若盲瞶。心想之微，蟻穴堤壤。輾然一笑，[5]了此幻界。

義興異夢篇

辛卯之歲，②寅月壬戌。我寢未興，户闔於室。爰夢鬼物，黯淡慘慄。或禽而角，或獸而翼。夔足駿奔，豕形人立。往來離合，飛搏跳擲。紛攘千態，怪技百出。予兹泊然，抱冲守一。廓如太虚，雲斂無迹。晨鷄既鳴，冠櫛斯畢。涉庭而咏，[6]已化奚恤。春風惟振，亮月在席。凋瘁何損，榮華匪益。獨以圓悟，境無順逆。愚夫説夢，轉墮迷惑。滔滔天下，病者良極。俟我大雄，拯此羣溺。

---

① 題南山寺畫：本詩原無詩題，整理者據作者詩序擬定。
② 辛卯：元朝惠宗妥懽帖睦爾至正十一年(1351)。

至正乙未素衣詩①

素衣，内自省也。督輸官租，羈縶憂憒，思棄田廬，斂裳宵遁焉。

素衣涅兮，在彼公庭。載傷迫隘，[7]中心怔營。彼苛者虎，胡恤爾氓。視氓如豵，寧辟尤訴。禮以自持，省焉内疚。[8]雖曰先業，念毋盪失。守而不遷，致此幽鬱。[9]身辱親殆，孝達義屈。[10]蔚蔚荒塗，行邁靡通。雝雝鳴鳳，世莫之逢。夕風淒薄，曷其有旦。吁嗟民生，實罹百患。先師遺訓，豈或敢忘。簞瓢稱賢，樂道無殃。予獨何爲，悽其悲傷。空谷有芝，窈窕且廓。爰宅希静，菽水和樂。載弋載釣，我心不怍。安以致養，寤寐忘憂。修我初服，息焉優游。

徐良夫耕漁軒②

鄧山之下，其水舒舒。林廬田圃，君子攸居。載耕載漁，爰讀我書。唐虞緬邈，愴矣其悲。棲遲衡門，聊得我娛。敬慎誠篤，德罔三二。四勿是事，[11]三益斯萃。[12]彼溺于利，我以吾義。彼自暴棄，我以仁智。匪今之同，惟古是嗜。虛邪消揺，[13]隱約斯世。

題　畫[14]

義興之山，維水瀰瀰。載游載咏，操觚挾几。聊樂一日，百歲奚俟。

【校勘記】

［1］去來作止：《倪雲林先生詩集》卷一作"去來住止"，《彙刊》卷一、《薈要》卷一"作"下注"一作住"。

［2］在：此字原漫漶不清，據《倪雲林先生詩集》卷一、《彙刊》卷一、《薈要》卷一補。

［3］盼睞：此同《倪雲林先生詩集》卷一，《彙刊》卷一、《薈要》卷一作"盻睞"。

［4］詒：此同《倪雲林先生詩集》卷一，《彙刊》卷一、《薈要》卷一作"紿"。

---

①　至正乙未：至正十五年（1355）。

②　徐良夫：生於元代統元年（1333），卒於明洪武二十八年（1395）。參見《續疑年録》卷二。

［5］輾：此同《彙刊》卷一、《薈要》卷一，《倪雲林先生詩集》卷一作"躘"。

［6］涉：此同《彙刊》卷一、《薈要》卷一《義興異夢篇》，《倪雲林先生詩集》卷一《義興異夢篇》作"步"。

［7］迫：《彙刊》卷一、《薈要》卷一《至正乙未素衣詩》作"迫"。

［8］疢：此字原漫漶不清，據《彙刊》卷一、《薈要》卷一《至正乙未素衣詩》補。

［9］幽：此同《彙刊》卷一《至正乙未素衣詩》，《薈要》卷一《至正乙未素衣詩》作"憂"。

［10］達：《彙刊》卷一、《薈要》卷一《至正乙未素衣詩》作"違"。

［11］事：《彙刊》卷一、《薈要》卷一《徐良夫耕漁軒》作"克"，"克"下注"一作事"。

［12］斯：《彙刊》卷一、《薈要》卷一《徐良夫耕漁軒》作"來"，"來"下注"一作斯"。

［13］消摇：《彙刊》卷一、《薈要》卷一《徐良夫耕漁軒》作"逍遥"。

［14］題畫：此同《彙刊》卷一、《薈要》卷一《題畫》，《倪雲林先生詩集》卷一作"題畫上"。

清閟閣遺稿卷二

五言古詩

春日雲林齋居

池泉春漲深，徑苔夕陰滿。諷咏紫霞篇，馳情華陽館。晴嵐拂書幌，飛花浮茗碗。階下松粉黃，窗間雲氣暖。石梁蘿蔦垂，翳翳行踪斷。非與世相違，冥棲人忘返。[1]

懷張外史[2]

緬懷蕭閒館，乃在華陽天。焚香坐幽谷，[3]濯纓向清泉。真靈浮空至，樓觀與雲連。彈琴明月下，飄飄舞胎仙。

雨中寄孟集

英英西山雲，翳翳終日雨。清池散圓文，空林絕行屨。野性夙所賦，好懷誰共語。燒香對長松，相與成賓主。

聽袁子方彈琴

蕙帳凝夕清，高堂流月明。芳琴發綺席，列坐散煩纓。回翔別鵠意，縹緲孤鸞鳴。一寫冰霜操，掩抑寄餘情。

贈天寧福上人

荊溪霜落後，銅官日出初。自櫛頭上髮，更理篋中書。上人從定起，咏言方繞除。邂逅發微笑，幻身同太虛。

雪中賦詩①

十二月十七日,過與之洛澗山居,留宿,忽大雪作。及明,起視户外,岩岫如玉琢削,竹樹壓倒,徑無行踪。飄瞥竟日,至暮尺餘,[4]因賦詩留别。

世途縈苒荏,歲宴不知歸。密雪竹林夜,挑燈共掩扉。蕭條塵慮浄,諷咏玄言微。遇此巇中賞,心事悵多違。

别張天民[5]

鳴雁將北歸,徘徊舊棲處。[6]江湖春水多,欲去仍回顧。稻粱豈余謀,繒繳非所慮。猶爲氣機使,暄冷逐來去。寥寥天宇寬,彼此同一寓。風萍無定踪,易散聊爲聚。君看網中魚,在疚猶相煦。

泊芙蓉洲寄張鍊師[7]

芙蓉猶滿渚,疏桐已殞霜。泊舟菰蒲中,吴山隱微陽。因懷静默士,竹林閟玄房。煮茗汲寒澗,燒丹生夜光。憶與鄭郊輩,閒咏步修廊。時子有所適,顧瞻重徜徉。庭下生苔蘚,牖間繙詩章。奕勢鄭老勝,酒榼郊生將。雅歌雜詼諧,列坐飛羽觴。子歸日已晚,棗栗亦傾筐。揮手輒謝别,暮宿荒城傍。遲明趨所期,待子鄭公堂。晨往遂至昏,企望徒悵悵。乃嗟仙真馭,固非世所望。惻惻理歸棹,泛泛秋浦長。還尋甫里陸,更醉山陰王。素冠斯馳贈,喜知終未忘。余兹將遠適,旅泊猶彷徨。微風動虛碧,初月照石梁。曠望對清景,賦詩托陳郎。茯苓思同煮,夜雨共匡牀。

蕭閒道館聽琴賦詩②

蕭閒道館聽袁南宫彈琴,是日風雨,蕭然有感而作。

玉琴轉清亮，風雨更飄颻。疏桐蔭高館，朱槿耀芳條。生物曷可遏，撫事發長謠。弱齡陪清譙，櫛髮想垂髫。相見日以老，離居夢且遙。秋江眇雲水，去鶴影搖搖。

送高太守之秦郵

秦漢置牧守，猶古之侯伯。封建而郡縣，仁政固不易。漢宣知所本，留意二千石。慎哉高侯車，願循古轍迹。

蕭閒館夜坐

隱几忽不寐，竹露下泠泠。清燈澹斜月，[8]薄帷張寒廳。[9]躁煩息中動，希静無外聆。宕然玄虛際，詎知有身形。

和吳寅夫對雨見懷[10]

湞雲變陰晦，零雨隨風濤。的皪集蓮池，飄颻灑蘭皋。朱絲緩瑤瑟，綠錢生寶刀。撫事增慨慷，端居倦游遨。處世每慙柳，懷人徒咏陶。脆質愛靈藥，閒情宣弱豪。

次陶蓬韵送葉參謀歸金華[11]

手把玉芙蓉，青天騎白龍。出入人間世，飛鴻踏雪踪。瑤草粲可拾，群峰森玉立。璧月掛天南，離離星斗濕。君昔在山時，玉韞山有輝。因同白雲出，更與白雲歸。白雲無定處，豈只山中住。河漢共縈紆，經天復東注。金華牧羊人，游戲不生嗔。笑拂巇前石，行看海底塵。手調白羽箭，陋彼磨銅硯。一語不投機，歸歟寧再見。士豈始隗乎，全趙匪相如。項王疑亞父，竟爾龍爲魚。擾擾何時已，百年聊寄耳。良也報仇歸，言從赤松子。去山今幾年，還山大學仙。天台司馬宅，雲氣近相連。

偶　成

積雨不爲休，蕭條使人愁。哀吟四壁静，病卧百虫秋。開門望原野,江湖漭交流。誰能載美酒,爲我散煩憂。

次曹都水韵二首[12]

杜陵布衣翁,許身稷禹行。[13]賦詩原正始,感事多哀傷。煌煌萬丈熖,岌岌數仞墻。君能仰餘輝,假日尚升堂。[14]弛擔息荒途,日暮將安之。挾彈狂游子,鬥鷄輕薄兒。衆方巴人唱,獨歌陽春詩。天門何嚴邃,綠窗隱罘罳。

贈錢羽士[15]

鍊師好神仙,望拜金母臺。蠶蠶應玄運,煌煌秀靈荄。天風流瓊響,夕露調玉杯。鳳棲池上竹,雨添階下苔。時見兩青鳥,碧海傳書來。感此忽自笑,飄然遺氛埃。

送廿允北上[16]

翔鴻縱高姿,流水去不息。枉道別友生,揚舲望京國。婉變前途憩,蕭條餘景匿。神京衣冠會,左右金陽宅。驅馬流星繁,垂軒春霧集。嘉子玉質朗,早通金閨籍。行逢明主顧,入補詞臣職。束帶向晨趨,陪讌終日昃。芳年易爲晚,所願崇令德。英英白雲飛,渺渺青山隔。秋風應節起,萬里思親客。遲子返舊居,銜杯數相覿。

雙寺精舍新秋追和戎昱長安秋夕①

秋暑晚差凉,茗餘眠獨早。清風振庭柯,寒蛩吟露草。晨興面流水,西望吳門道。不知人事劇,但見青山好。

寄段吉甫②

昔者段干木,踰垣避其君。冥翳巖穴間,清風扇炎氛。德綿百世

---

① 戎昱:唐代詩人,荆州人(今湖北省荆州市),曾任侍御史。
② 段吉甫:字天祐,汴人(今河南省開封市),官至江浙儒學提舉。參見《〔弘治〕重修無錫縣志》。

下,吉甫賢且文。神鸞養奇采,芳芷結幽芬。回視當世士,鷄鶩正紛紜。區區事夸敓,子獨介不群。舍瑟作而嘆,此道誰復云。

送章鍊師并寄鄭有道

良覿忽云阻,桐花今亦繁。落日滿洲渚,揚舲念孤騫。因懷息機叟,蘊真從灌園。晨掃石上雲,佇子接清言。

玄文館讀書①

　　余友玄中真師在錫之東郭門立静舍,[17] 名玄文館。[18] 幽潔敞朗,[19] 可以閒處。至順壬申歲六月,②余寓是兼旬,[20] 謝絶塵事,游心澹泊。清晨櫛沐竟,終日與古書、[21] 古人相對,形忘道接,悠然自得也。[22] 且西神山下有泉,[23] 味甚甘冽,[24] 與常水異。館去泉不出五里,[25] 故得昕夕取泉,[26] 以資茗荈。[27] 余讀書研道之暇,[28] 時飲水自樂焉。乃賦詩記事。[29]

　　真館何沉沉,寥廓神明居。陽庭肅宏敞,丹林鬱扶疏。睠言兹游息,脱屣榮利區。檐榱初日麗,池臺凉雨餘。焚香破幽寂,[30] 飲水聊舒徐。潛心觀道妙,諷咏古人書。懷澄神自適,[31] 意愜理無遺。誰云黄唐遠,泊然天地初。回首撫八荒,紛攘蚍蜉如。願從逍遥游,[32] 何許崑崙墟。

述　懷

　　讀書衡茅下,秋深黄葉多。原上見遠山,被褐起行歌。依依墟里間,農叟荷篠過。華林散清月,寒水澹無波。遐哉棲遁情,身外豈有它。人生行樂耳,富貴將如何?

―――――――――

　　① 玄文館讀書:本詩原無詩題,據《倪雲林先生詩集》卷一《玄文館讀書》,《彙刊》卷一、《薈要》卷一《玄文館讀書有引》補。《彙刊》卷一、《薈要》卷一作“玄文館讀書”,“有引”二字以小字附“書”字下。

　　② 至順壬申歲六月:元朝寧宗懿璘質班至順三年(1332)六月。

蛛絲網落花

落花綴蛛網，蜀錦一規紅。既映綺疏外，復照碧池中。含悽戀餘景，散魄曳微風。昔人問榮稡，詎識本俱空。

冬日窗上水影

日池浮湛澹，霞牖上縈回。敷暎三素雲，照耀青蓮臺。高流輝自下，含漪斂復開。尸坐以默觀，静極自春回。

雪泉爲王光大賦①

高齋面絶壁，林密徑難尋。風落松上雪，零亂幽澗陰。皓潔映鶴氅，清圓和瑶琴。閒咏以自樂，聊用忘華簪。

贈陸徵君②

丙子歲十月八日夜泊閶門，③將還溪上有懷，友仁陸徵君。

明發辭吳會，移舟夜淹泊。空宇垂繁星，微雲暝前郭。沉沉抱冲素，悄悄傷離索。歸掃松徑苔，遲君踐幽約。

聽袁員外彈琴一首有引④

至正四年十一月，袁員外來林下，爲留兼旬。臘月十七日，快雪初霽，庭無來迹。與僕静坐，因取琴鼓之，古音蕭寥，如茂松之勁風，春壑之流水。員外時年八十有二，顏貌筋力未如四五十許人，爲言甫弱冠遭逢盛明，初宰當塗，過九華山，道逢神人，與棗食之。[33]後數數

---

① 王光大：宣州太平縣人（今安徽省黃山市）。參見《梧溪集》卷二。
② 贈陸徵君：本詩原無詩題，整理者據作者詩序擬定。陸徵君，疑字或諱叔平，明代畫家。參見《王奉常集》卷一八。
③ 丙子歲十月八日：元朝惠宗妥懽帖睦爾至元二年（1336）十月八日。
④ 聽袁員外彈琴一首有引：本詩原無詩題，據《倪雲林先生詩集》卷一《聽袁員外彈琴一首有引》補。《彙刊》卷一、《薈要》卷一作“聽袁員外彈琴”，“有引”二字以小字附“琴”字後。

見夢,寐間若冥感玄遇者。員外韜耀蘊真,仕禄以自給,不爲人所知,豈郭恕先之流歟? 爲賦五言以贈。[34]

郎官調緑綺,谷雪賞初晴。兩忘絃與手,流泉松吹聲。問言踰八十,云嘗見河清。掛帆望九華,神人欻相迎。啖以海上棗,歡愛若平生。玄遇寧復得,惜哉遺姓名。

早春對雨寄懷張外史①

林卧苦泥雨,憂來不可絶。掀帷望天際,春風吹木末。飛蘿散成霧,細草緑如髮。念子獨高世,南山修隱訣。取瑟和流泉,[35]操瓢酌明月。[36]神安形不凋,迹高行自潔。思之不可見,饑渴何由歇。願爲鸑鷟翔,南游拂松雪。

懷常州學博强行之[37]

君在西溪上,年年楊柳春。提壺坐柳下,邀我見情真。青葉已垂帶,白花還覆蘋。別來今見柳,思爾采芳芹。

次韵柯博士②

戊寅十二月,③丹丘柯博士過林下,有賦,次韵答之。[38]

積雪被長坂,卧痾守中林。山川雖云阻,舟楫肯見尋。傾蓋何必舊,相知亦已深。驚風飄枯條,清池冒重陰。聯翩雙黄鵠,飛鳴緑水潯。顧望思鬱紓,徘徊發悲吟。[39]願言齊羽翼,金石固其心。歡樂胡由替,[40]白髮期滿簪。[41]

----

① 《倪雲林先生詩集》卷一除《早春對雨寄懷張外史》外,另有《改早春對雨寄懷張外史》一詩。《改早春對雨寄懷張外史》:"林卧對雲雨,憂來不可絶。褰帷望庭際,春風動林樾。飛蘿散成霧,烟草緑如髮。不見高世人,饑渴何由歇。神鸞戲玄圃,巨鱗偃溟渤。爾亦碧岩中,遁形脩隱訣。燒香庭竹净,洗硯池苔滑。取瑟和流泉,操瓢酌明月。迹高行亦苦,冰蘖忌芳潔。何當往相尋,拂石樓松雪。"

② 次韵柯博士:本詩原無詩題,整理者據作者詩序擬定。柯博士,柯九思,字敬仲,號丹丘、丹丘生、五雲閣吏,台州仙居(今浙江仙居縣)人。

③ 戊寅:至元四年(1338)。

己卯正月十八日,[①]與申屠彥德游虎丘,得客字

余適偶入城,本是山中客。舟經二王宅,弔古覽陳迹。松陰始亭午,嵐氣忽斂夕。欲去仍徘徊,題詩滿苔石。

送友仁之京師[②]

春風吹蘭苣,佳人將遠游。遠游何當還,神京鬱雲浮。睠言英邁志,飛轡不可留。豈無金閨彥,與子結綢繆。河山風氣雄,江水日夜流。遙瞻雲中雁,庶以慰離憂。

啄　木

何處啄木鳥,飛止于喬林。微形亦以勞,終日聞其音。所願木向茂,不使蠹日侵。吁嗟人之徒,曾不如鳥心。

走筆應請賦箟林軒[③]

江陰袁仲徵作軒名箟林,日夕嘯咏其下。至正十二年二月廿四日,訪余南蘭陵寓舍,徵僕賦詩,遂走筆應請,[42]然不能盡道軒中清事也。[43]

風生箟簹谷,雲迷渭水原。蕭蕭春雨後,翳翳清陰繁。憶昔文使君,燒笋具盤飱。彭城詩適至,大笑飯爲噴。風流成異代,寂寞今誰論?夫君暨陽隱,字徵其姓袁。二仲接俠游,子猷時到門。冠同薩縣製,坐對宜城尊。翠羽共棲托,鳳雛亦孤騫。載誦偃竹記,忽若聞清言。邈哉古人迹,尚友不可諼。

---

① 己卯:至元五年(1339)。

② 送友仁之京師:此同《彙刊》卷一、《薈要》卷一《送友仁之京師》,此詩爲《倪雲林先生詩集》卷一《古詩二首奉送友仁賢良之京師》所收二詩之一首,另一詩爲底本卷二、《彙刊》卷二、《薈要》卷二《送賢良北上》詩。

③ 走筆應請賦箟林軒:本詩原無詩題,整理者據作者詩序擬定。

杜真人聽松軒

計籌白石頂，聞有丹丘生。和玉飲晨露，褰林餐絳英。止鶴眠松警，螢火照書明。爲善得仙道，翛然不近名。

擬陰常侍一首寄劉秘監、趙員外[44]

幽并游俠地，都城百雉連。河漢瞻疑近，雲鼇信是仙。樓分霞欲曙，花將月共妍。摛毫傾藻思，獻賦足爲傳。還知跨烏鵲，夜宿綵雲邊。

玉壺中插瑞香、水仙、梅花戲咏[45]

寒梅標素豔，幽卉炗妍姿。團團紫綺樹，共耀青陽時。折英欲遺遠，但恐傷華滋。置之玉壺水，[46]芳馨消歇遲。

秋夜賦

清漏下數刻，疏鐘仍獨聞。零露溥夕影，端居澄俗氛。恬淡斯寡欲，榮名非所欣。樂矣咏王風，忘年棲白雲。

述　懷

嗟余幼失怙，教養自大兄。勵志務爲學，守義思居貞。閉户讀書史，出門求友生。放筆作詞賦，覽時多論評。白眼視俗物，清言屈時英。貴富烏足道，所思垂令名。大兄忽捐館，母氏繼淪傾。慟哭肺肝裂，練祥寒暑并。釣耕奉生母，公私日侵凌。黽勉二十載，人事浩縱橫。輸租膏血盡，役官憂病嬰。抑鬱事污俗，[47]紛攘心獨驚。磬折拜胥吏，戴星候公庭。昔日春草暉，今如雪中萌。寧不思引去，緬焉起深情。寔恐貽親憂，夫何遠道行。遺業忍即棄，吞聲還力耕。非爲螻蟻計，興已浮滄溟。雲霾龍蛇噬，不復辨渭涇。邈邈岩澗阿，靈芝燁紫莖。有志而弗遂，悲歌歲崢嶸。冶長在縲絏，仲尼猶亟稱。嵇康肆宏放，刑僇固其徵。被褐以懷玉，天爵非外榮。賤辱行豈玷，表暴從自矜。[48]蘭生蕭艾中，未嘗損芳馨。

泊　舟[49]

泊舟嘉樹下，開牖碧江潯。慨然念黃落，景愒惜清陰。多暇觀魚鳥，容與一登臨。蛻迹塵喧久，欲寡天機深。

寄王光大[50]

春服始輕體，嘉樹欲垂陰。夫椒結秀色，江流涵碧深。晴絲正高下，好鳥亦嚶吟。豈無伐木詩，怡此風雩心。

次韵酬友人[51]

處世若過客，踽踽行道孤。願友吉德士，邈焉如鳳雛。人而無恒心，未易爲醫巫。往者不可作，玉匣埋珠襦。根棘何榛榛，[52]上有鴟梟呼。維桐鸞棲止，來匪應時需。卓犖千里馬，壯氣塞九衢。駑駘豈其偶，齷齪當鹽車。龍可縶而致，魚鮪固充厨。未聞商山翁，受廛稅以租。[53]俗人難與言，長吟野踟蹰。青松在澗壑，坐閱霜柳枯。所嗟鄭亂雅，復惡紫奪朱。至道安可言，多金豈禎符。[54]忽爲蹩躠者，[55]憔悴悲路隅。簞瓢咏王風，[56]耿耿心勤劬。

次韵姑蘇、錢塘懷古[57]

西子承吳寵，餘踪見古臺。空遺昔時月，無復昔人來。臺邊越兵路，幾見起兵埃。

釀酒劍池水，玉壺清若無。揮杯送落月，山鬼共歌呼。松間燈如漆，白骨漫寒蕪。

耕鑿古隧穿，乃吳桓王墓。金雁隨泠風，黃腸畢呈露。物情異今昔，[58]踟蹰緩歸步。

仙人悲世換,宴景在清都。寒暑自來往,英雄生釣屠。錢塘江畔柳,風雨夜啼烏。

江山國破後,弔古一經行。輦路苔花碧,御溝菰葉生。古迹今寧有,新城江上橫。

南山靈石澗,翠壁掩松關。張君已厭世,乘螭遂不還。蘿磴餘幽躅,今復誰躋攀?

贈惟寅①

隱几方熟睡,故人來扣扉。一笑無言説,清坐澹忘機。衣上松蘿雨,袖中南澗薇。知爾山中來,山中無是非。三十不娶妻,四十不出仕。逍遙巖岫間,[59]翳名以自肆。何曾問理亂,豈復陳美刺。高懷如漢陰,終老無機事。

送惟寅

春江烟靄綠,遠樹明清旭。[60]歸雁影斜斜,鳴聲斷復續。陳君掛帆去,似與雁相逐。水際白雲度,山中甘雨足。安得從耦耕,柴門藝松菊。去去且入城,懷抱向誰傾。姚公有古道,虛夷多遠情。俾爾遂高隱,狂歌樂幽貞。

貞松白雪軒分韵賦[61]

至正二十三年正月廿日,余與諸友集於貞松白雪軒。[62]其地林石奇勝,窗牖明潔,且主人好文尚古,[63]有文武材。款坐設肴醴,[64]相與嘯咏,以小謝"雲中辨江樹"分韵各賦,得辨字。[65]

境静塵慮清,雨餘山光變。池館闃虛閒,琴酌申繾綣。蔚哉春木榮,憩我飛翩倦。石間有題字,苔蝕已難辨。

---

① 惟寅:陳惟寅,號大翬,廬山(今江西省九江市)人。

對春樹

端坐對春樹,[66]影落身上衣。美人手所成,紉縫願無違。步庭悲往躅,瞻景惜餘暉。芳襟沾露濕,蘭珮委風微。凝思自的的,染澤尚依依。晨鷄催夢短,夜鵲逐魂飛。歡愛自兹畢,憔悴損容輝。

送致用游閩

韓衆禹穴來,語我長生訣。偶坐聽春雨,雨止即言別。乃知茅君山,貞居相往還。山經許寄我,依依師友間。貞居登真久,識子十年後。挈箱出遺文,猶作蛟鼉吼。子去游七閩,漁浦桃花春。白鷗飛送爾,停橈采綠蘋。幔亭幾日到,言笑邈無因。憑將棹歌去,歌向武夷君。

送馬生

送子淮南行,繫舟江岸柳。翠影舞晴烟,落我杯中酒。舉杯向落日,春水浮天碧。時見白鷗飛,雪光翻綺席。應笑披羊裘,獨釣江邊石。

寄楊廉夫①

吳松江水春,汀洲多綠蘋。彈琴吹鐵篴,中有古衣巾。我欲載美酒,長歌東問津。漁舟狎鷗,鳥花下訪秦人。

寄李隱者

南汀新月色,照見水中蘋。便欲乘清影,緣源訪隱淪。君住鈿山湖,綠酒松花春。夢披寒雪去,疑是剡溪濱。

寄韓介石②

江上雨雲歇,夕陽歌吹濛。朱絃彈綠綺,令我憶韓衆。魚戲弱藻

①　楊廉夫:會稽(今浙江省紹興市)人。參見《〔弘治〕太倉州志》卷九。
②　韓介石:其生平事迹不詳。

下，鳥飛明鏡中。夢乘清浦月，直過雪溪東。

次韵呈張德常

陶公興寓酒，杜老愁亦酌。豪傑千載人，處世何磊落。吐詞蔚忠義，安貧務簡約。嗟哉嚇腐鳶，邈矣鳴皋鶴。

朱火

朱火日方永，凉風拂琴絲。麋鹿游臺苑，燕雀悲火帷。蕩然京輔地，無復漢官儀。衆芳日蕪穢，陰凝方自兹。

寄穹窿主者

山雲淡縱橫，幽鳥跂上下。寂寥非世欣，自足怡静者。平生卧游趣，屋壁何勞寫。[67]還期煮茯苓，地爐同夜話。

題原道西溪草堂

春水孤村迴，荆溪罨畫西。晚日鳴榔起，山雨竹鷄啼。櫻桃花已落，蘼蕪緑未齊。酒船尋賀監，盍晚到幽棲。

煮石山房

汲澗煮白石，雲棲南澗隈。敲石發新火，荆薪藉餘灰。坐候升降理，静觀寒煖媒。遂忘石鼎沸，乍疑山雨來。丹成同此術，鶴化詎能猜。我亦湌金液，清淺笑蓬萊。

出　郭[68]

我初來城郭，新緑餘薔薇。今我既出郭，秋蓮落紅衣。郊居豈爲是，市隱勿云非。去去將何從，西山行路微。塵坌夸毗海，游潜四月餘。賦歸亦無家，塊處蝸牛廬。身世一逆旅，成虧紛疾徐。[69]反己内自觀，[70]此心同太虛。

聽錢文則彈琴

牛鳴野窊中，鷄登山木上。黄鍾雜姑洗，春容以清亮。別鵠暮鳴飛，流水春演漾。愛爾絃手忘，令我形神暢。憶昔擅能事，宋袁余所向。錢君生獨後，超軼絕塵鞅。[71]操琴晚聞道，月斧揮天匠。杳如清廟瑟，朱絃聽嘆唱。古道久寂寥，古音亦淪喪。促軫淚沾纓，歌詩重悲悵。

贈王仲和①

荒城夜風雨，草木曉離披。桂馥逗虚牖，苔文滋硯池。弄翰聊寄逸，永日以自怡。且盡一日樂，明朝非所知。

訓張德機見贈

嘉藻枉我前，令人意也消。展咏當庭除，[72]清陰起凉飇。出何去岩穴，隱何逃市朝。仙師赤城霞，旦旦存神標。[73]

贈張士行

雲門有逸客，非仕亦非隱。玉井千尺泉，此士難汲引。結交雲林叟，不顧俗嘲哂。我拙唯任真，子德常戒謹。相知既有素，力學仰顔閔。久別見容色，[74]英資固天禀。欲疏不能忘，欲褻不可近。

贈友生

春林積雨晴，江渚烟波緑。[75]谷鳥語綿蠻，澗泉聲斷續。蘿徑無來踪，空山聞伐木。時援清琴坐，還同白雲宿。

---

① 王仲和：字汝中，大庾（今江西省大余縣）人，洪武中舉，曾任福建按察使。參見《〔萬曆〕南安府志》卷二一。

九日過彦行和韵二首[①]

蕩舟烟景晚，舉杯當素秋。黃花忽在眼，白髮乃滿頭。臨流發悲嘆，援琴歌楚調。罷席更淹留，明月波間照。何事鹿皮翁，逃名隱屠釣。

九日喜初晴，登高向何處。山色見微茫，波光淡容與。鼓枻逐輕鷗，看雲覓新句。適值無懷民，相對澄神慮。

對　酒

題詩石壁上，把酒長松間。遠水白雲度，晴天孤鶴還。虛亭映苔竹，聊此息躋攀。坐久日已夕，春鳥聲關關。

贈野處民

水聲轉屋西，山翠浮屋東。牀前苔滋雨，門外松吟風。怡然無世慮，[76] 心廣神爲充。曲肱以飲水，至樂在其中。擊壤歌往古，寧知事王公。

靈鶴辭

陶公職仙署，子良亦冥通。所修楊許業，存思在祝融。周卿宅丹元，末胤仰仙宗。神明接祈禱，虛夷恒恪恭。飛霞煥玉檢，流響徹金宮。白鶴翔香烟，仙仙載泠風。舞影綠雲上，命侶青田中。晨去瑤草春，暮歸海塵濛。真靈忽降室，羽車儼浮空。步虛酌明水，逶迤清夜終。

陸德中祈雨有感[②]

辟穀清虛久，晨窗餐絳霞。濯神咸池水，宴景丹元家。憂國悲民

---

① 九日過彦行和韵二首：此同《彙刊》卷一、《薈要》卷一《九日過彦行和韵二首》，《倪雲林先生詩集》卷一中，"蕩舟烟景晚"詩題作"九日過彦行用韵一首"，此詩後，"九日喜初晴"詩題作"又賦"。
② 陸德中：曾任嘉興府知州。參見《〔萬曆〕嘉興府志》卷六。

瘝,旱郊起雷車。枯魚出涸轍,槁苗生稻花。我住清江渚,種芹遶江沙。忽乘蓮葉杯,[77]賤我仙掌茶。[78]擬訪安期生,爲覓棗如瓜。

臥 病

旱憂命觴罟,抱疾忽經旬。[79]止酒郤腥腐,端居謝喧塵。麤穢除內滯,清虛以怡神。江雲載飛雨,飄飄灑衣巾。矯首咏玄虛,精思候仙真。道園游恬淡,心兵息狂狷。冷然風濤静,鼓枻銀河津。戒哉貪饕子,病原果何因。[80]

與全希言[81]

臥痾久不懌,微瘳起行吟。徑苔無來迹,出門江水深。懷我平生友,金蘭契同心。欲共一尊酒,道遠力不任。有客闖我戶,晤言樂中林。飄蕭綠髮仙,亦見雪滿簪。取琴與子彈,悠悠山水音。能成伐木詩,歌以慰所欽。

酬友生

擁褐南軒下,[82]晨暾煖似春。忽思王子晋,醉着白綸巾。游宴無冬夏,清狂忘主賓。能持麟鹿脯,寄與不羈人。

尋友人不遇

洲渚多落英,沂流尋遠山。[83]輕舟載美酒,搖蕩綠波間。俯咏拾瑤草,遐思隔塵寰。夤緣忽失遇,悵望遂空還。

次張仲舉韻

秧疇蒔已遍,午饁休中林。忽聞軿車至,攬衣欣慨深。遂尋修竹下,共憩西澗陰。汲泉以煮茗,遐哉遺世心。

薛常州讓田詩

延陵古吳地,泰伯有遺風。仁讓自家國,士民知孝忠。春暉草心碧，日暮荆花紅。爲感使君政，今時誰與同。[84]

潘公鳴皋軒

白鶴稟靈質，翮翮有奇姿。海月比高潔，岩雲共透迤。池上菖蒲花，春烟紫綏綏。飛鳴聊飮啄，乘風來下之。我登鳴皋軒，遂賦鳴皋詩。安得赤玉笙，[85]鶴上吹參差。

爲張來儀賦匡山讀書處

廬山鬱岩嶢，上有香爐峰。影落碧天外，翠玉琢芙蓉。牽蘿讀書處，雲磴無行踪。猶遺石岩苔，花開紫丰茸。愁心飛春雪，寶劍沉雙龍。應化蘇躭鶴，歸棲千歲松。仙岩采芝叟，[86]久別倘相逢。

瞻雲軒[87]

金君伯祥，名其先君墓左之室曰"瞻雲軒"，蓋以寓夫孝思油然之義也。若夫父祖之魂氣精神，[88]其吻合感通之妙，齋思則如見，敬祭則來格。開牖而天光臨，[89]鑿池而泉脉動。洋洋乎如在其上，如在其左右者，雲豈足爲喻哉！於是廣其義，而爲之賦詩。[90]

白雲起石上，迅逸如迸泉。泛演乎林莽，飄颻乎山川。飛霞共聯絡，凱風與周旋。開軒滌遐想，我思何縣縣。顧瞻忽在兹，亦復停披焉。卷舒無定理，變幻徒縈纏。興念松下塵，若承鶴上仙。空花結浮翳，百態交我前。戚欣從妄起，心寂合自然。[91]當識太虛體，勿隨形影遷。

張鍊師祠醮感致瑞鶴賦贈[92]

我識白雲君，尚友赤松子。仙署閟清嚴，社公隨役使。步虛禮初日，飛神謁鈞天。時有五白鶴，翮翮遶香烟。[93]手栽千樹桃，風吹劫灰盡。避世星壇西，深竹聞清磬。倏來密霧集，忽遂泠風還。窗裹遺瑤瑟，空中鏘珮環。

題趙若岩龍山精舍

我生倦馳騖，無機如漢陰。重游古蘭若，對山開我襟。風流李謫仙，賞静諧夙心。琅然哦新詩，如聞大雅音。回首石林晚，白雲花雨深。

咏　蓮[94]

回翔波間風，的歷葉上露。清池結素彩，華月映微步。雲陰花房斂，雨歇芳氣度。欲去拾明璫，踟躕惜遲暮。

送陳惟允之金陵①

雪消江水緑，花發冶城春。白下烏衣處，輕舟去問津。指日望京國，行歌非隱淪。好及三釜養，歸來以榮親。

徐氏南園對雨

櫻桃花欲落，風雨暮凄迷。忽憶郊園日，竹林通澗西。弱蔓滋野援，蘭葉長芳畦。念我當時友，蒿萊没舊蹊。[95]

春日有感[96]

春岸生蘼蕪，春風生蘭茝。夢見平生歡，美人今何在？丹槁玄以白，忽忽容鬢改。年邁誰能復，[97]憂來誰與解。

貽張玄度林宗道[98]

七月廿四日風雨寂寥，與玄度集宗道南窗，具酒肴宴談，遂以永日，因賦。

蕭條風雨秋，沉寂窗牖晚。故人山中來，杯酒意勤懇。斂眉念乖

---

① 陳惟允：陳惟寅之弟，廬山（今江西省九江市）人，號小髯。參見《蓬窗類紀》卷三、《妮古録》卷三。

闊,握手話情悃。千載鶴怨悲,九時蓬苯尊。市脯良不易,枯魚雜乾脈。[99]浮雲幾翻覆,[100]人事非余忖。得時寧足誇,失勢焉用憤。荊溪丘壑多,松水饒芝菌。結茅駕厓巔,雲樓且安穩。瑶草手堪摘,[101]何事錙與畚。逐逐闤闠游,戚戚塵俗混。張子邃古學,林君業務本。達人解其會,略近宜志遠。鍾氏曷仇嵇,司馬亦藉阮。鹿游姑蘇臺,[102]鳥下長洲苑。麻姑固狡獪,蓬萊嘆清淺。七袠吾已老,[103]一簣君宜勉。後會未可期,[104]作詩陳繾綣。

爲方厓畫山就題

摩詰畫山時,見山不見畫。松雪自纏絡,飛鳥亦閒暇。我初學揮染,見物皆畫似。郊行及城游,物物歸畫笥。爲問方厓師,孰假孰爲真。墨池挹涓滴,寓我無邊春。

題驪山圖

校獵上林苑,洗馬昆明池。霜威肅笳鼓,雲氣畫車旗。馬班陳賦咏,衛霍綏蠻夷。王風既未遠,文明方在茲。逶迤霄漢上,鳳皇尚來儀。

爲徐有常畫葉湖別墅

葉湖水淪漣,松陵在其西。望見吳門山,波上翠眉低。白蘋晚風起,寒烟遠樹齊。水蕉籠華檻,[105]露柳罩金堤。居貞寧汲汲,旅泊自棲棲。屏處觀魚鳥,風雨夜烏啼。

題墨竹送顧克善府判之高郵

高郵古淮甸,世産不乏賢。顧君往佐郡,才華當妙年。歌詩隱金石,八音以相宣。侈哉錦囊句,雅甚朱絲絃。而此艱虞際,撫事一愴然。饑者易爲食,君能念顛連。何以贈子行,墨君霜節堅。[106]

次韵柯博士①

三月六日同李徵士游禪悦僧舍，禮上人出柯博士所賦詩以示僕。而博士君歿已二年，展誦，爲之悽斷，因次其韵於後。

佛生七佛後，乃知青出藍。寒月留孤光，世人徒指談。嗟余墮狙網，朝暮逐四三。悲嘆明鏡塵，何由息禪龕。

題畫贈岳道士

義興岳道士，野鶴如長身。我知彌明徒，不是侯喜倫。結喉吟肩聳，鐵脊霜髯新。手中石棋子，頭上漉酒巾。久居離墨山，自謂無懷民。喪亂不經意，松陵留十旬。香雲作輿衛，長松爲主賓。既滋數畦菊，復種二畝芹。樂哉以忘死，道富寧憂貧。爲我具舟楫，相期桃花春。

題畫贈徐季明[107]

梓樹陰當户，時聞好鳥鳴。獨携一壺酒，展席坐前楹。招邀白鶴侶，吹弄紫鸞笙。杳杳日景晚，紛紛飛絮輕。風翻竹影亂，明月已東生。

龍門茶屋圖

龍門秋月影，茶屋白雲泉。不與世人賞，瑤草自年年。上有天池水，松風舞淪漣。何當躡飛鳧，去采池中蓮。

畫贈呂志學②

江雲昏絶巘，汀樹猶斜陽。獨立霜柳下，渺然懷故鄉。歸來茅屋

---

① 次韵柯博士：本詩原無詩題，整理者據作者詩序擬定。
② 呂志學：無錫縣(今江蘇省無錫市)人，洪武七年(1374)任無錫縣教諭。參見《〔弘治〕重修無錫縣志》。

底，簷燈寫微茫。

畫竹贈志學

綠竹飽霜雪，歲寒無荏容。風至夭然笑，復愛夏陰濃。寒暑不能移，德比柏與松。豈若桃李榮，春花但丰茸。

畫竹寄友人

先春競桃李，淩陽嘆蒲柳。謝君靜者徒，種竹安所守。亭亭清净心，鬱鬱霜雪後。賦詩寄遠懷，此君真可久。

西老圖

弔古嘆流俗，高人陳太丘。開窗玩蘭雪，邀我畫瀛洲。池上哦清咏，[108]林間聊遠游。[109]悠然遂永日，下榻更淹留。

題畫贈九成[110]

至正十二年三月八日，冒風雨過九成荆溪舟中，劉德方郎官方舟烟渚，[111]留宿談詩。明日快晴，移舟綠水岸下，相與嘯咏，仰睇南山，遥瞻飛雲。夾岸桃柳相厠，如散綺霞，掇芳芹而薦潔，瀉山瓢而樂志。九成出片紙，命畫眼前景物。紙惡筆凡，固欲騁其逸思，大乏騏驥康莊也。歐陽公每云：[112]"筆硯精良，人生一樂。"書畫同理。余亦云焉。時舟中章鍊師、岳隱者對奕，吳老生吹洞簫。①

故人郯掾史，邀我宿溪船。把酒風雨至，論詩烟渚前。晨興就清盥，思逸愛春天。復遇武陵守，共尋花滿川。

黄本中書齋爲寫寄傲窗圖

庭樹綠交蔭，時鳥語清緜。春竹羅徑笋，夏花敷沼蓮。慨然三季

---

① "至正"句至"吳老"句：此同《彙刊》卷二、《薈要》卷二《題畫贈九成有引》詩序在詩之前，《倪雲林先生詩集》卷一《題畫贈九成》詩序在詩之後。

後，契彼義農前。古井汲修綆，空齋緪素絃。長歌歸去來，悟悅陶公賢。終尋桃花崦，息景窮幽玄。

送賢良北上

吳山朝靄外，閶門春雨餘。超忽孤帆遠，天末浮雲舒。君今北闕游，我棲南山廬。荷鋤事耕作，閉户咏詩書。高林鳴禽曙，青苔行迹疏。還期茅簷下，一枉故人車。

惻惻行

三月十五日，陸玄素將從梁鴻山歸吳松之上。是夕坐至夜分始別，余入舟賦此追至，梁鴻山寄之，以定及冬重來之約。

惻惻復惻惻，憂思從中發。感子遠來訪，畏子遽言別。不有同心人，何以慰孤寂。矧兹春夏交，蕭艾盈路側。江水亦浩漾，風帆還飄突。行將阻携手，轉覺意忽忽。交好匪在今，高誼敦自昔。人生寧無別，所悲歲時易。坐嘆辛夷紫，還傷蕙草碧。僕夫竊相告，怪我悲憤塞。山中梁鴻棲，江上陸機宅。井臼今蕪穢，鶴唳亦寂寞。余往經其壖，徘徊但陳迹。天地真旅舍，身世等行客。泛泛何所損，皎皎奚自益。修短諒同歸，數面聊歡懌。

寄張外史

神鸞戲玄圃，巨鱗偃演渤。爾亦碧岩中，遁形修隱訣。燒香庭竹净，洗研池苔滑。撫弄無絃琴，招邀青天月。迹高行亦苦，冰蘗忌芳潔。何當往相尋，拂石棲松雪。

次韵別鄭明德

思君阻言笑，三歲同一日。既見令人怒，不見令人憶。揮觴縱謔浪，抗論殫今昔。世方雜涇渭，已乃忘得失。饞涎飫甘美，醉眼亂朱碧。少逢人眼青，每遇俗眼白。不隨世混混，自喜心得得。講學日光輝,盡性久循率。不意吳市門,尚復有此客。茅齋素壁上,佳句手自摘。楓林已搖落,梅蕊尚未折。吁嗟歲云暮,感嘆終日夕。殘生能幾面,念此氣填臆。富貴真可羞,功名竟何物。世事蟹登簐,危機猩着屐。翁乎善自守,氣體保寧逸。去去勿重陳,且復混玉石。

贈張以中[113]

吾友張以中,少年如老翁。因過修竹裏,邀我碧巖東。琥珀松醪釅,玻璨茗碗紅。子端今已矣,千載事同風。

答張鍊師

安居已度夏,臥病乃經秋。朝菌悲影短,風萍嘆波浮。寸田勤自治,德宅可歸休。慎勿與時競,心境似虛舟。

贈陸有恒

學行美德業,孝弟爲本根。朝益以暮習,夏清而冬溫。無逸勤稼穡,幹蠱持户門。勿爲習俗流,必念古義敦。謹身尚節儉,從善報蘭蓀。堯舜雖有子,朱均乃淫昏。瞽鯀何頑凶,子也大聖尊。蓮固生污泥,木可爲犧尊。簡編蠹蟫出,各有至理存。惟人異禽獸,暴棄湮其源。惟學必由本,根深見枝蕃。于何繡鞶帨,外飾奚足論。安宅正路間,爾居行爾轅。斯道邇且易,至樂不可諼。

次韵張伯琦

長嘆悲人寰,彈琴想天際。夏殷禮相因,孰謂周可繼?大道久榛蕪,高才日凌替。遺書嘆不泯,授受豈有二。鄒孟道性善,宅路喻仁義。後生事言説,慨彼涕沾袂。允矣二三子,仰鑽互立志。松柏受命獨,歲寒鬱蒼翠。誰歟無愧怍,夙駕尋吾契。

贈　友[114]

父子相師友,周南義理門。阿翁如玉潔,賢嗣似春溫。舍後自生笋,堂陰亦樹萱。西山近在望,静默以忘言。

懷仁甫①

吾友陸友仁甫,舊得古銅印一紐以示余,辨之文曰"陸定之印",以名其子,而字之曰"仲安"。友仁既没,仲安求爲賦焉。

吾友伯仁甫,覽古閔世盲。示我古印章,始得自幽并。辨文曰定之,[115]釋義爲爾名。既名字仲安,[116]勖哉在敬誠。仁甫今則亡,緬懷涕沾纓。緊昔黄太史,結交漢米生。手持玉刻文,螭鈕交縱横。上有元暉字,印刊與弗輕。殷勤字其兒,祖武冀可繩。[117]久矣學業懋,繼述暉芳英。書畫比二王,價重十連城。高躅思仰止,景行爾其行。

韓伯休

韓康抱淵静,匿影以逃名。亦有梁伯鸞,五噫出漢京。諒哉古賢達,道與人俱貞。不以身徇物,物固莫之攖。胡爲貴目前,狗苟且蠅營。粗計一時得,不禍害乃生。爾其繩祖武,景行尚勉行。

略上人松月軒

虛牖宿閒雲,長松掛明月。道人初定起,净境無炎熱。手持青鸞帚,衣掃石上雪。冷然滌心塵,寂照光不滅。

和拙逸先生閒居韵

芻豢非所悦,甘我藜藿味。無辱奚必榮,知足方可慰。客行值炎天,嘉木予來墍。禁汝忿欲心,養此浩然氣。見義思必爲,奮若泉鬐沸。學焉苟無成,斯亦不足畏。

---

① 懷仁甫:本詩原無詩題,整理者據作者詩序擬定。陸仁甫,宜興人。參見《〔萬曆〕新修南昌府志》卷一四。

道翁先生取予棄筆戲成五言因次韵

生與硯爲鄰,惟知楮穎珍。饑鳶雜吟嘯,那用憂空囷。夭矯鍾王迹,遒媚骨肉匀。澄懷静臨寫,時時見天真。

寫幽澗寒松圖并詩以贈遜學①

遜學辭親秋暑,[118]將事于役,因寫幽澗寒松圖并詩以遺之,亦若招隱之意云耳。[119]

秋暑多病暍,征夫怨行路。瑟瑟幽澗松,清陰滿庭户。風聲雜湍激,古音奏韶護。[120]張幄儼停雲,垂帷粲繁露。諒哉如金玉,周子美無度。息景毋狂馳,笑言以胥晤。②

拙逸先生賦古意見招次韵奉答

楚狂昔悲歌,鳳兮何德衰。行邁心摇摇,薺青麥離離。雨雲嘆輕薄,交道傷嶮巇。鴻鵠志自遠,燕雀棲其卑。風吹枳棘藂,月照琅玕枝。姦慝與賢智,邪正亦易推。忠本由恕立,義豈爲利移。瞳子分瞭眊,履蹈知醇疵。折柳以樊圃,狂夫尚睢睢。不以禮自防,言動輕乖宜。友焉不以道,異端固紛披。君看枯魚泣,魴鯉慎所之。

宿王耕雲山居

城市厭煩燠,江山玩清遠。盥濯臨石湖,吟嘯望雲巘。范公游集地,登陟塵情遣。悽悽靡遺構,鬱鬱猶荒苑。仙人王子晋,抱道雲舒卷。鳳吹翔河汾,鶴巢來棲偃。凉風縱逸棹,溪水清涴涴。何當采靈芝,忘年從嵇阮。

---

① 寫幽澗寒松圖并詩以贈遜學:本詩原無詩題,整理者據作者詩序擬定。
② 《彙刊》卷二、《薈要》卷二詩后附周南老次韵詩一首。

吳淞山色圖[121]

吳淞春水緑，摇蕩半江雲。嵐翠窗前落，松聲渚際聞。潘郎狂嗜古，容我醉書裙。鼓柂他年去，相從遠俗氛。

題　畫[122]

惟寅友兄雅志林壑，遠寄佳紙，命僕寫圖賦詩。因作此以寄，歲己亥五月八日。①

齋居誰爲友，毛穎與陶泓。有客附書至，云是楮先生。潔白中含素，柔滑表至精。愛此風林意，更起丘壑情。寫圖以閒詠，不在象與聲。

題吳仲圭畫次韵并跋[123]

元初真士嘗居嘉禾紫虚觀，好與吳仲圭隱君游，故得其詩畫爲多。今年十月，予始識之初，[124]即出示此幀，命僕賦詩。因走筆，次吳隱君詩韵題于上。隱君自號梅花道人云。[125]

鴛湖在嘉禾，湖水春浩蕩。家住梅花村，夢遶白雲鄉。染翰自清逸，[126]歌詩更悠長。緬彼圖中人，[127]看君杖桃榔。[128]

畫　竹[129]

至正乙巳五月三日過開元精舍，[130]希遠首座爲設湯餅，煮茗焚香相餉。明日將還穹窿寺，因寫竹枝賦詩贈別。

僧夏已安居，還山寺在郭。初心了玄解，自不爲律縛。渡水獨浮杯，采苓時負钁。余亦漫浪人，栩然慚濩落。

贈庸叔②

余自與庸叔別後，不相見近十載矣，今年冬邂逅吳下，班荆道舊，

---

① 己亥：至正十九年(1359)。

② 贈庸叔：本詩原無詩題，整理者據作者詩序擬定。

殆若隔世，因寫霜林遠岫圖，并賦詩以贈。

　　賀公雅吳語，嘗誦少陵詩。遠孫有古風，隱居淮水湄。開牖望青山，尋真歌紫芝。鏡湖似清淮，烟濤春渺瀰。何當棹酒艇，與爾相娛嬉。永言以鼓瑟，獻酬斝酌之。伊昔龍眠莊，山水含清暉。松桂蔚佳色，田疇足耘耔。結茆飯松术，忘年樂熙熙。贈此以為好，同心勿乖違。

寄叔方

　　乖阻方徂秋，忽然已改年。樓前櫻桃花，開落春風顛。米船到家日，雨砌溜涓涓。綠酒仍滿眼，素琴久無絃。呼我共斝酌，歡劇更惘然。處窮則已固，言達誰當先。俯仰嘆鳶魚，浮沉各天淵。慎勿傷本性，木雕而土埏。鸞翔安可挽，青雲氣翩翩。猶羨羲皇人，清風北窗眠。

寄良夫契友

　　昔者安豐董，朝耕暮讀書。親樂以妻順，山樵而水漁。徐子慕古義，林卧獨端居。彈琴咏王風，窅然觀化初。月窗淡疏竹，跏趺當久如。①

答徐良夫

　　八月七日偕耕雲叟訪耕漁隱者，風雨寂寥中，為留三日，日有圖書筆硯之樂。[131]九日，耕隱賦詩見贈，[132]次韵奉答。

　　雲卧雨聲集，庭樹颯以秋。身同孤飛鶴，心若不繫舟。燕俎登松菌，匏尊斟潤流。蘭芳日凋悴，吾生行歸休。不作螻蟻夢，游神鳳麟洲。青山澹相對，白髮忽滿頭。仙去雲冉冉，風鳴竹修修。諒哉伐木詩，鳥嚶尚相求。居吳二十載，未及茲山游。君才如鮑謝，摛辭亦云

---

①　《彙刊》卷二、《薈要》卷二《寄良夫契友》詩後附徐達左次韵詩一首。

優。[133]歡然敬愛客，能不爲爾留。桑土夙所徹，戶牖何綢繆。地無車馬塵，路轉岩穴幽。既晴引飛屬，回望林間樓。①

廿二日贈別耕雲

王君瑚璉器，清鑒涵水鏡。忍窮如鐵石，居易安義命。鳳兮出非時，不與凡鳥并。勤勞世勛冑，忠孝本天性。白圭絕微瑕，朱絃駁群聽。任直唯疾讒，亂雅猶惡鄭。悄悄慍迫隘，咄咄恥奔競。西疇松桂林，白雲森相映。岩僧同棲止，林叟答嘯咏。於時無美刺，托物善比興。藹然顏淵樂，陋彼原憲病。瑗乎知非久，慧也安心竟。怡性壽而康，克戰道斯勝。蕙草秋更綠，松聲寒愈勁。何當戲玄洲，相期適邅回。

廿三日聞耕雲至北村將來此

自予來南邨，忽忽數日矣。犬豕混人目，烏鳶聒人耳。不見佳友生，如逃空谷底。足音聞跫然，云胡而不喜。

曹達卿②

曹君達卿，婁江西渚隱君子也，自號古民。息景燕處，以禮義悅心，亦不求知於人。今年七十三，而耳目聰明，體力強健。有三男子，皆能愉婉其容色以爲養，又信而智。古之樂以悅生，優游以佚老者，吾昔聞而今見之矣。耕學叟命爲之詩。

隱處婁江渚，逍遥古逸民。苔石作牀坐，青山爲主賓。商岩黃綺輩，北牖羲皇人。漁郎問津去，源上桃花春。

蓮廬詩并序[134]蓮廬子，蔡質子賢也。

有逸人居長洲東荒寒寂寞之濱，結茅以偃息其中，名之曰蓮廬。

---

① 《彙刊》卷二、《薈要》卷二《答徐良夫》後附錄徐達左《謝雲林處士耕雲照磨見訪》、高啓《次徐山人與雲林贈答詩韵》與載《李文正公麓堂續稿》之《倪元鎮山水圖爲胡中書頤題次韵》。
② 曹達卿：本詩原無詩題，整理者據作者詩序擬定。曹達卿，號古民，隱居於婁江之西渚。參見《〔光緒〕昆新兩縣續修合志》卷一三。

且曰:"人世等過客,天地一蘧廬耳。吾觀昔之富貴利達者,其綺衣玉食,朱户翠箔,轉瞬化爲荒烟,蕩爲泠風,[135]其骨未寒,其子若孫已號寒啼飢於塗矣。生死窮達之境,利衰毁譽之場,[136]自其拘者觀之,蓋有不勝悲者,自其達者觀之,殆不直一笑也。何則? 此身亦非吾之所有,況身外事哉! 莊周氏之達生死、齊物我,是游乎物之外者,豈以一芥蒂於胸中? 莊周,我所師也。寧爲喜晝悲夜,貪榮無衰哉!"予嘗友其人,而今聞其言如此,蓋可嘉也。庚戌歲冬,①予凡一宿蘧廬,賦贈。

天地一蘧廬,生死猶旦暮。奈何世中人,逐逐不返顧。此身非我有,易晞等朝露。世短謀則長,嗟哉勞調度。彼云財斯聚,我以道爲富。坐知天下曠,視我不出户。榮公且行歌,帶索何必惡。

寫耕雲軒圖并賦詩②

癸丑八月訪耕雲高士於西岩,③因寫耕雲軒圖,又爲之詩。

芝田耒耜閒,石廩山雲滿。渚際荷衣翻,岩前蘿帶緩。垂露藹輕帷,芳池沃清盥。霞飧非腥腐,物化自修短。空囷未足憂,服食滋楨幹。

【校勘記】

[1]人:《倪雲林先生詩集》卷一、《彙刊》卷一、《薈要》卷一《春日雲林齋居》作"久"。

[2]懷張外史:《倪雲林先生詩集》卷一、《彙刊》卷一、《薈要》卷一作"次韵懷張外史"。

[3]焚香坐幽谷:《倪雲林先生詩集》卷一《次韵懷張外史》作"燒香當陽谷",《彙刊》卷一、《薈要》卷一《次韵懷張外史》"焚"下注"一作燒","坐幽"下注"一作當陽"。

[4]至暮尺餘:《倪雲林先生詩集》卷一、《彙刊》卷一、《薈要》卷一作"至暮未已雪深尺餘"。

[5]別張天民:此同《彙刊》卷一、《薈要》卷一《別張天民》,《倪雲林先生詩集》卷一作"奉謝張天民先生"。張天民,其生平事迹不詳。

---

① 庚戌:明朝太祖朱元璋洪武三年(1370)。
② 寫耕雲軒圖并賦詩:本詩原無詩題,整理者據作者詩序擬定。
③ 癸丑:洪武六年(1373)。

［6］徘徊：此同《彙刊》卷一、《薈要》卷一《別張天民》，《倪雲林先生詩集》卷一《奉謝張天民先生》作"裵回"。

［7］泊芙蓉洲寄張鍊師：《倪雲林先生詩集》卷一作"夜泊芙蓉洲走筆寄張鍊師"，《彙刊》卷一、《薈要》卷一作"夜泊芙蓉洲寄張鍊師"。

［8］清：此同《彙刊》卷一、《薈要》卷一《蕭閒館夜坐》，《倪雲林先生詩集》卷一《蕭閒館夜坐》作"青"。

［9］帷：此同《彙刊》卷一、《薈要》卷一《蕭閒館夜坐》，《倪雲林先生詩集》卷一《蕭閒館夜坐》作"惟"。

［10］和吳寅夫對雨見懷：此同《彙刊》卷一、《薈要》卷一《和吳寅夫對雨見懷》，《倪雲林先生詩集》卷一作"和答吳寅夫對雨見懷"。

［11］次陶蓬韵送葉參謀歸金華：此同《彙刊》卷一、《薈要》卷一《次陶蓬韵，送葉參謀歸金華》，《倪雲林先生詩集》卷一作"走筆次陶蓬韵送葉參謀歸金華"。

［12］次曹都水韵二首：此同《彙刊》卷一、《薈要》卷一《次曹都水韵二首》，《倪雲林先生詩集》卷一作"次韵曹都水"。

［13］禹：此同《倪雲林先生詩集》卷一《次曹都水韵二首》，《彙刊》卷一《次曹都水韵二首》、《薈要》卷一《次曹都水韵二首》作"禼"。

［14］尚：此同《倪雲林先生詩集》卷一《次韵曹都水》，《彙刊》卷一、《薈要》卷一《次曹都水韵二首》，《彙刊》卷一、《薈要》卷一《次曹都水韵二首》此字下注"一作高"。

［15］贈錢羽士：此同《彙刊》卷一、《薈要》卷一《贈錢羽士》，《倪雲林先生詩集》卷一作"贈錢鍊師"。錢羽士，法名月齡，號鶴山道人。參見《石倉歷代詩選》。

［16］送甘允北上：此同《彙刊》卷一、《薈要》卷一《送甘允北上》，《倪雲林先生詩集》卷一作"送甘允北上京師"。

［17］余友玄中真師在錫之東郭門立静舍：余友，此同《彙刊》卷一、《薈要》卷一《玄文館讀書有引》，《倪雲林先生詩集》卷一《玄文館讀書》無此二字。之，此同《彙刊》卷一、《薈要》卷一《玄文館讀書有引》，《倪雲林先生詩集》卷一《玄文館讀書》作"山"。

［18］名：此同《彙刊》卷一、《薈要》卷一《玄文館讀書有引》，《倪雲林先生詩集》卷一《玄文館讀書》作"號"。

［19］潔：此同《彙刊》卷一、《薈要》卷一《玄文館讀書有引》，《倪雲林先生詩集》卷一《玄文館讀書》作"處"。

［20］寓：此同《彙刊》卷一、《薈要》卷一《玄文館讀書有引》，《倪雲林先生詩集》卷一《玄文館讀書》作"處"。

［21］終：此同《彙刊》卷一、《薈要》卷一《玄文館讀書有引》，《倪雲林先生詩集》卷一《玄文館讀書》"終"字上有"遂"字。

［22］悠然：《倪雲林先生詩集》卷一《玄文館讀書》作"脩然"，《彙刊》卷一、《薈要》卷一《玄文館讀書有引》作"脩然"。

[23] 且西神山下有泉：此同《彙刊》卷一、《薈要》卷一《玄文館讀書有引》，《倪雲林先生詩集》卷一《玄文館讀書》作“又西神山下有好流水”。

[24] 咮：此同《彙刊》卷一、《薈要》卷一《玄文館讀書有引》，《倪雲林先生詩集》卷一《玄文館讀書》“咮”字上有“而”字。。

[25] 泉：《倪雲林先生詩集》卷一《玄文館讀書》作“西神山遠”，《彙刊》卷一、《薈要》卷一《玄文館讀書有引》作“山”。

[26] 故得昕夕取泉：此同《彙刊》卷一、《薈要》卷一《玄文館讀書有引》，《倪雲林先生詩集》卷一《玄文館讀書》作“故得朝夕取水”。

[27] 茗蓀：此同《彙刊》卷一、《薈要》卷一《玄文館讀書有引》，《倪雲林先生詩集》卷一《玄文館讀書》“蓀”字下有“之事”二字。

[28] 余：此同《彙刊》卷一、《薈要》卷一《玄文館讀書有引》，《倪雲林先生詩集》卷一《玄文館讀書》作“居茲館”。

[29] 記事：此同《彙刊》卷一、《薈要》卷一《玄文館讀書有引》，《倪雲林先生詩集》卷一《玄文館讀書》作“曰”。

[30] 寂：此同《彙刊》卷一、《薈要》卷一《玄文館讀書有引》，《倪雲林先生詩集》卷一《玄文館讀書》作“寐”。

[31] 適：此同《彙刊》卷一、《薈要》卷一《玄文館讀書有引》，《倪雲林先生詩集》卷一《玄文館讀書》作“怡”。

[32] 逍遥游：此同《彙刊》卷一、《薈要》卷一《玄文館讀書有引》，《倪雲林先生詩集》卷一《玄文館讀書》作“消摇游”。

[33] 與：此同《彙刊》卷一、《薈要》卷一《聽袁員外彈琴有引》，《倪雲林先生詩集》卷一《聽袁員外彈琴一首有引》作“以”。

[34] 以贈：此同《彙刊》卷一、《薈要》卷一《聽袁員外彈琴有引》，《倪雲林先生詩集》卷一《聽袁員外彈琴一首有引》作“一首”。

[35] 取瑟和流泉：此同《彙刊》卷一、《薈要》卷一《早春對雨寄懷張外史》，《倪雲林先生詩集》卷一《早春對雨寄懷張外史》作“撫弄無絃琴”

[36] 操瓢酌明月：此同《彙刊》卷一、《薈要》卷一《早春對雨寄懷張外史》，《倪雲林先生詩集》卷一《早春對雨寄懷張外史》作“招邀青天月”。

[37] 懷常州學博强行之：此同《彙刊》卷一、《薈要》卷一《懷常州學博强行之》，《倪雲林先生詩集》卷一作“懷寄强行之常州學官”。强行之，常州（今江蘇省常州市）學官。

[38] 有賦次韵答之：此同《彙刊》卷一、《薈要》卷一，《倪雲林先生詩集》卷一作“賦詩次韵酬答”。

[39] 徘徊：此同《彙刊》卷一、《薈要》卷一，《倪雲林先生詩集》卷一作“裵徊”。

[40] 胡：此同《彙刊》卷一、《薈要》卷一，《倪雲林先生詩集》卷一作“何”。

[41] 白：《倪雲林先生詩集》卷一作“黄”，《彙刊》卷一、《薈要》卷一此字下注“一作黄”。

[42] 應請：此同《彙刊》卷一、《薈要》卷一，《倪雲林先生詩集》卷一作“成書”。

[43] 然：此同《彙刊》卷一、《薈要》卷一，《倪雲林先生詩集》卷一無此字。

[44] 擬陰常侍一首寄劉秘監趙員外：此同《彙刊》卷一、《薈要》卷一“擬陰常侍一首寄劉秘監、趙員外”，《倪雲林先生詩集》作“儗陰常侍一首奉寄劉秘監趙員外”。

[45] 玉壺中插瑞香水仙梅花戲咏：此同《彙刊》卷一、《薈要》卷一“玉壺中插瑞香、水仙、梅花戲咏”，《倪雲林先生詩集》卷一作“玉壺中插瑞香水仙梅花戲咏一首”。

[46] 水：此同《倪雲林先生詩集》卷一“玉壺中插瑞香、水仙、梅花戲咏一首”，《彙刊》卷一、《薈要》卷一“玉壺中插瑞香、水仙、梅花戲咏”作“冰”。

[47] 抑鬱：此同《彙刊》卷一、《薈要》卷一《述懷》，《倪雲林先生詩集》卷一《述懷》作“黽勉”。

[48] 從：《倪雲林先生詩集》卷一、《彙刊》卷一、《薈要》卷一《述懷》作“徒”。

[49] 泊舟：此同《彙刊》卷一、《薈要》卷一《泊舟》，《倪雲林先生詩集》卷一作“泊舟一首”。

[50] 寄王光大：此同《彙刊》卷一、《薈要》卷一《寄王光大》，《倪雲林先生詩集》卷一作“贈王光大”。王光大，其生平事迹不詳。

[51] 次韻酬友人：此同《彙刊》卷一、《薈要》卷一《次韻酬友人》，《倪雲林先生詩集》卷一作“次韵答友生”。

[52] 根：《倪雲林先生詩集》卷一《次韵答友生》，《彙刊》卷一、《薈要》卷一《次韵酬友人》作“枳”。

[53] 受：此同《彙刊》卷一、《薈要》卷一《次韵酬友人》，《倪雲林先生詩集》卷一《次韵答友生》作“叜”。

[54] 禎：此同《彙刊》卷一、《薈要》卷一《次韵酬友人》，《倪雲林先生詩集》卷一《次韵答友生》作“徵”。

[55] 躄躠：此同《倪雲林先生詩集》卷一《次韵答友生》，《彙刊》卷一、《薈要》卷一《次韵酬友人》作“躄躠”。

[56] 筭：《倪雲林先生詩集》卷一《次韵答友生》，《彙刊》卷一、《薈要》卷一《次韵酬友人》作“箄”。

[57] 次韻姑蘇錢塘懷古：此同《倪雲林先生詩集》卷一“次韵姑蘇、錢塘懷古”，《彙刊》卷一、《薈要》卷一作“次韵姑蘇錢塘懷古六首”。

[58] 物情：《倪雲林先生詩集》卷一“次韵姑蘇、錢塘懷古”作“悲歌”，《彙刊》卷一、《薈要》卷一“次韵姑蘇、錢塘懷古六首”“情”下注“一作悲歌”。

[59] 逍搖：《倪雲林先生詩集》卷一《贈惟寅》作“消搖”，《彙刊》卷一、《薈要》卷一《贈惟寅》作“逍遥”。

[60] 清：此同《倪雲林先生詩集》卷一《送惟寅》，《彙刊》卷一、《薈要》卷一《送惟寅》作“晴”。

[61] 貞松白雪軒分韵賦：本詩原同《彙刊》卷一、《薈要》卷一無詩題，據《倪雲林先生詩集》卷一《貞松白雪軒分韵賦》補。

[62] 余與諸友集：此同《彙刊》卷一、《薈要》卷一，《倪雲林先生詩集》卷一《貞松白雪軒分韵

賦》作“句吴倪瓚與某某會”。

[63] 且主人好文尚古：此同《彙刊》卷一、《薈要》卷一,《倪雲林先生詩集》卷一《貞松白雪軒分韵賦》作“軒中主人又好文尚古”。

[64] 肴醴：此同《彙刊》卷一、《薈要》卷一,《倪雲林先生詩集》卷一《貞松白雪軒分韵賦》作“酒饌”。

[65] 得：此同《彙刊》卷一、《薈要》卷一,《倪雲林先生詩集》卷一《貞松白雪軒分韵賦》“得”字上有“瓚”字。

[66] 坐：此同《彙刊》卷一、《薈要》卷一《對春樹》,《倪雲林先生詩集》卷一《對春樹》作“憂”。

[67] 寫：《倪雲林先生詩集》卷一《寄穿窿主者》作“畫”,《彙刊》卷一、《薈要》卷一《寄穿窿主者》此字下注“一作畫”。

[68] 出郭：此同《彙刊》卷一、《薈要》卷一《出郭》,《倪雲林先生詩集》卷一作“入郭”。

[69] 紛：此同《倪雲林先生詩集》卷一《入郭》,《彙刊》卷一、《薈要》卷一《出郭》作“分”。

[70] 己：此同《彙刊》卷一、《薈要》卷一《出郭》,《倪雲林先生詩集》卷一《入郭》作“身”。

[71] 軮：此同《彙刊》卷一、《薈要》卷一《聽錢文則彈琴》,《倪雲林先生詩集》卷一《聽錢文則彈琴》作“軮”。

[72] 庭：《倪雲林先生詩集》卷一《訓張德機見贈》作“前”,《彙刊》卷一《訓張德機見贈》、《薈要》卷一《酬張德機見贈》此字下注“一作前”。

[73] 存：此同《倪雲林先生詩集》卷一、《彙刊》卷一《訓張德機見贈》,《薈要》卷一《酬張德機見贈》作“起”。

[74] 容：此同《彙刊》卷一、《薈要》卷一《贈張士行》,《倪雲林先生詩集》卷一《贈張士行》作“顔”。

[75] 江：此同《倪雲林先生詩集》卷一《贈友生》,《彙刊》卷一、《薈要》卷一《贈友生》作“汀”,“汀”下注“一作江”。

[76] 世：《倪雲林先生詩集》卷一《贈野處民》作“外”,《彙刊》卷一、《薈要》卷一《贈野處民》此字下注“一作外”。

[77] 杯：《倪雲林先生詩集》卷一、《彙刊》卷一、《薈要》卷一《陸德中祈雨有感》作“舟”。

[78] 賤：《倪雲林先生詩集》卷一、《彙刊》卷一、《薈要》卷一《陸德中祈雨有感》作“贈”。

[79] 抱疾：此同《彙刊》卷一、《薈要》卷一《卧病》,《倪雲林先生詩集》卷一《卧病》作“暴下”。

[80] 原：此同《彙刊》卷一、《薈要》卷一《卧病》,《倪雲林先生詩集》卷一《卧病》作“源”。

[81] 與全希言：《倪雲林先生詩集》卷一作“次韵全希言”,《彙刊》卷二、《薈要》卷二作“與全希賢”。

[82] 軒：《倪雲林先生詩集》卷一《酬友生》作“榮”,《彙刊》卷二、《薈要》卷二《酬友生》此字下注“一作榮”。

[83] 沂：《倪雲林先生詩集》卷一、《彙刊》卷二、《薈要》卷二作“泝”。

[84] 今：《倪雲林先生詩集》卷一、《彙刊》卷二、《薈要》卷二《薛常州讓田詩》作“嗟”。

[85] 笙:《倪雲林先生詩集》卷一《潘公鳴皋軒》作"烏",《彙刊》卷二、《薈要》卷二《潘公鳴皋軒》此字下注"一作烏"。

[86] 仙:此同《倪雲林先生詩集》卷一《爲張來儀賦匡山讀書處》,《彙刊》卷二、《薈要》卷二《爲張來儀賦匡山讀書處》作"山"。

[87] 瞻雲軒:本詩原無詩題,據《倪雲林先生詩集》卷一、《彙刊》卷二、《薈要》卷二《瞻雲軒》補。《彙刊》卷二、《薈要》卷二作"瞻雲軒","有引"二字以小字附"軒"字下。

[88] 父祖:此同《倪雲林先生詩集》卷一《瞻雲軒》,《彙刊》卷二、《薈要》卷二《瞻雲軒有引》作"祖父"。

[89] 而:此同《彙刊》卷二、《薈要》卷二《瞻雲軒有引》,《倪雲林先生詩集》卷一《瞻雲軒》作"則"。

[90] 而爲之賦詩:此同《彙刊》卷二、《薈要》卷二《瞻雲軒有引》,《倪雲林先生詩集》卷一《瞻雲軒》作"而爲之詩曰"。

[91] 心寂合自然:此同《彙刊》卷二、《薈要》卷二《瞻雲軒有引》,《倪雲林先生詩集》卷一《瞻雲軒》作"心瞀□□然"。

[92] 張鍊師祠醮感致瑞鶴賦贈:此同《彙刊》卷二、《薈要》卷二《張鍊師祠醮感致瑞鶴賦贈》,《倪雲林先生詩集》卷一作"張尊師祠醮感致瑞鶴"。

[93] 翩翩:《倪雲林先生詩集》卷一《張尊師祠醮感致瑞鶴》作"飛飛",《彙刊》卷二、《薈要》卷二《張鍊師祠醮感致瑞鶴賦贈》第二個"翩"下注"一作飛飛"。

[94] 咏蓮:此同《彙刊》卷二、《薈要》卷二《咏蓮》,《倪雲林先生詩集》卷一作"池蓮咏"。

[95] 蹊:此同《彙刊》卷二、《薈要》卷二《徐氏南園對雨》,《倪雲林先生詩集》卷一《徐氏南園對雨》作"溪"。

[96] 春日有感:此同《彙刊》卷二、《薈要》卷二《春日有感》,《倪雲林先生詩集》卷一作"正月廿五日賦"。

[97] 年邁誰能復:此同《彙刊》卷二、《薈要》卷二《春日有感》,《倪雲林先生詩集》卷一《正月廿五日賦》作"憂來誰能整"。

[98] 貽張玄度林宗道:本詩原同《彙刊》卷二、《薈要》卷二無詩題,據《倪雲林先生詩集》卷一《貽張玄度林宗道》補。

[99] 脈:《倪雲林先生詩集》卷一《貽張玄度林宗道》作"饌",《彙刊》卷二、《薈要》卷二此字下注"一作饌"。

[100] 翻:此同《彙刊》卷二、《薈要》卷二,《倪雲林先生詩集》卷一《貽張玄度林宗道》作"番"。

[101] 瑶草手堪摘:《倪雲林先生詩集》卷一《貽張玄度林宗道》作"夏清冬奧燠",《彙刊》卷二、《薈要》卷二"摘"下注"一作夏清冬奧燠"。。

[102] 蘇:此同《彙刊》卷二、《薈要》卷二,《倪雲林先生詩集》卷一《貽張玄度林宗道》作"胥"。

[103] 裒：此同《彙刊》卷二、《薈要》卷二，《倪雲林先生詩集》卷一《貽張玄度林宗道》作"秩"。

[104] 期：此同《彙刊》卷二、《薈要》卷二，《倪雲林先生詩集》卷一《貽張玄度林宗道》作"卜"。

[105] 華檻：《倪雲林先生詩集》卷一《爲徐有常畫葉湖别墅》作"筆格"，《彙刊》卷二、《薈要》卷二《爲徐有常畫葉湖别墅》"檻"下注"一作筆格"。

[106] 君：此同《倪雲林先生詩集》卷一、《彙刊》卷二《題墨竹送顧克善府判之高郵》，《薈要》卷二《題墨竹送顧克善府判之高郵》作"竹"。

[107] 題畫贈徐季明：此同《彙刊》卷二、《薈要》卷二《題畫贈徐季明》，《倪雲林先生詩集》卷一作"畫竹贈徐季明"。

[108] 池上哦清咏："哦"，《倪雲林先生詩集》卷一《西老圖》作"賦"，《彙刊》卷二、《薈要》卷二《西老圖》此字下注"一作賦"。"咏"，此同《彙刊》卷二、《薈要》卷二《西老圖》，《倪雲林先生詩集》卷一《西老圖》爲墨丁。

[109] 聊：《倪雲林先生詩集》卷一《西老圖》爲墨丁，《彙刊》卷二、《薈要》卷二《西老圖》作"恣"。

[110] 題畫贈九成：本詩原無詩題，據《倪雲林先生詩集》卷一、《彙刊》卷二、《薈要》卷二《題畫贈九成》補。《彙刊》卷二、《薈要》卷二作"題畫贈九成"，"有引"二字以小字附"成"字下。

[111] 方：此同《倪雲林先生詩集》卷一《題畫贈九成》，《彙刊》卷二、《薈要》卷二《題畫贈九成有引》作"放"。

[112] 每：此同《彙刊》卷二、《薈要》卷二《題畫贈九成有引》，《倪雲林先生詩集》卷一《題畫贈九成》作"每每"。

[113] 贈張以中：此同《彙刊》卷二、《薈要》卷二《贈張以中》，《倪雲林先生詩集》卷一作"畫竹贈以中"。

[114] 贈友：此同《倪雲林先生詩集》卷一、《彙刊》卷二、《薈要》卷二《贈友》，《彙刊》卷二、《薈要》卷二《贈友》"友"下注"一作律詩"。

[115] 文：此同《彙刊》卷二、《薈要》卷二，《倪雲林先生詩集》卷一作"之"。

[116] 仲：此同《彙刊》卷二、《薈要》卷二，《倪雲林先生詩集》卷一作"曰"。

[117] 武：此同《倪雲林先生詩集》卷一，《彙刊》卷二、《薈要》卷二作"父"。

[118] 遜學：《彙刊》卷二、《薈要》卷二作"周遜學"。

[119] 耳：《彙刊》卷二、《薈要》卷二無此字。

[120] 護：《彙刊》卷二、《薈要》卷二作"渡"。

[121] 吳淞山色圖：此同《彙刊》卷二、《薈要》卷二《吳淞山色圖》，《彙刊》卷二、《薈要》卷二《吳淞山色圖》"圖"下注"一作律詩"。

[122] 題畫：《彙刊》卷二、《薈要》卷二無此二字。

［123］題吴仲圭畫次韵并跋：《彙刊》卷二、《薈要》卷二作“題吴仲圭詩畫次韵”。《彙刊》卷二、《薈要》卷二《題吴仲圭詩畫次韵》詩後附梅花道人原韵。吴仲圭，吴鎮，字仲圭，號梅花道人，嘉興人（今浙江省嘉興市），畫家，被稱爲“元末四大家”。

［124］予始識之初：《彙刊》卷二、《薈要》卷二《題吴仲圭詩畫次韵》作“余始識元初”。

［125］云：《彙刊》卷二、《薈要》卷二《題吴仲圭詩畫次韵》此字下有“至正廿一年辛丑”七字。

［126］染：《彙刊》卷二、《薈要》卷二《題吴仲圭詩畫次韵》作“弄”，“弄”下注“一作染”。

［127］彼：《彙刊》卷二、《薈要》卷二《題吴仲圭詩畫次韵》作“懷”。

［128］君：《彙刊》卷二、《薈要》卷二《題吴仲圭詩畫次韵》作“雲”。

［129］畫竹：《彙刊》卷二、《薈要》卷二無此二字。

［130］乙巳：原作“已巳”，據《彙刊》卷二、《薈要》卷二改。乙巳，至正二十五年（1365）。

［131］日：《彙刊》卷二、《薈要》卷二《答徐良夫》無此字。

［132］隱：《彙刊》卷二、《薈要》卷二《答徐良夫》作“漁”。

［133］辭：《彙刊》卷二、《薈要》卷二《答徐良夫》作“詞”。

［134］蓬廬詩并序：《彙刊》卷二、《薈要》卷二作“蓬廬詩”，“并序”二字以小字附“詩”字下。

［135］泠：《彙刊》卷二、《薈要》卷二《蓬廬詩并序》作“冷”。

［136］衰：《彙刊》卷二、《薈要》卷二《蓬廬詩并序》作“害”。

清閟閣遺稿卷三

五言律詩
積　雨

積雨生朝菌，微風墮碧蓮。鵝池汲書水，鶴帳理琴絃。屐躡苔衣破，窗承樹影圓。空林無與語，長夏曲肱眠。

春日客懷[1]

白鶴烟霧遠，滄洲雲海寬。蘼蕪細雨濕，桃李春風寒。沉憂鬱不解，離緒沓無端。還憶郊園集，琴醞共清歡。

與張貞居雲林堂宴集分得春字

青苔網庭除，曠然無俗塵。依微樵徑接，曲密農圃鄰。鳴禽已變夏，疏花尚駐春。坐對盈樽酒，欣從心所親。

秋日寄謝參軍[2]

岧嶤太華隱，[3]婉戀東山情。學本猶龍老，詩工阮步兵。心期流水遠，世事浮雲輕。公府饒才彥，琅琅玉雪明。

次韻寄王長史①

示病維摩室，端居無俗情。清齋久絕飲，白首不論兵。露壁蛩吟

---

① 次韻寄王長史：此同《彙刊》卷三、《薈要》卷三《次韻寄王長史》，此詩於《倪雲林先生詩集》卷三中爲《次韻酧答謝參軍王長史》所收二詩之一首。

切,風林鶴骨輕。何時同內史,[4]清咏向蟾明。[5]

賦雪舟

一舸星河渚,空明玉氣浮。懷仙李太白,訪逸王子猷。月色如可掇,[6]曙光疑欲流。銀屏雲母幛,夢爲笙鶴游。

寄王道士宗晉[7]

王君舊隱地,聞更結茅茨。鶴氅春裁苧,鵝群雪泛池。時歌綠水曲,不負碧山期。夜雨生芳草,[8]令人起夢思。

題張德常良常草堂二首[9]

一室良常洞,幽深古大茅。風瓢元自寂,畦甕不知勞。獨出逢騎虎,初來學種桃。還應白雲裏,遲子共游遨。

其　二

翠壁鄰丹竈,青楓背草堂。琴書聊卒歲,麋鹿自成行。澗水流杯滑,[10]飛花入座香。能無問津者,及此擊舟航。

悼項山清上人

幽曠山中樂,飄颻物外踪。梵餘閒憩石,定起獨哦松。花落春衣靜,雲垂澗户重。依依種蓮處,林暝只聞鐘。

垂虹亭

虛閣春城外,澄湖暮雨邊。飛雲忽入户,去鳥欲窮天。林屋青西映,吳松碧左連。登臨感時物,快吸酒如川。

稽山草堂爲韓致因賦

稽山讀書處,應近賀公湖。磵月懸蘿鏡,汀花落酒壺。賣藥入城市,扁舟在菰蒲。逃名向深僻,君豈伯休徒。

俞子中見過

積雨衆芳歇，新晴生綠陰。獨眠方不愜，多子復相尋。鳴鹿在春野，啼鶯聞遠林。余懷良巳罄，咏嘯罷清琴。

邀張彦高①

清風入庭户，野客意悠哉。一與佳人別，階前生綠苔。參差松影亂，[11]寂歷竹扉開。[12]我有盈樽酒，懸榻待君來。

用韵重寄

山齋秋聽雨，高臥興悠哉。鹿飲荒池水，蝸耕石逕苔。寶瑟芳塵滿，匏尊綠螘開。[13]長吟我有待，躡屩子能來。

贈藺上人

初公經閣裏，復遇藺禪師。好飲茅君酒，狂吟杜牧詩。錢唐江上去，楊柳花飛時。帆影青山隔，依依夢見之。

題張氏蘇竹軒

高軒自虛曠，幽竹亦蘇生。苔石寒依玉，風泉夜奏笙。治冠輕可看，醞酒綠因名。好折青鸞尾，仙壇掃月明。

游善權洞載《宜興縣志》。[14]

來窺善權洞，一上李公樓。水玦岩前引，雲旌松際浮。然燈長不夜，垂釣只虛舟。欲讀吳朝刻，真成冒雪游。

野眺寄友[15]

見話幽人屋，荒城落日邊。川原漫浩浩，[16]烟樹靄芊芊。野稻初

---

① 張彦高：三鄉人，任浙江寧波府象山縣三倉大使。參見《〔正德〕莘縣志》卷六《人物類·吏選》。

牧碧，江魚土釣鮮。何當剩沽酒，直到爾門前。

寄徐仲清①

岩谷采靈藥，蕭條棲遁情。白雲簷下宿，海鶴階前鳴。燕俎登春菌，晨飧脯竹萌。詩憑五瀉水，好過蘭陵城。

贈劉道益并似陸明本[17]

作賦雲間陸，能詩鄴下劉。悲秋多遠思，捩柂作清游。竹泠侵衣屨，[18]窗虛見女牛。燈前一杯酒，漂泊更維舟。

賦德機徵君荊南精舍圖

結廬溪水南，勝處慊幽探。[19]夏果足山雨，春衣染夕嵐。石敧招鶴磴，門俯射蛟潭。日日縈歸夢，蕭條雪滿簪。

次唐綦毋潛宿龍興寺韻寄方厓[20]

無家何處歸，南渚有禪扉。湘簟閒秋水，風蓮墮粉衣。[21]硯池滋黯黯，竹露凈微微。社燕情如客，[22]攙君去槳飛。

贈謝長源[23]

公子太傅裔，好於湖上居。卷簾微雨裏，岸幘晚風餘。古刻秦斯篆，玄經許椽書。何當尋好事，鼓枻及秋初。

贈墨生

岩谷春風起，桐花落澗紅。隔水輕烟發，收煤石竈中。豹囊祕玄玉，鵝池生白虹。湯生法潘谷，千載事還同。[24]

雲槎軒

已比溝中斷，空思海上浮。隨雲秋泛泛，貫月夜悠悠。無路通河

---

① 　徐仲清：據《張子宜詩文集·文集》載，徐仲清爲元代名醫。

漢,憑誰問女牛。漂搖非有待,吾道付滄洲。

悼朱高士

秋日高人逝,微霜蕙草摧。鵝群空碧沼。鶴影自層臺。應御泠風出,疑隨密霧來。杉松暮蕭瑟,[25]撫事有餘哀。

贈道益

昔者劉高十,匡山曾結廬。插籬培杞菊,充棟著圖書。鶴影秋雲外,蛩吟夜雨餘。茂深繩祖武,息景在林居。

送徐元度還江西①

悠悠西江水,綿綿江上山。借問離群鶴,孤飛幾時還。白雪亦忌潔,青雲安可攀。時時王子晉,吹笙向人間。

題元朴上人壁

蕭條江上寺,迢遞白雲橫。坐待高僧久,時聞落葉聲。鴟夷懷往躅,[26]張翰有餘情。獨掉扁舟去,門前潮未生。

贈沈文舉②

波光浮草閣,苔色上春衣。楊柳鶯啼暗,櫻桃鳥啄稀。榮名非所慕,登覽竟忘歸。泖水宜修禊,重來坐釣磯。

七月十四日對雨[27]

雨簷驚瀉瀑,江漲忽通渠。古砌羅秋草,荒畦綴晚蔬。稍開雲表月,還掩篋中書。欲話幽貞意,忘言已久如。

---

① 　徐元度:昆陵人。參見《〔弘治〕重修無錫縣志》卷三〇《詞章三·詩》
② 　沈文舉:吳興人。參見《吳興藝文補》卷五四《元詩》。

寄虞子賢①

天闊海漫漫，崑山望眼寬。桃源迷晋世，松樹受秦官。雨藓鹿远遍，[28]霜梧鷰影寒。封題數行字，聊爾問平安。[29]

徐伯樞歸耘軒作[30]

歸耘向何處，近在東膠山。白雲宿虛牖，釣艇當荒灣。彈琴送落月，濯纓弄潺湲。寸田勿稂莠，[31]所願勤治芟。

贈張韓二君[32]

張仲情何厚，韓康誼亦深。賦詩論宿好，聚首契初心。阮藉惟須酒，陶潛不解琴。與君忘爾汝，蕭散鶴鳴陰。

酬彝齋見詒二首[33]

秋氣入幽居，階前樹影疏。筋骸渾懶惰，服食轉清虛。薄晚魚潛渚，新晴溜繞除。茯苓期共煮，悵望苦吟餘。

其　二

荆溪丘壑遠，暇日得躋攀。野客時相過，高人意自閒。敲門看修竹，卜宅近青山。勝事今寧有，幽吟一解顔。

暮春期潘徵君不至

風林驚宿雨，澗戶落殘花。芳月忽已晚，幽期良恐賖。黃鸝念求友，鸚鵡呼煮茶。猶候犢車至，心親寧憚遐。

義興王子明以竹蕳饋余，口占謝之[34]

竹下拾烟蕳，筠籃初送將。亭亭似三秀，楚楚異衆芳。猶帶雨露氣，更懷泉石鄉。此日山中客，笋蕨得新嘗。

---

① 虞子賢：字非是。參見《〔道光〕琴川三志補記續編》卷七《雜錄二·拾稗》。

贈公遠

霜葉落欲盡,晚山看更青。躡將沙際屐,坐久水邊亭。俛仰已如夢,漂搖同泛萍。稻粱非所戀,黃鵠思冥冥。

對雨次張貞居韵

户庭來游絶,園林飛雨滋。芳氣初襲蕙,圖文復散池。裁書恐沾濕,聽溜謾懷思。[35]清溪已可泛,方舟幸及兹。

孤雲用王叔明韵①

烟浦寒汀雨,吴山楚水春。絶無凝滯迹,本是不羈人。鵷鶴同棲息,蛟龍任屈伸。自嗟猶有累,斯世有吾身。

送　僧

聞説四明道,山川似若耶。去依阿育塔,還宿梵王家。野市封殘雪,[36]江船聚晚沙。光公强健否,持底作生涯。

贈王光大[37]

荆溪王隱士,相見每從容。借地仍栽竹,巢雲獨傍松。青苔盤石净,嘉樹緑陰重。約我同棲遁,嵩高第幾峰。

聽　雨

樓上看春雨,玉笙悲遠天。辛夷紅染筆,[38]芳草緑摇烟。冉冉侵書幌,冥冥濕釣船。新愁嫌點滴,元不到鷗邊。

送李徵君游荆溪因寄王司丞

何處尋狂客,故人王子猷。花落庭前樹,風吹溪上舟。紫笋生春

---

① 王叔明:王蒙,字叔明,號黄鶴山樵。吴興人,趙孟頫之外孫。

雨,綠蘋滿芳洲。心隨酒船發,悵望不能休。

五雲書屋

幽深隱者宅,迢遞少微山。賀公鏡湖曲,李白棹歌還。雨几研苔碧,風軒江竹斑。韓衆近何似,晏景白雲間。

雨霽呈德常[39]

積雨琴絲緩,沿階蘚碧滋。泥途方汩没,茅屋且棲遲。酒向鄰家貰,杯從野老持。便應繇此去,[40]海上候安期。

答明卿[41]

林靄去鶴唳,孤烟原上邨。稜澗綠雲滿,換幀晴景暄。處和斯遺隘,抱沖自寡言。君亦固窮節,衆溺何當援。

張天民溪亭

罨畫溪亭月,當窗影更妍。朱絃彈綠水,細柳舞春烟。杜牧何年宅,山僧棲夜禪。張公一杯酒,獨醉羲皇前。

雨 几

雨几唯生睡,邨醪不解愁。泥塗深溺象,身世眇浮漚。徑草紛披濕,林扉慘淡秋。何人富春渚,五月披羊裘。

寄張景昭①

烟渚落日後,風林清嘯餘。輕舟下天際,高人遺素書。笋脯炊菰米,松醪薦菊菹。子有林壑趣,江海一迂疏。[42]

---

① 張景昭:據《〔光緒〕嘉祥縣志》卷二《職官志》載,張景昭於正統十四年(1449)任嘉祥縣主簿。

荒 邨

蹯蹯荒邨客，悠悠遠遁情。[43]竹梧秋雨碧，荷芰晚波明。穴鼠能人拱，池鵝類鶴鳴。蕭條阮遥集，幾屐了餘生。

答光大

空谷枉嘉藻，幽吟當素秋。[44]詩鏗清廟瑟，書聳屈盧矛。學業余多愧，才華子獨優。飛鸞天外羽，斯世邈難儔。

寄東白上人

楓林散霞綺，湖水淡秋烟。忽憶北麻漾，[45]初春掉酒船。羽客借繪具，高僧醉棲禪。何時來甫里，痛飲菊花前。

酬雲浦

尋真狎隱淪，息景絕風塵。屈子能安義，陶公每任真。山中宜餌术，江上憶羹蓴。亦欲從棲遯，柴車爲爾巾。

題丘氏壁

我愛丘君宅，蕭然隱者風。石邊蒙細篠，井上植高桐。墨沼鵝群白，雲窗藥蕊紅。咏歌當上巳，修褉樂融融。

桂 花

桂花留晚色，簾影淡秋光。靡靡風還落，菲菲夜未央。玉繩低缺月，金鴨罷焚香。忽起故園想，泠然歸夢長。

寄章心遠①

江海章高士，相違已半年。青山雲冉冉，白鶴影翩翩。坐看神鰲

---

① 章心遠：其生平事迹不詳。

下,行吟秋水邊。何當拾瑤草,遲子華峰巔。[46]

賦雪蓬

手把玉麈尾,身披素綺裘。梨花縈夜月,柳絮入虛舟。不作饑鳶咏,其如載酒游。因懷剡溪興,烟水暮悠悠。

輓張德常①

孝弟由天性,清貞有祖風。宦游江郭遠,歸隱曲林通。嗜古真成癖,歌詩信已工。有才悲賈傅,荏苒百年中。

畫寄王雲浦②

蕭散賢公子,衡門似水清。花間青鳥過,砌下綠苔生。山色排簷入,江波照眼明。開圖想幽境,欲爲寫閒情。

高進道水竹居③

我愛高隱士,移家水竹邊。白雲行鏡裏,翠雨落階前。獨坐敷書席,相過趁釣船。何當重來此,爲醉酒如川。

寄王叔明

能詩何水部,愛石米南宮。允爾英才最,[47]居然外祖風。釣絲烟霧外,船影畫圖中。他日千金積,陶朱術偶同。

秋日贈張茂實④

久客東海上,秋風吹練裙。放言愛莊叟,笑癖如綠雲。[48]采藥清晨出,哦詩靜夜聞。滄浪可濯足,吾與爾爲群。

---

① 張德常:張經,字德常,鎮江路金壇縣人,遷居常州路宜興州。官至嘉定州同知。
② 王雲浦:其生平事迹不詳。
③ 高進道:其生平事迹不詳。
④ 張茂實:其生平事迹不詳。

期友人不至[49]

山寺擁爐夜，風聲如怒濤。獨吟何水部，還思王騎曹。曠達余所羨，阻別心增勞。來茲慰幽寂，輕舟幸即操。

贈吳國良①

義興吳國良用桐烟製墨，[50]將游吳中求售，[51]賦詩以速其行。[52]

生住荊溪上，桐花收夕烟。墨成群玉祕，囊售百金傳。孰謂奚珪勝，徒稱潘谷仙。老松端媿汝，[53]法已入玄玄。[54]

題方厓墨蘭

蕭散重居寺，春風蕙草生。幽林蒼蘚地，綠葉紫璚莖。早悟聞思入，終由幻化成。虛空描不盡，明月照敷榮。

爲唐景玉畫丘壑圖因題

丹經留玉斧，真籙佩青童。蛻迹氛埃外，怡情岩穴中。吹笙緱嶺月，理咏舞雩風。欲畫玄洲趣，揮毫清興同。

題風竹圖贈于静遠[55]

故人于静遠，訪我到南湖。作黍蔬親淪，開筵酒屢沽。臨流同嘯咏，剪燭尚歌呼。長夜清無寐，還爲風竹圖。

題　畫

甫里林居静，江湖遠浸山。漁舟衝雨出，巢鶴帶雲還。漉酒松肪滑，敷茵楮雪閒。春風一來過，似泊武陵灣。

---

① 贈吳國良：本詩原無詩題，整理者據作者詩序擬定。吳國良，吳善，字國良，吳郡人。工製墨，善吹簫，好與賢士大夫游。

爲文舉畫泖山圖因題

華亭西畔路，來訪舊時踪。月浸半江水，蓮開九朵峰。酒杯時可把，林叟或相從。興盡冷然去，雲濤起壑松。

畫竹寄王彝齋

荆南山色裏，翠竹密緣溪。冉冉春烟薄，冥冥暮雨迷。夢長蝴蝶化，[56]行遠鷓鴣啼。舊日栽桃李，清陰自滿蹊。

題李遵道山居圖①

披圖慘不樂，日暮眇余思。坐石看雲處，空齋對榻時。世途悲荏苒，墨氣尚淋漓。惆悵騎鯨客，於今豈有之。

贈王生蒙泉

曉鏡拂秋水，晴簷度白雲。青春去浩浩，艷蕊落紛紛。道在形神豫，心由瞭眊分。君其慎語默，世事豈余聞。

畫江天晚色贈志學

不見吕君久，題詩懷不忘。風聲渾落葉，山影半斜陽。獨鶴來遲暮，孤帆出渺茫。爲圖秋色去，留寄讀書堂。

題山陰丘壑圖寄趙士瞻[57]

吾愛趙徵士，清才能逸群。昔營山陰宅，今在吴松濆。月牖自理咏，春羹偏美芹。遠懷松上鶴，寫寄嶺頭雲。

八月十五夜湖上翫月

平湖秋似練，寒月白於銀。泫泫衣上露，青青水裏蘋。歡言一杯

---

① 李士行：字遵道，至元十九年(1282)生，天曆元年(1328)卒。參見《滋溪文稿》卷一九。

酒,聊樂百年身。茲夕對澄景,況值高懷人。

賦詩贈九成①

三月四日,邂逅德方郎官、九成掾史於荆溪之上,相從及旬而別。因九成徵余畫,并賦詩以贈。

剗掾學阮掾,宛然西晋風。百年聊復爾,三語將無同。載酒來溪上,看山入剗中。孤帆逐雲影,烟雨滿春空。

題漁樵友卷

釣水復樵山,逃名宇宙間。一篙春水净,半畝落花閒。鷗鳥時親狎,松雲共往還。厭聞塵世事,緬邈不相關。

題畫贈王仲和[58]

南湖陸玄素高士幽居,今王仲和居之。水木清華,户庭幽邃。余嘗寓其家四年,蕭然忘世慮也。仲和以此幀索畫,竹石畫已,并詩其上,以寫惓惓之懷。玄素,仲和外舅也。故尤感余故人之思,乙巳初月十七日。②

曾住南湖宅,於今已十年。叢林還自翳,[59]喬木故依然。雨雜鳴渠溜,雲連煮术烟。何時重相過,爛醉得佳眠。

過惠山

重過湛公宅,因嘗陸子泉。佛香松葉裏,僧飯石岩前。市駿唯憐馬,池荒憶種蓮。清心有妙契,塵事久終捐。

送宗天章歸廬山

屏風第九疊,歸伴鶴巢松。五老峰前路,東林寺裏鐘。宗雷憂入

---

① 賦詩贈九成:本詩原無詩題,整理者據作者詩序擬定。
② 乙巳:至正二十五年(1365)。

社,陶謝莽遺踪。我亦名山隱,他年何處逢。

題畫贈張玄度[60]

玄度好文學,[61]工詞翰,藹然如虹之氣。真江南澤中千里駒也。十二月十四日侍乃翁訪僕江渚,相與話舊,踟躕深動故園之感。因想像喬木佳石翳没於荒筠草蔓之中,遂寫此意并賦詩以贈焉。

蕭條江渚上,舟檝晚相過。卷幔吟青嶂,臨流寫白鵝。壯心千里馬,歸夢五湖波。園石荒筠翳,風前悅浩歌。

寄剡九成[62]

州府今爲掾,[63]風埃多厚顏。香芹渾滿澗,去鶴未巢山。思逐春雲亂,心隨野水閒。章君應話我,樗散碧岩間。

寄張德常

卜宅近溪西,雲烟咫尺迷。晝眠同野鶴,晨起候林鷄。舊種松三徑,春栽菊滿畦。來禽與青李,囊致不封題。

送王叔明

連榻臥聽雨,劇談清更真。少年英邁氣,求子不多人。仕禄豈云貴,貝琛非所珍。當希陋巷者,樂道不知貧。

寫秋林遠岫圖贈約齋因題

五言韋刺史,此地數曾游。無復綠陰静,空悲紅樹秋。市聲晨浩浩,雲影暮悠悠。徵士冲襟勝,邀余共茗甌。

賦謝王彝齋

不面纔經宿,題書細作行。心親情戀戀,事往意茫茫。酒榼浮松蕊,羊腔截玉肪。歌詩報佳貺,期此共徜徉。

三芳圖

丹桂月光落，猗蘭琴調清。獨憐秋鶴瘦，相對夜江橫。芳烈誰先後，才華孰重輕。道心安有染，無物惱閒情。

題墨贈李文遠[64]

義興李文遠，墨法似潘衡。麋角膠偏勝，桐花烟更清。紫雲腴泛泛，玄璧理庚庚。安得龍香劑，霜枝寫月明。

題畫贈九成[65]

吳山春雨净，江渚暮潮平。解纜欣初霽，開帆已到城。剡君有高趣，樽酒慰閒情。醉吐真丘壑，毫端一笑成。

畫竹寄張天民

良常南洞口，聞有掃塵齋。竹影春當戶，泉聲夜遶階。自矜霜兔健，安有魯魚乖。截得青鸞尾，因風寄好懷。

贈陸隱君

甫里高人後，風流有裔孫。愛山仍愛畫，留饌復留樽。每看雲眠石，因尋竹欹門。今朝嵐翠濕，應是雨翻盆。

寓法藏禪寺[66]載《宜興縣志》。①

風雨入城府，禪扉三日留。清齋聊弄翰，曉浴更梳頭。石鉢香烟細，經幢樹影稠。移舟未褰霽，少泊聽鳴鳩。

浦城春色圖寫贈遜學

七閩嵐翠合，山色浦城高。春靄浮青壁，晴曛醉碧桃。吟猿傳木

---

① 參見《〔嘉慶〕宜興縣志》卷末《雜志·寺觀·過重居寺》。

客,飛瀑亂松濤。夢入千峰裏,雲霄一羽毛。

聞鶯送別鄭徵士

春日陽關道,鶯聲滿上林。來從金谷曉,飛度玉樓陰。柳嫩難分色,歌停稍辨音。明朝空解語,人去落花深。

新涼戲呈甘白

閒静幽人宅,蕭條樂圃亭。炎暑浹旬劇,遠山當户青。涼生猶病瘥,愁解如酒醒。臥看風篁影,落月滿階庭。

贈郭本齋

高人郭本齋,輕舟東渡淮。賣藥不二價,向人多好懷。世方憂暍死,我豈與時乖。欲覓金光草,相期弱水涯。

畫贈耕雲

戢枻泊清陂,禪居獨下帷。軒扉雨寥落,草木晚離披。野老無機事,江鷗更不疑。虛舟身世遠,萍葉任飄吹。

贈陳維寅有跋[67]

十二月九日夜,與維寅友契籌燈清話。而門外北風號寒,霜月滿地,窗户闃寂,樹影零亂。吾二人或語或默寢寐,千載世間榮辱悠悠之話,不以污吾齒舌也。人言我迂謬,今固自若。素履本如此,豈以人言易吾操哉?維寅言歸,因賦詩并書此爲贈,慎勿以示顯貴者,必大笑以爲謬語也。十三日瓚書于蝸牛廬中。歲壬寅。①

陳君有古道,夜話赴幽期。翳翳燈吐熖,寥寥月入帷。冰澌醨酒味,霜氣折琴絲。明日吳門道,寒聽獨爾思。

---

① 壬寅: 至正二十二年(1362)。

六月六日盧氏客樓對雨一首呈維寅

無家隨地客，小閣看雲眠。涉夏雨寒甚，似秋風颯然。舞鸞悲鏡影，飛雁落箏絃。好轉船頭去，江湖萬里天。

題郭天錫畫并序[68]

天錫掾郎與予交最久，死別忽忽二十餘載。念之悵恨，如何可言。錫山弓河上玄元道館，錫麓玄丘精舍，其畫壁最多。今或爲軍旅之居，或爲狐兔之窟。頹垣遺址，風景亦異。雖予之故鄉，乃若異鄉矣。不歸吾土亦已十年，因勝伯徵君攜此卷相示，爲之展玩感慨，并叙述其疇昔相與之所以然者，其中有不能自已也，捉筆凄然久之。至正二十三年，歲在癸卯，①十二月十日夜笠澤蝸牛廬中寫。[69]

郭髯余所愛，詩畫總名家。水際三义路，毫端五色霞。米顛船每泊，陶令酒能賒。猶憶相過處，清吟夜煮茶。

十一月一日燈下戲寫竹石霜柯并題

久客令人厭，爲生只自憐。每書空咄咄，聊偃腹便便。野竹寒烟外，霜柯夕照邊。五湖風月迥，好在轉漁船。

贈友惟允②

惟允契友工爲詩歌，而圍棋、鼓琴無一不造其妙。雖游名公卿間，無意於仕進。故寫竹枝奉贈，又賦此詩。

岷江陳秀士，棲隱闤闠城。覓句仍工畫，看山不愛名。棋枰消永日，琴調寄閒情。摩拊鬚髯美，春苗紫過纓。

---

① 癸卯：至正二十三年(1363)。

② 贈友惟允：本詩原無詩題，整理者據作者詩序擬定。

寄　友

吴淞江上宅，青翠映丹楓。欲覓幽人去，遥憐雅好同。珍圖藏顧陸，蓮社憶雷宗。聞道秋風夜，清琴寫澗松。

八月廿日爲叔平畫紫芝山房圖并賦

山房臨碧海，燁燁紫芝榮。[70]雲上飛鳧舄，月中聞鳳笙。术烟生石竈，竹雪灑茆楹。誰見陳高士，希夷善養生。[71]

贈立徵君①

有立徵君，名其齋曰瑞居室，讀書、學道、咏歌先王之遺風於其中，爲之題贈。

五畝幽人宅，端居思沉寥。圖書充棟積，心迹去人遥。卷幔松風入，當階蘭雪飄。善求顔子意，陋巷樂簞瓢。

徐良夫耕漁軒②

僕來軒中，自七日至此，凡四日矣。風雨乍晴，神情開朗，又與耕雲、耕漁笑言娱樂，如行玉山中，文采自足照映人也，喜而賦此詩。

溪水東西合，山家高下居。琴書忘産業，踪迹隱樵漁。積雨客留宿，新晴人趁墟。厭喧來洗耳，清泚遠前除。

游西園③

至正癸亥秋七月三日，④乘雨至西園，因寫此圖，賦詩以紀勝游。

卜宅清溪上，烹茶秋樹根。書堂微雨霽，石榻古苔痕。松葉飄琴薦，荷香罩酒罇。邵公敦古道，幽尚竟誰論。

---

① 贈立徵君：本詩原無詩題，整理者據作者詩序擬定。
② 徐良夫：其生平事迹不詳。
③ 游西園：本詩原無詩題，整理者據作者詩序擬定。
④ 至正癸亥：至正無癸亥年，疑爲至治三年（1323）。

宿樂圃林居

　　予來城郭，而暑氣熾甚。偶憩甘白先生之樂圃林居，不覺數日。相與蔭茂樹，臨清池，誦羲文之《象爻》，彈有虞之《南風》，遂以永日。忽忽已淹留久如聞，成此詩以寓笑樂耳。甲寅六月十六日。①

　　暮投齋館靜，城郭似山林。落月半牀影，涼風孤鶴音。汀雲縈遠夢，桐露濕清琴。喧卑靜塵慮，蕭瑟動長吟。

爲耕雲賦山居

　　高木垂帷密，清池拭鏡明。虫書葉字古，風織浪紋輕。悄悄悲秋意，悠悠惜別情。古人雖已矣，得失未須驚。

示友人

　　子處窮愁際，我居憂患中。貪饕如鬼國，喜怒屬狙公。莫笑淮陰俛，誰同鮑叔風。雪汀留雁迹，飛舞任西東。

【校勘記】

［1］春日客懷：此同《彙刊》卷三、《薈要》卷三《春日客懷》，《倪雲林先生詩集》卷三作"二月十六日賦"。

［2］秋日寄謝參軍：此同《彙刊》卷三、《薈要》卷三《秋日寄謝參軍》，《倪雲林先生詩集》卷三作"次韵酹答謝參軍王長史"。

［3］太：此同《彙刊》卷三、《薈要》卷三《秋日寄謝參軍》，《倪雲林先生詩集》卷三《次韵酹答謝參軍王長史》作"木"。

［4］同：《倪雲林先生詩集》卷三《次韵酹答謝參軍王長史》作"王"，《彙刊》卷三、《薈要》卷三《次韵寄王長史》此字下注"一作王"。

［5］清咏向蟾明：《倪雲林先生詩集》卷三《次韵酹答謝參軍王長史》作"相見眼增明"，《彙刊》卷三、《薈要》卷三《次韵寄王長史》"蟾"下注"一作相見眼增"。

［6］色：《倪雲林先生詩集》卷三《賦雪舟》作"明"，《彙刊》卷三、《薈要》卷三《賦雪舟》此字

———————————

　　① 甲寅：洪武七年(1374)。

下注"一作明"。

［7］寄王道士宗晋：此同《彙刊》卷三、《薈要》卷三《寄王道士宗晋》，《倪雲林先生詩集》卷三作"寄道士王宗晋"。

［8］芳：《倪雲林先生詩集》卷三《寄道士王宗晋》作"春"，《彙刊》卷三、《薈要》卷三《寄王道士宗晋》此字下注"一作春"。

［9］題張德常良常草堂二首：此同《彙刊》卷三、《薈要》卷三《題張德常良常草堂二首》，《倪雲林先生詩集》卷三作"題張德常良常草堂"。張德常，即張經，字德常，金壇人。

［10］澗水：此同《倪雲林先生詩集》卷三《題張德常良常草堂》，《彙刊》卷三、《薈要》卷三《題張德常良常草堂二首》作"疊澗"，"澗"下注"一作澗水"。

［11］參差松影亂：《倪雲林先生詩集》卷三《邀張彥高》作"鬱鬱松陰晚"，《彙刊》卷三、《薈要》卷三《邀張彥高》"亂"下注"一作鬱鬱松陰晚"。

［12］寂歷：《倪雲林先生詩集》卷三《邀張彥高》作"悄悄"，《彙刊》卷三、《薈要》卷三《邀張彥高》"歷"下注"一作悄悄"。

［13］匏尊緑螳開：《倪雲林先生詩集》卷三、《彙刊》卷三、《薈要》卷三《用韻重寄》作"臨尊詎忍開"。

［14］載宜興縣志：此同《彙刊》卷三、《薈要》卷三《游善權洞》，《倪雲林先生詩集》卷三《游善權洞》無此五字。按：各朝《宜興縣志》均未收此詩。

［15］野眺寄友：《倪雲林先生詩集》卷三作"賦平野"，《彙刊》卷三、《薈要》卷三《野眺寄友》"友"下注"一作賦平野"。

［16］原：《倪雲林先生詩集》卷三《賦平野》作"途"，《彙刊》卷三、《薈要》卷三《野眺寄友》此字下注"一作途"。

［17］贈劉道益并似陸明本：此同《彙刊》卷三、《薈要》卷三《贈劉道益并似陸明本》，《倪雲林先生詩集》卷三作"又贈劉道益并似陸明本"。

［18］泠：《倪雲林先生詩集》卷三《又贈劉道益并似陸明本》，《彙刊》卷三、《薈要》卷三《贈劉道益并似陸明本》作"冷"。

［19］勝處慊幽探：《倪雲林先生詩集》卷三《賦德機徵君荊南精舍圖》作"勝事足幽探"，《彙刊》卷三、《薈要》卷三《賦德機徵君荊南精舍圖》"慊"下注"一作事足"。

［20］次唐綦毋潛宿龍興寺韻寄方厓：此同《彙刊》卷三、《薈要》卷三《次唐綦毋潛宿龍興寺韻寄方厓》，《倪雲林先生詩集》卷三作"追次唐綦毋潛宿龍興寺韻寄方厓"。

［21］風蓮墮粉衣：《倪雲林先生詩集》卷三《追次唐綦毋潛宿龍興寺韻寄方厓》作"風池墮羽衣"，《彙刊》卷三、《薈要》卷三《次唐綦毋潛宿龍興寺韻寄方厓》"蓮"下注"一作池"，"粉"下注"一作羽"。

［22］社：《倪雲林先生詩集》卷三《追次唐綦毋潛宿龍興寺韻寄方厓》作"秋"，《彙刊》卷三、《薈要》卷三《次唐綦毋潛宿龍興寺韻寄方厓》此字下注"一作秋"。

［23］贈謝長源：此同《彙刊》卷三、《薈要》卷三《贈謝長源》，《倪雲林先生詩集》卷三作"用虞

道源韵奉贈謝長源”。

[24] 還同：此同《彙刊》卷三、《薈要》卷三《贈墨生》，《倪雲林先生詩集》卷三《贈墨生》作
　　　　“同風”。

[25] 杉松：此同《彙刊》卷三、《薈要》卷三《悼朱高士》，《倪雲林先生詩集》卷三《悼朱高士》
　　　　作“松杉”。

[26] 躅：《倪雲林先生詩集》卷三《題元朴上人壁》作“事”，《彙刊》卷三、《薈要》卷三《題元朴
　　　　上人壁》此字下注“一作事”。

[27] 七月十四日對雨：此同《彙刊》卷三、《薈要》卷三《七月十四日對雨》，《倪雲林先生詩
　　　　集》卷三作“七月十四日對雨一首”。

[28] 远：此同《倪雲林先生詩集》卷三、《彙刊》卷三、《薈要》卷三《寄虞子賢》，《彙刊》卷三、
　　　　《薈要》卷三《寄虞子賢》此字下注“一作邇”。

[29] 爾問：《倪雲林先生詩集》卷三《寄虞子賢》作“問竹”，《彙刊》卷三、《薈要》卷三《寄虞子
　　　　賢》“問”下注“一作問竹”。

[30] 徐伯樞歸耘軒作：此同《彙刊》卷三、《薈要》卷三《徐伯樞歸耘軒作》，《倪雲林先生詩
　　　　集》卷三作“徐伯樞歸耘軒”。

[31] 稂：原作“根”，據《倪雲林先生詩集》卷三《徐伯樞歸耘軒》，《彙刊》卷三、《薈要》卷三
　　　　《徐伯樞歸雲軒作》改。

[32] 贈張韓二君：此同《彙刊》卷三、《薈要》卷三《贈張韓二君》，《倪雲林先生詩集》卷三作
　　　　“用彝齋韵贈張韓二君”。

[33] 酬彝齋見詒二首：《倪雲林先生詩集》卷三、《彙刊》卷三、《薈要》卷三作“次韵酬彝齋見
　　　　詒二首”。

[34] 義興王子明以竹箇餉余口占謝之：此同《彙刊》卷三、《薈要》卷三《義興王子明以竹箇
　　　　餉余，口占謝之》，《倪雲林先生詩集》卷三作“三月十日義興王子明送竹箘賦詩”。

[35] 聽：《倪雲林先生詩集》卷三《對雨次張貞居韵》作“對”，《彙刊》卷三、《薈要》卷三《對雨
　　　　次張貞居韵》此字下注“一作對”。

[36] 野市：《倪雲林先生詩集》卷三《送僧》作“望井”，《彙刊》卷三、《薈要》卷三《送僧》“市”
　　　　下注“一作望井”。

[37] 贈王光大：此同《彙刊》卷三、《薈要》卷三《贈王光大》，《倪雲林先生詩集》卷三作“畫竹
　　　　贈王光大”。王光大，其生平事迹不詳。

[38] 染：《倪雲林先生詩集》卷三《聽雨》作“點”，《彙刊》卷三、《薈要》卷三《聽雨》此字下注
　　　　“一作點”。

[39] 雨霽呈德常：此同《彙刊》卷三、《薈要》卷三《雨霽呈德常》，《倪雲林先生詩集》卷三作
　　　　“己酉八月廿三日雨至廿六日乃開霽賦五言呈德常”。

[40] 繇：《倪雲林先生詩集》卷三《己酉八月廿三日雨至廿六日乃開霽賦五言呈德常》作
　　　　“從”，《彙刊》卷三、《薈要》卷三《雨霽呈德常》此字下注“一作從”。

[41] 答明卿：此同《彙刊》卷三、《薈要》卷三《答明卿》，《倪雲林先生詩集》卷三作"奉答明卿先生"。

[42] 迁：此同《彙刊》卷三、《薈要》卷三《寄張景昭》，《倪雲林先生詩集》卷三《寄張景昭》作"胥"。

[43] 遁：此同《彙刊》卷三、《薈要》卷三《荒邨》，《倪雲林先生詩集》卷三《荒邨》作"道"。

[44] 素：《倪雲林先生詩集》卷三《答光大》作"廙"，《彙刊》卷三、《薈要》卷三《答光大》此字下注"一作廙"。

[45] 北：此同《倪雲林先生詩集》卷三《寄東白上人》，《彙刊》卷三、《薈要》卷三《寄東白上人》作"白"，"白"下注"一作北"。

[46] 峰：《倪雲林先生詩集》卷三《寄章心遠》作"山"，《彙刊》卷三、《薈要》卷三《寄章心遠》此字下注"一作山"。

[47] 爾：《倪雲林先生詩集》卷三《寄王叔明》作"矣"，《彙刊》卷三、《薈要》卷三《寄王叔明》此字下注"一作矣"。

[48] 綠：此同《彙刊》卷三、《薈要》卷三《秋日贈張茂實》，《倪雲林先生詩集》卷三《秋日贈張茂實》作"陸"。

[49] 期友人不至：此同《彙刊》卷三、《薈要》卷三《期友人不至》，《倪雲林先生詩集》卷三作"友人期過寺中不至"。

[50] 墨：此同《彙刊》卷三、《薈要》卷三，《倪雲林先生詩集》卷三"墨"下有"黑而有光膠法又得其傳"十字。

[51] 求售：此同《彙刊》卷三、《薈要》卷三，《倪雲林先生詩集》卷三作"以求售"。

[52] 賦詩以速其行：此同《彙刊》卷三、《薈要》卷三，《倪雲林先生詩集》卷三作"輒賦詩以速其行云"。

[53] 端：原作"瑞"，據《倪雲林先生詩集》卷三、《彙刊》卷三、《薈要》卷三改。

[54] 法已入玄玄：《倪雲林先生詩集》卷三作"桐法更清妍"，《彙刊》卷三、《薈要》卷三第二個"玄"下注"一作桐法更清妍"。

[55] 題風竹圖贈于靜遠：此同《彙刊》卷三、《薈要》卷三《題風竹圖贈于靜遠》，《倪雲林先生詩集》卷三作"贈友生"。于靜遠，其生平事迹不詳。

[56] 蝴蝶：此同《彙刊》卷三、《薈要》卷三《畫竹寄王彝齋》，《倪雲林先生詩集》卷三《畫竹寄王彝齋》作"胡蝶"。

[57] 題山陰丘壑圖寄趙士瞻：此同《彙刊》卷三、《薈要》卷三《題山陰丘壑圖寄趙士瞻》，《倪雲林先生詩集》卷三作"寫山陰丘壑圖寄趙士瞻"。趙士瞻，其生平事迹不詳。

[58] 題畫贈王仲和：本詩原無詩題，據《倪雲林先生詩集》卷三、《彙刊》卷三、《薈要》卷三《題畫贈王仲和》補。《彙刊》卷三、《薈要》卷三《題畫贈王仲和》"有引"二字以小字附"和"字下。王仲和，字汝中，大庾人，洪武中舉賢良科。參見〔康熙〕重修南安府志》卷一三《人物紀》。

[59] 林：《倪雲林先生詩集》卷三《題畫贈王仲和》，《彙刊》卷三、《薈要》卷三《題畫贈王仲和有引》作"笻"。

[60] 題畫贈張玄度：此同《倪雲林先生詩集》卷三《題畫贈張玄度》，《彙刊》卷三、《薈要》卷三作"題畫贈張玄度"，"有引"二字以小字附"度"字下。

[61] 好文學：此同《彙刊》卷三、《薈要》卷三《題畫贈張玄度有引》，《倪雲林先生詩集》卷三《題畫贈張玄度》作"文學好學"。

[62] 寄剡九成：此同《倪雲林先生詩集》卷三《寄剡九成》，《彙刊》卷三、《薈要》卷三作"奉寄剡九成"。剡九成，其生平事迹不詳。

[63] 掾：原同《倪雲林先生詩集》卷三《寄剡九成》、《彙刊》卷三《奉寄剡九成》作"椽"，據《薈要》卷三《奉寄剡九成》改。

[64] 題墨贈李文遠：《倪雲林先生詩集》卷三作"題墨竹贈李文遠"，《彙刊》卷三、《薈要》卷三《題墨贈李文遠》"墨"下注"一作題墨竹"。

[65] 題畫贈九成：此同《彙刊》卷三、《薈要》卷三《題畫贈九成》，《倪雲林先生詩集》卷三作"又題畫贈九成"。

[66] 寓法藏禪寺：此同《彙刊》卷三、《薈要》卷三《寓法藏禪寺》，《〔嘉慶〕宜興縣志》卷末《雜志·寺觀》作"過重居寺"。

[67] 贈陳維寅有跋：《彙刊》卷三、《薈要》卷三作"贈陳維寅"，"有跋"二字以小字附"寅"字下。

[68] 題郭天錫畫并序：《彙刊》卷三、《薈要》卷三作"題郭天錫畫"，"并序"二字以小字附"畫"字下。郭界，字天錫，鎮江（今江蘇鎮江）人，生於至元十七年（1280），卒於后至元元年（1335）。精於書畫，以山水竹木爲主，著有《快雪齋集》一卷。

[69] 十二月十日夜笠澤蝸牛廬中寫：《彙刊》卷三、《薈要》卷三《題郭天錫畫并序》作"十二月十日夜笠澤蝸牛廬中"。

[70] 燁燁：《彙刊》卷三、《薈要》卷三《八月廿日爲叔平畫紫芝山房圖并賦》作"奕奕"。

[71] 夷：《彙刊》卷三、《薈要》卷三《八月廿日爲叔平畫紫芝山房圖并賦》作"彝"。

清閟閣遺稿卷四

五言絶句

題臨水蘭

蘭生幽谷中，倒影還自照。無人作妍暖，春風發微笑。

和趙魏公張外史咏玄洲十景[1]

菌　山

奕奕三素雲，團團如車蓋。下有采芝仙，游神與天會。

羅姑洞

玉晨啓玄扉，靈篇咽飛仙。鍊景返洞宫，保真億萬年。

霞駕海

混淪青瑶流，焕爛雲錦光。飛軿駕神君，宛在旬山陽。

鶴　臺

胎仙集丹臺，真宰降玄居。翕忽神飈散，燒香禮太虚。

桐葉源

密葉蔭方壇，珍林寄深谷。華源遠莫窮，時有幽人宿。

玄洲精舍

步虚朝東華，高嘯追遠游。玄館咽妙道，逍遥宴神州。

紫　軒

虚林想遺躅，壇館廢仍存。落葉藏丹竈，清晨雲氣温。

隱居松

蒼雲乘白鶴，傳説手栽松。山室清眠夜，千岩聞勁風。

玉像龕

玉標明霞秀,靈朵混合成。流光映金宮,雲旆招萬靈。

題自畫[2]

東海有病夫,自云繆且迂。書壁寫絹楮,豈其狂之餘。

又

青林藏曲密,遠水間微茫。飛鷺浴鳧處,人家半夕陽。

夜作古木怪石因題

夜游西園渚,初月光炯炯。徙倚岩石下,愛此林木影。

雨　竹

雨過瀟湘渚,風生渭水波。暮窗揮醉墨,翠霧濕烟蘿。

題水傍樹林圖①

二月廿二日潘子素、王叔明來訪,[3]臨別爲寫水傍樹林圖。[4]
積雨開新霽,汀洲生綠蘋。臨流望遠岫,歸思忽如雲。

寫竹枝爲子中陳君

子中高世士,脱帽着黃冠。久勵冰霜操,虛心共歲寒。

題　鶴

海月生殘夜,遼天入莫秋。安期應有待,清唳起玄洲。

題畫鶴

白鶴何仙仙,翠石亦岌岌。風日媚幽芳,春禽飛相及。

---

① 題水傍樹林圖:本詩原無詩題,整理者據作者詩序擬定。

題王叔明小畫

餘不溪上路，不到已三年。范蠡扁舟小，披圖思惘然。

題夏圭紈扇圖

孰識琴中趣，山峨水深深。馬史妙於畫，無言會古音。

題　畫[5]

筆鋒雖小劣，景物亦清新。蕭瑟風林晚，江湖有逸民。

又

杳杳碧山岑，森森灌木陰。幽亭足清眺，臨風聊鼓琴。

又

江城秋雨後，竹石曉蒼蒼。聊以規摹此，留看宿鳳凰。

荆　溪[6]載《宜興縣志》。①

荆溪清遠地，水秀石幽貞。誰識懷歸者，終朝憒憒情。[7]

題秋亭曉色圖

園林夏雨歇，旭日照蒼苔。誰見竹亭裏，孤坐興悠哉。

寄　友

風雨暮蕭蕭，高人共寂寥。何時截湘玉，踏月夜吹簫。

菜　圃

食菜雖云美，荼苦薺自甘。猶勝高陽徒，韰葷自飫酣。

---

① 參見《〔嘉慶〕宜興縣志》卷一〇《藝文志・題荆溪》。

春江獨釣圖

春洲菰蔣緑，江水似空虚。望山以高咏，釣志不在魚。[8]

墨　竹

明月臨虚幌，[9]疏篁舞翠鸞。獨吟苔石上，霜葉媚天寒。

題畫與溥泉

息景憇烟霞，澄懷卧丘壑。久遲蘇仙君，莫驚松上鶴。

題　畫[10]

荆溪山水勝，不到十年餘。蔣氏遺基上，寒藤學草書。

又

雨過黄陵廟，風生湘水波。當時卸帆處，苔石倚喬柯。

【校勘記】

[1]和趙魏公張外史咏玄洲十景：此同《彙刊》卷三、《薈要》卷三《和趙魏公張外史咏玄洲十景》，《倪雲林先生詩集》卷五作“玄洲倡和十首繼趙魏公張外史作”。

[2]題自畫：此同《倪雲林先生詩集》卷五《題自畫》，《彙刊》卷三、《薈要》卷三作“題自畫二首”。

[3]訪：此同《彙刊》卷三、《薈要》卷三，《倪雲林先生詩集》卷五作“慰藉”。

[4]圖：此同《彙刊》卷三、《薈要》卷三，《倪雲林先生詩集》卷五“圖”字下有“并題”二字。

[5]題畫：《彙刊》卷三、《薈要》卷三作“題畫三首”。

[6]荆溪：此同《彙刊》卷三、《薈要》卷三《荆溪》，《〔嘉慶〕宜興縣志》卷一〇《藝文志》作“題荆溪”。

[7]朝：此同《〔嘉慶〕宜興縣志》卷一〇《藝文志·題荆溪》，《彙刊》卷三、《薈要》卷三《荆溪》作“期”。

[8]釣志：《倪雲林先生詩集》卷五《春江獨釣圖》作“意釣”，《彙刊》卷三、《薈要》卷三《春江獨釣圖》“志”下注“一作意釣”。

［9］虛：此同《倪雲林先生詩集》卷五、《彙刊》卷三、《薈要》卷三《墨竹》,《彙刊》卷三、《薈
要》卷三《墨竹》此字下注"一作書"。

［10］題畫：此同《倪雲林先生詩集》卷五《題畫》,《彙刊》卷三、《薈要》卷三作"題畫二首"。
《倪雲林先生詩集》卷五《題畫》有詩一首,"雨過黃陵廟"詩於《倪雲林先生詩集》卷五
題作"竹石圖"。

清閟閣遺稿卷五

六言絶句

田　舍[1]

山鳥下窺窗牖，春風時過柴門。避世何須鄭谷，作書已絶巨源。

映水五株楊柳，當窗一樹櫻桃。灑掃石間蘿月，吟哦琴裏松濤。

題良常草堂[2]

結屋正臨流水，[3]開門巧對長松。爲待神芝三秀，移居華蓋西峰。

爲曾高士畫湖山舊隱

厭聽殘春風雨，捲簾坐看青山。波上鷗浮天遠，林間鶴帶雲還。

題　畫[4]

雨過黃陵廟下，雲生玉女井邊。野雉雊鳴斜日，鷓鴣啼破林烟。[5]

罨畫溪頭喚渡，銅官山下尋僧。水榭汀橋曲曲，風林雲磴層層。

高柳喬柯小閣，水光山色衡門。未老作閒居賦，無錢對北海樽。

舟泊溪流曲曲，鳥啼烟樹重重。獨思白鶴遺址，好居五老雲峰。

孝侯廟前雨過，罨畫溪頭日曛。舊迹如今夢裏，春風愁亂行雲。

月下參差雙玉，燈前蕭散孤鴻。寄興只消毫楮，寫懷不用絲桐。

竹上誰彈清淚，如鉛春雨斑斑。滿眼湘江波浪，望窮白鳥飛還。

高樹長松共晚,蒼筠野石同貞。珍重王家公子,翩翩白鶴神清。

南邨草堂

雲溶溶兮覆渚,波剡剡兮侵扉。觀魚泳而自樂,狎鷗馴以不飛。

雲溪佳處

誰覓雲溪佳處,渚花汀竹迷藏。去鶴原邊倚杖,浮鷗波上鳴榔。

己酉八月廿六日謾題①

田父聊同爾汝,狂夫從問誰何。[6]昔日揮金豪俠,今朝苦行頭佗。

題　竹[7]

黃陵廟前雨過,邯鄲谷口風生。愛殺山人清致,縱橫淡寫秋聲。

我愛焦君味道,筆端點綴清新。規模虎兒早歲,未窺北苑入神。

題溪山雪霽圖贈以中張君[8]

水影山容黯淡,雲林翠篠蕭疏。[9]誰見重居寺裏,雪晴沙際吟餘。

贈潘仁仲②

瓶內花簪白鶴,[10]庭中池養金魚。馴虎只憑丹竈,活人惟留素書。

燕　乳

燕乳雛成竟去,鶯悲影隻難雙。借問榮歸故里,何如高臥北窗。

贈安素高士③

壬子十一月五日,④余遇牧軒于吳門客邸,求寫贈安素高士并賦。

---

① 己酉:洪武二年(1369)。

② 潘仁仲:醫傷寒醫士。據《〔弘治〕重修無錫縣志》卷二〇考。

③ 贈安素高士:本詩原無詩題,整理者據作者詩序擬定。

④ 壬子:洪武五年(1372)。

石潤苔痕雨過,竹陰樹影雲深。聞道安素齋中,能容狂客孤吟。

至正癸卯九月望日畫贈勝伯徵君并題①

江渚暮潮初落,風林霜葉渾稀。倚杖柴門闃寂,懷人山色依微。

東吳十咏

望洞庭

一望洞庭秋水,相逢南浦孤蓬。[11]江干有興騷客,閒居久約漁翁。

泛石湖

遥接太湖惘然,尚留赤壁圖景。越來溪水東西,香雪寒梅飄影。

游靈岩寺

此山勝景玄賞,舊游今日皆非。籃輿林間烟暝,爛柯谷口忘歸。

登姑胥山

吳王館娃西子,兩情斷送長流。麋鹿淚沾荒草,故人汗漫重游。

泊橫塘

山寺微茫深渡,寒烟蒼莽橫塘。杖梢自挑村酒,船頭猶夢漁郎。

懷甫里

筇行依依故里,石刊翰墨模糊。龐公力田二頃,拾遺扁舟五湖。

過盤門

將軍南過吳國,魚龍跳下江潮。無限吁嗟神迹,[12]怕聞淒涼洞簫。

過獨墅

短棹微風窈窕,片帆落日橫斜。舍傍誰開酒肆,牛疲知是田家。

過車坊漾

蕩舟滄波萬頃,摇櫓白鷗渚傍。不知新月東起,回頭過盡東方。

歸闔閭浦

極目烟江盡頭,屈指揺城渡口。世人不理曲肱,自餉黃鷄白酒。

---

① 癸卯:至正二十三年(1363)。

畫　竹①

珍重黃華父子,遺風得似洋州。松雪于今寠寠,房山去後休休。

【校勘記】

[1]田舍:此同《倪雲林先生詩集》卷五《田舍》,《彙刊》卷三、《薈要》卷三作"田舍二首"。
《田舍》詩共二首。

[2]題良常草堂:《倪雲林先生詩集》卷五,《彙刊》卷三、《薈要》卷三作"題良常草堂圖"。
又,《彙刊》卷三、《薈要》卷三《題良常草堂圖》有序云:"和靖處士嘗賦詩曰:'山水未深
魚鳥少,此生猶擬再移居。只應天竺溪流上,獨木爲橋小結廬。'以中之大父鶴溪先生
自金壇移居荊溪,因以中相過,話處士舊詩,戲爲圖此。"

[3]正:此同《彙刊》卷三、《薈要》卷三《題良常草堂圖》,《倪雲林先生詩集》卷五《題良常草
堂圖》作"政"。

[4]題畫:《彙刊》卷三、《薈要》卷三作"題畫八首"。

[5]鸂鶒:此二字原漫漶不清,據《彙刊》卷三、《薈要》卷三《題畫八首》補。

[6]誰:《倪雲林先生詩集》卷五、《彙刊》卷三、《薈要》卷三《己酉八月廿六日謾題》作"如"。

[7]題竹:此同《彙刊》卷三、《薈要》卷三《題竹》,《倪雲林先生詩集》卷五作"題竹圖"。又,
此同《彙刊》卷三、《薈要》卷三《題竹》有詩二首,《倪雲林先生詩集》卷五《題竹圖》只有
"黃陵廟前雨過"詩,"我愛焦君味道"詩於《倪雲林先生詩集》卷五中爲《畫竹》所收二
詩之一首。

[8]題溪山雪霽圖贈以中張君:此同《彙刊》卷三、《薈要》卷三《題溪山雪霽圖贈以中張
君》,《倪雲林先生詩集》卷五作"題溪山雪霽圖贈以中"。

[9]翠:《倪雲林先生詩集》卷五《題溪山雪霽圖贈張以中》作"細",《彙刊》卷三、《薈要》卷
三《題溪山雪霽圖贈以中張君》此字下注"一作細"。

[10]鶴:此同《彙刊》卷三、《薈要》卷三《贈潘仁仲》,《倪雲林先生詩集》卷五《贈潘仁仲》
作"蕚"。

[11]逢:《彙刊》卷三、《薈要》卷三《望洞庭》作"看","看"下注"一作逢"。

[12]神:《彙刊》卷三、《薈要》卷三《過盤門》作"陳","陳"下注"一作神"。

---

① 畫竹:此同底本卷五、《彙刊》卷三、《薈要》卷三《畫竹》有詩一首,《倪雲林先生詩集》卷五
《畫竹》有詩二首,除此詩外,另一首爲底本卷五、《彙刊》卷三、《薈要》卷三《題竹》所收二詩之一
首:"我愛焦君味道,筆端點綴清新。規模虎兒早歲,未窺北苑入神。"

清閟閣遺稿卷六

七言古詩

送徐君玉①

閩江之水清漣漪,隔江名園多荔枝。閩中女兒天下白,越波飛槳逐鳧鷖。棹歌清綿洲渚闊,蕩槳落日令人悲。蠻烟怪雨忽冥密,蔣芽蒲葉相參差。此中勝事不爲少,徐郎遠游牽我思。

寄張徐二秀才

東膠山麓繚修阻,春水鳴渠竹滿園。玄真棲遁樂耕釣,徐孺風流存子孫。適我騎犢詣其處,荷爾作黍留清言。夜闌把燭竟歸臥,烟草蝶飛勞夢魂。

十二月七日岳季堅夜坐,走筆贈之

僧扉共臥風雨夕,岳生清真何太顛。持家有弟足自慰,無錢沽酒殊可憐。梅蕊衝寒欲破白,[1]燈花惱人故生妍。孰知旅枕作孤夢,周處廟前行買船。

古意一首答曹德昭②

齊王好竽客鼓瑟,操瑟何以干齊門。古人結交多豪傑,況爾封君之子孫。王國陳詩終大雅,楚俗尚鬼悲招魂。相思日暮不可見,鴻飛

---

① 徐君玉:據《〔萬曆〕蘭溪縣志》卷七《雜志類・下》載,徐君玉爲蘭溪縣教諭。
② 曹德昭:據《清秘述聞續》卷四載,曹德昭爲長沙人。

冥冥目力昏。

與劉元暉快雪齋對月理咏①

劉君元暉八月十四日邀余玩月，快雪齋中對月理咏，因賦長句。[2]

卷簾見月形神清，疑是山陰夜雪明。長歌欲覓剡溪戴，[3]悵然停杯遠恨生。爾營茅齋名快雪，邀我吹笙弄明月。明星如銀浮翳消，垂露成帷桂花發。酒波蕩漾天河傾，笙聲嫋嫋秋風咽。古人與我不并世，鶴思鷗情迴愁絕。

其　二②

涼月紛紛疑積雪，凝暉散彩白於銀。此時獨酌開軒坐，便欲剡溪尋隱淪。爾營茅齋名快雪，我醉行吟踏秋月。河漢無聲風露寒，心境冷然同一潔。

餘不溪咏并序[4]

開玄館在餘不溪濱，距溪無百步，上清王真人所居。[5]溪流冬夏盈溎，玉光澄映，與他水特異，故爲名焉。庚午歲春，③因市藥過浙江，趣便道將歸梅里，俯斯水而悅之。泝流閒咏盥濯平津，顧瞻壇宇，近在東麓。遂舍舟造其下。真人爲出酒脯，燕嘯岩洞，竟日乃返。悠悠徂歲，忽已十有七寒暑矣。余既爲農畎畝，身依稼穡，復邅政繁，奔走州里，欲爲昔游其可得乎？鍊師超然物表，閒情夷朗，周覽宇內，將還玄館。[6]余因彷像疇昔之所覩，[7]追賦短章以餞斯別。若夫超踪涅濁，逍遥玄邁，蓋深志於是矣。覽而咏言，能無動悲慨乎？

餘不溪水綠生蘋，放舟演漾當青春。舟隨鶴影忽行遠，洞口桃花飛接人。雲松蔽虧烟蘿席，儼在溪東之石壁。羽人垂衣坐鼓簧，饋我

---

①　與劉元暉快雪齋對月理咏：本詩原無詩題，整理者據作者詩序擬定。

②　此詩於《倪雲林先生詩集》卷二中位於"卷簾見月形神清"詩之前，無詩題，有詩序云："歲己酉八月十四日寓甫里之野人居，劉君元暉邀余酌酒，快雪齋中對月理咏，因賦長句。"

③　庚午：至順元年(1330)。

晨湌芝菌香。從兹更發洞庭渚，濯髮咸池臨故鄉。餘不溪水涵綠蘋，微風吹波蹙龍鱗。看山蕩槳不知遠，花間白鹿來迎人。[8]溪回路轉松風急，竹林華房霞氣濕。忽逢道士頎而長，疑是韓國張子房。相期飄拂紫烟裏，下攬滄溟浮玉觴。

醉題許生壁[9]

生有破屋山西邨，風雨不出臥衡門。蓑書其間讀且温，客來輟書就琴尊。寂寞古道安可論？

苦雨行

孟秋苦雨稻禾死，天地晦冥龍怒嗔。南鄰老翁臥不起，漏屋濕薪愁殺人。自云今年八十剩，力農一生兹始病。兩逢赤旱三遇水，租税何曾應王命。吾今寧免身爲魚，死當其時良可吁。

寄徐元度

二月苦雨晝如晦，閉户獨眠無所爲。黃鳥翻飛乍依竹，櫻桃爛熳開滿枝。起覓杜康欲自慰，坐無徐孺令人悲。春帆早晚江西去，東湖宅前舟可維。

醉歌行，酬李徵君春日過草堂賦贈[10]

昔聞杜陵之茅屋，汀花冥冥汀樹綠。舊題新咏答年華，種术行椒繞山麓。石牀蘚澀青泥乾，[11]決渠流水夜潺湲。[12]當年寶劍淪黃土，空餘山月照波間。今我不樂懷往古，短世長年誰比數。[13]花下欣逢李白來，山鳥溪童亦歌舞。酒酣長嘯五情熱，軒冕何榮築岩説。夷齊抗節餓首陽，[14]逍遙采薇飲芳潔。[15]勿歌虞夏神農詩，[16]賢愚等是百年期。[17]少文豈愛壁間畫，老疾俱來難命駕。仰視翕忽浮雲馳，安得乘螭與雲化。[18]楊花縈夢滿晴天，迸壑春雷驚醉眠。李侯神爽色不動，[19]手敲茶雪落輕烟。[20]相逢爲樂誠草草，[21]竟欲與君臥烟島。[22]

城郭千秋白鶴飛,[23]海上飡霞不知老。

送潭州魯總管

翩翩文鷐飛渡淮,葳蕤五采下天階。西疇昨夜雨初遍,田父謳歌有好懷。湘潭山色隨輕轂,談笑來爲此州牧。[24]隔岸桃林散綺霞,[25]三月洞庭春水綠。

對梓樹花

去年梓樹花開時,美人明璫坐羅帷。今年梓樹花如雪,美人死別已七月。梓花如雪不忍看,沉吟懷思淚闌干。鳴鳩乳燕共悲咽,柳綿風急烟漫漫。

泛滄浪

滄浪可濯纓,春雨看潮生。斲得木蘭槳,欲向桃源行。桃花源裏秦人住,花發綺霞明處處。何用文章寄武陵,時有漁郎自來去。

賦許君震杏林小隱

江上春雨歇,喬柯散繁花。開尊藉莓苔,共醉仙人家。霽景麗華彩,微波搖絳霞。東風夜來急,吹雪滿江沙。明朝杏熟虎爲守,郊原綠遍聞鳴蛙。

贈顧定之①

輕薄紛紛新少年,論詩作賦如湧泉。爲雲爲雨手翻覆,[26]背面傾擠當面憐。阿翁七十仍踰四,與我同心生并世。高卧白雲飡絳霞,草堂門對靈岩寺。

贈康素子[27]

道德五千言,玄之而又玄。谷神不死曰玄牝,用之不勤以綿綿。

---

① 顧定之:顧安,字定之,平江(今江蘇蘇州)人。參見《存復齋文集》。

太原道士康素子，口講此書手畫指。猶龍之後有蒙莊，回薄宇宙有根柢。蝴蝶栩栩觀物化，濠魚洋洋樂何似。壺丘弟子御風游，游仍有待曷足恃。尻輪神馬鴻濛外，恍惚杳冥隨所止。化人之居鄰太清，十二重樓臨五城。千劫謂如一食頃，不起於座空飛行。王喬鶴上吹玉笙，食棗東海安期生。雲車霓輈到平地，渴飲懸河天爲傾。大茅登雲二弟迎，紫虛永和傳玉經。楊曦以授許長史，玉斧清映道初成。貞白子微如日炯，千岩萬壑春冥冥。葛玄登鍊匡廬頂，淵雷一聲眠鶴醒。道陵章奏陽平治，子孫繩繩祖武繼。重陽晚出金末裔，全真爾名欽世世。仰瞻在昔老莊列，近比肝膽遠胡越。要知道不出智勇，疾似秋空鷹一撇。素乎素乎爾，鄰乎道德而不孤。凡夫皆具仙真體，一扇仁風病即蘇。

江南曲[①]

春風顛，春雨急，清泪泓泓江水濕。落花辭枝悔何及，絲桐哀鳴亂朱碧。嗟胡爲客去鄉邑，相如家徒四壁立。柳花入水化綠萍，江波搖蕩心忪縈。

陸隱者禱雪獲應

紇干山頭黃草枯，年年雪花大如掌。春風草綠牛羊蕃，誰爲祈禳復誰賞。南雪由來到地消，今年冬暖知爲妖。[28]民間禱雪誠希有，旱禱桑林聞昔謠。[29]

鄭有道隱居梁鴻山

伯鸞近在東山陲，室無孟光唯兩兒。草堂資煩王錄事，蓮社緣依遠法師。迎我掃除松下雪，因君起寫壁間詩。便思從子遂真隱，深谷紫芝堪療饑。

---

　　① 此同《倪雲林先生詩集》卷二《江南曲》爲獨立一詩，於《彙刊》卷四、《薈要》卷四中爲《江南春》一詩之一部分。

賦耕雲贈友[30]

大茅峰前萬頃雲,烟耕雨溉曉絪縕。乃知神物無根蒂,[31]誰種空山誰與耘。愛君茅屋當南面,閒看陰晴玩其變。白鶴眠松夜夜歸,朝逐孤雲如匹練。

贈季丙卿

季子蕭條千古心,斷碑荒冢在江陰。行人過客寧知此,春雨年年江水深。君家正近延陵郭,[32]世遠義風猶未薄。誰識寥寥末裔孫,[33]種杏成林惟賣藥。

延陵道

延陵道去國千有餘里,民風質直。昔季子攸居義興,其屬邑過百里,而遠麗於南隅民。當西晉,有周處肆勇鬥狠於鄉閭,[34]人皆以爲患。父老揚言,其非一朝發憤,易行忠孝。俱其歿已千載,民今仰而祠。我幸生居在鄰邑,[35]春服始成,來游而來娛。式逢劉公揚驪踟躕,酌山之泉,擇渚之蒲,[36]相率奠拜,步趨襜如,嘆咏而去。

方舟載塗,錫山之陽,其水舒舒。山氣磅礴而敷腴,上升爲雲雨,彌滿乎九區。厥土沃若,君子於以田敆。公度中流,揚揚其旗,載挹載注。原茲古初,睠此平墟,泰伯所都,[37]夫子所謂至德也已矣。吁嗟! 遡流百世,下聞其風者,[38]尚敦乎薄夫!

送潘生適越

鏡湖春水綠沄沄,兩岸楊花飛白雲。落日擊舟微雨歇,一壺濁酒飯香芹。嘉爾盛名年少得,筆精墨妙比羊欣。日長高臥無餘事,應有人書白練裙。

贈陸子華

爲愛泖西春水綠,三年不來今乃復。如來不三宿桑下,子華留我經旬宿。東鄰唯有沈休文,文字詩篇與討論。時時亦復具鷄黍,未能厭飫嘉盤殽。爲君吐出無味句,嘆爾網魚共濡煦。不作卑卑兒女情,仰天大笑飄然去。

宿薩判官家聽琴

薩公能琴賢且文,城闉一遇承清芬。[39]高齋掃榻新雨霽,[40]爲鼓瀟湘之水雲。竹林蕭瑟風嫋嫋,山日掩靄波沄沄。曲終推琴意逾妙,[41]高山流水餘音聞。[42]

送錢成大赴淮南

桐柏山高淮水闊,道途悠悠心忽忽。大藩作鎮據兩淮,公侯干城埶子越。帶雨春潮送櫓聲,淮山千里青相迎。隱居行義今寥落,到邑煩君訪董生。

寄沈郎①

李徵君將還揚州,因言沈郎官吳中,賦此以寄。

二月桃始華,淮南客還家。階前疏雨落,堂上春衣薄。爲言沈約在吳中,玉壺青絲酒如空。春風相過蕙草綠,芳菲滿堂樂未終。

姚節婦詩

節婦復節婦,處心良獨苦。苟不義以生,寧從義而死。荊南流水石齒齒,寇辱形虧浣清泚。妾可死不可辱,夫從父生死携女。婦兮婦兮死所安,使我感激涕汍瀾。古今出處多射利,委身事國爲貪奸。嬴王易主意未殫,身没令名生美官。嗚呼!史臣直筆古來少,孤臣直節今尤艱!

---

① 寄沈郎:本詩原無詩題,整理者據作者詩序擬定。

奉寄沈理問①

紫霞虛皇之上清，迢迢十二樓五城。烟霧囱扉鳥爲使，霞綃衣裳翠織成。雲旂芝蓋集真侶，[43]清露如鉛籠玉宇。回看人世萬蚍蜉，[44]擾擾泥塗困雲雨。騏驥縶足鳴何饑，黃鵠截翮不得飛。杜鵑哀號鷓鴣泣，苦竹嶺頭無月輝。可憐仙凡一塵隔，哀樂紛綸殊不極。人間亦有學仙人，神巫傲傲舞瑤席。精靈翕忽虹影長，觴湛桂酒羞楓香。雲情蜷局難爲駐，世味膻腥不足嘗。仙人舊亦人間住，乘雲往列仙曹署。願從帝所話悲辛，明良留心乃奇遇。我聞天道自循環，福善殃淫帝或關。[45]令威亦成歸來願，豈遂忘情出兩間。

贈丁醫士

泊舟風雨芙蓉城，江上君山雲錦屏。我來已是千年後，館主子孫猶姓丁。[46]丁君手煉不死藥，芙蓉仙人久相約。孤鰥七十老無家，種杏春來看落花。[47]

咏　鶴[48]

丹鳳葳蕤何處藏，翳茲天孫雲錦裳。嘎然長鳴引圓吭，晨飛岷峨暮良常。[49]玉笙寥寥珮琅琅，千年仙驥時歸翔。步苔飲泉下趑趄，忽然不返歲月長。爾居雞群獨彷徨，羽衣猶白未老蒼。清都霄臺應已忘，啄腥吞腐塵土鄉。乘軒豈復思華陽，樊籠未離勿張皇。

蟛蜞[50]

歲己亥春仲月之六日，②自寅迄酉，震雷且雪。甲辰暮冬日癸卯，蟛蜞見於震陬。飛龍挾雷電，落景皎出月。老夫頻年熟灾異，夏凄其風冬乃熱。晝霧暝如夜，淫雨十旬浹。疲農不使憩殘喘，志士不得安

---

① 此詩於《倪雲林先生詩集》卷二中凡二見，內容全同。
② 己亥：至正十九年(1359)。

岩穴。國之袄沴古亦有，十月雷電，天或隕石或雨血。人君修德灾可
弭，桑生於朝赫王業。方今滔滔天下墊，鋒鏑四起群豪傑。孰能拯亂
以爲治，嗜仁而不虐。吁嗟斯民命矣夫，荼毒殘傷亦何辜！

秋鶴軒

開軒北郭名秋鶴，鶴影翩翩向寥廓。不見千年丁令威，悲嗟城郭
是耶非。紛紛霜葉飄庭樹，苔色荒陰翳烟霧。草逕逶迤深樹中，時有
山僧自來去。

賦翠濤硯

岳翁嘗寶翠濤石，今我還珍翠濤硯。翠濤泛泛生縠紋，雲章龍文
發奇變。元章硯山徒自惜，[51] 此硯顛應未曾見。我初避亂失神物，玉
蟾滴淚空悽戀。珠還合浦乃有時，洗滌摩挲冰玉姿。書舟輕迅逐鳧
鷖，喜出火宅臨清漪。松雲磨香淬毛錐，天影江波映碧滋。一咏新詩
開我眉。

題王元用秋水軒①

秋水如玉涵綠蒲，玉壺美酒清若無。佳人倚窗調錦瑟，[52] 文君勸
飲坐當壚。昔年種柳繞漢南，樹今搖落人何堪。惟有年年秋水至，翠
烟石黛漾晴嵐。開軒清映臨秋水，斜日荷花淡相倚。凌波微步襪生
塵，交甫凝情佩還委。

送顧生歸四明

江上買舟歸四明，楓林搖落秋風生。[53] 好營三釜爲親養，此去千
里飛雲情。禾稼登塲候雁至，霧雨如晦晨鷄鳴。舒王舊日宰邑處，苔
石縱橫湮姓名。

---

① 王元用：鄞江（今浙江省寧波市）人。任縉雲縣訓導。參見《〔乾隆〕縉雲縣志》卷四《官
師志》。

贈陶得和製墨

麋膠萬杵搗玄霜,螺製初成龍井莊。悟得廷珪張遇法,古松烟細色蒼蒼。桐花烟出潘衡後,依舊升龍柳枝瘦。請看陶法妙非常,一點濃雲瓊楮透。

郭文顯推人禍福神驗賦贈[54]

昔者馬季主,賣卜如有神。郭君言禍福,奇中乃其倫。[55]顧我年衰野而戇,尚復紛紛嬰世網。爲卜明年春水生,欲問桃源刺漁榜。

題陳氏齋壁

愛爾茅齋寡塵鞅,[56]時來下帷清晝眠。風流任使書裙去,[57]懶慢惟知坦腹便。林間病鶴尚俛啄,池上山鷄徒自憐。何爲當年種桃者,移家偶脱區中緣。

題曹雲西畫松石①

雲西老人子曹子,畫手遠師韋與李。衡門晝掩春長閒,彩毫動處雄風起。[58]葉藏戈法枝如箍,蒼石庚庚橫玉理。庭前落月滿長松,[59]影落吳松半江水。[60]

題趙千里扇上畫山[61]

誰見解衣作盤礴,卷懷雲烟歸掌握。春雨冥冥江水深,[62]竹間日暮衣裳薄。零落王孫翰墨餘,越王臺殿久荒蕪。要知人好畫亦好,愛比當年屋上烏。②

---

① 曹雲西:曹知白,字貞素,號雲西,華亭(今屬上海)人。
② 《彙刊》卷四、《薈要》卷四《題趙千里扇上畫山》此詩後附録張伯雨、鄭元祐、陳方三位詩人次韵詩各一首。

題趙榮禄馬圖[63]

嘗聞唐開元時畫馬曹將軍，妙合變化神紛紜。少陵爲作歌，其詞藹如雲。又聞宋元祐之中李龍眠，[64]畫法奄出將軍前。蘇黄二子誇神駿，險語驚飛蛟蟄淵。國朝天馬來西極，振鬣駑駘爲辟易。玉堂學士寫真龍，筆陣長驅萬人敵。學士歌詩清且腴，當時作者數楊虞。畫成題就兩奇絶，價擬連城明月珠。[65]吁嗟天馬天一隅，寶繪於今亡已夫。[66]學士多師内廐馬，得法豈在曹李下。俗工未解知神妙，此日罷駑遍華夏。[67]好事流傳亦苦心，誰爲幽賞伯牙琴。獨悲蘭亭，繭紙隨零。雨轉覺臨寫，紛紛費毫楮。

爲曹僉事畫溪山春晚圖因題

荆溪之水清漣漪，溪上晴嵐紫翠圍。連舸載書烟渚泊，提壺入林春蕨肥。身遠雲霄作幽夢，手栽花竹映山扉。[68]磯頭雪影多鷗鷺，也着狂夫一浣衣。

畫寄王雲浦

吳松江水漾春波，江上歸舟發棹歌。邀我江亭醉三日，鳳笙鸞吹拂雲和。紛紜省署縻官職，老我澄懷倦游歷。看君骨相自有仙，故作長松掛青壁。

題　畫

橘窓春夜雨潺潺，剪燭裁詩畫碧山。进水定侵林下路，蕙花委砌石苔斑。夢乘艇子清江闊，坐聽橈聲暗相撥。未必漁翁似我閒，棹歌不待鳴鳩聒。

畫竹贈王允剛

子猷借地種修筠，何可一日無此君。葉籠書席搖翠雨，陰結香爐屯綠雲。聞孫住近吴江渚，[69]二仲遨游如蔣詡。置酒邀余寫竹枝，隔竹庖人夜深語。

題畫竹[70]

吾友王翁字元舉，喚我濡毫畫綀楮。喬柯修竹蒼蘚石，霜葉風梢碧滋雨。湖州仙去三百禩，坡翁高絶孰與侣。黄華父子亦間出，氣粗惜産旃裘所。本朝高趙妙一世，蔑視子端少稱許。薊丘黄岩筆墨間，瑞鶴神鸞競翔翥。二公去後無復有，谷鳥林烏誰指數。奎章博士丹丘生，未若員嶠能濡呴。道園歌咏譽丹丘，坡曉畫法難爲語。常形常理要玄解，品藻固已英靈聚。少陵歌詩雄百代，知畫曉書真謾與。坡深書畫詩更妙，味永甘香試龁咀。嗟余生後愛詩畫，所恨遨游不從汝。王翁好古已成癖，説史談詩身欲羽。吴江遇我意慷慨，[71]飯我羹芹一炊黍。晚持此卷索塗抹，醜婦爲顰走鄰女。此詩此畫君勿笑，焚棄筆硯當樽俎。

題畫贈吕彦貞

江上秋雨晴，泊舟烟水汀。孤吟誰和予，悠悠蟪蛄鳴。故人邀我留三宿，豆畦蘿徑居幽獨。松醪陸續酌山瓢，燈影縱横寫風竹。水光雲氣共悠悠，鶴思鷗情樂此留。無褐無衣悲骯髒，三沐三釁嘆伊優。君自息機江上住，我且沿洄從此去。圖訖新詩草草裁，眼底流光水東注。

懷柯敬仲①

至正十三年三月四日，同章鍊師過張先生山齋。壁間見柯敬仲墨竹，因懷其人。其詩文、書畫、鑒賞古迹，皆自許爲當代所少，狂逸有高海岳之風，但目力稍恕耳，今日乃可得耶。[72]

————————

① 懷柯敬仲：本詩原無詩題，整理者據作者倪瓚詩序擬定。

柯公鑒書奎章閣，吟詩作畫亦不惡。圖書寶玉尊鼎觶，文彩珊瑚光錯落。自許才名今獨步，身後遺名將誰托。蕭蕭烟雨一枝寒，呼爾同游如可作。

江南春①

汀洲夜雨生蘆筍，日出曈曨簾幕静。驚禽蹴破杏花烟，陌上東風吹鬢影。遠江摇曙劍光寒，[73]轆轤水咽青苔井。落紅飛燕觸衣巾，沈香火微縈紛塵。

次韵邀率性德原②

十一月廿三日，率性、德原共載過林下，而余適不在，遂返棹還家。明日詩來，因次韵重邀之。

雲林風雪德不孤，[74]指顧可求塗豈迂。兩忘主賓政自好，[75]一以禮法何其拘。我方飄忽念歲月，君乃疏豁笑人奴。再爲理棹急相就，放筆看寫狂游圖。

題文貞公墓道奉先亭子[76]

奉先亭子山之陰，雲氣低回何處尋。鳥啼隧道風林静，[77]蘚剥龜趺雨溜深。故老猶言前日事，鰥生謾感二毛侵。河山流峙英靈在，世幻紛紛一短吟。[78]

恒德堂

虛林閒居養黄寧，隱几逍遥游玉京。[79]怡然樂康息天黥，良醫良相仙道并。厥施同仁而異名，没身身存故長生。龍虎佩符鳳皇翎，出戲玄洲入紫清。一念不已三千齡，子能神視廬幽貞。觀恒斯見天地

---

① 此詩爲《彙刊》卷四、《薈要》卷四《江南春》一詩之一部分，另一部分爲底本卷六、《倪雲林先生詩集》卷二《江南曲》一詩。《彙刊》卷四、《薈要》卷四《江南春》詩後附周履靖《江南春詞二闋和倪雲林韵》。

② 次韵邀率性德原：本詩原無詩題，整理者據作者詩序擬定。

情，氣專志一德乃恒。

賦清隱閣

爾營草閣名清隱，著在輕鷗遠水邊。春池覓句正思爾，[80]拄杖敲門忽繫船。共賞奇文哦庾信，更誇草聖法張顛。到此自忘歸興逸，研雲歸寫古苔篇。

寫墨竹贈顧友善

顧伯末派隱君子，林居江濆古東里。澡身潔行讀書史，思友天下之善士。綠竹猗猗蔚材美，獨立不懼群不倚。長吟揮毫爲君起，寫其形模惟肖似。諒哉直清可以比！

贈丘氏兄弟及周生

岑參兄弟皆好奇，二丘那復論東西。欵門看竹我初到，置酒投轄烏欲棲。掃壁寫圖觀落墨，[81]瀹芹留坐綴新題。東風甚與周郎便，桃李陰陰畫滿蹊。

題柯敬仲竹

誰能寫竹復盡善，高趙之後文與蘇。檢韻蕭蕭人品係，篆籀渾渾書法俱。奎光博士生最晚，[82]耽詩愛畫同所趨。興來揮洒出新意，孰謂高趙先乎吾。

古劍行

雍公孫子氣甚清，示我楊顛古劍行。劍峰詩律兩奇絕，秋蓮光彩玉庚庚。楊顛健筆老縱橫，是亦鐵中之錚錚。吐詞鬱崒鳴不平，鳳皇來爲盛世鳴。一代惟數虞翁生，余也學書學劍，既老何由而成名。

富貴咏

富貴詘於人，曷若貧肆志。何從得此言，問之魯連子。[83]鴻飛冥冥天爲低，下視俛啄何卑微。去去烟蘿碧岩裏，瀑流千尺洗塵衣。

食無肉

食無肉兮出無車，旅無依兮歸無家。秋風嫋嫋江漢槎，遠波落日明荷花。枳棘戔戔道云賒，飛蓬蕭颯雙鬢華。夜有吟蛩，晨有鳴蛙。玉琴在匣，但聞滛哇。龍劍掛勝幽遐，吾生有涯知無涯。世迫隘兮紛浮華，思從句漏求丹砂。忍食安期棗如瓜，高卧白雲飡絳霞。

題《天香深處圖》①

趙善長氏妙於繪事，以荆、關法爲遜學周君畫《天香深處圖》，復賦此篇。[84]

周君洵美玉色溫，有宋尚書之子孫。尚書第宅古閩國，秋風老桂蒼雲屯。有子五人總攀桂，孝友才華禀忠義。周君今住讓王城，澤流綿延俄八世。載懷先世發咏歌，月明珠樹粲交柯。白榆歷歷不可數，手援北斗酌天河。尚書父及子，騎箕入霄漢。逝波逐回風，翕忽驚世換。清芬沾灑後人多，翠靄金葩影零亂。鳳歌我亦楚狂人，吳市經游幾度春。泛泛去來舟不繫，狎鷗決去忽難親。天香深處留茶屋，爲愛珍圖思超俗。好繩祖武揚德馨，公侯之始爾其復。

次遜學廣文舟出金焦山韵

眼前金芙蓉，一朵迎人青。焦山崒嵂蒼石稜，長江無波素練平。蛟鼉出没魚龍變化，翕忽徙南溟。絳霞晴虹映朝日，光彩激射雲錦屏。指點齊州瞰吳楚，欵唾萬里吞爲吐。江水潺湲橫泪流，古人去我今幾秋。有子仲謀才不世，多情庾亮晚登樓。遡流轉柁鳴津鼓，歷亂沙鷗起檣櫓。當時行樂恣經過，舉酒觀魚登網罟。海若決水不滿酌，任公釣鰲且殽俎。棹謳清綿斷復續，瑶草琅玕動盈掬。豈意一朝憂

---

① 題《天香深處圖》：本詩原無詩題，整理者據作者詩序擬定。

患生，夫君處南予處北。江流東去不西回，爾亦胡爲乎嗟哉。寒蜂長吟送落景，砌螀悲切助予哀。仙人王子喬，吹笙駕風雲。招邀女媧補天手，鍊石看作五色文。

和周正道拔時髦韵

何處林間搭鳳毛，[85]鳳兮葳蕤潛九苞。空林春風露梢梢，雉雛不聞鶴鳴皋。雲中金支紛翠翹，龍鸞夭矯群仙翱。網羅張弛野喧囂，群飛畢命罔遁逃。隕身折翮隨所遭，毋啄我鷇傾我巢。鳳兮麟兮遠莫招，腥風血毛灑林郊。隼鷳飛擊當絳霄，西飛鵪鶉東伯勞。旭日鳴雁聲嗷嗷，鬼車鴞鵩鵬鴟鴞。風雨如晦聞呶號，時乎時乎孰如嘲。吁嗟清濁寧混淆，拔乎其萃皆時髦。

春草堂是日袁君子英同集軒中。[86]

春草軒中隱几坐，中有袁髯閒似我。欲浮清海狎群鷗，擬向鷗夷借輕舸。二月水煖河豚肥，子苦留我我懷歸。半鐺雪浪薰香茗，掃榻蕭條共掩扉。麝煤繭紙高梁筆，[87]寶繪珍題品神逸。洗滌古玉龍眠池，臨榻奇蹤净名室。紅蠶捲碧春歸酣，[88]檳榔蔞葉嚼香甘。夜闌更鼓湘妃瑟，笙磬同音咏雅南。別君此去何草草，山爲回旋海爲倒。令威白鶴會重來，世人胡爲易衰老。

贈陳惟允①

至正丁酉十一月五日，②余友陳兄惟允過余旅寓，[89]鼓楚詞，一再行，因寫墨君并走筆賦長句以贈，時漏下二刻矣。筆硯荒落，自愧草草，惟允當有以教我耶。

陳郎鼓琴初月明，能對楚人作楚聲。江風動地波撼席，蘆雪撲帳雲棲薆。每驚遠道意慘愴，忽此聚首心怔營。賦詩寫圖以爲贈，比竹

---

① 贈陳惟允：本詩原無詩題，整理者據作者倪序擬定。
② 丁酉：至正十七年(1357)。

貞德琴亮清。

寫松江山色并詩贈子俊茂才

窮冬舟過吳淞渚，千里交歡少稊呂。范張一室小如壺，雞黍時時慰覊旅。阿兄彈琴送飛鴻，讀書頗有沉潛功。阿弟煮茶敲石火，滿江春雨聽松風。圖書四壁醒愁睡，隱几嗒然忘世慮。扁舟一葉五湖游，身與閒雲共來去。三月六日天氣清，爲爾咏出詩無聲。袖有青銅錢二百，爲余沽酒作魚羹。

題虞勝伯畫仙臺高士圖

仙臺有高士，聞在最高峰。濯足五湖水，結巢千歲松。霞扉雲扃閟丹壑，落花如雪吹微濛。醉顏高卧日曈曈，飛梟蹴踏金芙蓉。紫芝眉宇玉鍊容，[90]往來倏忽其猶龍。誰能貌此世外蹤，[91]青城山人仙臺翁。[92]運筆直與天同功，倪生作詩以咏嘆，凌跨倒景他日期相從。

題林亭遠岫圖①

壬子九月望日，②過孤雲大士寶净精舍，留宿。十九日，爲寫林亭遠岫圖并賦。

敬亭山色青如染，妙德端居在西崦。片雲出岫本無心，佛石縈林晴冉冉。[93]江西帆影又江南，笑看群狙芋四三。道遇化城聊暫止，更營寶净小禪龕。

送友之紹興

賀監宅前路，荷花今亦無。空餘湖上月，照見水中蒲。送爾作官幽絕處，錢唐江頭飛柳絮。廳署臨堤滿夕嵐，[94]惟有沙鷗自來去。

---

① 題林亭遠岫圖：本詩原無詩題，整理者據作者倪瓚詩序擬定。
② 壬子：洪武五年(1372)。

題張外史剪韭亭

外史詞華耿霜月，劍花秋瑩鵬鵝膏。[95]皎然光焰照綠水，不假雕琢慚鉛刀。雅音自出性情正，庸工徒爲血汗勞。若人逝矣不復作，稂莠雨深那可薅。[96]

題畫雅宜山齋圖[97]

靈岩對直雅宜山，穹林巨石憶蒼灣。[98]若翁遁迹在其麓，有子讀書常閉關。松根茯苓煮可掘，[99]林下慈烏去復還。寫圖愛此錦步障，白雲紅杏春闌斑。

戲贈東方生

國士腰間玉鹿盧，猛將手中金僕姑。英雄往往出屠釣，輕薄紛紛能謅諛。寶劍生塵無所用，黃流明月若爲污。楊雄枉儗相如賦，[100]今日論兵重武夫。

【校勘記】

［１］欲破白：《倪雲林先生詩集》卷二《十二月七日岳季堅夜坐，走筆贈之》作"愁欲破"，《彙刊》卷四、《薈要》卷四《十二月七日岳季堅夜坐，走筆贈之》"白"下注"一作愁欲破"。

［２］快雪齋中對月理咏因賦長句：《倪雲林先生詩集》卷二作"快雪齋中命余詩因賦"，《彙刊》卷四、《薈要》卷四作"快雪齋中對月理咏因賦長句二首"。

［３］戴：原作"載"，據《倪雲林先生詩集》卷二、《彙刊》卷四、《薈要》卷四改。

［４］餘不溪咏并序：《倪雲林先生詩集》卷二作"餘不溪詞"，《彙刊》卷四、《薈要》卷四作"餘不溪咏"，"并序"二字以小字附"咏"字下。

［５］居：此同《彙刊》卷四、《薈要》卷四《餘不溪咏并序》，《倪雲林先生詩集》卷二《餘不溪詞》作"立"。

［６］玄：此同《彙刊》卷四、《薈要》卷四《餘不溪咏并序》，《倪雲林先生詩集》卷二《餘不溪詞》作"真"。

［７］覿：此同《彙刊》卷四、《薈要》卷四《餘不溪咏并序》，《倪雲林先生詩集》卷二《餘不溪詞》"覿"字下有"極道山之清婉"六字。

[8] 花間白鹿來迎人：《倪雲林先生詩集》卷二《餘不溪詞》作“兩岸桃花飛接人”，《彙刊》卷四、《薈要》卷四《餘不溪咏并序》“迎”下注“一作兩岸桃花飛接”。

[9] 醉題許生壁：此同《彙刊》卷四、《薈要》卷四《醉題許生壁》，《倪雲林先生詩集》卷二作“醉題許生敗壁”。

[10] 醉歌行酬李徵君春日過草堂賦贈：《倪雲林先生詩集》卷二、《彙刊》卷四、《薈要》卷四作“醉歌行次韵酬李徵君春日過草堂賦贈”。《倪雲林先生詩集》卷二、《彙刊》卷四、《薈要》卷四《醉歌行，次韵酬李徵君春日過草堂賦贈》有詩二首，此詩後另有一詩。《倪雲林先生詩集》卷二《醉歌行次韵酬李徵君春日過草堂賦贈》：“杜陵昔年有茅屋，浣花溪邊錦江曲。古人不見春風來，桃李無言自山麓。石牀蘚澀青泥乾，決渠流水夜潺湲。可憐寶劍埋黃土，空餘山月照波間。今我不樂空懷古，短世長年誰比數。花下那知李白來，山鳥恣歌童亦舞。酒酣大笑五情熱，作相形求築巖説。夷齊相逝居首陽，逍遙采薇飽芳潔。勿歌虞夏神農詩，賢愚等是百年期。魯連恥秦亦蹈海，笑爾局促商山芝。少文壁間對圖畫，莫待老來誰命駕。仰看翕忽浮雲馳，安得乘螭與之化。漠漠楊花縈遠天，迸墼晴雷驚醉眠。李侯神爽色不動，手中茶雪落輕烟。逢君此樂誠草草，便欲攜君卧烟島。海上千年白鶴飛，世人何爲而自老。”其中，“石牀蘚澀青泥乾”，此同《彙刊》卷四《醉歌行，次韵酬李徵君春日過草堂賦贈》，《薈要》卷四《醉歌行，次韵酬李徵君春日過草堂賦贈》作“石牀蘚濕青泥乾”。

[11] 蘚澀青泥乾：《倪雲林先生詩集》卷二、《彙刊》卷四、《薈要》卷四《醉歌行，次韵酬李徵君春日過草堂賦贈》作“丹竈青琅玕”。

[12] 決：《倪雲林先生詩集》卷二、《彙刊》卷四、《薈要》卷四《醉歌行，次韵酬李徵君春日過草堂賦贈》作“春”。

[13] 長年：《倪雲林先生詩集》卷二、《彙刊》卷四、《薈要》卷四《醉歌行，次韵酬李徵君春日過草堂賦贈》作“紛紛”。

[14] 夷齊：《倪雲林先生詩集》卷二、《彙刊》卷四、《薈要》卷四《醉歌行，次韵酬李徵君春日過草堂賦贈》作“邈然”。

[15] 逍遙采薇飲芳潔：《倪雲林先生詩集》卷二、《彙刊》卷四、《薈要》卷四《醉歌行，次韵酬李徵君春日過草堂賦贈》作“何異伴狂抱貞潔”。

[16] 勿歌虞夏神農詩：《倪雲林先生詩集》卷二、《彙刊》卷四、《薈要》卷四《醉歌行，次韵酬李徵君春日過草堂賦贈》作“君歌已竟歌我詩”。

[17] 等是：《倪雲林先生詩集》卷二、《彙刊》卷四、《薈要》卷四《醉歌行，次韵酬李徵君春日過草堂賦贈》作“榮領”。

[18] 雲：此同《倪雲林先生詩集》卷二《醉歌行，次韵酬李徵君春日過草堂賦贈》，《彙刊》卷四、《薈要》卷四《醉歌行，次韵酬李徵君春日過草堂賦贈》作“之”。

[19] 爽：《倪雲林先生詩集》卷二、《彙刊》卷四、《薈要》卷四《醉歌行，次韵酬李徵君春日過草堂賦贈》作“清”。

[20] 歃：此同《倪雲林先生詩集》卷二《醉歌行，次韵酬李徵君春日過草堂賦贈》，《彙刊》卷四、《薈要》卷四《醉歌行，次韵酬李徵君春日過草堂賦贈》作"中"。

[21] 相逢爲樂：此同《倪雲林先生詩集》卷二《醉歌行，次韵酬李徵君春日過草堂賦贈》，《彙刊》卷四、《薈要》卷四《醉歌行，次韵酬李徵君春日過草堂賦贈》作"逢君此樂"。

[22] 與：《倪雲林先生詩集》卷二、《彙刊》卷四、《薈要》卷四《醉歌行，次韵酬李徵君春日過草堂賦贈》作"攜"。

[23] 千秋：《倪雲林先生詩集》卷二、《彙刊》卷四、《薈要》卷四《醉歌行，次韵酬李徵君春日過草堂賦贈》作"秋風"。

[24] 談笑來爲此州牧：此同《倪雲林先生詩集》卷二、《彙刊》卷四《送潭州魯總管》，《薈要》卷四《送潭州魯總管》作"談笑來此爲州牧"。

[25] 桃：《倪雲林先生詩集》卷二、《彙刊》卷四、《薈要》卷四《送潭州魯總管》作"桐"。

[26] 翻：此同《彙刊》卷四、《薈要》卷四《贈顧定之》，《倪雲林先生詩集》卷二《贈顧定之》作"番"。

[27] 贈康素子：此同《彙刊》卷四、《薈要》卷四《贈康素子》，《倪雲林先生詩集》卷二作"康素子雜言一首"。

[28] 妖：此同《彙刊》卷四、《薈要》卷四《陸隱者禱雪獲應》，《倪雲林先生詩集》卷二《陸隱者禱雪獲應》作"夭"。

[29] 聞：原作"間"，據《倪雲林先生詩集》卷二、《彙刊》卷四、《薈要》卷四《陸隱者禱雪獲應》改。

[30] 賦耕雲贈友：此同《彙刊》卷四、《薈要》卷四《賦耕雲贈友》，《倪雲林先生詩集》卷二作"賦耕雲"。

[31] 乃：《倪雲林先生詩集》卷二《賦耕雲》，《彙刊》卷四、《薈要》卷四《賦耕雲贈友》作"也"。

[32] 君家：《倪雲林先生詩集》卷二《贈季丙卿》作"家園"，《彙刊》卷四、《薈要》卷四《贈季丙卿》"家"下注"一作家園"。

[33] 裔：《倪雲林先生詩集》卷二《贈季丙卿》作"派"，《彙刊》卷四、《薈要》卷四《贈季丙卿》此字下注"一作派"。

[34] 狼：此同《倪雲林先生詩集》卷二、《彙刊》卷四《延陵道》，《薈要》卷四《延陵道》作"很"。

[35] 我幸生居在鄰邑：此同《彙刊》卷四、《薈要》卷四《延陵道》，《倪雲林先生詩集》卷二《延陵道》作"兹亦余之鄰邑也"。

[36] 擇渚之蒲：此同《彙刊》卷四、《薈要》卷四《延陵道》，《倪雲林先生詩集》卷二《延陵道》作"淪渚蒲"。

[37] 泰：此同《彙刊》卷四、《薈要》卷四《延陵道》，《倪雲林先生詩集》卷二《延陵道》作"實太"。

[38] 風：此同《彙刊》卷四、《薈要》卷四《延陵道》，《倪雲林先生詩集》卷二《延陵道》作"讓"。

[39] 承清芬：《倪雲林先生詩集》卷二《宿薩判官家聽琴》作"何懂忻"，《彙刊》卷四、《薈要》

卷四《宿薩判官家聽琴》作"何懂欣"。

[40] 齋：《倪雲林先生詩集》卷二《宿薩判官家聽琴》作"堂"，《彙刊》卷四、《薈要》卷四《宿薩判官家聽琴》此字下注"一作堂"。

[41] 妙：《倪雲林先生詩集》卷二《宿薩判官家聽琴》作"淡"，《彙刊》卷四、《薈要》卷四《宿薩判官家聽琴》此字下注"一作淡"。

[42] 高山流水餘音聞：《倪雲林先生詩集》卷二《宿薩判官家聽琴》作"忍即別去隨飛蚊"，《彙刊》卷四、《薈要》卷四《宿薩判官家聽琴》"聞"下注"一作忍即別去隨飛蚊"。

[43] 芝蓋：《倪雲林先生詩集》卷二《奉寄沈理問》作"翠旆"，《彙刊》卷四、《薈要》卷四《奉寄沈理問》"蓋"下注"一作翠旆"。

[44] 萬：此同《倪雲林先生詩集》卷二《奉寄沈理問》，《彙刊》卷四、《薈要》卷四《奉寄沈理問》作"方"。

[45] 或：此同《倪雲林先生詩集》卷二《奉寄沈理問》，《彙刊》卷四、《薈要》卷四《奉寄沈理問》作"所"。

[46] 姓：此同《彙刊》卷四、《薈要》卷四《贈丁醫士》，《倪雲林先生詩集》卷二《贈丁醫士》作"識"。

[47] 來：《倪雲林先生詩集》卷二《贈丁醫士》作"林"，《彙刊》卷四、《薈要》卷四《贈丁醫士》此字下注"一作林"。

[48] 咏鶴：此同《彙刊》卷四、《薈要》卷四《咏鶴》，《倪雲林先生詩集》卷二作"次韵鶴詩"。

[49] 岷峨：此同《倪雲林先生詩集》卷二《次韵鶴詩》，《彙刊》卷四、《薈要》卷四《咏鶴》作"峨峨"，"峨"下注"一作岷峨"。

[50] 蟫蝀：此同《彙刊》卷四、《薈要》卷四《蟫蝀》，《倪雲林先生詩集》卷二作"蟫蝀一首"。

[51] 元章：此同《彙刊》卷四、《薈要》卷四《賦翠濤硯》，《倪雲林先生詩集》卷二《賦翠濤硯》作"米章"。

[52] 佳：原作"佳"，據《倪雲林先生詩集》卷二、《彙刊》卷四、《薈要》卷四《題王元用秋水軒》改。

[53] 楓林搖落：《倪雲林先生詩集》卷二《送顧生歸四明》作"竹枝嫋嫋"，《彙刊》卷四、《薈要》卷四《送顧生歸四明》"落"下注"一作竹枝嫋嫋"。

[54] 郭文顯推人禍福神驗賦贈：此同《彙刊》卷四、《薈要》卷四《郭文顯推人禍福神驗賦贈》，《倪雲林先生詩集》卷二作"郭文顯善推人禍福神驗賦贈"。

[55] 乃其：此同《彙刊》卷四、《薈要》卷四《郭文顯推人禍福神驗賦贈》，《倪雲林先生詩集》卷二《郭文顯善推人禍福神驗賦贈》作"季之"。

[56] 寡塵鞅：《倪雲林先生詩集》卷二《題陳氏齋壁》作"少塵雜"，《彙刊》卷四、《薈要》卷四《題陳氏齋壁》"鞅"下注"一作雜"。

[57] 任：《倪雲林先生詩集》卷二《題陳氏齋壁》作"政"，《彙刊》卷四、《薈要》卷四《題陳氏齋壁》此字下注"一作政"。

[58] 彩毫動處雄風起：此同《彙刊》卷四、《薈要》卷四《題曹雲西畫松石》,《倪雲林先生詩集》卷二《題曹雲西畫松石》作"搖毫動筆長風起"。

[59] 落：此同《倪雲林先生詩集》卷二《題曹雲西畫松石》,《彙刊》卷四、《薈要》卷四《題曹雲西畫松石》作"明"。

[60] 吳松：此同《倪雲林先生詩集》卷二《題曹雲西畫松石》,《彙刊》卷四、《薈要》卷四《題曹雲西畫松石》作"吳淞"。

[61] 題趙千里扇上畫山：此同《彙刊》卷四、《薈要》卷四《題趙千里扇上畫山》,《倪雲林先生詩集》卷二作"趙千里扇上寫山用鄭山人韵題"。

[62] 深：《倪雲林先生詩集》卷二《趙千里扇上寫山用鄭山人韵題》作"波",《彙刊》卷四、《薈要》卷四《題趙千里扇上畫山》此字下注"一作波"。

[63] 題趙榮禄馬圖：此同《彙刊》卷四、《薈要》卷四《題趙榮禄馬圖》,《倪雲林先生詩集》卷二作"趙榮禄馬圖"。

[64] 李龍眠：原作"李龍胝",據《倪雲林先生詩集》卷二《趙榮禄馬圖》,《彙刊》卷四、《薈要》卷四《題趙榮禄馬圖》改。

[65] 價擬連城："擬",《倪雲林先生詩集》卷二《趙榮禄馬圖》作"比",《彙刊》卷四、《薈要》卷四《題趙榮禄馬圖》此字下注"一作比"。"連",原作"邊",據《倪雲林先生詩集》卷二《趙榮禄馬圖》,《彙刊》卷四、《薈要》卷四《題趙榮禄馬圖》改。

[66] 已：此同《倪雲林先生詩集》卷二《趙榮禄馬圖》,《彙刊》卷四、《薈要》卷四《題趙榮禄馬圖》作"矣"。

[67] 華：《倪雲林先生詩集》卷二《趙榮禄馬圖》作"區",《彙刊》卷四、《薈要》卷四《題趙榮禄馬圖》此字下注"一作區"。

[68] 山：此同《彙刊》卷四、《薈要》卷四《爲曹僉事畫溪山春晚圖因題》,《倪雲林先生詩集》卷二《爲曹僉事畫溪山春晚圖因題》作"竹"。

[69] 住近：此同《倪雲林先生詩集》卷二、《彙刊》卷四《畫竹贈王允剛》,《薈要》卷四《畫竹贈王允剛》作"近住"。

[70] 題畫竹：此同《彙刊》卷四、《薈要》卷四《題畫竹》,《倪雲林先生詩集》卷二作"畫竹"。

[71] 意慷慨：《倪雲林先生詩集》卷二《畫竹》作"涕縱橫",《彙刊》卷四、《薈要》卷四《題畫竹》"慨"下注"一作涕縱橫"。

[72] 乃：此同《彙刊》卷四、《薈要》卷四,《倪雲林先生詩集》卷二作"那"。

[73] 搖：《彙刊》卷四、《薈要》卷四《江南春》作"遥"。

[74] 德：此同《彙刊》卷四、《薈要》卷四,《倪雲林先生詩集》卷二作"興"。

[75] 主賓：此同《倪雲林先生詩集》卷二、《彙刊》卷四,《薈要》卷四作"賓主"。

[76] 題文貞公墓道奉先亭子：此同《彙刊》卷四、《薈要》卷四《題文貞公墓道奉先亭子》,《倪雲林先生詩集》卷二作"奉道曹文貞公墓道奉先亭"。

[77] 鳥：《倪雲林先生詩集》卷二《奉道曹文貞公墓道奉先亭》,《彙刊》卷四、《薈要》卷四《題

文貞公墓道奉先亭子》作“烏”。

[78] 幻：《倪雲林先生詩集》卷二《奉道曹文貞公墓道奉先亭》,《彙刊》卷四、《薈要》卷四《題
文貞公墓道奉先亭子》作“事”。

[79] 逍遥：此同《彙刊》卷四、《薈要》卷四《恒德堂》,《倪雲林先生詩集》卷二《恒德堂》作
“消摇”。

[80] 正：此同《彙刊》卷四、《薈要》卷四《賦清隱閣》,《倪雲林先生詩集》卷二《賦清隱閣》
作“政”。

[81] 壁：原作“璧”,據《倪雲林先生詩集》卷二、《彙刊》卷四、《薈要》卷四《贈丘氏兄弟及周
生》改。

[82] 光：此同《倪雲林先生詩集》卷二《題柯敬仲竹》,《彙刊》卷四、《薈要》卷四《題柯敬仲
竹》作“章”。

[83] 問：《彙刊》卷四、《薈要》卷四《富貴咏》作“聞”。

[84] 復：《彙刊》卷四、《薈要》卷四作“爲”。

[85] 林：此同《彙刊》卷四《和周正道拔時髦韵》,《薈要》卷四《和周正道拔時髦韵》作“雲”。

[86] 中：《彙刊》卷四、《薈要》卷四《春草堂》“中”字下有“壬子正月五日也”七字。

[87] 高：《彙刊》卷四、《薈要》卷四《春草堂》作“齊”。

[88] 歸：《彙刊》卷四、《薈要》卷四《春草堂》作“將”。

[89] 友：原作“文”,據《彙刊》卷四、《薈要》卷四改。

[90] 紫芝眉宇玉鍊容：《彙刊》卷四、《薈要》卷四《題虞勝伯畫仙臺高士圖》作“絳綃爲裳玉
鍊容”,“裳”下注“一作紫芝眉宇”。

[91] 誰能：《彙刊》卷四、《薈要》卷四《題虞勝伯畫仙臺高士圖》作“伊誰”。

[92] 臺：《彙刊》卷四、《薈要》卷四《題虞勝伯畫仙臺高士圖》作“中”。

[93] 佛：《彙刊》卷四、《薈要》卷四作“拂”。

[94] 廳署：《彙刊》卷四、《薈要》卷四《送友之紹興》作“聽事”,“事”下注“一作署”。

[95] 鶇鶒：《彙刊》卷四、《薈要》卷四《題張外史剪韭亭》作“鸂鶒”。

[96] 蔣：《彙刊》卷四、《薈要》卷四《題張外史剪韭亭》作“薜”。

[97] 題畫雅宜山齋圖：《彙刊》卷四、《薈要》卷四作“至正乙巳五月廿三日畫雅宜山齋圖
并題”。

[98] 憶：《彙刊》卷四、《薈要》卷四《至正乙巳五月廿三日畫雅宜山齋圖并題》作“臨”,“臨”
下注“一作憶”。

[99] 掘：《彙刊》卷四、《薈要》卷四《至正乙巳五月廿三日畫雅宜山齋圖并題》作“握”,“握”
下注“一作掘”。

[100] 楊雄：此同《彙刊》卷四《戲贈東方生》,《薈要》卷四《戲贈東方生》作“揚雄”。

清閟閣遺稿卷七

七言律詩

送倪中愷入都①

酌酒送君游上京,風帆回首闔閭城。烟消南國梅花發,冰泮長河
春水生。[1]太史奏雲龍五色,伶倫吹律鳳雙鳴。仰觀禮樂夔龍盛,好
播聲詩頌治平。

送張外史還山

道士朝乘白鶴還,樓臺金碧鎖空山。半天花雨飛幢節,萬壑松風
襪佩環。丹井夜寒光剡剡,石壇春静蘚斑斑。飄然便擬從君隱,分我
玄洲屋半間。[2]

訓朱秉中[3]

鳥啼花落水西潯,幾日門前春水深。避世何心歌白石,[4]論交原
不在黃金。[5]樗散餘年猶嗜酒,夢回遠道獨驚心。桃源亦有秦人在,
落日漁舟何處尋。

送徐子素②

山館留君才一月,梅花無數倚霜晴。垂簾幽閣團雲影,貯火茶爐
作雨聲。深竹每容馴鹿卧,青山時與道人行。歸舟載得梁溪雪,惆悵
鄰雞月四更。

---

① 倪中愷:倪中,字中愷,信州人,官至翰林待制。參見《書史會要》。
② 徐子素:其生平事迹不詳。

送張鍊師游七閩

高士不覊如野鶴,忽思閩海重經過。舟前春水它鄉遠,雪後晴山何處多。鷇觮卧雲芳草細,鈎輈啼樹野烟和。武陵九曲最清絶,落日采蘋聞棹歌。

聽秋軒

聽秋軒裏聽秋雨,定起山僧坐翠微。隱隱烟濤搖夜席,濛濛花雨着人衣。驟如崖瀑衝雲落,婉似湘靈鼓瑟希。六用根塵今已净,松篁陰下共香霏。

晨起一首寄丹丘

竹窗晨起聞幽鳥,深巷絶無車馬喧。多病相如非不遇,[6]歸田靖節自忘言。[7]墙陰薯蕷苗方茁,雨裏櫻桃花正繁。二月冥寒少晴日,漸看春水上柴門。[8]

岳王墓

耿耿忠名萬古留,[9]當時功業杳難收。[10]出師未久班師急,相國翻爲敵國謀。廢壘河山猶帶憤,悲風蘭蕙總驚秋。異代行人一灑淚,精爽依依雲氣浮。[11]

東林隱所寄陸徵士[12]

寢扉桃李晝陰陰,[13]耕鑿居人有遠心。一夜池塘春草緑,孤邨風雨落花深。不嗔野老群争席,[14]時有游魚出聽琴。白髮多情陸徵士,松間石上續幽吟。

失　鶴

啄粟巢松泰華峰,直將天地作樊籠。不聞丁令歸華表,應馭王喬入太空。行迹縱橫苔石上，寒棲依舊竹林中。清齋我亦厭腥腐，遐舉思乘萬里風。[15]

北　里

舍北舍南來往少，自無人覓野夫家。鳩鳴桑上還催種，人語烟中始焙茶。池水雲籠芳草氣，井牀露净碧桐花。練衣掛石生幽夢，[16]睡起行吟到日斜。

山　園

春水鳧鷖野外堂，山園細路橘花香。棲棲身世書盈篋，漠漠風烟酒一觴。豈謂任真無禮法，也須從俗着冠裳。不營産業人應笑，竹木栽培已就行。[17]

林下遣興

眼見藤稍已過墙，[18]手拈書卷復堆牀。閒臨水檻親魚鳥，欲出柴門畏虎狼。冠製不嫌龜殼小，衣裾新剪鶴翎長。從來任拙唯疏懶，一月秋陰不下堂。

春　日

閉門積雨生幽草，嘆息櫻桃爛熳開。春淺不知寒食近，水深唯有白鷗來。即看垂柳侵磯石，已有飛花拂酒杯。今日新晴見山色，還須拄杖踏蒼苔。[19]

林　下

林深何處尋行逕，披草時過野老家。練練澄波晴偃月，蜿蜿小塢曲藏蛇。孤帆賣藥來勾曲，獨木爲橋似若耶。高卧閉門成懶癖，蒼苔從滿石樽窪。

二月十日玄文館聽雨

卧聽夜雨鳴高屋，忽憶陂塘春水生。何意遠林饞獨鶴，若爲幽谷滯流鶯。成叢枸杞還堪采，滿樹櫻桃空復情。二月江頭風浪急，無機鷗鳥亦頻驚。

對雨寄張伯雨①

把酒獨臨溪上雨，林深地僻少相過。忽興天際真人想，欲乞山陰道士鵝。坐久苔花侵袖碧，[20] 書成簪溜没階多。悠然静寄東軒下，日暮徘徊聊短歌。

次陳子貞見示韵②

漠漠寒烟墟落際，猶餘凍雪鎖荒榛。行隨雲谷采樵者，飯供松龕學道人。未必杜陵渾懶慢，可憐逸少轉清真。酒船好繫溪頭石，[21] 花鳥相娛行及春。

答郊九成見寄[22]

郭外青山舊結廬，微茫野逕望中無。殘生竟抱烟霞癖，好事猶傳海岳圖。夜壁松風懸雅樂，秋池菊水酌商觚。倘從世外求玄賞，好趁輕舟看浴鳧。[23]

和虞學士寄張外史韵[24]

華陽上館誰曾到，知有高人避世深。當户春雲團紫蓋，洗空花雨散青林。丹臺篆迹龍蛇動，經閣松聲鸞鶴吟。念子離居消息遠，幾將書札寄遥岑。

①　張伯雨：張雨，一作張天雨，舊名澤之，又名嗣真，字伯雨，號貞居子，又號句曲外史，錢塘人。有《句曲外史集》七卷、《玄品録》五卷。
②　陳子貞：字成之，江西南昌人。進士，官至右副都禦史。參見《明朝分省人物考》。

再用韵[25]

外史棲真何處尋，桐花原上草苔深。[26]星壇醮後雲封徑，仙驥歸來風滿林。丹竈石幢遺住迹，[27]寒松流水續幽吟。虞君傳世琅玕句，千古清標寄石岑。[28]

贈張景昭①

君能不負白綸巾，[29]世外尋真狎隱淪。虛閣松聲答笙磬，小山桂樹絕風塵。晨朝絳闕存三景，[30]夜掃青壇禮七真。每御天風自來去，凌虛好是鶴爲身。[31]

送章鍊師入京

五鶴翩翩朝帝京，青童遥侍玉宸君。[32]倚天樓觀金銀氣，蔽日旌旗錦繡文。夜禮洞庭薦明水，春陪游輦望祥雲。何人得似愚溪子，高舉凌風思不群。

與伯雨登溪山勝概樓[33]

樓下清溪夏亦寒，溪頭個個白鷗閒。風回綠卷平堤水，林缺青分隔岸山。若士振衣千仞表，何人泛宅五湖間。絕憐與子同清賞，擬向雲霄共往還。

送張貞居游靈常洞兼簡王晉齋

荆溪山水閟靈宮，子晉笙鸞駐碧峰。午夜月明風滿帳，千厓人静鶴眠松。緣知瑶草春來長，應有仙人洞口逢。莫爲青螺翁久住，歸時騎取葛陂龍。

---

① 張景昭：西華人。其生平事迹不詳。

過許生茅屋看竹

舟過山西已夕曛，許生茅屋遠人群。鑿池數尺通野水，開牖一規留白雲。煮藥烟輕衝竈出，碓茶聲遠隔溪聞。可憐也有王猷興，階下新移廿此君。

別章鍊師

方舟共濟春江闊，訪我寒烟菰葦中。鼓柂斜衝蕢葉雨，鈎簾半怯杏花風。仙人壇上芝應碧，玉女窗前桃未紅。擬趁輕帆數來往，縹壺不惜酒如空。

和朱秉中二首[34]

僦居茅屋碧江潯，花落空階一尺深。山簡由來狂愛酒，管寧不復顧鉏金。長鯨吸浪成何事，[35]老鶴鳴皋見遠心。中歲畏從親友別，自憐黃髮已侵尋。[36]

白板扉開江水潯，雨餘階下綠苔深。愚人自寶應非石，同舍緣知不盜金。天地瘡痍誰復憫，江湖覊旅我同心。故山日日生歸夢，翠竹青松自百尋。

春日試筆

喜看新酒似鵝黃，已有春風拂草堂。二月江南初破柳，扁舟晚下獨鳴榔。苔生不礙山人屐，花發應連野老牆。美酒已挤千日醉，莫將時事攪愁腸。

在同里懷元用①

一水東西雲窈窕，幾家楊柳木芙蓉。齋居幽閴無人到，屐齒經行

---

① 元用：曹元用，字子貞，汶上人。后追封東平郡公，謚文獻。其生平參見《元史》。

破蘚封。密竹窗虛秋半雨,叢林寺遠日沉鐘。[37]寄詩爲道長相憶,欲話離愁何日逢。[38]

寄王成夫①

茂深閉閣獨焚香,那識窮愁客異鄉。坐拂朱絃彈綠水,狂携紅袖浹清觴。春池雨後泉應滿,庭樹雲移影更長。月燭露帷非子樂,五湖烟景屬漁郎。

嘆知非之言②

乙未歲,③余年適五十。幼志於學,皓首無成,因誦昔人知非之言,慨然永嘆,賦此。[39]

陰風二月柳依依,隱映湖南白板扉。旅泊無成還自笑,吾生如寄欲何歸。美人竟與春鴻遠,短髮忽如霜草稀。[40]五十知非良有以,重嗟學與寸心違。

三月廿二日雨懷荆溪勝游寄原道

我昔繫舟尋杜牧,荆溪流水落川光。[41]春茶已放仙人掌,露蘚渾侵玉女牀。酒闌更踏花間月,舞罷猶彈陌上桑。此日狂游忘旦暮,十年回首意茫茫。

贈張玄度時方喪內④

吳松江水似荆溪,九點烟嵐落日西。寂寂郊園寒食過,蕭蕭風雨竹鷄啼。蕙花委砌心應折,芳草歸途意轉迷。曾得魯連消息否,春潮隨雨到長堤。

---

① 王成夫:其生平事迹不詳。
② 嘆知非之言:本詩原無詩題,整理者據作者詩序擬定。
③ 乙未:至正十五年(1355)。
④ 張玄度:張振英,字玄度,號苦竹。其生平詳見《江寧府志》。

上巳日感懷[42]

石梁破屋路欹斜,僻似華陽道士家。漠漠春雲飛別鶴,潺潺夜雨雜鳴蛙。閒看稚子翻書葉,時有鄰翁汲井花。日暮傷心江水綠,共舟人已躡飛霞。

題張以中野亭①

人境曠無車馬雜,軒楹只在第三橋。開門草色侵書幌,隔水松聲和玉簫。一榻雲山供夏簟,滿江烟雨看春潮。君能擷取飛霞佩,天際真人近可招。

送德常同知②

聞道之官嘉定去,載書連舸泊江濆。城樓近瞰吳松月,塽館微霑滄海雲。宓子風流常宰邑,張翰識達更能文。亦欲東觀釣鯨手,棹歌秋趁白鷗群。

贈君震

遠愛尋山復好仙,鶴歸城郭幾何年。靈芝每掇岩前秀,祕訣還從肘後懸。松月半空垂羽蓋,風湍一壑寫鷗絃。[43]擬開精舍當飛瀑,[44]與爾棲遲日論玄。[45]

江上作[46]

江頭二月雨垂垂,起濯塵纓水滿池。賀監宅前重載酒,辟疆園裏更題詩。川途幽邈鴻歸遠,窗户虛寒燕到遲。忽見故人王架閣,夜闌秉燭話余思。

---

① 張以中：宜興人,官知縣。
② 德常：張德常,原名張經,字德常,鎮江路金壇縣人,遷居常州路宜興州。官至嘉定州同知。

燕吳氏樓居[47]

雲松之樓高入雲，風起松濤十里聞。[48]瓊杯綺食行春雨，翠幔朱簾捲夕曛。宴游適當山擁榻，醉卧莫遣人書裙。西飛白鶴東歸去，回首巢居謝俗氛。

九　日

自嘆不能孤九日，一壺濁酒對西山。遥憐玉樹秋風裹，静看冥鴻落照間。[49]草木蕭蕭雲更碧，山川漠漠鳥飛還。長途誰是陶彭澤，被褐行吟意自閒。

次薩天錫韵寄張外史[50]

谷口路微山木合，濕衣空翠不曾晴。饑猿扳檻爲人立，寒犬號林如豹聲。小閣秋清聽雨卧，長林日出采芝行。[51]道心得失已無夢，沐髮朝真候五更。

雪後過陳子貞隱居

陶公卜宅南邨裹，快雪初晴思一游。樹辨微茫來獨鶴，檣搖欹側散輕鷗。墨池繞溜春冰滿，塵榻繙書夕照收。相見惘然如有失，棹頭吟咏出林丘。

寄鄭徵士

谷口子真今最賢，久別鬱鬱夢相牽。好營秫田多釀酒，欲買茅屋尚無錢。兄病每書賒藥券，客來唯候煮茶烟。閶閭城東有艇子，憶爾青燈相對眠。

荆溪即事

銅官之山溪水南，周處廟前多夕嵐。看卷雲帆歌白紵，勸嘗春酒破黄柑。長林獨往誰能覓,幽事相關性所尤。苦欲避喧那畏虎,倘從地主結松龕。

顧仲贄過訪聞徐生病瘥[52]

室裏維摩病已瘥,竹爐藥鼎雨聲秋。一畦杞菊爲供具,滿壁江山入卧游。舟外鷗波情浩蕩,窗間蝶夢思綢繆。虎頭癡絶從談謔,煮茗聊爲半日留。

雨　後

雨後階除泉亂流,[53]落花時節緑陰稠。石尊貯酒供杯飲,素壁圖書入卧游。翳日長林藏伏虎,際天春水浴輕鷗。[54]幽居四月饒櫻笋,醉裏題詩一散愁。

次柯博士寺壁題韵[55]

初月五日春意動,遠水蕩漾情如何。鏡中羞見白髮短,柳上愁看青眼多。起拂緑琴歌楚調,爲留明月掛松蘿。弭棹溪南一杯酒,它年浪迹倘重過。

吳門賦謝陸繼之黄柑紫蟹之貺①

闔閭城外皆春水,斜日維舟方醉眠。携手故人驚夢裏,送書飛雁落樽前。黄柑開裹煩相贈,紫蟹傾筐也可憐。憶爾獨居湖上宅,晴窗奇石翠生烟。

送甘允從

來尋墨沼雲林下,共愛女蘿懸石牀。唤人鸚鵡語猶澀,當户枇杷子半黄。霜橘定應題百顆,[56]籠鵝即欲寫千行。蘭亭書法人間少,好去山陰覓野航。

---

①　陸繼之:陸繼善,字繼之,號甫里道人。吳江人。其生平事迹詳見《元詩選癸集》。

鶴溪爲張天民賦①

溪西松影高千尺，白鶴時時眠上頭。風雨不驚鷗鷺宿，雲霄應與鳳鸞游。明窗筆格珊瑚樹，新釀松花瑪瑙甌。露下鳴皋聲徹遠，[57]幽人空谷獨相求。

悼頂山清上人

杯渡前溪見水源，偶來佩芷服蘭蓀。香臺猶帶山窗影，經卷長依松樹根。雲起晴峰還有觸，雪消春野不留痕。翛然我已忘言説，翠竹黃花自滿園。

送貞居還山

日暮書傳青鳥使，華林瑤草待君歸。挾舟婉婉雙龍出，背雨寥寥一鶴飛。秋水琢成蒼玉佩，朝霞補作紫綃衣。[58]山中長史來相覓，應惜窗間白羽揮。[59]

寄貞居及柳太常、②鄭有道，③次前韵[60]

華陽外史從幽討，谷口高人亦賦歸。遥憶愚溪對山坐，何時菌閣看鴻飛。荒荒旭日晞玄髮，濔濔流泉浣素衣。寂寞松窗懸榻處，塵生麈尾不堪揮。

寄王叔明④

幾夢山陰王右軍，筆精墨妙最能文。每將竹影撫秋月，更愛巖居寫白雲。[61]祕笈封題饒古迹，幽襟蕭散逸人群。[62]今年七夕聞多事，曝畫繙書到夕曛。

---

① 張天民：張監，字天民，號鶴溪，張經之父，金壇人。其生平參見《元人傳記資料索引》。
② 柳太常：其生平事迹不詳。
③ 鄭有道：遂昌縣人。其生平事迹不詳。
④ 王叔明：王蒙，字叔明，號黃鶴山樵。湖州人。其生平詳見《明史稿》。

贈薩仲明①

薩仲明爲丞相府掾時僦居京師,名其軒曰半野,後買宅延陵,亦揭是名於軒。因信宿軒中,賦此贈之。[63]

何意開軒名半野,身存魏闕思江湖。斜侵瓜圃通花藥,稍傍薇垣近竹梧。千里秋風催斫鱠,九霄晨露沍飛鳧。如今別買荒城宅,自掃楓林候野夫。

送竇南琛往住荊溪碧雲寺兼束方厓

碧雲林壑杳重重,此去風流似簡公。春藥碓聞湍激下,空山螢響月明中。結茅擬候芝三秀,眠鹿應遺地一弓。聞道重居開竹牖,待予艇子過溪東。

次劉道益見貽韵②

八月三日與劉道益連牀夜話,風雨凄然。五日開霽,道益賦詩見貽,次韵一首。

扁舟小泊菰蒲雨,玄論都消身意塵。空寂室中無侍者,蕭條雲外不羈人。酒杯畏病不復舉,燈火新涼差可親。嫋嫋秋風振庭樹,綠波芳草似初春。

別張玄度

歸去荊溪丘壑多,松陵浦口復來過。清風明月許玄度,泛宅浮家張志和。夜雨燈檠歌陸續,秋林樹子落桫欏。相逢相別嗟遲莫,人事多乖奈若何。

---

① 贈薩仲明:本詩原無詩題,整理者據作者詩序擬定。薩仲明,其生平事迹不詳。
② 次劉道益見貽韵:本詩原無詩題,整理者據作者詩序擬定。劉道益,知縣,其生平事迹不詳。

送張以中由宜興歸金壇

亂後歸來事事非，子長游歷壯心違。陶公館裏懷仙友，杜牧堤邊
戀落暉。松下白雲初起石，草間夕露已沾衣。君今尚有歸耕地，顧我
將從何處歸。

甘允從來過溪上將還汝寧賦此奉送

野夫住近青山郭，左右雲林無市聲。忽有故人騎馬至，即呼稚子
出門迎。虛窗圖史少開笈，細雨滄浪同濯纓。乍別林居無所賴，裁詩
相憶字欹傾。

奉和虞學士賦上清劉真人畫像二首[64]

君向積金峰頂住，長年高臥聽松風。蓬萊雲近瞻天闕，劍佩春明
下漢宮。歸去長謠紫芝曲，翩然遠挹黃眉翁。標名合在諸天上，何事
置身岩壑中。

焚香坐石孤峰月，飛佩朝天萬壑風。邈爾空歌傳碧落，飄然流響
振金宮。神君教服玄霜劑，聖主能延綠髮翁。共道乘鸞去無迹，祥雲
繚繞畫圖中。

寄養正

得君佳句清如玉，秋色驚人換物華。老境侵尋真有感，故園隔絕
更興嗟。女蘿綠遍縈茅屋，[65]烏柏紅明映落霞。欲酌一尊澆磊塊，幾
時邀子過田家。

送僧游天台[66]

四明山水名天下，師去那知客路遙。雪霽驚麏騰宿莽，月明寒鵲
集疏條。坐尋雲頂千峰石，歸趁江頭八月潮。寄語山中光老子，[67]送
賓去合過溪橋。

送諸從事之越中

郡廳草色映青衫，從事風流雪滿簪。最愛長官能化俗，因知僚佐願停驂。[68]右軍宅裏尋苔石，賀監湖邊咏夕嵐。它日從君覓佳果，來禽青李不須函。

贈岳松澗[69]

曾訪神仙五粒松，澗泉流潤白雲封。林間蘿蔦交青蔓，[70]水畔菖蒲開紫茸。[71]煮石有方留祕訣，采芝何處覓行踪。岳君別我三千歲，晚戲滄洲得再逢。[72]

答邵生[73]

已從鷗鳥狎雲深，老我無機似漢陰。采采菊花猶滿地，蕭蕭霜髮不勝簪。南游阻絕傷多壘，北望艱危折寸心。好在吳松江水上，青猿啼處有楓林。

逢張玄度[74]

一年不見張玄度，秋夜吳城忽爾逢。[75]清似石湖梅上月，瘦於廬埠瀑邊松。[76]白冠緇布前朝服，短髮長齋舊日容。昔者交游淪落盡，[77]及時爲樂且相從。[78]

寄熙本明二首[79]

在山無事入城中，每問歸樵得信通。松室夜燈禪影瘦，石潭秋水道心空。幽扉獨掩林間雨，疏磬遙傳谷口風。幾度行吟欲相覓，亂流深澗隔西東。

白首遙知得道餘，不聞詩思近何如。高齋夜雪同誰話，古木寒山獨自居。夢裏只尋行去路，愁時聊讀寄來書。夕陽溪上多飛鳥，若個能看影是虛。

寄錢伯行①

斑斑苔砌蕙花消，忽憶美人山水遥。夢得池塘春草句，望殘烟日晚江潮。汀雲沙鳥時同宿，野飯芹羹或見招。灑掃南湖石上月，爲留清影醉吹簫。

居竹軒

翠竹如雲江水春，結茅依竹住江濱。階前迸笋從侵徑，雨後垂陰欲覆鄰。映葉黄鸝還自語，傍人白鶴亦能馴。遥知静者忘聲色，滿屋清風未覺貧。

送祖芳二上人參禮育王寺光公[80]

四明之山林麓幽，育王墖前神光浮。[81]湯休賦詩嘆寂寞，遠公結社憶風流。貝葉經文白業進，曇花樓閣青春幽。易屨上堂禮足已，香烟雲霧共悠悠。[82]

寄張天民

清溪演漾緑生蘋，溪上軒楹發興新。只欠竹陰垂北牖，儘多山色近南津。湖魚入饌長留客，沙鳥緣階不畏人。媿我萍踪此淹泊，片雲回首一傷神。

送簡禪師易道

蓮花峰下簡禪師，半醉狂吟索賦詩。榻上諸僧禪定後，水邊高閣暮鐘時。不堪雨柳縈春夢，更惜燈花對酒巵。[83]深羨雲棲松頂鶴，[84]吾生飄泊竟何之。

---

① 錢伯行：錢達，字伯行，蘇州長洲縣人，官至淮南行省員外郎。其生平詳見《錢伯行墓志銘》。

寄陸靜遠①

積雨雲林生薜蘿，墨池新漲浴群鵝。每懷笠澤從漁釣，更擬滄浪聽棹歌。蓮葉滿湖雲掩冉，橘花垂戶雪婆娑。布帆十幅秋風裏，即買吳船載酒過。[85]

雲泉小隱爲張德機賦②

昕夕輕鷗傍釣磯，[86]幽情自不與人違。[87]琴尊花圃春酣後，童冠風雩晚咏歸。雲臥半間僧入定，[88]苔侵三徑客來稀。却憐服食清虛甚，黃獨松花煮療饑。

送盧錄判之建寧

清溪九曲游人少，想見官河一水分。理楫初辭季子邑，到州好訪考亭文。簿書閒暇對春雨，齋舍蕭條棲白雲。洗我明年塵土足，扁舟亦覓武夷君。

寄曹德昭③

遙憶建溪君獨豪，[89]五湖春水雲山高。丹厓青林紫步幛，蜀錦越羅金錯刀。已知雅頌播廟瑟，無復謳吟悲楚騷。伏生衰朽見鵬化，願同斥鷃巢蓬蒿。

賦王真人胎仙樓

紫閣岧嶢閟玉文，[90]攝衣迎日禮神君。河汾鳳吹來未泯，城郭鶴歸今復聞。貪看飛裙舞絴綵，遙憐風馭散繽紛。世人政若塵眯目，指

---

①　陸靜遠：陸德源（陸德原），字靜遠，又字志寧。長洲（今屬江蘇蘇州）甫里人。其生平參見《草堂雅集》（十八卷本）卷八、《吳中人物志》卷四、《元詩選癸集》已集上。

②　張德機：張緯，字德機，號荊南山樵者。金壇（今屬江蘇）人。其生平參見《元詩選癸集》庚集上。

③　曹德昭：據《清秘述聞續》卷四載，曹德昭爲長沙人。

點虛無疑白雲。

過蘭陵宿蔣逹善家[91]

蔣翊初開竹下逕,野夫聊乘溪上舟。珍簟敷牀夏冰薄,湘簾受風春浪浮。[92]圍棋終日對急雨,解帶六月如高秋。可憐相過便傾倒,[93]就宿爲君少淹溜。[94]

寄張貞居

不但入城踪迹少,南鄰野老見猶稀。狂歌鳴鳳聊自慰,舊學屠龍良已非。蒼蘚渾封麋鹿徑,白雲新補薜蘿衣。羊君筆札誰能寄,欲讀靈文一扣扉。

送徐元度①

荷鍤空林春雨餘,艤舟江岸燕飛初。去尋天上仙人珮,肯顧山中隱者居。霜月四更提劍舞,田園二頃帶經鋤。蘭榮柳密南簷下,佇子雲間枉尺書。

奉懷張外史

陰壑慘慘綠苔生,碧雲亭亭多遠情。松杉鶴去轉蕭瑟,洲渚花落自縱橫。從君下榻住十日,看我鼓枻出層城。洞口茵巢無恙否,定應閉閣著書成。

寄郯九成

芙蓉洲渚映江波,落日維舟發棹歌。坐久不知初月墮,居謀何處白雲多。糠粃富貴知吾否,簿領風埃奈子何。几格香材倘持寄,熏罏茶鼎樂漁蓑。

---

① 徐元度:徐憲,字元度,無錫人,官至兵部侍郎。其生平參見《大明一統志》。

次韵奉謝君書①

初書記以詩來别，且諄諄開諭，深見方外之情，因次韵奉謝并期面别。[95]

從知四大皆假合，順境逆途非樂憂。夢中妄想驚得鹿，海上忘機思狎鷗。舉世何人到彼岸，獨君知我是虚舟。[96]詩來説法能開諭，頑礦無情也點頭。

鄭德明新居②

僦居吳市仍栽竹，掛榻高齋獨待余。風引香烟金鵲尾，兩添書水玉蟾蜍。仲舉未應治一室，更生何用博群書。繞牀阿堵那嫌俗，每罄金錢一飯餘。

送浙憲掾劉彦文并簡張貞居③

落日采蘋溪水緑，目追帆影先飛鴻。寄書爲覓仙人隱，種杏今居丹井東。遠道悠悠宵入夢，晴波洶洶晝多風。鳴珂使者清無事，爾得優游群掾中。

寄吳子并懷貞居[97]

江海風流吳孟思④，十年不見鬢成絲。舊同野老松花供，今寄先君石室碑。秋日滿船初曬藥，晴雲浮水獨臨池。南山樹裏孤棲鶴，爾去何當一問之。

謝伯理東還訪之不遇走筆奉寄[98]

謝朓宅前山黛濃，山雲飛墮墨池中。携家又作它鄉夢，歸棹還隨

---

①　次韵奉謝君書：本詩原無詩題，整理者據作者詩序擬定。

②　鄭德明：其生平事迹不詳。

③　劉彦文：字子章，石州寧鄉人。官至懷集縣尹。其生平事迹詳見《全元文·廣州懷集令劉君墓志銘》。

④　吳孟思：吳睿，字孟思，自號云濤散人，杭州人。其生平詳見《劉基集·吳孟思墓志銘》。

落葉風。鶴入暝烟愁浩渺，鷗浮遠水思清空。尋君不遇成惆悵，江草青青岸蓼紅。

寄盧士行①

閶闔浦口路依微，笠澤汀邊白板扉。照夜風燈人獨宿，打窗江雨鶴相依。畏途豈有新知樂，老境空思故里歸。擬問桃花泛春水，船頭浪暖鱖魚肥。

訓曹德昭[99]

荆溪山水最清遠，結屋溪邊住幾年。磵底松棲何處鶴，邨中茶焙隔林烟。清譚況有王戎勝，[100]閉戶仍多孫敬賢。[101]詩出奚囊時寄我，[102]琅玕色潤雪濤箋。[103]

張貞居有詩柬梁鴻山楊君，次韵和之[104]

鴻山東面受朝暾，[105]戶牖嵐光晝吐吞。梁婦終甘隱吳市，戴琴原不適王門。[106]弦歌寂寂虛千載，井臼依依自一村。踏雪獨尋楊處士，[107]蕭條古道與誰論。

寄貞居②

杭人有傳余死者，貞居聞之愴然，因賦以寄之。

果園橘熟誰分餉，茅屋詩成懶寄將。衰謝皆傳余已死，迂疏真與世相忘。夜分風雨雞鳴急，天闊江湖雁影長。寥落百年能幾面，論文猶及重銜觴。

霧隱空山秋色深，[108]茅齋酒熟向誰斟。菊花楓葉愁相并，澗水松風伴獨吟。洗耳不堪聞俗語，醉眠且復罷清琴。遙知對月深予憶，忍不題詩慰子心。

---

① 盧士行：其生平事迹不詳。
② 寄貞居：本詩原無詩題，整理者據作者詩序擬定。詩共兩首。

寄張德常

身世蕭蕭一羽輕，白螺杯裹酌滄瀛。逍遥自足忘鵬鷃，漫浪何須記姓名。石鼎煮雲聽澗雨，玉笙吹月和松聲。憑君爲問張公子，曾到良常夢亦清。

送盛道士游越[109]

浙東山水隔層雲，雪霽千峰曉不分。蕭瑟松林疑鶴語，縱横苔石見羊群。昔聞陽洞啓神閟，[110]中有仙人留玉文。羡爾尋真不辭遠，好隨烟霧挹飛裙。[111]

贈别益以道書記[112]

一笑相逢豈有期，因懷西崦話移時。李公祠畔空餘月，[113]陸子泉頭舊有詩。旅思悽悽非中酒，人情落落似殘棋。雲濤眼底三生夢，鷗影秋汀又别離。[114]

寄陸明本索酒①

楊柳低昂蕙草青，西莊風物似華亭。[115]日修長史登真訣，夜誦虚王内景經。[116]玉牒初標紫臺籍，[117]石苔應長新宫銘。自慚服食清虚甚，爲覓松肪釀百瓶。

送元白上人往中竺[118]

求瀍高僧何處去，向中天竺最高峰。飛鳶欲没天低樹，杖錫應投湖外鐘。半席白雲臨碧澗，四更落月掛長松。定回依約三千歲，若見拈花紹遠宗。

① 陸明本：其生平事迹不詳。

蕭從善集其師外史張君詩爲賦一首[119]

葛翁臺上繙經處，陸子泉頭試茗時。石記只留金菌閣，宮銘猶樹玉津池。晚探風雅還心醉，謾説曹劉是我師。麟閣鳳毛勤采拾，[120]却愁雷電取無遺。

贈張楨①

憶昨州民饋餫初，兵戈阻絶飽艱虞。忽驚歸路千荆棘，莫致南溪雙鯉魚。別浦秋蓮明泛泛，寒廳夜雨落疏疏。青衫從事將軍幕，[121]已覺門多長者車。

答德常别駕初夏見懷[122]

隔浦黿鳴似打衙，雲濤城郭夕陽斜。汀前露冷魚鱗屋，窗裏烟輕蟬翼紗。[123]沛澤風雷時逖几，談空衣祴不沾花。欲分香飯能來否，早晚門前望鹿車。[124]

苦　雨[125]

冥冥秋雨溺田禾，日日奔雷吼怒黿。十里荒凉黃犢草，五湖浩蕩白鷗波。直應天地移龍穴，未覺階除失蟻窠。君子憂民重興感，吁嗟天意欲如何。

春日送别余一秀才

翼翼高帆開遠天，緑波芳草隨烟綿。春林風雨集憂思，茅屋琴書移晝眠。文采由來庾信少，草聖近誇張旭顛。百年聚散如落葉，行客居人俱可憐。

---

① 張楨：字約中，汴梁開封人。元統元年進士，官至監察御史。其生平詳見《元史》。

西野對雨有懷明本、彥準，并呈道益[126]

怪雨顛風裂芰荷，鷗飛歷亂水驚波。便須掃地焚香坐，豈有高人載酒過。笠澤至今能養鴨，山陰何處覓籠鵝。重陰忽霽猶斜日，惆悵思君奈若何。

贈葛子熙①

打碑直入長安道，養母還歸白馬峰。聞說陰厓留積雪，[127]將尋隱地看長松。晴窗弄翰山僧對，[128]寒澗行樵野鹿逢。爲問雲棲危太朴，[129]到州應與子相從。[130]

留別王叔明

秋蚤唧唧雨蕭蕭，楮穎陶泓伴沉寥。[131]此去那能期後會，[132]清言聊以永今朝。濕雲窗裏初溫酒，白鳥汀前又晚潮。故國何人賦招隱，桂花零落更停橈。

十二月四日和德原率性賦雪韵[133]

海宇希微隱一毫，行舟冰沍夕停篙。[134]愁看寂寂雙峰并，細數林林亂石高。豈有風塵勞白羽，謾思文采照宮袍。雪融二月溪流合，洞口誰尋千樹桃。

題孫氏雪林小隱

天地飄颻一短篷，小窗虛白地爐紅。翛然忽起梨雲夢，不定仍因柳絮風。鶴影襟裾簷上下，鹿遠散漫屋西東。杜門我自無干請，閒寫芭蕉入畫中。

────────

① 葛子熙：其生平事迹不詳。

喜謝仲野見過①

階下櫻桃已着花,窗前野客獨思家。故人携手踏江路,拄杖敲門驚夢華。藉草悲歌聲激烈,停杯寫竹影敧斜。[135]新蒲細柳依依綠,西北浮雲望眼遮。

述　感[136]

桑柘蕭條半草萊,百年人事哽悲摧。沙丘漂母寧復有,故國王孫誰見哀。歌吹淒涼銅雀妓,世途荏苒霸城災。遥知敕勒穹廬野,日夕牛羊欲下來。

寄張府判②

張德常府判舊有良常草堂,[137]在金壇之華陽洞天。[138]揭曼碩、張仲舉,諸學士嘗賦詩紀勝。其後,德常宦游無定居,政績顯著,[139]今爲松江府判。因潘以仁之便,[140]輒賦七言一首奉寄。

樗散張侯意久疏,齋厨服食轉清虛。童初府署標名後,碧落仙官校籙餘。海上空濛歸化鶴,庭前寂寞有懸魚。[141]吴松江水浮青玉,聊此殢霞駐羽車。

寓齋秋懷次韵三首[142]

渚蒲岸柳望秋零,桂樹懸香月影清。埜水浮舟歸未得,羽觴泛螘句還成。[143]雲松眠鶴夢方遠,露草寒螿鳴不平。南郭先生玄默久,猶將諷咏寄閒情。

其　二

思歸江漢濯塵纓,旅況蕭條秋氣清。[144]滿壁山圖初睡起,一簾風雨助詩成。[145]遠樹芊芊烟鶴唳,[146]飛鳶帖帖暮潮平。[147]蒼巒九疊淙

---

① 謝仲野:其生平事迹不詳。
② 寄張府判:原同《彙刊》卷五、《薈要》卷五無詩題,據《倪雲林先生詩集》卷四《寄張府判》補。

松瀑，[148]擬別餘生棲遁情。[149]

其　三

問我歸程未有期，[150]秋光羇思共凄清。雪流鴻迹應如幻，[151]氈仰龜毛豈有成。破屋逃亡寒燐起，故宮基搆綠蕪平。試聽嗚咽長溝水，水本無情似有情。

綠波軒二首[152]

綠波佳思復如何，階下清陰芳草多。爛醉哦詩絃寶瑟，閒眠欹枕幔烟蘿。莫將華髮臨明鏡，還寫黃庭換白鵝。剪取吳松雲錦麗，天孫機杼隔明河。

旅況沿洄似夢中，孤舟江上白蘋風。蕭條病起三家墅，憔悴天涯一禿翁。藋底鷦鷯嘆鵬狀，雷鳴瓦缶棄黃鍾。憂來直欲窮牛渚，河漢迢迢萬里通。[153]

三月一日自松陵過華亭

竹西鶯語太丁寧，斜日山光澹翠屏。春與繁花俱欲謝，愁如中酒不能醒。[154]鷗明野水孤帆影，[155]鶻沒長天遠樹青。舟楫何堪久留滯，更窮幽賞過華亭。

病中懷故友華陽外史次韵[156]

憶昔時雍四海寧，華陽外史住南屏。春愁黯黯懷仙卧，幽鳥關關喚夢醒。塞雁歸時鶯出谷，園花落盡柳縈青。傷心南北數千里，無復沙墩長短亭。

呈錢復思次韵[157]

霞湌雲卧養黃寧，玉笈幽文護石屏。一榻松濤金石弄，半鐺茶雪夢魂醒。玲瓏泰室生虛白，[158]縹緲空歌自始青。不見仙風雲上過，羽車芝蓋曉亭亭。

呈諸友人次韵[159]

北窗高臥自清寧，烟霧衣裳雲錦屏。舉世無知心自得，衆人皆醉我何醒。黃熊號野兵埃黑，白骨生苔鬼燐青。舊宅荒蕪時入夢，墨池誰訪子雲亭。

歸錫麓

未訪西岩墨沼泉，東家兒女笑相牽。莫話艱難長旅食，敢忘蕭散送餘年。稏秔雲黃秋雨後，芙蓉霜落渚鷗邊。歸來何異遼東鶴，荒塚纍纍思惘然。

二月二十日大風

南渚春風二月狂，停橈濯足聽鳴榔。[160]烟邊去鳥暮山碧，衣上飛花春雨香。高柳拂雲依古渡，[161]驚鷗衝浪起橫塘。[162]遠懷不作悠悠語，忍躡飛鳬返故鄉。

寄陳庶子

高行昔聞陳太丘，浮雲踪迹長遠游。[163]丹砂擬訪葛洪井，湖水堪乘范蠡舟。爐銀欲變頭先白，田秫可釀行歸休。且排憂憤澄神慮，奏刀已覺無全牛。

俊仲明以詩見示次韵謾誖[164]

南湖流水綠決決，野鶴同棲秋夜長。短世應須幾緉屐，懷人可但九回腸。驚風零亂芭蕉影，冷雨凄迷菡萏香。高尚劉君此肥遁，[165]優游物外久韜光。[166]

送柳道傳東歸①

賦詩南澗寫烏絲，靄靄停雲去後思。鄉國動成經歲別，江湖復與

---

① 柳道傳：柳貫，字道傳，自號烏蜀山人。浦江人。官至翰林待制、承務郎，兼國史院編修官。

故人辭。溪船斫鱠雲生柁，松室聞猿月滿枝。他日重尋言子宅，咏歌應在暮春時。[167]

寄開元長老兼呈鄭明德①

遠公令我詩興生，[168]堂下綠苔無俗情。天女試散寶花墜，[169]曲生相逢青眼横。布金已住長老宅，乞食應鄰王舍城。[170]何當慧筏一來過，[171]同載唯許鄭康成。

呈良常安遇伯仲[172]

松陵竟失五車書，梅里燒焚舊屋廬。衰季悲吟嘆羅隱，盛時作賦羨相如。伊優骯髒復何以，臃腫支離聊與居。日日秋風白蘋老，門前江水接空虛。

送梁生讀書沈莊[173]

上蔡梁君譜係蕃，凌烟勳業舊諸孫。廬山傍斗可攬秀，大江自岷初發源。夜誦庭柯褢琴響，春羹汀藻帶潮痕。休文舊宅宜終隱，歸近南湖祇樹園。[174]

題王敬之壁[175]

我來陸莊如故鄉，故鄉風景日淒涼。解憂幸有盈尊酒，慰眼新栽百畞秧。蒲葉清波閒濯足，荷花斜日起鳴榔。當年李白成何事，白髮緣愁萬丈長。

寄周履道②

兼旬不見周徵士，落月空梁夢見之。久狎海鷗聊避世，[176]虛言市虎竟成疑。尊前節序梅將玉，鏡裏形容鬢已絲。日暮烟濤隔城郭，

---

① 鄭明德：鄭元祐，字明德，號尚左生，遂昌人。官至江浙儒學提舉。
② 周履道：周砥，字履道，號東皋，吳人。寓居無錫。其生平詳見《明史》。

蕭條南渚一吟詩。

寄顧仲瑛①

江海秋風日夜涼，虫鳴絡緯促寒裳。[177]民生惴惴瘝痍甚，旅泛依依道路長。衰柳半欹湖水碧，濁醪猶趁菊花黃。知君習靜觀諸妄，林下清齋理藥囊。

寄王明卿②

不見孝廉踰十年，高人風節自居然。數間茅屋無人補，一榻寒雲只獨眠。酒榼時須栗里菊，茶烟還煮惠山泉。[178]衡門不出棲遲久，坐有孫登彈一絃。

題荆南精舍圖

點染幽情入畫圖，[179]烟霏嵐翠墨模糊。林間野鹿時相逐，洞口山猿不受呼。尚有流泉悲夜雨，已迷幽徑入寒蕪。癡人莫彈西飛鶴，雲外仙君恐姓蘇。

題米南宮石刻遺像

千秋遺貌刻堅珉，[180]却在荒烟野水濱。[181]絶嘆苺苔迷慘淡，細看風骨尚嶙峋。山中仙塚芝應長，海內清詩語最新。地僻無人打碑賣，緬懷英爽一傷神。[182]

題畫貽王光大③

荆南山色青如染，卜築正當溪水南。浪舞漁舟鷗泛泛，雪消沙渚柳毿毿。涼軒楓葉晴雲綴，秋浦荷花落日酣。舊宅不歸幽夢遠，吳松

①　顧仲瑛：顧德輝，一名瑛，又名阿瑛，字仲瑛，號金粟道人，崑山人。
②　王明卿：王鑑，字明卿，晉州安平人。其生平詳見《全元文·王處士墓志銘》。
③　王光大：王令顯，字光大，號彝齋。宜興（今屬江蘇）人。工書善畫，知名鄉里。其生平詳見《元詩選癸集》。

聊結小禪龕。

用王叔明韵題畫

王郎筆力追前輩,海岳新圖入卧游。獨鶴眠松猶警露,孤猿掛樹忽驚秋。陶潜宅畔五株柳,范蠡湖中一葉舟。同煮茯苓期歲暮,殘生此外更何求。

題趙榮墨竹[183]

緣江修竹巧臨模,慘淡松烟忽若無。亂葉寫空分向背,寒流篆石共縈紆。春渚雲迷思鼓瑟,青厓月落聽啼烏。誰憐文采風流意,謾賞丹青没骨圖。

題　竹①

辛亥六月三日,②寓實性源禪房,爲寫竹梢因賦。[184]

禪關分榻留人宿,[185]不夜長然禮佛燈。君已風流如惠遠,我聊吟嘯答孫登。來依結夏安居者,[186]莫厭無家有髮僧。清夜哦詩江月白,琅玕節下影鬖髿。

此身已悟幻泡影,净性元如日月燈。衣裹繫珠非外得,[187]波間有筏引人登。[188]狂馳尚覓安心法,玄解寧爲縛律僧。曲几蒲團無病惱,松蘿垂户緑鬖髿。

殘生已薄崦嵫景,猶護餘光似曉燈。玄圃雨雲元不隔,[189]華嚴樓閣也須登。夢歸金菌山前路,飯仰白雲窗裏僧。獨鶴步庭閒顧影,西風吹鬢雪鬖髿。

寫畫贈潘仁仲醫士[190]

屋角東風多杏花,小軒容膝度年華。金梭躍水池魚戲,彩鳳棲林

---

① 題竹：本詩原無詩題,整理者據作者詩序擬定。詩共三首。
② 辛亥：洪武四年(1371)。

澗竹斜。亹亹清談霏玉屑，蕭蕭白髮岸烏紗。於今不二韓康價，市上懸壺未足誇。

答貞居①

貞居君在餘杭北郭，結樓居之號，茅嶺行窩。予久欲往觀而未能也。兹貞居適有來此之約，因寄一首。[191]

已向雲林開別墅，更聞茅嶺有行窩。[192]提魚就煮興不淺，看竹頻來意復多。[193]梅鵾雪晴紅綴蕚，墨池水暖綠生波。懸知潘令閒居賦，不比陰山敕勒歌。

再用韵呈張伯雨、潘子素[194]

團團桂樹覆岩阿，茅屋歸來雪一窩。高臥丘園奇氣在，倦游江海故人多。楚山白雁遵寒渚，練水長魚出素波。去去南州書問少，寂寥誰和紫芝歌。

寄德朋

故人欲問梁鴻宅，遺迹猶應杵臼存。楓葉菊花秋瑟瑟，荒園廢圃雨昏昏。農人掩舍春明墅，縣吏催租夜打門。唯羨君家多遠思，[195]賦詩刻燭酒重溫。

束　友[196]

幽窗談笑話生平，[197]屈指年華幾變更。[198]白髮滿頭今已老，青山排闥故多情。桃花灼灼應無語，春雨蕭蕭尚未晴。明日扁舟期載酒，[199]南山笋蕨正堪烹。

曹伯高爲曹尚書之子以卜居詩卷索題，走筆漫應[200]

清貧我早識尚書，身没韓公爲結廬。可但家聲今不替，猶趨禁直

---

① 答貞居：本詩原無詩題，整理者據作者詩序擬定。《倪雲林先生詩集》卷四作《再和》。按：《再和》前首詩爲《奉次張伯雨潘子素醉唱韵》。

未全疏。[201]窗臨墨沼楊雄宅，郭映雲林謝朓居。共愛諸郎游息地，風雩閒咏暮春初。

陽春堂

陽春堂下春波緑，臘雪初消蕙草青。未覺避喧離世俗，也知習静愛郊坰。欲爲野逕孤琴約，盡醉華筵雙玉瓶。見説陶朱有遠趣，長松傾蓋碧亭亭。

風　雨

風雨蕭條歌慨慷，忽思往事已微茫。山人酒勸花間月，秦女箏彈陌上桑。燈影半窗千里夢，泥塗一日九回腸。此生傳舍無非寓，謾認他鄉是故鄉。

贈楊大同①

石魚峰下子危子，出有楊羲陪勝游。斜日碧山梁苑暮，清風白柳冷亭秋。[202]松肪和飲三危露，桂棹同乘萬里流。擬酌春醪相慰藉，梅花欲發聽鳴騶。

屋　漏[203]

寂寞江天暮色懸，重陰愁絕卷塵編。走看破壁雨沉窜，思卧蘆花雪滿船。風捲高堤沙樹拔，[204]泉翻野援藥苗延。青山夭矯浮雲外，自愛新秋爽氣鮮。

贈惟寅[205]

陳君惟寅，天倪先生子也。[206]天倪爲黄清權高士之甥，清介孤峭，甚似其舅。讀書鼓琴，不慕榮進，澹泊無欲，以終其身。惟寅能守其家法者也，世故險巇，安貧自樂，窮經學古，教授鄉里，色養得親之

---

① 楊大同：其生平事迹不詳。

歡心，友愛盡弟妹之和樂，[207]綴茸詩文，於以自娛。余嘗愛其藻麗不群，飄然有出塵之想，聊摛鄙語，用咏才華。[208]暮春之辰，忽過江渚，出示新什，[209]相與披咏，[210]因賦美之。[211]

不見元方已隔年，[212]暮春孤坐此江邊。政憂浪闊多風雨，却喜君來共簡編。[213]諷咏新詩非偶爾，艱虞遠別更凄然。看花相約重過此，已放柳條維酒船。

謝曲彦遠①

曲彦遠寄茗裹，賦此道謝，且求致梨栗木瓜。

遠屋青山謝眺居，木瓜梨栗種扶疏。不妨暇日騎官馬，自喜清時少簿書。九月授衣霜欲落，百年回首雁飛初。猶憐踽踽空山客，茗裹封題遠慰予。

故　吾[214]

縹緲青山日欲晡，瀰漫秋水興何孤。鶴歸城郭生新夢，塵掩圖書尚故吾。南畝蓺苗傷碩鼠，北窗臨硯聽啼烏。醉歸倘乞封侯地，便復移家傍酒壚。

三月二十二日雨懷荆谿舊游寄原道[215]

憶昔荆溪棹酒船，綠波摇蕩女蘿烟。春茶未放仙人掌，雨蕨先舒稚子拳。岩間石上尋遺迹，作賦題詩多昔賢。今日空齋獨對雨，幽懷猶夢白雲邊。

誚友生[216]

泖水山光照屋廬，每思潘令賦閒居。客愁不解連三月，詩贈全勝枉尺書。醉墨不妨拈禿筆，狂吟時復近前除。亂離自嘆摧頹甚，晝寢

---

① 謝曲彦遠：本詩原無詩題，整理者據作者詩序擬定。曲彦遠，其生平事迹不詳。

毋嗔老宰予。

二月晦日聽劉伯容彈琴①

遠思翩翩屬五湖，一杯濁酒咏唐虞。清琴忽作金石弄，[217]佳士今猶山澤臞。飛絮游絲颭風日，瀑流松吹灑巾襦。群龍汩溺淫哇久，古樂蕭條古道迂。

答元用[218]

野水浮鷗不世情，烟濤漂泊羽毛輕。雲移短棹無機久，雪點青山照眼明。甫里宅邊逢酒熟，吳松江上看潮生。夫君爲話征途苦，惆悵令人意不平。

同通書記過鄭先生舊宅[219]

女蘿垂綠翳衡門，野水通池没舊痕。有道忘情觀物化，清言如在想人存。[220]凄凉江海空茅宇，慘淡烟埃委石尊。一奠山泉薦芹藻，古心寂寞竟誰論。

馬國瑞東皋軒②

未羨勛名馬伏波，優游鄉土樂婆娑。[221]輕舟陌上山堪數，細雨籬邊菊未過。[222]浩蕩五湖鷗夢遠，蕭寥萬里鶂情多。寒宵偶伴幽人宿，[223]月燭藜牀幔綠蘿。[224]

次韵張榮禄《追和楊別駕賦王番陽東湖勝游》四首，③呈雲浦、耕雲二君[225]

祇今誰是番陽守，別駕題詩凡幾春。僚屬得才青瑣舊，兒童騎竹

白頭新。當筵意欲凌雲外，今日人誰問水濱。陳迹寥寥風景切，[226]桃源何處覓遺民。

　　賓客從來逸興多，[227]雨深春渚綠增波。笙簫載月回鸞鶴，雲錦飛裙織芰荷。短世悠悠大槐國，餘哀嫋嫋竹枝歌。湖山寥落行人老，翠影蒼烟寒蕩磨。

　　散亂鳧鷖發棹謳，波明雲净宛如秋。酒杯青落垂楊影，麈尾風生杜若洲。匣裏鳴琴俄復掩，杯中覆水竟難收。白頭聞説開元盛，雙淚滂沱似瀑流。

　　湖上晚風明綺霞，春雲覆竹影交加。歌喉圓滑吟山鳥，舞袖低回亂渚花。綠净碧虛寧敢唾，星垂河注欲乘槎。玉堂坐想當時勝，榮禄詩成謾自誇。

贈王文静①

　　静寄軒中酒一罇，陶然醉裏別乾坤。碧桃花已當窗發，翠竹陰須映户繁。茬苒春光逐風雨，婆娑歲晚樂丘園。詵詵更祝螽斯羽，若欲宜男膁種萱。

和王子明韵[228]

　　從俗浮沉多厚顏，醉筵舞袖作弓彎。雉羅孰是逃三窟，豹管能窺見一斑。[229]縱酒已挤時共棄，歌詩猶與世相關。采薇岩穴聊終隱，林下閒雲自往還。

送盛高霞②

　　霜髮飄飄鶴上仙，相逢遼海幾何年。種桃遂有劉郎賦，鼓瑟寧知曾點賢。華表不歸塵泊泊，吹簫何處月娟娟。嗟余百歲强過半，欲借

---

① 王文静：名晏，以字行，號梅西，宜興人。其生平詳見《毗陵人品記》。
② 盛高霞：其生平事迹不詳。

玄關静學禪。[230]

陸文玉見過，①時余初喪長子[231]

荆溪二月春風惡，燈火論交夜對牀。白鶴遶壇初露下，碧梧滿地
忽霜黄。卜商失子人誰弔，阮籍窮途只自傷。政使陸郎能慰藉，賦詩
懷舊更凄凉。

贈道士李嘯虚②

龍虎岩前李錬師，幾時飛舃洞庭陲。晴天白鶴興閒遠，秋水蒼龍
光陸離。山中杏熟從收穀，階下芝生看奕棋。邂逅樓船海上便，還應
與爾道相期。

送霞外師過磧沙寺，因寄鄭博士毅長老

湖水東邊磧沙寺，繙經室裏看争棋。食馴沙鳥巢當户，坐愛汀雲
影入帷。惠遠向修爲律縛，[232]康成終老只書癡。寄語山靈莫疑怪，
松陰好護中興碑。

次韵贈林泉民張孟辰③

三徑誰尋二仲踪，一丘木石紫溪翁。[233]思尊張翰有清識，閟閣茂
深多祖風。午夢池塘春草緑，輕陰窗户落花紅。應懷錫谷林泉勝，山
色依微在望中。

送葉道士東歸，分得懸字，用韵三首[234]

愁心黯對夕陽懸，忽見高標喜欲顛。似與人民千歲隔，更詢耆舊
一悽然。青燈緑酒看成醉，祕篋珍圖自滿船。歸去還臨劍池月，定應

---

①　陸文玉：其生平事迹不詳。
②　李嘯虚：其生平事迹不詳。
③　林泉民張孟辰：張樞，字夢辰（夢臣），號林泉民，又號書巢生。祖籍陳留（河南開封），華
亭（上海松江）人。博學能文，居家授徒，不求仕進。生平見《大雅集》與《林泉民傳》。

歌此酌山泉。

其　二

憶爾心如旌旆懸，相逢泖渚欲華顛。窮冬風景吾衰矣，落日烟濤
思渺然。八咏樓前思舊宅，三高祠下覓歸船。樓幽定洗塵喧耳，剩吸
東陽一斛泉。

其　三

君到茅簷雨溜懸，采芝期我碧山顛。掀髯一笑非徒爾，隔世重逢
豈偶然。沙渚屧聲歸泖客，晚潮帆影下江船。爲予一話艱危際，雙淚
沾衣似迸泉。

贈別榮子仁①

退食從容下玉除，當年史館燦成書。藝塲馳騁答賓戲，筆陣縱横
賦子虛。松水娱情經亂後，[235]圖書連舸渡江初。君來愧我無供給，
一勺寒泉薦菊葅。

雨中在林氏賦贈徐生

終朝風雨洗炎歊，隱几無言思沉寥。已絶鳴蟬咽衰柳，空吟翡翠
集芳苕。[236]嘉魚坊裏多名酒，碧鳳橋邊欲晚潮。二子翩翩有高
致，[237]爲陳筆墨遠相招。

戲題嚴録事所集書畫藪

雨館晝逢嚴録事，手持書畫索題詩。金題玉躞齊梁迹，墓刻厓鐫
秦漢碑。把玩始驚繁卷軸，品量還愧拙言詞。古人冷淡今誰尚，謾葺
殘編慰所思。

以龍尾硯寄錢徵士

龍尾誰磋古硯池，庚庚玄璧隱風漪。知君筆力能扛鼎，愛我雲腴

---

①　榮子仁：榮僧，字子仁，回紇人，至正十一年（1351）進士，官至江浙行樞密院經歷。

欲産芝。投贈寧論百金直，咏懷更賦五言詩。唯應洗濯寒泉潔，静試松煤獨下帷。

宿清流堂

衍慶院中無市聲，清流堂上晚風清。一泓濁涇從污染，百灘白月見空明。我性非澄本爾净，外塵徒擾元不驚。恒公宴坐清凉海，還許游人來濯纓。

題畫送僧

用大機，吳人也，住宜興保安寺。壬子九月十九日，①將還山，戲寫秋樹筠石，并詩以贈之，且以呈方厓禪伯云。[238]

不到荆溪三十秋，南津溪水亦東流。用公住近金鵝嶺，魏族猶鄰白虎丘。楓葉斕斑霜落後，竹枝蕭瑟渚邊頭。歸逢古德方厓叟，爲話談玄舊日游。

夜宿張判府環緑軒贈玄度

戊申十月十八夜，②環緑軒中借榻眠。舞影霜筠風細細，縈窗素練月娟娟。此生寄迹雁遵渚，何處窮源漁刺船。染筆題詩更秉燭，語深香冷思凄然。

子章號夢庵走筆題[239]

夢庵春夢幾時醒，隱約江湖且寓形。愁見亂離心忽忽，迹疏親友淚熒熒。松陵遇我才經宿，浙水歸舟且暫停。蕉鹿紛紛何得失，霞明烟外數峰青。[240]

江上遇楊德朋[241]

吳淞江上米家船，邂逅龜蒙舊宅前。政似燕鴻交泛泛，聊憑楮穎

---

① 壬子：洪武五年(1372)。
② 戊申：洪武元年(1368)。

度年年。糟牀滴雨誰沽酒，破衲蒙頭獨坐禪。莫學山僧空載月，主人情重更留連。

題春山高士圖[242]

扁舟溪上數來過，白髮殘春奈我何。柳絮如烟迷曉浦，杏花飛雪點春波。林扉有客圖丘壑，石室何人帶女蘿。欲和華山高隱曲，羈愁悽斷不成歌。

過桐里

依微桐里接松陵，[243]緑玉青瑶繚復縈。爲咏江城秋草色，獨行烟渚暮鐘聲。黃香宅裏留三宿，甫里門前過幾程。借書市藥時來往，未許居人識姓名。[244]

寄陳余二校書

吳松江水碧沄沄，忽憶江城兩隱君。[245]酒艇時摇夜濤月，書帷影亂晴窗雲。一貧老我長爲客，二仲英賢已著文。[246]何事雙魚俱寂寞，[247]玄言經歲不相聞。[248]

宿普度僧舍

悲涼華屋總荒墟，人事乖張已久如。兩部草池蛙鼓吹，一襟桐露鶴階除。狂游且盡餘生酒，宿習猶存半軻書。初日輕烟棹歌去，江潭柳影亦蕭疏。

贈姚掾史

相府共推三語掾，卜居曾占九龍峰。美髯不獨如靈運，佳句仍兼似鮑溶。我有茅齋當絶壁，時看晴雪落長松。因君喚起故園夢，彷彿三生石上逢。

賦居延王孫德新小隱軒

志隱寧須分小大，不論廛市與山林。橘中之樂固不淺，壺裏有春藏更深。奕戲自能忘世事，酒尊聊用散沖襟。莘耕岩築苟無過，豈有朝堂論道心。

次德機韵[249]

溪上田園定有無，愁將歸思畫成圖。春林寂寂花開落，風牖泠泠鬼嘯呼。尚有流泉悲夜雨，已荒幽徑入寒蕪。何當一舉同黃鵠，未覺山川路鬱紆。

別彥貞

空齋風雨話連宵，歸夢不知山水遥。鶴遠城荒嗟寂寂，香霏鬢影共蕭蕭。市中乳虎人三語，燈下寒蒩酒一瓢。無念百年聊樂爾，海鷗飛去定難招。

挽鶴溪張先生

子述孫承久熾昌，荐饑多施活人方。句金壇下良常洞，白鶴溪邊世壽堂。孔壁遺書覘古學，祇園法藏溢神光。乘雲笑謝人間世，九秩逍遥返帝鄉。

首夏即興呈貞居

鵝鴨如雲散碧漪，[250]來禽青李壓枝低。[251]深林汲澗常聞虎，清晝焚香獨下帷。路出城東無十里，燕來堂上不多時。可憐稚笋都成竹，忽見春蠶已吐絲。

寄盛高霞[252]

不見情親踰一載，素書到手淚滂沱。仙人脫骨煩重瘞，[253]去鶴思歸忍再過。墓左碑隨烟燼泠,[254]手栽松斷斧斤多。知君欲話悲辛意,慟哭爭如後會何。

題畫貽王光大

荊南山色隱晴湖,暖翠當窗不用圖。避世移家今十載,盛書連舸泊三吳。可憐畫卷撩歸夢,依舊香盦傍藥爐。珍重故人王架閣,筆能扛鼎要人扶。

寄白石

傚屋渝盟也任渠,爭巢野鵲厭鳩居。人情轉劇空懷土,家具無多莫借車。踽踽獨行良不易,紛紛薄俗竟何如。波瀾翻覆從千變,道眼遞觀熱惱除。

送杭州謝總管

南省迢遥阻北京,張公開府任豪英。守臣視爵等侯伯,僕射親民如父兄。錢廟有碑刓夜雨,岳墳無樹着秋聲。好將飲食濡饑渴,何待三年報政成。

題喬柯竹石①

丙午十一月十九日避泖上,②丁未十二月十六日始去此,③至陳溪分湖間矣,因寫喬柯竹石并題。[255]

泖渚淹留再燠寒,移居何處卜林巒。可憐產不能恒業,聊復心隨所遇安。船底流澌微淅淅,葦間初日已團團。故人存没應難訪,愁裏題詩强自寬。

---

① 題喬柯竹石:本詩原無詩題,整理者據作者詩序擬定。
② 丙午:至正二十六年(1366)。
③ 丁未:至正二十七年(1367)。

寄錢伯行

春雨斑斑長菊苗,坐憐依砌蕙花消。此時行邏泉侵濕,閉戶哦詩江怒濤。[256]政爾清虛忘世傲,不妨貧賤使人驕。下帷寂寞錢徵士,艇子看花許我邀。

題本中峰觀蓮像

東南唱道據禪林,諷咏蓮心契本心。善矣不塵仍不染,美哉如玉復如金。三周妙法耆闍崛,十丈開花玉井岑。今日仰師猶古佛,風波回首一長吟。

呈良常[257]

無家已老復何歸,碧樹團團尚夕暉。清越風湍帝子瑟,縱橫隴畝僧伽衣。世波汩溺毋淈我,節序炎涼且息機。白鳥汀前坐來久,泉侵野徑暮依微。

寄朱府判

明月娟娟夜二更,挑燈孤坐不勝情。尊前舊恨多年積,枕上新愁何處生。已作閒雲孤鶴去,不堪隨柳傍花行。使君爲省春田出,可念憂時老釣耕。

清　明

江雲籠雨白烟生,愁眼看花淚濕纓。可惜紅英滿芳草,又經上巳復清明。漂漂羈旅燕鴻迹,昵昵愁思兒女情。[258]老鶴莫教塵土涴,碧岩松下紫芝榮。

寄徐季明①

海虞山下徐公宅,修竹長松左右栽。陳榻待君時一下,顧園有客

---

① 徐季明：其生平事迹不詳。

莫驅回。至今清夢依依在，欲寄新詩草草裁。自是漫郎嫌俗子，也應魚石有蒼苔。

學　書

幾叢枸杞護藩籬，一徑莓苔臥鹿麇。獨許陶泓爲密友，[259]更呼毛穎伴幽棲。野鶩家雞成品第，來禽青李入書題。臨池自嘆清狂甚，直好還同鍛柳稽。[260]

贈范堉

范公文杏園西宅，喧寂一塵渾異宜。[261]鼓琴深林調清越，讀書稚子聲吾伊。[262]簾旌不動香如霧，硯席生涼雨散絲。欲飲寒泉錫麓洞，暫違清賞一題詩。

題鄧氏扇上

鄧家層軒留十日，陸郎酒船來百回。蓴羹鱸鱠亦已甚，冰甌雪碗何爲哉。江雲飄飄委坐席，岸柳垂垂落酒杯。飲酣戲寫齋紈扇，山河微影月徘徊。

李文遠製墨次吳寅夫韵①

潘衡墨法老坡傳，承晏昆仍又幾年。獨依山室燒桐子，贈與仙人寫內篇。石竃霞光存活火，夜帷雲影炫晴烟。要知文字遺不朽，猶向詩中咏墨仙。

贈墨生吳善②

吳生製墨變潘法，住近義興山郭中。洗玉巧當前澗水，采花還覓

---

① 李文遠：其生平事迹不詳。吳寅夫：吳克恭，字寅夫，毗陵人。
② 吳善：字國良，蘇州人。

古時桐。照夜虹光燈隱壁，拂雲鸞尾谷生風。長年圭璧富潤屋，我善養生那有窮。

贈墨生沈學翁[263]

沈學翁隱居吳市，燒墨以自給，所謂不汲汲於貴富，不戚戚於貧賤者也。烟細而膠清，黑若點漆，近世不易得矣。因賦贈焉。

桐烟墨法後松烟，妙賞坡翁已久傳。麋角膠清瑩玄玉，龍文刀利淬寒泉。山廚唯珍白鵝帖，雲窗誰録古苔篇。愛爾治生吳市隱，[264]收煤一室數燈然。

四月廿八日蓬屋題

江湖風雨夢頻驚，舟楫沿洄莫計程。不幸乃今成大幸，有生真亦似無生。郤生自足賢賓主，岑氏誰言好弟兄。世故愛憎從毀譽，一杯聊復暢幽情。

次韵錢思復見貽[265]

文章傳法似傳燈，治病宜求三折肱。退食君休大槐國，[266]安居我學小乘僧。業勤已有朋來樂，步闊能無祖武繩。欲挈一壺相慰藉，春船月色待君乘。

擬賦岳鄂王墓二首[267]

姦任忠誅轉謬悠，鄂王固豈爲身謀。中興可望隳成業，南渡何心報虜讎。[268]廢壘山河猶帶憤，悲風蘭蕙總驚秋。莫言當日民遮哭，更使他年過客愁。

丹楓落日隱荒祠，蕭瑟清秋志士悲。復國豈期讒賣國，出師何遽詔班師。少康一旅應無計，李牧多功徒爾爲。汩汩江流寫餘恨，可憐宋祚亦終移。

賦鹿城隱居詩①

　　盧公武甫當世衰道卷之際，獨能學行偉然，不但賢於流俗，而遂已不慍人之不知。嗜古金石刻辭，汲汲若饑渴。隱居婁江之鹿城，澹泊無誉，若將終其身焉。命予賦鹿城隱居詩，因賦。

　　避俗龐公隱鹿門，鹿門静亦絶塵喧。釣緣水北菰蒲渚，窗俯江南桑柘邨。書蠹字殘繙汗簡，石魚名古刻窪尊。地偏舟檝稀來往，獨有烟潮到岸痕。

和甘白先生樂圃林居二首，②甲寅六月五日③

　　關關幽鳥緑陰濃，林塢陂池曲曲通。荷雨逗凉侵北牖，汀雲度水迅南風。清琴咏雅寧諧俗，濁酒攻愁似有功。聞道秋來偏起早，一簾晨露引高桐。

　　竹裏齋厨柳下渠，幽林風景自應殊。家無甔石惟憂道，鄰斷炊烟急索租。山水巍湯聊足樂，雨雲翻覆豈吾徒。蘧蘧栩栩天涯夢，楚水湘雲叫鷓鴣。

十六日夜聽甘白彈琴

　　溥溥夕露净衣巾，虚牖琴聲向夜分。變雅變風由正始，江濤江雨洗炎氛。烟中雉雛登春木，石上猿吟隔嶺雲。山意寂寥知者少，匣藏無使世人聞。

廿八日又一首

　　白蘋風起日初沉，露坐鳴琴望碧岑。七月炎熇已流火，一聲冰玉落空林。胡沙幽結嬋娟恨，飛佩空遺縹緲音。清景娱人群動寂，冷然

---

① 賦鹿城隱居詩：本詩原無詩題，整理者據詩作者詩序擬定。
② 甘白先生：張適，子宜，一作子宜，長洲（今屬江蘇蘇州）唯亭人，明初詩人，著有《甘白集》。
③ 甲寅：洪武七年（1374）。

真足洗予心。

貞壽堂爲吳縣尹楊彝作①

貞壽堂前風日遲,夭夭寸草答春暉。兒兮事育心無怍,母氏康寧志不違。後日腰懸季子印,只今身著老萊衣。熙然鶴髮照綠酒,金鴨火溫香靄微。

寄董惟明②

因儒者董惟明至荆溪,輒寫贈別士元鄉契一詩,以呈厓翁知己。承數念及,恐欲知近況何如耳。

古德乖違已數年,相逢吳苑話迍邅。木魚晨粥同僧赴,仙掌春茶破悶煎。采藥童歸隨貿市,眠松老鶴伴棲禪。語離更問余何適,思屬江雲浦月邊。

寄惟寅③

兩往候見,皆不得面,賦此奉寄,以寫我心,須稍涼再謁耳。瓚上惟寅高士。

兩到幽居不一逢,青苔行逕白雲封。敲門自看池上竹,悲嘯更倚風前松。足疲塵土三伏日,思屬雲屏九疊峰。解帶墻陰憩孤寂,暮歸林下已鳴鐘。

寫江山夕照圖并詩以贈④

野舟西堂,吾鄉之英才也。辛酉冬仲邂逅於簡邨蘭若,⑤爲寫江

---

① 楊彝:字彦常,號西亭。錢塘(今屬浙江)人。至治元年(1321)進士,調慈湖書院山長,官至翰林國史院檢閱官。生平見《書史會要》卷七。
② 寄董惟明:本詩原無詩題,整理者據作者詩序擬定。董惟明,董昶,字惟明,吳郡人。其生平詳見《元詩選癸集》。
③ 寄惟寅:本詩原無詩題,整理者據作者詩序擬定。
④ 寫江山夕照圖并詩以贈:本詩原無詩題,整理者據作者詩序擬定。
⑤ 辛酉:至治元年(1321)。

山夕照圖并詩以贈。野舟又號牧庵,故云耳。

鵬搏鯤化未逍遥,大吕黄鐘久寂寥。燕處丘園真足樂,貪愚海賈定難招。能禪豈復沉空寂,善牧寧當犯稼苗。逢着吾鄉閒老子,地爐連榻話連宵。

題陳虚碧畫①

虚碧真人物外游,尚遺餘迹雪鴻洲。城荒鶴怨無窮恨,雨駁風驚滿眼愁。紅樹青山棲石馬,[269]碧花翠蔓引牽牛。我來彷彿三千歲,清淺蓬萊幾度秋。

八月二日雨涼寄道翁親契

飄颻江雨沃秋陽,戢翼幽禽葉底涼。庭砌苔滋連竹净,陂塘荷氣勝花香。結茅何處足松水,[270]歸夢遠林餘磵岡。惆悵同心阻携手,掩扉山室聽鳴螿。

留別道翁二首

一室蕭閒無市聲,浦雲沙鳥到階庭。朋來直諒惟三益,心醉離騷與六經。曠世有懷頭已白,經年不見眼猶青。江村又作思君夢,睡起長吟月滿汀。

綠雲幽思接飛猱,與子乖違更鬱陶。門掩候虫秋寂寂,窗鳴風柳夕騷騷。滄江波外孤帆舉,太華峰顛一準高。[271]歸去青苔黄葉落,托鄰樵牧共游邀。

題顧定之爲周正道寫篔簹圖②

蕭蕭瑟瑟一林風,寫與城東拙逸翁。石室先生仙去遠,虎頭孫子

---

① 陳虚碧:其生平事迹不詳。
② 顧定之:顧安,字定之,號迂訥居士。淮東人,寓居吴中(今屬江蘇蘇州)。官至泉州路判官。生平見《吴中人物志》卷十三、《元詩選癸集》庚集上。周正道,其生平事迹不詳。

獨稱雄。霜毫淡墨陰晴外，曙月寒窗夢寐中。對月懷人一悲慨，雪泥蹤迹似飛鴻。

和拙逸翁謝惠紙扇之作

楮箑輕於一葉桐，淒淒懷袖灑溪風。吟搖楊柳春烟緑，醉障荷花落日紅。疑是片雲飛忽墮，修成寶月樣偏同。美人半掩歌唇小，翠黛清眸莫惱公。

次拙逸叟立春韵

雪泥踪迹嘆飛鴻，逐逐馬牛千里風。去日年光悲少壯，中星時節自西東。園梅破臘花渾白，詩老逢春語更工。獨有無家霜鬢客，寒廳咄咄坐書空。

題周遜學天香深處卷①

城柝啼烏風滿裳，月明琪樹影侵墙。霏微露下琴尊净，鬱勃胸中書傳香。山隔浦城迷去雁，草荒吳苑泣寒螿。黃雲堆逕無行迹，幽思迢迢夢故鄉。

次遜學道經錫麓懷外家韵

九龍峰色葉蒼茫，雲卧西溪夢洛陽。鴻漸草堂泉石在，春申祠宇草苔荒。千年仁術傳鄒孟，萬里風烟壯帝鄉。欲覓外家成惆望，船窗風雨灑微凉。

寫竹梢并賦②

一庵大士，舊雖識，未深相知。庚子二月十四日，③復訪之於壽

---

① 周遜學：其生平事迹不詳。
② 寫竹梢并賦：本詩原無詩題，整理者據詩作者詩序擬定。
③ 庚子：至正二十年(1360)。

明,即留三宿。把其風標,聽其言論,始知古德師也。余恐其慈忍極
溺之心過甚,未即深僻幽閒之地,乃寫竹梢并賦,以撼之云爾。十六
日,懶瓚和南。

　　壽明寺裏連宵話,震澤汀前永日留。兩葉風梢愁寂寂,陶泓毛穎
思悠悠。蓬萊莫道仙人遠,兜率還同大士游。乞子玉窗清鳳尾,能從
歸掃白雲不。

贈芝年①

　　壬子正月廿三日,②邂逅芝年講主於婁江朱氏之芥舟軒中。芝年
熟天台三教旨,[272]嚴菩薩之戒儀。七遮既净,一乘斯悟與語久之,斂
祍敬嘆,因寫圖賦詩以贈。

　　優鉢曇花不世開,道人定起北岩隈。遠山迢遞窗中綠,垂柳低昂
水次栽。丈室净名禪不二,三生圓澤夢應回。閒雲野鶴時相遇,草草
新詩爲爾栽。

寫秋亭嘉樹圖并詩贈文伯賢郎③

　　七月六日雨宿雲岫幽居,文伯賢郎以紙索畫,因寫秋亭嘉樹圖并
詩以贈。

　　風雨蕭條晚作涼,兩株嘉樹近南窗。結廬人境無來轍,寓迹醉鄉
真樂邦。南渚殘雲宿虛牖,西山清影落秋江。臨流染翰摹幽意,忽有
衝烟白鶴雙。

留別勝伯徵君

　　清修卓行虞徵士,食粥三年致母喪。詩學道園能入室,[273]術傳
洪谷早升堂。[274]獨高落落松筠節,不逐悠悠鶂鷺行。此日別君江海

---

① 贈芝年:本詩原無詩題,整理者據詩作者詩序擬定。
② 壬子:洪武五年(1372)。
③ 寫秋亭嘉樹圖并詩贈文伯賢郎:本詩原無詩題,整理者據作者詩序擬定。

去,波光鷗影思微茫。[275]

寄惟允①

我別陳公才五霜,未應髮白視茫茫。句哦夜雨懷無已,冠着方山似季常。夏沼已浮蓮蕊碧,春衣猶怯樹陰凉。久知服食清虛甚,更試山翁煮石方。

題安處齋

湖上齋居外史家,淡烟疏柳望中賖。安時爲善年年樂,處士謀身事事佳。竹葉夜香缸面酒,菊苗春點磨頭茶。幽棲不作紅塵客,遮莫寒江捲浪花。

送虞勝伯之雲間求先世遺書②

虞勝伯徵君隱居行義,家甫里垂二十年,不以姓名求知於時之聞人。道園先生,其從叔祖也。先世雍公遺文,道園先生欲求而不可得。勝伯必欲以意購取之,可謂有志而不忘其所自矣。聞此書藏松江俞子中推官宅,推官没已久,而子俊州尹其弟,能假以歸勝伯,非仁人義士之存心乎。州尹,吾故人也,因書以爲之請。陶蓬大尹見之,當有以教我也。

州谷沄沄逝水波,雍公勛業未消磨。況當異代求文字,尚有聞孫校舛訛。京國不聞收汗馬,草萊終見没銅駝。誰陳聖主賢臣頌,奈爾陰山敕勒歌。

上平章班師

金章紫綬出南荒,戎馬旌旗擁道傍。奇計素聞陳曲逆,元勛今見

---

① 惟允:陳汝言,字惟允,號秋水,臨江清江(今江西樟樹市)人,後隨其父移居吳中(今江蘇蘇州)。元末明初畫家、詩人。與兄陳汝秩(字惟寅)齊名,時人呼爲大耷、小耷。

② 虞勝伯:虞堪,字克用,一字勝伯。長洲人。洪武中爲雲南府學教授。

郭汾陽。國風自古周南盛，天運由來漢道昌。妖賊已隨征戰盡，早歸丹闕奉清光。

次韵答陳叔方早春見懷[276]

隔江山翠晚依微，隱映江邊白板扉。事往依依驚歲改，老來念念覺前非。已看庭草侵行徑，漸有汀花拂釣磯。慚愧詩篇慰幽獨，白頭從此莫乖違。

清夜哦詩手自書，也應把燭倩官奴。瘦牛犖確荒田隴，肥馬蹣跚笑瓠壺。且釀松花江水碧，更分煎术嶺雲瘦。[277]人間誰覓玄真子，春雨扁舟釣綠蒲。

贈周校書

中元習静松江渚，[278]回首塵埃多厚顏。富貴不如長處賤，奔馳何似得心閒。參天竹樹存貞碧，動地波瀾任往還。輸與荆溪周處士，避人探道掩松關。

答克用

朱絃流水寫徽音，古意蕭條尚可尋。道業已消金鑛净，禪那曾住嶺雲深。猿猱騰攫初何怪，風雨飄摇不動心。嗟爾自戕成濯濯，牛山何日見高林。

送朱善良①

之子才華足起予，迥如明月麗清渠。方誇道韞哦春雪，已見梁鴻挽鹿車。榕葉擁厓山店遠，海濤喧枕夜城虛。明年好鼓澄江柁，歸春江波雙鯉魚。

────────────

① 朱善良：其生平事迹不詳。

答老唐①

老唐有詩見寄,謂“泠淡無錢覓”,即欲返棹,豈知不泠淡而泠淡中有温甘者存焉。

春風春雨不勝寒,江路無泥雨即乾。千樹梅花明屋裏,一痕山翠出林端。高情不許庸人識,俗眼何從妙畫看。若對陶公談世利,唐翁可謂沐猴冠。

易尚賢赴鮑郎場司丞次王叔明韵

江山寥落白雲飛,城郭烟濤獨鶴歸。碧落輕帆來縹緲,夕陽遠樹見依微。熬波霜雪良艱苦,富國魚鹽果是非。猶嘆蝸牛廬底客,焜黄時節尚絺衣。

白馬寺通長老修圓覺期化緣

惠遠深心白蓮社,湯休麗句碧雲篇。懺摩不懈香燈供,般若仍通文字禪。雨後春池芹細細,月明寒渚竹娟娟。東林門外聞鐘返,惟有陶公妙入玄。

寄吕尊師②

至正九年八月十六日,計籌山吕尊師訪予蕭閒館,爲予言顧仲瑛徵君玉山隱居之勝,輒想象賦長句以寄。他日,尚同袁南宫携琴嘯咏竹間也。

解道玉山佳絶處,山中惟有吕尊師。已招一鶴來庭樹,更養群鵝戲墨池。松風自奏無絃曲,桐葉新題寄遠詩。若許王猷性狂癖,徑來看竹至階墀。

---

① 答老唐:本詩原無詩題,整理者據作者詩序擬定。
② 寄吕尊師:本詩原無詩題,整理者據作者詩序擬定。

贈南宮岳山人①

八月廿三日,留南宮岳山人飲。明日,岳山人過玉山,南宮老矣。不知復幾聚首觀花、聽琴,情不能堪,因賦兼柬玉山。

芙蓉著花已爛熳,濁酒彈琴聊少停。數聲別鵠隔江渚,一醉秋風空玉瓶。況當賓客欲行邁,忍使風雨即飄零。攀條掇英重惆悵,但願花下長不醒。

彦楨繼和復答[279]

鳥啼花落水西潯,春水侵門雨尚深。破屋猶寬千户邑,[280]遺經真富一籯金。[281]殘年樗散仍憂國,短髮絲垂獨苦心。可似桃源潔身去,漁舟何處得重尋。

風生水國晝多陰,錯莫遲回意自深。鮑叔今封馬鬣冢,鍾期誰範橐蹄金。一官政不爲人役,七字真能慰我心。乳燕鳴鳩更無賴,片時春夢不堪尋。

因吳國良過玉山草堂賦詩奉寄②

玉山樹色隱朝陽,更著魚莊近草堂。何處唱歌聲欸乃,隔雲濯足向滄浪。珍羞每送青絲絡,佳句多投古錦囊。幾問掉船尋好事,辟疆園囿定非常。

次張、劉二君詩韵③

昔張外史有古銅洗種小蕉,白石上置洗中,名之曰蕉池,置積雪軒。[282]西園老人追和張、劉二君詩,書掛軒中,余亦爲之次韵。

雪中芭蕉見圖畫,蕉池積雪終凋零。風翻窗裏浪花白,雨壓牀頭

---

① 贈南宮岳山人：本詩原無詩題,整理者據作者詩序擬定。
② 吳國良：吳善,字國良,吳郡人。工製墨,善吹簫,好與賢士大夫遊。
③ 次張劉二君詩韵：本詩原無詩題,整理者據作者詩序擬定。

雲葉青。詩人超軼有遠思，造物變幻難逃形。爾亦林居喜幽事，曉泡石溜携銅瓶。

題良夫遂幽軒

來訪幽居秋滿林，塵喧甦可散煩襟。風回研沼摇山影，夜静寒蛩和客吟。危磴白雲侵野屐，高桐清露濕窗琴。蕭然不作人間夢，老鶴眠松萬里心。

贈茅山陳太虚

三茆山色隱晴空，君住華陽第幾峰。陰碉石梁懸蟪蝀，曉窗雲氣結芙蓉。南游白拂凝塵久，西去青牛何處逢。歲晚棲息足松水，[283]遲予飛屬往相從。

題朱澤民爲良夫作耕漁軒圖①

寂寂溪山面碧湖，輕舟烟雨釣菰蒲。曉耕岊際看雲起，夕偃林間到日晡。漢書自可掛牛角，阮杖何妨挑酒壺。江稻西風鱸鱠美，依依蓐食待樵蘇。

和正道哭外孫張汶二首

幼能爲學日劬書，一病兼旬遂隕軀。已怪飛來坐隅鵬，俄驚斃此渥洼駒。窗間夜雨青燈曉，庭下微霜碧樹枯。谷鳥呼兒聲惨惻，傷心慈母體爲痡。

富貴壽夭柄誰操，造物無情偶自遭。病葉辭柯驚宿雨，殘燈照室歇餘膏。外翁携幼情如失，慈母思兒夢亦勞。忍聽風前泣幽咽，城樓吹角月當壕。

---

① 朱澤民：朱德潤，字澤民。平江（江蘇蘇州）人。其生平詳見《全元詩》。

送賴善卿采詩①

陳詩昔在周盛日，删詩已是衰周餘。祖述孰能加四始，研窮我已後諸儒。嗟子用意亦勤厚，聽音知政非迂疏。願排閶闔獻采録，坐變四海如唐虞。

題本立中上人雲山望松圖

西望雲山何處亭，鶴歸松栝秋冥冥。上人不廢蓼莪句，山室長書貝葉經。未應佛法外孝弟，定感仙手鑴碑銘。過家上冢世代隔，慟哭亭前蘿月青。

次孟辨見寄兼柬立中、蘊中二大士②

江水空青好卜居，會衝春雨過平湖。雲山欲覓無聲句，花果誇傳没骨圖。莫倚陸機曾入洛，最憐張翰獨思吳。本瓊二士平安否，應共清吟對酒壺。

贈述首座

述也嘗爲第一座，袈裟曾染苾芻尼。烏鳶翔舞隨施食，龍象森嚴聽白椎。歸錫湖崩沙際路，晨飡笋茁岸邊籬。何當就子西汀樹，著我輕舟一暫維。

九日田舍小酌

身世浮沉如漏舟，師亡道喪獨悲秋。蛩寒尚復吟秋草，狐死猶能正首丘。強理篋書聊自慰，急呼家釀與澆愁。不堪萸菊生佳色，悵望雲山憶勝游。

---

① 賴善卿：賴良，字善卿，天台人。
② 孟辨：朱芾，字孟辯，號滄洲生。雲間（今屬上海）人。官至中書舍人。其生平詳見《書史會要》。

【校勘記】

[1] 冰：此同《彙刊》卷五、《薈要》卷五《送倪中憓入都》，《倪雲林先生詩集》卷四《送倪中憓入都》作"水"。

[2] 屋：《倪雲林先生詩集》卷四、《彙刊》卷五、《薈要》卷五《送張外史還山》作"一"。

[3] 誚朱秉中：《倪雲林先生詩集》卷四作"次朱秉中韻"。朱秉中，其生平事迹不詳。

[4] 避世何心歌白石：《倪雲林先生詩集》卷四《次朱秉中韵》作"丈室自寬千户邑"。

[5] 論交原不在黄金：《倪雲林先生詩集》卷四《次朱秉中韵》作"一經已富滿籯金"。

[6] 相如：《倪雲林先生詩集》卷四《晨起一首寄丹丘》作"馬卿"，《彙刊》卷五、《薈要》卷五《晨起一首寄丹丘》"如"下注"一作馬卿"。

[7] 靖節：《倪雲林先生詩集》卷四《晨起一首寄丹丘》作"陶令"，《彙刊》卷五、《薈要》卷五《晨起一首寄丹丘》"節"下注"一作陶令"。

[8] 漸：《倪雲林先生詩集》卷四、《彙刊》卷五、《薈要》卷五《晨起一首寄丹丘》作"坐"。

[9] 耿耿忠名萬古留：《倪雲林先生詩集》卷四《岳王墓》作"奸任忠誅轉繆悠"。

[10] 當時功業杳難收：《倪雲林先生詩集》卷四《岳王墓》作"鄂王功業浩難收"。

[11] 精爽依依雲氣浮：《倪雲林先生詩集》卷四《岳王墓》作"荒墳落日重回頭"。

[12] 東林隱所寄陸徵士：此同《彙刊》卷五、《薈要》卷五《東林隱所寄陸徵士》，《倪雲林先生詩集》卷四作"東林隱所次韻"。

[13] 寢：此同《倪雲林先生詩集》卷四《東林隱所次韵》，《彙刊》卷五、《薈要》卷五《東林隱所寄陸徵士》作"巖"。

[14] 野：此同《彙刊》卷五、《薈要》卷五《東林隱所寄陸徵士》，《倪雲林先生詩集》卷四《東林隱所次韵》作"遊"。

[15] 遐舉：《倪雲林先生詩集》卷四《失鶴》作"長嘆"，《彙刊》卷五、《薈要》卷五《失鶴》"舉"下注"一作長嘆"。

[16] 練：《倪雲林先生詩集》卷四《北里》作"練"，《薈要》卷五、《彙刊》卷五《北里》此字下注"一作練"。

[17] 竹木栽培：《倪雲林先生詩集》卷四《山園》作"竹本桃栽"，《彙刊》卷五、《薈要》卷五《山園》"培"下注"一作竹木桃栽"。

[18] 稍：此同《彙刊》卷五、《薈要》卷五《林下遣興》，《倪雲林先生詩集》卷四《林下遣興》作"梢"。

[19] 還須拄杖踏蒼苔：此同《彙刊》卷五、《薈要》卷五《春日》，《倪雲林先生詩集》卷四《春日》作"還湏挂杖踏青苔"。

[20] 苔花：《倪雲林先生詩集》卷四《對雨寄張伯雨》作"研苔"，《彙刊》卷五、《薈要》卷五《對雨寄張伯雨》"花"下注"一作研苔"。

[21] 縈：《倪雲林先生詩集》卷四《次陳子貞見示韵》作"纏"，《彙刊》卷五、《薈要》卷五《次陳子貞見示韵》此字下注"一作纏"。

[22] 荅郯九成見寄：《倪雲林先生詩集》卷四作"次韵郯九成見寄"，《彙刊》卷五、《薈要》卷五作"次韵荅郯九成見寄"。郯九成，苕溪人。其生平事迹不詳。

[23] 浴鳧：此同《倪雲林先生詩集》卷四《次韵郯九成見寄》，《彙刊》卷五、《薈要》卷五《次韵荅郯九成見寄》作"釣鱸"。

[24] 和虞學士寄張外史韵：此同《彙刊》卷五、《薈要》卷五《和虞學士寄張外史韵》，《倪雲林先生詩集》卷四作"奉和虞學士寄張外史"。

[25] 再用韵：此同《彙刊》卷五、《薈要》卷五《再用韵》，《倪雲林先生詩集》卷四作"追和虞道園送張伯雨入茅山詩韵"。

[26] 原：此同《彙刊》卷五、《薈要》卷五《再用韵》，《倪雲林先生詩集》卷四《追和虞道園送張伯雨入茅山詩韵》作"源"。

[27] 石幢遺住迹：《倪雲林先生詩集》卷四《追和虞道園送張伯雨入茅山詩韵》作"石幢遺往迹"，《彙刊》卷五、《薈要》卷五《再用韵》作"石牀遺往迹"。

[28] 虞君傳世琅玕句千古清標寄石岑：《倪雲林先生詩集》卷四《追和虞道園送張伯雨入茅山詩韵》作"虞書傳寶人聞世爲有清詩寄碧岑"，《彙刊》卷五、《薈要》卷五《再用韵》"岑"下注"一作虞書傳寶人間世爲有清詩寄碧岑"。

[29] 君能不負白綸巾：《倪雲林先生詩集》卷四《贈張景昭》作"張卿自道古遺民"，《彙刊》卷五、《薈要》卷五《贈張景昭》"巾"下注"一作張卿自道古遺民"。

[30] 絳：原作"縫"，據《倪雲林先生詩集》卷四、《彙刊》卷五、《薈要》卷五《贈張景昭》改。

[31] 每御天風自來去凌虛好是鶴爲身：《倪雲林先生詩集》卷四《贈張景昭》作"末俗頑仙非所取清才如子不多人"，《彙刊》卷五、《薈要》卷五《贈張景昭》"身"下注"一作末俗頑仙非所取清才如子不多人"。

[32] 宸：《倪雲林先生詩集》卷四《送章鍊師入京》作"皇"，《彙刊》卷五、《薈要》卷五《送章鍊師入京》此字下注"一作皇"。

[33] 與伯雨登溪山勝概樓：此同《彙刊》卷五、《薈要》卷五《與伯雨登溪山勝概樓》，《倪雲林先生詩集》卷四作"溪山勝概樓"。

[34] 和朱秉中二首：此同《倪雲林先生詩集》卷四《和朱秉中二首》，《彙刊》卷六、《薈要》卷六作"和朱秉中三首"，其另一首爲："鳥啼花落水西潯，幾日門前春水深。避世何心歌白石，論交原不在黃金。樗散餘年猶嗜酒，夢回遠道獨驚心。桃源亦有秦人在，落日漁舟何處尋。"

[35] 吸：此同《彙刊》卷六、《薈要》卷六《朱秉中三首》，《倪雲林先生詩集》卷四《和朱秉中二首》作"馭"。

[36] 黃：《倪雲林先生詩集》卷四《和朱秉中二首》，《彙刊》卷六、《薈要》卷六《和朱秉中三首》作"華"。

[37] 叢林寺遠日沉鐘：此同《彙刊》卷五《在同里懷元用》,《倪雲林先生詩集》卷四《在同里懷元用》作"楓林寺遠日沉鐘",《薈要》卷五《在同里懷元用》作"叢林寺遠日沈鐘",《彙刊》卷五、《薈要》卷五《在同里懷元用》"叢"下注"一作楓"。

[38] 欲話離愁何日逢：《倪雲林先生詩集》卷四《在同里懷元用》作"想亦依依念去踪",《彙刊》卷五、《薈要》卷五《在同里懷元用》"逢"下注"一作想亦依依念去蹤"。

[39] 賦此：此同《彙刊》卷五、《薈要》卷五,《倪雲林先生詩集》卷四作"謾賦長句"。

[40] 草：《倪雲林先生詩集》卷四作"藻",《彙刊》卷五、《薈要》卷五此字下注"一作藻"。

[41] 川：《倪雲林先生詩集》卷四《三月廿二日雨懷荊溪勝游寄原道》作"山",《彙刊》卷五、《薈要》卷五《三月廿二日雨懷荊溪勝游寄原道》此字下注"一作山"。

[42] 上巳日感懷：此同《倪雲林先生詩集》卷四《上巳日感懷》,《彙刊》卷五、《薈要》卷五作"上巳"。

[43] 寫：此同《倪雲林先生詩集》卷四、《彙刊》卷五《贈君震》,《薈要》卷五《贈君震》作"瀉"。

[44] 飛瀑：《倪雲林先生詩集》卷四《贈君震》作"懸溜",《彙刊》卷五、《薈要》卷五《贈君震》"瀑"下注"一作懸溜"。

[45] 與爾棲遲日論玄：《倪雲林先生詩集》卷四《贈君震》作"唯與丹陽許州玄",《彙刊》卷五、《薈要》卷五《贈君震》"玄"下注"一作唯爾丹陽許叔玄"。

[46] 江上作：《倪雲林先生詩集》卷四作"贈友生",《彙刊》卷五、《薈要》卷五《江上作》"作"下注"一作贈友生"。

[47] 燕吳氏樓居：此同《彙刊》卷五、《薈要》卷五《燕吳氏樓居》,《倪雲林先生詩集》卷四作"宴吳氏樓居"。

[48] 風起松濤：《倪雲林先生詩集》卷四《宴吳氏樓居》作"松頂風聲",《彙刊》卷五、《薈要》卷五《燕吳氏樓居》"濤"下注"一作松頂松聲"。

[49] 照：此同《彙刊》卷五、《薈要》卷五《九日》,《倪雲林先生詩集》卷四《九日》作"日"。

[50] 次薩天錫韵寄張外史：此同《彙刊》卷六、《薈要》卷六《次薩天錫韵寄張外史》,《倪雲林先生詩集》卷四作"次韵薩天錫寄張外史"。薩天錫,泰定進士,官至襄陽知縣。

[51] 林：此同《彙刊》卷六、《薈要》卷六《次薩天錫韵寄張外史》,《倪雲林先生詩集》卷四《次韵薩天錫寄張外史》作"空"。

[52] 顧仲贊過訪聞徐生病瘥：此同《彙刊》卷五、《薈要》卷五《顧仲贊過訪聞徐生病瘥》,《倪雲林先生詩集》卷四作"顧仲贊來聞徐生病差"。顧仲贊,顧盟,字仲贊,甬東人。其生平事迹詳見《吳忠人物志》。

[53] 階：《倪雲林先生詩集》卷四《雨後》作"循",《彙刊》卷五、《薈要》卷五《雨後》此字下注"一作循"。

[54] 浴：此同《彙刊》卷五、《薈要》卷五《雨後》,《倪雲林先生詩集》卷四《雨後》作"若"。

[55] 次柯博士寺壁題韵：此同《彙刊》卷五、《薈要》卷五《次柯博士寺壁題韵》,《倪雲林先生詩集》卷四作"次韵重居寺壁間柯博士舊題"。

[56] 霜：《倪雲林先生詩集》卷四《送甘允從》作"奉",《彙刊》卷五、《薈要》卷五《送甘允從》此字下注"一作奉"。

[57] 徹：此同《彙刊》卷五、《薈要》卷五《鶴溪爲張天民賦》,《倪雲林先生詩集》卷四《鶴溪爲張天民賦》作"聞"。

[58] 綃：《倪雲林先生詩集》卷四《送貞居還山》作"烟",《彙刊》卷五、《薈要》卷五《送貞居還山》此字下注"一作烟"。

[59] 惜：《倪雲林先生詩集》卷四、《彙刊》卷五、《薈要》卷五《送貞居還山》作"借"。

[60] 寄貞居及柳太常鄭有道次前韵：此同《彙刊》卷五、《薈要》卷五《寄貞居及柳太常鄭有道次前韵》,《倪雲林先生詩集》卷四作"再用韵寄貞居及柳太常鄭有道"。

[61] 巖：《倪雲林先生詩集》卷四《寄王叔明》作"山",《彙刊》卷五、《薈要》卷五《寄王叔明》此字下注"一作山"。

[62] 幽襟：《倪雲林先生詩集》卷四《寄王叔明》作"雅懷",《彙刊》卷五、《薈要》卷五《寄王叔明》"襟"下注"一作雅懷"。

[63] 信宿軒中賦此贈之：此同《彙刊》卷五、《薈要》卷五,《倪雲林先生詩集》卷四作"雨其下遂爲此賦"。

[64] 奉和虞學士賦上清劉真人畫像二首：此同《彙刊》卷五、《薈要》卷五《奉和虞學士賦上清劉真人畫像二首》,《倪雲林先生詩集》卷四"君向積金峰頂住"詩題作"奉和虞學士賦上清劉真人畫像","焚香坐石孤峰月"詩題作"再和前韵"。

[65] 縈：《倪雲林先生詩集》卷四《寄養正》作"牽",《彙刊》卷五、《薈要》卷五《寄養正》此字下注"一作牽"。

[66] 送僧游天台：此同《彙刊》卷五、《薈要》卷五《送僧游天台》,《倪雲林先生詩集》卷四作"送僧游天台次張外史韵"。

[67] 寄語山中：《倪雲林先生詩集》卷四《送僧游天台次張外史韵》作"説與住山",《彙刊》卷五、《薈要》卷五《送僧游天台》"語"下注"一作説與"。

[68] 因：此同《彙刊》卷五、《薈要》卷五《送諸從事之越中》,《倪雲林先生詩集》卷四《送諸從事之越中》作"也"。

[69] 贈岳松澗：此同《倪雲林先生詩集》卷四、《彙刊》卷五《贈岳松澗》,《薈要》卷五作"贈岳秋澗"。

[70] 蔓：《倪雲林先生詩集》卷四《贈岳松澗》作"影",《彙刊》卷五《贈岳松澗》、《薈要》卷五《贈岳秋澗》此字下注"一作影"。

[71] 水畔：《倪雲林先生詩集》卷四《贈岳松澗》作"石上",《彙刊》卷五《贈岳松澗》、《薈要》卷五《贈岳秋澗》"畔"下注"一作石上"。

[72] 得再：《倪雲林先生詩集》卷四《贈岳松澗》作"又汝",《彙刊》卷五《贈岳松澗》、《薈要》卷五《贈岳秋澗》"再"下注"一作又汝"。

[73] 答邵生：此同《彙刊》卷五、《薈要》卷五《答邵生》,《倪雲林先生詩集》卷四作"次韵

邵生”。

[74] 逢張玄度：此同《彙刊》卷五、《薈要》卷五《逢張玄度》,《倪雲林先生詩集》卷四作“贈張玄度”。

[75] 夜：此同《彙刊》卷五、《薈要》卷五《逢張玄度》,《倪雲林先生詩集》卷四《贈張玄度》作“後”。

[76] 埠：《倪雲林先生詩集》卷四《贈張玄度》,《彙刊》卷五、《薈要》卷五《逢張玄度》作“阜”。

[77] 游：《倪雲林先生詩集》卷四《贈張玄度》作“用”,《彙刊》卷五、《薈要》卷五《逢張玄度》作“朋”。

[78] 及時爲樂且相從：《倪雲林先生詩集》卷四《贈張玄度》作“埋憂爲樂游相從”,《彙刊》卷五、《薈要》卷五《逢張玄度》“時”下注“一作埋憂”。

[79] 寄熙本明二首：此同《彙刊》卷五、《薈要》卷五《寄熙本明二首》,《倪雲林先生詩集》卷四作“寄熙本明”。熙本明,其生平事迹不詳。

[80] 二：此字原漫漶不清,據《倪雲林先生詩集》卷四、《彙刊》卷五、《薈要》卷五《送祖芳二上人參禮育王寺光公》補。

[81] 浮：《倪雲林先生詩集》卷四《送祖芳二上人參禮育王寺光公》作“流”,《彙刊》卷五、《薈要》卷五《送祖芳二上人參禮育王寺光公》此字下注“一作流”。

[82] 霧：此同《彙刊》卷五、《薈要》卷五《送祖芳二上人參禮育王寺光公》,《倪雲林先生詩集》卷四《送祖芳二上人參禮育王寺光公》作“烟”。

[83] 更惜燈花對酒巵：《倪雲林先生詩集》卷四《送簡禪師易道》作“且看書燈照夜棋”,《彙刊》卷五、《薈要》卷五《送簡禪師易道》“巵”下注“一作且看書燈照夜碁”。

[84] 深羨雲棲松頂鶴：此同《彙刊》卷五、《薈要》卷五《送簡禪師易道》,《倪雲林先生詩集》卷四《送簡禪師易道》作“若羨雲棲松上鶴”。

[85] 吳：此同《倪雲林先生詩集》卷四《寄陸靜遠》,《彙刊》卷五、《薈要》卷五《寄陸靜遠》作“湖”。

[86] 昕：《倪雲林先生詩集》卷四《雲泉小隱爲張德機賦》作“朝”,《彙刊》卷五、《薈要》卷五《雲泉小隱爲張德機賦》此字下注“一作朝”。

[87] 幽情：《倪雲林先生詩集》卷四《雲泉小隱爲張德機賦》作“好山”,《彙刊》卷五、《薈要》卷五《雲泉小隱爲張德機賦》“情”下注“一作好山”。

[88] 雲：《倪雲林先生詩集》卷四《雲泉小隱爲張德機賦》作“清”,《彙刊》卷五、《薈要》卷五《雲泉小隱爲張德機賦》此字下注“一作清”。

[89] 遥憶建溪君獨豪：《倪雲林先生詩集》卷四《寄曹德昭》作“若憶建溪人姓曹”,《彙刊》卷五、《薈要》卷五《寄曹德昭》“遥”下注“一作若”,“豪”下注“一作人姓曹”。

[90] 閟：此同《彙刊》卷五、《薈要》卷五《賦王真人胎仙樓》,《倪雲林先生詩集》卷四《賦王真人胎仙樓》作“秘”。

[91] 過蘭陵宿蔣達善家：此同《彙刊》卷五、《薈要》卷五《過蘭陵宿蔣達善家》,《倪雲林先生

詩集》卷四作"過蘭陵留宿蔣達善家"。蔣達善,其生平事迹不詳。

[92] 湘:此同《彙刊》卷五、《薈要》卷五《過蘭陵宿蔣達善家》,《倪雲林先生詩集》卷四《過蘭
陵留宿蔣達善家》作"緗"。

[93] 過:此同《彙刊》卷五、《薈要》卷五《過蘭陵宿蔣達善家》,《倪雲林先生詩集》卷四《過蘭
陵留宿蔣達善家》作"見"。

[94] 溜:《倪雲林先生詩集》卷四《過蘭陵留宿蔣達善家》,《彙刊》卷五、《薈要》卷五《過蘭陵
宿蔣達善家》作"留"。

[95] 因:此同《彙刊》卷五、《薈要》卷五,《倪雲林先生詩集》卷四"因"字下有"走筆"二字。

[96] 是:此同《彙刊》卷五、《薈要》卷五,《倪雲林先生詩集》卷四作"似"。

[97] 寄吳子并懷貞居:此同《彙刊》卷五、《薈要》卷五《寄吳子并懷貞居》,《倪雲林先生詩
集》卷四作"寄吳孟思并懷貞居"。

[98] 謝伯理東還訪之不遇走筆奉寄:此同《彙刊》卷五、《薈要》卷五《謝伯理東還訪之不遇
走筆奉寄》,《倪雲林先生詩集》卷四作"謝伯理東還訪之不遇次韻因賦"。謝伯理,一
作伯禮,號履齋,先世陳留人,后徙松江。參見楊維楨《東維子文集》卷一五《悅親堂
記》《春草軒記》等。

[99] 訊曹德昭:此同《彙刊》卷五、《薈要》卷五《訊曹德昭》,《倪雲林先生詩集》卷四作
"再寄"。

[100] 譚:此同《彙刊》卷五、《薈要》卷五《訊曹德昭》,《倪雲林先生詩集》卷四《再寄》
作"談"。

[101] 多:《倪雲林先生詩集》卷四《再寄》作"聞",《彙刊》卷五、《薈要》卷五《訊曹德昭》此字
下注"一作聞"。

[102] 出奚囊:《倪雲林先生詩集》卷四《再寄》作"卷何當",《彙刊》卷五、《薈要》卷五《訊曹
德昭》"囊"下注"一作卷何當"。

[103] 琅玕色潤雪濤箋:《倪雲林先生詩集》卷四《再寄》作"長篇短句使人傳",《彙刊》卷五、
《薈要》卷五《訊曹德昭》"箋"下注"一作長篇短句使人傳"。

[104] 張貞居有詩柬梁鴻山楊君次韻和之:此同《彙刊》卷五、《薈要》卷五《張貞居有詩柬梁
鴻山楊君,次韻和之》,《倪雲林先生詩集》卷四作"張貞居有詩柬梁鴻山楊君次韻"。

[105] 東面:此同《彙刊》卷五、《薈要》卷五《張貞居有詩柬梁鴻山楊君,次韻和之》,《倪雲林
先生詩集》卷四《張貞居有詩柬梁鴻山楊君次韻》作"一向"。

[106] 原不適:《倪雲林先生詩集》卷四《張貞居有詩柬梁鴻山楊君次韻》作"遂不適",《彙刊》
卷五、《薈要》卷五《張貞居有詩柬梁鴻山楊君,次韻和之》"適"下注"一作遂不過"。

[107] 踏:《倪雲林先生詩集》卷四《張貞居有詩柬梁鴻山楊君次韻》作"掃",《彙刊》卷五、
《薈要》卷五《張貞居有詩柬梁鴻山楊君,次韻和之》此字下注"一作掃"。

[108] 色:《倪雲林先生詩集》卷四作"已",《彙刊》卷五、《薈要》卷五此字下注"一作已"。

[109] 送盛道士游越:此同《彙刊》卷五、《薈要》卷五《送盛道士游越》,《倪雲林先生詩集》卷

四作"送盛道士游浙東"。

[110] 閟：《倪雲林先生詩集》卷四《送盛道士游浙東》，《彙刊》卷五、《薈要》卷五《送盛道士游越》作"秘"。

[111] 挹：此同《彙刊》卷五、《薈要》卷五《送盛道士游越》，《倪雲林先生詩集》卷四《送盛道士游浙東》作"把"。

[112] 贈別益以道書記：此同《倪雲林先生詩集》卷四《贈別益以道書記》，《彙刊》卷六、《薈要》卷六作"題枯木竹石"。《彙刊》卷六、《薈要》卷六《題枯木竹石》詩題下有序："益公以道不見忽忽七改年矣，辛亥七月，余來自苕溪，偶寓松陵之桐里雙井院，數日矣，以道因過慧日懺堂，解後一見，因寫竹樹小山，并賦詩寄意云"。

[113] 祠畔空餘月：此同《倪雲林先生詩集》卷四《贈別益以道書記》，《彙刊》卷六、《薈要》卷六《題枯木竹石》作"堂裏頻曾宿"，"宿"下注"一作祠畔空餘月"。

[114] 別：《倪雲林先生詩集》卷四《贈別益以道書記》，《彙刊》卷六、《薈要》卷六《題枯木竹石》作"語"。

[115] 物：《倪雲林先生詩集》卷四《寄陸明本索酒》作"景"，《彙刊》卷五、《薈要》卷五《寄陸明本索酒》此字下注"一作景"。

[116] 王：《倪雲林先生詩集》卷四、《彙刊》卷五、《薈要》卷五《寄陸明本索酒》作"皇"。

[117] 牒：《倪雲林先生詩集》卷四《寄陸明本索酒》作"籍"，《彙刊》卷五、《薈要》卷五《寄陸明本索酒》作"册"。

[118] 送元白上人往中竺：此同《彙刊》卷五、《薈要》卷五《送元白上人往中竺》，《倪雲林先生詩集》卷四作"次韵思復送元白上人往中竺"。

[119] 蕭從善集其師外史張君詩爲賦一首：《倪雲林先生詩集》卷四作"蕭從善集其師張外史詩賦贈"，《彙刊》卷五、《薈要》卷五作"蕭從善集其師外史張君詩賦贈"。

[120] 閬：《倪雲林先生詩集》卷四《蕭從善集其師張外史詩賦贈》，《彙刊》卷五、《薈要》卷五《蕭從善集其師外史張君詩賦贈》作"角"。

[121] 幕：此同《彙刊》卷五、《薈要》卷五《贈張楨》，《倪雲林先生詩集》卷四《贈張楨》作"慔"。

[122] 答德常別駕初夏見懷：此同《彙刊》卷五、《薈要》卷五《答德常別駕初夏見懷》，《倪雲林先生詩集》卷四作"次韵奉答德常別駕初夏見懷一首"。

[123] 壽：《倪雲林先生詩集》卷四《次韵奉答德常別駕初夏見懷一首》作"狀"，《彙刊》卷五、《薈要》卷五《答德常別駕初夏見懷》此字下注"一作狀"。

[124] 早晚門前望鹿車：《倪雲林先生詩集》卷四《次韵奉答德常別駕初夏見懷一首》作"菩薩如今只在家"，《彙刊》卷五、《薈要》卷五《答德常別駕初夏見懷》"車"下注"一作菩薩如今只在家"。

[125] 苦雨：此同《彙刊》卷五、《薈要》卷五《苦雨》，《倪雲林先生詩集》卷四作"奉和苦雨"。

[126] 西野對雨有懷明本彥準并呈道益：此同《彙刊》卷五、《薈要》卷五《西野對雨有懷明

本、彥準,并呈道益》,《倪雲林先生詩集》卷四作"西野對雨清坐有懷明本彥準并呈道益"。

[127] 説:此同《彙刊》卷五、《薈要》卷五《贈葛子熙》,《倪雲林先生詩集》卷四《贈葛子熙》作"道"。

[128] 弄:此字原漫漶不清,據《倪雲林先生詩集》卷四、《彙刊》卷五、《薈要》卷五《贈葛子熙》補。

[129] 雲樓:《倪雲林先生詩集》卷四、《彙刊》卷五、《薈要》卷五《贈葛子熙》作"山中"。

[130] 從:此同《彙刊》卷五、《薈要》卷五《贈葛子熙》,《倪雲林先生詩集》卷四《贈葛子熙》作"逢"。

[131] 伴:此同《倪雲林先生詩集》卷四《留別王叔明》,《彙刊》卷五、《薈要》卷五《留別王叔明》作"半"。

[132] 那:此同《彙刊》卷五、《薈要》卷五《留別王叔明》,《倪雲林先生詩集》卷四《留別王叔明》作"不"。

[133] 十二月四日和德原率性賦雪韵:此同《彙刊》卷五、《薈要》卷五《十二月四日和德原率性賦雪韵》,《倪雲林先生詩集》卷四作"次韵和德原率性所賦十二月四日雪"。

[134] 沍:《倪雲林先生詩集》卷四《次韵和德原率性所賦十二月四日雪》作"膠",《彙刊》卷五、《薈要》卷五《十二月四日和德原率性賦雪韵》作"泝"。

[135] 影:此同《彙刊》卷五、《薈要》卷五《喜謝仲野見過》,《倪雲林先生詩集》卷四《喜謝仲野見過》作"字"。

[136] 述感:此同《彙刊》卷五、《薈要》卷五《述感》,《倪雲林先生詩集》卷四作"桑柘"。

[137] 張德常府判:《倪雲林先生詩集》卷四《寄張府判》作"德常明公",《彙刊》卷五、《薈要》卷五作"張德常明公"。

[138] 之華陽洞天:此同《彙刊》卷五、《薈要》卷五,《倪雲林先生詩集》卷四《寄張府判》作"華陽之天良常亦華陽洞名"。

[139] 政績顯著:此同《彙刊》卷五、《薈要》卷五,《倪雲林先生詩集》卷四《寄張府判》作"政績彰彰顯著"。

[140] 因:此同《彙刊》卷五、《薈要》卷五,《倪雲林先生詩集》卷四《寄張府判》"因"字下有作"士友"二字。

[141] 庭前寂寞有懸魚:《倪雲林先生詩集》卷四《寄張府判》作"人間繁劇臭如駑",《彙刊》卷五、《薈要》卷五"魚"下注"一作人間繁劇臭如駑"。

[142] 寓齋秋懷次韵三首:此同《彙刊》卷五、《薈要》卷五《寓齋秋懷次韵三首》,《倪雲林先生詩集》卷四作"次韵寓齋秋懷"。

[143] 羽觴泛螘:《倪雲林先生詩集》卷四《次韵寓齋秋懷》作"酒杯到手",《彙刊》卷五、《薈要》卷五《寓齋秋懷次韵三首》"螘"下注"一作酒杯到手"。

[144] 旅況蕭條秋氣清:《倪雲林先生詩集》卷四《次韵寓齋秋懷》作"況乃秋高氣凜清",《彙

刊》卷五、《薈要》卷五《寓齋秋懷次韵三首》"清"下注"一作况乃秋高氣凜清"。

[145] 一簾風雨助詩成：此同《彙刊》卷五、《薈要》卷五《寓齋秋懷次韵三首》，《倪雲林先生詩集》卷四《次韵寓齋秋懷》作"一簾烟雨又詩成"。

[146] 芊芊：此同《彙刊》卷五、《薈要》卷五《寓齋秋懷次韵三首》，《倪雲林先生詩集》卷四《次韵寓齋秋懷》作"阡阡"。

[147] 帖帖：此同《倪雲林先生詩集》卷四《次韵寓齋秋懷》，《彙刊》卷五、《薈要》卷五《寓齋秋懷次韵三首》作"跕跕"。

[148] 蒼巒：此同《彙刊》卷五、《薈要》卷五《寓齋秋懷次韵三首》，《倪雲林先生詩集》卷四《次韵寓齋秋懷》作"屏風"。

[149] 別：《倪雲林先生詩集》卷四《次韵寓齋秋懷》，《彙刊》卷五、《薈要》卷五《寓齋秋懷次韵三首》作"畢"。

[150] 問我歸程未有期：《倪雲林先生詩集》卷四《次韵寓齋秋懷》，《彙刊》卷五、《薈要》卷五《寓齋秋懷次韵三首》作"問我歸期未有程"。

[151] 流：《倪雲林先生詩集》卷四《次韵寓齋秋懷》，《彙刊》卷五、《薈要》卷五《寓齋秋懷次韵三首》作"留"。

[152] 綠波軒二首：此同《彙刊》卷五、《薈要》卷五《綠波軒二首》，《倪雲林先生詩集》卷四"綠波佳思復如何"詩題作"綠波軒"，"旅况沿洄似夢中"詩題作"又題"。

[153] 萬里：《倪雲林先生詩集》卷四《又題》作"碧漢"，《彙刊》卷五、《薈要》卷五《綠波軒二首》"里"下注"一作碧漢"。

[154] 愁：此同《倪雲林先生詩集》卷四《三月一日自松陵過華亭》，《彙刊》卷五、《薈要》卷五《三月一日自松陵過華亭》此字下注"一作病"。

[155] 明：此同《倪雲林先生詩集》卷四《三月一日自松陵過華亭》，《彙刊》卷五、《薈要》卷五《三月一日自松陵過華亭》作"鳴"。

[156] 病中懷故友華陽外史次韵：此同《彙刊》卷五、《薈要》卷五《病中懷故友華陽外史次韵》，《倪雲林先生詩集》卷四作"病中懷先友華陽外史用韵一首"。

[157] 呈錢復思次韵：《倪雲林先生詩集》卷四作"再用韵呈錢復思"，《彙刊》卷五、《薈要》卷五作"呈錢復思用前韵"。錢復思，其生平事迹不詳。

[158] 玲瓏：此同《彙刊》卷五、《薈要》卷五《呈錢復思用前韵》，《倪雲林先生詩集》卷四《再用韵呈錢復思》作"瓏玲"。

[159] 呈諸友人次韵：《倪雲林先生詩集》卷四作"再用韵呈諸公"，《彙刊》卷五、《薈要》卷五作"呈諸友人再用前韵"。

[160] 停橈濯足聽鳴榔："停橈"，此同《彙刊》卷五、《薈要》卷五《二月二十日大風》，《倪雲林先生詩集》卷四《二月二十日大風》作"住船"。"聽"，此同《彙刊》卷五、《薈要》卷五《二月二十日大風》，《倪雲林先生詩集》卷四《二月二十日大風》爲墨丁。

[161] 高柳拂雲依古渡：此同《彙刊》卷五、《薈要》卷五《二月二十日大風》，《倪雲林先生詩

集》卷四《二月二十日大風》無此七字。

[162] 驚鷗衝浪起橫塘：此同《彙刊》卷五、《薈要》卷五《二月二十日大風》，《倪雲林先生詩集》卷四《二月二十日大風》無此七字。

[163] 浮雲踪迹長：《倪雲林先生詩集》卷四《寄陳庶子》作“雲行好在思”，《彙刊》卷五、《薈要》卷五《寄陳庶子》“長”下注“一作雲行好在思”。

[164] 俊仲明以詩見示次韵謾誚：此同《彙刊》卷五、《薈要》卷五《俊仲明以詩見示次韵謾誚》，《倪雲林先生詩集》卷四作“俊仲明以詩見示次韵”。俊仲明，其生平事迹不詳。

[165] 肥：此同《彙刊》卷五、《薈要》卷五《俊仲明以詩見示次韵謾誚》，《倪雲林先生詩集》卷四《俊仲明以詩見示次韵》作“棲”。

[166] 優游物外久韜光：《倪雲林先生詩集》卷四《俊仲明以詩見示次韵》作“凝之百世有餘光”，《彙刊》卷五、《薈要》卷五《俊仲明以詩見示次韵謾誚》“光”下注“一作寧知百世有餘光”。

[167] 應在：《倪雲林先生詩集》卷四《送柳道傳東歸》作“唯許”，《彙刊》卷五、《薈要》卷五《送柳道傳東歸》“在”下注“一作唯許”。

[168] 遠：此同《彙刊》卷五、《薈要》卷五《寄開元長老兼呈鄭明德》，《倪雲林先生詩集》卷四《寄開元長老兼呈鄭明德》作“己”。

[169] 試散：此同《彙刊》卷五、《薈要》卷五《寄開元長老兼呈鄭明德》，《倪雲林先生詩集》卷四《寄開元長老兼呈鄭明德》作“下試”。

[170] 鄰：《倪雲林先生詩集》卷四、《彙刊》卷五、《薈要》卷五《寄開元長老兼呈鄭明德》作“憐”。

[171] 慧筏：《倪雲林先生詩集》卷四《寄開元長老兼呈鄭明德》作“棹歌”，《彙刊》卷五、《薈要》卷五《寄開元長老兼呈鄭明德》“筏”下注“一作棹歌”。

[172] 呈良常安遇伯仲：此同《彙刊》卷五、《薈要》卷五《呈良常安遇伯仲》，《倪雲林先生詩集》卷四作“呈良常安遇賢伯仲”。

[173] 送梁生讀書沈莊：此同《彙刊》卷五、《薈要》卷五《送梁生讀書沈莊》，《倪雲林先生詩集》卷四作“次韵送梁生讀書沈莊”。

[174] 湖：此同《倪雲林先生詩集》卷四《次韵送梁生讀書沈莊》，《彙刊》卷五、《薈要》卷五《送梁生讀書沈莊》作“山”。

[175] 題王敬之壁：此同《彙刊》卷五、《薈要》卷五《題王敬之壁》，《倪雲林先生詩集》卷四作“題王敬之屋壁”。王敬之，王嚴，字敬之，處州麗水人。官至松溪縣丞。其生平詳見《全元文·松溪縣丞王君墓志銘》。

[176] 世：此同《彙刊》卷五、《薈要》卷五《寄周履道》，《倪雲林先生詩集》卷四《寄周履道》作“俗”。

[177] 促寒：《倪雲林先生詩集》卷四《寄顧仲瑛》作“尚練”，《彙刊》卷五、《薈要》卷五《寄顧仲瑛》“寒”下注“一作尚練”。

[178] 烟：此同《彙刊》卷五、《薈要》卷五《寄王明卿》，《倪雲林先生詩集》卷四《寄王明卿》作"爐"。

[179] 點染幽情入畫圖：《倪雲林先生詩集》卷四、《彙刊》卷五、《薈要》卷五《題荆南精舍圖》作"誰畫荆南精舍圖"。

[180] 千秋遺貌：《倪雲林先生詩集》卷四《題米南宮石刻遺像》作"米公遺像"，《彙刊》卷五、《薈要》卷五《題米南宮石刻遺像》"貌"下注"一作米公遺像"。

[181] 却：此同《彙刊》卷五、《薈要》卷五《題米南宮石刻遺像》，《倪雲林先生詩集》卷四《題米南宮石刻遺像》作"猶"。

[182] 緬：此同《彙刊》卷五、《薈要》卷五《題米南宮石刻遺像》，《倪雲林先生詩集》卷四《題米南宮石刻遺像》作"每"。

[183] 題趙榮墨竹：《倪雲林先生詩集》卷四作"題趙榮禄墨竹"，《彙刊》卷五、《薈要》卷五作"題松雪墨竹"。趙榮，字孟仁，其先西域人。元時入中國，家閩縣。官至中書舍人。其生平詳見《明史》。

[184] 賦：此同《倪雲林先生詩集》卷四，《彙刊》卷五、《薈要》卷五"賦"字下有"三首"二字。

[185] 禪關分榻：《倪雲林先生詩集》卷四作"開門便肯"，《彙刊》卷五、《薈要》卷五"榻"下注"一作開門便肯"。

[186] 結：此同《彙刊》卷五、《薈要》卷五，《倪雲林先生詩集》卷四作"長"。

[187] 外：《倪雲林先生詩集》卷四作"不"，《彙刊》卷五、《薈要》卷五此字下注"一作不"。

[188] 引：《倪雲林先生詩集》卷四作"要"，《彙刊》卷五、《薈要》卷五此字下注"一作要"。

[189] 玄：《倪雲林先生詩集》卷四作"縣"，《彙刊》卷五、《薈要》卷五此字下注"一作縣"。

[190] 寫畫贈潘仁仲醫士：此同《彙刊》卷五、《薈要》卷五《寫畫贈潘仁仲醫士》，《倪雲林先生詩集》卷四作"寫畫贈潘仁仲醫師"。潘仁仲，無錫（今屬江蘇）人，生活在元明之際。世代業醫。其生平詳見《〔弘治〕重修無錫縣志》。

[191] "貞居"句至"因寄"句：此同《彙刊》卷五、《薈要》卷五，《倪雲林先生詩集》卷四《再和》作"至元三年丁丑歲十一月廿日子素徵君與允從郎官共載過元度許泊舟新塘之上寄示去年子素徵君與濮酬倡詩去年二君留林下實長至日也而明日亦適長至忽然隔歲感之興懷貞居君在餘杭北郭結樓居之號茅嶺行窩余久欲往觀而未能也且貞居復有來此之約因走筆重次韻一首"。

[192] 更：此同《彙刊》卷五、《薈要》卷五，《倪雲林先生詩集》卷四《再和》作"兼"。

[193] 復：此同《彙刊》卷五、《薈要》卷五，《倪雲林先生詩集》卷四《再和》作"更"。

[194] 再用韵呈張伯雨潘子素：此同《彙刊》卷五、《薈要》卷五《再用韵呈張伯雨、潘子素》，《倪雲林先生詩集》卷四作"奉次張伯雨潘子素酬唱韵"。潘子素，潘純，字子素，合肥人。其生平詳見《吳忠人物志》。

[195] 羡君家：《倪雲林先生詩集》卷四、《彙刊》卷五、《薈要》卷五《寄德朋》作"有德朋"。

[196] 束友：此同《彙刊》卷五、《薈要》卷五《束友》，《倪雲林先生詩集》卷四作"寄友"。

［197］生平：此同《彙刊》卷五、《薈要》卷五《柬友》，《倪雲林先生詩集》卷四《寄友》作"平生"。

［198］屈指年華：《倪雲林先生詩集》卷四《寄友》作"三十年前"，《彙刊》卷五、《薈要》卷五《柬友》"華"下注"一作三十年前"。

［199］期載酒：此同《彙刊》卷五、《薈要》卷五《柬友》，《倪雲林先生詩集》卷四《寄友》作"攜好酒"。

［200］曹伯高爲曹尚書之子以卜居詩卷索題走筆漫應：此同《彙刊》卷五、《薈要》卷五《曹伯高爲曹尚書之子以卜居詩卷索題，走筆漫應》，《倪雲林先生詩集》卷四作"題曹伯高爲曹尚書之子以卜居詩卷"。曹伯高，其生平事迹不詳。

［201］猶：此同《彙刊》卷五、《薈要》卷五《曹伯高爲曹尚書之子以卜居詩卷索題，走筆漫應》，《倪雲林先生詩集》卷四《題曹伯高爲曹尚書之子以卜居詩卷》作"也"。

［202］柳：《倪雲林先生詩集》卷四、《彙刊》卷六、《薈要》卷六《贈楊大同》作"拂"。

［203］屋漏：此同《彙刊》卷六、《薈要》卷六《屋漏》，《倪雲林先生詩集》卷四作"次韻屋漏"。

［204］風捲高堤沙樹拔：《倪雲林先生詩集》卷四《次韻屋漏》作"風捲高堤高樹拔"，《彙刊》卷六、《薈要》卷六《屋漏》"高"下注"一作皋"，"沙"下注"一作高"。

［205］贈惟寅：本詩原無詩題，據《倪雲林先生詩集》卷四《贈惟寅》補，《彙刊》卷六、《薈要》卷六作"贈惟寅"，"有引"二字以小字附"寅"字下。惟寅，陳惟寅，號大髯，廬山人（今江西省九江市）。

［206］子：《倪雲林先生詩集》卷四《贈惟寅》，《彙刊》卷六、《薈要》卷六《贈惟寅有引》作"令子"。

［207］妹：此字原脱，據《倪雲林先生詩集》卷四《贈惟寅》，《彙刊》卷六、《薈要》卷六《贈惟寅有引》補。

［208］咏：此同《彙刊》卷六、《薈要》卷六《贈惟寅有引》，《倪雲林先生詩集》卷四《贈惟寅》作"嘆"。

［209］出：此同《彙刊》卷六、《薈要》卷六《贈惟寅有引》，《倪雲林先生詩集》卷四《贈惟寅》作"復"。

［210］披：此同《彙刊》卷六、《薈要》卷六《贈惟寅有引》，《倪雲林先生詩集》卷四《贈惟寅》作"諷"。

［211］因賦美之：《倪雲林先生詩集》卷四《贈惟寅》，《彙刊》卷六、《薈要》卷六《贈惟寅有引》作"因成長句以歸美焉"。

［212］不見元方已隔年：此同《彙刊》卷六、《薈要》卷六《贈惟寅有引》，《倪雲林先生詩集》卷四《贈惟寅》作"不見陳君動隔年"。

［213］却：此同《彙刊》卷六、《薈要》卷六《贈惟寅有引》，《倪雲林先生詩集》卷四《贈惟寅》作"失"。

［214］故吾：此同《彙刊》卷六、《薈要》卷六《故吾》，《倪雲林先生詩集》卷四作"故吾一首"。

[215] 三月二十二日雨懷荆谿舊游寄原道：此同《彙刊》卷六、《薈要》卷六《三月二十二日雨懷荆谿舊游寄原道》,《倪雲林先生詩集》卷四作“三月廿日雨懷荆谿舊游寄原道”。

[216] 詶友生：此同《彙刊》卷六《詶友生》,《倪雲林先生詩集》卷四、《薈要》卷六作“酬友生”。

[217] 弄：此字原漫漶不清,據《倪雲林先生詩集》卷四、《彙刊》卷六、《薈要》卷六《二月晦日聽劉伯容彈琴》補。

[218] 答元用：此同《彙刊》卷六、《薈要》卷六《答元用》,《倪雲林先生詩集》卷四作“次韵答元用”。

[219] 同通書記過鄭先生舊宅：此同《彙刊》卷六、《薈要》卷六《同通書記過鄭先生舊宅》,《倪雲林先生詩集》卷四作“次韵通書記同過鄭先生舊宅”。

[220] 想：此同《彙刊》卷六、《薈要》卷六《同通書記過鄭先生舊宅》,《倪雲林先生詩集》卷四《次韵通書記同過鄭先生舊宅》作“相”。

[221] 優游鄉土：此同《彙刊》卷六、《薈要》卷六《馬國瑞東皋軒》,《倪雲林先生詩集》卷四《馬國瑞東皋軒》作“少游鄉里”。

[222] 過：《倪雲林先生詩集》卷四《馬國瑞東皋軒》作“莎”,《彙刊》卷六、《薈要》卷六《馬國瑞東皋軒》此字下注“一作莎”。

[223] 寒宵偶伴：《倪雲林先生詩集》卷四《馬國瑞東皋軒》作“寒廳時有”,《彙刊》卷六、《薈要》卷六《馬國瑞東皋軒》“伴”下注“一作廳時有”。

[224] 藜牀：《倪雲林先生詩集》卷四《馬國瑞東皋軒》作“高張”,《彙刊》卷六、《薈要》卷六《馬國瑞東皋軒》“牀”下注“一作高懷”。

[225] 君：此同《彙刊》卷六、《薈要》卷六《次韵張榮禄〈追和楊别駕賦王番陽東湖勝游〉四首,呈雲浦、耕雲二君》,《倪雲林先生詩集》卷四《次韵張榮禄〈追和楊别駕賦王番陽東湖勝游〉四首,呈雲浦、耕雲二明公》作“明公”。

[226] 切：此同《倪雲林先生詩集》卷四《次韵張榮禄〈追和楊别駕賦王番陽東湖勝游〉四首,呈雲浦、耕雲二明公》,《彙刊》卷六、《薈要》卷六《次韵張榮禄〈追和楊别駕賦王番陽東湖勝游〉四首,呈雲浦、耕雲二君》作“换”。

[227] 來：此同《彙刊》卷六、《薈要》卷六《次韵張榮禄〈追和楊别駕賦王番陽東湖勝游〉四首,呈雲浦、耕雲二君》,《倪雲林先生詩集》卷四《次韵張榮禄〈追和楊别駕賦王番陽東湖勝游〉四首,呈雲浦、耕雲二明公》作“遊”。

[228] 和王子明韵：此同《彙刊》卷六、《薈要》卷六《和王子明韵》,《倪雲林先生詩集》卷四作“用王子明韵”。王子明,王著,字子明,益都人。其生平詳見《元人傳記資料索引》。

[229] 斑：此同《倪雲林先生詩集》卷四《用王子明韵》,《彙刊》卷六、《薈要》卷六《和王子明韵》作“班”。

[230] 闢：《倪雲林先生詩集》卷四《送盛高霞》作“窗”,《彙刊》卷六、《薈要》卷六《送盛高霞》此字下注“一作窗”。

[231] 陸文玉見過時余初喪長子：此同《彙刊》卷六、《薈要》卷六《陸文玉見過，時余初喪長子》，《倪雲林先生詩集》卷四作"陸文玉見過"。

[232] 向：此同《彙刊》卷六、《薈要》卷六《送霞外師過磧沙寺，因寄鄭博士毅長老》，《倪雲林先生詩集》卷四《送霞外師過磧沙寺，因寄鄭博士毅長老》作"何"。

[233] 木石：此同《彙刊》卷六、《薈要》卷六《次韵贈林泉民張孟辰》，《倪雲林先生詩集》卷四《次韵贈林泉民張孟辰》作"之木"。

[234] 送葉道士東歸分得懸字用韵三首：此同《彙刊》卷六、《薈要》卷六《送葉道士東歸，分得懸字，用韵三首》。"憶爾心如旌斾懸"詩於《倪雲林先生詩集》卷四題作"送葉道士東歸分得懸字韵"，"愁心黯對夕陽懸"詩與"君到茅簷雨溜懸"詩於《倪雲林先生詩集》卷四題作"送葉道士再用懸字韵二首"。

[235] 松：此同《倪雲林先生詩集》卷四《贈別榮子仁》，《彙刊》卷六、《薈要》卷六《贈別榮子仁》作"山"。

[236] 芳：《倪雲林先生詩集》卷四《雨中在林氏賦贈徐生》作"蘭"，《彙刊》卷六、《薈要》卷六《雨中在林氏賦贈徐生》此字下注"一作蘭"。

[237] 翩翩：《倪雲林先生詩集》卷四《雨中在林氏賦贈徐生》作"林徐"，《彙刊》卷六、《薈要》卷六《雨中在林氏賦贈徐生》"翩"下注"一作林徐"。

[238] 呈方厓：此同《彙刊》卷六、《薈要》卷六《題畫送僧》，《倪雲林先生詩集》卷四《題畫送僧》作"方厓呈"，且該詩序位於詩後。

[239] 子章號夢庵走筆題：此同《彙刊》卷六、《薈要》卷六《子章號夢庵走筆題》，此詩於《倪雲林先生詩集》卷四中凡二現，一題作"子章號夢庵走筆題"，一題作"子章號夢庵走筆謾題"。

[240] 霞：此同《彙刊》卷六、《薈要》卷六《子章號夢庵走筆題》，《倪雲林先生詩集》卷四《子章號夢庵走筆題》作"眼"，《倪雲林先生詩集》卷四《子章號夢庵走筆謾題》作"眼"。

[241] 江上遇楊德朋：此同《彙刊》卷六、《薈要》卷六《江上遇楊德朋》，《倪雲林先生詩集》卷四作"江上遇楊德用"。楊德朋，其生平事迹不詳。

[242] 題春山高士圖：《倪雲林先生詩集》卷四作"和華以愚韵兼題所畫春山高士圖"，《彙刊》卷六、《薈要》卷六作"題春山高士圖和韵"。

[243] 桐：此同《彙刊》卷六、《薈要》卷六《過桐里》，《倪雲林先生詩集》卷四《過桐里》作"同"。

[244] 未許居人識姓名：《倪雲林先生詩集》卷四《過桐里》作"不向居人道姓名"，《彙刊》卷六、《薈要》卷六《過桐里》"未"下注"一作不"，"識"下注"一作道"。

[245] 江城：《倪雲林先生詩集》卷四《寄陳余二校書》作"陳余"，《彙刊》卷六、《薈要》卷六《寄陳余二校書》"城"下注"一作陳余"。

[246] 仲：此同《彙刊》卷六、《薈要》卷六《寄陳余二校書》，《倪雲林先生詩集》卷四《寄陳余二校書》作"陸"。

[247] 雙魚俱：此同《彙刊》卷六、《薈要》卷六《寄陳余二校書》，《倪雲林先生詩集》卷四《寄陳余二校書》作"兩君唯"。

[248] 玄言經歲不相聞：《倪雲林先生詩集》卷四《寄陳余二校書》作"玄言況不使予聞"，《彙刊》卷六、《薈要》卷六《寄陳余二校書》"玄"下注"一作清"，"相"下注"一作況不相余"。

[249] 次德機韵：《倪雲林先生詩集》卷四作"賦德機荊南精舍圖"，《彙刊》卷六、《薈要》卷六《次德機韵》"韵"下注"一作賦德機荊南精舍圖"。

[250] 漪：此同《彙刊》卷六、《薈要》卷六《首夏即興呈貞居》，《倪雲林先生詩集》卷四《首夏即興呈貞居》作"陂"。

[251] 枝低：此同《倪雲林先生詩集》卷四《首夏即興呈貞居》，《彙刊》卷六、《薈要》卷六《首夏即興呈貞居》作"低枝"。

[252] 寄盛高霞：此同《彙刊》卷六、《薈要》卷六《寄盛高霞》，《倪雲林先生詩集》卷四作"寄高霞"。

[253] 脱：《倪雲林先生詩集》卷四《寄高霞》，《彙刊》卷六、《薈要》卷六《寄盛高霞》作"蜕"。

[254] 泠：《倪雲林先生詩集》卷四《寄高霞》，《彙刊》卷六、《薈要》卷六《寄盛高霞》作"冷"。

[255] 因寫喬柯竹石并題：此同《彙刊》卷六、《薈要》卷六，《倪雲林先生詩集》卷四無此八字。

[256] 怒濤：《倪雲林先生詩集》卷四《寄錢伯行》作"動搖"，《彙刊》卷六、《薈要》卷六《寄錢伯行》"濤"下注"一作動搖"。

[257] 呈良常：此同《彙刊》卷六、《薈要》卷六《呈良常》，《倪雲林先生詩集》卷四作"呈良常安遇賢伯仲"。

[258] 愁：此同《彙刊》卷六、《薈要》卷六《清明》，《倪雲林先生詩集》卷四《清明》作"怨"。

[259] 密：此同《彙刊》卷六、《薈要》卷六《學書》，《倪雲林先生詩集》卷四《學書》爲空格。

[260] 鍛柳稽：此同《倪雲林先生詩集》卷四《學書》，《彙刊》卷六《學書》作"鍛柳稽"，《薈要》卷六《學書》作"鍛柳秙"。

[261] 渾：此同《倪雲林先生詩集》卷四《贈范堉》，《彙刊》卷六、《薈要》卷六《贈范堉》作"還"。

[262] 吾伊：此同《倪雲林先生詩集》卷四《贈范堉》，《彙刊》卷六、《薈要》卷六《贈范堉》作"唔咿"。

[263] 贈墨生沈學翁：此同《彙刊》卷六、《薈要》卷六《贈墨生沈學翁》，《倪雲林先生詩集》卷四作"贈沈生賣墨"。

[264] 生：此同《彙刊》卷六、《薈要》卷六《贈墨生沈學翁》，《倪雲林先生詩集》卷四《贈沈生賣墨》作"工"。

[265] 次韵錢思復見貽：此同《倪雲林先生詩集》卷四《次韵錢思復見貽》，《彙刊》卷五、《薈要》卷五作"次錢思復見貽韵"。錢思復，錢惟善，字思復，號曲江居士，又號白心道

人。錢塘(浙江杭州)人。至正元年(1341)中鄉試。官至江浙儒學副提舉。其生平詳見《明史》。

[266] 休：此同《彙刊》卷五、《薈要》卷五《次錢思復見貽韵》，《倪雲林先生詩集》卷四《次韵錢思復見貽》作"体"。

[267] 擬賦岳鄂王墓二首：《彙刊》卷六、《薈要》卷六作"再二首"。按：《彙刊》卷六、《薈要》卷六《再二首》前一首詩爲《擬賦岳鄂王墓》："耿耿忠名萬古留，當時功業浩難收。出師未久班師急，相國翻爲敵國謀。廢壘河山猶帶憤，悲風蘭蕙總驚秋。異代行人一灑淚，精爽依依雲氣浮。""浮"下注"一作荒墳落日重回頭"。

[268] 虜：《彙刊》卷六、《薈要》卷六《再二首》作"敵"。

[269] 石馬：《彙刊》卷六、《薈要》卷六《題陳虛碧畫》作"白鳥"。

[270] 水：《彙刊》卷六、《薈要》卷六《八月二日雨凉寄道翁親契》作"术"。

[271] 準：《彙刊》卷六、《薈要》卷六《留別道翁二首》作"隼"。

[272] 三：《彙刊》卷六、《薈要》卷六作"之"。

[273] 學：《彙刊》卷六、《薈要》卷六《留別勝伯徵君》作"法"。

[274] 術：《彙刊》卷六、《薈要》卷六《留別勝伯徵君》作"畫"。

[275] 波光鷗影思微茫：此同《彙刊》卷六、《薈要》卷六《留別勝伯徵君》，《彙刊》卷六、《薈要》卷六《留別勝伯徵君》"茫"下注"一作孤帆回首指斜陽"。

[276] 次韵答陳叔方早春見懷：《彙刊》卷六、《薈要》卷六作"次韵答陳叔方早春見懷二首"。

[277] 瘦：《彙刊》卷六、《薈要》卷六《次韵答陳叔方早春見懷二首》作"腴"。

[278] 元：此同《彙刊》卷六、《薈要》卷六《贈周校書》，《倪雲林先生詩集》卷四《贈周校書》作"年"。

[279] 彦楨繼和復答：《彙刊》卷六、《薈要》卷六作"彦楨繼和復答二首"。《彦楨繼和復答》詩共兩首。

[280] 破屋猶寬：《彙刊》卷六、《薈要》卷六《彦楨繼和復答二首》作"丈室自寬"。

[281] 遺經真富一籝金：《彙刊》卷六、《薈要》卷六《彦楨繼和復答二首》作"一經已富滿籝金"。

[282] 置：此字原脱，據《彙刊》卷六、《薈要》卷六補。

[283] 水：《彙刊》卷六、《薈要》卷六《贈茅山陳太虛》作"术"。

清閟閣遺稿卷八

七言絶句

吳　中

望中烟草古長洲，不見當時麋鹿游。滿目越來溪上水，流將春夢過杭州。

九日登華氏溪亭

茱萸黄菊稍斑斑，野水蒼烟草莽間。送客歸來逢九日，華家亭上獨看山。

六月五日偶成

坐看青苔欲上衣，一池春水靄餘暉。荒邨盡日無車馬，時有殘雲伴鶴歸。

竹枝詞[1]

會稽楊廉夫邀余同賦《西湖竹枝詞》。[2]余嘗暮春登瀨湖諸山而眺覽，見其浦溆沿洄，雲氣出没，慨然有感於中，欲托之音調，以聲其悲嘆，久未能成章。[3]因覩廉夫之作，[4]爲之心動言宣。詞凡八首，[5]皆述眼前，[6]不求工也。

錢王墓田松柏稀，岳王祠堂在湖西。西泠橋邊草春緑，飛來峰頭烏夜啼。

湖邊兒女十五餘，[7]烏紗約髮淺妝梳。却怪爹娘作蠻語，能唱新聲獨當壚。[8]

湖邊女兒紅粉粧，不學羅敷春采桑。學成飛燕春風舞，嫁與燕山游冶郎。

心許嫁郎郎不歸，不及江潮不失期。踏盡白蓮根無藕，打破蜘蛛網費絲。

阿翁聞說國興亡，[9]記得錢王與岳王。日暮狂風吹柳折，滿湖烟雨綠茫茫。

春愁如雪不能消，又見清明插柳條。[10]傷心玉照堂前月，空照錢唐夜夜潮。

嘔嘔歸雁度春江，明月清波雁影雙，化作斜行箏上字，長彈幽恨隔紗窗。

辮髮女兒住湖邊，能唱胡歌舞踏筵。羅綺薰香回紇語，白氎蒙頭如白烟。

二月十九日夜風雨凄然賦一絶①

二月十九日夜風雨凄然，[11]南渚旅寓篝燈與端叔共坐，因念兵戈滿地，深動故山之思，賦一絶。[12]

春雨春風滿眼花，夢中千里客還家。白鷗飛去江波綠，誰采西園穀雨茶。

答陳參軍②

世故紛紜自糾纏，南山修竹老風烟。陳公懷抱政如此，清影蕭蕭月滿川。

---

① 二月十九日夜風雨凄然賦一絶：本詩原無詩題，整理者據詩序擬定。
② 答陳參軍：此同《彙刊》卷七、《薈要》卷七《答陳參軍》，此詩爲《倪雲林先生詩集》卷六《答陳謝二參軍王長史》所收五首詩之一。

偶　成

紫燕低飛不動塵，黃鸝嬌小未勝春。東風綠遍門前草，暮雨寒烟
愁殺人。

贈馮文仲[13]

知君近住西湖曲，湖水淪漣似輞川。窗下青松高百尺，時時落雪
滿琴絃。

春　日[14]

鶯啼花落罷琴樽，山郭鳴鐘靄已昏。莫嗔野鹿當蘿徑，只有春風
到蓽門。

青林微雨見東皋，桑柘陰陰飛百勞。可憐柳絮浮春水，無復縈空
百尺高。

黯黯春雲映户輕，綠蕪斜日忽開晴。依微野徑泉侵盡，風落桐花
遠思生。

水仙花

曉夢盈盈湘水春，翠虬白鳳照江濱。香魂莫逐冷風散，[15]擬學黃
初賦洛神。

絶　句

醉喚吳姬舞踏筵，風欄花陣亦回旋。愁生細雨寒烟外，詩在青蘋
白鳥邊。

寄　友

二月江水青接天，楊柳隔江搖綠烟。一夜愁心似春雪，隨風舞影
落君前。

正月廿六日漫題[16]

泖雲汀樹晚離離，飲罷人歸野渡遲。睡起香銷金鵲尾，獨聽疏雨打窗時。

宿玄文館

玄館清虛五月秋，疏簾珍簟看瀛洲。窗前種得青桐樹，時有鳳皇棲上頭。[17]

答范徵君見懷[18]

想見雨池春溜滿，唯應閒院綠苔生。落盡櫻桃杏花發，輕舟歸去看春耕。

別潘先輩

君來烟草正凄迷，君去溪頭柳葉齊。掛席中流竟東上，莫重回首向荊溪。

宜遠樓[19]

宜遠樓前春可憐，數峰依約亂流邊。若爲倚劍崆峒外，回望齊州九點烟。

次曹都水韵[20]

水品茶經手自箋，夜燒綠竹煮山泉。莫留樵客看棋局，持斧歸來幾歲年。

蕭閒館裏挑燈宿，[21]山廚重敷六尺牀。隱几蕭條聽夜雨，[22]竹林烟幕煮茶香。

慧麓小隱[23]

錫麓洞前開竹扉，孟公舊築草堂基。已倩王維圖別業，更從裴迪賦新詩。

題玄會庵壁間

風雨縈窗夢不醒,[24]紫薇花發渚南亭。望中迢遞孤烟起,白鳥飛來菰蔣青。

追和戎昱《寄許鍊師》①

雲霧軒窗倚半空,少霞銘處識新宮。遥看一片秋山色,鶴影徘徊明月中。[25]

絶句四首次九成韵[26]

至正十四年二月廿五日雨,郊君九成留宿高齋,篝燈爲寫春林遠岫圖,并次其韵。[27]

我别故人無十日,衝烟艇子又重來。門前積雨生幽草,墻上春雲覆綠苔。

斷送一生棋局裏,破除萬事酒杯中。清虚事業無人解,聽雨移時又聽風。

没徑春泥不出門,山烟江霧晝長昏。糟牀聲雜茅簷雨,[28]破却陰寒酒自温。[29]

郊子論詩冀北空,晤言千里意常同。待晴紫陌堪縈手,行咏山光水影中。

附録郊九成絶句四首[30]

杏花簾幙看春雨,深巷無人騎馬來。獨有倪寬能憶我,黄昏躡屩

① 戎昱:唐代詩人,荆州(今湖北江陵)人,郡望扶風(今屬陝西)。明人輯有《戎昱詩集》。曾作《寄許鍊師》一詩,一説李益作。《全唐詩》卷二八三《寄許鍊師》:"掃石焚香禮碧空,露華偏溼蕊珠宫。如何説得天壇上,萬里無雲月在中。"

到蒼苔。

春色三分都有幾,二分已在雨聲中。墻東兩箇桃花樹,恨殺朝來一陣風。[31]

十日春寒早閉門,風風雨雨怕黃昏。小齋坐對黃金鴨,寂寞沉香火自溫。

春寒時節病頭風,惆悵年華逝水同。世事總如春夢裏,雨聲渾在杏花中。[32]

邨　居

疏疏梅雨橘花香,寂寂桐陰枕簟涼。[33]怪底林間金彈子,枇杷都熟不知嘗。

雙井院前小立

山色微茫好放船,秋蕖野水夕陽邊。[34]西風更灑菰蒲雨,羨爾沙鷗自在眠。

舟過梁溪

蕩漿清溪欲盡頭,亂山出没暮雲稠。便當濯足聊停棹,何處飛來雙白鷗。

宿義興先太初上人房①

初公樓上雨蕭蕭,楊柳垂烟隔岸搖。何處舟人棹歌發,山長水遠望蘭橈。

周將軍祠隔水近,岳鄂五廟亦東鄰。[35]百年故事誰記憶,風雨清明愁殺人。

━━━━━━━━

① 《宿義興先太初上人房》詩共二首。

雪中折枇杷花寄吳寅夫①

雪中自折枇杷花，走寄城南處士家。明日雪晴定相過，兩株松下煮春茶。

雪不止重寄

清夜焚香生遠心，空齋對雪獨鳴琴。數日雪消寒已過，一壺花裏聽春禽。

三月廿日題所寓屋壁

梓樹花開破屋東，鄰墻花信幾番風。閉門睡起兼旬雨，[36]春事依依是夢中。

鄰墻桂花盛開

扶疏桂樹隔鄰墻，時有飛花到石牀。起近南簷看月色，[37]不須更炷水沉香。

題靈岩寺壁

我到靈岩古寺中，雲烟樓閣鬱重重。今朝醉倒山前石，留取綸巾掛偃松。

寄陸鍊師

忽憶南湖陸鍊師，若爲湖上住多時。明朝擬望仙帆至，好買松鱸作膾絲。

贈曹德昭②

谷口桐林落絳霞，仙帆初泊野人家。蕭閒館裏青苔合，看到階前

---

① 吳寅夫：吳克恭，字寅夫，常州人。有《寅夫集》。
② 曹德昭：據《清秘述聞續》卷四載，曹德昭爲長沙人。

芍藥花。

客舍咏牽牛花

小盤承露净鉛華，玉露依稀染碧霞。[38]弱質幽姿娛老眼，[39]傍人籬落蔓秋花。

江　上

石侵春雨林間蘚，竹帶沙汀日暮烟。江上清陰隨月落，船頭白鳥傍人眠。

晚照軒偶題①

南湖春水碧於天，夢作沙鷗狎釣船。緑樹拂簷風雨急，覺來依舊北窗眠。

簷前幽鳥自相呼，池上紅蕖映緑蒲。五月夜涼如八月，一窗風雨夢南湖。

寄友人[40]

周君讀書離墨山，山中臥看白雲閒。翻然遂逐雲歸去，松下草堂深閉關。

烟　雨

烟雨空濛遠樹齊，人家樹底自成蹊。只應三月吳松尾，渚際維舟聽竹鷄。

聞竹枝歌因效其聲②

鈿山湖影接松江，橘葉青青柿葉黄。要寫新詩寄音信，西風斷雁

---

① 《晚照軒偶題》詩共二首。
② 《聞竹枝歌因效其聲》詩共二首。

不成行。[41]

江流不住楚山青,船到潯陽幾日程。不忍寄將雙淚去,門前潮落又潮生。

雨　後

雨後空林生白烟,山中處處有流泉。因尋陸羽幽棲處,獨聽鐘聲思惘然。

四月七日雨

水宿風行冬復春,汀花汀草思紛紛。泊舟無賴終宵雨,夢入蒼梧萬里雲。

六月十一日題吉祥庵壁[42]

僧夏安居我息機,清風日爲掃柴扉。身形已似松梢鶴,還有悲歌續令威。

隨宜喧寂了殘生,飯飽悠悠曳履行。日落吳松半江影,莫將欣厭惱閒情。

乙巳三月七日清明,①風雨憒憒,賦此[43]

春多風雨少曾晴,愁眼看花淚欲傾。亂離漂泊竟終老,去住彼此難爲情。

雅宜山詩[44]

雅宜山舊名娜如山,蓋虞道園所更,[45]然未若娜如之名近古也。施君宜之先隴在其處,索余賦詩,因爲竹枝歌二首遺之,以復其舊焉。

娜如山頭松柏青,闤闠城外短長亭。來山未久入城去,駐馬回看

---

① 乙巳:至正二十五年(1365)。

雲錦屏。

娜如山頭日欲西，采香徑裏竹鷄啼。南朝千古繁華地，麋鹿蒿萊
望眼迷。

二月十五日雨作

風軒紅杏散餘霞，堤草青青桃欲花。寒食清明看又近，滿川烟雨
亂鳴蛙。

寄曹都水①

溪南山影碧叢叢，水閣風林處處同。周處廟前新漲闊，數聲柔舫
月明中。[46]

送初上人參禮光公二首[47]

西崦欣逢初上人，妙年藻思如春雲。育王塔前禮佛竟，應修白業
益精勤。

阿育王塔舍利存，山氣無雪春冬溫。蓮花臺近多羅樹，中有人談
十二門。[48]

對雨遣懷

數日枇杷花落盡，可憐春事到櫻桃。聽風聽雨眠三日，排遣新愁
付濁醪。

懷都水曹君[49]

荆蠻野褐最清癯，怕與高人話別離。記得解携雙樹下，風帆目短
淚垂垂。

---

① 曹都水：其人生平事迹不詳。

贈墨生吳善①

銅官山下白雲亭，澗底長松長茯苓。傳得潘生燒墨法，②墨成持贈寫丹經。

寄德常別駕[50]

長洲東去有僧居，狂士來游密雪初。欲覓故人張別駕，清貧猶苦出無車。

愛爾作官清海濱，海濤嶺雪白如銀。[51]已占麥隴雙岐秀，[52]漸有衣襦富昔民。

松　陵[53]

松陵原上望長洲，綠玉平鋪江水流。好取釀爲千日酒，大瓢酌月散煩憂。

秋容軒[54]

乍見芙蓉開滿樹，更憐楊柳綠含風。秋容好處無人會，都在溟濛烟雨中。

碧花翠蔓引牽牛，蓑竹黃葵意更幽。不用田疇三日雨，已輸穭稏十分秋。

靈壁欹危四五峰，枇杷細弱未成叢。槿籬西面雲千畝，牛背時聞一笛風。

---

① 吳善：字國良，蘇州人。孔齊《至正直記》云：“後至元間，姑蘇一伶人吳善字國良者，以吹簫游於貴卿士大夫之門。偶得造墨法，來荊溪，亞於李，亦可用也。”“李”，指李文遠。馬明達《元代墨工考》對元代的墨工進行考證，對吳善生平事迹考述爲：“吳善交往甚廣，東南文人多有詩文贈予，以倪雲林贈予尤多。”《清閟閣全集》卷九有倪瓚贈予吳善的《題荊溪清遠圖》一文。

② 據馬明達《元代墨工考》一文可知，此處“潘生”係潘谷。文中指出，吳善號稱得到潘谷的秘法，此未必真實。稍晚於吳善的蘇州墨家沈繼孫(學庵)在《墨法集要·溶膠》中説：“予舊時，荊溪吳國良所造牛膠墨，至今五六十年，儼如古墨，何言牛膠之墨不善耶？”

雜賦五首[55]

恢公妙得華光理,[56]月影縱橫白尚玄。留取禪門三昧法,松滋楮穎過年年。

空江水泠佩珊珊,[57]去國千年始一還。身似吹笙王子晋,夜騎白鶴過緱山。

一色清江四面同,[58]樓居如在畫圖中。主人欲刻皆山記,須得環滁老醉翁。

曾傍江流築釣磯,朱門華屋事都非。身如王謝堂前燕,歲歲猶過白板扉。

痛飲酣歌未是狂,有岐何處覓亡羊。芹羹术煎茅君酒,更醉人間一萬塲。

贈通上人[59]

慧遠深心白蓮社,[60]湯休麗句碧雲篇。懺摩不懈香燈供,般若仍通文字禪。

雨後春池芹細細,月明寒渚竹娟娟。東林門外聞鐘返,只有陶公妙入玄。

烟鶴軒二首[61]

林宗道新闢小軒,南望平蕪烟樹,眇然有千里之思,[62]因名之曰烟鶴,蓋取韋刺史"遠水烟鶴暎"詩語。① 爲賦二絶句著軒中。[63]

烟鶴軒前枕石眠,一聲清暎落江烟。攬衣起望行雲急,遠思憑虛忽欲仙。

---

① 參見《全唐詩》卷一九二《游溪》:"野水烟鶴暎,楚天雲雨空。玩舟清景晚,垂釣綠蒲中。落花飄旅衣,歸流澹清風。緣源不可極,遠樹但青葱。"

楓落吳江雲雨空，嘎然鳴鶴紫烟中。[64]坐看雪影橫江去，明滅寒流夕照紅。

寄　友[65]

無室無家老更顛，草衣木食度年年。開春若問桃花宿，先到俞君舊宅前。

與錢伯行宿棲雲堂[66]

小龍江上棲雲室，望見石湖湖盡山。來與幽人住三日，[67]白雲妍暖滿中間。

贈金嬾翁製笎篱[68]

聞君有漏與無漏，木杓笎篱都一般。[69]欲覓嬾翁安樂法，無生話子說團欒。

寄　人[70]

楊柳春風未放黃，晴天孤雁不成行。忽思小謝生幽夢，芳草池塘路亦荒。

調玄度

江渚荷花落日紅，畫檐欄檻納凉風。何人得似張公子，詩在烟波眺望中。

六月九日過以中野亭賦

荳苗引蔓已過簷，荇葉團團菱葉尖。兀坐野亭忘日暮，[71]窗前竹影月纖纖。

墨　梅

幽蘭芳蕙相伯仲，江梅山礬難弟兄。室裏上人初定起，靜看明月寫敷榮。

贈玄容①

枯柳疏條棲鳥稀，歸人稚子候簷扉。政如十月江南岸，落日西山翠影微。

林亭晚岫[72]

十月江南未隕霜，[73]青楓欲赤碧梧黃。停橈坐對西山晚，新雁題詩已著行。[74]

王都事家聽周子奇吹笙②

隔水吹笙引鳳鳴，十三聲外柳風清。風流自有王子晋，留取清樽吸月明。

聞鶛鵋[75]

林影曨曨鶛鵋聲，歐陽詩句最關情。畫簷宮燭朝儀早，[76]欹枕船窗憶大平。[77]

答王長史③

經年不見王內史，秋夜有懷如此何。澄不爲清撓不濁，汪汪萬頃玉湖波。

寄雪林隱君索折芍藥花[78]

階前紅藥無人摘，彩翠籠烟溪水南。爲折一枝和瑞露，小窗卮酒咏春酣。

---

① 玄容：其人生平事迹不詳。
② 周子奇：其人生平事迹不詳。
③ 答王長史：此同《彙刊》卷七、《薈要》卷七《答王長史》，此詩爲《倪雲林先生詩集》卷六《答陳謝二參軍王長史》所收五首詩之一首。

春　雨

春雨蕭條獨掩扉，庭柯逕篠綠依依。[79]莫思南渚停舟處，烟柳垂陰滿釣磯。

寄王叔明①

野飯魚羹何處無，不將身作係官奴。陶朱范蠡逃名姓，那似烟波一釣徒。

題張元播扇②

聽雨樓中暑亦凉，[80]閒停筆硯静焚香。君來爲煮嵇山茗，[81]自洗冰甌仔細嘗。

贈原上人[82]

上人住近西山麓，左右泉聲喬木深。拄杖逍遙扣門去，臨池濡墨寫春陰。

調張德機③

空折花枝插滿盆，清吟清坐想盤飱。主人欲出松肪釀，[83]謾道糟牀尚苦渾。

贈張德常[84]

老疾吟哦張判官，僦居江海覺心寬。好乘黃鵠風埃表，萬里雲霄一羽翰。

---

①　王叔明：原名王蒙，字叔明，湖州（今屬浙江）人。號黃鶴山樵、香山居士。王蒙的山水畫直接受到趙孟頫的影響，進而師法王維、董源等人。所作對明清山水畫影響甚大，僅次於黃公望，後人將其與黃公望、吴鎮、倪瓚合稱爲“元四家”。

②　張元播：其人生平事迹不詳。

③　張德機：原名張緯，字德機，張經之弟，自號荆南山樵者。

齷齪疲駑飲齕餘，鞭笞喘汗駕鹽車。麒麟已老終超逸，[85]不受金
羈去玉除。

追和蘇文忠墨迹卷中詩韵[86]

脉脉遠山螺翠橫，盈盈秋水眼波明。西北風帆江路永，片雲不度
若爲情。

雨挾江潮來浦口，[87]霜凋木葉見山尖。寒波曾照飛鴻影，髭雪朝
朝與恨添。

湖邊窗户倚青紅，此日應非舊日同。太守與賓行樂地，斷碑荒蘚
卧秋風。

奎章閣下掌經綸，[88]清淺蓬萊又幾春。三十六宫秋寂寂，金盤冷
露泣仙人。[89]

蔡公閩嶠雙龍璧，蘇子儋州萬里船。何似歸田虞閣老，醉吟清浦
月娟娟。

嗜酒狂吟禿鬢翁，華陽壇館百花風。晚年傳得登真訣，歸卧南山
澗谷中。[90]

贈沈椽[91]

蕭蕭白髮沈休文，問舍求田江水濆。此夕一杯成酩酊，淋漓醉墨
氣如雲。

寄王主簿[92]

客愁最似未招魂，[93]老去情懷孰與論。詩寄句容王主簿，憶從白
璧達天門。[94]

寄張處士

江邊楊柳緑搖烟，[95]影落清波萬里天。[96]處士時時驚夢起，[97]門

前椎鼓發鹽船。

人我二首[98]

人以秋毫軒輕我，我心澹然如碧淵。何期失脚墮塵網，談笑區中飽世緣。

醉中了了夢中醒，好語狂言不用聽。莫起黑風飄鬼國，長教明月照中庭。

因盧山甫便寄曹德昭[99]

使者停車溪水西，借栽綠竹傲幽棲。玉川野客尋津去，[100]悵望孤帆意轉迷。

船　中

野水荒寒寂寞濱，[101]萋萋芳草也知春。五湖雲浪浮天白，好遣輕鷗狎隱淪。

答王長史[102]

蕭蕭短髮不須冠，何處繫舟雲水寬。西塞山前夕陽裏，芙蓉青墮水精盤。[103]

秋　日[104]

芙蓉花下坐鳴琴，疑在瀟湘斑竹林。[105]翠節霓旌烟雨濕，秋來江水不知深。

秋水清空似泛槎，[106]此生汩没似無涯。蕭閒堂上收書坐，八月芙蓉始着花。

贈岳子

岳生孫子最清顛，坐石彈琴和澗泉。[107]一簣松肪初醸得，賸將醉爾竹林前。

寄安遇

鄰家借得酒盈罌，薄飯留君午不羹。僧夏安居餘半月，重來相與說無生。

雨　晴

江上白蘋風起波，冷紋縈碧暮烟和。織成一幅鴛鴦錦，零落紅衣遠恨多。

秋　風①

七月二十八日過丘氏林居，秋風騷騷然至暮大作，終夜不息，因成小詩。[108]

西風楊柳暮騷騷，零落江雲起怒濤。坐看荷花都落盡，倚窗孤咏楚天高。

咏　鵝[109]

泛雪翻雲未足佳，棲萍唼荇戲江沙。舉群此日籠歸去，識得能書內史家。

草青莎軟暮烟和，點綴春江愛白鵝。不似貪饕誇厭飫，[110]萬錢日食未嫌多。

真迹黃庭世所珍，當時聊復送鵝群。寧知雪後攻城者，使亂軍聲用進軍。

---

① 秋風：本詩原無詩題，整理者據作者詩序擬定。

二月六日南園四首①

正月已闌烟雨寒，泊舟東渚聽風湍。山長水遠鳥飛急，不是離人也鼻酸。

雨裏櫻桃兩樹開，北風吹盡臘前梅。荒筠隅隩無多柳，細草汀洲并是苔。

春月寒逾臘月寒，盲風怪雨泊江干。天工自不爲人料，一種春光有幾般。

有子政如無子同，異居邈若馬牛風。人間何物爲真實，身世悠悠泡影中。

贈　僧

清流堂上無塵事，奇石修篁映梵書。長日粥魚齋鼓罷，竹窗虛寂坐如如。

絶　句

七月三日快哉風，野亭不厭酒杯空。況有尊前沈腰瘦，何妨醉倒田家翁。

題高望山畫卷[111]

屋邊昨夜春風起，蔣芽荇葉生春水。睡醒獨坐無人聲，歷歷青山水光裏。

---

① 《二月六日南園四首》四詩次序同《彙刊》卷七、《薈要》卷七《二月六日南園四首》，《倪雲林先生詩集》卷六《二月六日南園四首》四詩次序依次爲"雨裏櫻桃兩樹開"詩、"正月已闌烟雨寒"詩、"春月寒逾臘月寒"詩、"有子政如無子同"詩。

吳仲圭山水①

道人家住梅花邨，窗下松醪滿石尊。醉後揮毫寫山色，嵐霏雲氣淡無痕。

題秋江圖[112]

長江秋色渺無邊，[113]鴻雁來時水拍天。七十二灣明月夜，荻花楓葉覆漁船。

畫竹贈申彥學②

吳松江水似清湘，烟雨孤篷道路長。寫出無聲斷腸句，鷓鴣啼處竹蒼蒼。[114]

阿儂渡江畏風波，聽渠聲唱竹枝歌。[115]淇園青青淇水綠，不似瀟湘烟雨多。[116]

雲林小景圖[117]

赤城霞暖神芝秀，洞裏桃花不記春。何事却將山水脚，鍾陵市上踏紅塵。

後數年復次韵[118]

憶昔舟歸雪浦濱，松林瑤草欲生春。閒拈逸筆圖清思，今日披圖似隔塵。

題　畫[119]

南望銅官曉色新，三株松下一茅亭。何當濯足臨前澗，坐石閒書

---

① 吳仲圭：吳鎮，字仲圭，號梅花道人，浙江嘉興人。元代著名畫家、書法家和詩人。與黃公望、倪瓚、王蒙合稱"元四家"。有《梅花道人遺墨》二卷。

② 《畫竹贈申彥學》詩共二首，於《倪雲林先生詩集》卷六中凡兩現，一題作"畫竹贈申彥學"，一題作"竹枝詞題畫竹上二首"。申彥學，其生平事迹不詳。

相鶴經。

落落長松生夏寒，莓苔槎散共盤桓。王謝家庭多玉樹，依然猶是晋衣冠。

舟過松陵甫里邊，幽篁古木尚蒼然。何人得似王徵士，静看輕鷗渚際眠。

坦腹江亭枕束書，澄清江水自空虛。修篁古木悠悠思，何處青山可卜居。

松瀑飛流到枕邊，道人清坐不須弦。青山點點白雲外，[120]用意何曾讓鄭虔。

新柳春柯未著雅，短籬茅屋野僧家。放舟不怕歸來晚，[121]白水田畦已有蛙。①

湖水清空好放船，青山依約白鷗邊。忽思周處祠前路，古木荒烟一惘然。②

笠澤依稀雪意寒，澄懷軒裏酒杯乾。籜燈染筆三更後，遠岫疏林亦耐看。③

嘉樹幽篁澗石隈，當年曾此好懷開。如今寂寞空山裏，誰復緘情折野梅。④

樓閣參差霞綺開，峰巒重複水縈回。赤欄橋外垂楊下，步月吹笙向此來。

---

① 此詩爲《彙刊》卷七、《薈要》卷七《題畫十二首》之一首，《倪雲林先生詩集》卷六中爲《題雜畫》所收五首詩之一首。

② 此詩爲《彙刊》卷七、《薈要》卷七《題畫十二首》之一首，《倪雲林先生詩集》卷六中爲《題畫》所收兩首詩之一首。

③ 此詩爲《彙刊》卷七、《薈要》卷七《題畫十二首》之一首，《倪雲林先生詩集》卷六中獨爲一首《題畫》詩。

④ 此詩爲《彙刊》、《薈要》卷七《題畫十二首》之一首，《倪雲林先生詩集》卷六中題作“樹石小景”。

青山矗矗水舒舒，相見郊原霽雨初。絕似三高亭上望，人家依約樹扶疏。右臨青嶂左澄江，未覺羲皇遠北窗。安得茅君酒斟酌，幽人許致玉瓶雙。

爲吳溥泉畫窠石平遠圖漫題[122]

地僻林深無過客，松門元自不曾關。展將一幅溪藤滑，寫得湖陰數點山。[123]

題畫贈原道[124]

二月東風溪水綠，幽林修竹影參差。杖藜日日溪西路，魚鳥相娛只自知。

題張以中畫[125]

密雪初晴僧舍深，地爐活火酒時斟。張家公子清狂甚，冒冷看山意不禁。

題吳采鸞像[126]

誰見文簫逐采鸞，碧山蘿月五更寒。猶遺寫韵軒中迹，留得風流後世看。

爲吳處士畫喬林磵石

山家日出無行踪，雪樹烟蘿遠且重。不見鹿眠磐石上，提壺自掛一長松。

題趙榮祿揩痒馬圖[127]

韓幹真龍下筆肥，銀鞍羅帕絡青絲。春風碧野和烟放，誰見林間揩痒時。

題棘禽筠石圖，[128]送高霞還玄元館①

烟雨蕭蕭墨未乾，幽禽枝上語春寒。玄元館裏多筠石，飯飽臨池自在看。

題陳仲美畫[129]

杜老茅堂倚石根，往來西瀼與東屯。[130]一庭秋雨青苔色，自起鈎簾盡綠尊。

斜日西風吹鬢絲，披圖弄翰學兒嬉。釣竿拂着珊瑚樹，張祐題詩我所師。

爲蹇原道題竹木圖②

疏篁古木都成老，石澗莓苔亦有花。排悶不須千日酒，聊將小筆畫龍蛇。

題寂照蔣君遺像并引[131]

君諱圓明，[132]字寂照，暨陽人也。年二十一歸於我，勤儉睦雍，里稱孝敬。[133]歲癸巳奉姑挈家避地江渚，[134]不事膏沐，游心恬淡。時年四十有七矣，如是者十一年。癸卯九月十五日微示疾，十八日翛然而逝。[135]題像甲辰正月廿四日也。[136]

幻形夢境是耶非，縹緲風鬟雲霧衣。一片松間秋月色，夜深惟有鶴來歸。

梅花夜月耿冰魂，江竹秋風灑淚痕。天外飛鸞惟見影，忍教埋玉在荒村。

———————

① 高霞：其生平事迹不詳。
② 蹇原道：其生平事迹不詳。

題曹雲西畫①

吳松江水碧於藍,怪石喬柯在渚南。鼓枻長吟采蘋去,新晴風日更清酣。

題畫與强仲端②

日暮移舟何處泊,强家亭子水西頭。惠山只在湘簾外,[137]雨後幽泉想亂流。

題畫贈崔子文之金陵[138]

性癖居幽每起遲,[139]一來溪口意凄迷。林亭曉色蒼茫裏,[140]目送風帆過水西。[141]

拜石圖

米章愛硯復愛石,探瑰抉奇久爲癖。石兄足拜自寫圖,乃知顛名不虛得。

王季野示余米元章詩卷因次韵[142]

吳松江只蒲萄綠,金井峰仍縹緲青。説與弋人何慕我,高飛鴻鵠杳冥冥。

大姚湖水白生烟,長物都除絶世緣。笙鶴不爲歸鶴怨,王仙真是勝丁仙。[143]

題竹樹圖[144]

海中鐵網珊瑚樹,石上銀鈎翡翠梢。烏夜亂啼江月白,檀欒飛影

---

① 曹雲西:曹知白,字又玄,貞素,號雲西,人稱貞素先生,松江華亭(今屬上海)人。元代畫家、藏書家。

② 强仲端:其生平事迹不詳。

下窗坳。

江邊樹影墨模糊,江上青山日欲晡。野思悵然無晤語,時來臨水照眉鬚。

爲德常寫竹[145]

張公宅裏挑燈話,對影依依夢寐同。坐到夜深喧境寂,庭前疏竹起秋風。

題畫竹贈張元實[146]

髯翁中歲得麟兒,漆點雙瞳玉作頤。可惜空齋無楮穎,爲拈禿筆掃風枝。

次張外史韵題商學士畫[147]

獨棹扁舟引興長,疏林遠岫見微茫。商侯畫筆張仙句,可比豐城寶劍光。

柯丹丘梅竹①

竹裏梅花淡泊香,映空流水斷人腸。春風夜月無踪迹,化鶴誰教返故鄉。

古木竹石圖[148]

古木幽篁春淡淡,斜風細雨石蒼蒼。何人識得黃花老,弄翰同歸粉墨囊。

題畫贈王允同②

湛湛綠波春雨裏,娟娟翠竹曉風前。此中著得玄真子,一棹夷猶

---

① 柯丹丘:柯九思,字敬仲,號丹丘、丹丘生、五雲閣吏,台州仙居(今浙江仙居縣)人。
② 《題畫贈王允同》詩共二首。王允同,其生平事迹不詳。

獨醉眠。

桐露軒前月滿窗，竹聲樹影落春江。青苔石逕無人迹，坐待歸來白鶴雙。

二王游騎圖

每憶開元全盛時，二王游騎日追隨。[149]鶺鴒原上雙兄弟，挾彈荒郊想鳳池。

看花仕女圖

畫圖常識春風面，雲霧衣裳楚楚裁。爲問人間春幾許，石欄西畔牡丹開。

仕女剖瓜圖[150]

月彎削破翠團團，六月人間風露寒。誰覓東陵故侯去，但知華屋薦金盤。

趙魏公蘭

天上宣和落墨花，彝齋松雪擅名家。遥看苕雪山如玉，雪後春風自茁芽。

管夫人竹[151]

夫人香骨爲黄土，紙上蕭蕭墨色新。悽斷鷗波亭子上，鏡臺鸞影暗凝塵。

柯丹丘梅竹

山川搖落夜漫漫，老木幽篁巧耐寒。畫裹陳侯有佳句，皎如明月映琅玕。

題陳惟允畫①

韓公曾聽穎師琴，山水蕭條太古音。不作王門操瑟立，溪山高隱竟何心。

題趙承旨墨竹[152]

籧籧生綃寫竹竿，愁看春雨滿空壇。[153]風流誰識當時意，[154]萬里鷗波烟景寒。

題木石贈丘志

古木幽篁丘氏宅，江波落日妙蓮莊。泊舟風雨留三宿，[155]臥看鳧鷺十里塘。

荆溪秋色圖爲卜震亨題②

罨畫溪頭秋水明，上人逸筆思縱橫。雲山多少玄暉句，不道毫端畫得成。

爲潘仁仲寫梧竹草亭③

翠竹蕭蕭倚碧梧，一亭聊以賦閒居。浮杯樂飲思潘岳，藻思春江濯錦如。

韋羌草堂圖

韋羌山中草堂静，白日讀書還打眠。買船欲歸不可去，飛鴻渺渺碧雲邊。

---

① 陳惟允：陳汝言，字惟允，號秋水，臨江清江（今江西樟樹市）人，後隨其父移居吳中（今江蘇蘇州）。元末明初畫家、詩人。與兄陳汝秩（字惟寅）齊名，時人呼爲大癡、小癡。
② 卜震亨：其生平事迹不詳。
③ 潘仁仲：明醫家，無錫（今屬江蘇）人。

宿禪悦僧舍題趙榮禄馬圖[156]

小僧院裏無塵事,[157]夜雨燈前興不孤。寥寥説竟無生話,更覽王孫駿馬圖。

畫贈王生

白沙岸下幽人宅,翠竹林中賣酒家。好事江干王處士,客來爲黍酒仍賒。

松澗圖

青松澗底結凄陰,[158]老大還無用世心。張洞西邊煮藥竈,[159]山靈虛閉白雲深。

題墨水仙花[160]

宋諸王孫釋大雲,清詩多爲雪精神。誰言一點金壺墨,解寄湘江萬里春。

仲穆馬圖①

花門舊進青驄馬,天水王孫貌得真。溪上猶遺光禄宅,海寧何以久風塵。

題幽篁古木圖,贈文静徵君[161]

環慶堂前翠竹多,雨苔侵石樹交柯。不游罨畫溪頭路,奈此春宵月色何。

---

① 仲穆:趙雍,字仲穆,吴興(今浙江湖州)人。元代書畫家,趙孟頫之子。

題畫竹①

嫋嫋風枝墨未乾，美人湘水逐笙鸞。恍然一枕游仙夢，清影縱橫山月寒。

怪石足當米老拜，修竹定是王猷栽。磊落瓊瑰雨洗出，團欒清影月移來。

怪石雨餘苔蘚滋，月明鸞尾影參差。春風忽過庭前樹，會見清陰覆墨池。

斑斑石上蘚紋新，陰落先生烏角巾。貌得兩枝初雨後，可憐清興屬幽人。

爲寫新稍十丈長，[162]空庭落月影蒼蒼。王君胸次冰霜凜，剪燭談詩夜未央。

琅玕節下起秋風，寒葉蕭蕭烟雨中。贈子仙壇翠鸞帚，杏林春掃落花紅。

逸筆縱橫意到成，燒香弄翰了餘生。窗前竹樹依苔石，寒雨蕭條待晚晴。

題　畫[163]

白雲孤鶴暮知還，船泊錢塘看越山。珍重今朝重展卷，吟詩作賦北窗閒。[164]

小坡曾寫雞棲石，猶在荆溪山寺中。幾欲規摹渾忘却，可憐零落墜秋風。

---

① 題畫竹：此同《彙刊》卷七、《薈要》卷七《題畫竹》收詩七首，《倪雲林先生詩集》卷六《題畫竹》有詩只一首，即"嫋嫋風枝墨未乾"詩，"怪石足當米老拜"詩、"怪石雨餘苔蘚滋"詩爲《倪雲林先生詩集》卷六《題畫》所收四首詩之二首，"琅玕節下起秋風"詩、"逸筆縱橫意到成"詩、"斑斑石上蘚紋新"詩、"爲寫新稍十丈長"詩爲《倪雲林先生詩集》卷六《題畫》所收十一首詩之四首。

庭樹霜黄尚有陰,午窗危坐自鳴琴。問誰得似沈夫子,北牖羲皇見此心。

荷葉田田柳弄陰,菰蒲短短徑苔深。鳥飛魚躍皆天趣,静裏游觀一賞心。

題畫次韵[165]

中州人物,獨黄華父子詩畫逸出氊裘之表,爲可尚也。觀澹游此卷,筆意蕭然,有蔡天啓之風流,[166]蓋高尚書之所祖述而能冰寒於水與。[167]卷後有歐陽承旨所賦詩,不揆因次其韵。[168]時丙午六月晦日。[169]

羲獻才情似水清,暑窗葵扇與桃笙。中州父子黄華老,信是前賢畏後生。

次外史韵①

後二十三年爲戊申歲,②元度張君得此,持以示僕。披卷如夢寐間也,因援筆次外史韵。[170]詩已,爲之泫然。外史已仙去,張榮禄、鑑禪師不見數十年,存亡不能知,尤令人悽斷也。九月十日題。[171]

偶寓姚城江上邨,水如蛟舞石如黿。[172]清風明月許元度,爲余傾倒綠波軒。

題畫贈原道③

雪後園林梅已花,西風吹起雁行斜。溪山寂寂無人迹,好問林逋處士家。

清明後題

野棠花落又清明,楊柳青青人耦耕。春物闌珊成底事,半江疏雨

---

① 次外史韵:本詩原無詩題,整理者據作者詩序擬定。
② 戊申:至正二十八年,洪武元年(1368)。
③ 原道:其生平事迹不詳。

暮潮平。

次韵呈錢思復[173]

春泥滑滑暮霞明，苔滿石田那可耕。眼底紛拏詩可遣，[174]胸中
崒嵂酒能平。

次韵再呈[175]

目斷青山白鳥明，姑蘇城下有人耕。越來溪水流遺恨，鳴咽聲中
似不平。

次韵答王彝齋見贈①

客居北渚静窺臨，霜藻蕭蕭雪滿簪。玉石在山聊混璞，金蘭惟子
久同心。

春　日②

桐葉題詩憶君處，望春惆悵夕陽沉。[176]憂來蝶夢飛烟草，[177]黃
髮蕭蕭曾不簪。

送友還毘陵③

有道楊公此駐車，遺言百世惑能祛。道鄉忠義埋黃壤，牛斗龍光
尚曄如。[178]

睡　起④

睡起晴雲滿澗阿，牛羊日夕下南坡。[179]浮生富貴真無用，[180]政

---

　　① 王彝齋：其生平事迹不詳。
　　② 春日：此同《彙刊》卷八、《薈要》卷八《春日》，此詩爲《倪雲林先生詩集》卷六《次韵春雨》
所收四首詩之一首。
　　③ 送友還毘陵：此同《彙刊》卷八、《薈要》卷八《送友還毘陵》，此詩爲《倪雲林先生詩集》卷
六《送徐仲清還毘陵》所收兩首詩之一首。
　　④ 睡起：此詩於《倪雲林先生詩集》卷六中凡兩見，一同底本卷八、《彙刊》卷八、《薈要》卷八
《睡起》作“睡起”，另一爲《倪雲林先生詩集》卷六《絕句》所收兩首詩之一首。

似紛紛蟻一柯。

戲贈大雲

不問羊車與鹿車，無三無二一乘耶。何勞贊嘆并言説，心悟方能轉法華。

環緑軒

環緑軒中古逸民，瑟琴圖史硯爲鄰。欲知此地多生意，試看窗前草色新。

題　竹[181]

三家市上沽邨酒，亥夜明燈初自酉。官奴把燭我所無，幽篁亂寫非風柳。

順　逆

順逆推移莫愛嗔，白雲終不染緇塵。世情如火心如水，屋裏須教有主人。

別陸氏女

去住情悰兩可哀，天公與我已安排。前途恐有寬閒地，未信狂夫事事乖。

寄　人

秋光明可截并刀，一隼橫空厲羽毛。猶憶南汀縶手處，斷雲殘日下亭皋。

寄韓伯清①

何處田廬業可租，金堂玉室夢全無。爲謀蔬藥樵漁地，好在何山

———————————

① 韓伯清：其生平事迹不詳。

碧落湖。

言　意

邨氓報本妙蓮華,供佛燒香汲井花。獨有橋東白石叟,依然傾酒食蝦蠊。

旅　懷①

風雨翻江客夢醒,[182]忽思仙馭絳霄翎。[183]世間那得麻姑爪,痒處爬搔憶蔡經。

窗裏晚山眉翠重,汀前秋水眼波明。白鷗飛處循歸路,[184]眇眇新愁故國情。

題墨竹

燈下蕭蕭玉一枝,吳松欲雪暮寒時。憑君爲把青鸞尾,大掃陰雲息怨咨。

題李光禄墨竹②

雲氣翛翛青鳳翎,湘江鼓瑟倩湘靈。壁張此畫驚奇絕,醉倒茅君雙玉瓶。

題宋仲温竹枝③

畫竹清修數宋君,春風春雨洗黄塵。小窗夜月留清影,想見虛心不俗人。

---

① 《旅懷》詩共二首。此二詩爲《倪雲林先生詩集》卷六《追和蘇文忠墨迹卷中詩韵》,《彙刊》卷八、《薈要》卷八《追和蘇文忠公墨迹卷中詩韵》所收八首詩之二首。

② 李光禄:其生平事迹不詳。

③ 宋仲温:宋克,字仲温,一字克温,字號南宫生,長洲(今江蘇蘇州)人。明代初期著名書法家。

題畫竹贈西溪處士

雪葉霜枝耐歲寒，櫛風沐雨不成歡。百年强健且行樂，留取清溪作釣竿。

爲仲章寫竹石

沈君好古嗜尤淡，奇石幽篁心所欣。爲寫雲林齋下景，月明春露濕衣巾。

次韵呈張師道[185]

我愛張君真樂易，樵談農語接懽欣。每思靈石山前住，六尺藤牀一幅巾。

用陳子貞韵題畫①

仙居乃在惠山泉，[186]悟者方知色是空。却坐西岩雙樹下，玉笙雲裏度清風。[187]

題李遵道畫[188]

我識黃岩李使君，墨池詞氣靄如雲。莫言但得丹青譽，曾有人書白練裙。

題　畫②

今日披圖感慨深，與君對酒若爲斟。重居寺裏松杉合，劫火兵灰已不禁。

海鷗何事更相疑，[189]野老如今久息機。旅泊一篷南渚上，雲濤

---

① 陳子貞：陳方，字子貞，鎮江人，寓吳郡，龔璛壻。與鄭元祐、張雨、倪瓚游，死張士誠之難。工詩，有《孤蓬倦客集》一卷。

② 《題畫》詩共四首。

烟樹影依微。①

近代舒王不數人，[190]曾哦雪竹與霜筠。雲林野思生幽夢，睡起濡豪一寫真。

要識清虛甘寂寞，何如快活地中仙。千岩萬壑松窗裏，爛醉吟哦石上眠。②

青　山

夕陽渡口見青山，誰識其中有此閒。我本爲樵北山北，賣薪持斧到人間。

寄　友③

密雪晴時照日初，[191]東窗竹影寫扶疏。緣知江渚張高士，[192]衲被敦敦偃仰餘。

十六日雨晴

道畔豈患粥材罄，德獵何憂肉食無。底事甘飧希厚味，曲肱飲水色敷腴。

拜石圖爲王文静題④

米顛嗜古命宜輕，玄寶厓珍禍患并。盥沐閱書私太尉，可憐諂佞小人情。

---

① 此詩爲底本卷八、《彙刊》卷八、《薈要》卷八《題畫》所收四首詩之一首，於《倪雲林先生詩集》卷六中獨爲一首《題畫》詩。

② 此詩爲底本卷八、《彙刊》卷八、《薈要》卷八《題畫》所收四首詩之一首，爲《倪雲林先生詩集》卷六《絕句》所收兩首詩之一首。

③ 寄友：此同《彙刊》卷八、《薈要》卷八《寄友》，此詩爲《倪雲林先生詩集》卷六《絕句》所收三首詩之一首。

④ 《拜石圖爲王文静題》詩共二首。王文静，其生平事迹不詳。

清文絕俗盛名譽,不記坡翁獎拔初。得筆無如蔡元度,却言蘇軾劣於書。

畫　竹①

蟠虬舞鳳寒雲冷,挾以明蟾光炯炯。世人只解說洋州,小坡筆力能扛鼎。

野店枯槎何處烟,[193]千花羞澀不成妍。竹枝嫋嫋春風惡,[194]卧看歸鴻水拍天。

題黃子久畫[195]

白鷗飛處碧山明,思入雲松第幾層。能畫大癡黃老子,與人無愛亦無憎。

懷呂君

三年不見呂高士,清夜時時夢見之。安得長風生羽翼,與君濯髮向咸池。

聽　琴

久淫鄭衛亂吾耳,忽復古初之雅音。我思古人禁忿欲,用此養正而鈎深。

贈別姚子章都事②

不見高人十五年,相看兩鬢各皤然。舞袖醉儌明月下,歸心飛度白鷗前。

---

①　畫竹：此同《彙刊》卷八、《薈要》卷八《畫竹》有詩兩首,《倪雲林先生詩集》卷六《畫竹》有詩只一首,即"蟠虬舞鳳寒雲冷"詩,"野店枯槎何處烟"詩爲《倪雲林先生詩集》卷六《題畫》所收十一首詩之一首。

②　姚子章：其生平事迹不詳。

雨窗排悶[196]

俗患不侵忍辱鎧，道力可勝紛華兵。明月無心含萬象，浮雲初不污圓澄。

雨聲蕭瑟似秋塘，淡泊紅蕖滿意香。火宅任渠生熱惱，汪汪法海自清凉。

感　懷①

百年苦樂孰深知，何可旬月無我詩。從渠推罵與爭席，不廢鷦鷯巢一枝。

題　畫

吳松江水似荆溪，只欠山光落酒巵。古木幽篁無限思，西風吹鬢影絲絲。

醉後調張德機[197]

博士今宵不用誇，竹枝嫋嫋趁風斜。莫煩更把官奴燭，且與狂吟野老家。

西家飲酒不盡歡，東家燈下坐團欒。我儂自有一壺酒，不怕先生酒量寬。

醉醒宜城竹葉春，[198]竹枝空畫損精神。詩成不厭乾喉吻，[199]誰道傷多酒入唇。

允同日夕能求畫，靳酒藏茶更惜香。獨有館中張博士，誇余弄翰不尋常。

---

① 感懷：此同《彙刊》卷八、《薈要》卷八《感懷》，此詩爲《倪雲林先生詩集》卷六《答陳謝二參軍王長史》所收五首詩之一。

白石先生①

白石先生古貌古心，輕財而重義，實生於吾後之師，令人寤寐不能忘。[200]但幽居默如潛逃，則殊令人憒憒耳。昨暮辱醉中詞翰，讀之灑然也，因次韵，希一笑。

空宇寥寥秋燕巢，笑談誰與共游遨。南鄰雖有幽貞士，默默深潛如避逃。

深感分嘗酒數罍，醅鷄聞勝駝蹄羹。轟轟烈烈男兒事，莫使磨拖過此生。

連　雨

三月雨聲連子月，五湖舟楫住南湖。春愁黯黯如中酒，捲地狂風撼不蘇。[201]

松雪馬圖爲原道題

渥洼龍種思翩翩，來自元貞大德年。今日鷗波遺墨在，展圖題咏一悽然。

題畫竹②

本朝畫竹高趙李，慙愧後來無寸長。下筆能形蕭散趣，要須胸次有篔簹。

雨後池塘竹色新，鈎簾翠霧濕衣巾。爲君寫出團欒影，便覺清風爽襲人。[202]

---

①　白石先生：本詩原無詩題，整理者據作者詩序擬定。詩共二首。白石先生，姜夔，字堯章，號白石道人，饒州鄱陽（今江西省鄱陽縣）人。南宋文學家、音樂家。

②　題畫竹：此同《彙刊》卷八、《薈要》卷八《題畫竹》有詩二首，《倪雲林先生詩集》卷六《題畫竹》有詩一首，即“本朝畫竹高趙李”詩，“雨後池塘竹色新”詩爲《倪雲林先生詩集》卷六《題畫》所收十一首詩之一首。

題畫贈伯亮①

逢着鄉人朱伯亮，朱絃披拂共南薰。研池雨過添新漲，特爲濡毫寫墨君。

謝　筆

陶泓思渴待陳玄，對楮先生意未宣。何似中書二君至，明窗脱帽一欣然。

高尚書畫竹

石室風流繼老蘇，黃華父子亦敷腴。吳興筆法鍾山裔，只有高髯不讓渠。

警　時[203]

羔羊跪乳猶有別，林烏返哺能無違。彼哉微物具至理，感爾太息淚沾衣。

己酉元日題徐氏南園壁②

九日塵污一日清，南園池水濯冠纓。卑卑燕雀難喻大，自擬搏風九萬程。[204]

六日題

寄居丘氏小偷閒，盡室逃亡夜向闌。縣吏捉人空里巷，挈家如出鬼門關。

---

① 題畫贈伯亮：此同《彙刊》卷八、《薈要》卷八《題畫贈伯亮》，此詩爲《倪雲林先生詩集》卷六《題畫》所收十一首詩之一首。伯亮，即朱伯亮，其生平事迹不詳。

② 己酉：洪武二年（1369）。

贈　別①

七月九日一杯酒，吾友王君將遠游。況有吕家張處士，[205]逍遥江渚狎輕鷗。[206]

張外史素不善畫，醉墨戲寫張洞奇石，走筆爲賦②

張外史素不善畫，醉墨戲寫張洞奇石，頗有一種逸韵。[207]德明裝緝成卷，[208]走筆爲賦。

書畫不論工與拙，顔公米帖豈圖傳。君看外史寫奇石，醉墨依稀似米顛。

松雪馬圖

舊寫天閑八尺龍，鷗波濡墨水晶宫。紛紛世俗争模倣，兒子門生亦秃翁。

贈潘仁仲③

良相良醫意活人，得仁要亦在求仁。能調脾肺心肝腎，不出酸鹹甘苦辛。

王季野示余米元章詩卷因次韵[209]

喟然點也宜吾與，[210]不利虞兮奈若何。鴻雁不來風嫋嫋，庭前樹子落枒櫒。

---

① 贈別：此同《彙刊》卷八、《薈要》卷八《贈別》，此詩爲《倪雲林先生詩集》卷六《絶句》所收三首詩之一首。

② 張外史素不善畫醉墨戲寫張洞奇石走筆爲賦：本詩原無詩題，整理者據作者詩序擬定。

③ 潘仁仲：明醫家，無錫（今屬江蘇）人。

送徐仲清還毘陵[①]

昔年守義抗天兵，季子遺風尚足徵。牧守荒淫嗟末代，荒墟榛棘竟誰懲。

題墨萱

落盡幽花出一枝，愛宜男草近清池。水仙唯數彝齊趙，夏卉芳妍爾更奇。

寄張德常[211]

聞道淮安之任去，尊君今住叔兮家。來城又鼓吳松柁，[212]好過苔磯弄釣車。[②]

王叔明畫[213]

筆精墨妙王右軍，[214]澄懷臥游宗少文。[215]王侯筆力能扛鼎，五百年來無此君。

李伯時畫[③]

飛仙游騎龍眠畫，貌得形模也自奇。句曲真人親鑒定，不須言下更題詩。

---

① 送徐仲清還毘陵：此同《彙刊》卷八、《薈要》卷八《送徐仲清還毘陵》有詩一首，《倪雲林先生詩集》卷六《送徐仲清還毘陵》有詩二首，除此詩外，另一首爲底本卷八、《彙刊》卷八、《薈要》卷八《送友還毘陵》詩。徐仲清：其生平事迹不詳。

② 《彙刊》卷七、《薈要》卷七《又寄》於詩後注："比聞從者來吳城，旦夕之官淮安，復往吳淞迎尊君矣。舟經笠澤，能一枉顧否？茲因令弟德機徵君之便，輒成小詩以寄，倪瓚再拜良常府判明公執事。"《倪雲林先生詩集》卷六《寄張德常》詩後無此注文。

③ 李伯時：李公麟，字伯時，號龍眠居士，舒城（今安徽省舒城縣）人。北宋畫家。

題畫贈單君①

單君子達荆溪住，不到荆溪已十秋。古木幽篁苔石路，每經行處思悠悠。

贈伯清②

市上休疑張伯清，藥無二價制頹齡。[216]何當掃雪居幽谷，與我松根采茯苓。

贈故人孫③

喬木叢篁倚苔石，故家遺業總成灰。二喬憶嫁周公瑾，尚有枝孫氣不衰。

題彦貞屋壁④

壬子五月廿七日，[217]呂君隱所余又來。輕舟短棹向何處，只傍清波不染埃。

題畫贈盧山甫⑤

盧君絶似米顛子，品畫評詩也自佳。我畫亦憎肩汗污，手爲裝緝掛高齋。

題　畫

絶憶丹陽蔡天啟，秋深淡墨意縱橫。[218]陳君筆力能扛鼎，可見前

---

①　單君：單子達，張雨《寄彝齋、雲林諸公五言詩札》中有詩《寄醫師單子達》："食笋少留竹，見湖因竹稀。里人求藥去，鄰女采蓮歸。月慘疑鮫室，風凉飲釣磯。百年常酩酊，吾道任從違。"

②　伯清：其生平事迹不詳。

③　贈故人孫：此同《彙刊》卷八、《薈要》卷八《贈故人孫》，此詩爲《倪雲林先生詩集》卷六《題畫》所收十一首詩之一首。

④　彦貞：其生平事迹不詳。

⑤　盧山甫：其生平事迹不詳。

賢畏後生。

戲　筆[219]

枕幃椰席使安舒，借我飛裙意有餘。更借裙拖三百日，高秋還子有佳書。[220]

題周遜學天根月窟軒①

手攀月窟躡天根，已識乾坤即此身。安樂窩中方寸地，浩然三十六宮春。

正月四日夜風雨拙逸齋賦

荒烟漠漠古長洲，倦客悲吟嘆滯留。風雨打窗歸夢短，一尊聊作醉鄉游。

爲蒙庵題吳仲圭竹枝便面②

十年害眼今年較，障眼前葵始暫離。紈扇篋藏無棄置，三收吳叟碧筼枝。

竹樹小閣

竹影縱橫寫月明，青苔石下聽鳴箏。我來彷彿三生路，琪樹秋風夢亦驚。

題畫贈均玉③

笠澤汀前竹樹稠，白頭垂釣荻花秋。有時乘興入城府，獨放扁舟任去留。

---

① 周遜學：其生平事迹不詳。
② 吳仲圭：其生平事迹不詳。
③ 均玉：其生平事迹不詳。

西湖竹枝詞①

愁水愁風人不歸，昨夜水没釣魚磯。[221]踏盡蓮根苦無藕，着多柳絮不成衣。

桐樹原栽金井西，[222]月明照見影離離。不比蘇公堤上柳，烏鴉飛去鷓鴣啼。②

題日本僧畫

五老西來第幾峰，道人定起對長松。掛帆東海還歸去，貌得香爐雲氣濃。

題　畫

何處青山落照邊，隔林零亂走寒泉。山如十月江南草，閒倚荒邨泊釣船。

題　竹

舟過甫里夕陽微，相見故人潘仲輝。爲寫石壇青鳳尾，不知雲落已沾衣。

次潘瓠齋韵題丹丘墨竹

柯公自比米顛子，文采照耀青琅玕。只今耆舊凋零盡，剩得潘君瘦影寒。

題鄭所南蘭③

秋風蘭蕙化爲茅，南國淒涼氣已消。只有所南心不改，淚泉和墨

---

① 《西湖竹枝詞》詩共二首。

② 鷓鴣：《彙刊》卷八、《薈要》卷八《西湖竹枝詞》作"鵓鴣"。

③ 鄭所南：鄭思肖，原名之因，宋亡後改名思肖。字憶翁，號所南，亦自稱菊山後人、景定詩人、三外野人、三外老夫等。宋末詩人、畫家。

寫離騷。

己酉十月八日訪伯凝文學，[①]寫圖以贈

江水清空霜葉稀，竹深依約有窗扉。留連竟日忘羈思，閒與休文咏落暉。

寄良常[②]

不到荆溪二十年，舊冬十月擬同船。夏秋好遣漁童至，定去靈常古洞前。

四月訪衡齋高士

不來新里四經年，首夏清和又繫船。笋脯松醪三日醉，西山在望已醒然。

題芭蕉仕女

鳳釵斜壓鬢雲低，望斷羊車意欲迷。幾葉芭蕉共憔悴，秋聲近在玉階西。

歲庚子十一月廿日，寫竹石并賦詩[③]

歲庚子十一月廿日，邂逅雲岡道師於長洲邑東之衍慶院，以此紙命寫竹石并賦詩，而紙筆皆不佳，漫爾作此，愧不能工。道師憫世憂國，以道德爲己任，泪泪城邑之中，不以爲苦，不肯自超於風埃之表也，故末句諷之。

天妃廟裏曾游處，怪石蘘篁漫雨苔。今日江湖重回首，[223]卜居南嶺白雲隈。

---

① 己酉：洪武二年(1369)。
② 良常：其生平事迹不詳。
③ 歲庚子十一月廿日寫竹石并賦詩：本詩原無詩題，整理者據作者詩序擬定。庚子：至正二十年(1360)。

四月廿日過江渚茅屋，雜興四絶句，
録呈雲浦明公以代對面①

百年風雨幾興亡，睡起西山尚夕陽。四月維舟向茆屋，一庭春草獨焚香。

燕子低回掠地飛，海鷗來去水侵扉。中流雲度他山影，落日帆從何處歸。

燕雀生成喜近人，家殘屋破去踆踆。可人惟有間庭草，蓬户朱門一樣春。

姑蘇城郭草茫茫，城外腥風舊戰場。花落空垣車馬絶，獨餘梁燕説興亡。

畫　竹

苦憶能詩梁上人，明窗竹几净無塵。爲君戲寫團團影，[224]多入湘江野水濱。

題　畫②

落月團團照屋梁，能仁寺裏白雲鄉。只今却笑庵中叟，竹樹小山凝雪霜。

幽篁古木杯餘畫，贈與松陵沈仲良。今夜泊舟依古柳，一篷疏雨夢清湘。[225]

蘭　亭

辨説蘭亭猶聚訟，精良此刻更何疑。辯才囑付昭陵後，[226]玉匣

---

① 《四月廿日過江渚茅屋，雜興四絶句，録呈雲浦明公以代對面》詩共四首。雲浦明，其生平事迹不詳。

② 《題畫》詩共二首。

爲塵世祚移。

古木竹石

劍光出匣耿秋蓮,磨礪崢嶸濯澗泉。又是一番風雨過,青楓月下竹娟娟。

題張遜鈎勒竹[①]

霜松雪竹當時見,筆底猶存歲晏姿。文采百年成異物,西風吹淚鬢絲絲。

髯張用意銕鈎鎖,書法不凡詩亦工。清苦何憂貧到骨,筆端時有古人風。

題　畫

服食清虛帶瘦容,菖蒲花發紫茸茸。滌煩磯上營茆屋,千仞岩巒一箇松。

畫竹次鄭元祐韵[②]

曾向清湘斬釣竿,蒼蒼烟景暮江寒。遠山一脉西來意,付與高人面壁看。

筠石喬松

蕭蕭風雨麥秋寒,把筆臨摹强自寬。尚賴俞君相慰籍,[227]松肪笋脯勸加飱。

---

① 《題張遜鈎勒竹》詩共二首。張遜,字仲敏,號溪雲,吳郡人。元代書畫家,善畫竹,作鈎勒法,妙絕當世。

② 鄭元佑:字明德,本遂昌人,後徙錢塘近四十年,晚年命名其文集爲《僑吳集》。

題燕文貴《秋山蕭寺圖》①

己酉二月廿一日爲清明日，②風雨凄然。舟泊東林西滸，步過伯璇徵君高齋，焚香瀹茗，出示燕文貴《秋山蕭寺圖》，展玩良久，因寫是日所賦絕句其上。

野棠花落過清明，春事匆匆夢裏驚。倚棹微吟沙際路，半江烟雨暮潮生。

壬寅仲冬寫竹枝贈潘友復詩其上③

赤壁磯頭萬里秋，月明寒竹思悠悠。二喬消息今何似，尚憶風流人姓周。

辛亥秋寫竹梢并詩奉贈次宋徵士④

今朝姚合吟詩句，道我休糧帶瘦容。寫贈湘江青鳳尾，相期往宿最高峰。

寫城東水竹并賦⑤

至正三年癸未歲八月望日，⑥進道過余林下，爲言僦居蘇州城東有水竹之勝，因想像圖此，并賦詩其上。

僦得城東二畝居，水光竹色照琴書。晨起開軒驚宿鳥，詩成洗研没游魚。

---

① 題燕文貴秋山蕭寺圖：本詩原無詩題，整理者據作者詩序擬定。燕文貴，又名燕文季，吳興(今浙江湖州)人。北宋畫家，擅畫山水、屋木、人物。

② 己酉：洪武二年(1369)。

③ 壬寅：至正二十二年(1362)。

④ 辛亥：洪武四年(1371)。

⑤ 寫城東水竹并賦：本詩原無詩題，整理者據作者詩序擬定。

⑥ 癸未：至正三年(1343)。

樹　石

已過上巳與清明，風雨數朝今日晴。修竹春柯苔石畔，一杯聊爲故人傾。

辛亥春寫松亭圖并詩贈德嘉高士①

華亭郭裏陳高士，三泖九峰時一游。欲結松亭看雲氣，更招鳴鶴友浮丘。

從善、道契過笠澤，以士雍高士此紙求寫竹枝，畫已并賦②

隱士河陰半畞宮，鈿山湖裏泊烟篷。秋來鱸鱠蓴羹美，亦欲東乘萬里風。

至正十三年二月晦日爲公遠茂才寫古木竹石并賦

甫里宅邊曾繫舟，滄江白鳥思悠悠。憶得岸南雙樹子，雨餘青竹上牽牛。

四月十七日寫筠石春樹并詩，以贈叔平道契③

芝室丹房苔石清，荒筠春樹影縱橫。他時夜雨尋幽約，筍脯芹羞酒滿罌。

乙未歲四月廿日過仲寶隱君宅，④因賦題松泉畫幀

澗雨松風解宿酲，[228]虎頭宅裏坐忘形。清謌擊筑聊永日，更倒君家雙玉瓶。

---

① 辛亥：洪武四年(1371)。德嘉，其生平事迹不詳。
② 從善：即元代醫師尚從善。張瑞賢《尚從善與〈本草元命苞〉》：“關於尚從善，史書、目録書、地方志都無記載，據尚從善另一部著作《傷寒紀玄妙用集》張富序稱其‘少雅嗜醫，客次錢塘，從鄰人張信之游’。”道契，趙孟頫《與達觀長老札》中有云：“孟頫和南上覆達觀長老禪師道契。”
③ 叔平：其生平事迹不詳。
④ 乙未：至正十五年(1355)。

題衛明絃《洛神圖》①

凌波微步襪生塵,誰見當時窈窕身。能賦已輸曹子建,善圖惟數衛山人。

懷去年此日與心遠同在餘不溪開玄仙館②

辛亥二月廿九日,③留華亭南里潘君以仁宅,因懷去年此日與心遠同在餘不溪開玄仙館。

蕭蕭風竹和幽吟,二月江邨春雨深。東去山中此時節,隔溪桃李正陰陰。

寫晴梢并詩贈日章貞士

雨後空庭秋月明,一枝窗影墨縱橫。沈君雅有臨池興,蕭灑濡毫意自清。

國寶照磨有平野軒,在開元寺爲寫此圖并詩以贈④

國寶照磨有平野軒,在揚州城郭中,今寓吳十許年矣。至正丙午九月十一日,⑤在開元寺爲寫此圖并詩以贈。

雪篠霜木影差差,平野風烟望遠時。回首十年吳苑夢,揚州依約鬢成絲。

柬默庵⑥

昨日承蔬笋不托之供,獲清言永日。別後,與元舉、叔陽携琴

---

① 衛明絃:衛九鼎,字明鉉,天台(今浙江天台)人。"衛明絃"疑當爲衛明鉉。

② 懷去年此日與心遠同在餘不溪開玄仙館:本詩原無詩題,整理者據作者詩序擬定。心遠,其生平事迹不詳。

③ 辛亥:洪武四年(1371)。

④ 國寶照磨有平野軒在開元寺爲寫此圖并詩以贈:本詩原無詩題,整理者據作者詩序擬定。

⑤ 至正丙午:至正二十六年(1366)。

⑥ 柬默庵:本詩原無詩題,整理者據作者詩序擬定。

過普陀精舍，相與盤礴林影水光中。而令子來，始知從者散步韓
墅橋，急遣一介往候，則從者興盡已返矣。經宿不面，旦來雷雨大
作，想惟動靜輕安。昨見尊俎間韭芥蒿菜之屬，秀色粲然。今日
得雨，必是苗芽怒長，更佳也。況蒙許送，久伺不見至，戲作小詩
促之。[229]

韭芥抽苗鋪翠玉，曉經雷雨更敷腴。莫嗔揞大眼孔小，乞取先生
一餉餘。

七日訪徐良輔，[①]十三日至七寶泉上，及暮舟還畊雲軒[②]

來看城西十月山，桂花風起碧巖間。扁舟夜過溪東宿，七寶泉頭
日暮還。

桂樹窗間臥看雲，風吹花落紫綸巾。偶來山廨餌蒼术，又向江波
采白蘋。

中秋月下歡飲

鳴鳳岡頭秋月明，一樽能爲故人傾。月林滿地青蘋影，琪樹飄香
露氣清。

秋月感懷[③]

中秋夜月明勝常年，良夫與景和携酒至畊雲軒，酣飲及二更，乃
就寢。十六日夜，陰雲半天宇，月光或隱或見。十七日夜，月已不如
中秋月色朗澈。十八日暮雨作，至十九日不止，因賦。

八月山居秋廓廓，西風逗冷侵疏箔。鳥銜青影暮飛還，細雨空庭
桂花落。

---

① 徐良輔：其生平事迹不詳。
② 《七日訪徐良輔，十三日至七寶泉上，及暮舟還畊雲軒》詩共二首。
③ 秋月感懷：本詩原無詩題，整理者據作者詩序擬定。

題坦率子畫

何處溪山好卜居，武夷不住即匡廬。蓬萊兜率元非遠，雲錦箱中
貝葉書。

寫竹枝贈成之隱君

銕嘯樓前江雨晴，一枝修竹近檐楹。酒酣更待纖纖月，噴薄簫聲
似玉笙。

寫竹石贈錢自銘①

瑤芳樓下曾留宿，因見明琅舊日圖。錢起能詩多逸思，爲渠吟嘯
不能孤。

貞居道士往常熟山中訪王君章高士，
予因寫梧竹秀石奉仲素孝廉②

青桐陰下一株石，[230]回棹來看雪未消。展圖彷彿雲林影，肯向
燈前玩楚腰。

題朱澤民小景③

朱君詩畫今稱絶，片紙斷縑人寶藏。小筆松岩聊爾爾，道寧格律
晚堂堂。

題　畫

澗道流泉曲曲通，白雲窗牖護簾櫳。汀花如雪歸舟晚，南渚幽人
未易逢。

---

① 錢自銘：其生平事迹不詳。
② 仲素：羅從彦，字仲素，學者稱豫章先生。宋南劍州劍浦羅源里（今福建南平東坑羅源村）人。
③ 朱澤民：朱德潤，字澤民，平江（今江蘇蘇州）人。

題趙彦徵小畫①

文敏公孫清且賢，陶泓楮穎過年年。子由命也成葅醢，坐對漚波一惘然。[231]

登天平

天平爛熳游三日，林下狂吟石上眠。浩蕩春風芳草緑，梅花雪滿白雲泉。

病中九日懷山園三首

江邨九月木樨風，不與山園景物同。還憶澗西行采菊，茱萸交綴入杯紅。

病骨崚嶒山影瘦，敦敦擁褐坐忘言。當年親舊携壺處，應有寒泉滿石尊。

登高多在九龍山，湖水蒼茫白鳥還。醉拂松蘿臨石溜，黃花楓葉莫斑斑。

題曹幼文雪林圖

窪盈軒在雪林齋，啜茗幽吟見雅懷。一閱舊圖如隔世，世奚遺我老形骸。

自題畫②

山郭幽居正向陽，喬林古木鬱蒼蒼。剡藤百幅誰能置，爲掃虬枝蔽日長。

---

① 趙彦徵：其生平事迹不詳。
② 《彙刊》卷八、《薈要》卷八《自題畫》詩後附録尚左生次韻詩："雲林雨過踏春陽，潤水濺濺老樹蒼。不是硯坳雲作陣，踈篁空自拂簷長。"

寫春山嵐靄贈仲章沈君次張伯雨韵[232]

露草雨苔青不乾，牀頭澗水夏生寒。傳經長史揮毫處，只作當時舊宅看。[233]

江渚茅屋雜興四絶，奉寄雲浦理問兼似良夫隱士

我自無心何慢勤，愛憎加我亦從人。青山不改如如體，雪後陽生依舊春。

五月陰風特地寒，闔閭浦口怯衣單。飢啼野哭浮邨落，我本無愁也廢湌。

虞趙虹光貫壁奎，[234]碧梧端合鳳來棲。春泥滑滑江天永，更著荒榛叫竹雞。

眼底繁華一旦空，寥寥南北馬牛風。鴻飛不與人間事，山自白雲江自東。

題高彦敬山水圖①

房山青影浸湖波，綠玉蒼烟泠蕩磨。[235]寶墨珍圖人世滿，水中照見百東坡。[236]

中秋偕徐良夫飲眇雲山居②

酒渴茶甌沁露凉，石牀雲臥泠侵裳。[237]團團碧樹懸金粟，月午風清夢寐香。

烟雨中過石湖三絶

烟雨山前度石湖，一奩秋影玉平鋪。何須更剪松江水，好染空青

----

① 高彦敬：高克恭，字彦敬，號房山。大都（今北京）房山人。
② 徐良夫：其生平事迹不詳。

畫作圖。

姑蘇城外短長橋，烟雨空濛又晚潮。載酒曾經此行樂，醉乘江月臥吹簫。

愁不能醒已白頭，滄江波上狎輕鷗。鷗情與老初無染，一葉輕軀總是愁。

懷畊漁大隱

山谷真堪埋百憂，月窗桂樹思綢繆。荷花浦口見山色，寄書汝亦憶儂不。

八月廿一日出鳳岡

江上來尋西郭山，山人留我白雲間。風飄雲去他山雨，雲本無心亦未閒。

寫竹梢寄畊雲[①]

一枝秋玉迴吟風，寫入吳箋意逾工。遠寄碧山王錄事，獨行何用哭途窮。

采　薇

采薇岩岫宿層雲，迫隘悲爲世俗鄰。郡塢銅山竟何似，金留未必不戕身。

阿房宮

阿房遺址碧山垠，菹醢生民又幾秦。積恨不消秋草綠，行人指點話悲辛。

───────────

① 畊雲：李哲，字公毅，號耕雲，舉進士，官憲僉。

訪古道首座,因見吕志學詩篇①

我愛學公名古道,于今古道久寥寥。净名室裏無塵事,一見令人意也消。

不見吕髯幾十年,想應兩鬢也皤然。何當共住維摩室,[238]剪燭哦詩聽雨眠。[239]

【校勘記】

[1] 竹枝詞:本詩原無詩題,據《倪雲林先生詩集》卷六、《彙刊》卷七、《薈要》卷七《竹枝詞》補。詩共八首。

[2] 西湖竹枝詞:此同《彙刊》卷七、《薈要》卷七《竹枝詞》,《倪雲林先生詩集》卷六《竹枝詞》作“西湖竹枝歌”。

[3] 章:此同《彙刊》卷七、《薈要》卷七《竹枝詞》,《倪雲林先生詩集》卷六《竹枝詞》“章”字下有“也”字。

[4] 廉夫之作:此同《彙刊》卷七、《薈要》卷七《竹枝詞》,《倪雲林先生詩集》卷六《竹枝詞》作“斯作”。

[5] 詞:此同《彙刊》卷七、《薈要》卷七《竹枝詞》,《倪雲林先生詩集》卷六《竹枝詞》“詞”字上有“爲”字。

[6] 述:此同《彙刊》卷七、《薈要》卷七《竹枝詞》,《倪雲林先生詩集》卷六《竹枝詞》作“道”。

[7] 兒女:此同《彙刊》卷七、《薈要》卷七《竹枝詞》,《倪雲林先生詩集》卷六《竹枝詞》作“女兒”。

[8] 壚:此同《彙刊》卷七、《薈要》卷七《竹枝詞》,《倪雲林先生詩集》卷六《竹枝詞》作“爐”。

[9] 聞:此字原漫漶不清,據《倪雲林先生詩集》卷六、《彙刊》卷七、《薈要》卷七《竹枝詞》補。

[10] 插:此同《彙刊》卷七、《薈要》卷七《竹枝詞》,《倪雲林先生詩集》卷六《竹枝詞》作“賣”。

[11] 十九日:此原同《彙刊》卷七、《薈要》卷七脱“日”字,據《倪雲林先生詩集》卷六補。

[12] 賦一絶:《倪雲林先生詩集》卷六作“遂賦”,《彙刊》卷七、《薈要》卷七作“遂賦一絶”。

[13] 贈馮文仲:此同《彙刊》卷七、《薈要》卷七《贈馮文仲》,《倪雲林先生詩集》卷六作“畫贈馮文仲”。馮文仲,其生平事迹不詳。

---

① 《訪古道首座,因見吕志學詩篇》詩共二首。吕志學,其生平事迹不詳。

[14] 春日：此同《彙刊》卷七、《薈要》卷七《春日》，《倪雲林先生詩集》卷六作"次韵春雨"。又，此同《彙刊》卷七、《薈要》卷七《春日》收詩共三首，《倪雲林先生詩集》卷六《次韵春雨》收詩四首，除此三首外，另一首詩爲底本卷八、《彙刊》卷八、《薈要》卷八《春日》詩。

[15] 冷：此同《彙刊》卷七、《薈要》卷七《水仙花》，《倪雲林先生詩集》卷六《水仙花》作"泠"。

[16] 正月廿六日漫題："日"，此字原脱，據《倪雲林先生詩集》卷六《正月廿六日謾題》，《彙刊》卷七、《薈要》卷七《正月廿六日漫題》補。"漫"，此同《彙刊》卷七、《薈要》卷七《正月廿六日漫題》，《倪雲林先生詩集》卷六《正月廿六日謾題》作"謾"。

[17] 鳳皇：此同《彙刊》卷七《宿玄文館》，《倪雲林先生詩集》卷六《宿玄文館》、《薈要》卷七《宿玄文館》作"鳳凰"。

[18] 答范徵君見懷：此同《彙刊》卷七、《薈要》卷七《答范徵君見懷》，《倪雲林先生詩集》卷六作"奉答范徵君雲林見懷"。

[19] 宜遠樓：此同《彙刊》卷七、《薈要》卷七《宜遠樓》，《倪雲林先生詩集》卷六作"賦宜遠樓"。

[20] 次曹都水韵：此同《彙刊》卷七、《薈要》卷七《次曹都水韵》，《倪雲林先生詩集》卷六作"次韵曹都水"。《次曹都水韵》詩共二首。曹都水，其生平事迹不詳。

[21] 蕭閒：此同《倪雲林先生詩集》卷六《次韵曹都水》，《彙刊》卷七、《薈要》卷七《次曹都水韵》，《彙刊》卷七、《薈要》卷七《次曹都水韵》"閒"下注"一作夜寒"。

[22] 夜：此同《倪雲林先生詩集》卷六《次韵曹都水》，《彙刊》卷七、《薈要》卷七《次曹都水韵》，《彙刊》卷七、《薈要》卷七《次曹都水韵》此字下注"一作塢"。

[23] 慧麓小隱：此同《彙刊》卷七、《薈要》卷七《慧麓小隱》，《倪雲林先生詩集》卷六作"惠麓小隱"。

[24] 愁：《倪雲林先生詩集》卷六《題玄會庵壁間》作"愁"，《彙刊》卷七、《薈要》卷七《題玄會庵壁間》此字下注"一作愁"。

[25] 徘徊：此同《彙刊》卷七、《薈要》卷七《追和戎昱〈寄許鍊師〉》，《倪雲林先生詩集》卷六《追和戎昱〈寄許鍊師〉》作"裵徊"。

[26] 絕句四首次九成韵：原同《彙刊》卷七、《薈要》卷七無詩題，據《倪雲林先生詩集》卷六《絕句四首次九成韵》補。九成，郯韶，字九成，吳興人。自號雲台散史，又號苕溪漁者。至正中，辟試漕府掾，不事奔競，淡然以詩酒自樂。

[27] "至正"句至"并次"句：此同《彙刊》卷七、《薈要》卷七，《倪雲林先生詩集》卷六《絕句四首次九成韵》無此詩序。

[28] 糟：此同《彙刊》卷七、《薈要》卷七，《倪雲林先生詩集》卷六《絕句四首次九成韵》作"槽"。

[29] 自：原作"目"，據《倪雲林先生詩集》卷六《絕句四首次九成韵》，《彙刊》卷七、《薈要》卷七改。

[30] 附錄郯九成絕句四首：《彙刊》卷七、《薈要》卷七作"附錄郯九成原韵四首"，《倪雲林先

生詩集》卷六《絶句四首次九成韵》則云：“至正十四年二月廿五日雨郊君九成賦絶句四首云”。

[31] 陣：此同《彙刊》卷七、《薈要》卷七《附録郊九成原韵四首》，《倪雲林先生詩集》卷六《絶句四首次九成韵》作“番”。

[32] 雨聲渾在杏花中：《倪雲林先生詩集》卷六《絶句四首次九成韵》於此句後云：“倪瓚留宿高齋，篝燈，爲寫《春林遠岫圖》，并次韵四詩題畫上。時夜漏下三刻矣。佩韋齋中書。”底本卷八《附録郊九成絶句四首》，《彙刊》卷七、《薈要》卷七《附録郊九成原韵四首》皆無此段文字。

[33] 枕簟：《倪雲林先生詩集》卷六《村居》作“研席”，《彙刊》卷七、《薈要》卷七《邨居》“簟”下注“一作研席”。

[34] 水：原作“冰”，據《倪雲林先生詩集》卷六、《彙刊》卷七、《薈要》卷七《雙井院前小立》改。

[35] 五廟：此同《倪雲林先生詩集》卷六《宿義興先太初上人房》，《彙刊》卷七、《薈要》卷七《宿義興先太初上人房》作“王廟”。

[36] 起：《倪雲林先生詩集》卷六、《薈要》卷七《三月廿日題所寓屋壁》作“過”，《彙刊》卷七《三月廿日題所寓屋壁》作“簹”。

[37] 起近南簹看月色：“簹”，此同《倪雲林先生詩集》卷六、《薈要》卷七《鄰墻桂花盛開》，《彙刊》卷七《鄰墻桂花盛開》作“過”。當爲“簹”字，《彙刊》卷七《鄰墻桂花盛開》第三句詩的“過”字與此本上一首詩《三月廿日題所寓屋壁》的第三句詩的“簹”字互誤。“月”，此字原漫漶不清，據《倪雲林先生詩集》卷六、《彙刊》卷七、《薈要》卷七《鄰墻桂花盛開》補。

[38] 露：《倪雲林先生詩集》卷六、《彙刊》卷七、《薈要》卷七《客舍咏牽牛花》作“雪”。

[39] 老眼：此同《彙刊》卷七、《薈要》卷七《客舍咏牽牛花》，《倪雲林先生詩集》卷六《客舍咏牽牛花》作“我老”。

[40] 寄友人：此同《彙刊》卷七、《薈要》卷七《寄友人》，《倪雲林先生詩集》卷六作“寄友生”。

[41] 雁：原作“雁”，據《倪雲林先生詩集》卷六、《彙刊》卷七、《薈要》卷七《聞竹枝歌因效其聲》改。

[42] 六月十一日題吉祥庵壁：此同《彙刊》卷七、《薈要》卷七《六月十一日題吉祥庵壁》，《倪雲林先生詩集》卷六“僧夏安居我息機”詩題爲“六月一日吉祥庵題”，“隨宜喧寂了殘生”詩題爲“二日又題”。

[43] 賦此：此同《彙刊》卷七、《薈要》卷七《乙巳三月七日清明，風雨憒憒，賦此》，《倪雲林先生詩集》卷四《乙巳三月七日清明，風雨憒憒，因成長句》作“因成長句”。按：此詩内容同《彙刊》卷七、《薈要》卷七《乙巳三月七日清明，風雨憒憒，賦此》，無文字出入，但與《倪雲林先生詩集》卷四《乙巳三月七日清明，風雨憒憒，因成長句》差别較大，《倪雲林先生詩集》卷四《乙巳三月七日清明，風雨憒憒，因成長句》：“春風多雨少曾晴，愁眼看

花淚欲傾。抱膝長吟酬短世,傷心上巳復清明。亂離漂泊竟終老,去住彼此難爲情。
孤生吊影吾與我,遠水滄浪堪濯纓。"

[44] 雅宜山詩:原同《彙刊》卷七、《薈要》卷七無詩題,據《倪雲林先生詩集》卷六《雅宜山
詩》補。詩共二首。

[45] 更:此同《彙刊》卷七、《薈要》卷七,《倪雲林先生詩集》卷六《雅宜山詩》作"命名"。

[46] 舫:《倪雲林先生詩集》卷六《寄曹都水》作"艕",《彙刊》卷七、《薈要》卷七《寄曹都水》
作"櫓"。

[47] 送初上人參禮光公二首:此同《彙刊》卷七、《薈要》卷七《送初上人參禮光公二首》,《倪
雲林先生詩集》卷六作"重送初上人參禮光公二首"。

[48] 十:《倪雲林先生詩集》卷六《重送初上人參禮光公二首》,《彙刊》卷七、《薈要》卷七《送
初上人參禮光公二首》作"不"。

[49] 懷都水曹君:此同《彙刊》卷七、《薈要》卷七《懷都水曹君》,《倪雲林先生詩集》卷六作
"懷曹都水"。

[50] 寄德常別駕:《倪雲林先生詩集》卷六作"寄德常別駕三首",收詩三首,除此二首詩外,
另有一詩:"廩食精豐養士多,村童野老亦謳歌。可無振厲新科格,選試能平定不頗。"
《彙刊》卷七、《薈要》卷七作"寄德常別駕二首"。德常,張經,字德常,鎮江路金壇縣
人,遷居常州路宜興州。

[51] 白:此同《彙刊》卷七、《薈要》卷七《寄德常別駕二首》,《倪雲林先生詩集》卷六《寄德常
別駕三首》作"爛"。

[52] 已占麥隴雙岐秀:"已",此字原漫漶不清,據《倪雲林先生詩集》卷六《寄德常別駕三
首》,《彙刊》卷七、《薈要》卷七《寄德常別駕二首》補。"麥隴雙岐秀",《倪雲林先生詩
集》卷六《寄德常別駕三首》作"麳麥明年喜",《彙刊》卷七、《薈要》卷七《寄德常別駕二
首》"秀"下注"一作麳麥明年喜"。

[53] 松陵:此同《彙刊》卷七、《薈要》卷七《松陵》,《倪雲林先生詩集》卷六作"松陵一首"。

[54] 秋容軒:此同《彙刊》卷七、《薈要》卷七《秋容軒》收詩三首,《倪雲林先生詩集》卷六《秋
容軒》收詩四首,除此三首外,另有一首於底本卷八、《彙刊》卷八、《薈要》卷八題作
"言意"。

[55] 雜賦五首:此同《彙刊》卷七、《薈要》卷七《雜賦五首》,《倪雲林先生詩集》卷六作"雜賦
絕句"。

[56] 理:此同《彙刊》卷七、《薈要》卷七《雜賦五首》,《倪雲林先生詩集》卷六《雜賦絕句》
作"法"。

[57] 空江水泠佩珊珊:"泠",此同《彙刊》卷七《雜賦五首》,《倪雲林先生詩集》卷六《雜賦絕
句》、《薈要》卷七《雜賦五首》作"冷"。"佩",此同《彙刊》卷七、《薈要》卷七《雜賦五
首》,《倪雲林先生詩集》卷六《雜賦絕句》作"珮"。

[58] 清:此同《倪雲林先生詩集》卷六《雜賦絕句》、《彙刊》卷七《雜賦五首》,《薈要》卷七《雜

賦五首》作“青”。

[59] 贈通上人：此同《倪雲林先生詩集》卷六《贈通上人》,《彙刊》卷七、《薈要》卷七作“贈通上人二首”。《贈通上人》詩共二首。

[60] 慧：此同《彙刊》卷七、《薈要》卷七《贈通上人二首》,《倪雲林先生詩集》卷六《贈通上人》作“惠”。

[61] 烟鶴軒二首：本詩原無詩題,據《倪雲林先生詩集》卷六《烟鶴軒二首》補。《彙刊》卷七、《薈要》卷七作“烟鶴軒”。

[62] 思：此同《彙刊》卷七、《薈要》卷七《烟鶴軒》,《倪雲林先生詩集》卷六《烟鶴軒二首》作“意”。

[63] 絕句：此同《彙刊》卷七、《薈要》卷七《烟鶴軒》,《倪雲林先生詩集》卷六《烟鶴軒二首》作“小詩”。又,此同《彙刊》卷七、《薈要》卷七《烟鶴軒》,詩序在二詩之前,《倪雲林先生詩集》卷六《烟鶴軒二首》詩序在二詩之後。

[64] 嘎然：《倪雲林先生詩集》卷六《烟鶴軒二首》,《彙刊》卷七、《薈要》卷七《烟鶴軒》作“戛然”。

[65] 寄友：此同《彙刊》卷七、《薈要》卷七《寄友》,《倪雲林先生詩集》卷六作“寄人”。

[66] 與錢伯行宿棲雲堂：此同《彙刊》卷七、《薈要》卷七《與錢伯行宿棲雲堂》有詩一首,《倪雲林先生詩集》卷六《與錢伯行宿棲雲堂》有詩二首,除此詩外,另有詩：“人以秋毫軒輕我,我心澹然如碧淵。何期失脚墮塵網,談笑區中飽世緣。”此詩爲底本卷八、《彙刊》卷七、《薈要》卷七《人我二首》所收二詩之一首。

[67] 幽人：《倪雲林先生詩集》卷六《與錢伯行宿棲雲堂》作“錢翁”,《彙刊》卷七、《薈要》卷七《與錢伯行宿棲雲堂》“人”下注“一作錢翁”。

[68] 笐篱：此同《彙刊》卷七、《薈要》卷七《贈金嬾翁製笐篱》,《倪雲林先生詩集》卷六《贈金嬾翁製爪篱》作“爪篱”。

[69] 笐篱：此同《彙刊》卷七、《薈要》卷七《贈金嬾翁製笐篱》,《倪雲林先生詩集》卷六《贈金嬾翁製爪篱》作“爪篱”。

[70] 寄人：此同《倪雲林先生詩集》卷六、《彙刊》卷七《寄人》,《薈要》卷七作“寄友”。

[71] 兀坐野亭忘日暮：《倪雲林先生詩集》卷六《六月九日過以中野亭賦》作“野亭中間坐至晚”,《彙刊》卷七、《薈要》卷七《六月九日過以中野亭賦》“暮”下注“一作野亭中間坐至晚”。

[72] 林亭晚岫：此同《彙刊》卷七、《薈要》卷七《林亭晚岫》,《倪雲林先生詩集》卷六作“十月”。

[73] 十月：此同《倪雲林先生詩集》卷六《十月》,《彙刊》卷七、《薈要》卷七《林亭晚岫》作“八月”。

[74] 詩：此同《彙刊》卷七、《薈要》卷七《林亭晚岫》,《倪雲林先生詩集》卷六《十月》作“書”。

[75] 聞鵯鵊：此同《彙刊》卷七、《薈要》卷七《聞鵯鵊》,《倪雲林先生詩集》卷六作“聞鵯

鶄”，誤。

[76] 宫：此同《倪雲林先生詩集》卷六《聞鴨鶄》、《彙刊》卷七《聞鶺鶄》，《薈要》卷七《聞鶺鶄》作“官”。

[77] 大平：《倪雲林先生詩集》卷六《聞鴨鶄》，《彙刊》卷七、《薈要》卷七《聞鶺鶄》作“太平”。

[78] 寄雪林隱君索折芍藥花：此同《彙刊》卷七、《薈要》卷七《寄雪林隱君索折芍藥花》，《倪雲林先生詩集》卷六無此詩題，但詩前有序云：“崔盈軒西芍藥欲紅矣，戲成絶句奉呈雪林隱君求折二枝。”此詩序底本卷八、《彙刊》卷七、《薈要》卷七《寄雪林隱君索折芍藥花》皆無。

[79] 緑：此同《彙刊》卷七、《薈要》卷七《春雨》，《倪雲林先生詩集》卷六《春雨》作“碧”。

[80] 暑亦：《倪雲林先生詩集》卷六《題張元播扇》作“也自”，《彙刊》卷七、《薈要》卷七《題張元播扇》“亦”下注“一作也自”。

[81] 稽山：此同《彙刊》卷七、《薈要》卷七《題張元播扇》，《倪雲林先生詩集》卷六《題張元播扇》作“稽山”。

[82] 贈原上人：此同《彙刊》卷七、《薈要》卷七《贈原上人》，《倪雲林先生詩集》卷六作“原上人”。

[83] 出：《倪雲林先生詩集》卷六《醉後贈張德機》作“勸”，《彙刊》卷七、《薈要》卷七《調張德機》此字下注“一作勸”。

[84] 贈張德常：此同《倪雲林先生詩集》卷六《贈張德常》，《彙刊》卷七、《薈要》卷七作“贈張德常二首”。《贈張德常》詩共二首。

[85] 麒麟：此同《彙刊》卷七、《薈要》卷七《贈張德常二首》，《倪雲林先生詩集》卷六《贈張德常》作“駛驎”。

[86] 追和蘇文忠墨迹卷中詩韵：此同《倪雲林先生詩集》卷六《追和蘇文忠墨迹卷中詩韵》，《彙刊》卷八、《薈要》卷八作“追和蘇文忠公墨迹卷中詩韵”。《追和蘇文忠墨迹卷中詩韵》詩共六首，《倪雲林先生詩集》卷六《追和蘇文忠墨迹卷中詩韵》，《彙刊》卷八、《薈要》卷八《追和蘇文忠公墨迹卷中詩韵》共收詩八首，除此六首外，另外二首爲底本卷八《旅懷》所收二詩，文字有出入，詳見底本卷八《旅懷》校勘記。

[87] 潮：此同《倪雲林先生詩集》卷六《追和蘇文忠墨迹卷中詩韵》，《彙刊》卷八、《薈要》卷八《追和蘇文忠公墨迹卷中詩韵》作“湖”。

[88] 經緪：此同《倪雲林先生詩集》卷六《追和蘇文忠墨迹卷中詩韵》，《彙刊》卷八、《薈要》卷八《追和蘇文忠公墨迹卷中詩韵》作“絲緪”。

[89] 冷：此同《彙刊》卷八、《薈要》卷八《追和蘇文忠公墨迹卷中詩韵》，《倪雲林先生詩集》卷六《追和蘇文忠墨迹卷中詩韵》作“泠”。

[90] 中：《彙刊》卷八、《薈要》卷八《追和蘇文忠公墨迹卷中詩韵》此字下注“右二首又追和虞奎章韵”。按：“右二首”指首句分别爲“蔡公閟嶠雙龍璧”和“嗜酒狂吟禿鬢翁”的兩首詩。又，《彙刊》卷八、《薈要》卷八《追和蘇文忠公墨迹卷中詩韵》在最後一首詩後注

云："右蘇文忠公真迹一卷,公之書縱橫邪直,雖率意而成,無不如意。深賞識其妙者,惟涪翁一人。圜活遒媚,或似顏魯公,或似徐季海,蓋其才德文章溢而爲此,故絪縕鬱勃之氣,映日奕奕耳。若陸東之孫虔禮周越王,著非不善書,置之顏魯公、楊少師、蘇文忠公之列,則如神巫之見壺丘子矣。癸丑八月八日倪瓚。"并隨後附《蘇文忠公墨迹卷中詩》。

[91] 贈沈橡:此同《彙刊》卷八、《薈要》卷八《贈沈橡》,《倪雲林先生詩集》卷六作"贈沈掾"。沈橡,其生平事迹不詳。

[92] 寄王主簿:此同《彙刊》卷七、《薈要》卷七《寄王主簿》,《倪雲林先生詩集》卷六作"寄王簿"。

[93] 最:此同《彙刊》卷七、《薈要》卷七《寄王主簿》,《倪雲林先生詩集》卷六《寄王簿》作"醉"。

[94] 門:《倪雲林先生詩集》卷六《寄王簿》此字下注"太白嘗從金陵泝流過白璧山翫月,達天門賦詩,寄句容王主簿"。《彙刊》卷七、《薈要》卷七《寄王主簿》"門"下亦有此注文,文字與之有不同,《彙刊》卷七、《薈要》卷七《寄王主簿》皆無"寄句容王主簿"六字,《薈要》卷七《寄王主簿》"嘗"作"常",他皆同《倪雲林先生詩集》卷六《寄王簿》"門"下注文。

[95] 搖:《倪雲林先生詩集》卷六《寄張處士》作"絲",《彙刊》卷七、《薈要》卷七《寄張處士》此字下注"一作絲"。

[96] 清:此同《倪雲林先生詩集》卷六、《彙刊》卷七《寄張處士》,《薈要》卷七《寄張處士》作"青"。

[97] 夢起:《倪雲林先生詩集》卷六《寄張處士》作"曉夢",《彙刊》卷七、《薈要》卷七《寄張處士》"起"下注"一作曉夢"。

[98] 人我二首:此同《彙刊》卷七、《薈要》卷七《人我二首》,《倪雲林先生詩集》卷六作"人我共上二首"。按,《倪雲林先生詩集》卷六《人我共上二首》實有詩一首,即"醉中了了夢中醒"詩,"人以秋毫軒輊我"詩爲《倪雲林先生詩集》卷六《與錢伯行宿樓雲堂》所收二詩之一首。

[99] 因盧山甫便寄曹德昭:此同《彙刊》卷七、《薈要》卷七《因盧山甫便寄曹德昭》,《倪雲林先生詩集》卷六作"因盧山甫便寄曹德"。盧山甫,其生平事迹不詳。曹德昭,據《清秘述聞續》卷四載,曹德昭爲長沙人。

[100] 玉:此字原漫漶不清,據《倪雲林先生詩集》卷六《因盧山甫便寄曹德》、《彙刊》卷七、《薈要》卷七《因盧山甫便寄曹德昭》補。

[101] 寒:此同《倪雲林先生詩集》卷六、《彙刊》卷七、《薈要》卷七《船中》,《彙刊》卷七、《薈要》卷七《船中》此字下注"一作烟"。

[102] 答王長史:此同《彙刊》卷七、《薈要》卷七《答王長史》,此詩爲《倪雲林先生詩集》卷六《答陳謝二參軍王長史》所收五首詩之一。

[103] 芙蓉青墮水精盤：《倪雲林先生詩集》卷六《答陳謝二參軍王長史》，《彙刊》卷七、《薈要》卷七《答王長史》作“青芙蓉墮水精盤”。

[104] 秋日：此同《彙刊》卷七、《薈要》卷七《秋日》，《倪雲林先生詩集》卷六作“絕句三首”，除此二詩外，另有一詩爲底本卷八、《彙刊》卷七、《薈要》卷七《贈岳子》一詩。

[105] 瀟湘：此同《彙刊》卷七、《薈要》卷七《秋日》，《倪雲林先生詩集》卷六《絕句三首》作“湘江”。

[106] 空：此同《倪雲林先生詩集》卷六《絕句三首》，《彙刊》卷七、《薈要》卷七《秋日》，《彙刊》卷七、《薈要》卷七《秋日》此字下注“一作虛”。

[107] 坐石：此同《彙刊》卷七、《薈要》卷七《贈岳子》，《倪雲林先生詩集》卷六《絕句三首》作“袁老”。

[108] 成：此同《彙刊》卷七、《薈要》卷七作“作”。

[109] 咏鵝：《倪雲林先生詩集》卷六作“鵝次韵題”，《彙刊》卷七作“咏鵝二首”，《薈要》卷七作“咏鵝三首”。按：《彙刊》卷七《咏鵝二首》實有詩三首。

[110] 飫：此同《倪雲林先生詩集》卷六《鵝次韵題》、《薈要》卷七《咏鵝三首》，《彙刊》卷七《咏鵝二首》作“飲”。

[111] 題高望山畫卷：《倪雲林先生詩集》卷六作“次韵題高房山畫卷”，《彙刊》卷七、《薈要》卷七作“題高房山畫卷”。高望山，疑爲高房山。

[112] 題秋江圖：此同《彙刊》卷七、《薈要》卷七《題秋江圖》，《倪雲林先生詩集》卷六作“題畫”。

[113] 邊：此同《倪雲林先生詩集》卷六《題畫》，《彙刊》卷七、《薈要》卷七《題秋江圖》，《彙刊》卷七、《薈要》卷七《題秋江圖》此字下注“一作際”。

[114] 鸕鶿啼處竹蒼蒼：此同《彙刊》卷七、《薈要》卷七《畫竹贈申彥學》，《倪雲林先生詩集》卷六《畫竹贈申彥學》作“鸕鶿啼處竹蒼”，脱一“蒼”字，《倪雲林先生詩集》卷六《竹枝詞題畫竹上二首》作“竹鷄啼處竹蒼蒼”。

[115] 聽渠聲唱竹枝歌：此同《倪雲林先生詩集》卷六、《彙刊》卷七、《薈要》卷七《畫竹贈申彥學》，《倪雲林先生詩集》卷六《竹枝詞題畫竹上二首》作“望渠江上竹枝歌”。

[116] 烟雨：此同《倪雲林先生詩集》卷六、《彙刊》卷七、《薈要》卷七《畫竹贈申彥學》，《倪雲林先生詩集》卷六《竹枝詞題畫竹上二首》作“春雨”。

[117] 雲林小景圖：此同《彙刊》卷七、《薈要》卷七《雲林小景圖》，《倪雲林先生詩集》卷六作“題雲林小景圖”。

[118] 後數年復次韵：《倪雲林先生詩集》卷六作“後數年復用韵題”，《彙刊》卷七、《薈要》卷七作“後數年復用韵”。

[119] 題畫：《彙刊》卷七、《薈要》卷七作“題畫十二首”。《題畫》詩共十二首。

[120] 青山點點白雲外：此同《彙刊》卷七、《薈要》卷七《題畫十二首》，《倪雲林先生詩集》卷六《題雜畫》作“王君筆力能扛鼎”。

[121] 來：此同《彙刊》卷七、《薈要》卷七《題畫十二首》,《倪雲林先生詩集》卷六《題雜畫》作"程"。

[122] 爲吳溥泉畫窠石平遠圖漫題：此同《彙刊》卷七、《薈要》卷七《爲吳溥泉畫窠石平遠圖漫題》,《倪雲林先生詩集》卷六作"三月五日爲吳溥泉畫窠石平遠并詩"。吳溥泉,吳溥,字溥泉。張紳在《元賢翰札疏》中云："吳溥,字溥泉,以才識自負,結交海内名士。後兵興,福建守臣承制署爲其省參知政事。"

[123] 湖：此同《彙刊》卷七、《薈要》卷七《爲吳溥泉畫窠石平遠圖漫題》,《倪雲林先生詩集》卷六《三月五日爲吳溥泉畫窠石平遠并詩》作"溪"。

[124] 題畫贈原道：此同《彙刊》卷七、《薈要》卷七《題畫贈原道》,《倪雲林先生詩集》卷六作"爲原道題畫"。

[125] 此同《彙刊》卷七、《薈要》卷七《題張以中畫》,《倪雲林先生詩集》卷六《題張以中畫》收詩二首,除此詩外,另一首詩爲"今日披圖感慨深,與君對酒若爲斟。重居寺裏松杉合,劫火兵灰已不禁。"該詩爲底本卷八、《彙刊》卷八、《薈要》卷八《題畫》所收四首詩之一首。張以中,宜興人,官知縣。

[126] 題吳采鸞像：此同《彙刊》卷七、《薈要》卷七《題吳采鸞像》,《倪雲林先生詩集》卷六作"吳采鸞像"。吳采鸞,其生平事迹不詳。

[127] 題趙榮禄揩痒馬圖：此同《彙刊》卷七、《薈要》卷七《題趙榮禄揩痒馬圖》,《倪雲林先生詩集》卷六作"題趙榮禄揩痒馬圖次陳先生韵"。趙榮禄,趙孟頫,字子昂,浙江吳興(今浙江湖州)人,南宋末至元初著名書法家、畫家、詩人。

[128] 棘：此同《倪雲林先生詩集》卷六、《彙刊》卷七《題棘禽筠石圖,送高霞還玄元館》,《薈要》卷七《題幽禽筠石圖,送高霞還玄元館》作"幽"。

[129] 題陳仲美畫：《倪雲林先生詩集》卷六、《彙刊》卷七、《薈要》卷七作"題陳仲美畫次張貞居韵"。《題陳仲美畫》詩共二首。陳仲美,其生平事迹不詳。

[130] 瀼：原作"讓",據《倪雲林先生詩集》卷六、《彙刊》卷七、《薈要》卷七《題陳仲美畫,次張貞居韵》改。

[131] 題寂照蔣君遺像并引：《倪雲林先生詩集》卷六作"題寂照蔣君遺像二首",《彙刊》卷七、《薈要》卷七作"題寂照蔣君遺像","并引"二字以小字附"像"字後。《題寂照蔣君遺像并引》詩共二首。

[132] 君：此同《彙刊》卷七、《薈要》卷七《題寂照蔣君遺像并引》,《倪雲林先生詩集》卷六《題寂照蔣君遺像二首》"君"字下有"姓蔣氏"三字。

[133] 里稱孝敬：此同《彙刊》卷七、《薈要》卷七《題寂照蔣君遺像并引》,《倪雲林先生詩集》卷六《題寂照蔣君遺像二首》作"鄉里稱其孝敬"。

[134] 渚：此同《彙刊》卷七、《薈要》卷七《題寂照蔣君遺像并引》,《倪雲林先生詩集》卷六《題寂照蔣君遺像二首》"渚"字下有"又一年"三字。

[135] 日：此同《彙刊》卷七、《薈要》卷七《題寂照蔣君遺像并引》,《倪雲林先生詩集》卷六

《題寂照蔣君遺像二首》"日"字下有"清晨"二字。

[136] 題像甲辰正月廿四日也：此同《彙刊》卷七、《薈要》卷七《題寂照蔣君遺像并引》，《倪雲林先生詩集》卷六《題寂照蔣君遺像二首》作"甲辰正月廿四日題"。又，此詩序與《彙刊》卷七、《薈要》卷七《題寂照蔣君遺像併引》同，位於詩前，《倪雲林先生詩集》卷六《題寂照蔣君遺像二首》此段詩序在二詩之後。甲辰：至正二十四年(1364)。

[137] 湘：此同《彙刊》卷七、《薈要》卷七《題畫與强仲端》，《倪雲林先生詩集》卷六《題畫與强仲端》作"緗"。

[138] 題畫贈崔子文之金陵：此同《彙刊》卷七、《薈要》卷七《題畫贈崔子文之金陵》，《倪雲林先生詩集》卷六作"題畫贈崔子文""林亭曉色圖題贈西溪處士"。按：此詩在《倪雲林先生詩集》卷六中凡兩現，一題作"題畫贈崔子文"，一題作"林亭曉色圖題贈西溪處士"。崔子文，其生平事迹不詳。

[139] 性癖居幽每起遲：此同《倪雲林先生詩集》卷六《題畫贈崔子文》，《彙刊》卷七、《薈要》卷七《題畫贈崔子文之金陵》，而《倪雲林先生詩集》卷六《林亭曉色圖題贈西溪處士》作"性僻居幽起每遲"。

[140] 裏：此同《倪雲林先生詩集》卷六《題畫贈崔子文》，《彙刊》卷七、《薈要》卷七《題畫贈崔子文之金陵》，而《倪雲林先生詩集》卷六《林亭曉色圖題贈西溪處士》作"外"。

[141] 目送風帆過水西：此同《彙刊》卷七、《薈要》卷七《題畫贈崔子文之金陵》，《倪雲林先生詩集》卷六《題畫贈崔子文》作"自送風帆過水西"，《倪雲林先生詩集》卷六《林亭曉色圖題贈西溪處士》作"目送征帆過水西"。

[142] 王季野示余米元章詩卷因次韵：此同《倪雲林先生詩集》卷六《王季野示余米元章詩卷因次韵》，《彙刊》卷八、《薈要》卷八作"王雲浦示余米元章詩卷次韵辛亥八月望"。《倪雲林先生詩集》卷六《王季野示余米元章詩卷因次韵》，《彙刊》卷八、《薈要》卷八《王雲浦示余米元章詩卷次韵辛亥八月望》有詩三首，除此二詩外，另一詩爲底本卷八同名詩《王季野示余米元章詩卷因次韵》："喟然點也宜吾與，不利虞兮奈若何。鴻雁不來風嫋嫋，庭前樹子落桫欏。"文字小有出入，詳見底本此詩校勘記。且《彙刊》卷八、《薈要》卷八《王雲浦示余米元章詩卷次韵辛亥八月望》詩後附録原韵。王季野，其生平事迹不詳。米元章，米芾，初名黻，後改芾，字元章，湖北襄陽人，時人號海岳外史，又號鬻熊後人、火正後人。北宋書法家、畫家、書畫理論家，與蔡襄、蘇軾、黄庭堅合稱"宋四家"。

[143] 王仙：此同《彙刊》卷八、《薈要》卷八《王雲浦示余米元章詩卷次韵辛亥八月望》，《倪雲林先生詩集》卷六《王季野示余米元章詩卷因次韵》作"王生"。

[144] 題竹樹圖：此同《倪雲林先生詩集》卷六《題竹樹圖》，《彙刊》卷七、《薈要》卷七作"題竹樹圖二首"。《題竹樹圖》詩共二首。

[145] 爲德常寫竹：此同《彙刊》卷七、《薈要》卷七《爲德常寫竹》，《倪雲林先生詩集》卷六作"爲德常寫竹枝"。

[146] 題畫竹贈張元實：此同《彙刊》卷七、《薈要》卷七《題畫竹贈張元實》，《倪雲林先生詩集》卷六作"畫竹與張元實"。張元實，其生平事迹不詳。

[147] 次張外史韵題商學士畫：此同《彙刊》卷七、《薈要》卷七《次張外史韵題商學士畫》，《倪雲林先生詩集》卷六作"商學士畫次張外史韵"。

[148] 古木竹石圖：此同《彙刊》卷七、《薈要》卷七《古木竹石圖》，《倪雲林先生詩集》卷六作"用潘子素韵題柯敬仲墨竹"，且收詩二首，除此詩外，另一詩爲底本卷八、《彙刊》卷八、《薈要》卷八《題畫》詩："吳松江水似荆溪，只欠山光落酒巵。古木幽篁無限思，西風吹鬢影絲絲。"

[149] 二王：此同《彙刊》卷七、《薈要》卷七《二王遊騎圖》，《倪雲林先生詩集》卷六《二王遊騎圖》作"五王"。

[150] 仕女剖瓜圖：此同《彙刊》卷七、《薈要》卷七《仕女剖瓜圖》，倪雲林先生詩集》卷六作"剖瓜士女圖"。

[151] 管夫人竹：此同《彙刊》卷七、《薈要》卷七《管夫人竹》，《倪雲林先生詩集》卷六作"管夫人畫竹"。管夫人，管道昇，字仲姬，一説浙江德清茅山（今浙江干山鎮茅山村）人，一説華亭（今上海青浦）人。元代著名的女書法家、畫家、詩詞創作家。嫁元代書畫家趙孟頫爲妻，封吳興郡夫人，世稱管夫人。

[152] 題趙承旨墨竹：此同《彙刊》卷七、《薈要》卷七《題趙承旨墨竹》，《倪雲林先生詩集》卷六作"題趙承旨墨竹用張外史韵"。趙承旨，即趙孟頫，趙孟頫曾累官翰林學士承旨、榮禄大夫，故稱。

[153] 滿：此同《倪雲林先生詩集》卷六《題趙承旨墨竹，用張外史韵》，《彙刊》卷七、《薈要》卷七《題趙承旨墨竹》作"濕"，"濕"下注"一作滿"。

[154] 時：此同《倪雲林先生詩集》卷六《題趙承旨墨竹，用張外史韵》，《彙刊》卷七、《薈要》卷七《題趙承旨墨竹》作"年"。

[155] 宿：《倪雲林先生詩集》卷六《題木石贈丘志》作"月"，《彙刊》卷七、《薈要》卷七《題木石贈丘志》此字下注"一作月"。

[156] 宿禪悦僧舍題趙榮禄馬圖：此同《彙刊》卷七、《薈要》卷七《宿禪悦僧舍題趙榮禄馬圖》，《倪雲林先生詩集》卷六作"正月八日宿禪悦僧舍題趙榮禄馬圖"。

[157] 小僧：《倪雲林先生詩集》卷六《正月八日宿禪悦僧舍題趙榮禄馬圖》，《彙刊》卷七、《薈要》卷七《宿禪悦僧舍題趙榮禄馬圖》作"山僧"。

[158] 潤：此同《彙刊》卷七、《薈要》卷七《松澗圖》，《倪雲林先生詩集》卷六《松澗圖》作"磵"。

[159] 邊：此同《彙刊》卷七、《薈要》卷七《松澗圖》，《倪雲林先生詩集》卷六《松澗圖》作"偏"。

[160] 題墨水仙花：此同《彙刊》卷七、《薈要》卷七《題墨水仙花》，《倪雲林先生詩集》卷六作"墨水仙"。

［161］贈文静徵君：此同《彙刊》卷七、《薈要》卷七《題幽篁古木圖，贈文静徵君》，《倪雲林先生詩集》卷六《題幽篁古木圖，爲文静徵君賦》作“爲文静徵君賦”。文静徵，其生平事迹不詳。

［162］稍：《倪雲林先生詩集》卷六《題畫》，《彙刊》卷七、《薈要》卷七《題畫竹》作“梢”。

［163］題畫：此同《彙刊》卷七、《薈要》卷七《題畫》，《倪雲林先生詩集》卷六作“題雜畫”。底本卷八《題畫》同《彙刊》卷七、《薈要》卷七《題畫》共有詩四首，《倪雲林先生詩集》卷六《題雜畫》共有詩五首，其中，“白雲孤鶴莫知還”詩、“小坡曾寫鷄棲石”詩，“庭樹霜黄尚有陰”詩與底本卷八、《彙刊》卷七、《薈要》卷七《題畫》同，“新柳春柯未著鴉，短籬茅屋野僧家。放舟不怕歸程晚，白水田畦已有蛙”，“松瀑飛流到枕邊，道人清坐不須弦。王君筆力能扛鼎，用意何曾讓鄭虔”爲底本卷八《題畫》，《彙刊》卷七、《薈要》卷七《題畫十二首》所收十二首詩之二首，“荷葉田田柳弄陰”詩爲《倪雲林先生詩集》卷六《題畫》所收兩首詩之一首。

［164］閒：此同《彙刊》卷七《題畫》，《倪雲林先生詩集》卷六《題雜畫》、《薈要》卷七《題畫》作“間”。

［165］題畫次韻：原同《彙刊》卷七、《薈要》卷七無詩題，據《倪雲林先生詩集》卷六《題畫次韻》補。

［166］之：此同《彙刊》卷七、《薈要》卷七，《倪雲林先生詩集》卷六《題畫次韻》無此字。

［167］與：此同《彙刊》卷七、《薈要》卷七，《倪雲林先生詩集》卷六《題畫次韻》作“者與”。

［168］次：此同《彙刊》卷七、《薈要》卷七，《倪雲林先生詩集》卷六《題畫次韻》作“次弟”。

［169］時：此同《彙刊》卷七、《薈要》卷七，《倪雲林先生詩集》卷六《題畫次韻》無此字。又，此詩序與《彙刊》卷七、《薈要》卷七同，位於詩前，《倪雲林先生詩集》卷六《題畫次韻》詩序位於詩後。丙午，至正二十六年(1366)。

［170］韵：此同《彙刊》卷七、《薈要》卷七，《倪雲林先生詩集》卷六作“詩韵”。

［171］十日：此同《彙刊》卷七、《薈要》卷七，《倪雲林先生詩集》卷六作“十一日”。又，此詩序與《彙刊》卷七、《薈要》卷七同，位於詩前，《倪雲林先生詩集》卷六詩序位於詩後。

［172］水：《倪雲林先生詩集》卷六、《彙刊》卷七、《薈要》卷七作“木”。

［173］次韵呈錢思復：原作“次韵呈錢惠復”，據《彙刊》卷八、《薈要》卷八《次韵呈錢思復》改，《倪雲林先生詩集》卷六作“再用韵”。錢思復，其生平事迹不詳。

［174］挐：《倪雲林先生詩集》卷六《再用韵》，《彙刊》卷八、《薈要》卷八《次韵呈錢思復》作“挐”。

［175］次韵再呈：此同《彙刊》卷八、《薈要》卷八《次韵再呈》，《倪雲林先生詩集》卷六作“再用前韵呈錢思復”。

［176］春：此同《倪雲林先生詩集》卷六《次韵春雨》、《彙刊》卷八《春日》、《薈要》卷八《春日》作“君”。

［177］草：此字原漫漶不清，據《倪雲林先生詩集》卷六《次韵春雨》、《彙刊》卷八、《薈要》卷

八《春日》補。

[178] 曄：此同《彙刊》卷八、《薈要》卷八《送友還毘陵》，《倪雲林先生詩集》卷六《送徐仲清還毘陵》作"燁"。

[179] 牛羊日夕下南坡：此同《倪雲林先生詩集》卷六、《彙刊》卷八、《薈要》卷八《睡起》，《彙刊》卷八、《薈要》卷八《睡起》"南"下注"一作平"，《倪雲林先生詩集》卷六《絕句》作"牛羊向夕下平坡"。

[180] 浮生富貴真無用：此同《倪雲林先生詩集》卷六、《彙刊》卷八、《薈要》卷八《睡起》，《彙刊》卷八、《薈要》卷八《睡起》"生"下注"一作雲"，《倪雲林先生詩集》卷六《絕句》作"浮雲富貴真何用"。

[181] 題竹：此同《彙刊》卷八、《薈要》卷八《題竹》，《倪雲林先生詩集》卷六作"題畫竹"。

[182] 客夢醒：《倪雲林先生詩集》卷六《追和蘇文忠墨迹卷中詩韻》，《彙刊》卷八、《薈要》卷八《追和蘇文忠公墨迹卷中詩韻》作"夢裏驚"。

[183] 仙：此同《彙刊》卷八、《薈要》卷八《追和蘇文忠公墨迹卷中詩韻》，《倪雲林先生詩集》卷六《追和蘇文忠墨迹卷中詩韻》作"風"。

[184] 循：此同《倪雲林先生詩集》卷六《追和蘇文忠墨迹卷中詩韻》，《彙刊》卷八、《薈要》卷八《追和蘇文忠公墨迹卷中詩韻》作"尋"。

[185] 次韵呈張師道：此同《彙刊》卷八、《薈要》卷八《次韵呈張師道》，《倪雲林先生詩集》卷六作"次張師道韵"。張師道：張伯淳，字師道，號養蒙，崇德（今浙江桐鄉）人，著有《養蒙齋集》。

[186] 泉：《倪雲林先生詩集》卷六、《彙刊》卷八、《薈要》卷八《用陳子貞韵題畫》作"東"。

[187] 清：此同《彙刊》卷八、《薈要》卷八《用陳子貞韵題畫》，《倪雲林先生詩集》卷六《用陳子貞韵題畫》作"泠"。

[188] 題李遵道畫：此同《彙刊》卷八、《薈要》卷八《題李遵道畫》，《倪雲林先生詩集》卷六作"題李遵道枯木竹石"。李遵道，李士行，字遵道，薊丘（今北京）人，元初著名畫家李衎之子。

[189] 事：此同《倪雲林先生詩集》卷六、《彙刊》卷八、《薈要》卷八《題畫》，《彙刊》卷八、《薈要》卷八《題畫》此字下注"一作處"。

[190] 近：此同《彙刊》卷八、《薈要》卷八《題畫》，《倪雲林先生詩集》卷六《題畫》作"一"。

[191] 晴時：此同《彙刊》卷八、《薈要》卷八《寄友》，《倪雲林先生詩集》卷六《絕句》作"時晴"。

[192] 緣：此同《彙刊》卷八、《薈要》卷八《寄友》，《倪雲林先生詩集》卷六《絕句》作"也"。

[193] 烟：此同《彙刊》卷八、《薈要》卷八《畫竹》，《倪雲林先生詩集》卷六《題畫》作"園"。

[194] 風：此同《彙刊》卷八、《薈要》卷八《畫竹》，《倪雲林先生詩集》卷六《題畫》作"石"。

[195] 題黃子久畫：此同《彙刊》卷八、《薈要》卷八《題黃子久畫》，《倪雲林先生詩集》卷六作"次韵題黃子久畫"。黃子久，黃公望，字子久，號一峰，江浙行省平江路常熟縣（今江

蘇常熟）人，元朝著名畫家。

[196] 雨窗排悶：此同《彙刊》卷八、《薈要》卷八《雨窗排悶》，《倪雲林先生詩集》卷六作"十三日雨窗排悶"。《雨窗排悶》詩共二首。

[197] 醉後調張德機：此同《彙刊》卷八、《薈要》卷八《醉後調張德機》，《倪雲林先生詩集》卷六作"醉後贈張德機"。又，此同《彙刊》卷八、《薈要》卷八《醉後調張德機》有詩四首，《倪雲林先生詩集》卷六《醉後贈張德機》有詩五首，除此四首外，另一首爲底本卷八、《彙刊》卷七、《薈要》卷七《調張德機》詩。

[198] 醉：此同《彙刊》卷八、《薈要》卷八《醉後調張德機》，《倪雲林先生詩集》卷六《醉後贈張德機》作"誰"。

[199] 厭：此同《彙刊》卷八、《薈要》卷八《醉後調張德機》，《倪雲林先生詩集》卷六《醉後贈張德機》作"壓"。

[200] 癙寐：此同《彙刊》卷八、《薈要》卷八，《倪雲林先生詩集》卷六作"晤寐"。

[201] 撼：此同《彙刊》卷八、《薈要》卷八《連雨》，《倪雲林先生詩集》卷六《連雨》作"憾"。

[202] 便覺清風爽襲人：《倪雲林先生詩集》卷六《題畫》作"喜比他鄉見似人"，《彙刊》卷八《題畫竹》作"便覺清風爽□□"，"□"下注"一作喜比他鄉見　人"，按：在"見"與"人"之間爲空格。《薈要》卷八《題畫竹》作"便覺清風爽□神"，"爽"下注"缺"，"神"下注"一作喜比他鄉見故人"。

[203] 警時：此同《彙刊》卷八、《薈要》卷八《警時》，《倪雲林先生詩集》卷六作"羔羊一首"。

[204] 擬搏：《倪雲林先生詩集》卷六《己酉元日題徐氏南園壁》作"展培"，《彙刊》卷八《己酉元日題徐氏南園壁》作"擬搏"，"搏"下注"一作展培"，《薈要》卷八《己酉元日題徐氏南園壁》"搏"下注"一作展培"。

[205] 家：此同《彙刊》卷八、《薈要》卷八《贈別》，《倪雲林先生詩集》卷六《絕句》作"佳"。

[206] 逍遥江渚：此同《彙刊》卷八、《薈要》卷八《贈別》，《倪雲林先生詩集》卷六《絕句》作"消搖江沙"。

[207] 有：此同《彙刊》卷八、《薈要》卷八，《倪雲林先生詩集》卷六無此字。

[208] 緝：《倪雲林先生詩集》卷六、《彙刊》卷八、《薈要》卷八作"潢"。

[209] 王季野示余米元章詩卷因次韵：此同《倪雲林先生詩集》卷六《王季野示余米元章詩卷因次韵》，《彙刊》卷八、《薈要》卷八作"王雲浦示余米元章詩卷次韵辛亥八月望"。

[210] 點也：此同《倪雲林先生詩集》卷六《王季野示余米元章詩卷因次韵》，《彙刊》卷八、《薈要》卷八《王雲浦示余米元章詩卷次韵辛亥八月望》作"嘆也"。

[211] 寄張德常：此同《倪雲林先生詩集》卷六《寄張德常》，《彙刊》卷七、《薈要》卷七作"又寄"。按：此詩於《彙刊》卷七、《薈要》卷七中位於《贈張德常二首》詩後。

[212] 吳松：此同《倪雲林先生詩集》卷六《寄張德常》，《彙刊》卷七、《薈要》卷七《又寄》作"吳淞"。

[213] 王叔明畫：此同《倪雲林先生詩集》卷六《王叔明畫》，《彙刊》卷八、《薈要》卷八作"題

王叔明巖居高士圖"。王叔明,即王蒙,字叔明,號黄鶴山樵、香光居士,吴興(今浙江湖州)人,元代畫家。

[214] 筆精墨妙:此同《倪雲林先生詩集》卷六《王叔明畫》,《彙刊》卷八、《薈要》卷八《題王叔明巖居高士圖》作"臨池學書","書"下注"一作筆精墨妙"。

[215] 卧游:此同《倪雲林先生詩集》卷六《王叔明畫》,《彙刊》卷八、《薈要》卷八《題王叔明巖居高士圖》作"觀道","道"下注"一作卧游"。

[216] 制:此同《倪雲林先生詩集》卷六《贈伯清》,《彙刊》卷八、《薈要》卷八《贈伯清》作"駐","駐"下注"一作制"。

[217] 壬子:原同《倪雲林先生詩集》卷六《題彦貞屋壁》作"王子",據《彙刊卷八》、《薈要》卷八《題彦貞屋壁》改。壬子,洪武五年(1372)。

[218] 深:《倪雲林先生詩集》卷六、《彙刊》卷八、《薈要》卷八《題畫》作"林"。

[219] 戲筆:此同《彙刊》卷八、《薈要》卷八《戲筆》,《倪雲林先生詩集》卷六作"絶句"。

[220] 有:此同《彙刊》卷八、《薈要》卷八《戲筆》,《倪雲林先生詩集》卷六《絶句》爲墨丁。

[221] 夜:《彙刊》卷八、《薈要》卷八《西湖竹枝詞》作"宵"。

[222] 金:此同《彙刊》卷八《西湖竹枝詞》,《薈要》卷八《西湖竹枝詞》作"全"。

[223] 湖:《彙刊》卷八、《薈要》卷八作"潮"。

[224] 團團影:《彙刊》卷八、《薈要》卷八《畫竹》作"團欒影"。

[225] 清湘:《彙刊》卷八、《薈要》卷八《題畫》作"瀟湘"。

[226] 辬:《彙刊》卷八《蘭亭》作"辯",《薈要》卷八《蘭亭》作"辨"。

[227] 籍:《彙刊》卷八、《薈要》卷八《筍石喬松》作"藉"。

[228] 醒:此同《彙刊》卷八《乙未歲四月廿日過仲寶隱君宅,因賦題松泉畫幀》,《薈要》卷八《乙未歲四月廿日過仲寶隱君宅,因賦題松泉畫幀》作"醒"。

[229] 之:《彙刊》卷八、《薈要》卷八"之"下注"束默庵"。

[230] 桐:《薈要》卷八《貞居道士往常熟山中訪王君章高士,予因寫梧竹秀石奉仲素孝廉》作"銅"。

[231] 漚:《薈要》卷八《題趙彦徵小畫》作"鷗"。

[232] 寫春山嵐靄贈仲章沈君次張伯雨韵:《彙刊》卷八、《薈要》卷八作"寫春山嵐靄贈仲章沈君至正九年三月一日"。《彙刊》卷八、《薈要》卷八《寫春山嵐靄贈仲章沈君至正九年三月一日》於此詩後附録張雨和鄭元祐詩各一首。張雨《元鎮此幅又入巨然之室謂二米所不迨也》:"秀色雲林墨未乾,一峰天柱倚蒼寒。玉人只隔輕烟靄,三尺圖中正面看。"鄭元祐《又》:"九龍峰上雨雲乾,影落樓神潤水寒。不是天機飛墨妙,何由寫入畫圖看。"張伯雨,張雨,舊名澤之,又名嗣真,字伯雨,號貞居子,又號句曲外史,錢塘人。工詩,有《句曲外史集》七卷、《玄品録》五卷。

[233] 看:《彙刊》卷八、《薈要》卷八《寫春山嵐靄贈仲章沈君至正九年三月一日》"看"下注"南潤實張君舊業,故云"。

［234］壁：此同《彙刊》卷八《江渚茅屋雜興四絶，奉寄雲浦理問兼似良夫隱士》，《薈要》卷八
　　　　《江渚茅屋雜興四絶，奉寄雲浦理問兼似良夫隱士》作"璧"。

［235］泠：《彙刊》卷八、《薈要》卷八《題高彦敬山水圖》作"冷"。

［236］水：《彙刊》卷八、《薈要》卷八《題高彦敬山水圖》作"山"。

［237］泠：《彙刊》卷八、《薈要》卷八《中秋偕徐良夫飲畔雲山居》作"冷"。

［238］室：原本内容殘缺，據《彙刊》卷八、《薈要》卷八《訪古道首座，因見吕志學詩篇》補。

［239］剪燭哦詩聽雨眠：原本内容殘缺，據《彙刊》卷八、《薈要》卷八《訪古道首座，因見吕志
　　　　學詩篇》補。

清閟閣遺稿卷九①

憶秦娥[1]

昨日嘗賦《憶秦娥》一首,[2]以介石齋前木樨盛開,[3]俾具一卮酒,無使花神笑人寂寞,蓋以風雨傷懷耳。茲重改呈。又作一首,共寫呈二君,却不可默默也。[4]

扶疏玉,蟾宮樹影闌干曲。闌干曲,[5]一襟香露,幾枝金粟。　　姮娥鏡掩秋雲綠,[6]無端風雨聲相續。聲相續,[7]不須澄霽,爲酤醽醁。

其　二

參差玉,笙聲莫起瑤臺曲。瑤臺曲,[8]輕風香浸,夜涼肌粟。　　黃雲巧綴飛霞綠,清吟未斷秋霖續。秋霖續,[9]恐孤花意,倒尊中醁。

江城子

滿城風雨近重陽,濕秋光,暗橫塘。蕭瑟汀蒲,岸柳送凄涼。親舊登高前日夢,松菊徑,也應荒。　　堪將何物比愁長,綠泱泱,遶秋江。流到天涯,盤屈九回腸。烟外青蘋飛白鳥,歸路阻,思微茫。

蝶戀花

夜永愁人偏起早,容鬢蕭蕭,鏡裏看枯槁。雨葉鋪庭風爲掃,閒

---

① 清閟閣遺稿卷九:原本内容殘缺,據全書體例及《彙刊》卷九、《薈要》卷九補。

門寂寞生秋草。　　行路難行悲遠道，説着客行，真箇令人惱。久客還家貧亦好，無家謾自傷懷抱。[10]

清平樂在荊溪作[11]

汀烟溪樹，總是傷心處。望斷溪流東北注，夢逐孤雲歸去。山花野鳥初春，漁郎樵叟南津。誰識摧頹老子，醉人推駡從嗔。

凭欄人贈吳國良[12]

客有吳郎吹洞簫，明月沉江春霧曉。湘靈不可招，水雲中，環珮搖。

人月圓

傷心莫問前朝事，重上越王臺。鷓鴣啼處，東風草綠，殘照花開。　　悵然孤嘯，青山故國，喬木蒼苔。當時明月，依依素影，何處飛來。

又

驚回一枕當年夢，漁唱起南津。畫屏雲嶂，池塘春草，無限消魂。　　舊家應在，梧桐覆井，楊柳藏門。閒身空老，孤篷聽雨，燈火江村。

太常引傷逝[13]

門前楊柳密藏雅，春事到桐華。敲火試新茶，想月珮，雲衣故家。苔生兩館，[14]塵凝錦瑟，寂寞聽鳴蛙。芳草際天涯，蝶栩春暉夢華。[15]

殿前歡

搵啼紅，杏花消息雨聲中。十年一覺楊州夢，[16]春水如空。雁波寒，寫去踪。離愁重，南浦行雲送。冰弦玉柱，彈怨東風。

水仙子①

東風花外小紅樓，南浦山橫眉黛愁。春寒不管花枝瘦，無情水自流。簷間燕語嬌柔。驚回幽夢，難尋舊游。落日簾鉤。

吹簫聲斷更登樓，獨自凭欄獨自愁。斜陽綠慘紅消瘦，長江日際流。[17]百般嬌千種溫柔。金縷曲、新聲低按，碧油車、名園共游。絳綃裙，羅襪如鉤。

折桂令擬張鳴善[18]

草茫茫秦漢陵闕，世代興亡，却更似月影圓缺。[19]山人家堆案圖書，當窗松桂，滿地薔薇。侯門深，何須刺謁。白雲閒，[20]自可怡悅。到如今，世事難說，天地間不見一箇英雄，不見一箇豪傑。

又辛亥過陸莊[21]

片帆輕水遠山長。鴻雁將來，菊蕊初黃。碧海鯨鯢，蘭苕翡翠，風露鴛鴦。問音信，何人蒂當。[22]想情懷，舊日風光。楊柳池塘，隨處凋零，無限思量。

水仙子因觀《花間集》作[23]

香腮玉膩鬢蟬輕，翡翠釵梁碧燕橫。新妝懶步紅芳逕，小重山空畫屏。[24]繡簾風暖春醒。烟草粘飛絮，蛛絲罥落英，無限傷情。

江城子感舊[25]

窗前翠影濕芭蕉，雨蕭蕭，[26]思無聊。夢入故園，[27]山水碧迢迢。依舊當年行樂地，香徑杳，綠苔饒。沉香火底坐吹簫，憶妖嬈，想風標。同步芙蓉，花畔赤欄橋。漁唱一聲驚夢覺，無覓處，不堪招。

---

① 《水仙子》詞共二首。

柳梢青贈妓小璚英[28]

樓上玉笙吹徹白露冷，飛璚珮玦。黛淺含顰，香殘棲夢，子規啼月。楊州往事荒涼，[29]有多少愁縈思結。燕語空梁，鷗盟寒渚，畫闌飄雪。

南鄉子東林橋雨篷夢歸[30]

篷上雨潺潺，篷底幽人夢故山。磵户林扉元不閉，蕭閒。只有飛雲可往還。波冷玉珊珊，一壑松風引珮環。咏得池塘春草句，更闌。行盡千峰半靄間。

太常引壽彝齋[31]

柳陰濯足水侵磯，香度野薔薇。芳草綠萋萋，問何事，王孫未歸。一壺濁酒，一聲清唱，簾幙燕雙飛。風暖試輕衣，介眉壽，遥瞻翠微。

鵲橋仙

富豪休恃，英雄休使，一旦繁華如洗。鵲巢何事借鳩居，數載主三易矣。東家烟起，西家烟起，無復碧甃朱啓。我來重宿半間雲，舊製唯餘此耳。

鷓鴣天

笠澤沿回十五年，[32]親知情義日堪憐。偷兒三顧吾何有，俗士群譏自省愆。聊復爾，豈其然？田翁輕慢牧童顛。乃知造物深相與，急使江湖棹去船。

如夢令

削迹松陵華寓，藏密白雲深處。造物已安排，萬事何須先慮。歸去，歸去，海鶴山猿同住。

踏莎行

春渚芹蒲，秋郊梨棗。西風沃野收紅稻。簷前炙背媚晴陽，天涯轉瞬凄芳草。[33]魯望漁村，陶朱烟島。高風峻節如今掃。黃雞啄黍濁醪香，開門迎笑東鄰老。

【校勘記】

[１]憶秦娥：《倪雲林先生詩集》附録、《彙刊》卷九、《薈要》卷九《憶秦娥》詞共二首，且詞前有序言，底本只有"其二"一首，第一首詞只有"鏡掩秋雲緑無端風雨聲相續不須澄霽爲酤醽醁"二十字，且無題目，無序言，據《彙刊》卷九《憶秦娥》補。

[２]"昨日"句至"姮娥"句之"姮娥"二字：原本内容殘缺，據《彙刊》卷九《憶秦娥》補。"嘗"，此同《倪雲林先生詩集》附録《憶秦娥》，《薈要》卷九《憶秦娥》作"常"。

[３]樨：此同《薈要》卷九《憶秦娥》，《倪雲林先生詩集》附録《憶秦娥》作"犀"。

[４]默默：此同《薈要》卷九《憶秦娥》，《倪雲林先生詩集》附録《憶秦娥》作"默然"。

[５]闌干曲：此同《薈要》卷九《憶秦娥》，《倪雲林先生詩集》附録《憶秦娥》無此三字。

[６]掩：此同《倪雲林先生詩集》附録《憶秦娥》，《彙刊》卷九、《薈要》卷九《憶秦娥》作"裏"。

[７]聲相續：原同《倪雲林先生詩集》附録《憶秦娥》脱此三字，據《彙刊》卷九、《薈要》卷九《憶秦娥》補。

[８]瑤臺曲：原同《倪雲林先生詩集》附録《憶秦娥》脱此三字，據《彙刊》卷九、《薈要》卷九《憶秦娥》補。

[９]秋霖續：原同《倪雲林先生詩集》附録《憶秦娥》脱此三字，據《彙刊》卷九、《薈要》卷九《憶秦娥》補。

[10]傷懷抱：此同《彙刊》卷九、《薈要》卷九《蝶戀花》，《倪雲林先生詩集》附録《蝶戀花》作"傷懷懷抱"。又，《倪雲林先生詩集》附録《蝶戀花》後有云："壬子九月廿五日，訪照庵高士，留飲，因書近詞，求是正之益"，《彙刊》卷九、《薈要》卷九《蝶戀花》無此段文字。

[11]清平樂在荆溪作：此同《倪雲林先生詩集》附録《清平樂在荆溪作》，《彙刊》卷九、《薈要》卷九作"清平樂"，"在荆溪作"四字以小字附"樂"字下。

[12]凭欄人贈吳國良：此同《倪雲林先生詩集》附録《凭欄人贈吳國良》，《彙刊》卷九、《薈要》卷九作"凭欄人"，"贈吳國良"四字以小字附"人"字下。吳國良，吳善，字國良，吳郡人。工製墨，善吹簫，好與賢士大夫游。

[13]太常引傷逝：此同《倪雲林先生詩集》附録《太常引傷逝》，《彙刊》卷九、《薈要》卷九作

“太常引”，“傷逝”二字以小字附“引”字下。

［14］兩：《倪雲林先生詩集》附錄《太常引傷逝》，《彙刊》卷九、《薈要》卷九《太常引傷逝》作“雨”。

［15］栩：此同《彙刊》卷九、《薈要》卷九《太常引傷逝》，《倪雲林先生詩集》附錄《太常引傷逝》作“栩栩”。

［16］楊州：此同《倪雲林先生詩集》附錄《殿前歡》，《彙刊》卷九、《薈要》卷九《殿前歡》作“揚州”。

［17］日：此同《倪雲林先生詩集》附錄《水仙子》，《彙刊》卷九、《薈要》卷九《水仙子》作“天”。

［18］折桂令擬張鳴善：此同《倪雲林先生詩集》附錄《折桂令擬張鳴善》，《彙刊》卷九、《薈要》卷九作“折桂令”，“擬張鳴善”四字以小字附“令”字下。張鳴善，張擇，字鳴善，平陽人，家於湖南，流寓揚州，擢江浙提學，後謝病隱居吳江。

［19］更：《倪雲林先生詩集》附錄《折桂令擬張鳴善》，《彙刊》卷九、《薈要》卷九《折桂令擬張鳴善》作“便”。

［20］閒：原同《倪雲林先生詩集》附錄《折桂令擬張鳴善》脱此字，據《彙刊》卷九、《薈要》卷九《折桂令擬張鳴善》補。

［21］又辛亥過陸莊：此同《倪雲林先生詩集》附錄《又辛亥過陸莊》，《彙刊》卷九、《薈要》卷九作“又”，“辛亥過陸莊”五字以小字附“又”字下。

［22］蒂：此同《倪雲林先生詩集》附錄《又辛亥過陸莊》，《彙刊》卷九、《薈要》卷九《又辛亥過陸莊》作“諦”。

［23］水仙子因觀花間集作：此同《倪雲林先生詩集》附錄《水仙子因觀〈花間集〉作》，《彙刊》卷九、《薈要》卷九作“水仙子”，“因觀花間集作”六字以小字附“子”字下。

［24］空：此同《倪雲林先生詩集》附錄《水仙子因觀〈花間集〉作》，《彙刊》卷九、《薈要》卷九《水仙子因觀〈花間集〉作》作“雲”，“雲”下注“一作空”。

［25］江城子感舊：此同《倪雲林先生詩集》附錄《江城子感舊》，《彙刊》卷九、《薈要》卷九作“江城子”，“感舊”二字以小字附“子”字下。

［26］蕭蕭：此同《倪雲林先生詩集》附錄《江城子感舊》，《彙刊》卷九、《薈要》卷九《江城子感舊》作“瀟瀟”。

［27］故：此同《倪雲林先生詩集》附錄《江城子感舊》，《彙刊》卷九、《薈要》卷九《江城子感舊》，《彙刊》卷九、《薈要》卷九《江城子感舊》此字下注“一作鄉”。

［28］柳梢青贈妓小璚英：此同《倪雲林先生詩集》附錄《柳梢青贈妓小璚英》，《彙刊》卷九、《薈要》卷九作“柳梢青”，“贈妓小璚英”五字以小字附“青”字下。

［29］楊州：此同《倪雲林先生詩集》附錄《柳梢青贈妓小璚英》，《彙刊》卷九、《薈要》卷九《柳梢青贈妓小璚英》作“揚州”。

［30］南鄉子東林橋雨篷夢歸：此同《倪雲林先生詩集》附錄《南鄉子東林橋雨篷夢歸》，《彙刊》卷九、《薈要》卷九作“南鄉子”，“東林橋雨篷夢歸”七字以小字附“子”字下。

［31］太常引壽彝齋：此同《倪雲林先生詩集》附録《太常引壽彝齋》，《彙刊》卷九、《薈要》卷
　　九作"太常引"，"壽彝齋"三字以小字附"引"字下。

［32］迴：《倪雲林先生詩集》附録、《彙刊》卷九、《薈要》卷九《鷓鴣天》作"迵"。

［33］凄：此同《彙刊》卷九、《薈要》卷九《踏莎行》，《倪雲林先生詩集》附録《踏莎行》作"淒"。

清閟閣遺稿卷十

贊

釋迦牟尼佛贊

稽首無上具足尊，無人我衆生壽者，千偈瀾翻了無說，拈花傳燈長不夜。　　無净居士寶雲庵懶瓚述。

鶴林周玄初像贊①

棲真紫虛之上館，宴景致道之玄宫。劍影拂三珠樹之朗月，佩聲鏘七星檜之靈風。導之紫鸞笙，從以白玉童。變化隱顯如左元放，其召致鬼物似齊少翁。嘘陽吸陰，以贊育元化；封山召雲，以役使社公。琴三疊兮，百神欣悦，舞胎仙於絳霄寥廓中者耶！

金粟道人小像贊②

謂其有意於榮進與？咏歌、彈琴、誦古人之書。謂其闊略於世故與？能廓充先世之業，昌大其門閭，逍遥户庭，名聞京師。忽自逸於塵氛之外，駕扁舟於五湖。性印朗月，身同太虛。非欲會玄覺於一致，而貫通於儒者耶！

---

① 周玄初：其生平事迹不詳。
② 金粟道人：其生平事迹不詳。

立庵像贊①

貌侵而骨立，[1]色敷而内腴，斯遯世之士，列仙之臒。隨時以守
其分，縱獨以樂其迁。寓乎外，或頹然净名方丈之室，或悠然莊周冥
漠之區。及其操於中，[2]則身處仁行蹈義師，[3]慕乎聖哲而弗殊。玄
冠野服，蕭散迁徐。是殆所謂逃於禪，游於老，而據於儒者乎？

鶴溪先生像贊[4]

家庭教子，佩學詩學禮之言；岩穴置身，有憂國憂民之色。是知
克仁而壽，能文而德也。

趙士瞻小像贊②

處乎寂寞之濱，乃有悦豫之色。將儒於列仙，[5]臒於山澤。我知
之矣，豈登山臨水以忘歸，貧賤不足爲其憂，富貴不足爲其懌者，
非耶？

陳天倪處士像贊[6]

其介特孤峭，非松瀑之甥而能然歟？其好學能文，蓋嘗從游於草
廬，棲遲衡門之下，鼓瑟動操之間。令衆山響與之俱，童冠風雩以間
咏，[7]逮乎暮春之初。

王季野像贊[8]

粹然春温者，猶有若翁素履之德容也。凛乎秋清者，得乎湘纍楚
騷之遺風也。與時上下，人莫知其所存乎中也。匪以吾義，吾將曷從
也。喬木鶯鳴，雲山鶴飛，輕薄紛紛，[9]吾何是非。登山臨水，聊逍遥
以忘歸。[10]

---

① 立庵：其生平事迹不詳。
② 趙士瞻：其生平事迹不詳。

良常張先生像贊[11]

　　錢唐王生思善畫，德常時年四十二矣。德常高情虛夷，[12]意度閒雅，顧非顧長康之丘壑置身，曹將軍之凌烟潤色，又那緣得其氣韵耶？王生蓋亦見其善者幾耳。今日因過德常草堂，出此圖求贊，且欲作樹石其旁，乃先綴數語像上，樹石俟它日補爲之。[13]

　　誦詩讀書，佩先師之格言；登山臨水，得曠士之樂全。非仕非隱，其幾其天。雲不雨而常潤，玉雖工而匪鐫。其據於儒，依於老，逃於禪者歟？

【校勘記】

[１]侵：《彙刊》卷九、《薈要》卷九《立庵像贊》作"寢"。

[２]操：《彙刊》卷九、《薈要》卷九《立庵像贊》作"探"。

[３]蹈義師："義"字下原衍"又"，據《彙刊》卷九、《薈要》卷九《立庵像贊》刪。

[４]鶴溪先生像贊：此同《彙刊》卷九、《薈要》卷九《鶴溪先生像贊》，《倪雲林先生詩集》附錄作"鶴溪先生畫像贊"。鶴溪先生，張監，字天民，號鶴溪，金壇人。

[５]儒：此同《倪雲林先生詩集》附錄《趙士瞻小像贊》，《彙刊》卷九、《薈要》卷九《趙士瞻小像贊》作"儕"。

[６]陳天倪處士像贊：此同《彙刊》卷九、《薈要》卷九《陳天倪處士像贊》，《倪雲林先生詩集》附錄作"陳天倪處士畫像贊"。陳天倪，其生平事迹不詳。

[７]間：此同《倪雲林先生詩集》附錄《陳天倪處士畫像贊》，《彙刊》卷九、《薈要》卷九《陳天倪處士像贊》作"閒"。

[８]王季野像贊：此同《彙刊》卷九、《薈要》卷九《王季野像贊》，《倪雲林先生詩集》附錄作"王季野畫像贊"。王季野，其生平事迹不詳。

[９]薄：《倪雲林先生詩集》附錄《王季野畫像贊》，《彙刊》卷九、《薈要》卷九《王季野像贊》作"薄"。

[１０]逍遙：此同《彙刊》卷九、《薈要》卷九《王季野像贊》，《倪雲林先生詩集》附錄《王季野畫像贊》作"消摇"。

[１１]良常張先生像贊：此同《彙刊》卷九、《薈要》卷九《良常張先生像贊》，《倪雲林先生詩集》附錄作"良常張先生畫像贊"。

[１２]德常：此同《彙刊》卷九、《薈要》卷九《良常張先生像贊》，《倪雲林先生詩集》附錄《良常

張先生畫像贊》"德"字上有"東海倪生贊之曰云云"九字。

[13] "錢唐"句至"樹石"句：此同《彙刊》卷九、《薈要》卷九《良常張先生像贊》,《倪雲林先生
詩集》附録《良常張先生畫像贊》此段序言在贊文之後。

清閟閣遺稿卷十一

題　跋

題唐張長史《春草帖》

右唐張長史《春草帖》，鋒穎纖悉，可尋其源。而麻紙松煤，古意溢目，真足爲唐人法書之冠。[1]晋迹不可復見，得見此迹，其亦希世之珍乎?[2]顏平原，書家之集大成者，猶言杜詩、韓文、張法，亦出於此也。因與袁君子英獲觀陳彥廉氏，賞嘆竟日。壬子人日題。①

題　卷[3]

癸丑八月廿一日觀於耕漁軒。② 時積雨初霽，殘暑猶熾。王季耕自其山居折桂花一枝，以石罍注水插花，著几梧間。[4]戶庭閒寂，香氣郁然。展玩此卷久之，如在世外也。

題東坡六詩[5]

坡翁此卷筆意，比徐季海尤覺天真爛熳也。癸丑中秋同王季耕觀於徐良夫之耕漁軒。

題黃子久畫③

本朝畫山林水石，高尚書之氣韵閒逸，趙榮禄之筆墨峻拔，黃子

---

①　壬子：洪武五年(1372)。
②　癸丑：洪武六年(1373)。
③　黃子久：黃公望，字子久，號大癡，又號一峰。常熟(今江蘇常熟)人，亦有松江、富春等説。

久之逸邁，王叔明之秀潤清新，其品第因自有甲乙之分，[6]然皆予歛衽無間言者。外此，則非予所知矣。此卷雖非黃傑思，要亦自有一種風氣也。至正十二年三月七日，與明道尊師謁張先生，因此示予，[7]遂得縱觀。東海倪瓚題。

跋陳惟寅作關羽論①

三國之君，其才智雖互有短長，其實皆命世之雄也。將帥如飛、羽輩，亦何可多得哉？惟寅博學能文，識古今治亂之體，人物才智之短長，感事傷時，[8]故爲之慷慨著論如此。

題天香深處卷後

周遜學讀書養親，孜孜嗜古學，行隱居而急義。昔董生下帷不窺園，楊子校書不以仕進，[9]周君有其志焉。自宋道國公濂溪先生之裔，有八世伯祖寓建寧之浦城，登紹聖四年乙未科，仕至禮部尚書，[10]德業炳焕。[11]五子皆進士，榮顯於朝。所居有仙桂堂、天香亭、天雨清芬樓。戶庭之間，佳樹紛列，秋風扇凉，香氣遠達。高祖始來居吳，祖紫華先生仕隱樂道，每求活人於死地，陰功及物，奕奕然向顯異矣。年六十六，微示疾十許日，對客坐語如常時，及午，正容歛衣，翛然而逝。葬常熟虞仲山下。後二十七年冢爲盜所發，往易棺斂，膚體如生，遍生髭髮，爪甲皆長寸餘，因改葬吳縣道山之原，見者莫不嘆異。遜學長自玉立，[12]勤儉自持，遇人有禮，[13]而純篤，能盡力於孝養，卓然穎出乎流俗矣。左丞相伯温甫深期其必紹隆乎祖德也，既名其端居之室曰“傳桂”，又曰“天香深處”。周公其善夫取喻矣。匪芳之馨，惟德之馨。繩其祖父，[14]光遠以有耀，非子其誰哉！若夫山毓秀而石韞玉，川容媚而蚌藏珠，空谷蘭芳，幽林芝孕，德盛而業充，又何患人之不知也已？七月廿三日，倪瓚書於卷後。

---

① 陳惟寅：號大髯，廬山（今江西省九江市）人。

題紫華周公碑傳行狀後①

紫華上卿游心恬淡之園，濯神清泠之渚。[15]仕雖不顯，利澤甚溥。遇真仙，故晚得尸解上道。是學道之士，非祖流慶，[16]骨相合仙，[17]精修冥契，何由仙靈降室哉！觀陶貞白《冥通記》，庶知之耳。因讀上卿碑及傳，爲之慨然久之。壬子九月二十日倪瓚書。②

跋蔡君謨墨迹

蔡公書法真有唐人風，粹然如璪玉。[18]米老雖追蹤吾人絕軌，[19]其氣象怒張，如子路未見夫子時，難與比倫也。辛亥三月九日。③

跋趙松雪詩稿④

趙榮禄高情散朗，殆似晋宋間人，故其文章翰墨如珊瑚玉樹，自足照映清時。雖寸縑尺楮散落人間，莫不以爲寶也。今人工詩文字畫，非不能粉澤妍媚。山鷄野鶩，文彩亦爾斕斑，若其神韵，則與孔翠殊絕。[20]此無他，固在人品何如耳。此卷張德常得之榮禄之子仲穆，盧山甫二月廿日見過田舍，携以示僕，因題。至正二年壬午歲也。⑤

題陳惟允畫荊溪圖⑥

東坡先生嘗曰：一入荊溪，便覺意思豁然。欲買田其間，種橘作小亭，名以楚頌。卒不遂其志。杜樊川作水榭，正當荊溪之上。其遺址，僧結庵以居。至今歷歷可考見。蓋荊溪山水之勝，善權、離墨、銅官諸山，岡隴之起伏，雲霞之吞吐，具區匯於其左，苕霅引於其前。凡

---

① 紫華：其生平事迹不詳。
② 壬子：洪武五年(1372)。
③ 辛亥：洪武四年(1371)。
④ 趙松雪：其生平事迹不詳。
⑤ 至正二年壬午：至正二年(1342)。
⑥ 陳惟允：陳惟寅之弟，盧山(今江西省九江市)人，號小霅。

仙佛之所宮，高人逸士之所宅，[21]殆不可以計數也。覺軒王先生韞真潛德於其間，修天爵以恒貴，去人欲以求仁，垂子若孫，皆循循雅飭，弗違先生志也。其曾孫允同，靜而有志，簡而能文，與予爲姻契，故予知其義方之訓有自來矣。河之始達也，涓涓不止，才濫觴焉。梗楠松柏千尺之材，[22]出於萌蘗之微，由其源流而本深耳。允同命予友陳君惟允繪爲《荆溪圖》，以示不忘鄉都之意。它日，指圖而嘆曰：某樹也，吾祖之所封植也；某丘也，吾父之所游登也。寧無惕然有感於中乎？若允同之一舉足話言，而不敢忘其祖若父者，非教之有素而能然哉？吾固知其中多隱君子，既樂善於一世，又能使其將來之未艾，蓋亦山川之鍾秀粹美而致然乎！歲己亥五月十三日東海生倪瓚漫書。①

題師子林圖

予與趙君善長，以意商確作《師子林圖》，真得荆、關遺意，非王蒙所夢見也。四海名公宜寶之。懶瓚記。

題張貞居[23]

華陽外史詩文字畫皆爲本朝道品第一，[24]雖獲片楮隻字，猶爲世人寶藏，況彥廉所得若是之富且妙邪？舒卷累日，欣慨交心。噫！師友淪没，古道寂寥。今之才士方高自標致，予方憂古之君子終陸沉耳。吾知前人好修，不以爲賢於流俗而遂已，不患人之不知。栗里翁志不得遂，飲酒賦詩，但自陶寫而已，豈求傳哉！壬子初月八日題。②

題宣伯炯書③

本朝法書之妙，[25]若趙榮禄、虞奎章之篆、隸、行、草無不如意；范清江、張貞居之楷法清勁絶俗；鮮于奉常、巎相國之草聖，圓活姿媚。

---

① 己亥：至正十九年(1359)。
② 壬子：洪武五年(1372)。
③ 宣伯炯：其生平事迹不詳。

迨元戎、周左丞之篆籀古雅,[26]亦何讓前人哉？宣君伯炯正書法度森嚴,得法於薛子立氏,而或過之。伯炯已矣,工字學者智未及此也。

跋　畫[27]

至正辛丑十二月廿四日,[28]德常明公自吳城將還嘉定,道出甫里,椵柁相就語。俯仰十霜,恍若隔世。爲留信宿,"夜闌更秉燭,相對如夢寐"者,①甚似爲僕發也。明日微雪作寒,户無來迹,獨與明公逍遥渚際。隔江遥望天平、靈岩諸山在荒烟遠靄中,濃纖出没,依約如畫。渚上疏林枯柳,似我容髮蕭蕭,可憐生不能滿百,其所以異於草木者,猶情好耳。[29]年逾五十,日覺死生忙,能不爲之撫舊事而縱遠情乎？明公復命畫江濱寂寞之意,并書相與乖離感慨之情。[30]德常今爲嘉定二府,[31]於民有惠政,即昔日之良常山人也。朱陽館主蕭閒仙卿倪瓚言。

跋畫竹[32]

以中每愛余畫竹。余之竹聊以寫胸中逸氣耳,豈復較其似與非,葉之繁與疏,枝之斜與直哉？或塗抹久之,它人視以爲麻、爲蘆,僕亦不能强辨爲竹。真没奈覽者何,但不知以中視爲何物耳。

跋環慶王氏所藏趙榮禄六帖

右趙榮禄與覺軒先生手簡共六紙,有以知交誼之深,家世之舊也。先生學行純正,爲宋琅琊王仲寶之後,[33]仕至蘭谿州判官。今獲觀於其孫光大之彝齋,老成典刑,不可復見矣,尚賴翰墨文章有以想其風流哉！時庚子二月十日倪瓚題。[34]

---

① 參見《全唐詩》卷二一七《羌村》:"崢嶸赤雲西,日脚下平地。柴門鳥雀噪,歸客千里至。妻孥怪我在,驚定還拭淚。世亂遭飄蕩,生還偶然遂。鄰人滿牆頭,感嘆亦歔欷。夜闌更秉燭,相對如夢寐。""客"下注"一作客子","定"下注"一作走"。

跋卷後[35]

余與宗普道兄別十有六年矣，忽邂逅吳下，杯酒陳情，不能相舍，老杜所謂"夜闌更秉燭，相對如夢寐"者，①諷咏斯語，相與愴然。人生良會不易，而況艱虞契闊若此者乎？以十餘載而僅一面，則人生果能幾會邪？悲慨未有若此言也。明日，道兄將歸錢塘，余亦鼓柂烟波之外，因寫圖賦詩，以寓別後戀戀不盡之情云耳。[36]至正十四年二月十二日倪瓚荳門客樓書。是日昔剌正卿、陸季和、顧思恭同集。

題　卷[37]

無錫王容溪先生嘗賦《如夢令》云："林上一溪春水，林下數峰嵐翠。中有隱居人，茆屋數間而已。無事，無事，石上坐看雲起。"高房山嘗繪之爲圖。貞居詩云："歌此芙蓉窈窕章，山陰茅宇日淒涼。不是筆端天與巧，落割雲山與侍郎。"今亡已夫，余戲用其意爲圖贈仲冕。辛亥春倪瓚。

附王梧溪跋[38]

予謝病將還鄉壠，道謁梁侍郎顧先生祠，就宿寶雲禪舍。是夕，王仲冕相與論心而去。[39]明日過冕，[40]見先友倪幼霞所畫，[41]且獲觀王容溪、張貞居二公詩詞。適仲冕徵賦茋村，亦爲長短句一闋。衰憊之餘，一時清興殊灑然也。

簑篛數株松子，[42]邨遠一灣菰米。鷗外迥聞鷄，望望雲山烟水。多此，多此，酒進玉盤雙鯉。

梧溪老人王逢時年六十有五。

①　參見前頁注。

【校勘記】

［1］足：《彙刊》卷九、《薈要》卷九《題唐張長史春草帖》作"是"。

［2］其：《彙刊》卷九、《薈要》卷九《題唐張長史春草帖》無此字。

［3］題卷：《彙刊》卷九、《薈要》卷九作"題唐懷素酒狂帖"。

［4］梧：《彙刊》卷九、《薈要》卷九《題唐懷素酒狂帖》作"格"。

［5］題東坡六詩：《彙刊》卷九、《薈要》卷九作"題東坡村醪帖"。

［6］因：《彙刊》卷九、《薈要》卷九《題黃子久畫》作"固"。

［7］因此示予：《彙刊》卷九、《薈要》卷九《題黃子久畫》作"出此示余"。

［8］感事傷時：此同《彙刊》卷九《跋陳惟寅作關羽論》，《薈要》卷九《跋陳惟寅作關羽論》作"感時傷事"。

［9］楊子校書不以仕進："楊子"，此同《彙刊》卷九《題天香深處卷後》，《薈要》卷九《題天香深處卷後》作"揚子"。"進"，《彙刊》卷九、《薈要》卷九《題天香深處卷後》"進"字下有"爲念"二字。

［10］禮部：《彙刊》卷九、《薈要》卷九《題天香深處卷後》作"吏部"。

［11］炳煥：《彙刊》卷九、《薈要》卷九《題天香深處卷後》作"昭著"。

［12］自：《彙刊》卷九、《薈要》卷九《題天香深處卷後》作"身"。

［13］禮：《彙刊》卷九、《薈要》卷九《題天香深處卷後》作"禮節"。

［14］祖父：《彙刊》卷九、《薈要》卷九《題天香深處卷後》作"祖武"。

［15］泠：此同《彙刊》卷九《題紫華周公碑傳行狀後》，《薈要》卷九《題紫華周公碑傳行狀後》作"冷"。

［16］祖：《彙刊》卷九、《薈要》卷九《題紫華周公碑傳行狀後》作"祖宗"。

［17］骨相：《彙刊》卷九、《薈要》卷九《題紫華周公碑傳行狀後》作"骨神"。

［18］璩：《彙刊》卷九、《薈要》卷九《跋蔡君謨墨迹》作"琢"。

［19］吾人：《彙刊》卷九、《薈要》卷九《跋蔡君謨墨迹》作"晉人"。

［20］絶：《彙刊》卷九、《薈要》卷九《跋趙松雪詩稿》作"致"。

［21］士：《彙刊》卷九、《薈要》卷九《題陳惟允畫荆溪圖》作"流"。

［22］梗：此同《彙刊》卷九《題陳惟允畫荆溪圖》，《薈要》卷九《題陳惟允畫荆溪圖》作"梗"。

［23］題張貞居：《彙刊》卷九、《薈要》卷九作"題張貞居書卷"。張貞居，即張雨，字伯雨，號句曲外史，杭州人，茅山道士，元末著名書畫家。

［24］華陽外史：《彙刊》卷九、《薈要》卷九《題張貞居書卷》作"貞居真人"。

［25］法書：《彙刊》卷九、《薈要》卷九《題宣伯炯書》作"書法"。

［26］迠：《彙刊》卷九、《薈要》卷九《題宣伯炯書》作"達"。

［27］跋畫：此同《彙刊》卷九、《薈要》卷九《跋畫》，《倪雲林先生詩集》附錄作"題畫"。

［28］至正辛丑："至正",此同《彙刊》卷九、《薈要》卷九《跋畫》,《倪雲林先生詩集》附錄《題畫》作"正至"。至正辛丑,至正二十一年(1361)。

［29］猶：此同《倪雲林先生詩集》附錄《題畫》,《彙刊》卷九、《薈要》卷九《跋畫》作"獨"。

［30］感慨之情：此同《彙刊》卷九、《薈要》卷九《跋畫》,《倪雲林先生詩集》附錄《題畫》"情"字下有"悰悰"二字。

［31］二府：此同《彙刊》卷九、《薈要》卷九《跋畫》,《倪雲林先生詩集》附錄《題畫》作"同知"。

［32］跋畫竹：此同《彙刊》卷九、《薈要》卷九《跋畫竹》,《倪雲林先生詩集》附錄作"書畫竹"。

［33］琅琊：此同《倪雲林先生詩集》附錄、《彙刊》卷九《跋環慶王氏所藏趙榮禄六帖》,《薈要》卷九《跋環慶王氏所藏趙榮禄六帖》作"瑯琊"。

［34］時庚子：此同《彙刊》卷九、《薈要》卷九《跋環慶王氏所藏趙榮禄六帖》,《倪雲林先生詩集》附錄《跋環慶王氏所藏趙榮禄六帖》無"時"字。庚子,至正二十年(1360)。

［35］跋卷後：《彙刊》卷九、《薈要》卷九作"跋畫卷後"。

［36］耳：《彙刊》卷九、《薈要》卷九《跋畫卷後》作"爾"。

［37］題卷：《彙刊》卷九、《薈要》卷九作"題畫卷"。

［38］附王梧溪跋：此五字原脱,據《彙刊》卷九、《薈要》卷九《題畫卷》補。王梧溪,其生平事迹不詳。

［39］而去：《彙刊》卷九、《薈要》卷九《題畫卷·附王梧溪跋》"而"字上有"久之"二字。

［40］冕：《彙刊》卷九、《薈要》卷九《題畫卷·附王梧溪跋》作"仲冕"。

［41］見先友倪幼霞所畫：《彙刊》卷九、《薈要》卷九《題畫卷·附王梧溪跋》作"見先友倪幻霞畫"。

［42］聳：原作"茸",據《彙刊》卷九、《薈要》卷九《題畫卷·附王梧溪跋》改。

清閟閣遺稿卷十二

序 類

拙逸齋詩稿序

詩必有謂，而不徒作吟咏，得乎性情之正，斯爲善矣。然忌矜持不勉而自中，不爲沿襲剽盜之言，尤惡夫辭艱深而意淺近也。三百五篇之《詩》，删治出乎聖人之手。後人雖不聞金石絲竹咏歌之音，[1]煥乎六義、四始之有成説，後人得以因辭以求志。至其《風》《雅》之變，發乎情，亦未嘗不止乎禮義也。《詩》亡既久，變而爲《騷》，爲五言，爲七言雅體，[2]去古益以遠矣。其於六義之旨，固在也。屈子之於《騷》，觀其過於忠君、愛國之誠，其辭繾綣惻怛，有不能自已者，豈偶然哉！五言若陶靖節、韋蘇州之冲淡和平，得性情之正，杜少陵之因事興懷、忠義激烈，是皆得三百五篇之遺意者也。夫豈流連光景，歲鍜月鍊而爲縟麗誇大之辭者之所可比哉？[3]周正道甫生當明時，僑寓吴下，求友從師，不憚千里。其學本之以忠信孝友，而滋之以《詩》《書》六藝，其爲文若詩，如絲麻粟穀之急於世用，不爲鏤冰刻楮之徒費一巧也。兵興三十餘年，生民之塗炭，士君子之流離困苦，有不可勝言者。循致至正十五年丁酉，高郵張氏乃來據吴，人心遑遑，[4]日以困悴。正道甫自壯至其老，遇事而興感，因詩以紀事，得雜體詩凡若干首。不爲縟麗之語，不費鏤刻之工，詞若淺易而寄興深遠。雖志浮識淺之士讀之，莫不有惻怛、羞惡、是非之心，仁義油然而作也。夫子曰："詩可以興，可以觀，可以群，可以怨。"①又曰："《詩》三百，一言以蔽之，曰'思無邪'。"②若夫聞之者，善足以訓，不善足以省。今之爲詩雖異乎古之詩，言苟合義，聞者有以感發而興起，與古人何間焉！歲癸丑十一月廿五日雲林倪瓚元鎮撰。[5]

秋水軒詩序

或謂詩無補於學，是殆不然。風雅之音雖已久亡，而感發怨慕之情，比興美刺之義，則無時而不在也。子朱子謂陶、柳冲淡之音，得吟咏性情之正，足爲學之助矣。廬山陳君惟允好爲歌詩，凡得若干首。讀之悠然深遠，有舒平和暢之氣。雖觸事感懷，不爲迫切憤激之語。如風行波生，涣然成文，[6]蓬然起於太空，寂然而遂止，自成天籟之音，爲可尚矣。若夫祖述摹擬，無病呻吟，視陳君不免遠乎?[7]苟窮源於《風》《雅》，取則於六義，情感於中，義見乎辭，誦之者可以興起，則陶、韋、杜、韓豈他人哉！是猶有望於陳君也。甲辰歲七月東海倪瓚序。[8]

謝仲野詩序③

《詩》亡而爲《騷》，至漢爲五言。吟咏得性情之正者，其惟淵明乎? 韋、柳冲淡蕭散，皆得陶之旨趣。下此則王摩詰矣，何則? 富麗窮苦之詞易工，幽深閒遠之語難造。至若李、杜、韓、蘇，固已烜赫焜煌，出入今古，踔前而絶後，校其情性，有正始之遺風，則間然矣。延陵謝君仲野，居亂世而有怡愉之色，隱居教授以樂其志。家無瓶粟，歌詩不爲愁苦無聊之言。染翰吐詞，必以陶、韋爲準則。己酉春，携所賦詩百首，示余於空谷無足音之地。余爲諷咏永日。飯瓦釜之粥糜，[9]曝茅簷之初日，怡然不知有甲兵之塵、形骸之累也。[10]余疑仲野

①　參見《論語·陽貨篇第十七》。
②　參見《論語·爲政篇第二》。
③　謝仲野：其生平事迹不詳。

爲有道者,非歟？其得於義熙者多矣。

引

樵海詩集小引

　　古人有言：詩貴眼前句。又曰：詩忌矜持。若夫"莫赤匪狐,莫黑匪烏",①眼前句乎?[11]"昔我往矣,柳楊依依。[12]今我來思,雨雪霏霏",②豈有矜持者乎？至於《離騷》《九辨》,建安以逮乎陶、鮑、李、杜、韓、韋,未有一言之不由乎實而事乎虛文者也。國朝趙、虞,既歌咏其太平之盛,兵興幾四十年,鮮有不爲悲憂困頓之辭者。秦君文仲則不然,處窮而能樂,[13]顚沛而能正,其一言一字皆任真而不乖其守。聞之者足以懼而勸,非其中所守全而有以樂,不能也。富貴而驕淫,貧賤而餒之,[14]吾見累矣。與夫無病而呻吟,驕索而無節,[15]又詩人之大病,其人亦不足道也。秦君不汲汲於富貴,不戚戚於貧賤,孝友而忠信,外柔而中剛,非强以自全,又烏知其言之旨哉！詩以吟咏性情,淵明千載人也。當晋宋之間,諷咏其詩,寧見其困苦無聊耶？四月一日倪瓚小引。

疏

陳惟寅僦屋疏

　　陳惟寅甫與弟惟允閒居養親,樓隱吴市,不耻貧賤,不樂仕進,熙怡恬淡,與物無迕,[16]雖過朱門,如游蓬户也。世本蜀人。其大父居五老峰下。父天倪先生因游吴,愛錫麓洞有好流水,家於惠山之陽。久之,有少日同舍生趙從事招往館於其家,遂復留吴市焉。兵後,樓無定居,[17]江右同邑人饒介之爲之僦屋,使得以安菽水之

---

　　① 參見《詩經·國風·邶風·北風》。
　　② 參見《詩經·小雅·鹿鳴之什·采薇》。

奉。而傲居之資,[18]則非一人所辦。饒君素清苦,又不欲以外事累人也,僕遂爲之一言。世豈無急人之急,憂人之憂,解衣推食,指廩借宅,豪傑倜儻,如古之人者哉! 老杜所謂"安得大廈千萬間,大庇天下寒士俱歡顏"者,請爲諸君誦之。至正壬寅十二月九日倪瓚言。[19]

題良常草堂疏余捐捨趙榮禄正書一卷。[20]

昔王録事寄少陵之資,近代趙文敏干岳氏之助,皆有實效,不事虛文。今德常欲搆草堂,所求者柯、張、杜三君,或宿諾而寒盟,或解嘲以調笑,遍求其實則罔所知。數年之間,三君已矣,草堂適成,載覽標題,重增嗟悼,捐予珍秘,永鎮新居。

記

懶游窩記

昔司馬子長游涉萬里壯麗奇偉之觀、前賢往聖之迹,有以泄其懷古感今、憤懣鬱律之氣。《史記》之書既成,藏之名山,以俟後聖君子也。宗少文壯歲好游,晚以所歷名山盡畫屋壁,曰:"老疾俱至,名山恐難遍覩。唯澄懷觀道,臥以游之。"子長雄奇之文,少文神妙之畫,善而猶有待,又烏覯神馬車輪與造物游鴻濛之外者哉! 若夫登化人之居,游華胥之國,是皆神遇,豈復有待乎? 金君安素,高臥林居,慕楊、許得尸解上道,[21]乃怡神葆和,内視密眇,焕標霞之孤映,朗性月之獨照,因名其齋居"懶游"焉。噫! 尸居而龍見,不出户知天下,善行無轍迹。蓋神游無方,非拘拘局於區域,逐逐困於車塵馬足之間,安素仙仙乎道矣。[22]王方平嘗與麻姑言:"比不來人間五百年,蓬萊作清淺流,海中行復揚塵耳。"[23]熟邯鄲之黄梁,[24]歸華表之白鶴,人間紛紛如絮,[25]時一飛神游眄。吾固知安素不與悠悠世人同一悲慨也。

辭

忠靖王廟迎享送神辭并序[26]

至順元年春,吳楚荐饑,天灾流行,連數郡道殣相望,沴氣薰襲,爲瘥爲扎。[27]錫之民咸被漸染,大小惴惴,無所請命。邦之耆老相與言:[28]"吾邦西山之陽有嶽祠。祠有明神焉,曰忠靖王。胙爵東平,生能奮忠,死有遺烈。赫聲耀靈,福我錫民,自有年矣。在昔宋季大疫,[29]用禱於神,變沴爲祥,德載歌咏。民病亟矣,宜從故事。"乃合群謀,籲衆慼,率從祠下,[30]鐃鼓鏗鈜,旗纛晻靄,導駢駕以臨城闉。[31]香雲漲空,耄稚奔走。衆心推誠,祈祀惟謹。惟神顧歆,來格來享。若沐神水,若濯冷風。[32]毆攘妖氛,民疾用瘳。丕燀神化,無遠弗暨。鄰邑之民,祈者踵接,環句吳四封,所活幾萬人焉。是神有大造於吾民也。禮神能禦大菑、捍大患者,則祀之。矧威烈若此,是宜尸祝。而社稷之舊祠焜於火,未幾,民更興復其制。瓚嘗以母病至禱,[33]立愈。因作《迎享送神辭》二章,刻諸山阿,俾錫民歌以祀之。[34]辭曰:

靈皇皇兮岱宗,神之來兮駕蜚龍。[35]赫蒼顏兮朱髮如火,紛羽衞兮岳秖蹀峨。[36]青霓旍兮白容裳,降大荒兮被不祥。毆野仲兮逐游光,惠我民兮神樂康。羅帳兮雲幄湛,[37]寒泉兮瑟蘭勺。[38]撫偓寁兮歆參差,[39]薦芳馨兮神享之。靈娛娛兮奈何,樹紫檀兮山之阿。匪斯今兮福斯土,[40]沐神休兮千萬古。

神之去兮驂雲螭,風剹剹兮吹靈旗。[41]悗臨風兮延佇,悵神游兮難駐。神游兮翽翽,撫一氣兮周八埏。朝騰駕兮西神,[42]夕弭節兮東魯。噫!神往兮莫我顧,民有籲兮載福斯祜。折瓊花兮遲神歸,歲復歲兮神寧我違。石戔戔兮流水,壽我民兮報祀無已。

【校勘記】

[1]聞:原作"間",據《彙刊》卷一〇、《薈要》卷一〇《拙逸齋詩稿序》改。

［ 2 ］雅體：《彙刊》卷一〇、《薈要》卷一〇《拙逸齋詩稿序》作"雜體"。

［ 3 ］之所可比哉：《彙刊》卷一〇、《薈要》卷一〇《拙逸齋詩稿序》無"之"字。

［ 4 ］遑遑：《彙刊》卷一〇、《薈要》卷一〇《拙逸齋詩稿序》作"惶惶"。

［ 5 ］歲癸丑十一月廿五日雲林倪瓚元鎮撰：《彙刊》一〇、《薈要》卷一〇《拙逸齋詩稿序》作
　　　"歲癸丑十一月廿五日撰"。癸丑,洪武六年(1373)。

［ 6 ］渙然：《彙刊》卷一〇、《薈要》卷一〇《秋水軒詩序》作"煥然"。

［ 7 ］免：《彙刊》卷一〇、《薈要》卷一〇《秋水軒詩序》作"既"。

［ 8 ］甲辰歲七月東海倪瓚序：《彙刊》卷一〇、《薈要》卷一〇《秋水軒詩序》作"甲辰歲七月
　　　序"。甲辰,至正二十四年(1364)。

［ 9 ］麋：《彙刊》卷一〇、《薈要》卷一〇《謝仲野詩序》作"糜"。

［10］類：《倪雲林先生詩集》附錄、《彙刊》卷一〇、《薈要》卷一〇《謝仲野詩序》作"累"。

［11］乎：《彙刊》卷一〇、《薈要》卷一〇《樵海詩集小引》作"耳"。

［12］柳楊：《彙刊》卷一〇、《薈要》卷一〇《樵海詩集小引》,《毛詩正義》卷九《小雅·鹿鳴之
　　　什·采薇》作"楊柳"。

［13］窮：此同《彙刊》卷一〇《樵海詩集小引》,《薈要》卷一〇《樵海詩集小引》作"困"。

［14］之：《彙刊》卷一〇、《薈要》卷一〇《樵海詩集小引》作"乏"。

［15］驕索：《彙刊》卷一〇、《薈要》卷一〇《樵海詩集小引》作"矯飾"。

［16］连：此同《倪雲林先生詩集》附錄《陳惟寅儌屋疏》,《彙刊》卷一〇、《薈要》卷一〇《陳惟
　　　寅儌屋疏》作"忏"。

［17］棲：此同《彙刊》卷一〇、《薈要》卷一〇《陳惟寅儌屋疏》,《倪雲林先生詩集》附錄《陳惟
　　　寅儌屋疏》作"棲棲"。

［18］居：《倪雲林先生詩集》附錄、《彙刊》卷一〇、《薈要》卷一〇《陳惟寅儌屋疏》作"屋"。

［19］至正壬寅十二月九日倪瓚言："言",此同《倪雲林先生詩集》附錄、《彙刊》卷一〇《陳惟
　　　寅儌屋疏》,《薈要》卷一〇《陳惟寅儌屋疏》無此字。至正壬寅,至正二十二年(1362)。

［20］余：此同《彙刊》卷一〇、《薈要》卷一〇《題良常草堂疏》,《倪雲林先生詩集》附錄《題良
　　　常草堂疏》無此字。

［21］得：此同《倪雲林先生詩集》附錄、《彙刊》卷一〇《懶游窩記》,《薈要》卷一〇《懶游窩
　　　記》作"德"。

［22］仙仙乎：此同《彙刊》卷一〇、《薈要》卷一〇《懶游窩記》,《倪雲林先生詩集》附錄《懶游
　　　窩記》作"仙乎"。

［23］揚：此同《彙刊》卷一〇、《薈要》卷一〇《懶游窩記》,《倪雲林先生詩集》附錄《懶游窩
　　　記》作"楊"。

［24］黃粱：此同《倪雲林先生詩集》附錄《懶游窩記》,《彙刊》卷一〇、《薈要》卷一〇《懶游窩
　　　記》作"黃梁"。

［25］絮：此同《彙刊》卷一〇、《薈要》卷一〇《懶遊窩記》,《倪雲林先生詩集》附錄《懶游窩

記》作"帊"。

[26] 忠靖王廟迎享送神辭并序：《倪雲林先生詩集》附録作"忠靖王廟迎享送神詩有序"，《彙刊》卷一〇、《薈要》卷一〇作"忠靖王廟迎享送神辭"，"并序"二字以小字附"辭"字下。

[27] 扎：此同《彙刊》卷一〇、《薈要》卷一〇《忠靖王廟迎享送神辭併序》，《倪雲林先生詩集》附録《忠靖王廟迎享送神詩有序》作"札"。

[28] 耆：此同《彙刊》卷一〇、《薈要》卷一〇《忠靖王廟迎享送神辭并序》，《倪雲林先生詩集》附録《忠靖王廟迎享送神詩有序》作"遺"。

[29] 宋季：此同《彙刊》卷一〇、《薈要》卷一〇《忠靖王廟迎享送神辭并序》，《倪雲林先生詩集》附録《忠靖王廟迎享送神詩有序》作"季宋"。

[30] 率：此同《彙刊》卷一〇、《薈要》卷一〇《忠靖王廟迎享送神辭并序》，《倪雲林先生詩集》附録《忠靖王廟迎享送神詩有序》作"卒"。

[31] 城闉：此同《彙刊》卷一〇、《薈要》卷一〇《忠靖王廟迎享送神辭并序》，《倪雲林先生詩集》附録《忠靖王廟迎享送神詩有序》作"城南"。

[32] 冷：此同《彙刊》卷一〇、《薈要》卷一〇《忠靖王廟迎享送神辭并序》，《倪雲林先生詩集》附録《忠靖王廟迎享送神詩有序》作"泠"。

[33] 至：此同《彙刊》卷一〇、《薈要》卷一〇《忠靖王廟迎享送神辭并序》，《倪雲林先生詩集》附録《忠靖王廟迎享送神詩有序》作"致"。

[34] 俾錫民歌以祀之："民歌"，此同《彙刊》卷一〇、《薈要》卷一〇《忠靖王廟迎享送神辭并序》，《倪雲林先生詩集》附録《忠靖王廟迎享送神詩有序》無此二字。

[35] 神：此字原漫漶不清，據《倪雲林先生詩集》附録《忠靖王廟迎享送神詩有序》，《彙刊》卷一〇、《薈要》卷一〇《忠靖王廟迎享送神辭并序》補。

[36] 嵽峨：此同《彙刊》卷一〇、《薈要》卷一〇《忠靖王廟迎享送神辭并序》，《倪雲林先生詩集》附録《忠靖王廟迎享送神詩有序》作"嵽硪"。

[37] 羅：此同《彙刊》卷一〇、《薈要》卷一〇《忠靖王廟迎享送神辭并序》，《倪雲林先生詩集》附録《忠靖王廟迎享送神詩有序》作"蘿"。

[38] 勺：此同《彙刊》卷一〇、《薈要》卷一〇《忠靖王廟迎享送神辭并序》，《倪雲林先生詩集》附録《忠靖王廟迎享送神詩有序》作"夕"。

[39] 撫：此同《彙刊》卷一〇、《薈要》卷一〇《忠靖王廟迎享送神辭并序》，《倪雲林先生詩集》附録《忠靖王廟迎享送神詩有序》作"舞"。

[40] 今：此同《彙刊》卷一〇、《薈要》卷一〇《忠靖王廟迎享送神辭并序》，《倪雲林先生詩集》附録《忠靖王廟迎享送神詩有序》爲墨丁。

[41] 剡剡兮：此同《彙刊》卷一〇、《薈要》卷一〇《忠靖王廟迎享送神辭并序》，《倪雲林先生詩集》附録《忠靖王廟迎享送神詩有序》作"剡兮"。

[42] 西神：此同《倪雲林先生詩集》附録《忠靖王廟迎享送神詩有序》，《彙刊》卷一〇、《薈要》卷一〇《忠靖王廟迎享送神辭并序》作"西山"。

清閟閣遺稿卷十三

書　牘[1]

答張藻仲書①

瓚比承命,俾畫《陳子巠剗源圖》,[2]敢不承命惟謹。自在城中,汩汩略無少清思。今日出城外間静處,始得讀剗源事迹,[3]圖寫景物,曲折能盡狀其妙趣,蓋我則不能之。若草草點染,遺其驪黃牝牡之形色,則又非所以爲圖之意。僕之所謂畫者,不過逸筆草草,不求形似,聊以自娛耳。近迂游偶來城邑,索畫者必欲依彼所指授,又欲應時而得,鄙辱怒罵,無所不有,冤矣乎! 詎可責寺人以不髯也,[4]是亦僕自有以取之耶。

與耕雲書②

中秋日與耕雲於東軒静坐,群山相繆,空翠入户。庭桂盛發,清風遞香。衡門晝閉,徑無來迹。塵喧之念净盡,如在世外。人間紛紛如帬,[5]曠然不與耳目接。戲寫近詩呈畊雲,以當笑談耳。倪瓚頓首。

與周正道

七月三日偶入城郭,獲承教益,又辱館遇之者兼旬。賢父子親愛而骨肉之,可謂備至,僕將何以報稱哉? 令嗣遜學已啓行未耶? 恐尚

---

① 張藻仲: 其生平事迹不詳。
② 耕雲: 李哲,字公毅,號耕雲,舉進士,官憲僉。

未行，幸爲道謝。奉別忽四日，想惟玄默成帷，坐進此道，世慮消盡，如浮雲之凈掃也。僕隨世浮沉，業緣未了。如君之有佳子，可謂萬事足，它何憂哉！但囑其早還，勿爲所留。切祝。

與介石

四月偶過吳淞，率易上謁，不能如禮。次日即還笠澤，又不得詣謝以別，惶恐何限。比來不審何似？伏惟吉德所臨，風俗爲厚，望進此道，寵辱俱忘，履候多福。僕罪釁所積，而我室人亦成長往，哀摧哽塞，大不可言。日月不居，奄踰兩月。依依故物，觸事損心，奈何奈何！以世緣言之，悲嘆何能有已。若以法眼觀之，則我此身誠亦無有。此宗少文所以三復至教，方能遣哀耳。襄事粗畢，大山長林之思，此心已群於麀豕間矣。茲因令嗣德機徵君省侍，輒附狀以承動靜，恐欲知僕近況，遂并及之。末由趨侍，臨楮無任瞻依。[6]歲事崢嶸，所冀爲道自重，不備。

又

瓚以七月末得瘵疾，臥病兼旬，幽憂無聊，因賦詩以自解云耳。辱執事及德常縣宰書，教俾寫《學門石記》。[7]記文特古淡可愛，鄭翁傑思也。繆書不由講學，點畫不能遒媚，結體還更俗惡。又頗工於小，不工於大。縣宰欲流傳於久遠，宜屬之工於書、人品異俗者，乃於文稱耳，繆書那能副高意耶？瓚非餙辭，切告相體。幸甚。

又

奉別後，從蘭陵東郭門外人家少憩三日，待荊溪發行李來即歸田舍。到家稍稍休歇，而州縣科差迫促騷然，因嘆那能復以憒憒從彼之榛榛乎？便命扁舟入吳，寓邨落中，調氣靜坐，得以少抒其中磊磊者。一日從一二林下人登靈巖山，覽觀天池石壁之勝，尋姑胥臺古迹，若司馬子長、蘇長公悲世憤俗，有不悲其哀。[8]後百世而不及見古人，則求古迹，觀以自解，惜不肖非其人。回望太湖之西，諸山依約，指點數螺,若芥舟泛泛杯水中者,當是銅官山,因并吾寄止。公政着白雲滅没處,杜門著書,降屈其心志,不能以道表見於當世,真爲之泣下沾襟也。閏月末暫還,繫舟江渚傍,稍治夏衣,將復至吳而過荆溪,[9]附此上問。陰雨浸淫,不審何似。伏惟樂道閒居,履候多福。瓚招愆内尤,[10]豈非以自内致之耶?[11]復何敢怨天尤人,常自疚耳。其每動心於明公者,則非一悲感而已。窮居蕭然,并無一物爲寄,偶尋得書室中《聖濟總録》若干册、《聞見善録》一册,可助常行檢閱。唐玄宗御書《孝經》石刻四拓本,[12]墨紙頗佳。[13]又青白舊碗各一隻,[14]用奉左右,聊寓不忘之意。[15]末由參侍,臨書惘惘,千萬慎交自愛。不備。

【校勘記】

［１］書牘:《彙刊》卷一〇、《薈要》卷一〇作"尺牘"。

［２］陳子樫剡源圖:此同《彙刊》卷一〇《答張藻仲書》,《薈要》卷一〇《答張藻仲書》作"陳子樫剡源圖"。

［３］剡:此同《彙刊》卷一〇《答張藻仲書》,《薈要》卷一〇《答張藻仲書》作"剡"。

［４］不:《彙刊》一〇、《薈要》卷一〇《答張藻仲書》無此字。

［５］帒:《彙刊》卷一〇《與耕雲書》作"絮",《薈要》卷一〇《與耕雲書》作"絮"。

［６］楮:此字原漫漶不清,據《彙刊》卷一〇、《薈要》卷一〇《與介石》補。

［７］教俾:此同《彙刊》卷一〇《又》,《薈要》卷一〇《又》作"俾教"。

［８］悲:《彙刊》卷一〇、《薈要》卷一〇《又》作"勝"。

［９］"閏月"句至"將復"句:此二十二字原脱,據《彙刊》卷一〇、《薈要》卷一〇《又》補。

［10］内尤:《彙刊》卷一〇、《薈要》卷一〇《又》作"納毀"。

［11］豈非以自内致之耶:"非",原作"兆",據《彙刊》卷一〇、《薈要》卷一〇《又》改。"自内",《彙刊》卷一〇、《薈要》卷一〇《又》作"由己"。

［12］御書:《彙刊》卷一〇、《薈要》卷一〇《又》作"隸書"。

［13］墨紙:《彙刊》卷一〇、《薈要》卷一〇《又》作"紙墨"。

［14］碗:《彙刊》卷一〇、《薈要》卷一〇《又》作"瓷碗"。

［15］意:《彙刊》卷一〇、《薈要》卷一〇《又》"意"字下有"不直一笑耳"五字。

雲林遺事卷十四

高　逸

署名曰東海倪瓚，或曰懶瓚。變姓名曰奚玄朗，字曰元鎮，或曰玄暎。別號五，曰：荊蠻民、净名居士、朱陽館主、蕭閒卿、雲林子。雲林多用以題詩畫，故尤著。

雲林有清閟閣、雲林堂。清閟閣尤勝，客非佳流不得入。嘗有夷人道經無錫，聞瓚名，欲見之，以沉香百斤爲贄。詒云："適往惠山。"[1]翼日載至，又云："出探梅花。"夷人以傾慕不得一見，[2]徘徊其家。瓚密令人開雲林堂，使登焉。堂前植碧梧，四周列奇石，東設古玉器，西設古鼎、尊罍、法書、名畫。夷人方驚顧間，謂其家人曰："聞有清閟閣，能一觀否？"家人曰："此閣非人所易入，且吾主已出，不可得也。"其人望閣載拜而去。[3]

張士誠弟士信，聞元鎮善畫，使人持絹縑侑以幣，求其筆。元鎮怒曰："予生不能爲王門畫師。"即裂其絹，而却其幣。一日，士信與諸文士游太湖，聞漁舟中有異香，此必有異人。急傍舟近之，乃元鎮也。士信見之，大怒，欲手刃之。諸文士力爲勸免，[4]命左右重加箠辱。當撻時，嘿不發聲。後有人問之曰："君被士信窘辱，而一聲不發，何也？"元鎮曰："出聲便俗。"

茆山羽士張伯雨，時來謁。舟甫至，聞報，即使二童子邀於水次。及中途，又遣二童子迎候。及門，又遣二童子出蕭雲林。久之，始出，禮意甚恭。伯雨以其久不出，有難色，詢知沐浴更衣爲敬已設，遂與定交。

元鎮晚年流落，泊然居貧。有富人厚幣贄謁，乃笑曰："若亦知有我乎？"遂受其幣。富人出扇索書，元鎮不悅，裂其幣，散坐客，且謝富人曰："吾畫不可以貨取也。"其人慚退。

元鎮素好飲茶，在惠山中，用核桃、松子肉和真粉成小塊如石狀，置茶中，名曰"清泉白石茶"。有趙行恕者，宋宗室也，慕元鎮清致，訪之。坐定，童子供茶，行恕連啖如常。元鎮艴然曰："吾以子爲王孫，故出此品。乃略不知風味，真俗物也。"自是絕交。

雲林遺像在人間者甚多，大抵皆形似，上有張伯雨題讚。雲林古衣冠，坐一連牀，據梧几，握筆伸紙，搜吟於景象之外。几上設酒尊一，硯山、香鼎各一，牀倚畫屏，籍以錦茵，置詩卷盈束。一蒼頭持長柄塵拂立几側。一女冠左持古銅洗，右持斛水器及巾帨之具。

元鎮交惟張伯雨、陸靜遠、虞伯勝及覺軒王氏父子、[5]金壇張氏兄弟，吳城陳惟宣、惟允，周正道、陳叔方、周南老，其他非所知也。

詩　畫

元鎮詩名傳聞館閣間。晚年益肆力吟事，走筆信口，或有似唐人。爲文不蹈襲前人軌轍，書逼黃庭，畫法入巨然之室，二米有所不逮也。陶南邨謂其晚年率略似出二手，[6]殆非知言。

雲林徵君以雅潔爲人所慕，片紙流落，亦多珍藏，況與其人之先世者乎？此《中秋夜》一詩及《厠纂》故體，[7]皆寫遺其鄉鄒惟高者，其裔孫元饒以其家故物，保之尤謹。予嘗愛雲林詩能脫去元人穠麗之氣，而得乎陶、柳之法。然世之知之者尚少，特以其隱處山林之下耳。

雲林子當元末，不與陳敬初輩食張氏祿，避地雲間，以全其身，蓋鴻飛冥冥不麗於魚網者也。此《竹石圖》作於亂定之後，乃國朝建元洪武之歲，而雲林爲書"甲子"，其意欲效陶靖節耶？然不知雲林出處與靖節同否？范齋先生俾予題識，因以質之。弘治四年七月廿五日，延陵吳寬書。

元鎮好僧寺，一住必旬日，篝燈木榻，蕭然晏坐，時操紙筆作竹石小景。客求必與，一時好事者購之，價至數十金。壯年有巨幅《雅宜山圖》，甚爲當世所珍。元鎮又有《雅宜山竹枝詩》二首，云雅宜山舊名娜如山，蓋虞道園所命名，然未若娜如之名近古也。

趙松雪孟頫、梅道人吳鎮仲圭、大癡老人黃公望子久、黃鶴山樵王蒙叔明，元四大家也。高彥敬、倪元鎮、方方壺，品之逸者也。盛懋、錢選，其次也。松雪尚工人物，樓臺花樹，描寫精絕，至彥敬等，直寫意取氣韵而已。今時人極重之宋體，爲之一變。彥敬似老米父子，而別有韵。子久師董源，晚稍變之，[8]最爲清遠。叔明師王維，穠郁深至。元鎮極簡雅，似嫩而蒼。或謂宋人易摹，元人難摹，元人猶可學，獨元鎮不可學也。余心始不以爲然，而未有以奪之。弇州山人王世貞題。

潔　癖

元鎮既散其田，而稅未及推入，國朝催科者坌集，元鎮逃去，潛於蘆葦中，熱龍涎香，竟踪迹得之，故柯九思詩云："夜雨推蓬寫松石，[9]焚香何處獨題詩。"

光福徐達左搆養賢樓於鄧蔚山中，一時名士多集於此，雲林爲尤數焉，嘗使童子入山，擔七寶泉，以前桶煎茶，後桶濯足。人不解其意，或問之，曰："前者無觸，故用煎茶。後者或爲泄氣所穢，故以爲濯足之用。"

嘗眷趙買兒，留宿別院，疑其不潔，俾之浴。既其寢，[10]且捫且嗅，復俾浴不已，竟夕不交而罷。趙談於人，每爲絕倒。

溷厠以高樓爲之，下設木格，中實鵝毛。凡便下，則鵝毛起覆之。童子俟其旁，[11]輒易去，不聞有穢氣也。

嘗留客夜榻，恐有所穢，時出聽之。一夕聞有咳嗽聲，侵晨令家僮遍覓無所得。童慮捶楚，僞言窗外梧桐葉有唾痕者，元鎮遂令剪葉十餘里外。蓋宿露所凝，訛指爲唾以詒之耳。[12]

楊廉夫耽好聲色，一日與元鎮會飲友人家。廉夫脱妓鞋，置酒杯其中，使坐客傳飲，名曰“鞋杯”。元鎮素有潔疾，見之大怒，翻案而起，連呼“齷齪”而去。[13]

元鎮嘗入城訪周南老，必先使人投刺。[14]南老禮遇特厚，凡燕室柱礎之間，必先洗滌，然後延坐。

元鎮母疾，延吳門葛可久治療，以所乘白馬載之。馬迺元鎮所極愛者。可久素憎其癖，[15]俟雨中往途中，[16]上下故以泥污馬。入抵其家，元鎮見馬被污，心已不悦。迎入書室，復故亂其文博之具。元鎮大惡，拜其母曰：“兒欲母速起，故忍之耳。兒疾雖死，不願其醫矣。”馬洗數日乃止。

元鎮嘗寓其姻鄒氏。鄒氏塾師陳子章有壻曰金宣伯，一日來訪鄒翁。元鎮聞宣伯儒者，倒屣迎之，見其容貌麄率，大怒，掌其頰。宣伯不勝愧憤，不見主人而去。鄒翁出，頗怪之。元鎮曰：“宣伯面目可憎，語言無味，不足以當吾之雅，是以斥之也。”

同郡有富室，池館芙蓉盛開，邀雲林飲。庖人出饌，拂衣起，不可止。主人驚愕，叩其所以，曰：“庖人多髯，髯多者不潔，吾何留焉！”坐客相顧哄堂。[17]

閣前置梧石，日令人洗拭，及苔蘚盈庭，不容人迹，綠褥可愛。每遇墜葉，輒令童子以針綴杖頭挑出，不使點壞。

游　寓

踪迹多在松陵、笠澤間。陸莊有蝸牛廬，則其嘗棲止處。荆溪善權、離墨、銅官，其游甚數。嘗避兵泖上，有《出泖》詩。

老年游歷江湖，多寓琳宮梵刹，[18]有《懷歸》詩，云：“他鄉未若還家樂,緑樹年年叫杜鵑。"洪武甲寅還鄉,①時已無家,寓姻親鄒惟高家。是歲中秋,鄒氏開宴賞月,元鎮以脾疾戒飲,淒然不樂,乃賦詩,有云"紅蘯捲碧應無分,白髮悲秋不自支"之句。② 不久竟以是疾卒於鄒氏。

飲　食

蜜釀蝤蛑:初用鹽水略煮,才色變,便撈起劈開,留全殼。螯脚出肉股,剁作小塊。先將上件排在殼內,以蜜少許入鷄蛋內攪匀澆遍,次以膏腴鋪鷄蛋上,蒸之。鷄蛋才乾凝,便啖。不可蒸過。橙虀醋供。

煮蟹法:用生薑、紫蘇、橘皮、鹽同煮,才大沸透便翻,再一大沸透便啖。凡煮蟹,旋煮旋啖則佳。以一人爲率,祇可煮二隻,啖已再煮。擣橙虀醋供。

黄雀饅頭法:用黄雀以腦及翅,葱、椒鹽同剁碎,餡腹中,以發酵麵裹之,作小長卷,兩頭令平圓,上籠蒸之。或蒸後如糟饅頭法糟過,香油煠之,尤妙。

雪盦菜:用春菜心,少留葉。每棵作二段入碗內,以乳餅厚切片,蓋滿菜上,以花椒末於手心揉碎,糝上椒,不須多。以醇酒入鹽少許,澆滿碗中,上籠蒸。菜熟爛,啖之。

熟灌藕:用絶好真粉,入蜜及麝少許,灌藕內,從大頭灌入,用油紙包扎煮。藕熟,切片啖之。

蓮花茶:就池沼中早飯前日初出時,擇取蓮花蕊略破者,以手指撥開,入茶滿其中,用麻絲縛扎定,[19]經一宿。明早摘蓮花,取茶紙包

---

① 洪武甲寅:洪武七年(1374)。
② 參見《全元詩‧倪瓚‧歲在甲寅中秋夜寓姻鄒氏病中咏懷》:"經旬臥病掩山扉,巖穴潛神似伏龜。身世浮雲度流水,生涯煮豆爨枯萁。紅蘯卷碧應無分,白髮悲秋不自支。莫負尊前今夜月,長吟桂影一伸眉。"

曬。如此三次。錫罐盛，扎口收藏。

糟饅頭：用細餡饅頭，逐箇用細黃草布包裹，或用全幅布先鋪糟在大盤內，用布攤上，稀排饅頭，其上再以布覆之，用糟厚蓋布上。糟一宿取出，香油煠之。冬日可留半月，冷則旋火炙之。[20]

燒鵝：洗肉淨，以鹽、椒、葱、酒多擦腹內外，用酒、蜜塗之，入鍋內，竹棒閣起。鍋內用水一盞、酒一盞，蓋鍋用濕紙封縫，乾則以水潤之。用大草把一箇燒，不用撥動。候過再燒草把一箇，住火飯頃。以手候鍋蓋泠，[21]開蓋翻鵝，再蓋以濕紙，仍前封縫，再燒草把一箇。候鍋蓋泠，[22]即熟。入鍋時以腹向上，後翻則以腹向下。

煮決明法：[23]先淨洗，入酒瓶內，以清茶水貯瓶滿。礱糠火煨一番，[24]取出換水，浸之，切用。

附　錄

題清閟閣二首　陳子貞[25]

門前灌木春啼鳥，屋畔長松夜宿雲。剪得蒲苗青似髮，燒殘香篆白成文。偶同杜老惟耽句，遂訝顏淵不茹葷。境勝固應天所惜，品題瀟灑最憐君。

湘簾半捲雲當戶，野鶴一聲風滿林。縹立簟紋波細細，又疑墻影雪陰陰。竹搖棐几常開帙，花落藜牀獨抱琴。不謂世間能得此，恍然飛屬駐仙岑。

題詩集二首[26]　吳寬①

高人自號雲林子，獨住雲林歲月深。足底千峰幾兩屐，人間六印一鈎金。華陀無術醫清癖，蘇晉長齋養素心。寂寞小篷湖上路，百年陳迹莫追尋。

---

① 吳寬：其生平事迹不詳。

阮藉疏狂甘自放，清風高臥酒杯深。池塘夢去忽生草，丘壑移來
不換金。脱帽竹間朝沐髮，焚香花底夜清心。祇陀舊宅風烟古，一片
五湖何處尋。

又① 張子宜②

亂離見説常爲客，[27]客裏清幽近又聞。夕宿只歸書畫舫，朝飱仍
對鷺鷗群。潔身穢迹緣時晦，寫竹題詩任夜分。寂寞江郊君去後，相
思日暮隔重雲。

又載《錫山志》。[28] 韓奕③

達人抗高志，[29]清時樂其間。棄彼千金産，俗事非所關。遠偕方
外士，勝日相往還。放舟五湖上，杖策游名山。百年見遺墨，清風灑
人間。豈若鄙夫輩，徇物遭時艱。斯世與斯人，邈矣不可攀。[30]

又 張伯雨④

龐公有名言，魚鳥托棲止。而其遺子孫，亦在安而已。子有丘壑
趣，文弱與時背。强豪方蛇吞，貪黷亦虎噬。何以犯多難，適爲田業
累。深泥没老象，自拔須勇志。連環將誰解，旦暮迪興廢。[31]所以明
哲徒，置身興廢外。賢哉蘧伯玉，知非復何悔。

題贈雲林高士[32]載《錫山志》。[33] 虞集[34]

鮑謝才情世不多，手封詩卷寄江波。宅邊東海鯨魚窟，好着輕舟

---

① 又：據《彙刊》卷一二、《薈要》卷一二《題雲林詩集》，詩題《題雲林詩集》下依次收有張伯
雨、韓奕、張子宜、吳寬四位詩人之詩，爲使文本結構顯豁，依《清閟閣遺稿》體例，分别在作者張子
宜、韓奕、張伯雨前補加"又"字。按：四位作者中，只有吳寬有詩二首，其餘皆有詩一首。
② 張子宜：其生平事迹不詳。
③ 韓奕：字仲山，蕭山人，徙錢塘。至大元年(1308)授杭州人匠副提舉，明年陞江浙財賦副
總管，延祐四年(1317)進總管，五年卒。
④ 張伯雨：張雨，舊名澤之，又名嗣真，字伯雨，號貞居子，又號句曲外史，錢塘人。工詩，有
《句曲外史集》七卷、《玄品録》五卷。

一釣簑。[35]

又題竹枝[36]

曾留閬閣齋中坐，共聽鶯啼入户枝。舊迹空看遺墨在，娟娟寒玉想幽姿。

又① 老鈇在素軒醉書

懶瓚先生懶下樓，先生避俗避如仇。自言寫此三株樹，清閟齋中筆已投。

又 無名氏

不見倪迂今幾春，故山喬木瑣浮雲。晴窗展軸看圖畫，淡墨蒼然對古人。

憶昔帶經東海鋤，故山有錫遂奔吳。正揮秋雨黃花淚，忽見青山暮靄圖。

杳杳鶯啼緑樹風，夕陽洲渚亂殘紅。雲翁筆底無聲句，數疊青山似剡中。

又 曲江居士題[37]

去年溪上泊輕舟，笑弄滄波狎海鷗。[38]雲去樓空無此客，寒林留得數竿秋。[39]

題雲林堂 劉邦輔②

永和遺墨付行雲，天地逍遥七十春。惟有雲林舊時月，至今猶照

---

① 又：據《彙刊》卷一二、《薈要》卷一二《題雲林竹枝》，詩題《題雲林竹枝》下有詩六首，分別題爲"虞"、"老鐵在素軒醉書""曲江居士"和"無名氏"，其中無名氏有詩三首。爲使文本結構顯豁，依《清閟閣遺稿》體例，分別在"老鐵在素軒醉書""無名氏"和"曲江居士題"前補加"又"字。

② 劉邦輔：其生平事迹不詳。

昔年人。

題雲林先生小像　天師張[40]

才之英,德之精。坐松石,儼像形。噫!安得斯人兮復生。

元處士雲林倪先生旅葬墓志銘[41]

雲林姓倪,諱瓚,字元鎮。所居雲林,故號雲林先生。其家常州無錫富家。至正初,兵未動,鬻其家田產,不事富家事,事作詩。人竊笑其爲戇。兵動,諸富家剽剝,廢田產,人始賞其有見。性好潔,盥頸易水數十次,[42]冠服着時數十次拂振。齋閣前後樹石,常洗拭。見俗士避去如恐浼。從王文友讀書。文友死,殮葬不計所費,一如其所親。交張伯雨。[43]後伯雨至其家,會鬻田產,得錢千百緡,念伯雨老不載至,推與,不留一緡。盛年清名在館閣。[44]晚當至正末,飄流中作詩,益自喜。其詩信口,率與唐人語合。年七十四,旅葬江陰習禮。[45]子二:孟民、孟羽。[46]孟民早卒。[47]女三。其詩散逸,人咸惜之。銘曰:

捐所優,[48]心何求,吁嗟乎其爲。安所由,身何投,吁嗟乎其時。蠲所修,名何留,吁嗟乎其詩。

長樂王賓撰。

元處士雲林先生墓志銘[49]

雲林倪瓚,字元鎮,元處士也。處士之志業未及展於時,而有可以傳於世。誦其詩,知其爲處士而已。蓋自詩法既變,而以清新尚,莫克究古雅。處士之詩不求工,而自理致冲淡蕭散,尤負氣節,見於國朝風雅,而與虞、范諸先輩埒,今板行於世。故弗論若處士之世系,固不可無述也。按倪之先,漢御史寬之裔也。十世祖碩,仕西夏,宋景祐使中朝,留不遣。徙居淮甸,占籍都梁,爲時著姓。建炎初,五世祖益,挈其家渡江而南,至常州無錫僑梅里之祇陀,愛其地勝俗淳,遂定居焉。厥後族屬寖盛,贅雄於鄉。高祖伋、曾大父淞,皆厚德長者,

隱而弗耀。大父椿、父炳，勤於治生，不墜益隆。母蔣氏，而處士嚴出
也。生而俊爽，稍長，强學好修。性雅潔，敦行孝弟，而克恭於兄，相
其樹立。率子弟以田廬生産，悉有程度，有餘財，未嘗資以爲俚俗紛
華事。其師鞏昌王仁輔，老而無嗣，奉養以終其身，殁爲制服執喪而
葬焉。若宦游其鄉，客死不能歸櫬者，則割山地以安厝之。見義則
爲，不以兒婦人語解，尊官顯人樂與之交。於宗族故舊煦煦有恩，尤
喜周人之急。神情朗朗，如秋月之瑩，意氣靄靄，如春暘之和。[50]刮磨
豪習，未嘗爲紈綺子弟態，[51]談辯絶人，[52]亹亹不倦。好客之名聞於
四方，名傅、碩師、方外、大老咸知愛重。所居有閣，名清閟，幽迥絶
塵，[53]中有書數千卷，悉手所較定。經史、諸子、釋老、岐黄、紀勝之
書，盡日成誦。古鼎彝名琴陳列左右，松桂蘭竹香菊之屬，敷紆繚繞。
而其外則喬木修篁，蔚然深秀，故自號雲林。每雨止風收，杖屨自隨，
逍遙容與，咏歌以娛。望之者，識其爲世外人。客至，輒笑語留連竟
夕乃已。平生無他好翫，惟嗜蓄古法書名畫。持以售者，歸其直累百
金，無所靳。雅趣吟興，每發揮於縑素間，蒼勁妍潤，尤得清致，奉幣
贄求之者無虛日。晚益務恬退，棄散無所積，屏慮釋累，黃冠野服，浮
游湖山間，以遂肥遯，氣采愈高，不爲諂曲以事上官，足迹不涉貴人之
門。與世浮沉，耻於衒暴，清而不污，將依隱焉。世氛頗浄，復往來城
市，混迹編氓，沉晦免禍。介特之操，[54]皦然不踰。[55]年既老，而耳益
聰，目益明，飲啖步履不異壯時，氣貌充然，其所養可知矣。處士所著
有稿，句曲張天雨、錢塘俞和愛之，爲書成帙，藏於家。洪武甲寅十一
月十一日甲子，①以疾卒，享年七十有四。娶蔣氏，先處士七年卒。子
二：長詵，孟民，字也；次孟羽，號耕逸。[56]女三：長適徐瑗，次適陸頤，
幼爲母舅蔣氏女。孫男女若干人。既以某年某月日奉柩葬於無錫芙
蓉山祖塋之下，而刻石識歲月，且遵治命，來徵銘。余辱游於處士甚
久，處士來吳，嘗主余家。山肴野蔌，促席道故舊，間規其所偏，未嘗

---

① 洪武甲寅：洪武七年(1374)。

慍見。或吟詩作畫，縱步徜徉。今年秋仲，留詩爲別，而孰知遂成永訣乎！余少處士七歲而將衰，行將與草木俱腐，何足以任其托乎？雖然，詎可恝然亡言乎？輒舉其概爲銘以畀之，聊以紓余哀云耳。銘曰：

受才之美有其時，[57]曷賈弗售卒不施。依隱玩世與時違，安常處順全吾歸。嗇不使禄昌載詩，寢言歌之其聲希，没而不朽惟在兹。

拙逸老人周南老撰。

題雲林墓[58] 載《錫山志》。① 韓奕

一壠與田平，青青薺麥生。耕犁他日慮，掛劍故人情。詩畫名空在，山林夢亦清。不堪寒食節，落日杜鵑聲。

大明一統志②

元倪瓚，無錫人。博學好古，工詩畫。家故饒貲，一旦舍去，曰："天下多事矣。"乃往來五湖三泖間，人望之若仙去。

錫山志隱逸[59]

元倪瓚，字元鎮，先字泰宇。伯父焕績學礪行，[60]元辟桂陽主簿，不就。父炳性清約，不妄交，安居自得，澹如也。瓚清姿玉立，有潔癖，好讀書，禮樂制度，靡不究索。爲詩雅淡，有理致。日坐清閟閣不涉世故，間作溪山小景，人得之如拱璧。家故饒貲，一日棄田宅去，往來五湖三泖間二十餘年，多居琳宫梵宇，人望之若古仙異人。其師鞏昌王文友，老而無嗣，瓚奉養以終其身，殁爲斂葬。瓚號雲林，有詩集。年七十有四卒。[61]子二，曰詵，[62]曰耕逸。[63]

---

① 參見《重修無錫縣志》卷三一《詞章四·詩·過倪雲林墓》。
② 參見《大明一統志》卷一〇《人物》。

【校勘記】

[1] 詒：此同《彙刊》卷一一《高逸》,《薈要》卷一一《高逸》作"紿"。

[2] 人：此字原漫漶不清,據《彙刊》卷一一、《薈要》卷一一《高逸》補。

[3] 載：《彙刊》卷一一、《薈要》卷一一《高逸》作"再"。

[4] 免：此同《彙刊》卷一一《高逸》,《薈要》卷一一《高逸》作"勉"。

[5] 虞伯勝：《彙刊》卷一一、《薈要》卷一一《高逸》作"虞勝伯"。

[6] 似：此同《彙刊》卷一一《詩畫》,《薈要》卷一一《詩畫》作"如"。

[7] 厠篆故體：《彙刊》卷一一、《薈要》卷一一《詩畫》作"厠鼠古體"。

[8] 晚：此同《彙刊》卷一一《詩畫》,《薈要》卷一一《詩畫》作"而"。

[9] 蓬：《彙刊》卷一一、《薈要》卷一一《潔癖》作"篷"。

[10] 其：《彙刊》卷一一、《薈要》卷一一《潔癖》作"具"。

[11] 旁：此同《彙刊》卷一一《潔癖》,《薈要》卷一一《潔癖》作"傍"。

[12] 詒：此同《彙刊》卷一一《潔癖》,《薈要》卷一一《潔癖》作"紿"。

[13] 去：此同《彙刊》卷一一《潔癖》,《薈要》卷一一《潔癖》作"出"。

[14] 刺：原作"剌",據《彙刊》卷一一、《薈要》卷一一《潔癖》改。

[15] 癖：《彙刊》卷一一、《薈要》卷一一《潔癖》作"癖疾"。

[16] 俟：《彙刊》卷一一、《薈要》卷一一《潔癖》無此字。

[17] 哄堂：《彙刊》卷一一、《薈要》卷一一《潔癖》作"哄然"。

[18] 琳宮：此同《彙刊》卷一一《游寓》,《薈要》卷一一《游寓》作"珠宮"。

[19] 縛：此同《彙刊》卷一一《飲食》,《薈要》卷一一《飲食》作"縛"。

[20] 冷：此字原脱,據《彙刊》卷一一、《薈要》卷一一《飲食》補。

[21] 泠：《彙刊》卷一一、《薈要》卷一一《飲食》作"冷"。

[22] 泠：《彙刊》卷一一、《薈要》卷一一《飲食》作"冷"。

[23] 煮：此字原漫漶不清,據《彙刊》卷一一、《薈要》卷一一《飲食》補。

[24] 火：此字原漫漶不清,據《彙刊》卷一一、《薈要》卷一一《飲食》補。

[25] 陳子貞：《彙刊》卷一一、《薈要》卷一一《題清閟閣二首》作"陳方","子貞"二字以小字附"方"字下。陳子貞,陳方,字子貞,鎮江人,寓吳郡,龔璛壻。與鄭元祐、張雨、倪瓚游,死張士誠之難。工詩,有《孤蓬倦客集》一卷。

[26] 題詩集二首：《彙刊》卷一二、《薈要》卷一二作"題雲林詩集"。

[27] 常：《彙刊》卷一二、《薈要》卷一二《題雲林詩集》作"長"。

[28] 載錫山志：《彙刊》卷一二、《薈要》卷一二《題雲林詩集》無此四字。按：檢《重修無錫縣志》未見韓奕此詩。

[29] 抗：《彙刊》卷一二、《薈要》卷一二《題雲林詩集》作"枕"。

［30］矣：《彙刊》卷一二、《薈要》卷一二《題雲林詩集》作"兮"。

［31］迪：《彙刊》卷一二、《薈要》卷一二《題雲林詩集》作"迷"。

［32］題贈雲林高士：此同《彙刊》卷一一、《薈要》卷一一《題贈雲林高士》，《倪雲林先生詩集》附錄作"題雲林詩集後"，《重修無錫縣志》卷三〇《詞章三·詩》作"題倪元鎮詩集"。

［33］載錫山志：此同《彙刊》卷一一、《薈要》卷一一《題贈雲林高士》，《倪雲林先生詩集》附錄《題雲林詩集後》無此四字。參見《重修無錫縣志》卷三〇《詞章三·詩·題倪元鎮詩集》。

［34］虞集：此同《彙刊》卷一一、《薈要》卷一一《題贈雲林高士》及《重修無錫縣志》卷三〇《詞章三·詩·題倪元鎮詩集》，《倪雲林先生詩集》附錄《題雲林詩集後》作"虞集伯生"。虞集，字伯生，號道園，世稱邵庵先生。祖籍成都仁壽（今四川省眉山市仁壽縣）。元代著名學者、詩人。虞集素負文名，與揭傒斯、柳貫、黃溍并稱"元儒四家"，詩與揭傒斯、范梈、楊載齊名，人稱"元詩四家"。有《道園學古錄》五十卷、《道園遺稿》六卷。

［35］篑：此同《重修無錫縣志》卷三〇《詞章三·詩·題倪元鎮詩集》，而《倪雲林先生詩集》附錄《題雲林詩集後》，《彙刊》卷一一、《薈要》卷一一《題贈雲林高士》作"蕡"。

［36］又題竹枝：《彙刊》卷一二、《薈要》卷一二作"題雲林竹枝"。又，《彙刊》卷一二《題雲林竹枝》此詩作者題爲"虞"，《薈要》卷一二《題雲林竹枝》作者亦題爲"虞"，并於"虞"下注"缺"。《清閟閣遺稿》中此詩位於《題贈雲林高士》詩後，《題贈雲林高士》作者爲虞集，《又題竹枝》詩作者疑亦爲虞集。

［37］曲江居士題："題"，《彙刊》卷一二、《薈要》卷一二《題雲林竹枝》無此字。曲江居士，錢塘錢惟善。

［38］波：《彙刊》卷一二、《薈要》卷一二《題雲林竹枝》作"浪"。

［39］寒林：此同《彙刊》卷一二《題雲林竹枝》，《薈要》卷一二《題雲林竹枝》作"雲林"。

［40］天師張：此同《倪雲林先生詩集》附錄《題雲林先生小像》、《彙刊》卷一一《題雲林先生小像》，《薈要》卷一一《題雲林先生小像》作"天師張某"。

［41］墓：此字原脫，據《彙刊》卷一一、《薈要》卷一一《元處士雲林倪先生旅葬墓志銘》補。

［42］頸：《彙刊》卷一一、《薈要》卷一一《元處士雲林倪先生旅葬墓志銘》作"頰"。

［43］交：《彙刊》卷一一、《薈要》卷一一《元處士雲林倪先生旅葬墓志銘》作"友"。

［44］清名：《彙刊》卷一一、《薈要》卷一一《元處士雲林倪先生旅葬墓志銘》作"詩名"。

［45］習禮：《彙刊》卷一一、《薈要》卷一一《元處士雲林倪先生旅葬墓志銘》作"習里"。

［46］孟民孟羽：《彙刊》卷一一、《薈要》卷一一《元處士雲林倪先生旅葬墓志銘》作"孟羽季民"。

［47］孟民：《彙刊》卷一一、《薈要》卷一一《元處士雲林倪先生旅葬墓志銘》作"孟羽"。

［48］傻：《彙刊》卷一一、《薈要》卷一一《元處士雲林倪先生旅葬墓志銘》作"憂"。

[49] 元處士雲林先生墓志銘：此同《彙刊》卷一一《元處士雲林先生墓志銘》，《薈要》卷一一作"元處士雲林先生墓銘志"。

[50] 晹：《彙刊》卷一一《元處士雲林先生墓志銘》、《薈要》卷一一《元處士雲林先生墓銘志》作"陽"。

[51] 爲：《彙刊》卷一一《元處士雲林先生墓志銘》、《薈要》卷一一《元處士雲林先生墓銘志》作"有"。

[52] 辯：此同《彙刊》卷一一《元處士雲林先生墓志銘》，《薈要》卷一一《元處士雲林先生墓銘志》作"辨"。

[53] 絕塵：此同《彙刊》卷一一《元處士雲林先生墓志銘》，《薈要》卷一一《元處士雲林先生墓銘志》作"絕倫"。

[54] 介特：《彙刊》卷一一《元處士雲林先生墓志銘》、《薈要》卷一一《元處士雲林先生墓銘志》作"介石"。

[55] 踰：《彙刊》卷一一《元處士雲林先生墓志銘》、《薈要》卷一一《元處士雲林先生墓銘志》作"渝"。

[56] 長誑孟民字也次孟羽號耕逸：《彙刊》卷一一《元處士雲林先生墓志銘》、《薈要》卷一一《元處士雲林先生墓銘志》作"長孟羽字騰霄號碧落次季民字國珍號耕逸又號蓬居"。

[57] 受：此同《彙刊》卷一一《元處士雲林先生墓志銘》，《薈要》卷一一《元處士雲林先生墓銘志》作"愛"。

[58] 題雲林墓：此同《彙刊》卷一一、《薈要》卷一一《題雲林墓》，《重修無錫縣志》卷三一《詞章四·詩》作"過倪雲林墓"。

[59] 錫山志隱逸：《彙刊》卷一一、《薈要》卷一一作"錫山志"。參見《重修無錫縣志》卷一八《人物二·遺逸》。"隱逸"，《重修無錫縣志》卷一八《人物二》作"遺逸"，疑當作"遺逸"。

[60] 績：此同《彙刊》卷一一《錫山志》，《薈要》卷一一《錫山志》作"積"。《重修無錫縣志》卷一八《人物二·遺逸》載："焕種學績文，砥節礪行，以立身揚名自期"。

[61] 七十有四：此同《彙刊》卷一一、《薈要》卷一一《錫山志》，《重修無錫縣志》卷一八《人物二·遺逸》作"六十有九"。

[62] 誑：此同《重修無錫縣志》卷一八《人物二·遺逸》，《彙刊》卷一一、《薈要》卷一一《錫山志》作"孟羽"。

[63] 耕逸：此同《重修無錫縣志》卷一八《人物二·遺逸》，《彙刊》卷一一、《薈要》卷一一《錫山志》作"季民"。

跋

　　我祖雲林公生值胡元穢濁之時，而松筠爲抱，泉石自娛，且也棄家逃禄，戢身於烟波業薄間，含毫歌嘯，時吐胸中瀟灑不羈之趣，纖塵不染，峻節干雲，真與五柳先生同風也者，而詩亦似之。不肖無文，不能如安仁、康樂之作家風述祖德，恐歷世遠而清藻泯泯。裔胄之謂何，因奉家君命，檢二集之舊傳者，合而梓之。又恐流落人間者不鮮，復博考郡邑乘所載暨題畫者，得十之一，視二刻稍稍益矣。公固嘗避亂三泖之上，近訪泖上名家收藏削草真迹，翻閲再四，更得十之五，而公之清藻燦乎益饒矣。空山岑寂，校定魯魚，爰授剞劂，俾永其傳。刻既成，問叙於當代皇甫先生咸□，發其妍麗而不辭，爲千秋重也。

參 考 文 獻

一、古代文獻

（一）經部

《毛詩正義》：（漢）毛亨傳，（漢）鄭玄箋，（唐）孔穎達等疏，北京大學出版社 1999 年版。

《論語譯注》：楊伯峻譯注，中華書局 2015 年版。

（二）史部

《元史》：（明）宋濂等撰，中華書局 1976 年版。

《明史》：（清）張廷玉等撰，中華書局 1974 年版。

《明史稿》：（清）万斯同編撰，宁波出版社 2008 年版。

《列仙傳》：（漢）劉向撰，上海古籍出版社 1990 年版。

《明朝分省人物考》：（明）過庭訓撰，明天啓刻本。

《續疑年録》：（清）吳修撰，清光緒五年（1879）刻本。

《倪高士年譜》：（清）沈世良輯，影印清宣統元年（1909）刻本。

《〔弘治〕重修無錫縣志》：（明）吳鳳翔，李舜明纂修，影印明弘治九年（1496）刻本.

《〔弘治〕太倉州志》：（明）李端修，（明）桑悦纂，清宣統元年（1909）匯刻本。

《〔正德〕莘縣志》：（明）吳宗器纂修，影印明正德刻嘉靖間增刻本。

《〔嘉靖〕武寧縣志》：（明）徐麟纂修，明嘉靖刻本。

《〔萬曆〕新修南昌府志》：（明）章潢撰，明萬曆十六年（1588）刻本。

《〔萬曆〕嘉興府志》：（明）劉應鈳修，（明）沈堯中撰，萬曆二十八年

(1600)刊本。

《〔萬曆〕南安府志》：（明）商文昭，（明）盧洪夏纂修，明萬曆刻本。

《〔萬曆〕蘭溪縣志》：（明）程子鏊、徐魯源纂修，明萬曆三十四年（1606）刊本。

《大明一統志》：（明）李賢等撰，三秦出版社 1990 年版。

《〔康熙〕江寧府志》：（清）于成龍纂修，《金陵全書·江宁府志》影印本，南京出版社 2017 年版。

《〔康熙〕重修南安府志》：（清）佚名纂修，影印鈔本。

《〔乾隆〕縉雲縣志》：（清）沈鹿鳴撰，清乾隆三十二年（1767）刊本。

《〔道光〕琴川三志補記續編》：（清）黄廷鑒輯，影印清道光十五年（1835）刊本。

《〔光緒〕崑新兩縣續修合志》：（清）吴金瀾等修，汪堃等纂，清光緒六年（1880）刊本。

《〔民國〕續修台州府志》：喻長霖撰，影印民國二十五年（1936）排印本。

（三）子部

《書史會要》：（明）陶宗儀，浙江人民美術出版社 2012 年版。

《清秘述聞續》：（清）王家相、錢維福等撰，清光緒十四年（1888）刊本。

《蓬窗類紀》：（明）黄暐撰，民國十三年（1924）上海商務印書館鉛印涵芬樓秘笈本。

（四）集部

《蘇軾文集》：（宋）蘇軾撰，（明）茅維編，孔凡禮點校，中華書局 1986 年版。

《清閟閣集》：（元）倪瓚著，江興佑點校，西泠印社出版社 2010 年版。

《東維子文集》：（元）楊維禎撰，商務印書館 1644 年版。

《存復齋文集》：（元）朱德潤撰，《歷代畫家詩文集》影印常熟瞿氏鐵琴銅劍樓藏明刊本，學生書局 1973 年版。

《快雪齋集》：（元）郭畀撰，《歷代畫家詩文集》影印橫山草堂叢書本，學生書局 1973 年版。

《玩齋集》：（元）貢師泰撰，影印文淵閣《四庫全書》本，臺灣商務印書館

1986 年版。

《滋溪文稿》：（元）蘇天爵著，影印文淵閣《四庫全書》本，臺灣商務印書館
1986 年版。

《梧溪集》：（元）王逢撰，清知不足齋叢書本。

《唐音》：（元）楊士弘輯，明初魏氏仁實堂刻本。

《大雅集》：（元）賴良編輯，楊維禎評點，復旦大學圖書館 1986 年版。

《草堂雅集》：（元）顧瑛輯，楊鐮、祁學明、張頤青整理，中華書局 2008 年版。

《吳興藝文補》：（明）董斯張輯，影印明崇禎六年（1633）刻本。

《石倉歷代詩選》：（明）曹學佺編，影印文淵閣《四庫全書》本，臺灣商務印
書館 1986 年版。

《詩法》：（明）謝天瑞輯，明復古齋刻本。

《王奉常集》：（明）王世懋撰，明萬曆刻本。

《妮古録》：（明）陳繼儒撰，明萬曆間繡水沈氏刻寶顔堂秘笈本。

《張子宜詩文集》：（明）張適著，影印清王氏十万卷樓抄本。

《全唐詩》：（清）彭定求等編，中華書局 1960 年版。

《列朝詩集》：（清）錢謙益輯，上海三聯書店 1989 年版。

《元詩選癸集》：（清）顧嗣立撰，席世臣編，中華書局 2001 年版。

《全元詩》：楊鐮主編，中華書局 2013 年版。

《嘉定錢大昕全集（增訂本）》：陳文和主編，鳳凰出版社 2016 年版。

二、現當代文獻

（一）著作

《吳中人物志》：張昶撰，學生書局 1969 年版。

《元代畫家史料》：陳高華編著，上海人民美術出版社 1980 年版。

《元人傳記資料索引》：王德毅、李榮村、潘柏澄編，中華書局 1987 年版。

《元代畫家史料彙編》：陳高華編著，杭州出版社 2004 年版。

（二）論文

《尚從善與〈本草元命苞〉》：張瑞賢撰，《中藥材》1991 年第 2 期。

《元代墨工考》：馬明達撰，《西北民族研究》2003 年第 1 期。

《倪瓚生平、交游研究——元末明初社會個案考察》：李曉娟撰，暨南大學 2004 年碩士學位論文。

《倪瓚詩文集版本考》：朱艷娜撰，南京師範大學 2011 年碩士學位論文。

《倪雲林詩文集版本論略》：谷紅岩撰，《長江論壇》2013 年第 1 期。

友石山人遺稿

〔元〕王翰 撰　　曹曉文、于薇 校注

整理説明

　　王翰(1333—1378)，字用文，號友石山人。其先西夏人，本籍寧夏靈武，因曾祖鎮撫廬州(今安徽合肥)，遂家焉。歷官江西福建行省郎中、潮州路總管等。元亡，隱居福建永福縣觀獵山。明太祖召之，不就，自刎死。

　　王氏生前未有文集行世，卒後其子王偁輯其遺稿爲《友石山人遺稿》一卷。《友石山人遺稿》後有偁跋曰："比自有知以來，始於耈老故舊之間掇拾遺編，粗得以上若干首，類成卷帙，用敢示之子孫。"今存明初刻本此跋後有"玄孫焯謹錄"五字，或爲王焯後印之本，抑王偁并未刊刻。明弘治八年(1495)，時任衢州府學訓導的王焯將此書進呈浙江按察司僉事張佶，張佶爲之名曰"忠節流芳集"，并命龍游縣尹袁文紀刊版印行，此即弘治刻本。弘治刻本較前刻多《附錄》一卷，正文順序與文字亦與明初刻本略異，《附錄》所載爲王翰《自述誄》及他人悼念文字。以上二種明刻本傳世極罕，《中國古籍總目》僅著錄南京圖書館有藏。別有《四庫全書》本，出自汪啟淑家藏，四庫本卷前提要曰："此乃其子偁所輯，凡諸體詩八十四首，前有陳仲述序，後附志銘哀詞等七篇，皆吳海所作，已別載海所作《聞過齋集》，兹不具錄云。"則汪啟淑藏本原有《附錄》，因皆爲吳海之作，已見吳氏撰《聞過齋集》，故館臣刪之。民國八年(1919)，劉承幹嘉業堂刻《友石山人遺稿》，其正文順序及文字多同四庫本，卷末又有《附錄》載吳海詩文七篇，疑嘉業堂所本與汪啟淑家藏本同。

　　《友石山人遺稿》是目前研究王翰詩歌及生平的較完整、豐富的資料，編纂又成於其子之手，較爲可信。作爲西夏遺民之後，王翰最終却效忠元朝而死，這一現象也是研究西夏遺民在元代的思想、政治的重要對象。本次整理，以南京圖書館藏弘治八年袁文紀刻本爲底本，通校了南京圖書館藏明刻本，并參校了吳興劉氏嘉業堂刻本(簡稱"嘉業堂本")。

友石山人遺稿叙

　　詩者，聲之文也，本於内而見於外者也。仁義之發醇以正，忠憤之感激以烈，驕侈之宣淫，放僻之辭誕，豈偶然之故而已哉！粤自唐虞聖神以敬畏一心，發而則爲賡歌慎念之語。成周君臣以中正一理，敷而則爲皇極敷言之教。下逮乎三百篇之制，或渢渢乎正音，或末響之流變，皆非有出於人心之外也。戰國之間，屈平氏以其忠憤奮激之心，一寓於《離騷》之作。炎漢以降，蘇武、諸葛亮以其忠直義勇之氣，再變爲五言之體。晋淵明得其冲澹自然之趣，唐少陵寓其忠君憂國之誠，又豈有出於是心之外哉！洪武庚午，余留案來閩，郡庠生王偁奉其父《友石山人遺稿》謁余，請序其首。余觀其詩毋慮百餘篇，而咏於感慨者，極忠愛之誠，得於冲澹者，適山林之趣，已心異之，而未灂知其詳。及取其《自決》一首讀之，凛然如秋霜烈日之嚴，毅然有泰山巖巖之象，出處之分明，死生之理得，然後知其嘗仕於勝朝，而秉義於今日。故凡其所作者，皆心聲之應，而非苟然眩葩組華者比，[1]且徵於余之向所云者，爲益信也。噫！觀是篇者，固可以求其心，求其心者，尤當以景其行，[2]景其行則可以相忘於言語之外矣。於余言何有哉！因其請之勤，而感其辭之寓，遂書以歸之。山人名翰，字用文，友石蓋其自號也。時仲春初吉，前進士監察御史廬陵陳仲述叙。

【校勘記】

［1］比：原作“以”，據明刻本改。

［2］求其心者：明刻本脱“求其心”三字。

友石山人墓志銘

閩郡吴海撰

　　歲著雍敦牂二月乙丑，友石山人王君用文卒，予走哭焉。[1]其孤曰：“父有遺言，令我自進。”啓緘，得書及詩，皆殷勤與予訣，與悼其後事。其辭有甚可哀者，[2]曰：“吾幼失父母，值亂奔走四方，來閩將二十年，淮土爲墟。吾家老幼童僕殆百口，今無一人存者，[3]先壠遂爲無主，吾目不能瞑。[4]諸子皆幼，何以得還？將來失學，不能爲人。吾葬不必擇地，苟夫子不忘平生，其幸爲我志之。[5]”予既弔，撫其孤，乃徵其家牒。按王氏先世齊人，陷没於李元昊。元初得天下，[6]賜姓唐兀氏。曾祖某，從下江淮，有軍功，[7]授武德將軍，領兵千户，鎮廬州，家焉。祖某、父某，迨君襲爵三世。君諱翰，仕名那木罕，年十六，領所部，有能聲。[8]省憲共言其才於上，請畀民職，除廬州路治中，政譽日起。平章燕赤不花鎮閩，[9]辟爲從事，改福州路治中。三魁賊起，地險難猝用兵制，君自造其壘，諭降之。升同知，又升理問官，綜理羅源、永福二縣。[10]泉州土帥柳莽跋扈，越境以聯衆，莆屬邑皆受團結。既而遂向永福，民懼洶洶。君使人謂曰：“彼此王民，各有定属，慎毋犯我地一寸，[11]吾有以待汝矣。”莽遽退，不敢前，他爲好辭以應。擢朝列大夫、江西福建行省郎中。平章陳公留居幕府，①每有匡益，[12]然敬而憚之。南方屢擾，以君威望素著，表授潮州路總管，兼督巡梅、惠二州。[13]君請勿拘文法，至則大布恩信，已逋責，緩徭賦，簡刑罰，事

---

①　陳公：指陳友定。

有害政者以便宜罷之。興學校，禮儒生，使民知好惡，革其舊習。奸
凶宿孽，不能煽亂，服順若良民。遭世變更，浮海抵交、占不果。屏居
永福山中，爲黃冠服十年，號友石山人。妄一男子上書薦之，君聞命
下，嘆曰："女豈可更適人哉?"即治木，病不肯服藥。逮有司逼就
道，[14]遂自引決，年四十有六。君性彊介，精敏有膽略，常慕古志士立
名於世，持身斬斬，刻苦節儉，衣服飲食，處人不堪。居官廉潔，貨賂
不入，吏畏若雷霆，其行事一以愛民爲主。平居閱書史，喜爲詩，敏常
先于人。君配夏氏，前卒於淮。再娶劉氏，子三人，俑甫九歲，修六
歲，[15]偉三歲。君方没時，劉氏亦手刃自裁，爲家人所奪，乃號擗不
食，積六日不死，其可憫也。嗚呼! 世之仕者不能潔己愛人，[16]或下
才不任舉職，徒能邁近一死，君子猶必取之，況君所樹立若此者哉!
但寡妻弱子，[17]僑寓於數千里之外，[18]望鄉井墳墓而不可及。行道
有戚之者，[19]買地於永福縣永唐里林坑山之原，[20]卜葬用十有二月
甲寅。銘曰：松柏受命天也，持太阿淬鋒執輿，[21]搞中道而棄世，[22]
既易知死可畏，子乃擇自獻自靖作臣式，有其訊之視此刻。

【校勘記】

[1] 余走哭焉：《聞過齋集》卷五《友石山人墓志銘》"走"字下有"往"字。

[2] 辭：明刻本、《聞過齋集》卷五《友石山人墓志銘》均作"詞"。

[3] 今無一人存者：明刻本同，《聞過齋集》卷五《友石山人墓志銘》無"今"字。

[4] 目：原作"没"，據明刻本、《聞過齋集》卷五《友石山人墓志銘》改。

[5] 之：《聞過齋集》卷五《友石山人墓志銘》作"焉"。

[6] 得：明刻本作"有"，《聞過齋集》卷五《友石山人墓志銘》作"取"。

[7] 有軍功：《聞過齋集》卷五《友石山人墓志銘》作"有功"。

[8] 能聲：明刻本同，《聞過齋集》卷五《友石山人墓志銘》作"能名"。

[9] 燕赤不花：明刻本同，《聞過齋集》卷五《友石山人墓志銘》作"揚珠布哈"。

[10] 羅源永福：明刻本、《聞過齋集》卷五《友石山人墓志銘》均作"永福羅源"。

[11] 慎毋犯我地一寸：《聞過齋集》卷五《友石山人墓志銘》同，明刻本作"慎毋犯我尺寸"。

[12] 每有匡益：明刻本同，《聞過齋集》卷五《友石山人墓志銘》作"每有所匡益"。

［13］巡：明刻本、《聞過齋集》卷五《友石山人墓志銘》均作"循"。

［14］逼：明刻本同,《聞過齋集》卷五《友石山人墓志銘》作"迫"。

［15］修六歲：明刻本同,《聞過齋集》卷五《友石山人墓志銘》作"修甫六歲"。

［16］不能：明刻本同,《聞過齋集》卷五《友石山人墓志銘》作"或不能"。

［17］但：明刻本同,《聞過齋集》卷五《友石山人墓志銘》作"惟"。

［18］於：明刻本同,《聞過齋集》卷五《友石山人墓志銘》無此字。

［19］行道有戚之者：嘉業堂本、《聞過齋集》卷五《友石山人墓志銘》均作"行道有戚之者矣"。

［20］林坑山之原：明刻本同,《聞過齋集》卷五《友石山人墓志銘》作"林坑山下"。

［21］持：原作"特",據明刻本改。

［22］隔中道而棄世：明刻本同,《聞過齋集》卷五《友石山人墓志銘》作"槅中道而廢世"。

友石山人遺稿

五言絶句

題邊道人小景

扁舟湘浦外，茆屋輞川西。冉冉春將暮，滄洲杜若齊。

溪山風雨圖[1]

紫塈秋聲滿，滄洲野水深。孤篷何處客，相對共沉沉。

飲牛潭

飲牛在潭上，潭底何清冽。不見洗心人，沙鷗點晴雪。

老龍潭

明月出潭上，驪珠墮潭底。蕭蕭風雨聲，蒼龍夜深起。

石明堂

帝子朝天處，明堂石鑿開。月明松影度，猶記鶴車迴。

流觴曲

積翠浮烟樹，空香點石屏。清泉與白石，風景似蘭亭。

鋪錦灘

萬點飛紅雨，沿流遶石灘。猶勝春三月，武陵溪上春。

龍寺寒泉

老龍來聽法，一去幾千年。留得寒潭水，清冷古佛前。

晚宿楊隑舟中懷魯客

螢度星依草，鷗来雪滿汀。[2]故人不可見，天際亂山青。

題風竹

月色不可掃，秋聲何處聞。不應仙佩集，翠影亂紛紛。

五言律詩

送陳同僉

馬首出城東，將軍膽氣雄。旌旗明苦日，箛鼓動悲風。早雪三邊恨，寧誇百戰功。相期春草色，處處凱歌同。

送張子方之江西掾史

自脱京華服，知君嘆索居。海隅清宦在，天上故人疏。掛壁空長劍，探囊得素書。更陪驄馬去，西望復何如。

和德安允恭韵

亂離傷久別，愁病入新年。行斾驚戎幕，殘經罷講筵。山河空有恨，桃李謾爭妍。馬首春風裏，期君早着鞭。

重到龍泉寺懷秋谷肅上人[3]

舊日經行處，重来倍寂寥。諸天燈冉冉，一逕雨蕭蕭。壁蘚將春合，臺花逐夜飄。不知飛錫處，惆悵采蘭苕。

春暮山居[4]

水氣掩柴扉，[5]蘿香織翠微。澗迴雲去盡，[6]地僻客来稀。野鳥傷春去，林花作雪飛。[7]祇因飄泊久，對此也沾衣。

留別古心淳上人

白社交游少，唯公即舊知。機閒同嗜酒，趣合共耽詩。淪落三生話，蒼茫百歲期。空持匣中劍，日暮竟何之。

游枕煙寺

石磴招提古，松蘿暝不分。排雲雙樹轉，隔水一鐘聞。林影疑殘雨，山光倚夕曛。醉来歸路晚，[8]秋思正紛紛。

故人遂初過山居

秋氣誰相問，荒居懶閉門。劍歌雙鬢換，國步寸心存。謾寫當年事，偏驚此日魂。風流非舊日，有蠱對誰捫。

題畫寄會乩胡温[9]

秋聲無遠近，隱處入雙松。落景明寒渚，虛烟暝遠峰。孤舟清夜篴，何處暮天鐘。不識山陰路，蒼茫翠幾重。

夜泊洪塘舟中次劉子中韵[10]

勝地標孤塔，遥津集百舡。岸迴孤嶼火，風度隔村烟。樹色迷芳渚，漁歌起暮天。客愁無處寫，相對未成眠。

山房秋夜寄魯客

寂寞山居悄，相思望轉迷。江空寒雁落，樹盡暮天低。[11]生事悲秋草，交情憶剡溪。西齋愁不寐，風雨共凄凄。

江上醉歸

江邊日日醉，應被野鷗猜。潦倒依芳草，猖狂藉綠苔。杜陵非嗜酒，彭澤豈耽杯。近是飄零客，愁懷強自開。

聞性空居士病愈

問訊維摩室，秋深病稍除。翻經仍傍暖，補衲乍臨虛。寂寞思聞梵，睽離嘆索居。西來同逝水，不肯寄雙魚。

題　畫[12]

萬籟秋聲送，[13]雙峰宿靄收。江涵林影碎，野接曙光浮。薜蘿連書幌，鶯花避釣舟。由來楊子宅，寂寞閉丹丘。

龍湖夜泊

小舟眠不得，起坐待潮生。露淺壺觴盡，江澄巾屨清。沿沙餘鳥迹，隔水遞鐘聲。悄似金山夜，相看月正明。

到　家

冒雨離家去，今朝江上囬。妻兒憐我醉，懷抱爲誰開。山谷多豺虎，田園半草萊。生涯無可問，不惜坐蒼苔。

春日客至

日暮滄江上，收綸坐石磯。爲憐霄漢客，暫解薜蘿衣。雨過苔初合，雲深蕨正肥。相看俱白髮，[14]誰道故人稀。

春暮約魯客游雁湖

桂樹淮南隱，緘書許見招。[15]幾年悲落魄，今日任逍遥。擢秀名空在，搴芳趣轉饒。也知簪組累，不似學漁樵。

挽淳上人[16]

飲盡杯中物，西游竟不歸。孤墳誰掛劍，老泪獨沾衣。夜月疑禪幻，春雲想錫飛。東林詩社在，寂寞似君稀。

游鼓山靈源洞。時澄明境豁,[17]入望千里,徘徊自旦至夕,值月上聞梵聲,泠然有出塵之想

旭日照高岑,天風振遠林。不因滄海色,[18]那識白雲心。寶樹空香滿,珠林積翠深。坐來明月上,何處起潮音。

晚眺次林公偉韵

偶信東山屐,尋幽到翠微。白雲空野樹,紅葉戀斜暉。岸落潮初滿,天寒雁未歸。風塵江海遍,不上野人衣。

秋懷次韵

解印歸來晚,茆齋病未除。窮然鄰桂樹,歸興托鱸魚。久歷羊腸險,難通雁足書。秋風正蕭索,不似故園居。

懷雲臥軒主人

江上一爲別,[19]令人長憶君。碧虛燈影送,清籟梵聲聞。月落林扉靜,潮廻島嶼分。何時高閣上,對臥碧山雲。

九日客楊隥

楊隥逢九日,寂寞倍思家。俗士不鮮飲,濁醪何處賒。空山悲落帽,短逕懶簪花。不見南來雁,新愁未有涯。

題怪石贈靈異上人[20]

靈山一片石,蒼莽起秋聲。願以中流險,能同砥柱平。色連蒼蘚合,[21]根帶白雲生。終日頭空點,誰能辨爾情。

送心泉疑上人游方[22]

不住孤雲迹,茫茫萬里程。澄心窺妙道,樓幻抱幽情。錫度秋應盡,經餘月正明。諸天參禮遍,石上問三生。

五言徘律

重陽後寄林君佐

秋度重陽盡，寒隨夜雨來。菊荒陶令宅，雲暗越王臺。戰伐行人苦，誅求寡婦哀。濟時無上策，尸位愧庸才。北去瞻天遠，南游指日迴。客愁長自寫，鄉思不堪裁。海上雲千疊，生前酒一杯。相思存潦倒，遠別謾徘徊。佇看凌霄翮，春風到上台。

挽邊懶懶道人

四明邊道士，狂似賀知章。結客游千里，看花醉百場。越談多慷慨，楚舞獨徜祥。翰墨南宮趣，襟期北海鄉。看雲時并展，貰酒每探囊。蕙佩青山影，芹羹碧澗香。交情期管鮑，人事等參商。入望迷雲樹，相思見月梁。三生空指日，兩鬢獨成霜。[23]百粵清游地，懷君一斷腸。

挽胡尊道[24]

我憶酒中仙，吟詩動百篇。才多天不惜，名在世空傳。已闕招陶社，空迴訪戴舡。疎狂誰得似，索漠竟堪憐。踪迹江湖滿，交游歲序遷。辭家頻萬里，作客向經年。病卧滄江上，魂飛瘴海邊。悲歌臨舊業，哀影隔重泉。有母存鄉曲，無兒掃墓田。平生於我厚，遠歿賴誰全。舊事驚殘夢，新阡已斷烟。逝川何日返，那得不潸然。

五言古詩

途　中

萬物皆有托，我生獨無家。蔓草野多露，渺渺天之涯。親戚不在傍，更與奴僕賒。落日下長坂，悲風捲驚沙。林依避猛虎，郊行畏長蛇。豐狐逐野鼠，跳躍當吾車。村墟四五聚，索漠棲昏鴉。[25]方投異鄉轍，[26]又悲遠城笳。撫劍向夜起，中心鬱如麻。微軀豈足顧，[27]天道良可嗟。雲漢念乖阻，道路日已遐。去去復何極，爲君惜年華。

送鎖子堅北上

亂象既無已，中心恒不夷。翩翩南林鳥，厲翮無所依。念子將焉如，慷慨與我辭。西北有名將，世秉仁義麾。壯哉國士心，嘉會良在茲。江漢有舟楫，梁楚多旌旗。時焉不我與，言念渴與飢。明良際昌運，允稱平生懷。

送劉子中二首[28]

執手寒江濱，慷慨難爲別。豈無楊柳枝，零落不堪折。[29]鴻雁西北来，嗷嗷唳晴雪。陽和忽已暮，旅況轉凄切。誰憶蘇子卿，[30]天涯持漢節。

幽蘭抱貞姿，結根巖石中。猗猗汎叢碧，及此春露濃。君子每見取，衆草羞與同。當爲王者香，揚芳待清風。撫琴起長嘆，曲盡情未終。

題南塘喬木圖

南塘有喬木，偃蹇盤空陰。始驚鸞鶴舞，載聽蛟龍吟。[31]歲晏霜雪繁，[32]感觸一何深。明堂不見取，老大多苦心。春風田里間，榆柳空成林。按圖爲君歌，聊以寫徽音。[33]

潮州郡學鳶飛魚躍亭[34]

虛亭倚危磯，蒼莽淡無迹。幽人時往還，日暮坐苔石。[35]芰荷露涓涓，蒲葦風淅淅。物性機盡忘，上下皆自適。遙峰敞空翠，落景洞深碧。[36]悠然一舒咲，[37]造化亘今昔。聖門竟淵邃，世路何逼仄。邈哉古人心，千載坐相憶。[38]

題棘石圖

烈風號中林,極目盡榛棘。[39]離離寒月秋,莽莽古原夕。冥鴻振高翮,鶬鶊翳深迹。奈此貞固姿,蒼茫亘秋色。[40]

題醉道士圖

楚澤多荆榛,崐崘植瑶草。化工運神機,何物爲醜好。形骸俱已忘,希夷即爲寶。飄然来丹丘,相從過蓬島。[41]簪裳一邂逅,壺觴恣傾倒。顧爾此日醇,[42]浣余百年抱。同醉無所知,後此天地老。

與和仲古心飲酒分韵得詩字

淵明歸去時,不作兒女悲。視世若浮雲,出處得所宜。有酒但歡飲,戚戚欲何爲。[43]斯人不可見,載歌停雲詩。

題望雲圖寄劉子中[44]

開窗見停雲,美人別經歲。[45]以兹一時意,聊寄千里外。[46]曖曖春復深,悠悠歲云邁。遲爾浩蕩心,空山日相待。

題　菊

我憶故園時,遶籬種佳菊。交葉長青葱,餘英吐芬馥。別来二十載,粲粲抱幽獨。豈無桃李顔,歲晚同草木。及兹睹餘芳,使我淚盈匊。離披已欲摧,瀟灑猶在目。雨露豈所偏,歲月不可復。歸去來南山,餐英坐空谷。

友漁樵者爲林懷之賦[47]

至道久湮蕪,浮生自勞苦。鷗鴉甘鼠帶,鸞鳳畏羅罟。伊人秉幽志,夙昔陋圭組。[48]顧此山水間,悠然共容與。短笛入空林,方舟向深渚。白雲時滿襟,[49]清漪或盈履。長咲涼風生,徘徊新月吐。行歌即宇宙,醉卧無今古。何由升杳瞑,[50]聊復謝巇阻。

秋　懷

懸門挾桑弧,丈夫四方績。如何中險艱,零落苦相失。涼風天際来,庭草萋以碧。[51]嗷嗷雙飛鴻,宵征度寥閴。物性既如此,余兹念何適。寒聲在衣巾,心煩百憂集。美人隔天涯,佳期阻良夕。鼎湖詎可招,巫咸已難即。孤憤不自聊,長歌振岩石。

和鄉友程民同會龍山留別韵[52]

相思樂未終,憂心亦何苦。翩翩鸞鶴群,[53]牢落麋鹿伍。緬懷駕輅車,伊昔事戎府。王事多艱險,跋涉幾風雨。看劍思躍龍,登墉氣摧虎。奈何向中道,山川竟修阻。及兹展良覿,澄秋碧江潀。雲山寄徜徉,烟蘿暫容與。相投既不厭,感慨獨懷古。長風起疏林,寒色落芳渚。廣筵促鳴鷗,冷然奏飛雨。雲霄浩無涯,去去但凝佇。

月夜坐悠然軒有懷

明月照我懷,開窗共幽賞。冷然萬籟秋,[54]静夜發清響。山川日脩阻,之子獨云往。歌長耿不寐,[55]相思遞遥想。

雪林爲柏上人賦

朔風生沍寒,瓊瑶遍山川。日夕天雨花,蒼然祇樹園。大千開净域,一髮無垢氛。熱惱頓消息,超然謝塵喧。靈臺淡明徹,庶極真空源。

題溪山春曉圖

好山凌遠空,初日散晴旭。繁花點殷紅,柔條媚新綠。游魚戀芳藻,鳴鳥出深谷。物情適初性,[56]一覽感所觸。寄謝桃源人,從兹仰芳躅。

龍山夜集分韵得樹字[57]

薄暮清興佳,[58]涼飈集高樹。[59]須臾明月生,清光在尊俎。池空荷影涼,[60]石冷苔色古。列坐當前墀,杯行不煩舉。野庖具山蔬,稚子進雞黍。晴峰餘靄收,密竹殘露湑。驚鵲翻夜叢,[61]流螢墮前户。良時念暌離,觸物感所遇。[62]坐待河漢流,[63]疏鐘遠林曙。

題雲山青隱圖

青山聳崔嵬,綠樹鬱葱蒨。濛濛幽谷深,靄靄秋雲亂。顧彼衡門幽,棲遲眼中見。范然不可即,中情良繾綣。

七言絶句

送顏子中[64]

使君捧檄度南關,遠布天威廣海間。爲問故人孫内史,翩翩劍佩幾時還。

題畫葵花

上苑餘春輦路荒,芳菲落盡更堪傷。憐渠自是無情物,猶解傾心向太陽。

寄蔡司令

十年海上舊郎官,白髮相期歲欲闌。處處風塵猶在目,歸来何日共綸竿。

別後升沉事幾多,故人心事竟如何。落花啼鳥春無賴,莫遣風光咲薜蘿。

新春寄魯客

雪後梅花幾樹開,故人忘却剡溪来。東風獨倚孤舟興,芳草青青送酒杯。

題邊道士山水[65]

碧松陰底大江邊，兩岸猿聲思悄然。[66]落日亂雲迷遠近，無心重理釣魚舡。

青山漠漠水迢迢，却倚朱絃思寂寥。鳳鳥不來春已暮，空將一曲寄虞韶。

題敗荷

曾向西湖載酒歸，香風十里弄晴暉。芳菲今日凋零盡，却送秋聲到客衣。

和吳升甫見寄[67]

楚澤蒼茫帶夕暉，暫投簪佩坐苔磯。孤雲不解離情苦，猶自紛紛上客衣。

短籬黃菊正蒼蒼，客路西風兩鬢霜。誰信義熙年後筆，獨能千古吊餘芳。

送陳仲實還潮陽

十年海上賦離歌，今日臨岐奈別何。歸去故人如有問，春山從此蕨薇多。

題雲松野岸

遠山積翠白雲多，楊子幽居隱薜蘿。一徑松陰春寂寂，朝来載酒幾人過。

九日寄魯客

黃花錦樹碧江濆，哓把蘋萸獨憶君。[68]日暮西風還落帽，風流那似孟參君。

寄方中上人

竹徑柴扉客過稀，落紅滿地綠依依。懷人獨立滄江上，幾度扁舟興盡歸。

次居貞見寄韵

君去溪山趣亦稀，晚来空翠正霏霏。多情祇有梅花樹，滿路清香送客衣。

題畫山水

野菊蕭蕭一徑深，茆齋低結小山陰。楓林又逐秋風老，惟有孤雲似客心。

七言律詩

聞大軍渡淮

挾策南游已十年，夢魂幾度拜幽燕。王師近報清淮甸，羽檄當今到海壖。妖氣蒼茫空獨恨，生民憔悴竟誰憐。廟堂早定匡時策，我亦歸畊粟里田。

雨夜官舍有懷[69]

官舍人稀夜雨初，踈燈相對竟何如。乾坤迢遞干戈滿，烟火蕭條里社虛。報國每慚孫武策，匡時空草賈生書。手持漢節歸何日，北望宸京萬里餘。[70]

挽秋谷上人[71]

我把一麾江海去，上人隻履竟西歸。三生寂寞烟霞淡，雙樹飄零故舊稀。季札有懷空挂劍，大顛無處更留衣。累累荒冢悲風裏，淚灑空山送夕暉。

過化劍津有感

珤劍沉沙世已傾，千年波浪未能平。空餘故壘鄰滄島，那復雄兵出郡城。睢上何人祠許遠，海中無客葬田橫。夜深有氣干牛斗，灑淚空含萬古情。

山居喜劉子中見過

幾年江海厭風波，千里雲林竟若何。爲喜故人深赴約，不辭此日遠相過。鳥啼芳徑春應盡，花落名園草漸多。世事悠悠那可問，[72]與君對酒且高歌。

次子中韵

遙憶韓山登覽處，故人離別動經年。南游似入三湘道，北上空瞻萬里天。花徑春風聯袂出，郡城夜雨促燈眠。夜来獨上高樓望，劍氣蒼蒼北斗邊。

會故人程民同

憶昔交游多感慨，別来世事幾浮沉。王弘不識淵明趣，鮑叔能知管仲心。江海有懷悲故國，風塵無處問歸音。相看日暮東流水，白髮羞爲梁父吟。

寄別劉子中

問君西去與誰親，吳楚山川滿目新。賈傅有才終大用，杜陵無計豈長貧。鳳凰臺古思明月，采石江空夢白蘋。幾欲西風斟別酒，不堪零淚滿衣巾。

游雁湖

雁去湖空野水深，秋風吹客上遙岑。丹楓盡逐孤臣淚，黃菊空憐

處士心。雨後諸峰浮夕靄，霜前一葉送寒陰。停車欲問當年事，尺素
何由到上林。

江海風波浩不收，却来此地駐清游。上方樓閣通三島，別墅烟霞
卜一丘。書斷雁歸沙塞遠，丹成龍去鼎湖秋。悠悠此意憑誰問，陳迹
空餘萬古愁。

寄陳仲實

三徑荒蕪幾負秋，[73]異鄉書劍尚淹留。陶潛解印投閒去，阮籍耽
杯盡醉休。歲月東来空冉冉，江山北望自悠悠。劍歌無那相思處，滿
目風塵倦倚樓。

和馬子英見寄韵

十年流落向炎州，判與劉伶作醉游。望國孤忠徒自憤，持身直道
更何求。浮雲往事驚春夢，落日窮途起暮愁。賴有故人相憶在，遍題
尺牘海西頭。

和魯客見寄韵

故人相約碧溪行，風雨何期別恨生。遠嶼白波孤棹没，[74]空林黄
葉宿寒輕。謝公獨得東山趣，鄭子應慚谷口耕。安得手杯同潦倒，遠
尋瑤草到蓬瀛。

春日雨中即事

京洛繁華事已遠，懷人竟日掩空扉。望迷楚岫聞啼鴂，思入秦川
怨落暉。野館蕭條芳草合，寒江寂寞暮雲飛。落花片片隨流水，惆悵
關河淚滿衣。

立春日有感

故國棲遲去路難，園林此日又冬殘。天涯往事書難寄，客裏新愁

淚未乾。臘雪漸隨芳草變，東風猶哄布袍單。堤邊楊柳開青眼，肯傍梅花共歲寒。

春日遂初居貞見訪

東風吹雪正紛紛，江上離居欲斷魂。白髮故人緣草徑，錦袍公子向蓬門。[75]淒涼久負東山屐，牢落須傾北海樽。[76]相對不堪悲往事，渡頭燈火送黃昏。

秋暮會古心上人

遠公與我雲間別，幾度西風海上秋。[77]白髮醉来還自哄，[78]青山歸去與誰游。烟蘿久負孤燈夢，[79]猿鶴應同兩地愁。相對空林今夜月，清光遲爾少淹留。

挽子中別駕[80]

劉君自是南州彥，嗜酒吟詩興獨狂。不以長鯨浮采石，却緣孤雁没蠻鄉。經綸事業誰堪擬，金石交情我最傷。料爾賢郎多少恨，獨收遺骨返衡湘。①

七言古詩

挽君壽柏僉院[81]

柏君挺挺英雄姿，出佐薇省丁時危。愁聞西浙已瓦碎，[82]東南民命猶懸絲。[83]樓舡一旦下江水，殺氣妖氛壓城壘。[84]大臣鳳駕思棄城，戰士魂銷戰心死。[85]臣雖力困肝膽存，臣當殺身思報恩。誓將一木支頹廈，肯樹降幟登轅門。[86]人生恩愛豈不顧，詎忍貪生負天子。半空烟漲樓宇紅，盡室魂飛劍光紫。嗚呼！氣分光嶽臣道衰，賣降授節紛陸離。巍巍廊廟已如此，扶持世教非公誰！扶持世教非公誰！

---

①　此詩及以下三詩，明刻本均是抄補，故據嘉業堂本校之。

挽迭漳州子初^[87]

黑雲壓城天柱折，長烽夜照孤臣節。劍血飛丹氣奪虹，銀章觸手
紛如雪。丈夫顧義不顧死，泰華可摧川可竭。蕉黃荔丹酒滿壺，千載
漳人酹嗚咽。

自　決

昔在潮陽我欲死，宗嗣如絲我無子。彼時我死作忠臣，覆祀絶宗
良可耻。^[88]今年辟書親到門，丁男屋下三人存。寸刃在手顧不惜，一
死了却君親恩。

先府君平日喜作詩，^[89]晚年忍隱林壑，尤必以此自娱。故凡其觸
物感事、流連光景，一寓於辭，^[90]以舒其抑鬱之懷，以發其憤惋之氣。
其作頗多，第以家不蓄稿，^[91]俌自悼年爲所背棄，不能一舉成篇。比
自有知以來，始於耆老故舊之間，掇拾遺篇，粗得已上若干首，^[92]類成
卷帙，用敢示之子孫。是雖不能盡得其詳，而其大志略節亦於此焉見
耳。嗚呼！爲子孫者，苟能因其詞而知其心，則亦庶乎凛凛然思以繼
承於不墜哉！歲上章敦牂孟春初吉，孤子俌謹書。^[93]

友石山人遺稿終^①

【校勘記】

[1] 溪山風雨圖：明刻本作"題溪山風雨圖"。

[2] 雪：嘉業堂本作"霜"。

[3] 重到龍泉寺懷秋谷肅上人：明刻本"寺"下有"有"字。

———————

　　① 　明刻本此後又録詩一首，題作《潮陽登東山謁文信國祠》，其詩云："南紀茫茫盡海邦，偶
來登眺壯心傷。前年廟貌留芳草，萬里河山帶夕陽。風景坐餘周頡淚，咏歌難盡謝安觴。豎儒懷
古應何意，讀罷殘碑一慨慷（右見吴光鄉《潮陽八景録》）。"

［4］春暮山居：明刻本題作"山居春暮偶成"。

［5］柴：明刻本作"蒼"。

［6］澗：明刻本作"洞"。去盡：明刻本作"到少"。

［7］林花：明刻本作"楊花"。

［8］晚：明刻本作"遠"。

［9］乩：明刻本作"稽"。

［10］夜泊：明刻本作"夜宿"。

［11］天：明刻本作"雲"。

［12］題畫：明刻本題作"題畫小景"。

［13］送：明刻本作"近"。

［14］髮：明刻本作"首"。

［15］許：明刻本作"喜"。

［16］挽淳上人：明刻本題作"挽古心淳上人"。

［17］澄明境豁：明刻本作"澄明景霽"。

［18］因：明刻本作"應"。

［19］一爲：明刻本作"爲一"。

［20］題怪石贈靈異上人：明刻本題作"題怪石圖贈異上人"。

［21］連：明刻本作"憐"。

［22］此本無此詩，據明刻本補。

［23］獨：明刻本作"各"。

［24］挽胡尊道：明刻本作"挽胡尊道温"。

［25］棲：明刻本作"集"。

［26］轍：明刻本作"迹"。

［27］豈足顧：明刻本作"焉足惜"。

［28］送劉子中二首：明刻本題作"送別劉子中二首"。

［29］落：明刻本作"亂"。

［30］憶：明刻本作"憐"。

［31］載：明刻本作"再"。

［32］歲晏霜雪繁：明刻本作"歲暮雪霜繁"。

［33］以：明刻本作"爾"。

［34］潮州郡學鳶飛魚躍亭：明刻題本作"題潮州鳶飛魚躍亭在郡學東"。

［35］日暮：明刻本作"濯足"。

［36］景：明刻本作"日"。

［37］咲：明刻本作"嘯"。

［38］千載：明刻本作"日暮"。

［39］榛：明刻本作"荆"。

［40］亘：明刻本作"更"。

［41］從：明刻本作"逢"。

［42］顧：嘉業堂本作"飲"。

［43］何：明刻本作"奚"。

［44］題雲圖寄劉子中：明刻本題作"寫望雲圖寄温陵劉子中"。

［45］歲：明刻本作"載"。

［46］外：明刻本作"佩"。

［47］友漁樵者詩爲林懷賦：明刻本題作"友漁樵者詩爲林伯景賦"。

［48］圭：明刻本作"絓"。

［49］白：明刻本作"同"。

［50］暝：明刻本作"冥"。

［51］萋：明刻本作"凄"。

［52］和鄉友程民同會龍山留別韵：明刻本題作"和鄉友程氏民同會龍山留別韵"。

［53］翻：明刻本作"翩"。

［54］冷然：明刻本作"泠泠"。

［55］歌長：明刻本作"長歌"。

［56］物情：明刻本作"物性"。

［57］龍山夜集分韻得樹字：明刻本題作"龍山月夜飲酒分韻得樹字"。

［58］佳：明刻本作"嘉"。

［59］颱：明刻本作"風"。

［60］荷：明刻本作"河"。

［61］叢：明刻本作"巢"。

［62］遇：明刻本作"寓"。

［63］漢：明刻本作"影"。

［64］送顏子中：明刻本作"送顏子中使廣州"。

［65］題邊道士山水：明刻本題作"題邊道士小景"。

［66］思：明刻本作"更"。

［67］和吳升甫見寄：明刻本題作"和吳升甫見寄韻"。

［68］莫：明刻本作"盃"。

［69］雨夜官舍有懷：明刻本題作"夜雨"。

［70］宸：明刻本作"神"。

［71］挽秋谷上人：明刻本題作"懷秋谷蕭上人"。

［72］悠悠：明刻本作"紛紛"。

［73］三：明刻本作"一"。

［74］嶼：明刻本作"樹"。

［75］向：明刻本作"欵"。

［76］樽：明刻本作"尊"。

［77］幾：明刻本作"裁"。

［78］醉：明刻本作"時"。

［79］烟：明刻本作"薜"。

［80］挽子中別駕：嘉業堂本題作"挽子中劉別駕"。

［81］挽君壽柏僉院：嘉業堂本題作"挽柏僉院"。

［82］西浙已瓦碎：嘉業堂本作"兩淛已瓦解"。

［83］東南：嘉業堂本作"江南"。

［84］妖：嘉業堂本作"兵"。

［85］戰：嘉業堂本作"將"。

［86］肯樹：嘉業堂本作"肯豎"。

［87］挽迖漳州子初：嘉業堂本題作"挽迖漳州"。

［88］覆：嘉業堂本作"義"。

［89］平日：明刻本作"平昔"。

［90］辭：明刻本作"詩"。

［91］蓄：明刻本作"畜"。

［92］已：明刻本作"以"。

［93］偶謹書：明刻本此三字下有"玄孫焯謹録"五字。

附　　録

自述誄

　　王偁,字孟揚,其先東阿人,宋寶元、康定用兵西方,士有没于元昊者,王氏遂爲西方人。元有天下,其地最後始附,賜姓唐兀氏。高祖王父某,從下江淮,授武德將軍,總管鎮廬州。曾祖王父某、祖王父某,相繼襲爵,改上千户,没,俱葬大蜀山下。先府君某,當搶攘之時,以材用薦者調民職廬州路治中,歷江西、福建行省郎中,至階朝列大夫、潮州路總管,當時稱廉吏第一人。所涖政績卓異,字惠小民,攘剔豪右,禮賢士,植綱紀,至于今民奉以祠。元運改玉,度時不可爲,浮海去之。道閩,閩父老遮留,退居永福山中爲黃冠服十年。朝廷聘之,恥爲二姓臣,遂自引決。嗚呼! 是時偁生方九齡,家穀然壁立,太夫人守節自誓,艱阻僃嘗,手疏先君之蹟與古今豪傑大略教之。外王父姓劉氏諱某,由宣文閣博士出僉閩憲,再召入爲秘書丞,没王事,贈嘉議大夫、福建行省參知政事。其學淹貫靡不究、博古好雅,翰墨之妙絶當世,偁不及見之。閩先正聞過齋吳公,學行醇偉,爲士林望,其與先君交誼相與也。先君没時,屬偁夫子教之,竺未弱冠,夫子没,倀倀罔依歸。賴外玉父遺圖書手澤,多杜門自研涸,少多病,負笈者三年,莫臻其至。弱冠入庠序,與陳君從範游。陳蚤入聞過夫子室,獲其指授,懇懇汰其瑕,示以瑜瑾,一旦如發蒙矣。洪武庚午賓與歲,領鄉薦,方去海濱,觀光上國,會試春官不利,例入國子,處晉雲朱先生館下,日求齊魯士與談,訪其遺風及四方之賢者而私淑之,上表陳情乞終養。高皇帝憫之,南歸越震澤,徘徊吳會間,不敢留,趨侍湯藥膝下,始冀收其實。而從範已故,閩故老亦凋剥殆盡,四顧毗落無與語。晚得晉昌林誌,相與講學,假以柯範,抗顔爲多。暇則窮幽極深,超豁如也。既無幾何,太夫人捐館舍。嗚呼! 居喪不敢渝禮,既合葬先君塋,廬墓下者六年。永樂初元,用推轂者至京師,待命黃閣，因自陳願處學校、勵人才，不允，授從事，即史官翰林檢討，進講經筵，以文字供職。時錢塘王洪擅詞垣，與同官過相推重，敕脩大典，萃內外儒臣及四方韋布士，毋慮數千人，濫竽總裁之列。大將軍英公覆征交阯，辟居幕下。於是泛洞庭、浮沅湘、瀝九疑、吊蒼梧，徵兵南海，既而窮象桂、道五管，觀覽師于日南、九真之交，時有贊勵，大將待以爲揖。客歸，仍守其舊官。先娶鄭氏，前名御史潛之孫女，新安人，先卒。再娶薛氏，閩故族，孝養于姑，內得其亮，生男一人振，女子子一人。其次男拱，女子子一人，側室李氏出也。族系出處之槩。少之銳志於有爲，毅乎思以馭今，而用弗以施學。雖服群聖、獵百家，亟於聞道，而質淪憝杌，遇登高吊古，慨然發其悲壯愉樂，一寓於文若詩，而辭愧土苴。其爲人則似齷而容、似傲而恭，家貧而心樂，身困而處裕。然疾惡太過，遇權貴不能俛眉下之，任情以直而不能骯以徇人成功，此其見短于世也。見人善，不啻若己有之。己之有，雖匹夫問未嘗不竭以盡，與人交內外莫敢攜，此則自以爲有微長焉。若夫愴以爲終身之憾者，亂失所怙，哭吾父，幾不能生。粗知學，而哭吾師，如哭吾之父焉。未幾，哭吾友，如哭吾之師。比得祿而太夫人不逮于養，有子教之未立，身荷兩朝之厚恩而莫舉報。嗚呼！況茲繫于縲絏，東陵西山，淆而未分，庶女之號、孤臣之慟、南音之戚、梁岸之章，孰爲發之？術家以生日支幹推定人禍福死生，謂吾年月日皆庚，迪于丙歲，在閼逢，麗于鶉火，其弗延矣。嗚呼！是果然耶？孟子曰：桎梏而死者，非正命也。晝夜之理，吾曷念之？因述其繫而極之以呼天，辭用自誄，俾後之爲烏鳶、爲螻螘，在陽侯、在回禄，或返其遺骸，或招其魂魄，或藏其衣冠，庶令有考者閔其志而哀之云。辭曰：予概觀夫古之人，怙材者恒困於弗施，志大者曰顛頓之屢躋。嗚呼！孟揚！矧爾乏古之材而尚其志，焉得不奇於時而誘於戾？爾負而君，爾負而親！嗚呼，誰其白之悠悠蒼天！閼逢敦牂之歲，拙在圉如裁生霸，越翊日煐，再書一通，付南湖草堂。是夕窘游三山，在輆生舘起覺淒然，遂録憂思忽忽，精神琢喪，書此不覺滿紙訛漏，豈真非久長之兆耶？

密齋王先生挽章序

古稱死有重於泰山，亦有輕於鴻毛，蓋言爲死則一，而輕重則殊也。然則其所重者果何在耶？亦惟死於國事爾。當在永樂間，吉文春兩解公爲春坊學士，閩郡密齋王先生爲翰林檢討，二人皆以文學見知東朝，出入必相與俱，時有構非言以陷春雨者詞連先生，遂俱下獄以死。此先生自誄之文，所以有"東陵西山淯而未分，誰其白之悠悠蒼天"之辭也。讀者不能不掩卷而悲之。然先生與春雨既死，卒賴其言，人倫以正，大位以安延于今，而本支百世者，先生與春雨正辭之功也。是則先生之死雖與衆同，而其所系之重關乎國事，則有非衆人之可比也。孔子謂，公冶長雖在縲絏之中，非其罪也。使時有孔子，則先生之白也久矣。然先生既没，而後之哀挽者益多，有稱先生之學貫古今者有之，有稱先生之文足以追踪子雲、相如者有之，亦有作爲《招魂》《九歌》以發揚先生之忠憤，而紓其抑鬱者，又疊疊焉，奚必專俟孔子之言，然後有以白其志也耶？先生之孫司訓文質，以所得諸公之挽章持求予序，敬書所聞而歸之，見斯文相慕之有在云。

　　成化元年乙酉冬十月既望，賜進士中順大夫，特改太常少卿兼翰林侍讀學士充經筵官、國史副捴裁、前國子祭酒，安成吳節汝儉書。

招魂九歌挽密先友

　　若有人兮冠王，處深山兮幽獨，樂琴書兮圖盡，友松竹兮麋鹿，既永矢兮弗去，畏從步兮局蹙，惟隱耀兮自脩，佩蘭花兮郁郁，何馨香兮遠聞，致幽人兮出谷，山何空兮雲愁，水何落兮石簇，鶴佇久兮不來，猿嘯哀兮獨宿，魂苒苒兮何之？痛予心兮慟哭，佩繽紛兮飛揚，起雲蘿兮帝鄉，列仙班兮鳳闕，登金馬兮玉堂，秋水清兮其神，雲漢昭兮文章，渥窪騁兮神駿，舜達儀兮鳳凰，何百米兮既脩，蔑薀鈸兮袞裳，徒生辰兮不淑，反罹遘兮禍殃，雲慘慘兮玉署，風淒淒兮夜涼，杳形影兮不見，絕翰墨兮流香，引兮領兮凝竚，淚交涕兮汪洋，掩闌扉兮杳杳冥冥，朝不見日兮夜不見星，凶人行獄兮宜以爲懲，夫子囹圄兮胡罹其刑，鳥樊籠兮志屈，知爲死兮爲生，目堂堂兮欲瞽，心憂鬱兮如醒，卒不免兮繫死，孰謂命兮匪正，魂不可居兮遄返，毋勞我思兮縱橫，巉巉巖巖兮道之難，相如、子雲之靈兮魂歸而歡，陰林脩竹兮蘭亭其清，右軍神游兮魂飛與並，將謫仙兮閬苑，或屈宋兮蘭臺，何其魂之縹緲兮漫不見而歸來，浩浩蕩蕩兮淵深不窮，水類隱伏兮百侄是，菰堂貝闕兮惟龍之宮，魂之不樂斯世兮或游其中，風何爲兮不發，水何爲兮不驚，龜出没兮若護，龍升降兮若迎，魂之往而不返兮將炯炯而爲水之靈，微茫兮赤城，縹緲兮滄洲，仙人居兮十二樓，魂之游兮成淹留，列仙翁兮掇瑶草，天風吹兮香飄飄，厭斯世兮就逍遥，絕我堂兮心寥寥，穹穹窿窿兮有九其重，龍褸鳳閣兮惟天之宮，魂氣上升兮浮游無窮，和天之宮兮以表其衷，尚升降子雲漢,或週旋子帝傍,帝之愛汝子終不滅其文章,朔方莽蕩子無有窮極,疾風如雷子飛沙走石,沉陰積晦子無朝無夕,曾冰凜冽子肌膚劈拆,魂之不可止子返宜亟,豈顧念乎首丘之虧子遲歸來,于故宅魂之歸子魂宜南,故廬山水子青如藍,松楸欝欝子私情何堪,桑梓歷歷子其樂宜莪,魚戀游子舊渚,鳥歸樂子故林,命既蹇子不遂,魂之歸子何憖。

友生鄭閏

俛仰懷前哲,人亡道不亡。網常懸日月,志節凜冰霜。玉署清風在,金縢信史藏。忠魂何處吊,撫卷重凄涼。

廉江林元美

冲霄意氣雙龍劍,絢日文章五鳳樓,祕府圖書經檢閱,中軍帷幄坐參謀。名聯北闕青宮舊,夢入南湖碧草秋,昔挹清芬今感慨,茫然天地一虛舟。

晋安余旭

泰運弘開海嶽靈,草茆應喜薦虞廷。安儲夙負衷心赤,照汗寧無姓字青。神器萬年飯正嫡,樊籠一旦掩脩翎。干將縱使沉幽壤,猶有龍光焵列星。

夔禼盈連日月開,冲霄鴻鵠困蒿萊。籲天遑恤孤臣慟,吊古誰憐謫窜才。滄海無情沉結綠,青萍有賦托蘭臺,英魂不醒南湖路,長使餘生淚滿腮。

新安鄭垍

昔在文皇朝,製作邁前古。慕述大典書,簡扷多名士。伊誰最出群,吾閩王夫子。雄才蠹班楊,大筆今燕許。一旦貝錦鳴,從容不辭死。玉毀瑚璉器,木凋梁棟具。大才未盡施,殞身太何遽。讀公《自誄》篇,潸然淚如雨。

長樂陳維裕。

夫子神游歲十霜,巍巍山斗聲瞻望。詞垣聲價歸坡老,帥閫心籌屬子房。病體可能堪獄吏,謩謀終賴定儲皇。至今冠蓋閩鄉道,下馬南湖訪草堂。

漳浦吳原。

巒坡位望近三台,太白聲華動九垓。獻疏廟堂神器定,忝軍帷幄捷書末。詞源一派歸滄海,筆喙千秋瘗綠苔。愁絕南湖湖上路,虛舟不盡濟川才。

濂江林瀚

詞垣燁燁吐虹光,雅有聲華動玉堂。一代文章歸《大典》,片言忠赤定儲皇。共憐死節拘图圄，獨儓英魂沉楚湘。四首南湖湖上路，松楸鬱鬱蔽斜陽。

東吳蔡敞

獨罷《流芳集》，潸然淚滿巾。孤忠昭白日，真氣貫倉旻。制作追前右，儀刑啟後人。辨香深有意，再拜書中真。

錫山吕卣

翰苑文章伯，春宮柱石臣。獨憐忠蓋疏，翻作塞連人。一死名尤重，千年事未湮。如今已明白，青史即蒼旻。

華亭諸祺

裔出三槐應上台，讜言重望動京垓。衣冠存得家聲舊，雨露分將天上末。勳樹忝軍昭汗簡，銘歸太史鎖莓苔。鳳毛喜有箕裘託，異日還攄補袞才。

姚江孫燧

書手澤聚芳卷後

翰林檢討三山王孟揚先生之孫、國學生文質，奉先生所記南湖草堂，并翰林諸公爲先生所作詩、文、聯爲一卷，題曰"手澤聚芳"，屬予書其後。予聞先生蚤孤，善承慈訓，弱冠中，洪武庚午鄉試、試禮闈弗偶，卒業國學，尋乞歸養，定省暇，篤意聖賢，踐履之學，追古作文章。永樂初，召爲翰林檢討，時方脩大典書，天下儒臣碩士咸召至。學士解公掌文淵閣事，盛稱先生學貫古今、文追《騷》《雅》，書法妙絕當世，加意敬禮。蓋先生才高識遠，其議論迥出人意表，人咸以大用期之。或有曰：使先生大用於時，唐之姚崇、宋璟、宋之司馬光、歐陽修之事業不難爲也。惜乎退疾，僅以文章馳響當世，垂法後人而已。宣德庚戌，予叨官翰林學士，南郡楊公嘗謂予曰："曩官翰林，若閩中王孟揚、吳中王汝玉文章信不易得也，弟眼空四海，同時俊傑舉不足以當其意，不得大用者以此。"又曰："翰林雖以文字爲業，所重者德量耳。"今觀《南湖草堂》，又得聞所未聞者，曰："仰高堂、慕先世，忠義之節，致高山仰止之思也。"曰："望松樓，念先人體魄之藏，抱終身之慕也"。曰："怡怡堂樂，天倫之樂，以順父母之心也。藹然孝友之心，厚綱之道也。"予又知先生所存所履者，本乎行之實，其文章特餘事耳。先生所以能若是者，夫豈無所自哉？先生之先大夫潮州公死於國者也，其碩學懿行，孤忠大節，垂裕於後昆者遠矣。予讀畢，敬書，此於卷末，繫之以詩，以寓予哀挽之情云。

鶴書遠名上蓬萊，《大典》書成屬揀裁。學貫天人宗百世，文光奎壁照三台。

廟廊正欲需良輔，梁棟寧知棄大材。讀罷遺文興敬仰，爲歌薤露寄予哀。

翰林院學士，後學莆田林文書。

手澤聚芳詩文

南湖草堂記

南湖草堂者何？余家之別業也。南湖名者何？居之南有巨浸焉，曰龜湖。境以湖勝，故草堂以南湖名也。嗚呼！昔先君宦游，遭世中變，遂擇其地居之。先君没，堂燬于鬱攸氏之灾，去之逾廿年，始克復其故也。堂舊爲制凡數楹，不陋不飾，西闢小齋，面南有山，扁曰"悠然"，取陶靖節之語，示隱志也。東偏別爲一室，前臨盤陀，號曰"友石"，先君嘗以友石山人自名。軒與石對，而命之也。堂既重弄于山人之子，於是竊以"悠然"之扁更其名，曰"仰高"，示見山有景、行之思也。"友石"之號易之"翁石"，禮父友而翁尊之也。後闢祠宇一所，庸妥先君之靈。中爲怡怡之堂，爲吾兄弟之居也。堂外復搆小樓數級，憑闌而望，雲飛英英，松梓在目，潸然出涕，吾弟容叔乃以望松名之也。此草堂之規制始末也。至若綠野無際，登堂而適望也；澗聲四時，俯几而足聽也。青山如屏，迎抱左右，此堂中之景也。鳥鳴而春山幽也，葉脱而秋氣蕭也，朝烟而夕霏，風晨而雪候也，此則景中之勝也。夫堂以景而名，景以人而勝。於焉壺觴時集，互唱更酬，游也、宴也、駐也、咲也，有不知其身之覊而異鄉之足感也。堂中又有書數千卷，經史子籍俱書畫數百本，上泝晋唐而有之。故廩雖貧而趣常適，室雖罄而樂常充也。爰念昔人有作，必私有所紀，此草堂之記所以述也。噫！春蘭可紉，秋菊可餐，瞻戀松楸，孰謂廬山之勝可以易此，而北山之文爲吾之移也。

翁石山人王偁記。

南湖草堂詩

溪口逗寒色，泠泠踈竹風，入溪阻平曠。倏與南湖通。古人隱空林，滿洒塵外踪。飛搆出霞表，開窗仰孤峰。因觀喬木陰，感此世澤崇。連枝水雪容，高堂聲臭同。忘言遺外榮，静念滋内冲。雲生遠山白，日落踈林紅。虛亭俯層巘，高樓翳長松。緬懷孤鶴遥，再睇雙丘隆。蘭佩春始成，芰服秋已空。我歌南山辭，爲報東園公。

天台夏迪

我聞昔者王潮州，驅馳正在艱危秋。一朝慷慨全大節，恨血忽隨孤劍流。英雄已矣忠臣死，草堂舊業烽烟裏。空餘老石半荒苔，惟有南山翠入洗。承家有子真絶奇，草堂更築湖之涓。簾櫳褰開碧晻靄，几席倒浸青漣漪。壎箎遞奏音和協，山鳥巖泉間相接。雨霽時翻萬卷書，墨者日寫諸家帖。別起華堂連碧峰，高山仰止希前蹤。當軒巨石宛如昨，昔也爲友今爲翁。就中曾搆高百尺，先隴松楸望中碧。秋濤撼屋暮烟寒，曉露滴珠山岳白。草堂雖樂難久留，伯也欲起登瀛洲。摛華栞藻動文采，九重出入瞻宸旒。金門大隱多佳趣，還憶南湖舊游處。爲君展卷起遐思，坐對藜燈玉堂署。

曾棨

我憶王郡守，逸氣凌九州。三山諧夙契，五馬快遨游。喜託青門人，卜居南湖水。卷幔浮寒光，開軒落晴翠。有時不得意，獨上悠然亭。感彼陵谷遷，淒其江海情。徘徊無與交，有友唯白石。貞節諒斯同，中心詎能易。一朝鸚書至，後鶴驚夜啼。天家奪雲塈，不許借夷齊。脱身以遺榮，仙路竟長往。汗漫玄圃期，蕭條紫霞賞。承家見文彩，藉此丹鳳毛。淮水既未絶，濤瀾當自高。秖今南湖濱，宛似輞川裏。翁石尚歸然，高山頻仰止。安知銀台薦，召赴金馬門。三獻天人策，多承雨露恩。來爲巖子陵，且學東方朔。深得萬乘惟，重然五疾諾。名成拂衣去，終愛草堂閒。白鷗會相識，待子滄浪間。不慙謝東山，何愧裴綠野。余亦淡蕩人，從歸結詩社。

長樂林慈

南湖小山誰結茅，潮陽使君歸避敵。五馬行春何處在，空梁落月多神交。後人此地還盧墓，日望寒松嘆風樹。高堂書坐想音容，小齋夜起悲霜露。阿翁曾與石爲隣，今見盤陀若大賓。阿翁當年與山好，仰止今朝思古人。澄湖積雨秋波净，菱葉荷花落天鏡。出户唯將鷗鳥親，罷琴也逐漁樵興。君家事業何可當，兄弟聯翩如鳳凰。新製文章行滿篋，舊藏袍笏尚堆床。谿藤歙硯相輝焕，今薶琳琅暎華翰。秘閣圖書出晉唐，故家彝鼎超秦漢。我昔登龍候使君，滿堂賓客正論文。南陽醉墨今何在，太史新詩久不聞。前朝冠蓋多如雨，誰可使君同日語。地下逢人不愧心，人間有淚空懷古。三十年来別永易，白頭無復更登堂。心隨輞口藥家瀨，夢落盤中李氏莊。看君豈是悠悠者，日昨橋門動聲價。合浦初還照乘珠，流沙遠致空群馬。到家又結草堂期，曾對山靈發誓辭。名遂古未應稅駕，南湖誰假北山移。

　　新寧王恭

仰高堂記

　　君子之英風盛烈，能使人慨而仰而景蹈之者，每見於天下後世而難於其鄉。難于其鄉者，尤難于其家。自叔世德凉，名臣烈士之裔不再傳，往往陵夷爲庶，蔑沒而無聞，是豈其澤之不足以裕乎其後也哉？山川磅礴之氣，不能以常盛而不衰，作之前者，顧其繼之後者何如焉耳！有能世儷其美者，若靈武王氏之仰高堂者，非所謂尤難其人者與？王氏之先代，勤勞于勝國，至太守時齋公，以雄才直道，有志用世，而時不可爲。山河既改，身死名全，至于今生氣凛然，視夫向之大軍長蓋，望塵雅拜，孰乎恒存于天地間哉？誌不及見公，而學于公嗣密齋先生之門，獲誦公之詩，想見其爲人。先生以文章名當世，而議論英發，神凝以後，人謂公之不死者，於先生而足徵。誌常侍論清暇，久泛古今人物，深慨世慨世德之難。先生幸不鄙夷，履辱前席，追輪往事，涕泗橫流，乃以名堂之記爲囑，曰：“非子莫我知者，誌也。”學未聞道，徒私淑諸人，以考引舊德，庶幾無迷其方，而孱弱之質，不能必其終，不以不肖自期，執筆而記斯堂，顧不强顏已乎？雖然天經民彝，寧獨賢者有是心哉？子焉當致乎孝，非孝者無親，臣焉當致乎忠，非忠者無君。登斯堂也，詩書之檢，有以懾奸諛；弓劍之氣，有以植庸懦；謦亥欠之音，足以厲風節，孰不起其高山仰止之心，而況其爲子孫者哉？況於先生之賢者乎哉？夫德厚者流光，王氏子孫之懿，不徒於先生焉而止耳。《詩》曰：“孝子不匱，永錫爾類。”斯堂之錫類，又將見之於天下後世也哉！後學林誌記。

仰高堂詩

　　中原昔板蕩，戎馬暗穹壤。川陸漲鯨波，東南何莽蒼。吾宗有豪雋，論事時倜儻。遑遑經世心，間道數來往。剖竹歷鷗閩，徵兵度江廣。滄溟浩無際，一葦凌沉瀣。八駿竟忘還，孤臣泣榛莽。大廈執莫支，英雄徒慨忱。炎邦久留滯，白髮謝名鞅。捐館屬清時，風雲寄精爽。佳兒璠璵質，半度殊秀朗。鳳毛絢朝彩，朋翼搏風上。卜築傍湖山，堂成揭華榜。手澤有遺芳，於馬深景仰。含悲履霜露，聲欬聆遺響。羹墻若有臨，烝蒿氣悽愴。都門始傾蓋，相聞在疇曩。撫卷爲懷賢，臨文起遐想。願余瑯邪畏，於子寔宗郎。勗爾踵前脩，淮波方混瀁。

建陽王舜舉

仰高堂，堂前有山高萬丈，堂下美人日瞻仰。山高可仰行可期，中心有懷人孰知。念皆報君盡忠節，仰山懷人獨嗚咽。山光如昔亘不磨，九京才作當奈何。孔悝有鼎昭白日，願君青年當努力。名成行立志不遠，堂前山水增光輝。

三山黃濟

望松樓記

余與王君孟揚同官翰林。一日告余，曰："僕不幸，生九歲而先君子永棄，今垂二十年餘矣。既卜兆于福之龍泉山，痛惟先王中制，服有時而終，禮有時而告，顧罔極之恩，□由中報。"然則爲人子者，果遂死其親矣，必將無以寓其哀慕之情矣。曩嘗闢地築樓，居距丘墓數百弓。昕夕登望，迺見夫墓上之松，蓊然而郁茂，因以識體魄之藏在是，庶哀慕之情有所寓焉。爰以望松揭之，請爲記，用垂示于子若孫，傳諸不朽。余聞孟揚之先本齊人，以武功顯于元，累世襲爵武德將軍、上千户，鎮合淝。其先君子時齋公始轉文秩，歷官至朝列大夫、潮州路總管。元氏革命，遂韜迹居閩，後有以公名薦，聞之伏節以死。夫當勝國之季，公非不知其政荒民散，不復可爲矣，然猶仕且死者，度公之心，豈不謂累世爲臣，不得不任其事，雖值聖明之朝，又不得不爲之而死也。夫伯夷、叔齊顧寧不識殷道之衰，周德之爲盛，迺奮然餓死于殷者，蓋將爲爲人臣者，信大節於天下後世，奚暇爲他計哉？公之心，殆二子之心乎！今孟揚卓然成立，讀書績行，爲世鉅儒，羲冠象服，爲天子近臣。獨念公違背於孩幼之初，生不能盡溫情之道，歿不能傋喪葬之儀，禄俸之不能爲旨甘之奉，故望松之念，終始不置，與昔人望雲而思親者同一揆矣。夫積厚者報必豊，公之死可謂厚而不薄矣。然則享乎豐報者，其不再孟揚乎？永樂甲申仲春，翰林五經博士王汝玉撰。

望松樓詩

層樓幽且曠，豈不遠世紛。臨眺愴中曲，奈此泉下人。斯人骨已化，令名今尚存。有如谷中蘭焚，焚却尚餘芬。蔚蔚山上松，峩峩松下墳。白日不可暮，青山自含曛。何因寄遠淚，洒之向九原。

吉郡梁潛

臨流敞飛構，望彼山尚松。望之亦何爲，先隴在其中。精魂逝已久，永懷痛無窮。孰云路匪遙，邈若雲山重。何時化鶴歸，慰此心冲冲。

廣平宋洵

種松在先壠，倏已凌蒼穹。登樓忽見之，感此心忡忡。南枝浥潛澤，北枝饒悲風。白鶴從何來，猶疑接音容。懿彼孝子心，貞操良所同。我願琢此辭，永賁泉壤中。陵谷或可變，此意無終窮。

天台鮑原弘

築室基故趾，登樓面遥峰。峩峩見新壠，鬱蔚森長松。清陰送斜日，逸鄉來天風。迢遞靄暇矚，悲凉撫屛躬。流光倏已邁，惜惻何當窮。草木如有知，摧殘霜露中。青松日已長，憂思增蔚紅。薦剡忽下驅，馳馬出林居。蘭芬寫懷袖，手把明月珠。摛章貫文苑，結綬升雲衢。臨風想丘木，潸然淚盈裾。殊方尚云爾，登樓昔何如。

廬陵彭汝器

種松鬱蔚依丘壠，幾度憑樓獨望時。露葉遠迎雙淚落，風枝時動百年思。曾棲遼鶴當清夜，好挂吳鈎感故知。要識先人何事業，不堪回首益淒其。

同郡唐泰

望松捵

靈武王君孟揚作樓以瞻望丘壠，志不敢忘孝也。縉紳多賦誄之。三衢金寔爲望松捵，以寫其悲云。

登高樓子睇林丘，長松翁翁子枝相樛，根株盤礴子其葉廼稠。望吾親子棲其下，悵不見子心獨苦，顧安得羽翼子飛墮親所。靈露子溥溥，高枝子丸丸，愴余衷子涕汍瀾。流光子靡靡，慨承顧子何期，矢兢兢子慎遺軀，保堅貞子不渝。

怡怡堂記

予少負氣義，喜交游。嘗歷四方，閲天下之士，而識王潮州于海上。潮州仗義執言，禮恭下士，倜儻哉，古丈夫也！廼與予有知己好。未幾，元命改玉，聲問不相通者餘十年，而潮州竟不爲二姓之屈，全其節于地下。洪武辛未，予忝佐宗伯，潮州之子傒孟揚以鄉薦未謁耳。其言論英偉，質美而神俊，予喜潮州之有子，繼而孟揚以母夫人之侍告歸田里。予嘉其能孝，潮州之嗣益爲不泯。今年，孟揚以親終服闋，復來京師，而館閣之大夫且剡薦之于朝久矣。暇，孟揚訪予太學，相與道故。孟揚吁嚱，起而言曰："不肖罪逆，二親棄背，卒無以展其孝養之私者，天也。念惟同室而處者，煢煢然兄弟之二人在焉。竊嘗於墓下之廬爲其所恒起居之所，曰'怡怡堂'，志所以睦同氣而不忌乎親焉。夫子以吾父之執，苟與之一言以示警勉，庸以名之子孫，世世不渝，不肖之所望也。"予曰："噫嘻！子其知所用情矣。夫孝友者，天性之懿，爲德之基。昔人之爲孝者，未嘗不友，而友者未嘗非孝。誠以兄弟父母之所生，氣同而體異。苟思吾身者，父母之遺體，則兄弟之身寧友愛之不同于己者？愛之之道無他，于于然以諧其心，怡怡然以篤其志。夫然則兄之愛弟者，不忘乎父母愛弟之心；弟之念兄者，乃父母念兄之志。慨父母之不存，而於兄弟之恩是篙焉，是非孝之推乎?"孟揚其善於用情也已矣。抑予聞孟揚之弟容叔篙學力行，耿介有守，是其兄弟之間有二難之風焉。矧當盛時求忠臣于孝子之門，而孟揚兄弟之顯用者可待。潮州仁者之後，將益大其世爲未艾也。予且老矣，言不能爲世之輕重，姑用書以歸之，以敦世契之故云。

永樂元年中秋，國子司業，建安張智撰。

又

余嘗謂人之有兄弟，猶左右手。然雖至强暴，必不肯椎擊以相報復也。誤而相傷亦忍而已，怒不留心，怨不讐己，玆非本然之性歟？但其有心病則不然。或痿痺不通也，或拘攣不從也，或狂發至於自戕也，此則心之病也。若孟揚兄弟，其皆善養心者，左右手之相愛也，夫誰得而間之？

　　永樂甲申年六月十日，翰林學士兼春坊大學士、國史總裁，廬陵解縉書于《怡怡堂詩卷》。

怡怡堂詩

　　王家兄弟俱白眉，一門孝友人共推。童年聲譽已藉藉，作堂況復名怡怡。草堂正在南湖上，湖上白鷗波浩蕩。山對亭前可仰高，松當樓外頻外入望。此中地僻人事稀，讀書思與古人期。孝養徒勞念風木，友于何幸逢連枝。藹然和氣一堂滿，此樂優游不知晚。棠棣花開愛日遲，壎箎聲動微風煖。矢心自謂長若斯，爾耒伯氏游京都。別情爭似南湖水，歸夢時到南湖居。吁嗟流俗多輕薄，誰識天倫有真樂。斗粟之謠未忍聞，豈箕有詩終復作。喜君家世節義餘，三槐之澤信不渝。名堂在目端可尚，令名真與天壤俱。

　　李志剛

　　茲堂一何深，迢迢際平湖。堂中靡他人，昆季聊自娛。寒暄日眷問，一飯罔不俱。低幃就休偃，笑言懷抱舒。怡怡永終日，樂哉琴與書。譬彼雙鳳凰，和鳴朝陽梧。但茲篤天倫，顯揚垂令譽。

　　吉郡梁不移

　　文獻推名閥，猷爲邁昔賢。坡公求識面，康樂願比肩。每誦令鶺原，詠長歌，式好篇。池塘春草夢，風雨夜狀眠。逸氣劉公幹，多才邊孝先。豈伊凌二俊，曾是被三遷。美譽揚昭代，精神格上玄。追趨青瑣客，接武玉堂仙。莫戀塤篪奏，且依日月邊。懸知孝友傳，千古耀遺編。

　　博陵林賜

跋

　　《友石山人遺稿》，元閩總管王翰用文所作也。其子偁孟揚，永樂初爲翰林檢討，又自作《誄》《詞》續之於後。弘治乙卯，余巡歷行臺衢庠訓導。王焯，乃孟揚之嫡孫也。一日奉是集進余，且求以名其篇而梓之。余觀其詩不下百篇，而極取乎用文之《自決》一章，凜凜乎英風義氣，激切人心。及孟揚之死於國事者，又大係乎綱常之重，是可見王氏父子之孤忠峻節，先後一致，亘乎日月之明，有不容掩也。遂歸之名，曰《忠節流芳集》。爰命龍游縣尹袁文紀錄之以傳於世。蓋寔喜其爲子孫者，能不忘其祖先之善云。

　　弘治八年歲次乙卯孟夏初吉，賜進士第浙江按察使司僉事彭城張佶識。

參 考 文 獻

一、古籍

《聞過齋集》：（元）吳海撰，景印文淵閣四庫全書本，臺灣商務印書館 1986年版。

二、論文

《元末西夏那目翰事迹考述〉》：馬明達撰，《西北民族研究》1991 年第2 期。

《論元代詩人王翰》：李佩倫撰，《寧夏社會科學》1993 年第 4 期。

《論党項羌人王翰及其詩歌創作》：殷曉燕撰，《中央民族大學學報》2007年第 2 期。

《王翰的詩與元明之際的社會變遷》：王忠閣撰，《信陽師範學院學報》2008 年第 6 期。

虛 舟 集

〔明〕王偁 撰 邵敏、林光剣、張倩 校注

整理説明

　　《虚舟集》五卷，明朝王偁撰。傳世刻本僅明朝弘治六年(1493)王俊刻嘉靖元年(1522)鄭銘、陳墀重修本一種，是王偁唯一傳世的詩文集。每半頁十一行，行二十字。黑口，雙黑對魚尾，四周雙邊。抄本有國家圖書館藏明抄本、清抄本、《四庫全書》本、廣東省立中山圖書館藏清藍格抄本及南京圖書館藏清抄本。另《盛明百家詩》《閩中十子詩》《四庫全書》收録王偁詩。

　　王偁(1370—1415)，字孟揚，號密齋，一號虚舟，永福(今屬福建省福州市)人。王翰子。祖籍山東東阿，先祖出征西夏被俘，遂爲西夏人氏，後世居靈武。洪武二十三年(1390)舉人，明成祖即位，充《永樂大典》副總裁。後坐解縉黨，下獄死。《明史》卷二八六有傳。

　　《虚舟集》正文前有桑悦《重刊虚舟集序》、解縉《虚舟集叙》、王汝玉《虚舟集序》、解縉《孟陽文集叙》。正文卷一至卷五按詩歌體裁分類。卷一《五言古詩》，卷二《五言古詩》，卷三《五言古詩》《七言古詩》，卷四《五言排律》《五言律詩》《五言絶句》，卷五《七言律詩》《七言排律》《七言絶句》。卷五後附《續書評》《自述誄》二文。

　　據王汝玉、解縉序可知，此書在永樂年間或已成書，然未有刻本流傳。弘治六年(1493)，福州人王俊仰王偁爲鄉先達，故刻此書。嘉靖元年(1522)，王俊刻本之版已缺損，陳墀遂重加修訂後再次刊印。

　　王偁爲《永樂大典》副總裁，又與解縉相友善，在明朝初年文名卓勝。此書是研究王偁詩歌藝術及生平思想的一手資料，論述王偁詩文必賴此書方可。

　　《明史》卷九九、《四庫全書總目》卷一七〇、《百川書志》卷一六、《千頃堂書目》卷一七、《〔正德〕福州府志》卷二八、《皕宋樓藏書志》卷二三、《八千卷樓書目》卷一六等有著録。林美雲《王偁生平及其詩歌述論》、殷曉燕《論党項羌人王偁及其文學創作》考述了王偁家世，并圍繞《虚舟集》討論了王偁的文學創作成就。《四庫全書總目》認爲王偁文集已失傳,《〈四庫全書總目〉明人別集版本闕誤初探》對此提出異議,認爲王偁作文數量較少,并無文集。

　　本書主要以標點、校勘、注釋等方式對《虛舟集》進行整理,以明弘治六年(1493)王俊刻嘉靖元年(1522)鄭銘、陳墀重修本爲底本,以明萬曆間刻本《閩中十子詩・王檢討詩集》及國家圖書館藏明抄本爲對校本。

重刊虛舟集序

　　閩之三山世英王先生初爲名進士，入翰林爲庶吉士，授地官主事，擢副郎，出守袁州。以文章學行發爲政事，其豈弟有循吏之風，凝重得大臣之體。公暇尤留心文事，慨鄉之先達王君孟揚以文名當世，欲翻刻其《虛舟》以傳，因求予言弁諸首。予觀孟揚之文，止有《續書評》一篇，如宜僚弄丸，左之而右，右之而左，不可定視。其詩如西域神馬過都歷塊，微有躑躅，終非凡步。孟揚信能言士哉！孟揚在當時名聲藉甚，受知者薦爲翰林院檢討，入侍經筵及總裁《永樂大典》。晚同大將軍英國公觀兵交趾而歸，竟以非辜囚繫而死，夫謗之與譽相爲倚伏。觀吳下王君汝玉評孟揚詩，入陳拾遺、李謫仙堂室，廬陵解君縉紳謂其詩凌駕漢唐，使眉山見之當避竈而煬。準二子之所言，則當時盛譽可知，其譽如山，則其謗如海，孟揚生死榮辱所繫如此。且言欲其立不必出諸口，行欲其修不必踐諸身。此則天下大同之世，淳風之散久矣。相異則忌，相忌則嫉，嫉之之至，則無所不至焉。士君子易處世哉！締觀古人逃智以愚，去慎爲狂，以長笑而己萬變，托沉酣以冥萬象，雖皆失乎中行，原其欲藉是以免世，情或可恕也。如范滂、阮籍之流，不失爲狂狷之士。有道之世成就之，拂拭之，當有一割之用。或退處丘壑，友務光而拉支伯，亦足成其名於後世，何至舉世無所依範，任其性之所之而爲一偏之歸，況使之不得其死耶！孟揚臨終有《自誄詞》一篇，與陶淵明、秦少游自挽詩意同，得陶之曠達，兼秦之凄愴，讀之至今使人淚下而不禁。昔之置孟揚於死地者，今復何在？徒足以來千古之唾罵，果有賢守如先生者，爲表章其言以傳不朽者乎。君子觀此，則知欲有所立，不可畏世而不修。而世之欲擠君子者，計其必馨香於後世。凡不究其用與夫不安其生者，皆足以爲一代治化之累，而己之罪恒不原，則亦可以少戒，以成身與世之美者矣。孟揚父友石山人，仕元爲總管，國朝死節，先生并刻其詩，亦屬予爲之序。弘治六年重陽前二日，柳州府通判思玄居士東吳桑悅民懌書。

虛　舟　集　叙

　　永樂初，[1]敕修金匱石室之書，繼是復有《大典》之命，內外儒臣及四方韋布士，[2]集闕下者數千人。求其博洽幽明、洞貫今古，[3]學博而思深如吾太史三山王君孟揚者，[4]不一二見。然孟揚之爲人，眼空四海，壁立千仞，視餘子瑣瑣者，不啻卧之地下。以是名雖日彰，謗亦隨之。余每擬薦自代，[5]不果。且孟揚視功名泊如，[6]每有抗浮雲之志，期在息機，與物無競，故其集以“虛舟”名，亦可見其志焉。[7]余竊第其人品，[8]當在蘇長公之列，文之奇偉浩瀚亦類。[9]至於詩則凌駕漢唐，使眉山見之，未必不擊節嘆賞，[10]思避竈而煬，此余之論孟揚者如是，[11]他人未必知也。孟揚在翰林越三年，不欲示其長於人，[12]然一遇知己，與論古今成敗、人物賢否、政事得失、治道升降，則目如曙光，辯如懸河，真若超千古而立於獨者。孟揚固不欲專以文名，[13]越石父有言：[14]“士絀於不知己，[15]而伸於知己。”余其有負於孟揚哉！余其有負於孟揚哉！握手都門，[16]出其集，[17]徵予言，遂敬書以復之。[18]永樂丁亥春，①翰林院學士兼春坊大學士國史總裁廬陵解縉書。[19]

　　畫像贊一首附此
　　節義文獻，世德之粹鍾。道學政術，里仁之範鎔。精金美玉之文其餘工，高譚卓識之見其蟻封。吊湘江、歷南海，方自以爲達在玉堂金馬，人不知其窮；沛乎其進未止，吾不知其所從。仰天衢而獨步，信學海之孤雄。[20]

【校勘記】

［1］初：明抄本作“初元”。

---

　　①　丁亥：永樂五年(1407)。

〔2〕内外、韋布士：明抄本作“凡内外”“韋布之士”。

〔3〕今古：明抄本作“古今”。

〔4〕太史三山：明抄本作“三山太史”。

〔5〕薦：明抄本作“薦以”。

〔6〕孟揚：明抄本作“孟敭”，下同。視功名：明抄本作“之視功利”。

〔7〕亦可見：明抄本作“於此亦可以見”。

〔8〕弟：明抄本作“評”。

〔9〕類：明抄本作“相類”。

〔10〕擊節嘆賞：明抄本無此四字。

〔11〕論、是：明抄本作“知”“此”。

〔12〕示、于：明抄本作“出”“示”。

〔13〕孟揚：明抄本作“此孟揚”。欲專：明抄本作“特”。

〔14〕父：明抄本作“甫”。

〔15〕士紲於不知己：明抄本作“士固紲於不知己”。

〔16〕握手：明抄本作“握別”。

〔17〕出：明抄本作“出示”。

〔18〕遂敬書：明抄本作“遂書”。

〔19〕“永樂”至“解縉書”：明抄本無此二十五字。

〔20〕“畫像贊”至“孤雄”：明抄本無此八十八字。

虛 舟 集 序

立言豈易易哉！況聲成文之謂詩，詩又言之精者。楊子雲曰：雕蟲小技，壯夫不爲。① 誠知言也。是故必有超逸絕倫之姿，[1]雄渾浩博之氣，精深明徹之鑒，源委淵懿之學，然後可以挾風騷之體，備衆論之長，出而鳴一代之盛焉，斯豈易易哉！三百篇尚矣！漢魏以降，迄於宋元，其間聲律之變雖有不齊，而卓然成家者莫不由是，不由是者不足以傳之遠也。若今翰林王孟揚者，[2]信乎可以繼前人之風，相與角立於百代之下者乎。

孟揚之詩，其趣高，其調逸，其氣雄，其學富，出入漢魏盛唐，不爲近代之語，真傑作也。抑曷由而致是哉！予聞培之深者發之茂，積之廣者出之沛。蓋孟揚幼生閩粤間，負英邁之姿，[3]席先世之澤，閉門讀書逾二十年。又閩多君子，孟揚得師友之，[4]其所資所養者豐矣。比其出游也，觀濤於浙江，吊禹功於震澤。入京師，見都城之雄偉，宮闕之壯麗，府庫之充實，九夷八蠻之會同。官翰林，耳目所接，莫非朝廷之典章，一代之制作，政教所布，[5]號令所施，或或乎。且得屢預國家大事，入侍講筵，身親禮文之盛。及奉命親藩，泛洞庭，留長沙，探古迹於名山川，[6]又浮沅湘，歷九疑，[7]從大將觀兵交阯，極於南表，胸中亦汪洋浩博矣。[8]宜其吐爲辭章，超卓凌轢，[9]不自知也。昔司馬子長生龍門，講道齊魯之鄉，東上會稽探禹穴，北適燕趙，與其豪俊子弟交游，故其文雄深雅健，跌宕不羈。孰謂孟揚之於詩不由是歟！雖然，士生幸遇光岳之氣全，則其發於言者，敦實渾龐，得性情之正，予老而無能爲矣，繼清廟生民之什，以鳴國家之隆者，非孟揚誰望焉！[10]俾叙其集，[11]於是乎書。永樂辛卯歲孟春，②左春坊左贊善兼翰林院編修前修國史吳下王汝玉序。[12]

---

① 參見《法言·吾子》。
② 辛卯：永樂九年（1411）。

僭評

足下古詩命意高遠,氣度沉雄,[13]出入阮步兵、陳拾遺、李翰林三子堂室,[14]指辭明健,得李爲多。清秋月明之夕擊節歌之,[15]三子者有靈,寧知不泠然御風而來聽耶。[16]五七言長詩及樂府諸作,非胸中蘊長庚之精者,不能吐此光耀。律絕當在大曆、貞元之間,韵思徜若太逼,而遒邁之氣過之,[17]寒山空谷,天籟自鳴,孰能禦其勢也。[18]

虛舟子畫像贊[19]

飄飄乎阿閣之姿,楚楚乎清廟之器。既覽德而輝聲,亦顒昂而將事,猶坎然而若不自足,雖充然而不能自已。倒三峽而浚詞源,抗南山而吐奇氣,伊人也,吾將起謫仙而與之游,庶幾乎駕長風而超乎埃溢之外也。吳門王汝玉再識。

【校勘記】

[1]必:明抄本無此字。

[2]王孟揚:明抄本作"王君孟揚"。

[3]邁:明抄本作"俠"。

[4]得:明抄本作"得而"。

[5]所布:明抄本作"所化布"。

[6]名山川:明抄本作"名山大川"。

[7]九疑:明抄本作"九夷"。

[8]亦:明抄本作"益以"。

[9]超卓凌轢:明抄本作"凌轢超卓"。

[10]非孟揚誰望焉:明抄本作"孟揚蓋有望焉"。

[11]俾叙:明抄本作"徵序"。

[12]"永樂"至"國史":明抄本無此二十三字。

[13]沉雄:明抄本作"沉渾"。

[14]堂室:明抄本作"堂奧"。

[15]清秋:明抄本作"風清"。擊節歌之:明抄本作"擊節而歌之"。

[16]知、而:明抄本無此二字。

[17]韵思徜若太逼,而遒邁之氣過之:明抄本作"韵度稍急迫而遒邁之意過之"。

[18]孰能禦其勢也:明抄本作"孰能潔其勢也。汝玉再拜"。

[19]虛舟子畫像贊:明抄本無此文。

孟揚文集叙①

　　天之文，地之文，人之文，與生俱生也。皇太昊之作書契、畫奇耦、名乾坤、別坎離，文字著矣。黃帝、帝放勛、帝重華，君臣擴而充之爾，[1]至素王大備焉，六經卓矣。後千百年，太史遷、昌黎伯、歐陽公有以窺其蘊，於是文人之作作焉。[2]當其時，漢則楊雄、班固和之，唐柳宗元、[3]李翱、皇甫湜和之，宋蘇軾、[4]曾鞏和之。繼斯文之作倡以和者，[5]夫豈無其人乎？今王君孟揚之作其庶幾乎。[6]

　　君靈武之世家也，其先君守潮州，死義於勝國，母夫人守節，自誓教之。其外大父秘書公尤博學，知名當時，[7]君皆不及事之，自知讀書爲文，兩家善慶所鍾也。君生於閩，弱冠舉進士。來京師，陳情歸養，[8]太祖高皇帝憐而許之，退而家居。定省之暇，扁舟載月，左右圖書，從游者數人，瀹清泉而剝丹荔也。人望之如在天表，其視區區世俗之淺者爲何如哉！

　　聖天子龍飛初，求斯文之瑰傑，近臣爭言君使往聘之。[9]至待以殊禮坐之黃閣之下，[10]日傳其議，衣冠甚偉，[11]眾見皆靡，又輒自陳，願退學校以弘斯文之化。[12]即日有詔，擢國史院檢討，以布衣授是官，異數也。而君逡巡其間，如在高帝時，[13]由其文章足以自娛，得乎內者重而待於外者輕，自期者甚遠，而於文亦莫能窺其所至也。[14]蓋其新足以濯天下之陳腐，[15]其雄足以振末流之頹靡，其清足以汰奕世之污濁，其密也足以通群聖之蘊奧，貫而一之也。洗沃日月，若引江海，[16]而上之挽河漢，而下之霖雨九土也。浩乎養氣之盛，[17]析理之精，充乎宇宙而洽幽明，[18]包乎六合之外也。其可以世俗淺淺者觀之哉！[19]其可以世俗淺淺者觀之哉！其真有見於素王之卓爾而欲罷不能者歟！

<hr>

　　① 明抄本此序在王汝玉《虛舟集序》前。揚：原作“楊”，據《四庫全書總目》卷一七〇《虛舟集》改。

翰林學士兼左春坊大學士國史總裁廬陵解縉書。[20]

【校勘記】

［1］爾：明抄本無此字。

［2］於是文人之作作焉：明抄本作“遂有文人之作”。

［3］唐：明抄本作“唐則”。

［4］宋：明抄本作“宋則”。

［5］之、倡：明抄本作“而”“以倡”。

［6］其：明抄本作“其殆”。

［7］當時：明抄本作“當世”。

［8］歸養：明抄本作“乞歸”。

［9］君使：明抄本無此二字。

［10］至：明抄本無此字。

［11］甚偉：明抄本作“偉然”。

［12］願退學校：明抄本作“願以退居”。

［13］高帝：明抄本作“高皇帝”。

［14］文：明抄本作“爲文”。

［15］陳腐：明抄本作“塵腐”。

［16］江海：明抄本作“江河”。

［17］之盛：明抄本無此二字。

［18］洽：明抄本作“合”。

［19］世俗：明抄本作“世俗之”。

［20］翰林學士兼左春坊大學士國史總裁廬陵解縉書：明抄本無此二十字。

虚舟集目録[1]

卷之四

五言排律

卷之五

七言律詩

送蔣大尹

元日早朝

閣下書贈陸員外顯

送卓民逸還越中

駕幸大學扈從有作

退朝左掖聞鶯

元夕午門侍宴

早朝同周員外玄賦

元夕黃庶子淮宅咏蓮花燈

棕殿成侍宴

送曾侍講棨從幸北京

送戴子義

晚集黃審理濟池上

送馬進士之姑塾

送文良輔廣東憲使

送林叔亮教授四明

送顯上人還閩中

寄鳴秋趙山人

送龍河傑首座

太常葛寺丞惠菊花賦答

挽清暉亭林處士

挽林給事中正

過晚城謁余忠宣祠

登小姑山和何禮部韵

泛舟漢江

過鐵甕城

過毘陵懷浦舍人源

到南湖草堂

登采石娥眉亭[5]

宿巴陵聞笛

【校勘記】

［1］明抄本無此目録。

［2］山：正文作“仙”。

［3］《姑蘇懷古》至《登回雁峰》五首，正文無詩。

［4］公：原誤作“分”，據正文改。

［5］娥：正文詩題作“蛾”。

［6］“七言排律”六首，正文在“七言絶句”内容後。

［7］黎：正文詩題作“梨”。

虛舟集卷之一

五言古詩

感 寓①

吾聞上古初，渾灝本一氣。羲皇肇人文，龍馬颯已至。軒鴻垂衣紳，唐虞臻至治。標巢邈以遠，[1]黼黻日云貴。云胡蒼姬還，玄酒薄真味。鳳衰其如何，寥落匪一世。

其 二

雙精激飛輪，循虛節鶩至。逝川無迴波，千秋倏如馳。浮生日及榮，孰與喬松齒。君看邙山墳，纍纍正相似。鵙鳴群芳歇，大暮同歸矣。誰知清濁間，中有恒不死。

其 三

團魄載陽焰，終古無虧盈。因人示朏朓，側見死與生。蟾蜍薄陰采，顧兔潛其形。[2]何當凌倒景，[3]一睹天地精。

其 四

璇穹垂至象，眾曜何煌煌。能符調庶極，帝車斡陰陽。晝夜無停機，所職各有章。蒼精奉東壁，神虎屯西央。淵淵北辰尊，穆爾居其方。司契古有成，無為位彌昌。始知群殷殷，[4]共戴君為王。[5]

其 五

素琴縆朱弦，中有流水音。[6]連城為之彈，[7]太容發哀吟。仙人空中來，鸞鶴翔幽岑。斯意不可述，江漢清且深。

---

① 《感寓》共四十八首。

其　六

中堂發駕辯，清聲間陵阿。鄭客一在坐，[8]自以延露和。至音久寥寂，衆靡世共佳。俚耳不可尚，子瑟將奈何。[9]

其　七

驅車首陽下，望古懷清芬。斯人久已化，令名今尚存。讓國就倫命，[10]殺身以成仁。如何有千駟，寂寞身無聞。[11]

其　八

端居閱玄文，云是古苔編。中有羽化術，煉服可延年。[12]中夜養玄牝，積虛成自然。朝餐沆瀣糧，夕飲玉醴泉。東邀青童君，西揖金母前。笑攀若華枝，俯見昆吾顛。玆事苟不繆，[13]吾將命吾㫊。

其　九

真人趣恬漠，[14]澹爾中若浮。[15]無心亦無爲，日與至道游。群生接爲構，冰火鬥不休。軒轅赤水珠，須以象罔求。寥寥六合間，可以命虛舟。

其　十

太白夜食昴，流輝燭天街。精感動穹漠，君心寧見懷。白璧忌暗投，徒使按劍猜。所以狂接輿，鳳歌歸去來。[16]

十　一

玄穹貯幽默，[17]至理何寥寥。良庖潛一機，迴薄如旋飆。嫱嫫孰妍媸，殤聃詎遐遼。張生既中廢，單子亦外雕。所以塞北翁，頗識理亂條。云胡徇物者，[18]汲汲徒內焦。咄哉感吾衷，長歌且行謠。

十　二

龍虎啓晋伯，熊羆兆齊封。豺聲餒敖鬼，牛禍成庚宗。廢興自古來，[19]吾將訊其蒙。蒼旻本何心，至理元冲冲。

十　三

嬴皇黷威武，漢帝非仙才。玄關秘靈府，[20]何處求蓬萊。終遺鎬池璧，空獻新垣杯。但見三泉下，[21]寶衣變寒灰。

十　四

大庭昔酣醉，遺此鈞天章。遂令鶉首墟，虎視吞八荒。嬴基苦莫敦，所恃逾凶狂。[22]詭命終見奪，百二空蒼凉。

十　五

金行昔弛馭，胡馬窺神州。腥膻厭神鬼，犬彘輕王侯。蹴踏五都裂，穢濁三精收。上天實禍淫，所佑在祥休。豈伊否泰運，一氣恒相遒。經過覽故墟，[23]落日黃雲浮。冥穹不可訊，[24]涇渭方安流。

十　六

商君挾三術，西游詫秦君。[25]上陳帝王略，邈以寧見珍。陽春信寡和，下俚乃得親。孔轍七十周，信哉無停輪。我有繁弦思，區區向誰陳。

十　七

番番南昌尉，[26]不知名位卑。上書抱區區，忠懇何由知。[27]靈鳥鳴朝陽，莫爲世所希。終然吳門市，散髮招鴟夷。

十　八

蚩尤卓長空，[28]漢兵出陰朔。材官三十萬，旌甲蔽墟落。長驅破輶輨，萬里靖寥廓。朔南無王庭，功成衛與霍。誰知青塞月，白骨照沙漠。

十　九

玄精格至理，寂感通幽明。造化雖甚微，焉能外吾形。飛霜激齊臺，振風揚楚庭。庶賤尚復爾，況與至道并。聖功極中和，二儀爲清寧。緬彼歸昌音，何時復來鳴。[29]

二　十

秋氣肅萬物，嚴霜下空庭。[30]不惜百草晚，惜此蘭蕙傾。祥麟一朝羈，尼父爲涕零。大運固莫測，聖哲那能營。容成安在哉，[31]遠迹良冥冥。

廿　一

艷色不足貴，[32]所貴在適時。昭君傾國容，遂爲丹青欺。蛾眉嫁嬌虜，一往不可追。至今青塚月，夜夜令人悲。

廿二

玉麗不盈把，德輝照四鄰。段生日偃臥，乃能蕃衛君。澆風薄士節，自碎明月珍。求蟬貴明火，俯仰懷古人。[33]

廿三

闃居嬰世媒，局束無安步。石火流狂飆，憂來鬢成素。誓言濯吾纓，釋此出門去。臨流弄滄浪，升丘引遐顧。仰羨雙飛鴻，肅肅在雲路。

廿四

蘭以薌見焚，[34]膏以明自煎。高才信非美，[35]賢知成禍愆。[36]龔生蹈偉節，楚老有遺言。清風雖可希，[37]惜哉夭天年。

廿五

直木忌先伐，甘井忌先竭。何爲抱區區，昭如揭日月。至人善閉關，埋照慎不發。入獸不亂群，虛舟任超越。襄野迷帝軒，汾陽枉堯轍。棲心玄靈臺，可與人世絕。

廿六

春至百卉生，感我池上情。折芳玩新綠，臨風爲誰榮。觸忿樹合歡，[38]忘憂樹萱草。忿觸憂亦忘，[39]希夷自爲寶。

廿七

幽居玩群生，小大俱物役。嗟嗟羽族微，[40]擾擾亦何極。鶼鶼共聯羽，精衛勞木石。何如三青禽，隨尾戴勝側。

廿八

庖丁擅操割，目行神爲虛。三年無全牛，投刃割有餘。淵情妙至理，豈受外物拘。冥筌苟不棄，安能得神珠。[41]

廿九

凌晨采琅玕，溯彼洛水涯。[42]儵然有神遇，綽約間令姿。[43]投我以珮環，[44]却致交甫辭。艷色豈不姣，贈賂良亦稀。但恐結褵好，中道有所虧。

三　十

夭夭園中桃，[45]灼灼映綺窗。窗中有織婦，顔色如青陽。三年弄機杼，七襄成報章。成章欲何爲，願以充君裳。但恐不見察，徘徊空感傷。[46]

卅　一

繁條蘊徂謝，清宮媒炎寒。涇陽擅秦寵，豈得長交歡。一朝成遠間，斂怨東出關。[47]昔日夭桃華，今同秋草殘。所以龍陽魚，[48]痛哉涕泛瀾。

卅　二

富貴千里合，貧賤促膝離。[49]骨肉尚云爾，何况他人爲。不睹竇門士，請看藺庭蓁。翟公何爲者，謝客無乃遲。[50]

卅　三

祈龍敏辨給，[51]惠施夸便儇。[52]竹書信激詭，堅白方自賢。滕口徒見尤，胡能事幽玄。九州誰復徵，多方亦已然。去矣桃李蹊，予將欲忘言。[53]

卅　四

翩翩游俠子，出入咸陽城。千金買意氣，五陵交弟兄。袖中挾匕首，[54]拂拭秋霜明。十步殺一人，千里不留行。世人矜勇知，中貴聯芳聲。[55]末路賤行檢，此輩方縱橫。至今季布死，尚識朱家名。

卅　五

折盤引菱荷，激風和結楚。皓齒揚修蛾，清尊間芳俎。三川美少年，五陵游俠子。取樂不知疲，但畏韶光阻。[56]焉知董生帷，[57]心妙在千古。

卅　六

我有太阿劍，[58]龍文粲奇章。精光動星斗，揮霍迴陰陽。淬以金鸊鷉，[59]衣之古盤囊。夜深雷雨驚，恐逐風雲翔。剛明易點缺，貴能斂其鋩。[60]用之如發硎，保之在深藏。去去勿復道，相期霄漢長。

卅　七

噛膝志萬里，蘭筋何權奇。長鳴一見馭，蹀躞遺風追。伯樂苟不值，曠世誰能知。離離玉山禾，曷慰渴與飢。八龍眇何許，[61]宛足長相隨。[62]

卅　八

東園桃李樹，灼灼春妍華。[63]佳人不再摘，芳意其如何。白日每不退，[64]流光竟蹉跎。大運苦難遇，[65]感此哀情多。

卅　九

孤鳳久不食，所志金琅玕。喧呼百鳥中，束翮斂羽翰。[66]會當覽德輝，飛下青雲端。虞廷方見待，阿閣當空盤。誰令抱威儀，[67]局促風塵間。

四　十

宋人得燕石，自謂璠與璵。徒勞十襲重，見哂周大夫。流俗久繆悟，[68]美價恒異沽。所以卞和子，抱璞空長吁。

四　一

公軒處懿鶴，白屋譏千秋。菉葹盈高閣，申椒擯荒陬。顧顧東方生，虛爲歲星游。方將猿鶴化，[69]豈爲沙蟲謀。[70]歸從紫泥海，再弄青淺流。[71]

四　二

照影莫唾井，種葵莫傷根。傷根葵不生，唾井瘱明神。樂生北去趙，由余西霸秦。壯士感知已，鄙人惠私恩。止止且勿哀，[72]千古黃金臺。

四　三

昏璧中始見，[73]烈風號北林。飄飄遠游子，[74]中夜抱單衾。繁音激楚奏，清商悲越吟。豈兹異鄉感，兼之年歲侵。胡爲苦行役，[75]薄暮猶駸駸。

四　四

四時有代謝，[76]千古誰成功。昔時東陵侯，[77]今日瓜田中。雄劍且勿悲,骹順天地同。武安豈不偉,掩襷終何庸。

四　五

桂樹生高嶺,揚芬散天風。濯濯甘露滋,冷冷被芳叢。托根既得所,眾卉羞與同。[78]幽蘭獨何為,憔悴荊棘中。

四　六

楚夫重□夷,[79]詫作丹穴□。[80]鶍飛東南至,[81]文羽不見邀。[82]一鳴旭日升,再弄律呂調。簫臺有練實,去去翔遐霄。

四　七

世人競功利,志得靡暫寧。邴生事薄游,匆匆懷蘭馨。游心不滯物,泛若浮雲輕。豈徒漆園傲,百世同高情。

四　八

微禽變淮海,流光迅驚湍。人生豈不化,徒結千載歡。昔為金虎臺,今見荊棘攢。碧海不可蹈,紫關邈難攀。誰邀箽丙馭,去覓無窮源。

君子行

君子勵苦節,恒在造次間。造次苟不念,履霜成冰堅。邪蒿豈不美,惡木豈不繁。雖勞亦不息,雖飢亦不餐。顧此夙尚乖,濁涇溷清瀾。勝母里不入,朝歌邑還轅。往哲有明戒,君子防未然。

長安有狹斜

長安有狹斜,車馬相馳驅。被服紈與素,賓從閑且都。金章何煌煌,旄節照四衢。借問從何來,云自許史廬。炙手手可熱,[83]炎涼在吹噓。[84]豈無範驅子,亦有步矩儒。[85]一身困蓬藜,終歲空囁嚅。秉躬信如矢,不悟世道迂。在昔弦與鈎,封侯死道隅。寧知此狹斜,徑捷良可趨。[86]微生頗有尚,夙志誓不渝。念無此容顏,策蹇旋吾車。[87]

野田黃雀行

黃雀何翩翩，群飛野田側。[88]飛鳴自相呼，飲啄仍共適。誰知游俠子，張丸事彈射。腥膃薦鼎俎，腐壤委毛翮。微物何足甄，感念在疇昔。蔡侯富游盤，行樂方未極。安知子發至，[89]一旦殞其國。[90]至哉莊辛談，[91]可以長太息。不睹黃雀哀，千秋復何益。

結客少年場[92]

玉勒驕驌驦，寶刀耀星芒。相逢鬥雞里，結客少年場。探丸殺公吏，白日醉咸陽。司隸不敢捕，意氣凌秋霜。一朝許報國，投軀赴邊疆。蹀血匈奴庭，萬人不敢當。彎弓射月支，斬首得賢王。歸來不受賞，出入金殿傍。輕脫季布死，[93]却哂聶政狂。鄙哉汗陽石，不使俠傳芳。

今日良宴會

三川富豪雄，濟濟美少年。歡游及芳歲，鞍馬何翩翩。秦箏奏新聲，妙舞妖且妍。今日良宴會，意氣如雲烟。人生若朝榮，灼灼寧久鮮。無爲坐坎壈，流光悲逝川。

置酒高堂上

置酒高堂上，豐厨出鮮肥。[94]廣筵羅衆賓，清尊間蛾眉。羽觴若流星，[95]絲竹清且悲。陽阿屢迴雪，結楚超蘭猗。晝盡繼以燭，[96]取樂良未涯。流連豈不荒，所慎白日移。[97]一朝委山丘，琴瑟將奚爲。[98]嗟彼蟋蟀詩，[99]毋爲世所嗤。[100]

車遥遥①

車輪何遥遥，西上長安道。不見車上人，空悲道傍草。君行日已

---

① 明抄本無此詩。

遠,恩愛難自保。憂來當何如,一夕夢顛倒。豈無中山酒,一浣我懷
抱。但恐三春華,顏色不再好。車聲何粼粼,風吹馬蹄塵。願隨馬蹄
塵,飛逐君車輪。

苦別離①

瑤瑟對玉巵,中有千萬思。欲彈再三嘆,多是苦別離。妾顏如秋
華,零落方在茲。君心如逝水,一去無迴時。皎皎雲間月,幾見圓復
缺。月缺有圓時,君胡苦別離。

步虛詞②

東華青陽君,授我寶篆文。六角粲星芒,讀之了不分。謂之蕊珠
篇,玉檢浮空云。持此可度世,出入齊化鈞。再拜服至言,歸來嗽芳
芬。火粒一排棄,永此偕仙真。

其　二

卿雲爛冲霄,祥景啓大羅。紫微穆虛皇,太清爲我家。鏘鏘八琅
璈,和以希夷歌。一氣但浮衍,至道良不頗。俯觀區中緣,蜉蝣競春
華。夭濁不自愛,真意其如何。

其　三

精心仰真範,稽首朝玄都。祥氛結靈宇,雙闕浮太虛。離羅古仙
人,羽駕紛來趨。冥言感至理,道化超群無。口吟三洞章,身佩五岳
圖。真詮諒斯在,邈矣浩劫初。

其　四

瓊臺瑤圃西,弱水扶桑東。飆輪欻上征,八龍儼來從。整佩訪金
母,弭節朝玉童。津津九霞觴,粲粲方諸宮。授以至道言,所濟良無
窮。却馭俯倒景,八表空冥濛。

---

① 明抄本無此詩。
② 《步虛詞》共四首。明抄本無此詩。

從軍行①

投筆出虎觀，從軍事龍韜。平生弧矢志，誰慚五陵豪。大江天宇晴，平明集千艘。組練照雲日，戎師候旌旄。一笑挽弓胎，三杯拂豪曹。酒酣意氣重，萬事輕鴻毛。袖中黃石編，可與烈士高。

又

上將躬受脈，鐵鉞專南征。[101]熊羆百萬師，長驅下青冥。五嶺息瘴癘，三邊詟威靈。指揮動星漢，嘯咤生風霆。洗兵當載櫜，斬馘期弗爭。上以宣國威，下以甦民生。周詩有遺什，敢不滋令名。

游仙曲爲張真人羽化而作②

祥雲凝素華，初景麗璇霄。羽駕集萬靈，上下何飄飄。要眇笙鶴音，和以空仙謠。塵緣一洗脫，頓覺神形超。下士盼末光，長跪不可招。回飆灑而至，矯首空雲翹。

其　二

剛飆載飛軒，上溯無始鄉。心冥一氣表，坐斷萬劫場。茲來食色身，緬邈情俱忘。長歌答雲璈，朗咏流玉章。空明結真炁，晝夜何煌煌。嗟哉下土家，仰止徒悲傷。

其　三

晞髮九暘域，濯足咸池津。明明在天祖，[102]翼我登飆輪。金天謁西母，紫府朝玉真。朝游扳曜羅，夕憩邐結鄰。空同仰真梵，天濁慚下民。因之一緘札，稽首黃麒麟。

其　四

化機無停輪，萬有互始終。至人出陶鈞，與道相無窮。大庭儼群仙，羽蓋時來從。逍遙玉虛境，一炁每自同。真詮久云邈，至理標鴻濛。何時復降世，清都振玄風。

① 《從軍行》共二首。明抄本無此詩。
② 原書目録題作《游仙曲》，共四首。明抄本無此詩。

咏　史①

達人志莫測，[103]變化猶鵬鵾。倏忽翔九萬，虞羅空見存。莊生揮楚璧，仲連却秦軍。峻武薄層漢，高情寄浮雲。昔過聊城側，復經濮水瀆。[104]餘風尚不泯，蕭蕭來清芬。

其　二

狐白僅一腋，勝彼千羊皮。壯士出片言，萬諾空奚爲。[105]毛生奉平原，自脱囊中錐。[106]提携十九人，咤彼猶嬰兒。一語定從盟，[107]不待日昃時。英風被廣座，磊落誠可奇。知人豈不難，長鋏聲同悲。

其　三

丈夫一言合，不論故與新。傾蓋即相許，白首如路人。[108]夕爲牛下士，且作齊上賓。吐論即見收，[109]揚芳及後塵。豈無私嬖讒，不能間其親。[110]虞卿起相趙，[111]五羖西入秦。一旦魚水歡，舉屬疏賤臣。[112]志士慕知己，臨風一馳神。[113]

其　四

讒言信罔極，搆亂成禍媒。不有明哲鑒，誰能知是非。[114]青蠅一朝集，白璧成瑕疵。姬文不見明，宋墨名爲隳。賢聖尚云爾，[115]耿耿將誰爲。爍金不待燃，毀骨痛莫追。空懷素絲志，寧却貝錦詩。[116]白圭懷魏珠，季子食駃騠。膠漆苟有契，[117]誰能爲別離。

其　五

芝蘭生中林，寂寞翳荊杞。豈不擅芬芳，乃與茆蕛齒。丈夫昔未遇，憔悴亦如此。范睢快仇敵，蘇秦笑妻子。淮陰出胯下，相如困泥滓。悠悠世俗態，落落誰知己。[118]

其　六

戍役赴關隴，馳車經洛陽。[119]群公翕雲集，節鉞何輝煌。炎精啓

初輝,云定神鼎方。顧瞻瀍澗瀨,山川蔚蒼蒼。[120]脫挽棄道左,躡履整弊裳。[121]叩軍陳便宜,炯目如曙光。析此利害端,吐論何軒昂。咸秦古天府,百二誠帝疆。丈夫鏡時機,[122]識此理亂章。一語棄貧賤,[123]笑談縮銀黄。此儒竟何爲,[124]空守蓬蔾場。[125]

其　七

賈生洛陽人,年少有遠識。當其痛哭時,漢祚如磐石。其言實非狂,四座爲動色。抱火厝積薪,寢食方自得。[126]長沙卑暑地,自古舞鯤窄。[127]吞舟詎能容,驥足誠窘迫。吊湘見微志,感鵩成太息。後恒古云客,[128]夫子亦何極。駑駘服上襄,駃騠棄道側。卓哉治安書,遺耀在簡册。

其　八

昔人有奇策,折衝尊俎間。何必百萬師,出入無時閑。司成久不作,晏嬰邈難攀。廟勝久已非,徒興聖父嘆。[129]莫酬突徙薪,賞及焦面顏。神功貴無迹,此道良獨難。

其　九

三卿譏世及,[130]孔筆粲若星。尾大恒不掉,拊枝攀根榮。[131]炎光倏中微,五竪并列庭。禁兵設蘭錡,金影貂長纓。[132]私門填萬軌,指顧山岳平。龜鼎潛欲移,擁弱徒虛名。豈無賢知謀,發言炳中誠。根蟠固已久,大運終就傾。[133]

其　十

彭薛志已卓,貢公榮未遺。二邴近止足,兩疏明見機。朗識洞在初,何勞張揖譏。[134]功成有代謝,[135]四序恒推移。狂瀾方橫流,六合飄驚飆。天損不我加,[136]至樂同希夷。

十　一

鳳躍難爲枝,[137]龍潛難爲淵。[138]驥足不一展,百里枉大賢。士元困已委,[139]文舉類左遷。苟足知已明,[140]虛爲世所捐。[141]劍埋風胡悲,[142]璞殞卞氏愆。黄鍾雜瓦缶,[143]舉世方復然。

十　二①

翩翩城隅雀，所産得鵰鶚。孰云小可巨，[144]殷祀乃忽而。禎祥不足恃，昏狂禍之基。番番無顔冠，出語自聾期。嗟哉倪侯館，得死乃所宜。

【校勘記】

［1］以：明抄本卷一作“已”。

［2］蟾蜍薄陰采，顧兔潛其形：明抄本卷一作“中夜群賴息，高秋風露清”。

［3］淩：明抄本卷一作“浸”。

［4］殷殷：《閩中十子詩・王檢討詩集》卷一作“殷動”，明抄本卷一作“動殷”。

［5］明抄本卷一該句下有小字“能音臺”。

［6］流：明抄本卷一作“緑”。

［7］城：《閩中十子詩・王檢討詩集》卷一、明抄本卷一均作“成”。

［8］坐：明抄本卷一作“座”。

［9］瑟：明抄本卷一作“琴”。

［10］倫：明抄本卷一作“淪”。

［11］無：明抄本卷一作“死”。

［12］服、延年：明抄本卷一作“藥”“長年”。

［13］繆：明抄本卷一作“謬”。

［14］漠：明抄本卷一作“淡”。

［15］滄：明抄本卷一作“冲”。

［16］歌歸：明抄本卷一作“影歸”。

［17］默：明抄本卷一作“點”。

［18］胡徇：明抄本卷一作“何殉”。

［19］廢興自古來：明抄本卷一作“廢興自古祈龍來”。

［20］閟秘：明抄本卷一作“關閉”。

［21］三：明抄本卷一作“金”。

［22］恃：明抄本卷一作“侍”。

［23］過、故：明抄本卷一作“至”“墳”。

［24］穹：明抄本卷一作“昧”。

---

①　明抄本無此詩。

［25］詫：明抄本卷一作"説"。

［26］番番：明抄本卷一作"區區"。

［27］上書抱區區,忠懇何由知：明抄本卷一作"上書一萬言,懇懇何由施"。

［28］卓：明抄本卷一作"亘"。

［29］緬彼歸昌音,何時復來鳴：明抄本卷一作"緬彼歸鳳名昌音,何時復來鳴"。

［30］霜：明抄本卷一作"露"。

［31］成：明抄本卷一作"城"。

［32］不：明抄本卷一作"豈"。

［33］古：明抄本卷一作"若"。

［34］薌見：明抄本卷一作"香自"。

［35］高才信非美：明抄本卷一作"高士信爲累"。

［36］知：明抄本卷一作"智"。

［37］雖可希：明抄本卷一作"寧□流"。

［38］忿：明抄本卷一作"急"。

［39］忿：明抄本卷一作"急"。

［40］族：明抄本卷一作"物"。

［41］神：明抄本卷一作"玄"。

［42］彼：明抄本卷一作"波"。

［43］綽、間：明抄本卷一作"汋""閑"。

［44］珮環：明抄本卷一作"環珮"。

［45］園中：明抄本卷一作"中園"。

［46］空：明抄本卷一作"成"。

［47］斂、東：明抄本卷一作"欽""西"。

［48］龍陽：明抄本卷一作"安陵"。

［49］賤：明抄本卷一作"珠"。

［50］無：明抄本卷一作"毋"。

［51］辨：明抄本卷一作"辯"。

［52］惠施：明抄本卷一作"施衍"。

［53］予：明抄本卷一作"余"。

［54］挾：明抄本卷一、《閩中十子詩·王檢討詩集》卷一均作"徐"。

［55］中貴聯芳聲：明抄本卷一作"戚里聯英聲"。

［56］阻：明抄本卷一作"沮"。

［57］帷：明抄本卷一作"惟"。

［58］劍：明抄本卷一作"器"。

［59］淬：明抄本卷一作"染"。

［60］恐逐風雲翔，剛明易點缺，貴能斂其鋩：明抄本卷一無此十五字。

［61］眇：明抄本卷一作"渺"。

［62］宛足：明抄本卷一作"跁足"。

［63］妍：明抄本卷一作"研"。

［64］退：明抄本卷一作"返"。

［65］苦：明抄本卷一作"古"。

［66］翩：明抄本卷一作"咮"。

［67］令：明抄本卷一作"能"。

［68］久繆悟：明抄本卷一作"多謬誤"。

［69］化：明抄本卷一作"變"。

［70］爲：明抄本卷一作"顧"。

［71］青：明抄本卷一作"清"。

［72］且勿哀：明抄本卷一作"勿復哀"。

［73］昏璧中：明抄本卷一作"昏中璧"。

［74］飄颭：明抄本卷一作"飄飄"。

［75］胡爲：明抄本卷一作"云胡"。

［76］時：明抄本卷一作"序"。

［77］侯：明抄本卷一作"居"。

［78］羞：明抄本卷一作"難"。

［79］□：此字爲墨釘，《閩中十子詩·王檢討詩集》卷一作"鴟"，明抄本卷一作"螨"。

［80］詫作丹穴□：□爲墨釘，《閩中十子詩·王檢討詩集》卷一作"招"，明抄本卷一作"謂是丹穴戴"句。

［81］鷃：明抄本卷一作"鷗"。

［82］文羽不見邀：明抄本卷一作"文彩不見招"。

［83］炙：明抄本卷五作"埶"。

［84］吹噓：明抄本卷五作"噓吹"。

［85］步矩：明抄本卷五作"短步"。

［86］徑捷：明抄本卷五作"捷徑"。

［87］旋：明抄本卷五作"迴"。

［88］群飛：明抄本卷五作"群棲"。

［89］至：明抄本卷五作"潛"。

［90］殞：明抄本卷五作"有"。

［91］莊辛：明抄本卷五作"劇生"。

［92］結客少年場：明抄本卷五作"結客少年場行"。

［93］季布：原作"李布"，明抄本卷五作"季子"，據改。

［94］鮮：明抄本卷五作“珍”。

［95］若流星：明抄本卷五作“流若星”。

［96］盡：明抄本卷五作“夜”。

［97］慎：明抄本卷五作“懼”。

［98］將奚爲：明抄本卷五作“將爲誰”。

［99］嗟：明抄本卷五作“感”。

［100］世：明抄本卷五作“衆”。

［101］鐵：《閩中十子詩·王檢討詩集》卷一作“鈇”。

［102］明明：此二字爲墨釘，據《閩中十子詩·王檢討詩集》卷一補。

［103］測：明抄本卷一作“側”。

［104］經：明抄本卷一作“涇”。

［105］奚：明抄本卷一作“溪”。

［106］脱：明抄本卷一作“況”。

［107］從：明抄本卷一作“縱”。

［108］路：明抄本卷一作“洛”。

［109］論：明抄本卷一作“策”。

［110］能：明抄本卷一作“聞”。

［111］起相趙：明抄本卷一作“卿賜壁”。

［112］賤：明抄本卷一作“賦”。

［113］一：明抄本卷一作“爲”。

［114］是非：明抄本卷一作“非是”。

［115］爾：明抄本卷一作“耳”。

［116］貝：明抄本卷一作“見”。

［117］苟：明抄本卷一作“尚”。

［118］知己：明抄本卷一此二字後有“神龍潛洇澤蝦蛆乃見鄙兹事自古然感笑胡能已”二
　　　十字。

［119］馳：明抄本卷一作“驅”。

［120］蔚：明抄本卷一作“鬱”。

［121］履：明抄本卷一作“屬”。

［122］鏡：明抄本卷一作“鑒”。

［123］賤：明抄本卷一作“賦”。

［124］竟：明抄本卷一作“亦”。

［125］蓼：明抄本卷一作“藋”。

［126］寢：明抄本卷一作“竊”。

［127］鯤：明抄本卷一作“袖”。

［128］後、客：明抄本卷一作"浚""吝"。

［129］興：明抄本卷一作"與"。

［130］三卿議：明抄本卷一作"王卿議"。

［131］攀：明抄本卷一作"奪"。

［132］影貂：明抄本卷一、《閩中十子詩·王檢討詩集》卷一作"貂影"。

［133］終就傾：明抄本卷一作"終難就傾"，疑有衍字。

［134］揩：明抄本卷一均"楷"。

［135］功成：明抄本卷一作"成功"。

［136］不我加：明抄本卷一作"不我知加"，疑有衍字。

［137］躍：明抄本卷一作"棲"。

［138］潛：明抄本卷一作"躍"。

［139］困已：明抄本卷一作"因填"。

［140］足：明抄本卷一作"乏"。

［141］虛：明抄本卷一作"良"。

［142］胡：明抄本卷一作"湖"。

［143］雜：明抄本卷一作"推"。

［144］巨：《閩中十子詩·王檢討詩集》作"臣"。

虛舟集卷之二

五言古詩

游小雄潤壑有成[1]

陰島變殘雪，流新吐溶溶。[2]偶尋一徑微，獨與采樵同。[3]兩崖濕花霧，眾竅吟天風。雲根濯苔髮，亂蓧相冥濛。盤岩折磴道，似各冥搜窮。[4]石門忽中斷，曠望開烟叢。蘿雨澤毛髮，松栝清心胸。了然青洲霞，照影寒潭空。始知人境外，別有仙源通。振舄揮片雲，投情依遠鴻。玄棲極要眇，神游小崆峒。真仙金鵝蕊，一室丹火紅。敕授紫囊訣，永期鸞鶴踪。[5]却憶望城市，白日氛埃中。

尋小雄仙岩二龍潭值風雨歸草堂作

昔人洗玉髓，幽洞驅龍耕。[6]丹成輟瑤末，成此秋水泓。飛崖夾兩鏡，洞見雲霞生。百鬼不敢啼，雌雄常夜鳴。有時湍瀨寒，幾曲流瓊英。[7]清秋墮蟾影，白日聞雷聲。偶茲訪靈奇，掃石窺清泠。[8]洗心盟鷗鷺，[9]濯髮解冠纓。長風動懸羅，[10]颯爽毛骨驚。[11]飛雨灑而至，萬壑秋冥冥。歸途榿桂影，[12]了了心目醒。到家興未已，石室披丹經。

登彡崩峰宿湧泉得仍字①

翠微白雲裏，逢秋思一登。聳身躡雲壁，[13]飛泉搖古藤。[14]洞豁

---

① 原書目錄題作《登彡崩峰》。

海天際，坐見萬景澄。飲澗動群鹿，宴林逢真僧。[15]邀我宿化城，珠林懸古燈。寥寥片月上，悄悄天籟凝。因悲向城市，塵髪秋相仍。[16]

水亭夜懷黃八粢林六敏①

孤亭水雲深，人境自幽絕。七弦罷鳴彈，桐陰初上月。[17]偶酌尊中醪，高臥望雲闕。荷露清角巾，松飆濯毛髪。[18]寥寥天籟寒，吟咏了未輟。志偕南皐隱，[19]興藉東山發。同心念離居，中坐思超忽。

入西山訪張隱士②

兩崖噴飛瀑，結屋烟蘿裏。山人不冠屨，客至同隱几。獨鶴海上歸，孤雲澗中起。净掃白石床，風來墮松子。

晚至石潭遇孤鶴懷仙③

洞口拾瑶草，石流正淙淙。尋源信輕爽，[20]一徑披鴻濛。攀緣雜花島，[21]亂聒松桂風。石床留片雲，玉鏡莓苔空。[22]少焉群壑静，落景明西峰。獨鶴何處來，舞影寒潭中。因之想長馭，乘化入無窮。

游清源別後寄温陵田處士④

夙性慕玄賞，[23]少年復離群。囊書不得意，菽水懷親恩。請纓卑任俠，點筆徒工文。[24]腰間脱寶劍，歸臥清溪雲。棹歌有時閑，[25]放浪滄海濆。雲水秀孤島，[26]石壁澄霞紋。茸茸紫藤花，濯濯敷泉根。鶴影波上歸，[27]龍吟水中聞。興來拂瑶軫，蘭情灑餘芬。曲罷劃長嘯，衆籟清衣巾。[28]夫子弄玉簫，邀予醉瓊尊。[29]紅泉看洗藥，碧澗思垂綸。區緣一以説，[30]恍若超埃氛。[31]別後緬靈境，中夜飛吟魂。昨

---

① 原書目録題作《水亭夜懷黄八林六》，明抄本卷一題作《水亭夜飲懷黄八林六》。
② 明抄本無此詩。
③ 原書目録題作《晚至石潭遇鶴》。
④ 原書目録題作《游清源後寄田處士》。

夢紫峰岑，月色何紛紛。清光阻天末，[32]眇懷猶爲君。拒我手中策，拂我衣上塵。明當營丹砂，去與壺公鄰。[33]

晚至囊山寺①

蒼山入疏烟，狀若土囊決。振衣秋澗鍾，投爲化城月。天吟動風籟，霞想陋雲闕。沉沉慧燈影，了了見毫髮。余生值多故，所性慕禪悦。偶偕真僧期，始若望緣絶。[34]冥心依覺場，度世賴慈筏。誰能量虛空，澹爾離言説。

自牧居士與玉壺道人古囊善復二師共結三生之社書來與余論老釋二書遂用答之②

觀空泯群有，崇虛悟真玄。微言掃煩障，妙契排冥筌。況之憩遠迹，邈在雲蘿巔。[35]空香出人境，花雨來諸天。二緣等無生，[36]衆妙同自然。喻心了無取，濯濯如青蓮。襄城除害馬，祇舍留真詮。願君解明月，[37]示我浩劫前。

游清源山道院

仙人有奇觀，鷄犬白雲裏。春至桃花開，千枝映流水。星壇藥草青，夜室丹光紫。天上期鶴笙，人間識鳧履。伊余倦俗流，[38]千載困泥滓。[39]久意期大還，乘風一來此。金書啓真秘，石洞洗玄髓。河車信可營，心期羨門子。

登薛仙峰書懷寄自牧知己③

少年學劍術，穎脱神鋒生。[40]身閑韜略書，吐論吞縱橫。[41]旁搜百家言，復得夷鞅情。自顧萬人豪，不慚一代英。擔登赴神州，十上

----

① 明抄本卷一題作《晚至囊峰寺》。
② 原書目録題作《答論老釋書》，明抄本卷一題作《自牧馬大與玉壺道人古囊善復二師共結三生之社書來與余論釋老二書遂用答之》。
③ 原書目録題作《登薛仙峰書懷》。

空無成。巍巍黃金臺,邈哉阻天庭。歸來守故墟,索漠羅秋螢。[42]作書謝知己,閉門絕浮榮。悄悄林下居,一室有餘清。間尋白社約,[43]或作青山行。傲吏期解冠,漁父同濯纓。縱酒竹林逸,尋仙松子盟。匣中雙寶器,棄置蛟龍鳴。[44]偶茲凌丹梯,足下雲霞昇。[45]孤鴻天外出,[46]白日波上明。九節菖蒲花,采掇延吾齡。[47]飄飄羽人居,蛻骨遺玄經。吸景若可弄,[48]丹砂思一營。惟君抱孤絕,襟懷洞春冰。[49]相期苟有志,雲鴻極冥冥。

與鳴秋趙山人夜宿山居述懷有贈①

塵居厭湫隘,抗節慕遠游。道逢佺喬侶,[50]假以雙翠虬。[51]周覽六合虛,[52]閶風不可留。茲山富形勝,歸來事玄謀。紉蘭理初服,飲水期前修。芳盟及歲晚,世事輕雲浮。伊人負奇抱,泛若乘虛舟。斂迹三十年,不應當世求。高齋探玄默,[53]眾妙窮冥搜。有時發逸興,[54]登臨眺高秋。鳴奕送天籟,酌酒環清流。朝尋蘿谷曉,暝期蓮社幽。布袗清夜闌,款語相綢繆。[55]冲懷薄華組,[56]心迹同悠悠。青楓落遠澗,芳蘭蔽層丘。不見溫白雪,非君誰與儔。

送陳貢士[57]

陳生江海士,跋履當豪門。五侯少知己,倚劍思平原。海國一相訪,[58]別余歸故園。杯銜霜夜月,袂拂秋山雲。四望大野空,蕭蕭鳴雁群。意氣但自許,離懷何足論。

送黃紀事濟②

寶劍雙轆轤,鍔吐青芙蓉。[59]臨岐一脫贈,恍若騰蛟龍。[60]君行感我懷,起視雲海空。百年閱幻境,萬里吹飛蓬。登天覽餘暉,[61]孰挽濛汜東。詩書古有立,貧賤道何窮。常希日月私,獨負雨露功。長

---

① 原書目錄題作《與趙山人夜宿》,明抄本卷一題作《與鳴秋趙山人夜宿山居述懷》。

② 原書目錄題作《送黃紀事》,明抄本卷一題作《送黃子齊》。

卿卧茂陵，不爲世所容。季子黑貂弊，當年怨秋風。丹塗困布衣，渭水悲釣翁。山松落澗草，海鶴羞樊籠。大運自古來，俯仰那能終。感兹不成歡，別去何匆匆。城南登高丘，眺遠情所鍾。一水瀉寒練，斷雲引歸鴻。[62]中座擊筑心，醉吟氣頗雄。興落遠天碧，思染秋山紅。睽離自兹始，夢繞青林楓。

存耕堂①

原田積荼堇，甫田莠驕驕。何如方寸間，濯濯敷靈苗。内顧無町畦，孰能辨肥磽。蟊賊莫我害，旱暵莫我焦。但願保良稼，[63]毋令崇艾蕭。

悦心齋②

禀化凝正氣，虛靈澹無爲。鑿鑿方寸間，熒熒啓天機。匪伊芻豢甘，[64]不假文繡資。一理苟不昧，萬善咸足怡。[65]雍雍樂道園，蕩蕩崇德基。往哲有遺訓，服膺諒無違。

守　默③

礪石鼓天讒，敖客司南箕。昭兹捲舌戒，可喻緘口辭。無言希聖謨，守中當我師。誰知淵默中，成貸良在斯。[66]

其　二

哲人守樞機，所慎在禍門。心存不脂户，内顧乃静專。金人垂往訓，白圭有遺編。三復諒不忘，令名當與全。[67]

其　三[68]

便便夸毗子，辨口相矜欺。[69]寧知起羞訓，悖出來亦違。一朝捫舌悔，[70]駟馬曠莫追。我思磨兜堅，千載猶須斯。[71]

---

① 明抄本卷二題作《存耕堂爲王贊善作》。
② 明抄本卷二題作《悦心齋爲胡侍讀作》。
③ 《守默》共四首，明抄本卷二題作《守默詩五首》。

其　四

躁妄伐天性，[72]幽玄養明神。如何嗇夫雄，喋喋忘苦辛。辯巨恒若訥，[73]辭多非吉人。[74]君看桃李花，毋爲禍所鄰。

素　齋

大樸斲已久，斯人抱冲襟。寥寥一室間，坐契千古心。片月瀉寒練，[75]疏雲澹流陰。[76]俗塵匪我緇，名迹寧見侵。静念真素流，[77]端居積幽沉。何當啓玄秘，[78]一奏瑶華音。

裘　齋

黄中貴通理，至文斯黯然。如何表襮士，藻飾徒外鮮。斯人當自治，齋居日乾乾。裘衣服明訓，[79]白賁守聖言。豈無黼黻章，[80]所惡非至玄。山輝玉蘊石，川媚珠藏淵。炳外會有時，弸中道彌宣。[81]

慎　獨①

涓流一髮細，厥患誠滔天。[82]煌煌燎原火，起自冥爝間。人生理欲幾，[83]相去良亦然。滋明實隱微，[84]昭灼天與淵。所以往哲謨，[85]慎獨垂至言。存誠保天君，兢懼無過愆。撲焰在始熱，[86]塞患當其源。美哉屋漏詩，[87]三復宜拳拳。

拙　齋

渾沌七日死，[88]衆巧雕斲之。孰知希夷初，民生乃無爲。所以漢陰叟，機事戒莫施。抱甕豈不勞，我心恒自怡。

習静山房②

潜虚念無事，幽齋閉空林。[89]超然燕坐間，[90]孰識静者心。悠悠

---

① 明抄本卷二題作《慎獨齋》。
② 《習静山房》共四首。

塵慮忘，悄悄天籟沉。良斯守玄默，何必丘中琴。

其　二

萬物互轇轕，擦擦無停悰。[91]我心念何爲，澹然惟抱冲。鑒明止水静，雲斂青山空。始知造化樞，乃在淵默中。[92]

其　三

齋心逃喧俗，一室絶垢氛。寥寥天宇空，鏡覽萬化源。芳林謝春花，[93]空山變浮雲。理勝亦有時，[94]於兹可忘言。[95]

其　四

莊生守宇泰，[96]老氏念無爲。惟應屏物累，可與悟玄機。[97]狂流射波瀾，世路多險巇。此心方寂如，安能爲變移。

養素爲黄山道士賦①

太始遠無象，浮生多磷緇。紛紛白黑間，誰能辨雄雌。至理一朝變，文章雜然施。雕斲樸已喪，青黄木爲菑。念子葆冲素，靚眷得所宜。[98]一氣每獨完，三素流華滋。黄農有真趣，[99]坐見淳風熙。

味菜居爲俞延平賦②

菜根有真味，澹泊良自然。長筵列冰壺，愧彼腥與羶。況君理劇郡，日晏飽一簞。[100]已瘠民以肥，[101]何必具萬錢。鄙哉肉食譏，不顧口爽言。惟應勵斯節，可以酌貪泉。

永思堂

茫茫宇宙内，蕩蕩成古今。凄凄霜露繁，惻惻游子心。終天何漫漫，長夜竟沉沉。庭闈不復趨，宰木風滿林。林中有啼鳥，[102]嗚嗚吐哀音。感兹物性微，我懷良不禁。入室若有見，焄蒿或來臨。區區抱遺體，戚戚幽怨深。嗟予念拂髦，[103]多難蚤見侵。爲君賦永思，潸然

---

① 原書目録題作《養素》，明抄本卷二題作《養素齋林道士作》。
② 原書目録題作《味菜居》，明抄本卷二題作《味菜居爲愈延平作》。

淚盈襟。[104]

夢萱堂爲孫進士子良題①

堂前種嘉草，端以忘親憂。我憂何能忘，愛日遲此留。如何一朝
變，庭樹驚高秋。悲風委殘綠，薄暮寒颼飀。緬懷堂上人，欲展情無
由。慘慘隔下泉，冥冥閉荒丘。惟應中夜魂，庶以慰永愁。

其　二

中夜有遐思，寤寐忽見之。覺來起傍徨，四顧令心悲。是時返哺
烏，方繞庭樹枝。微禽果何知，亦各懷其私。念我罔極恩，欲報情何
施。鑒惟月娟娟，動幔風淒淒。鶯哀不成章，隕涕雙漣洏。

其　三

白楊風蕭蕭，日夕來古道。不見堂下萱，空吹墓間草。[105]緬懷疇
昔時，如何間音儀。入室若靡至，出門當訴誰。上山山有巔，涉水水
有涯。傷哉陟岵心，永作終天悲。

其　四

日没晨復旦，海落潮再生。如何長逝魂，終天竟冥冥。長風振林
柯，颯爽人不停。[106]心將寸草折，淚逐衣綫零。倚門不可見，登輿竟
誰榮。向應椿與梓，俯仰當中庭。

愛日堂爲陳編修全賦②

羲和整六轡，晝夜無停機。青陽方屆候，朱火倏已馳。壯士感芳
歲，佳人惜流暉。懷哉孝子心，視景起徘徊。奉觴庭闈趨，[107]喜懼恒
共之。去日不可留，來日方在兹。中堂弦管清，疏房帷幄垂。誰揮魯
陽戈，爲我駐四時。

---

①　原書目録題作《夢萱堂》，共四首。明抄本無此詩。
②　原書目録、明抄本卷二均題作《愛日堂》。

節婦吟爲上虞黄氏作①

祁祁寒日暝，裊裊秋風涼。淒淒捲素幔，切切悲空床。昔爲雙飛
鴻，今作獨宿凰。妾身豈復惜，[108]子幼姑在堂。捐生諒非難，[109]老
稚誰扶將。日月良有食，[110]海水良有極。妾身千萬年，當化山頭石。

虛　舟②

剡桂破昆玉，刳蘭移楚芳。濟深良可憑，橫淺徒自傷。偶值蒙莊
叟，無心寄大荒。[111]

山中寄郡城諸生③

還山見孤雲，悠然與心契。素獨橫石床，[112]泠泠寫秋意。却憶
社中人，寥寥在城市。

歷峰蘭若宿偉上人禪房④

烟林晚蒼蒼，白石開禪扉。閑中叩幽寂，[113]恍似東林詩。[114]大
千息群動，水月破陰霏。出世逢真僧，允矣旃檀枝。空香出深竹，梵
唄諸天隨。真源寂無取，化有潛一機。[115]嗟我食色身，[116]未能釋群
疑。嘗希妙高聚，[117]洞豁杳莫窺。因心了衆幻，稽首成皈依。

秋夜齋居懷唐泰⑤

高梧月未出，暝色疏烟裏。雍雍鳴雁來，聲在秋塘水。孤燈捲簾
坐，寒影對窗几。青空吹微霜，瑟瑟動輕葦。援琴不成音，[118]感別在
千里。誰値晨風翰，淮波盼游鯉。[119]

---

① 原書目録、明抄本卷二均題作《節婦吟》。
② 明抄本卷二題作《虛州詩》。
③ 原書目録題作《山中寄諸生》。
④ 原書目録題作《歷峰蘭若》。
⑤ 原書目録題作《秋夜懷唐泰》，明抄本卷一題作《秋夜齋居懷唐太》。

寶山蘭若

山門隱松桂，花雨浮半空。金仙青蓮居，乃在烟霞中。石竹覆紫苔，四壁泉濛濛。因窺一燈影，宴坐萬劫同。衆籟清梵音，浮塵愧微踪。願言別苦海，永矣投禪宮。[120]

登仰山一覽亭

久懷名山游，偶宿翠微寺。化城依寶坊，累劫即初地。心空萬籟寂，夜久衆竅閉。寥寥水月觀，[121]了了獨忘寐。凌晨覽孤峰，[122]更在白雲際。躋攀興未已，[123]怳惚身若寄。危欄倏而倚，曠望海天細。松際見鳥巢，簪裾落烟翠。惟時物候蕭，[124]千里軼纖翳。神行極空闊，豁爾心目霽。翩翩鸞鶴影，冉冉芝蘭氣。浮踪浩天游，蟬蛻隔人世。顧余眷名籃，似與夙緣契。因偕緇錫侶，尚覺章甫累。便當脫塵纓，投情緬靈異。

牛路春耕①

晨光照墟里，屋下春泉鳴。驅牛出東阡，旦作農事耕。不惜筋力劬，但願禾黍成。遐哉鹿門意，千古斯能并。

龜湖晚釣②

投竿緬平湖，興與雲水俱。直鈎豈無取，所志不在魚。荷蓧者誰子，得匪商賢徒。偶來坐磐石，共話希夷初。

兔峰孤月

靈鵲墮寒羽，清輝澹溶溶。誰將一片秋，絓向溪南峰。蔓壁絡金鏡，陰窗鳴夜桐。幽懷迴未已，杳靄東林鍾。

---

① 《閩中十子詩·王檢討詩集》無此詩。明抄本無《牛路春耕》至《漳溪晚渡》七首詩。

② 《閩中十子詩·王檢討詩集》無此詩。

鶴峰間雲①

前溪孤嶺秀，旦夕浮雲陰。暝結鳥巢白，靚連蘿蕐深。蕭蕭丘中賞，游心在鳴琴。悠然大古調，相期鸞鶴岑。

龍寺寒泉

靈源沁寒泉，乃在翠微頂。中有修鱗蟠，白日烟雨暝。山僧習止觀，水客照孤影。[125]予亦洗心人，坐來白雲冷。

塹石歸樵

旦出事斤斧，薄暮歸青林。澗迷猿鹿引，路滑莓苔侵。白雲覆我頂，山風吹我襟。嘯歌静炎燠，邈矣烟霞心。

漳溪晚渡

微鍾逗前林，林端晚烟發。扁舟去俄頃，雲水坐超忽。中流離思靄，天際孤帆没。日夕緬同心，相看成楚越。

草堂成題以見志②

幽棲構行宇，[126]窈宨雲蘿中。潛光葆真素，[127]遂此達世踪。[128]青山列前楹，金飆但鳴松。[129]聽之比竽瑟，玩之若芙蓉。簪玉豈不華，[130]列戟非凡庸。重關邈天路，短翮慚排風。瓢飲穎以渌，[131]邑謝駢氏封。散帙期道侶，假寐登方蓬。[132]兹焉遂偃仰，沆瀁應無窮。

其　二

五陵游俠場，中林隱淪托。[133]寄情傲世詮，矯志在玄漠。況兹棲息地，風景檀丘壑。瑩神汰餘滓，引氣事虛蹻。[134]匠樗笑支離，莊瓠

---

①　原書目録題作《鶴嶺間雲》。
②　原書目録題作《草堂成題》，共五首。明抄本卷二題作《題山堂五首》。《閩中十子詩·王檢討詩集》無此詩。

慚濩落。[135]有時睨崇丘,[136]緬想契衞霍。[137]雲霞冠層巓,松桂被叢薄。金膏遠輝煌,水碧亦連礫。采掇欲有貽,玄情在寥廓。

其　三

自惜藜藿腸,[138]不懷肉食憂。鳳凰覽德輝,黃鵠千里游。出處各有宜,何必相嘲尤。羊質冒虎皮,祇足承之羞。以庶架巖壑,[139]遠托兹山幽。追攀絕人競,静然保自修。[140]朝擷石上英,夕漱澗底流。五難一脱略,養生復何求。

其　四

金張七葉貴,出入珥漢貂。[141]亦有張仲蔚,中園隱蓬蒿。窮達自有分,貴賤匪一轍。誰知衡茅中,於焉可逍遥。間從閔叔飯,[142]幸有顏氏瓢。夜來白露團,商聲振林飆。泠然白雲章,遠和綠水謠。[143]緘辭寄三鳥,目極天寥寥。

其　五

寒谷待鄒律,虞韶來鳳儀。堪坏育萬化,感召理亦微。谷風應兔噪,空雲擁鱗飛。兹生豈不念,潛躍會有時。況余輪翩纖,而乏塵世姿。[144]雖不事巢蠡,敢與周任規。超遥終可生,[145]散朗忘是非。陸沉古有然,[146]安用人所稀。[147]

瓜田寄南山處士①

種瓜一畝間,榛蔓苦翳之。雨深苗未抽,惻然令我悲。清晨行荷鋤,芟刈亦忘疲。仰觀天宇寬,俯視群物滋。却憶南山老,終年澹無爲。

練　溪②

波小水溶溶,湍急秋濺濺。揚風皺微綃,漱月皎平練。鮫人寧敢專,謝客或來玩。

---

① 此詩在明抄本卷二中,屬《畦樂五首》之一,參見本書《題畦樂處士成趣園》詩注。
② 《閩中十子詩·王檢討詩集》無此詩。

菊逸爲三衢金山人賦①

百草委霜露，黃花濯其英。端居忽見之，遂此遺世情。臨風擷朝餐，[148]采掇巾袖盈。顒頷良所願，[149]況云製頹齡。[150]

其　二

閑居何所營，種菊繞籬下。種之亦何爲，愛此傲霜者。[151]秋香襲衣裾，寒色墮杯斝。豈無洛陽華，[152]所貴輪蝱寡。

其　三

結廬避喧俗，青嶂托四鄰。乃知寰壤中，而有羲皇民。間邀白衣酒，[153]坐對黃花晨。所樂憂患除，陶然任天真。[154]

其　四

郊原掩窮秋，孤思久寥寂。[155]賴此霜下英，庶以見顏色。開尊命濁醪，取酒聊自適。[156]坐望飛鳥還，不見南山夕。

點蒼山爲戴少府賦②

峨峨雲中山，[157]萬點積蒼翠。壯爲九夷尊，獨立五岳外。[158]孤峰蕩層雲，衆壑走空籟。仰瞻參旗光，坐見斗鉞大。[159]乾坤寄端倪，[160]日月論顯晦。滇流入微茫，爨鳥飛霮霴。秋高崖勢豁，春至林影碎。天聲迴滄溟，曉色浮渤澥。登攀客趣恬，眺覽宦情醉。[161]搴帷與駐笏，爲我謝先輩。

畫馬篇爲童將軍賦③

聖皇覽乾馭，天駟流星芒。太乙睨靈異，倏見渥水傍。神精何權奇，意氣尤軒昂。兩顴夾明月，四蹄亂秋霜。[162]早爲汗血駒，三載清

---

① 原書目録題作《菊逸》，共四首。明抄本卷二題作《菊逸四首》。《閩中十子詩·王檢討詩集》僅有其三、其四兩首詩。
② 原書目録題作《點蒼山》，明抄本卷一題作《點蒼山爲戴少府題》。《閩中十子詩·王檢討詩集》無此詩。
③ 原書目録題作《畫馬篇》。

大荒。長驅奄上征,逸態凌雲翔。驍騰日萬里,脱略誰能當。歸來驂六龍,殊恩擅中黄。賜浴天池津,剪拂鬃鬣張。顧影驕玉姿,含嘶泛清商。丹青寫餘照,對之亦騰驤。駑駘世豈乏,[163]伏櫪空成行。

題醫師卷①

相業久寂寞,濟世誰稱賢。賴有肘後書,可拯斯民顛。親逢長桑君,飲以上池泉。置之垣一方,洞見五臟偏。群生欲爲閡,[164]夭扎相沿旋。[165]七粒或見遺,沉疴頓而蠲。至哉神聖功,可以侔化玄。中和遠莫躋,獨與岐黄專。奈何媢疾者,尚忌良工先。腠理忽不治,[166]膏肓竟胡痊。因君感吾衷,示此元命篇。

晚宿雙峰驛樓與故人陳哲言別②

山暝烟已斂,林凉月初生。扁舟泊江汜,候吏欣相迎。[167]登樓引孤興,開筵坐空明。杯分劍溪緑,簾捲雙峰青。几席湛碧流,蘭氣浮冠纓。泠泠露叢鵲,[168]中夜四五驚。偶因念物性,終焉感吾情。十年懷一枝,三匝棲未寧。[169]兹晨胡爲哉,[170]又逐孤雲征。良宵一邂逅,[171]明叢增屏營。[172]蕭蕭衆籟寒,萬竅同時鳴。緘辭別知己,解纜搖行旌。

讀書樓爲四明王子沂賦③

曠野豁烟翠,層梯標石叢。奎輝貫窗牖,颯颯來天風。良宵清諷音,飄落如半空。雅調既云遠,古心誰與同。豈無華搆崇,飛軒切層穹。春風羅綺醉,落日烟花紅。詎知静心者,兀坐窺鴻濛。游心太古巢,寤寐雲霞中。榮艷適自媚,清芬在無窮。

---

① 《閩中十子詩·王檢討詩集》無此詩。
② 原書目録題作《晚宿雙峰驛樓》。
③ 原書目録題作《讀書樓》。明抄本無此詩。

題哇樂處士成趣園①

凌晨啓柴扉，有客過我廬。雕鞍照玉勒，輕紽曳羅襦。入門坐高堂，騶從閑且都。自言匪他人，少小六郡徒。[173]二十登漢朝，三十執金吾。五侯吐然諾，七貴相追趨。[174]笑我久淪落，勸我無迂疏。[175]富貴不早致，白首徒夢如。而我聞其言，笑謝陳區區。緬彼堂構姿，[176]安用散與樗。以茲避軒裳，悟靜解天誅。況云樂丘園，[177]取適自有餘。朝搴邵侯瓜，夕灌鮑氏蔬。榮辱不我干，[178]憂患豈我虞。閑心托浮雲，不知捲與舒。客揖上馬去，還歸倒一壺。

其　二

遠生貴忘我，[179]守靜體自然。[180]外物苟不榮，取樂無過愆。鼎食豈不甘，軒裳詎非賢。大功難久居，盛名難久全。淮陰登將壇，絛侯寄重邊。[181]寵辱一朝異，殞替誰能憐。寧茲遠世氛，[182]寄身在中園。間濯漁父纓，[183]時誦老氏篇。[184]適惟乃化初，[185]冥心超至玄。[186]知止幸不殆，[187]胡必誇輕儇。[188]嗤彼當世人，碌碌隨貨遷。端居有真趣，此意誰能傳。

其　三

勞生厭喧市，養痾閉幽樊。角巾念何從，孤興寄南園。南園曠且深，春至卉木繁。[189]嘈嘈鳥雀鳴，聒聒泉流喧。呼兒牽蔓籬，殷勤薙荒殘。時雨倏已至，佳蔬茁而蕃。臨風襲芳馨，繞籬擷蘭蓀。[190]倦來聊自息，支頤對前山。載歌綠水詞，和以白石言。東鄰有傲吏，邀我相與旋。[191]取意一自慰，[192]此外寧復論。

其　四

稍烟吹林墟，微雨被空谷。雜來翳層陂，[193]秀色宛如沐。[194]籬落相逶迤，鳥雀繞我屋。[195]行行出幽徑，散帙寧見束。濯纓臨清流，

解帶絓修竹。殘花明亂畦，[196]曲沼蔭喬木。神行趣已恬，理愜心自足。[197]閑情適虛曠，空籟時斷續。茲焉謝紛擾，[198]亦以靜歙燠。[199]山風吹衣巾，落日候樵牧。顧同張翰心，[200]寧事季主卜。

題友松軒①

交友道日喪，伐木空遺音。因人樹榛杞，感物論素心。[201]豈無桃李花，朝芳夕仍改。何如松樹枝，青青色長在。傾蓋白日晚，忘形霜霰深。庶其歲寒意，[202]永矣諧南金。[203]

題黃鸝圖②

伐木輟遺響，索居抱幽清。[204]緬此幽谷姿，如聞求友聲。我欲往和之，水綠春山青。

辨誣代常山吳權作③

相逢白晝間，[205]豈盡攫金者。亦有披裘生，采薪當盛夏。東陵高西山，孰辯真與假。長睇天地間，[206]茲懷向誰寫。不疑懷直躬，取惑在同舍。白璧棲青蠅，可損連城價。大人垂貞觀，庶雪覆盆下。

古意二首寄鄒參政濟④

火旻倏西流，庭柯落疏影。[207]端居掩空闈，懷人思方引。月華漏疏隙，[208]風籟篇玄牝。殘編散金帙，鳴琴罷瑤軫。相望更何許，迢迢寄江嶺。[209]折芳欲有贈，奈此霜露緊。憂來當何理，一夕變玄鬢。

---

① 明抄本卷二題作《友松軒》。《閩中十子詩・王檢討詩集》無此詩。
② 原書目錄題作《黃鸝圖》，明抄本卷三題作《黃離小畫》。《閩中十子詩・王檢討詩集》無此詩。
③ 原書目錄題作《辨誣代吳權作》，明抄本卷三題作《辯誣代人作》。《閩中十子詩・王檢討詩集》無此詩。
④ 原書目錄題作《古意寄鄒參政》，共二首。明抄本卷三題作《古意寄寄鄒大參瀹二首》，"寄"疑為衍字。《閩中十子詩・王檢討詩集》無此詩。

其　二

亭亭江上樓,綺窗洞然開。上有愁思婦,[210]感嘆當爲誰。良人別經年,游宦苦不歸。憂來不自媚,堂下尋履綦。感彼三春花,將同秋葉飛。[211]中懷如轆轤,日夜不停移。[212]高堂張素絲,[213]彈作別鶴悲。[214]餘音入雲漢,何由使君知。

晚至洞神宫①

晚直下仙闕,乘閑清道機。福地集萬靈,迢遥麗神圻。入門喧自息,微風吹我衣。烟林閉虛境,密竹垂陰扉。於時東嶺霽,素月流清輝。妙賞愜初願,閑心不知歸。夜桐有商意,掃石橫金徽。

游靈谷寺②

東城領遐矚,北山開禪宫。松聲度衆壑,塔影懸晴空。衣冠有時暇,幽期白雲中。八水覓解流,三生咏玄風。上人啓竺墳,説法超群蒙。是時寶花墜,十里香濛濛。別來問玄度,幾日還相從。

楊進士新卜幽居③

大隱在朝市,蕭然小蓬丘。藥欄醉歌鳥,竹徑沿清流。良朋偶而集,雜花映觥籌。遂忘簪組念,頗似山林幽。片雲池上來,傍我几席浮。重游未超隔,佳會何能酬。

與諸公同游神樂觀④

凉雨度高閣,蕭條秋氣深。洞門薄微寒,逸興生前林。道人琳館静,開窗修竹陰。詎因避書簡,偶此諧纓簪。掃石鳴素弦,遂忘名迹侵。前山倏已見,秀色浮重襟。翳翳青桑枝,颯颯來遠音。笑言欲遺

---

① 明抄本無此詩。
② 明抄本無此詩。
③ 原書目録題作《楊進士新居》。明抄本無此詩。
④ 明抄本無此詩。

返，落景明西岑。

畫菖蒲①

晞髮慕遠游，端居閱玄文。願言金光草，緬此九節根。芳叢何葳蕤，冉冉幽澗濆。[215]溪雨濯秀色，林風動清芬。嘗聞嵩山客，乃是九疑君。采佩却百邪，[216]服餌諧仙真。[217]蓬壺翠冰區，[218]玄圃鸞鶴群。吾將整吾駕，去與烟霞親。[219]

寄壺山道士②

清溪幽且深，猿鶴邈雲嶠。中有冥棲士，隱几若埋照。我昔從之游，遠落蘇門嘯。[220]顧余指石髓，示以斯道妙。其言直而絕，[221]梗概領其要。別來在風塵，摧報中若燎。[222]未遂鴻鵠舉，將貽碧山誚。[223]因之寫雲緘，日夕引遐眺。

題林處士壁

荒居厭藜莠，寂如張仲蔚。閑來枕肱臥，廓爾排真筌。仰觀浮雲生，舒捲任自然。綬無蕭氏結，冠乏貢公彈。暝色起修竹，寒光流遠川。因心玄冥子，共樂壺中天。

別意寄友人③

北風吹浮雲，飛度秦淮水。西江與之馳，迢迢去千里。端居懷離憂，對此曷能已。在昔巧笑言，宛若雙飛翰。別來不須臾，邈在天南端。爲君啓瑤琴，臨風時一彈。中有白雪操，哀響聲未闌。日月有弦望，寒暑亦循環。棄置苟不移，相期金石堅。

---

① 明抄本卷三題作《題畫菖蒲》。
② 明抄本卷二題作《寄壺山道人》。
③ 《閩中十子詩·王檢討詩集》、明抄本無此詩。

寄題吳大僕鑒滁州皆山軒①

環滁富山水，秀特東南叢。蒼蒼瑯琊峰，削出金芙蓉。芙蓉夾天帳，萬壑縈相向。岩烟吹亂霏，滅没不可望。昔人五馬來，笑舉青霞杯。雙旌舊游處，石徑滋苺苔。[224]至今餘松聲，瀟灑在林薄。絕巘瀉飛泉，孤亭倚寥廓。懿哉延陵君，此地懷清芬。開窗引列岫，坐咏醉翁文。醉翁久不作，[225]羡子有仙骨。良時但開尊，公暇惟駐笏。雲生島樹没，雲散翠微連。璧月動海色，亘若壺中天。嗟予戀塵鞅，[226]青山勞夢想。爲君發孤吟，風泉寄遺響。

秋夜同諸公神樂觀玩月②

秋臨萬象空，良夜寂如水。了然東山月，照影清尊裏。塵踪厭汨没，緬此方悠然。況之仙壇高，俯瞰區中緣。坐授紫霞笙，嘯引琪林鶴。參差斗未橫，零落露已薄。朋簪諧夙歡，佳期感二難。中思拂衣去，永卧烟霞間。

初秋夜坐寄王紋③

輕颸生早凉，孤館清興發。桐陰落前墀，遥空瞰華月。方此抱冲素，況值清境豁。濁酒聊自持，瑶琴弄應関。知音念乖阻，咫尺不可越。相思良未已，坐見曙河没。

送張謙④

東風變碧草，積雪開紫垣。都門集同袍，酌酒送行軒。劍歌一何長，激烈驚心魂。[227]丈夫顧義分，豈爲兒女言。名駒出幽隱，[228]枳棘

---

① 原書目録題作《寄題皆山軒》，明抄本卷三題作《寄題吳大僕皆山軒》。
② 明抄本無此詩。
③ 明抄本無此詩。
④ 《送張謙》共五首。

鳴祥鸞。千年值嘉運,[229]萬里期騰騫。[230]

其　二

昆山固多玉,[231]抵鵲良可悲。[232]群龍方盈庭,子行獨何之。空懷徑寸珠,粲粲五色輝。相投不相矚,魚目甘同歸。至寶豈真秘,良材終見希。誰能辨瑜瑾,遲爾黃金閨。

其　三

醉呼秦淮酒,臨岐歌慨慷。吳姬小垂手,一曲春風長。扁舟不停橈,去路但茫茫。青山入楚甸,白雲思越鄉。[233]豈無壯士懷,擊節心飛揚。憑將繞朝策,一贈囊中裝。[234]

其　四

海鶴青雲姿,豈解司晨鳴。時來暫斂翮,終當游太清。奔鶉復何知,開口笑沉冥。飢來不飲啄,再唳長風生。請看昂藏軀,寧與雞鶩爭。維應瑤臺鳳,[235]可與蜚英聲。

其　五

故人發白馬,翩翩臨路岐。腰間脫玉劍,贈子表相思。[236]霜鋏爾勿彈,狂歌欲爲誰。[237]英風灑毛骨,四座驚別離。別離豈足惜,意氣方在斯。何當凌九萬,并駕青雲歸。[238]

投胡學士①

撫劍坐中夜,[239]長吟思一彈。彈之有餘音,激烈摧心肝。出處分以然,[240]中道敢不安。[241]但恐春華衰,白日凋朱顏。伊余羽翼微,宜棲枳棘間。[242]清樾苟自適,孰能事鵬搏。那因遇知己,刷羽排鵷鸞。雲霄一翱翔,九萬期風湍。昔似丹穴雛,志薄金琅玕。今如涸轍鮒,鬐鬣空摧殘。有沫不自濡,焉能禦所患。淮山饒桂枝,楚澤有芳蘭。欲去戀明主,引領徒悲嘆。故人把天瓢,[243]豈憚一滴艱。[244]願因終號呼,度以脫險艱。[245]毋令東溟使,仰候西江瀾。[246]

---

① 明抄本卷三題作《投胡學士二首》。

送僧歸越中①

　　錫挑龍河雲,[247]衣帶越溪雨。説法方西來,隨緣復東去。松枝偃故房,柏子落庭樹。[248]從此上方遥,人間但凝竚。

【校勘記】

[1]游小雄澗壑有成:原書目録、明抄本題作《游小雄澗壑》。

[2]流新:明抄本卷一作"新流"。

[3]采樵:明抄本卷一作"樵采"。

[4]各:明抄本卷一作"光"。

[5]期:明抄本卷一作"投"。

[6]洞、耕:明抄本卷一作"同""荆"。

[7]幾曲:明抄本卷一作"粲粲"。

[8]泠:明抄本卷一作"冷"。

[9]洗、盟:明抄本卷一作"因""寄"。

[10]羅:明抄本卷一作"蘿"。

[11]骨:明抄本卷一作"髮"。

[12]檉桂:明抄本卷一作"松柏"。

[13]雲:明抄本卷一作"霞"。

[14]藤:明抄本卷一作"蘿"。

[15]真:明抄本卷一作"石"。

[16]秋:明抄本卷一作"空"。

[17]初上:明抄本卷一作"上初"。

[18]髮:明抄本卷一作"骨"。

[19]志:明抄本卷一作"迫"。

[20]爽:明抄本卷二、《閩中十子詩·王檢討詩集》卷二作"策"。

[21]攀:明抄本卷一作"盤"。

[22]莓:明抄本卷一作"蒼"。

[23]性:明抄本卷一作"昔"。

[24]工文:明抄本卷一作"空父"。

_____

　　①　原書目録題作《送僧》。

［25］閑：明抄本卷一作“坐”。

［26］水：明抄本卷一作“木”。

［27］影：明抄本卷一作“歌”。

［28］衣：明抄本卷一作“凉”。

［29］予：明抄本卷一作“余”。

［30］説：明抄本卷一作“蜕”。

［31］埃：明抄本卷一作“鹿”。

［32］末：明抄本卷一作“未”。

［33］鄰：明抄本卷一作“親”。

［34］始、望：明抄本卷一作“恍”“妄”。

［35］巔：明抄本卷一作“顛”。

［36］二：明抄本卷一作“三”。

［37］願：明抄本卷一作“勞”。

［38］俗流：明抄本卷一作“流俗”。

［39］千：明抄本卷一作“十”。

［40］穎脱：明抄本卷一作“脱穎”。

［41］縱：原作“從”，據明抄本卷一改。

［42］漠：明抄本卷一作“寞”。

［43］間：明抄本卷一作“閑”。

［44］匣中雙寶器，棄置蛟龍鳴：明抄本卷一無此句。

［45］足下：明抄本卷一作“坐見”。

［46］鴻天：明抄本卷一作“島烟”。

［47］延吾齡：明抄本卷一作“真忘形”。

［48］可：明抄本卷一作“何”。

［49］冰：明抄本卷一作“永”。

［50］喬：原作“獢”，據明抄本卷一改。《閩中十子詩·王檢討詩集》卷二作“僑”。

［51］虬：明抄本卷一作“蚪”。

［52］“周覽六合虛”至“泛若乘虛州”：明抄本卷一作“太丙爲我禦豐隆挾輕軿徑溯柴關庭還獵□林丘徘徊大陵上泛覽津漠流回盼指招摇逍遥憩嘴陬神□不可訊歸來事玄謀夫子我同調卜築兹山幽”。

［53］默：明抄本卷一作“點”。

［54］“有時發逸興”至“瞑期蓮社幽”：明抄本卷一作“至理頗自得閱世哀蜉蝣”。

［55］款：明抄本卷一作“話”。

［56］“冲懷薄華組”至“芳蘭蔽層丘”：明抄本卷一作“心期薄華組嘯咏回高秋葛巾何翩翩芰製清且修”。

[57] 送陳貢士：明抄本卷一題作《送陳貢》。

[58] 訪：明抄本卷一作"見"。

[59] 芙蓉：明抄本卷一作"夫容"。

[60] 若：明抄本卷一作"忽"。

[61] 覽：明抄本卷一作"攬"。

[62] 歸：明抄本卷一作"孤"。

[63] 稼：明抄本卷二作"穡"。

[64] 努豢：明抄本卷二作"豢努"。

[65] 伊：明抄本卷二作"怡"。

[66] 斯：明抄本卷二作"兹"，且"兹"後有小字"老子道善成善貸"。

[67] 全：明抄本卷二作"金"。此句後有小字"淮南口如不脂之户"。

[68] 明抄本卷二此詩前，有"多言嗟數窮利口惡覆邦所以慎密士無咎思括囊嗤彼世上人佞巧徒如簧鐘鼓苟自鳴寧不爲禍殃司馬訓鐘鼓不擊自鳴人以爲殃"。

[69] 辨：明抄本卷二作"辯"。

[70] 一朝捫舌悔：明抄本卷二作"捫舌悔一朝"。

[71] 須斯：明抄本卷二"斯須"，此句後有小字"荆州記磨兜犍慎言人也"。

[72] 伐：明抄本卷二作"代"。

[73] 恒：明抄本卷二作"乃"。

[74] 吉：明抄本卷二作"古"。

[75] 瀉：明抄本卷二作"寫"。

[76] 澹流：明抄本卷二作"流淡"。

[77] 真：明抄本卷二作"貞"。

[78] 玄：明抄本卷二作"真"。

[79] 衣服：明抄本卷二作"服衣"。

[80] 章：明抄本卷二作"華"。

[81] 弸：明抄本卷二作"繃"。

[82] 誠：明抄本卷二作"終"。

[83] 幾：明抄本卷二作"機"。

[84] 明：明抄本卷二作"萌"。

[85] 往：明抄本卷二作"主"。

[86] 熱：明抄本卷二作"爇"。

[87] 哉：明抄本卷二作"矣"。

[88] 沌：明抄本卷二作"混"。

[89] 幽、閑：明抄本卷二作"香""閑"。

[90] 燕坐間：明抄本卷二作"宴坐閑"。

［91］擦擦無停悰：明抄本卷二作"擾擾無寧悰"。

［92］默：明抄本卷二作"寂"。

［93］花：明抄本卷二作"華"。

［94］勝、有：明抄本卷二作"戰""自"。

［95］兹：明抄本卷二作"斯"。

［96］宇泰：明抄本卷二作"泰守"。

［97］與：明抄本卷二作"以"。

［98］宜：明抄本卷二作"頤"。

［99］農：明抄本卷二作"濃"。

［100］晏：明抄本卷二作"戾"。

［101］肥：明抄本卷二作"腴"。

［102］林中有啼鳥：明抄本卷二作"林林中有鳥"。

［103］予、拂：明抄本卷二作"余""弗"。

［104］潜然：明抄本卷二作"思思"。

［105］間：《閩中十子詩·王檢討詩集》卷二作"門"。

［106］人：《閩中十子詩·王檢討詩集》卷二作"久"。

［107］庭闈趍：明抄本卷二作"趨庭闈"。

［108］身：明抄本卷二作"生"。

［109］生諒：明抄本卷二作"身自"。

［110］食：明抄本卷二作"蝕"。

［111］偶值蒙莊叟，無心寄：此八字原書爲墨釘，據《閩中十子詩·王檢討詩集》卷二、明抄本卷二補。

［112］素獨横石床：《閩中十子詩·王檢討詩集》卷二作"素弦横石床"，明抄本卷一作"素弦横古床"。

［113］閑：明抄本卷一作"角"。

［114］詩：《閩中十子詩·王檢討詩集》卷二、明抄本卷一作"時"。

［115］潜一機：明抄本卷一作"同一枝"。

［116］我：明抄本卷一作"余"。

［117］聚：明抄本卷一作"趣"。

［118］音：明抄本卷一作"彈"。

［119］淮波：明抄本卷一作"秦淮"。

［120］矣：明抄本卷二作"以"。

［121］觀：明抄本卷一作"心"。

［122］覽：明抄本卷一作"攬"。

［123］未已：明抄本卷一作"未極"。

［124］惟：明抄本卷一作"維"。

［125］水：《閩中十子詩·王檢討詩集》卷二作"木"。

［126］幽棲構行宇：明抄本卷二作"棲幽構衡宇"。

［127］真：明抄本卷二作"貞"。

［128］達、世踪：明抄本卷二作"遺"，"世踪"二字原爲墨釘，據補。

［129］但：明抄本卷二作"日"。

［130］華：明抄本卷二作"榮"。

［131］以淥：明抄本卷二作"川緑"。

［132］假寐：明抄本卷二作"寐假"。

［133］隱：明抄本卷二作"陰"。

［134］"况兹"至"虚蹻"：明抄本卷二脱此二十字。

［135］瓠、濩：明抄本卷二作"瓢""獲"。

［136］睇：明抄本卷二作"陟"。

［137］緬：明抄本卷二作"冥"。

［138］惜：明抄本卷二作"昔"。

［139］庶架：明抄本卷二作"兹駕"。

［140］然：明抄本卷二作"默"。

［141］珥漢：明抄本卷二作"弭從"。

［142］間：明抄本卷二作"閑"。

［143］遠和：明抄本卷二作"可答"。

［144］塵：明抄本卷二作"匡"。

［145］終可：明抄本卷二作"可終"。

［146］陸沉：明抄本卷二作"沉陸"。

［147］稀：明抄本卷二作"希"。

［148］擴：明抄本卷二作"延"。

［149］顱：明抄本卷二作"顙"。

［150］云：明抄本卷二作"能"。

［151］愛此傲霜：明抄本卷二作"受此違世"。

［152］華：明抄本卷二作"花"。

［153］間：明抄本卷二作"閑"。

［154］任：明抄本卷二作"遂"。

［155］寥寂：明抄本卷二作"寂寥"。

［156］酒：明抄本卷二作"醉"。

［157］峨峨雲：此三字漫漶不清，據明抄本卷一補。

［158］獨：明抄本卷一作"特"。

［159］斗：明抄本卷一作“井”。

［160］乾坤寄端倪：明抄本卷一作“松蘿寄蕭疏”。

［161］宦：明抄本卷一作“官”。

［162］亂：明抄本卷一作“飛”。

［163］駘：明抄本卷一作“馬”。

［164］闔：明抄本卷一作“鬥”。

［165］沿旋：明抄本卷一作“於沿”。

［166］腠：明抄本卷一作“凑”。

［167］迎：明抄本卷一作“近”。

［168］泠泠：明抄本卷一作“翻翻”。

［169］未：明抄本卷一作“東”。

［170］胡爲哉：明抄本卷一作“擊長劍”。

［171］一：明抄本卷一作“暫”。

［172］叢：《閩中十子詩・王檢討詩集》卷二作“發”。

［173］六郡：明抄本卷二作“亦即”。

［174］趄：明抄本卷二作“趣”。

［175］迁：明抄本卷二作“余”。

［176］姿：明抄本卷二作“資”。

［177］況：明抄本卷二作“雇”。

［178］不我干：明抄本卷二作“既不干”。

［179］遠：《閩中十子詩・王檢討詩集》卷二、明抄本卷二均作“達”。

［180］體：明抄本卷二作“休”。

［181］條：《閩中十子詩・王檢討詩集》卷二作“絳”。

［182］氛：明抄本卷二作“紛”。

［183］間：明抄本卷二作“閑”。

［184］氏：明抄本卷二作“子”。

［185］惟：《閩中十子詩・王檢討詩集》卷二、明抄本卷二均作“性”。

［186］玄：明抄本卷二作“言”。

［187］殆：明抄本卷二作“逮”。

［188］必：明抄本卷二作“爲”。

［189］卉木：明抄本卷二作“百卉”。

［190］籬：明抄本卷二作“畦”。

［191］旋：明抄本卷二作“還”。

［192］一：明抄本卷二作“聊”。

［193］來：《閩中十子詩・王檢討詩集》卷二、明抄本卷二均作“卉”。

[194] 秀色宛如沐：明抄本卷二作“秀色如膏沐”。

[195] 我：明抄本卷二作“茅”。

[196] 畦：明抄本卷二作“蹊”。

[197] 理愜心自足：明抄本卷二作“興愜心目足”。

[198] 兹焉謝紛擾：明抄本卷二作“聊兹息奔競”。

[199] 以：明抄本卷二作“已”。

[200] 翰：明抄本卷二作“仲”。

[201] 素：明抄本卷二作“片”。

[202] 其：明抄本卷二作“幾”。

[203] 南：明抄本卷二作“蘭”。

[204] 清：明抄本卷三作“情”。

[205] 晝：明抄本卷三作“雲”。

[206] 長睇：明抄本卷三作“攬涕”。

[207] 柯：明抄本卷三作“樹”。

[208] 隙：明抄本卷三作“源”。

[209] 迢迢寄：明抄本卷三作“迢迢隔”。“迢”字疑誤，似當作“迢”。

[210] 愁思：明抄本卷三作“思愁”。

[211] 葉：明抄本卷三作“藿”。

[212] 停：明抄本卷三作“定”。

[213] 高堂張素絲：明抄本卷三作“高張素絲弦”。

[214] 鶴：明抄本卷三作“鵠”。

[215] 漬：明抄本卷三作“濱”。

[216] 佩：明抄本卷三作“珮”。

[217] 諧：明抄本卷三作“偕”。

[218] 冰：明抄本卷三作“水”。

[219] 與：明抄本卷三作“焉”。

[220] 落：明抄本卷二作“發”。

[221] 絕：《閩中十子詩·王檢討詩集》卷二作“純”，明抄本卷二作“醇”。

[222] 赧中：明抄本卷二作“報衷”。

[223] 將貽碧山誚：明抄本卷二作“却貽林壑誚”。

[224] 石徑滋莓苔：明抄本卷三作“石鏡滋蒼苔”。

[225] 久：明抄本卷三作“父”。

[226] 予：明抄本卷三、《閩中十子詩·王檢討詩集》卷二作“余”。

[227] 驚：明抄本卷三作“摧”。

[228] 名：明抄本卷三作“鳴”。

［229］運：明抄本卷三作“瑞”。

［230］騰騫：明抄本卷三作“騫騰”。

［231］昆、固：明抄本卷三作“春”“因”。

［232］可：明抄本卷三作“足”。

［233］思：明抄本卷三作“悲”。

［234］一贈：明抄本卷三作“贈子”。

［235］維：明抄本卷三作“惟”。

［236］子：明抄本卷三作“以”。

［237］爲誰：明抄本卷三作“誰爲”。

［238］歸：《閩中十子詩·王檢討詩集》卷二作“蠣”。

［239］撫劍坐中夜：明抄本卷三作“撫劍中夜起”。

［240］分：明抄本卷三作“斂”。

［241］中道：明抄本卷三作“分義”。

［242］宜：明抄本卷三作“冥”。

［243］把：明抄本卷三作“抱”。

［244］艱：明抄本卷三作“難”。

［245］度：《閩中十子詩·王檢討詩集》卷二作“庶”。

［246］候、瀾：明抄本卷三作“俟”“闊”。

［247］龍河：明抄本卷二作“金陵”。

［248］樹：明抄本卷二作“枝”。

虛舟集卷之三

五言古詩[1]

賦得幔亭峰送張員外還閩中①

秀色照海甸，百里青嶙岣。[2]衆山如游龍，一峰高出雲。昔傳武夷君，於兹宴曾孫。鸞飆載河車，來往何繽紛。羽蓋云已久，[3]玄賞今尚存。夜深天籟寒，猶疑鶴笙聞。而我昔游覽，望之隔塵氛。天影瀉潭鏡，翠壁明微曛。[4]別來區中緣，汩没摧心魂。[5]兹山不可見，夢寐懷清芬。[6]張侯有仙骨，幾年在雞群。中林赤松期，久負瑶池尊。斯行問初服，[7]訪古清溪濆。[8]幻宇結空翠，層崖閉氤氲。棹歌九曲來，餘聲振衣巾。玉女或可訊，爲余謝仙真。

送呂沁州

良材蔽幽壑，大匠終不遺。驊騮困百里，[9]伯樂爲之悲。顧無適時材，[10]焉用嗟明時。[11]使君姑蘇彦，夙負英俊姿。開口論阿蒙，[12]恥爲吳下兒。倏起佐民邑，頓令弦誦施。[13]朝餐戒貪泉，夕寐抱素絲。[14]松柏有貞操，不受霜雪欺。一旦勞譽流，徵書走南陲。[15]衡鏡懸大庭，[16]準平良在兹。[17]五馬錫中厩，雙旌擁前麾。[18]銅鞮古沁源，尚在羊腸西。居人迎露冕，[19]稚子瞻緌綏。行將寄專城，盍爲蘇民疲。春風五褲謡，莫遣歌來遲。

---

① 明抄本卷三題作《幔亭峰送員外還閩》。

送杜參政之廣西

五嶺限南服，輿圖亦茫洋。昔爲椎髻區，今變冠與裳。蕩蕩風氣開，生齒日富强。叢山薄大海，壯哉封四疆。邇來覃聖仁，[20]幽昧靡不彰。人材上國齒，兵賦擅一方。惟公寄重牧，虎節何輝煌。[21]上以紓國懷，[22]下以撫凋傷。當令寒谷吹，撚指回春陽。桂山方峨峨，[23]桂水亦湯湯。誰歟傳頌聲，千古流芬芳。

送胡處士還豫章①

我懷高士風，矯然若游龍。南州久寂寞，水碧青山空。天子振流俗，[24]清芬千載同。明時棄軒冕，[25]白首棲雲松。出門不遠適，西到匡廬峰。[26]天風吹衣巾，飄落塵鞅中。倦翮思故林，孤雲懷舊踪。角巾灑秋雨，別我金陵東。[27]冠蓋餞道周，雕筵進肥釀。揮之一不顧，舉目送飛鴻。寒波駛歸流，川上落日紅。孤鶴倏已遠，悵望那能窮。

送胡郡守歸泉州②

吾君撫宸運，治化期虞唐。藹藹吉士征，雍雍登廟堂。[28]南風五弦奏，端拱垂衣裳。鷹隼有時擊，威鳳鳴崇岡。夫子南國秀，乘時亦翺翔。姓字落御屏，久沾雨露香。茲晨按節去，時後懸金章。春來刺桐花，飄飄點仙裝。搴帷出白鹿，竹馬夾道傍。愧我斥鷃姿，遠逐鵷鷺行。送君都門野，握手神飛揚。雲開五湖白，[29]鳥没吳天長。雙旌忽不見，酒醒山蒼蒼。

送徐布政之廣東

連山隔星紀，雄藩控華夷。內分青瑣彥，遠牧滄海涯。[30]春雲擁畫戟，白日明繡衣。一朝立意氣，萬里生光輝。都門別同袍，尊酒秋

---

① 明抄本卷三題作《送胡處還豫章》。
② 明抄本卷二題作《送胡太守歸泉》。

風時。丈夫貴有爲，豈作兒女悲。停杯贈馬策，脫穎囊中錐。[31]何必守章句，終年困蓬藜。

送劉太守之任福州①

海國變民俗，[32]君行領專城。[33]千室豈云小，[34]所志在蒼生。[35]烈士慕知己，浮人歸頌聲。驅馬登古臺，[36]覽望窮滄溟。山雲拂露冕，海月生霞旌。鄙人舊茅屋，桑梓連鷄鳴。溪流九曲水，門掩三山青。異時偶樵牧，此日慚簪纓。因兹送君去，[37]悵望難爲情。

送鄭舍人之嶺南②

祥烟散華甸，靈景耀神圻。東序盛玉帛，南面垂裳衣。五岳畢效靈，八荒殫同歸。[38]欣欣木德榮，郁郁皇風熙。璃雲從何來，[39]欲抱紅日飛。微風忽吹去，使我心徘徊。春山黃鳥鳴，[40]離筵醉斜暉。滔滔江漢流，[41]此會當何時。鳳凰鳴高岡，[42]載見終來儀。文明正兹日，[43]勿嘆知音稀。

送林少府還九江得月字

握手白下門，棹歌莫催發。且沽玉壺酒，共醉金陵月。明日望匡廬，孤舟坐超忽。

齋所示同宿諸寮友③

華館敞清夜，空香靄氤氳。孤懷湛如水，[44]因之絕垢氛。城闕度疏雨，河漢霽微雲。明發奉禋祀，坐待禁鍾聞。

秋暑中寄鮑紀善④

出門車馬喧，秋煬烈如燀。不有靜者心，兹懷曷由展。念君守幽

---

① 原書目録題作《送劉太守之福州》，明抄本卷三題作《送劉太守任福州》。
② 明抄本卷三題作《送鄭舍人之桂林》。
③ 原書目録題作《齋所示寮友》，明抄本卷三作《齋所示同宿寮友》。
④ 原書目録題作《秋暑寄鮑紀善》。

素,閉迹同偃蹇。塵榻鳥字頻,閑窗畫絲蝐。誰開蔣生徑,獨契子雲館。何時風雨來,一洗煩慮遣。

龍江阻風寄同院諸公①

客心疾如飛,咫尺隔大江。長風夜半生,濁浪曉來降。戀闕情豈緩,望鄉思彌切。且呼一斗酒,坐待艫頭月。艫頭月漸明,[45]抽簪散長纓。[46]潮生揚子白,山出石頭青。却念携手好,如何寫懷抱。明發烟際帆,萋萋但芳草。

宿釣臺

高臺薄層霄,仰視烟霞深。羊裘昔何爲,遺身在雲林。漢宮久荒涼,霸業成古今。飄飄釣臺絲,[47]尚爾清煩襟。幾年倦羈旅,扁舟宿溪濱。[48]折芳欲有酬,[49]灑酒弦素琴。臨流怳中夜,霄漢星光沉。

過武夷約游不果

武夷爲閩望山,余十年三過其下,期一游而屢以事阻。世傳蓬萊方丈去人間不遠,顧非有仙風道骨者,莫得而至焉。是則兹山之靈異,予輒將以塵迹混之,[50]宜其迴巒返嶂,却我於風塵之表。因賦此詩,尚俟後游果於何日。[51]

扁舟下溪口,薄暮烟沉沉。群峰暝色厚,九曲寒流深。不見幔亭君,徒懷笙鶴音。雲霞結飛夢,風雨生平林。半生慕名山,十年阻登臨。[52]長懸紫宮戀,未遂滄洲心。豈伊真仙源,[53]避我岩迹侵。[54]回橈發長嘯,起坐鳴吾琴。

宿分水關

凌晨起芻秣,驅馬白雲間。倒窺猿鶴岑,薄暮宿層關。關門閉古

---

① 原書目録題作《龍江阻風》。

色,落日鳴哀湍。我行倦前征,憩息天風寒。下臨群壑陰,仰視星宇寬。攬衣不成寐,脱劍膝上彈。劍歌有餘情,豈爲行路難。

題吴山伍子胥廟①

朝驅下越坂,夕飯當吴門。停車訪古迹,[55]靄靄林烟昏。青山海上來,勢若游龍奔。星臨斗牛域,氣與東南吞。九折排怒濤,壯哉天地根。落日見海色,長風捲浮雲。山椒戴遺祠,興廢今猶存。殘香吊水客,[56]倒樹哀清猿。[57]我來久沉抱,重此英烈魂。吁嗟屬鏤鋒,實爾國士冤。[58]峨峨姑蘇臺,榛棘曉露繁。[59]深居麋鹿游,此事誰能論。因之毛髮竪,落葉秋紛紛。

登金山寺②

江近海勢鬥,[60]中流孤島分。化城若浮出,[61]鍾梵空中聞。真僧何方來,於兹巢白雲。魚龍護法界,日月棲山門。而我泛梗踪,偶因滌嚚紛。[62]真源杳莫測,積氣長氤氳。一灑甘露言,便覺蘇焦焚。棲身怳圓鏡,永絶諸漏音。[63]

發龍江和同官王洪之作時使節之長沙③

朝發龍河津,[64]駕言適南楚。顧兹念王程,臨流不遑處。是時長風來,遥空霽疏雨。[65]群山坐滅没,千里但延佇。豈不懷友生,幸此息辛苦。[66]歸命諒有期,[67]毋爲惜乖阻。

舟中望匡廬④

兹山東南美,植立雲霞中。[68]九叠縈秀色,萬古青茸茸。我懷志

---

① 明抄本卷一題作《吴山伍胥廟》。
② 明抄本卷二題作《金山亭寺》。
③ 原書目録題作《發龍江和同官王洪之作》,明抄本卷三題作《發龍江和王洪兼寄諸友》。
④ 明抄本卷三題作《舟中望廬山》。

靈奇，絓帆喜相逢。林端望飛瀑，天際數雲峰。香爐紫烟滅，玉鏡澄湖空。飛翠落巾袖，毛髮疏天風。顧此逐行役，無由訪仙踪。長咏遠公傳，坐憶東林鍾。

登黄鶴樓

迢迢江上樓，[69] 飛構梯層穹。[70] 黄鶴何年來，結巢白雲中。仙人整羽蓋，一往無遺踪。[71] 瑶笙紫河車，瀟灑餘天風。[72] 至今啓重關，呵守虎豹雄。雕檐敞白日，闌檻標晴虹。[73] 我因駐旄節，登攀興何窮。神行萬物表，目送雙飛鴻。依依烟際帆，遠落三湘東。霜清楚天碧，樹盡荆門空。長辭愧禰生，高興懷庾公。落日下樓去，烟水青濛濛。[74]

望衡岳①

絓席湘水上，始觀祝融峰。何人奠炎服，植此金芙蓉。下窺俯南極，仰攀接層穹。[75] 昂昂五峰尊，同立元氣中。陰晴變氣候，衆壑應寡同。[76] 緣蘿石磊磊，噴壑泉濛濛。遥灑洞庭雪，五月飛涼風。伊昔禮明禋，望秩猶三公。靈湫出雲雨，有禱無不通。離明舞朱雀，星紀專化工。而我企冥漠，覽眺殊未窮。火黎記昔塚，圮剝今無踪。營丘秘真圖，孤魂竟誰從。浮雲鳥道没，白日長天空。惟應吊虞舜，一嘯蒼梧東。

游浯溪録呈陳司馬及同登諸公②

客舟曉探奇，興落浯水上。[77] 搴蘿豁遠目，所至窮異狀。是時天宇晴，[78] 物象自清曠。烟開楚山斷，千里彌一望。迤延極覽眺，[79] 近歷飽搜訪。層崖劃中開，[80] 峭壁摩萬丈。顔公英烈姿，[81] 元叟士林仗。[82] 文辭金石奏，字畫蛟龍壯。伊余抗塵容，[83] 所志在清賞。孤雲

---

① 明抄本卷三題作《舟中望衡岳》。
② 原書目録題作《游浯溪呈陳司馬諸公》，明抄本卷三作《游浯溪呈陳司馬》。

寄微踪,獨鶴引空杖。[84]豈無千載懷,亦有高山仰。同游二三侶,[85]相與情頗暢。芳蘭薦山庖,林瀑灑行帳。醉揮紫霞觴,亂落白雲唱。歸舟漫容與,潭月吐雲嶂。幽興任時違,[86]心遠覺神王。但云諧斯游,[87]何以答清覜。

全州道中夾道松柏千株,前守章復所植。

全南走百里,碧澗緣幽岑。躋險屢得勝,曠望清煩襟。道傍菀菀松,誰氏甘棠陰。聞有章大夫,昔年茲撫臨。政循俗云變,世遠澤尚深。顧茲千植繁,蓊沃猶至今。天長日色薄,風靜雲滿林。我行念徒侶,苦彼名迹侵。畏影且息蔭,避喧聊洗心。據床久兀傲,思奏丘中琴。知音何寥哉,猿鶴空哀吟。

南海登粵王臺①

載酒豁清眺,嘯歌粵臺巔。[88]粵臺久寂寞,海色空蒼然。荒城南斗外,碧草春風前。雲木隱暝色,落日哀啼鵑。[89]緬懷全盛日,萬里恢疆壃。疏封赤社大,列雉南溟專。茲臺一何高,俯視如控弦。運化神物改,代往陵谷遷。千金買辨士,[90]古瓦空寒烟。惟有山僧來,此地開梵筵。諷唄發深夜,鍾鼓羅諸天。觀物理則如,倐往猶千年。誰將峴山淚,爲灑南雲邊。

南海郡庠宴集書贈董郡博②

高堂輟弦誦,秩秩敷賓筵。朋來何雍容,對此方穆然。勸酢禮有加,陟降容無偏。芳蘭發中座,品物羅庶籩。是時海雨至,[91]須臾遍南天。夏日如涼秋,清風灑軒懸。酣情久已暢,秉德良益虔。[92]用言賦茲什,以代伐木篇。

---

① 明抄本卷三題作《登粵王臺》。
② 明抄本卷三題作《南海郡庠宴集贈董郡博》。

龍州道中

微生易爲役,遠節恒自持。夙興戒前征,萬里投南陲。迢迢古龍州,山猺雜群夷。浮雲翳兩曜,衆壑昏陰霏。由茲望明都,尚隔天一涯。淹留暫停騎,^[93]促刺心不怡。所愧子桑户,中林人見稀。

交趾贈節鎮黃司空

補衮美周甫,分岳咨堯牧。晤言懷古人,於茲緬芳躅。圭璋信偉器,麟鳳豈凡族。天南一星明,萬里忻共矚。^[94]褐來炎海濱,奠拓古輿服。懷柔心爲勤,撫馭令尤肅。政淳回澆漓,^[95]仁遠起頹伏。^[96]鯨濤安中流,鳥語變華俗。頓令天地春,^[97]浩蕩被陰谷。伊余慕光華,幸此近膏沃。^[98]衆中睹節鉞,丰采朗如玉。天狼晝已墮,神珠夜當復。願言歌德音,吉頌愧清穆。

交州病中喜林伯禎大參歸①

孤館抱餘瘵,殊方積沉憂。況茲風雨交,薄暮來颼飀。^[99]中夜夢九遷,上國魂獨游。豈無同心人,曠望阻林丘。驅馳王事勤,未得休戈矛。且坐念暌違,此會良悠悠。^[100]忽聞擁前麾,載見迥輕輈。^[101]欣遂懷始開,晤言疾徐瘳。須臾笳鼓悲,耿耿星漢流。餘情寄長劍,激烈何能休。

出雞陵關

手麾白羽箑,^[102]凌晨出夷關。夷關春始開,行旅多歡顏。笑掬青澗流,爲洗瘴癘殘。浮雲引征佩,^[103]共結輕陰還。前登忘險疲,憑高眺林巒。却憶征南幕,滇濛海霧間。

宿烏岩灘

扁舟宿層灘,灘漲夜來雨。飄颻遠客情,寂歷榜人語。^[104]登途畏

---

① 原書目録題作《交州病中喜林大參歸》,明抄本卷三題作《病中喜林伯禎大參歸》。

虎迹，突瀨逢鱷怒。[105]東山尚沉冥，推篷幾延佇。[106]

蒼梧道中

驅車九疑道，獨鳥東南飛。看山不覺遠，秋雲生我衣。深谷走群籟，[107]半岑明夕暉。中林有蘭茝，薄暮空芳菲。

道上觀別者①

完山有鳴鳥，其聲一何哀。死別徒已矣，[108]生離當告誰。聖人登揔期，[109]玉燭耀九垓。三殤無怨咨，四表罔不諧。爾行獨何之，萬里觸炎埃。五嶺表異服，更邈天一涯。毒蜮噆人肌，菵露冒草萊。[110]荷戈方前馳，夙夜敢怠哉。[111]去去逐行侶，[112]悠悠念中懷。心存長相思，[113]身沒淪死灰。願同六月志，[114]倚輪爲徘徊。落日雲始暝，長嘯悲風來。

曲江謁張文獻祠

停舟曲江滸，吊古謁遺祠。嚴嚴始興公，[115]遺澤芬在斯。堂傾風雨萃，[116]碑斷苔蘚滋。[117]芳春奠行旅，落日歸文狸。[118]唐宮昔全盛，[119]衡鑒方獨持。弼諧展嘉猷，[120]讜論非詭隨。雍雍朝陽鳳，粲粲補袞絲。側聞臥病後，[121]九廟烟塵飛。漁陽突騎來，中華混群夷。信知砥柱功，用舍同安危。昭陵鐵馬空，[122]仙李祚久移。維餘蘭菊存，[123]千秋恒若玆。我來薦微誠，再拜當前墀。顧瞻廟貌間，風度猶可希。[124]武溪何淫淫，蓉峰亦巍巍。祇今相業隆，孰與前修期。臨風一長嘆，山雨來霏霏。

過清遠峽[125]

兩山夾飛流，[126]曲折始東走。排空殷崩雷，出峽去愈驟。商人

---

①　明抄本卷三題作《軍中觀別者》，題下有小字"說苑完山之鳴□□淵□之知其有生離死別"。

數畏津，漁子駭奔溜。回瀾乍窺淵，[127]迸瀨亂泄竇。上當群石爭，下及衆川漱。勢齊龍門險，雄長碣石右。惜哉神禹功，奠畫遠莫究。遂令五嶺南，別與萬靈鬥。我行一停舟，適值風雨候。崩騰心爲徨，[128]混澒目已瞀。篙師戒前征，薄暮不敢逗。開篷訝驚湍，[129]宛若群鷺簉。乃知造化神，玆實亙宇宙。三復忠信言，呼酒聊獨侑。

過道源書院謁濂溪祠①

百家騁異説，聖道汨其真。運極理必及，[130]光岳生斯人。手探闔闢樞，示我動静根。絶緒既有授，再見宣人文。二賢韡華萼，中州儀鳳麟。遂開濂洛流，遠接洙泗津。大哉作聖功，叠叠光後塵。我昔披圖書，玩讀忘苦辛。微言冀可會，弱質慚弗振。況經講道邦，仰止希先民。其如睹光霽，衆草間庭春。晨興策我馬，遲暮膏吾輪。逸軌尚可駕，敢云替斯勤。

舟移豫章高士亭址下寄新喻文學潘時彦②

去水極杳靄，[131]一棹東南歸。青林相掩映，白鳥烟中飛。新蒲乍隱舟，[132]漫流侵夕磯。偶尋高士宅，忽悵故人違。搖曳鳴玉琴，誰云出處非。明發引前望，五老收陰霏。

送林火全赴天台縣幕③

枳棘宿鸞鳳，百里淹驊駵。郎官古猶薄，況秉帷幄籌。君如紅蓮花，艷色間且幽。[133]方馨當自揚，[134]豈值濁水流。紉蘭世方斁，[135]服艾衆所羞。匪無太華仙，置爾玉井頭。去去但自保，毋以增煩憂。[136]

---

① 原書目録題作《過道源謁濂溪祠》，明抄本卷三題作《謁濂溪祠》。
② 明抄本卷三題作《泊豫章高士亭寄友》。
③ 原書目録題作《送林大全赴天台》。

幽中送張用剛還晉安①

海水天際落，[137]北風捲蓬根。愁烟結遠思，薄暮空紛紛。□□子不留，[138]驅車出都門。離筵楓葉下，客路猿聲聞。借問此日還，[139]何時鷗鷺群。舟移九曲棹，樹隱重關雲。[140]笑我鸞鶴姿，久閉樊籠春。烟霞有歸夢，[141]爲爾飛吟魂。

七言古詩②

前有尊酒行

前有尊酒，我爲君壽。有瑟在筵，[142]有螯在手。青年既阻，[143]白髮被首。於今不樂，古人奚有。自昔有言，俟河之清。人壽幾何，云胡不零。起舞傞傞，側弁以俄。弗鼓缶而歌，[144]恐大耋之徒嗟。[145]秋露如玉，下彼庭綠。良夜未央，胡不秉燭？東陵死利，西山死名。莊周放達，禹稷躬耕。吾誠何暇以論此，前有尊酒君須傾。

長歌行

有淚莫泣鮫人珠，有足莫獻荊山玉。赤心徒使按劍猜，至寶翻令笑魚目。千金蹈海稱達人，五噫出關西去秦。負芻不復遇知己，空歌白石南山春。楚卿棄相復何有，於陵甘作灌園叟。雜縣偶集魯東門，惆悵胡能事杯酒。長風蕭騷百草殘，長鋏悲歌涕泛瀾。金臺駿骨久已化，瑤水風波不可攀。畏途羊腸能折軸，緘書爲謝雲間鵠。海上三花久負期，醉歸謾托平原宿。

將進酒

故人手持金屈巵，[146]進酒與君君莫辭。仲孺不援同産服，孟公

---

① 明抄本卷三題作《送張用剛還閩》。
② 本單元爲"七言古詩"，但夾入多首歌行體詩。

肯顧尚書期。當歌激風和結楚，吳姬白苧莫停舞。黃河東走不復回，白日經天豈能駐？田文昔日盛經過，朝酣暮樂艷綺羅。高臺已傾曲池廢，祇今誰聽雍門歌。我有一曲側君耳，世事悠悠每如此。子雲浪作投閣人，賈生空吊湘江水。春風南園花滿枝，莫待秋風搖落時。東山笑起徒爲侶，[147]乘時莫負高陽池。[148]

古別離

將軍嫖姚北伐時，漢兵五道同出師。使者三河募豪傑，材官半是幽并兒。雁門燕郊一丈雪，交河蹴踏層冰裂。鳥旆遥翻青海雲，蛇弓亂射陰山月。青海陰山若個邊，芳閨桃李爲誰妍。三年玉箸頻啼處，萬里金鉦尚未旋。機中錦字織成久，謾訴相思別離後。鴛被春來夜夢多，龍沙秋盡寒川走。飛書昨夜入咸陽，詔更徵兵屯朔方。苦戰匈奴圍未解，鐵衣著盡邊庭霜。邊庭風霜那可度，望斷關山不知處。衣寬詎惜鸞帶賒，樓高枉盼鴻音暮。自古封侯燕頷身，肯思中婦鳳樓塵。但令疏勒風烟掃，甘作陽臺雲雨人。

怨歌行

弦奏鈞天素娥之寶瑟，酒斟淡霞碧海之瓊杯。宿君七采流蘇之錦帳，坐我九成白玉之高臺。[149]臺高帳暖春雲薄，金縷輕身掌中托。結成比翼天上期，不羨連枝世間樂。歲歲年年樂未涯，鴉黃粉白淡相宜。卷衣羞比秦王女，抱衾肯賦宵征詩。參差雙鳳裁篍管，誰信韶華有凋換。魏園未泣龍陽魚，漢宮忍听長門雁。長門蕭蕭秋影稀，粉屏珠綴流螢飛。苔生舞席塵蒙鏡，空傍閑階尋履綦。宛宛青陽日將暮，惆悵君恩棄中路。妾心如月君不知，斜倚雲和雙淚垂。

行路難

倚劍上勿嘆，聽我行路難。世途反覆多波瀾，焦原九折未爲艱。君不見，漢謠斗粟歌未闌，長門一夕秋草殘。骨肉之恩尚如此，何況他人方寸間。又不見，絳侯身榮應繫獄，賈生終對長沙鵬。功成更覺小吏尊，才高寧避明時逐。所以赤松子，遠赴中林期。誰能吳江上，見笑鴟夷皮。驪龍有珠在滄海，勸君逆鱗勿嬰之。子推介山下，屈原湘江湄。[150]當時枘鑿自不量，至今憔悴令人悲。行路難，難爲言。滄浪一棹且歸去，長安大道橫青天。

少年行

千金換寶劍，短髮鬖胡纓。銀鞍照紫燕，颯沓洛陽城。[151]洛陽城中足年少，陌上相逢開口笑。按鋏長歌猛虎詞，彎弓直上呼鷹道。歸來買笑何所歡，白日擁擲夜未闌。百觴每共孫賓醉，一飯羞從漂母餐。吳姬二八小垂手，[152]短笛橫吹折楊柳。一曲臨風意氣生，珊瑚擊碎亂從橫。春來秋去祇如此，五侯七貴爲知己。却笑侯嬴空抱關，白首夷門不暫閑。

短歌行

東風吹花墮錦筵，綠楊半嚲青樓烟。主人自爲鴝鵒舞，小妓更奏鴛鴦弦。當杯入手君不醉，落日已在西山巓。短歌一拍心茫然，請看明鏡高臺上，何須白髮悲芳年。

遠游曲

蟭螟棲蚊睫，鯤鵬運天淵。看來小大各有適，[153]人生出處同所然。蘇秦未佩六國印，一身落魄誰相問。相如去蜀謁武皇，赤車四馬生輝光。[154]以兹感慨慕昔人，起秣吾馬膏吾輪。出門仰天發西笑，寧辭斷梗隨風塵。朝趍楓陛謁明主，夕掌蘭臺作貴臣。[155]自謂生平有奇遇，從間因獻《甘泉賦》。雕蟲小技何足誇，白日天光屢迴顧。朝回敕賜飛龍駒，玉勒光輝驕道隅。雕筵象几進綺食，不但醉飽同侏儒。君不見，漢家主父寧久貧，買臣無復恒負薪。當時妻子笑相薄，一朝四海來相親。閔生寂寞困藜莠，榮期憔悴蒙埃塵。請君試聽遠游曲，何必長爲畎畝民。

塞下曲

君不見,雁門九月風如刀,筋强蹄健群胡驕。邊庭列障走烽燧,旄頭夜出天山高。陰磧茫茫走千里,刁斗聲沉塞雲紫。[156]重圍未破殺氣昏,萬衆同呼士心死。起看壯士皆裹創,援枹鼓之氣益張。三軍奮迅一敵萬,斬胡血染天爲黄。自此匈奴知姓字,漢家盡雪穹廬耻。可憐白首未封侯,一片雄心向誰是。

君馬黄

君馬黄,我馬白,二馬同嘶出南陌。南陌東阡夾渭橋,馬行平地似青霄。羈金絡月人皆羨,振玉鳴珂意自驕。朝出相隨暮相逐,可憐人馬皆如玉。如何與君生别離,君馬東行我馬西。欲知後夜長鳴處,羞對駑駘一萬蹄。

長相思

長相思,乃在瀛洲之上,碧海之涯。閬風蓬壺相蔽虧,琅玕碧草何離離。[157]安期偓佺空有期,五龍起舞鸞鸞隨。祥風化日同熙怡,碧桃笑花春滿枝。鸞驂鶴馭同遨嬉,我獨何爲困羈離。弱水三萬不可飛,長相思,心爲悲!

醉歌行答鄭五迪①

人生三十古所立,嗟予落拓竟何有。[158]眼中萬事皆等閑,帳下一經空自守。[159]楊雄寂寞人皆羨,長卿憔悴誰相偶。五陵西上事已非,百粤南歸歲應久。侯門無分曳長裾,别墅閑來閉虛牖。[160]感懷徒使壯士悲,[161]托交何處論心舊。與君一見即傾倒,握手相歡情頗厚。

---

① 原書目録題作《醉歌行》,《閩中十子詩•王檢討詩集》卷三作《醉歌行答鄭五定》。

意氣能凌豪士前，[162]風流肯落當時後。每於結客散黃金，[163]縱令負郭無百畝。白社吟來落木秋，青山醉倒芳尊酒。知己終憐水上萍，年光暗擲門前柳。惟有長歌一片心，此日贈君君識否。

紈扇歌贈別張秀才①

手把白紈扇，贈君表深情。請君試揮揚，座上仁風生。[164]紈扇團團似明月，不比君心圓復缺。聊將霜雪比貞素，那謂炎涼有離別。[165]念爾相携似故人，冰壺玉樹宛相親。草聖從經內史筆，[166]西風謾障元規塵。憶當長信深幽地，[167]曾對佳人掩雙淚。此日臨岐一送君，莫學秋來便相棄。

贈吳六

少年結客游五陵，布衣落魄喜談兵。[168]是時氐羌殺主將，邊庭一夕烟塵生。當筵意氣許君死，飲血報仇爲知己。一生猿臂挽兩弧，三尺魚腸走千里。窮秋絕漠羽書飛，[169]輕身陷陣解重圍。[170]眼看旄頭關塞落，手持匕首轅門歸。[171]帳下三杯躍紫燕，衆中萬歲瞻白衣。[172]功成幕府失姓字，[173]扁舟歸釣滄江湄。爾來時平復何有，萬事蹉跎付杯酒。昔年蓮鍔吐星鋩，[174]今日茅茨閉虛牖。[175]丈夫感激驚心魂，平原食客有誰存。臨風夜夜吊孤月，[176]長歌擊筑聲俱吞。間來遇我何所爲，未言往事先凄其。[177]鬢毛零落已如此，心迹悠悠誰復知。

送陳燁②

池上百草綠，春城黃鳥吟。玉壺清酒與君別，青山去後空雲林。問君此行何慷慨，一嘯揚眉起滄海。須使功名及早成，莫教綠鬢流年改。拂劍酣歌四座傾，共看仙籍快登瀛。上林奏賦久相待，宣室求賢

---

① 原書目録題作《紈扇歌》，明抄本卷四題作《紈扇影贈張秀才》。
② 明抄本卷四題作《送陳畢》。

方未寧。[178]縱醉臨岐不知晚，[179]落渚蕭蕭送歸雁。[180]別路雲程兩地分，[181]日極烟江去帆遠。[182]

寄答黄伯亨

我馬從東來，君車正西去。[183]有似風吹海上雲，天際無心忽相遇。與君相遇即相知，瀝膽輸肝無復疑。[184]虞卿豈顧雙白璧，平原輕擲二美姬。[185]狂歌一斗酒，共醉六屏月。拂曙登古臺，慷慨與君別。君行五嶺南，[186]我阻三山道。[187]何處我思君，天涯但芳草。昨朝鴻雁下江烟，銜得君書置我前。[188]開緘拂冰雪，千里情灑然。念昔與君多意氣，相期豈作桃李妍。[189]甇生立堂下，[190]叔向知其賢。袁宏發朗咏，謝公遂回船。丈夫一語苟有合，何必結交窮歲年。我有古干將，[191]繡澀久棄捐。寧甘困泥滓，耻爲兒女憐。君有長歌向余寫，我將古調爲君宣。[192]月明洞口鳴風泉，清商一曲付哀弦。雲生麋鹿可爲侶，[193]紛紛薄俗何其偏。

贈李道士

大樸已散玄風澆，[194]函關紫氣騰赤霄。邇來蓬壺幾清淺，孫枝秀出何飄飄。君從胡來載雲軺，[195]仙裾搖曳凌晨朝。紫皇天上吹碧簫，左揖羡門右松喬。東祈若華壽西母，麻姑緑鬢顔未凋。有時馭列缺、携招搖，俯降昆吾丘，飲我長生瓢。霓爲鈴兮風爲馬，[196]白日羽翰何翛翛。吾將挈日月，以觀乎無始，與夫子兮游遨。

西亭夜送林六敏還山①

今夜西亭月，秋風梧葉涼。[197]故人發孤興，別夢繞林塘。浮世相逢心草草，羡君拂衣一何早。百畝風泉繞桂枝，歸去南山迹如掃。南山松桂北山雲，飲澗穿雲麋鹿群。窗間明月但高枕，洞口飛泉長對

---

① 原書目録題作《西亭夜送林六》，明抄本卷四題作《西亭夜送林敏還山》。

門。知君自是悠悠者,何須叩角歌長夜。[198]鄭谷年來秋草稀,鹿門誰伴白雲歸。[199]君行好覓赤松子,余亦將紉薜荔衣。[200]

送吳生赴閩中

吳生落魄志不羈,[201]世上悠悠那復知。長希一代賢豪士,不學千金游俠兒。三十窮經坐環堵,四壁蕭條但榛莽。[202]客路偏驚季子裘,故人誰薦楊雄賦。酣歌擊節不堪聞,[203]中宵起舞思紛紛。功名且付杯中酒,[204]富貴從輕天上雲。[205]平生高懷有如此,青眼論交見生死。俗流未足論升沉,丈夫應須有知己。茲行遠游何時還,西窺太華浮雲間。也知局促蓬蒿底,終然莫掩冲霄翰。

宿桃溪方翁家贈別①

清溪一湛緣桃花,[206]春來水上流胡麻。東風尋源泛瑤棹,[207]雲中遠見山人家。[208]於茲水木相含景,裊裊松杉亂天影。少焉林壑衆籟鳴,[209]巾舄飛來片雲冷。二三老翁住東陂,薜衣霜雪垂兩眉。自言入山歲已久,不知人世今何時。傳聞有客驚還喜,[210]共薦清泉飲松子。烟林霧篠不逢人,碧草苔花應滿地。問予何事在塵間,[211]那似山中日月閑。澗戶聊同魚鳥醉,石床常伴雲霞眠。乍逢靈境真堪悅,區緣未謝還成別。別後重來復幾時,[212]夢繞溪邊綠蘿月。

題深溪草堂②

草堂住在深溪裏,[213]四面窗開玩清泚。[214]空翠長浮半壁陰,涼飆時傍虛簾起。[215]雲收月墮吟憪白,[216]雨過苔侵釣磯紫。心閑野鳥自忘機,[217]客至談玄聊隱几。[218]高情澹蕩付琴尊,有時落魄不冠履。已知人境得蓬丘,恍若漁舟問桃水。[219]滄洲有約在投竿,白首何心懷帝里。[220]祇今方憐世態薄,[221]逢君況值丘壑美。[222]荷衣蕙帶或可

---

① 原書目録題作《宿桃溪方翁家》。
② 明抄本卷四題作《深溪草堂》。

紉，[223]也向溪頭拾芳芷。[224]

聽琴歌送方氏逸民歸天台①

嶧陽孤桐飽風雨，月中雙鳳幽修語。一辭爨下登高堂，徽向黃金思何苦。初彈一曲南風生，端拱垂衣虞舜庭。[225]悄然再鼓神欲往，[226]美人頎而結遐想。[227]須臾改調弦亂鳴，引宮刻角流新聲。泛如陽春激白雪，澹如綠水涵秋清。[228]羨君操成有如此，十指游心在千古。戶外翩翩鸞鶴翔，[229]松下傞傞鬼神舞。世間箏篴徒紛紛，[230]可憐此調誰能聞。江湖寥寥少知己，抱歸獨臥空山雲。

送友還劍上②

手把一尊酒，送君白下門。秋風官道傍，落葉何紛紛。念我辭家久爲客，京華一日幾人別。茲晨慷慨復送君，令人却憶故山雲。君家舊住劍溪上，門外雙峰宛相向。雲屏九曲倚醉過，青山別後近如何。君行漫浪不須久，舊業荒涼風雨後。會予得買南歸航，[231]蘿徑苔磯一相候。

賦得郎官湖送蕭長史

郎官不見今已久，平湖誰泛郎官酒。芳尊空負東園花，落日長懸漢城柳。[232]送君扁舟湖上過，[233]荊雲郢樹勝概多。微風十里留孤棹，細雨三湘送晚波。謫仙祠古何寂寞，郎官佳句誰繼作。羨君雅調希昔賢，湖中早望寄來篇。[234]

賦得釣龍臺送友人還閩③

九原鹿迹何茫茫，五星東井熙炎光。無諸功成裂漢土，組練三千還故鄉。[235]當時築臺青冥中，[236]閑來垂釣滄江龍。屠龍技成去不

---

① 明抄本卷四題作《聽琴歌送方逸民歸天台》。
② 明抄本卷四題作《送友人還劍上》。
③ 明抄本卷四題作《釣龍臺送友還閩》。

返，至今百粵山河空。臺外蒼山落平楚，臺下江流自今古。野水荒烟古戍寒，落日精靈尚來去。過客憑高眺遠鴻，可憐何處聽歌鍾。愁雲偏結謝端渚，海月長懸薛老峰。[237]故人舊隱螺江側，曾共吟秋吊陳迹。此日南歸興不窮，別後登臺好相憶。

劍潭歌送董大令還晉江①

兩山何來勢崢嶸，[238]山下碧潭秋水清。昔人寶劍化神物，至今白日風雷爭。送君南行感疇昔，秋深擁棹蛟龍窟。醉起登艫牛女紅，[239]夜涼擊汰精靈出。[240]千里寒流赴海深，宦游同到海天溟。[241]明朝霄漢還相會，未必牛刀嘆陸沉。

賦得龍江送蕭御史

君不見，龍江水流東到海，天塹由來知幾代。[242]三月春潮繞帝城，噴雪鳴濤走澎湃。往事流殘落照中，六朝遺迹恨無窮。清時不用限南北，[243]萬國梯航此日通。[244]烟開目極澄波眇，海門一點孤帆小。勢吞九派落雲間，雄浸三山出天表。江上潮來一送君，中流宛見繡衣新。青年好遂澄清志，莫羨當時擊楫人。[245]

送陳將軍還鎮三河②

紫髯將軍身七尺，早拜金吾未三十。臂挽雕弧二石強，腰橫寶劍千人敵。[246]曾隨驃騎過祈連，[247]破虜平蕃功最先。直向交河斬凶醜，肯教烽燧照甘泉。名高飛將傳異域，氣凌屬國雄燕然。百年思刷浚稽恥，萬里曾屯充國田。邇來移鎮三河久，馬上黃金垂紫綬。[248]偏裨皆爲六郡英，[249]賢豪不數雲中守。平原草色獵騎還，雁門雪盡春歸後。邏靜無傳紫塞烟，客來但醉芳尊酒。[250]良時躍馬獨朝天，關下相逢思藹然。久知公子能虛左，[251]却憶將軍恒在邊。錦帶紅纓士如

---

① 明抄本卷四題作《劍潭歌送董大還晉江》。
② 原書目録題作《送陳將軍鎮三河》。

虎，明日都門仍出祖。[252]節鉞翩翩望不見，唯見雲臺天尺五。

送楊世顯還溫陵兼寄胡郡守童將軍①

八月江南鴻雁翔，蒹葭夕露凝如霜。典衣沽酒不成醉，游子此時思故鄉。故鄉別來在何許，秋風落盡桐花樹。[253]歸夢長懸嶺嶠雲，客衣久黯秦淮雨。以茲慷慨賦式微，[254]都門祖帳送斜暉。舟從揚子江頭發，路指嚴陵灘下歸。壺公片月生滄海，[255]紫帽嵐光拂微翠。[256]溫陵大守蘭臺客，往日詞林見顏色。[257]虎頭將軍懸轆轤，金尊爲爾酒剩沽。[258]到時相見即傾倒，爲我問訊今何如。

贈遼陽僧慧峰②

上人出家絕世緣，少小入山今幾年。悟得真空無住着，[259]手探濁海神珠圓。草衣百結幽岩裏，晝拾松花飲泉水。野性無心狎澗麋，大法時譚聽山鬼。[260]遼海蒼蒼接遠天，居人漁獵厭腥羶。山中有僧誰解識，長日安禪祇晏眠。[261]此生自笑機緣薄，欲接微言解群縛。昨夜中峰禮白雲，唯見諸天寶花落。[262]

古劍行贈周辰③

殺氣貫牛斗，精光何陸離。風胡不可遇，[263]千載令人悲。憶昔干將初鑄日，[264]五夜龍池飛霹靂。秋水芒寒鶺鶒膏，[265]虹光鍔吐蓮花質。當年曾聞易水歌，荊卿不濟當如何。從來相隨赤帝子，颯颯秋郊泣螯鬼。乃知神物用有時，風雲變化誰能知。[266]祇今蕭條鐔水上，[267]白日往往蛟龍飛。俠客相看魂欲死，[268]一片雄心許知己。別來夜夜匣裏鳴，憶君清淚如鉛水。爲君摩挲君試看，[269]劍歌有曲君莫彈。從來烈士皆如此，茫茫萬古悲風寒。[270]

---

① 原書目錄題作《送楊世顯還溫陵》，明抄本卷四題作《送楊長史還溫陵兼寄故太守童將軍》。
② 明抄本卷四題作《贈遼海僧慧峰》。
③ 明抄本卷四題作《古劍行贈人》。

騶虞歌

玉壺漏咽銅龍曉,香暖蓬萊百花繞。閶闔平臨寶仗催,千官跪進騶虞表。慶世騶虞此日生,普天夷夏頌升平。般般文采樂君囿,濟濟威儀叶聖徵。周詩自昔歌忠厚,此物由來世稀有。五龍八駿詎能追,紫鳳祥麟本同友。南薰方理朱絲弦,莵昌懸精光麗天。瑤編彩毫瑞青史,吁嗟騶虞古無比。

東湖春意圖爲樵門李姚生題①

鴛鴦湖上春風軟,柳絲無力桃痕淺。[271]暖烟籠碧水如雲,纖纖細草苔香滿。[272]滿樓罨畫大堤傍,[273]羅綺晴嬌綠錦鄉。[274]冰弦玉柱新調呂,半蹙雙蛾倚淡妝。[275]鸂鶒雙雙點晴霧,百勞東飛燕西去。紫泥誰染天上春,雲緘留得相思句。日暮相思杆斷腸,綠波千里共悠揚。黿甲屏風花夢曉,一抹修蛾鏡中小。[276]

王茞家咏梅花燈[277]

并娥剪素鏤秋水,[278]蘭焰傳春破瑤蕊。粉屏射蠟搖珠光,[279]的歷冰魂廣寒裏。[280]嚴城畫角聲咿咿,羲馭漸軋扶桑枝。芳心暗逐烟燼落,[281]玉梟味冷沉烟薄。

紫芝山房歌爲鄭尚書賦②

我昔慕幽賞,山水縱奇觀。朝揮海客棹,暮宿仙霞關。武夷群峰白雲端,幔亭玉女非人間。層巒叠嶂去何極,空際軒翥如騰鸞。雙溪夾出繞明鏡,百步九折鳴飛湍。就中紫芝一峰峭,恍惚溪上凝烟環。深林瑤草晝可拾,仙人笙鶴無時閑。紫芝之山不可攀,須知聖世非商顏。祇應吐祥產奇瑞,煌煌三秀被林巒。何人卜居此山下,康成子孫

―――――――――

① 原書目録、明抄本卷四均題作《東湖春意圖》。
② 原書目録題作《紫芝山房歌》。

世文雅。朵朵芙蓉鏡底青，淙淙瀑布屏間瀉。山寂寂兮山房幽，蘭膏烟帳夜埋頭。經史縱橫一萬卷，天地上下三千秋。閑尋方外屐，笑掬澗底流。采芳結瑤佩，濯足歌遠游。蒼生海內望安石，謝公不得東山留。一朝束書謝丘壑，嘯咤風雷起寥廓。石床松月爲誰明，清夜徒聞吊猿鶴。南宮作賦安足奇，大廷對策褌袞衣。才高萬乘屢回顧，承明出入生光輝。玉驄曾錫天閑騎，節鉞重煩大藩寄。小吏蘭臺識馬周，居人渤海懷龔遂。勝概相看無處無，烟蘿不似故園居。瞻雲幾動親闈念，歸思空因托鯉魚。[282]廷尉人傳天下平，秩宗名在當時右。當時之名信可稱，回望故山山更青。晋公綠野久寂寞，白傅匡廬未足榮。祇今八荒歌太平，三台位列中天明。功成早晚拂衣去，仙舟九曲能相迎。此時君當倒却建溪綠，我亦爲君歌一曲。何必相携茹紫芝，四海清風緬高躅。

雙桂堂爲彭進士汝器賦①

君家庭前雙桂枝，翠芳金粟枝離離。塵世豈同凡木比，雲間自有天香吹。人言此種蟾宮得，曾映清光滿仙陌。移植君家今幾年，日日開簾玩芳色。請看雙桂共青青，五柳三槐謾獨榮。月中鸞鳳交加影，風裏虬龍答和聲。更愛君家好兄弟，早歲香名折仙桂。君不見，庭前此樹根不移，直上凌雲日相對。

薜蘿山房歌爲新寧王錫賦②

陶公柳莊蕭索久，[283]蔣生竹徑開何有。何似君家隱處偏，開門薜薜回人懸。薜薜蒼蒼送晚凉，縈烟絡月繞林塘。鳥啼密葉籠書幌，客去飛花滿石床。寒侵細蔓秋仍薄，影覆春泉香濯濯。夜深惟恐蛟龍争，[284]幽處無論鬼神托。我憶山房昔訪君，繁陰裊裊更紛紛。別

---

① 原書目録題作《雙桂堂》。

② 原書目録題作《薜蘿山房歌》，明抄本卷四題作《蘿薜山房歌》。

後山衣夢中冷,何日重紉蘿薜雲。[285]林間泉石題名久,潤畔莓苔藉醉頻。[286]緘藤爲報故人意,瑶琴一曲山房春。

凌歊臺懷古

朝發石頭渚,暮宿黃山道。携酒眺古臺,離離但烟草。憶昔茲臺何壯哉,宋祖離宮臺上開。臺前寶樹入層漢,臺下炎歊隘九垓。楚山望盡蜀山出,雄跨全吳勢凌突。[287]欲吞銅雀俯中原,不數黃金貴奇骨。三千歌舞宿雲端,公子王孫往復還。秦關捷書不再返,鼎湖飛龍誰復攀。繁華一旦乃如此,寂寂荒臺秋色裏。往事徒悲禾黍場,殘碑半墮滄江水。滄江水流去不迴,空陵劫火變寒灰。欲將霸業問行客,[288]黃山落日清猿哀。

蒼梧與鄒郎中別

五兩絓飛雨,夜宿蒼梧陰。[289]蒼梧烟水正愁絶,江上誰歌離別吟。與爾別離何草草,百壺且盡開懷抱。霜鱠紅鱗入座鮮,錦荔雕盤出林早。[290]醉起長歌一慨然,客中况是客中憐。明朝海上能相憶,祇有青天片月懸。

藤江別思爲徐校文題

秋風泛鷁凌寒渚,繞座鳴鷗促飛雨。羽觴爭勸不須停,醉發蒼梧下溢浦。三年絳帳淑青衿,此日臨岐識爾心。爲問藤江江上水,別意與之誰淺深。

【校勘記】

[1]詩:明抄本卷三作"體"。
[2]嶙峋:明抄本卷三作"璘珣"。
[3]云:明抄本卷三作"去"。
[4]翠:明抄本卷三作"絕"。

［ 5 ］泪：明抄本卷三作"泪"。

［ 6 ］懐：明抄本卷三作"德"。

［ 7 ］問：明抄本卷三作"訪"。

［ 8 ］訪古清：明抄本卷三作"眺古懐"。

［ 9 ］百里：明抄本卷三作"荆杞"。

［10］顧、時：明抄本卷三作"雇""世"。

［11］嗟：明抄本卷三作"羞"。

［12］論：明抄本卷三作"談"。

［13］倏起佐民邑，頓令弦誦施：明抄本卷三作"一朝民社寄，百里弦誦施"。

［14］寐：明抄本卷三作"寝"。

［15］"松柏"至"南陲"：明抄本卷三作"於漠氣騰操割志無遠頌聲流下國徵書走南湮"，似有
　　　　脱字。

［16］庭：明抄本卷三作"廷"。

［17］平：明抄本卷三作"鑒"。

［18］旌：明抄本卷三作"旗"。

［19］迎：明抄本卷三作"近"。

［20］邇、仁：明抄本卷三作"爾""化"。

［21］輝：明抄本卷三作"煌"。

［22］紓：明抄本卷三作"杼"。

［23］方：明抄本卷三作"芳"。

［24］天：明抄本卷三作"夫"。

［25］棄：明抄本卷三作"謝"。

［26］西到：明抄本卷三作"南上"。

［27］東：明抄本卷三作"門"。

［28］堂：明抄本卷二作"廓"。

［29］開：明抄本卷二作"間"。

［30］涯：明抄本卷二作"淮"。

［31］囊中錐：明抄本卷二作"看囊錐"。

［32］海國：明抄本卷三作"千里"。

［33］領：明抄本卷三作"坐"。

［34］千室豈云小：明抄本卷三作"海國豈不遠"。

［35］生：明抄本卷三作"山"。

［36］驅：明抄本卷三作"駐"。

［37］兹：明抄本卷三作"之"。

［38］殫：明抄本卷三作"遠"。

[39] 璃：明抄本卷三作“裔”。

[40] 鳴：明抄本卷三作“吟”。

[41] 江漢流：明抄本卷三作“紅流漢”。

[42] 鳳凰鳴高岡：明抄本卷三作“鳳皇鳴南崗”。

[43] 正：明抄本卷三作“政”。

[44] 湛：明抄本卷三作“澹”。

[45] 月漸明：明抄本卷二作“明漸月”。

[46] 抽簪散長纓：明抄本卷二作“抽纓散長簪”。

[47] 飄飄釣臺絲：明抄本卷二作“颺颺釣絲風”。

[48] 濱：明抄本卷二作“陰”。

[49] 酬：《閩中十子詩·王檢討詩集》卷二、明抄本卷二均作“酢”。

[50] 輒：《閩中十子詩·王檢討詩集》卷二作“轍”。

[51] “武夷爲閩望山”至“果於何日”：明抄本卷二無。

[52] 半生慕名山，十年阻登臨：明抄本卷二作“十年慕名山，半生負清吟”。

[53] 伊：明抄本卷二作“依”。

[54] 岩：明抄本卷二作“名”。

[55] 訪：明抄本卷一作“覽”。

[56] 殘香：明抄本卷一作“香殘”。

[57] 倒樹：明抄本卷一作“樹古”。

[58] 實：明抄本卷一作“冥”。

[59] 榛、繁：明抄本卷一作“荆”“絮”。

[60] 鬥：明抄本卷二作“闊”。

[61] 出：明抄本卷二作“山”。

[62] 因：明抄本卷二作“來”。

[63] 音：明抄本卷二作“因”。

[64] 河：明抄本卷三作“江”。

[65] 霽疏：明抄本卷三作“齋初”。

[66] 此、辛：明抄本卷三作“茲”“勞”。

[67] 命諒：明抄本卷三作“禽良”。

[68] 植：明抄本卷三作“特”。

[69] 迢迢：明抄本卷三作“亭亭”。

[70] 穹：明抄本卷三作“空”。

[71] 往：明抄本卷三作“去”。

[72] 瀟灑：明抄本卷三作“消流”。

[73] 標：明抄本卷三作“飄”。

[74] 烟水青濛濛：原書爲墨釘，據《閩中十子詩·王檢討詩集》卷二、明抄本卷三補。

[75] 穹：明抄本卷三作“空”。

[76] 陰晴變氣候，衆壑應寡同：明抄本卷三作“陰晴變衆壑，中阜開神宮”。

[77] 浯：明抄本卷三作“梧”。

[78] 宇：明抄本卷三作“雨”。

[79] 極覽眺：明抄本卷三作“極眺吟”。

[80] 層、開：明抄本卷三作“重”“閑”。

[81] 英：明抄本卷三作“忠”。

[82] 叟：明抄本卷三作“子”。

[83] 抗塵容：明抄本卷三作“倦塵俗”。

[84] 空：明抄本卷三作“閑”。

[85] 游：明抄本卷三作“門”。

[86] 幽興：明抄本卷三作“興幽”。

[87] 斯：明抄本卷三作“兹”。

[88] 歌：明抄本卷三作“登”。

[89] 啼：明抄本卷三作“猿”。

[90] 辨：明抄本卷三作“辯”。

[91] 至：明抄本卷三作“霽”。

[92] 德：明抄本卷三作“法”。

[93] 騎：明抄本卷三作“策”。

[94] 欣共：明抄本卷三作“人所”。

[95] 淳：明抄本卷三作“醇”。

[96] 仁遠起頹伏：明抄本卷三此句後有“維時潢池士，官側未見束”句。

[97] 頓令：明抄本卷三作“手援”。

[98] 沃：明抄本卷三作“沐”。

[99] 薄暮來飀飀：明抄本卷三作“薄慕成飆飀”。

[100] 會：明抄本卷三作“意”。

[101] 載：明抄本卷三作“再”。

[102] 麾：明抄本卷三作“揮”。

[103] 佩：明抄本卷三作“珮”。

[104] 榜：明抄本卷三作“傍”。

[105] 逢：明抄本卷三作“避”。

[106] 佇：明抄本卷三作“停”。

[107] 走群：明抄本卷三作“度寒”。

[108] 徒已矣：明抄本卷三作“良已久”。

[109] 期：明抄本卷三作"明"。

[110] 菌：原書爲墨釘，據《閩中十子詩·王檢討詩集》卷二、明抄本卷三補。

[111] 怠：明抄本卷三作"迢"。

[112] 侶：明抄本卷三作"旅"。

[113] 長：明抄本卷三作"常"。

[114] 願同六月志：《閩中十子詩·王檢討詩集》卷二作"願同六月息"，明抄本卷三作"雇同
　　　 六月志"。

[115] 嚴嚴：明抄本卷三作"岩岩"。

[116] 堂傾：明抄本卷三作"傾堂"。

[117] 碑斷：明抄本卷三作"斷碣"。

[118] 落日歸：明抄本卷三作"日落呼"。

[119] 全盛：明抄本卷三作"無事"。

[120] 諧：明抄本卷三作"謁"。

[121] 卧：明抄本卷三作"以"。

[122] 鐵馬：明抄本卷三作"軼高"。

[123] 維、菊：明抄本卷三作"惟""惠"。

[124] 風、希：明抄本卷三作"丰""師"。

[125] 原書目録題作《過清滚峽》，明抄本卷三題作《過清猿狹》。

[126] 夾：明抄本卷三作"束"。

[127] 回瀾乍：明抄本卷三作"泂蘭卜"。

[128] 騰、徨：明抄本卷三作"騫""惶"。

[129] 訝：明抄本卷三作"迓"。

[130] 及：明抄本卷三作"返"。

[131] 去、靄：明抄本卷三作"雲""藹"。

[132] 乍：明抄本卷三作"欲"。

[133] 間且幽：明抄本卷三作"閑且游"。

[134] 方馨：明抄本卷三作"芳香"。

[135] 方：明抄本卷三作"万"。

[136] 增：明抄本卷三作"贈"。

[137] 際：明抄本卷三作"上"。

[138] □□：底本漫漶不清，《閩中十子詩·王檢討詩集》卷二、明抄本卷三作"握手"。

[139] 還：明抄本卷三作"歸"。

[140] 樹隱：明抄本卷三作"路入"。

[141] 烟霞有歸夢：明抄本卷三作"清冷有歸興"。

[142] 瑟：明抄本卷五作"琴"。

[143] 既阻：明抄本卷五作"倏流"。

[144] 歌：明抄本卷五作"影"。

[145] 恐：明抄本卷五作"將"。

[146] 持：明抄本卷五作"捧"。

[147] 侣：明抄本卷五作"爾"。

[148] 莫負：明抄本卷五作"且向"。

[149] 高：《閩中十子詩·王檢討詩集》卷三作"仙"。

[150] 江：《閩中十子詩·王檢討詩集》卷三作"水"。

[151] 沓：明抄本卷五作"遝"。

[152] 姬：《閩中十子詩·王檢討詩集》卷三作"妃"。

[153] 看：《閩中十子詩·王檢討詩集》卷三作"由"。

[154] 赤、四：《閩中十子詩·王檢討詩集》卷三作"高""駟"。

[155] 作：此字原脱，據《閩中十子詩·王檢討詩集》卷三補。

[156] 刁：原作"刀"，據《閩中十子詩·王檢討詩集》卷三改。

[157] 玕：原作"玗"，據《閩中十子詩·王檢討詩集》卷三改。

[158] 予落拓：明抄本卷四作"余落魄"。

[159] 帳：明抄本卷四作"窗"。

[160] 虛：明抄本卷四作"空"。

[161] 感懷徒使壯士悲：明抄本卷四作"感激徒懷壯士悲"。

[162] 能：明抄本卷四作"然"。

[163] 於、黄：明抄本卷四作"欲""萬"。

[164] 座上：明抄本卷四作"四座"。

[165] 謂：明抄本卷四作"詔"。

[166] 草：明抄本卷四作"山"。

[167] 深幽：明抄本卷四作"幽深"。

[168] 魄：明抄本卷四作"拓"。

[169] 羽書：原書此二字爲墨釘，據《閩中十子詩·王檢討詩集》卷三、明抄本卷四補。

[170] 陷陣：原書此二字爲墨釘，據《閩中十子詩·王檢討詩集》卷三、明抄本卷四補。

[171] 七：《閩中十子詩·王檢討詩集》卷三、明抄本卷四均作"虜"。

[172] 歲瞻：明抄本卷四作"人誇"。

[173] 字：明抄本卷四作"名"。

[174] 鋌：明抄本卷四作"芒"。

[175] 虛：明抄本卷四作"風"。

[176] 臨：明抄本卷四作"恤"。

[177] 往：明抄本卷四作"生"。

[178] 上林奏賦久相待,宣室求賢方未寧：明抄本卷四作“相如作賦誰能比,賈誼匡時獨擅名”。

[179] 晚：明抄本卷四作“昭”。

[180] 歸：明抄本卷四作“鴻”。

[181] 別路雲程兩地分：明抄本卷四作“路別雲程從此分”。

[182] 日極：明抄本卷四作“極目”。

[183] 正西：明抄本卷四作“復回”。

[184] 瀝膽輸肝：明抄本卷四作“吐膽論心”。

[185] 輕擲：明抄本卷四作“不惜”。

[186] 南：明抄本卷四作“頭”。

[187] 三山道：明抄本卷四作“三色山”。

[188] 銜得：原書此二字爲墨釘,據《閩中十子詩·王檢討詩集》卷三、明抄本卷四補。

[189] 期：明抄本卷四作“看”。

[190] 飄：《閩中十子詩·王檢討詩集》卷三作“駿”。

[191] 有古：明抄本卷四作“古有”。

[192] 將：明抄本卷四作“持”。

[193] 雲生：明抄本卷四作“空山”。

[194] 澆：明抄本卷四作“繞”。

[195] 胡來載：明抄本卷四作“何來駕”。

[196] 鈴：明抄本卷四作“旌”。

[197] 梧：明抄本卷四作“桐”。

[198] 叩：明抄本卷四作“扣”。

[199] 誰伴：此二字原脱,據《閩中十子詩·王檢討詩集》卷三、明抄本卷四補。

[200] 薜：明抄本卷四作“碧”。

[201] 生：原作“山”,據明抄本卷四改。

[202] 但榛：明抄本卷四作“榛樹”。

[203] 酣歌擊節：《閩中十子詩·王檢討詩集》卷三作“酣歌擊筑”,明抄本卷四作“紺歌擊筑”。

[204] 且：明抄本卷四作“具”。

[205] 上：明抄本卷四作“際”。

[206] 湛：明抄本卷四作“帶”。

[207] 瑶：明抄本卷四作“摇”。

[208] 山：明抄本卷四作“仙”。

[209] 鳴：明抄本卷四作“凝”。

[210] 驚還：明抄本卷四作“還驚”。

［211］予：明抄本卷四作"余"。

［212］復：明抄本卷四作"定"。

［213］在深：明抄本卷四作"石清"。

［214］窗開：明抄本卷四作"開窗"。

［215］簾：明抄本卷四作"籫"。

［216］墮：明抄本卷四作"隨"。

［217］鳥：明抄本卷四作"烏"。

［218］談玄：明抄本卷四作"玄談"。

［219］舟間：明抄本卷四作"州泛"。

［220］首：明抄本卷四作"髮"。

［221］今：原作"全"，據明抄本卷四改。

［222］況值：明抄本卷四作"却羨"。

［223］或、紉：明抄本卷四作"若""期"。

［224］也：明抄本卷四作"同"。

［225］虞：明抄本卷四作"如"。

［226］往：明抄本卷四作"清"。

［227］而：明抄本卷四作"然"。

［228］綠：明抄本卷四作"流"。

［229］翔：明抄本卷四作"群"。

［230］篷徒紛紛：明抄本卷四作"笛清勝勝"。

［231］予、航：明抄本卷四作"余""帆"。

［232］城：明抄本卷四作"宫"。

［233］上：明抄本卷四作"山"。

［234］早：明抄本卷四作"須"。

［235］鄉：明抄本卷四作"疆"。

［236］青：明抄本卷四作"清"。

［237］海月長：明抄本卷四作"明月空"。

［238］兩：明抄本卷四作"南"。

［239］醉起登艫牛女紅：明抄本卷四作"勝起登艫牛斗紅"。

［240］凉：明抄本卷四作"深"。

［241］天溟：明抄本卷四作"遇南"。

［242］代：明抄本卷四作"大"。

［243］清：明抄本卷四作"情"。

［244］梯：明抄本卷四作"舟"。

［245］楫：明抄本卷四作"節"。

［246］横：明抄本卷四作“懸”。

［247］過：明抄本卷四作“至”。

［248］黄金：明抄本卷四作“金章”。

［249］郡：明抄本卷四作“部”。

［250］醉芳：明抄本卷四作“對清”。

［251］虚：明抄本卷四作“延”。

［252］日：明抄本卷四作“月”。

［253］落：明抄本卷四作“老”。

［254］兹、微：明抄本卷四作“滋”“薇”。

［255］生：明抄本卷四作“出”。

［256］帽：明抄本卷四作“冒”。

［257］見：明抄本卷四作“有”。

［258］尊：明抄本卷四作“樽”。

［259］住：明抄本卷四作“處”。

［260］譚：明抄本卷四作“淡”。

［261］眠：明抄本卷四作“然”。

［262］唯：明抄本卷四作“但”。

［263］胡：明抄本卷四作“湖”。

［264］昔：明抄本卷四作“昨”。

［265］芒：明抄本卷四作“鋩”。

［266］能知：明抄本卷四作“知能”。

［267］鐔：明抄本卷四作“潭”。

［268］俠：明抄本卷四作“使”。

［269］試：明抄本卷四作“誠”。

［270］古：明抄本卷四作“里”。

［271］痕：明抄本卷四作“江”。

［272］苔：明抄本卷四作“蒲”。

［273］罨畫：明抄本卷四作“臺甕”。

［274］錦：明抄本卷四作“水”。

［275］雙：明抄本卷四作“羞”。

［276］龜甲屏風花夢曉，一抹修蛾鏡中小：明抄本卷四作“龜甲屏風隔花夢，與君一曲付橫塘”。

［277］原書目錄題作《王蓆家梅花燈》，明抄本卷四題作《王孟端家咏梅花燈》。

［278］并：明抄本卷四作“冰”。

［279］蠟：明抄本卷四作“影”。

［280］歷：明抄本卷四作“礫”。

［281］烟：明抄本卷四作“殘”。

［282］原書此句後爲長墨釘，《四庫全書》本《虛舟集》卷三作“爾來中朝屬耆舊，廊廟端嚴瑹
　　　章綬”。

［283］索：明抄本卷四作“瑟”。

［284］争：明抄本卷四作“騰”。

［285］蘿薜：明抄本卷四作“薜蘿”。

［286］畔：明抄本卷四作“底”。

［287］雄：明抄本卷四作“宏”。

［288］業：明抄本卷四作“迹”。

［289］宿：明抄本卷四作“霜”。

［290］出：明抄本卷四作“生”。

虛舟集卷之四

五言排律

山居約馬自牧同隱

卜築遠囂塵，松泉落澗濱。山雲常共醉，海月不羞貧。看竹琴留客，尋芝鹿傍人。露巾裁落芰，野飯薦香芹。樹變啼園鳥，溪游縱壑鱗。蕙床眠薄暝，桂酒賞芳春。入社高僧共，尋山短屐頻。市城能掃迹，遲爾結爲鄰。

夏日同吕民部宴臺山閣書贈邑令沈丙①

林吹繞橫塘，山亭挹衆芳。琴尊延勝引，環佩集仙郎。高咏揮麈塵，飛泉激羽觴。葛薰衣入麝，玉冷簟浮湘。鳳想辭丹液，鸞緘貯縹囊。群峰屏遍列，一水鏡牽長。寶瑟頻調柱，清歌迥繞梁。澗花開作對，山鳥下成行。已判徵仙事，還疑倒醉鄉。染塵慚汩没，畢景恣徜徉。桂域流初魄，松樞促晚凉。幽期殊未已，書此報河陽。

贈童將軍

聖德垂文統，開疆仗武臣。熊羆偏兆渭，崧岳再生申。控節三邊静，謳歌萬國春。策勛來汗馬，剖券寄雄閫。何處推名閥，淮陽識異人。起家龍劍舊，錫命虎符新。略地功名在，專城寵渥臻。朔方推鄧禹，南土戴曹彬。事業誰能擬，賢郎更絕倫。鳳毛看鶱鶱，驥種得麒

麟。勇略仍無匹,雄韜動有神。聲名傳此日,光彩擅常陳。[1]閫外今
無事,邊陲早控塵。轆轤閑夜月,坤睆倚秋旻。國士延毛遂,華筵召
郤詵。五戎流美頌,百粤仰深仁。自笑飄蓬客,難同入幕賓。轅門叨
接猛,斗篆未誇秦。三粲登樓處,相如作賦晨。不應知己戀,誰作浪
游身。伏櫪心猶壯,[2]攀轅氣未馴。素書如可試,黃石舊爲鄰。

寶珠蘭若

萬花明晚嶂,一徑靄天香。問法逢龍勝,尋山到雁堂。梵輪摽月
相,石鏡讓珠光。野興看雲逸,松泉捲幔凉。洗心依覺苑,作禮面空
王。初地超凡品,泠然萬慮忘。

蔣山法會瑞應詩應制作①

寶地捧金仙,璇宮啓梵筵。真僧騰異域,開士唱三緣。説法雲成
蓋,談經花雨天。祥光凝彩絢,甘露瀉珠圓。天樂憑虛下,神燈徹夜
懸。勝因濟妙筏,覺路指迷川。祇樹春光溢,靈山會儼然。願兹弘至
化,皇運共千年。

白鹿應制

樂囿歌周室,呈祥出漢圻。神胚金毓秀,瑞采玉爲姿。顧兔寧堪
匹,祥烏未足奇。露毛偏濯濯,霜角自離離。謾點蒼崖雪,曾銜紫嶺
芝。來依琪苑静,馴傍玉階宜。壺嶠遺仙迹,窮荒□遠夷。何如昭景
覜,重睹聖明時。

送人戍邊

玉勒浮雲驄,雕鞭明月弓。日邊辭帝輦,天際逐沙蓬。百戰兵符
動,三門將略雄。戈矛明積雪,旌旆叠高風。朔漠窮陰外,幽關落照

---

① 原書目録題作《蔣山法會瑞應詩應制》。

中。壯懷何以贈，劍氣欲吹虹。

挽林思和校文

冠冕長林後，詩書百粵尊。九侯傳世澤，雙闕表名門。學海文風盛，黌宮教雨存。朋簪方濟濟，逝水竟澐澐。寂寞餘詩社，飄零散酒樽。琴書徒爾恨，鐘鼎更誰論。夜月看歸鶴，秋猿伴旅魂。園林荒竹樹，風雨敗蘭孫。走訃驚千里，悲歌向九原。猶疑騎列宿，箕尾不堪捫。

題天台梁氏聚青山房①

絕巘鄰滄島，中峰接上台。林間別阜出，窗外聚青來。選勝宜招隱，棲幽異鑿坯。白雲華頂鶴，瀑布石屏雷。羽客停鸞吹，仙人共酒杯。煙霞林鹿伴，冠蓋嶺猿猜。自笑羈塵內，何由避俗媒。憑題紫芝曲，寄謝赤城隈。

題嘉禾楊郡守綠野亭

南藩開別邸，五馬駐仙軿。地接三吳壯，山連百粵青。簪纓延上客，詩酒聚文星。妒舞花當戶，傳歌鳥近屏。園丁供核筥，野老獻茶經。架展黃封軸，門題墨客銘。白雲隨捲幔，華月似窺櫺。雅趣林泉洽，幽懷海岳冥。徐生高士宅，楊子草玄亭。未足同風調，徒應襲露螢。須知潁川政，鳴鳳下郊坰。

呈陳司馬

大將分雄閫，名卿出上台。五戎資廟略，萬里掃炎埃。鐵騎如雲集，樓船際曉開。月將弓影滿，霜逐劍鋒摧。寵賚當陽節，人憐定遠材。指麾停羽箭，談笑許龍媒。銅柱功寧羨，金臺志不回。豈伊專鈇鉞

---

①　原書目錄題作《題聚青山房》。

斧，更爾賴鹽梅。自笑疲駑甚，聊因附驥來。未携孫楚策，屢接禰衡杯。汲引寧忘自，吹嘘幸見陪。酬恩看玉劍，千里動風雷。

環璧軒爲劉僉憲題①

憲節依南紀，開軒得最幽。引泉窺蜃胐，鑿地應龜謀。團魄疑衿墮，輪光訝未收。不隨方治合，宜傍月江流。荷蓋侵書幌，芹香點客裘。漫同瞻泮水，非是奠圓丘。蒲穀生當異，琼璜勢欲侔。奎文時貫户，雲漢半藏陬。色媚沉珠浦，輝聯釣玉洲。探源窮妙理，觀化仰前修。映采迴鞱鷺，忘機狎野鷗。鑒容堪整佩，濯足詫垂鈎。檻俯花如笑，橋成木自樛。燕衝飛絮入，魚噞亂萍浮。潤溥臺前柏，聲諧阼外璆。瑩深瑕不染，光重價難酬。才子誇神遇，群公事勝游。賦詩偕酌洞，載酒擬消愁。凉思通規牖，清凉得上游。懸車曾有約，揮棹倚高秋。

游海珠寺示同游文憲使周僉憲②

絶島波心見，樓身玉鏡中。欲觀鰲背日，還仗鷁樓風。客思員壺外，雲程若木東。蜃光晴作霧，海氣晝成虹。僧刹蛟龍護，神珠水月通。同游多逸侣，歸棹擬乘空。

五言律詩

塞上曲③

飛雪迴千里，春來草不生。曉辭驃騎幕，夜薄左賢營。性命酬恩寵，心魂戀苦旌。誰知麟閣上，青簡貯芳名。

其　二

中夜旄頭躍，將軍遠戍邊。磧昏旗影暗，冰滑馬蹄穿。劍拂秋蓮

---

① 原書目録題作《題環璧軒》。
② 原書目録題作《游海珠寺》。
③ 《塞上曲》共四首。

色,弓彎塞月圓。直須清大漠,萬里勒燕然。

其　三

代馬風雲色,吳駒霜雪明。三邊傳警候,萬里事橫行。擬促陰山騎,遙連瀚海兵。願開玄漠北,持答泰階平。

其　四

逐虜金微道,一上單于臺。關門秋色斷,羌笛夜聲哀。少婦龍沙夢,長安鶴使回。祇今青海月,流影碧天來。

隴頭水

隴底望秦關,蕭蕭隴水寒。照人猶帶恨,飲馬不成湍。落日邊塵合,秋風虜騎殘。誰磨三尺劍,直爲斬樓蘭。

楊柳枝

春光曉漸饒,楊柳暗宮橋。嫩葉凝愁黛,纖衣倦舞腰。祇應悲戍蓬,那解綰蘭橈。更待花如霰,紅顏爲爾凋。

梅花落

青樓嘆落梅,獨起自徘徊。帶雪粘歌扇,因風上鏡臺。晚妝誰更點,邊角正堪哀。望斷尋香徑,依依滿綠苔。

小垂手

秦女騁妖嬈,春風步翠翹。祇疑花作臉,更訝柳爲腰。燭暗花鈿墮,風輕羅帶飄。自矜纖弱態,不羨掌中嬌。

巫山高

巫山不可望,望極使人悲。樹暗啼猿峽,雲空神女祠。秋聲留別恨,夜月悵佳期。欲問高唐事,惟應宋玉知。

入西山訪張隱士

兩岸噴飛瀑，結屋烟蘿裏。山人不冠屨，客至同隱几。獨鶴海上歸，孤雲澗中起。净掃白石床，風來墮松子。

晚歸湖上

一徑愜幽尋，悠然世外心。不緣流水泛，那識落花深。潭影澄天鏡，松聲韵素琴。前林烟磬發，歸晚月沉沉。

偶行山中得清冷泉

萬籟曉俱寂，風泉有遠音。偶隨青嶂去，因到白雲深。噴薄疑飛雪，冷清可照心。坐來天影澹，一曲韵瑶琴。

山寺尋僧

尋山憶慧能，問偈遇真僧。竹覆山門雪，花藏古殿燈。千家供法食，一衲絓疏藤。不是遺經咒，多應悟上乘。

尋鄭道士坐清暉閣

吟秋入翠微，高閣坐清暉。鴻寶傳真訣，清齋話息機。澗雲生野屐，山雨拂塵衣。自是支離久，依方早有歸。

憶陳昇

京國一爲別，橋門十載春。齏鹽朝共飯，風雨夜連茵。玉樹誰先折，泉臺竟不晨。空將知己淚，西望灑風塵。

過董江臺懷從範

陳君才八斗，何謝建安人。不折月中桂，誰憐泉下身。高臺枕流水，故業委荒榛。忽聽山陽笛，凄清滿四鄰。

送夏廷簡宿怡山蘭若

別路繞珠林，秋來落葉深。一燈今夜雨，千里故人心。已覺空門幻，還驚旅況侵。坐聞鍾鼓曙，離思轉沉沉。

陸氏山池

淡淡牽銀藻，娟娟種玉蓮。誰開照膽鏡，中有洗心泉。萍散山流影，雲收月墮天。願隨鷗鷺侶，薄暮宿寒烟。

送黃尊師歸華山

我送金華子，西歸玉女峰。瑤笙飛一鶴，寶劍佩雙龍。人問丹砂訣，天清碧澗鍾。遥知騎白鹿，韓衆定相逢。

送人以故將召用

秋風大道傍，立馬盡餘觴。興逐孤雲遠，情隨去路長。廉頗思趙士，漢王憶馮唐。莫奏桓伊笛，蕭條兩鬢霜。

楊秀才幽居

楊子幽居處，開窗面遠空。水喧明鏡裏，雲落畫屏中。捲幔留山月，揮弦送晚鴻。何人問奇字，載酒野橋東。

白雲寺贈僧

道林説法處，應在白雲邊。宴坐度小劫，冥觀入大千。諸天花雨遍，雙樹慧燈懸。何日東林社，相期種白蓮。

咏毛女

拂黛逃秦苑，羞蟬入漢年。羽毛滋異藥，山谷遇真仙。夜月思金屋，春風漱玉泉。折花壽王母，嬴女解相憐。

咏西施

浣紗白石上，本住越溪濱。一入吳王苑，遂爲傾國人。春華嬌艷質，秋水助精神。寄謝東鄰女，雙蛾莫效顰。

朝退懷南湖草堂寄舍弟及舊社諸游好①

朝回獨掩扉，高臥息塵機。春色如憐客，飛花故點衣。雁行驚別久，鶴病憶群稀。何日南湖上，春雲滿棹歸。

題金道士丹室

石洞掃烟霞，仙壇覆落花。人間尋鶴侶，天上駐鸞車。瑤圃桃成實，金盤棗似瓜。待予休物累，從爾問丹砂。

立春早朝賜酺答鄭編修之作②

玉曆新頒後，千門曉色鮮。青雲於舜呂，和氣入堯年。高品初傳敕，中庖預列筵。愧非枚乘侶，雨露沐恩偏。

大祀候蹕有成

天上開黃道，雲間落鳳韶。侍臣瞻豹尾，列從護雞翹。羨錫皇心豫，春迴瑞靄飄。萬方沾雨露，鼓舞頌軒堯。

贈羽林翟大

十二羽林郎，星文映上蒼。承恩當列仗，走馬出長楊。夜宿平康里，春游俠客場。袖中挾匕首，萬里報君王。

閣下贈同官王洪③

王子才無敵，冰壺映世稀。賦成金韵遠，詩奪錦袍歸。入侍趨丹

① 原書目録題作《朝退懷南湖草堂》。
② 原書目録題作《立春早朝賜酺》。
③ 《閣下贈同官王洪》共二首。

禁，承恩拜瑣闈。茂陵慚久病，因欲解朝衣。

其　二

日射黃金闕，春回白玉堂。地分清切處，人在碧雲鄉。彩筆傳天語，宮袍染露香。明朝還獻賦，遲爾沐恩光。

寄茅山道士

天轉招搖近，山藏句曲深。龍歸丹井暗，松覆碧壇陰。賣藥留金訣，看雲抱玉琴。夜來笙鶴下，微應步虛吟。

和王舜舉春日襄陽之作因送之歸①

漢水千年綠，襄陽二月時。人歌大堤曲，春到習家池。且縱山公醉，寧同叔子悲。葛疆今已老，[3]歸馬莫教遲。

賦得邊城雪送行人胡敬使靈武②

萬里燉煌道，三春雪未晴。送君走馬去，遙似踏花行。度磧迷沙遠，臨關訝月明。故鄉飛雁絕，相送若爲情。

賦得驄馬送黃采巡按北京兼寄蕭福王選二豸史③

錦勒玉花驄，長鳴向北風。已看千里去，坐覺萬群空。歝玉燕山遠，鳴鑾薊水通。使君同攬轡，早晚奏奇功。

贈御醫蔣彥文

昔年游海上，晚歲住京華。肘秘盤囊訣，爐存伏火砂。進方親御宸，種藥借鄰家。欲問廬山杏，年來幾度花。

---

① 原書目錄題作《和王舜舉春日襄陽之作》。
② 原書目錄題作《賦得邊城雪送行人胡敬》。
③ 原書目錄題作《賦得驄馬送黃采巡按北京》。

挽周員外玄

早歲擅芳名，中年一宦成。鶯花平日淚，烟月故山情。落魄嵇中散，猖狂阮步兵。可憐埋玉處，芳草傍誰生。

送李校尉致仕還江左

雄劍委龍鳴，關河白髮生。功成百戰後，老去一身輕。夜月桓伊笛，秋風驃騎營。燕歌何處寫，曲罷有餘情。

送趙友同還華亭時水泛三吳①

積水渺無際，送君江上還。九峰何處所，迢遞白雲間。舊業菱荷在，[4]秋風鷗鷺閑。定知三泖月，相見一開顏。

送人之毘陵

興盡一杯酒，相看欲別時。孤帆乘吹發，一雁度江遲。千古蘭陵令，秋風季子祠。勝游多感慨，爲爾寄遐思。

書懷寄友人還建安

游乏金張援，官無子孟資。庖人羞獨割，尸祝謾相知。此夜金陵月，明朝瓊樹枝。武夷山水郡，相憶在題詩。

送友游吳適越

斗酒興不淺，南游幾日迴。擔囊無俗物，訪古及吳臺。腰下延陵劍，手中張翰杯。若逢梅福問，相與上天台。

送平直之沔陽學正

楚澤三秋近，荊門一望開。沔流緣泮入，巫樹擁屏來。共訝平當

---

① 原書目錄題作《送趙友同還華亭》。

老，誰憐宋玉才。鳳歌時有客，狂狷待君裁。

舟中贈司馬秀才

才子茂陵客，何年賦遠游。家藏封禪草，身著鶡鶹裘。未贈王祥劍，先同郭泰舟。明朝霄漢上，一鶚看橫秋。

贈　妓①

白雪調歌曲，芳蘭托慧心。舞迴香影亂，笑掩黛痕深。夜月牽情夢，秋鴻覓斷音。江州司馬淚，曾爲一沾襟。

其　二

竹枝歌送君，錦瑟不堪聞。欲識芳心恨，愁將寶帶分。碧峰留黛帶，秋水學湘裙。明日陽臺上，空瞻一段雲。[5]

分題賦得白櫻桃

嫩葉雕輕翠，新葩倚淡妝。鳥來雲度影，人靜月籠香。未擬收珠實，先應倒玉觴。綸巾才欲岸，微墜露華涼。

賦得花影

欲拂更紛紛，空香寂不聞。亂迷芳蝶夢，輕護錦苔紋。襯月籠書幌，因風揚舞裙。莫移庭下步，蹴碎一階雲。

送人之蜀郡守

聞道蠶叢國，西連漢隴平。三年懷紫袖，萬里慰蒼生。夜月巴川靜，秋風錦水清。請看霜鍔試，莫使雪山傾。

渡楊子江

四月驚濤白，扁舟發大江。不因臨絕險，那使壯心降。

① 《贈妓》詩共二首。

天際群峰碧，磯頭白鳥飄。勝游殊未已，聊爾駐麈幢。

岳陽送同官王洪中書舍人吳均入蜀[6]

五月不可觸，三巴未易行。共因嚴使命，同此念王程。月下猿聲斷，雲中鳥道橫。明朝相憶處，夢繞錦官城。

嚴州江上①

短棹蕩江春，春風物候新。岸花飛送酒，沙鳥近窺人。碧樹籠青嶂，芳洲點綠蘋。因悲城市裏，日日醉車塵。[7]

其　二

嚴子投竿處，春來載酒過。潮聲通越近，山色入吳多。沙際舟如月，雲邊鳥似歌。客程隨去住，那許嘆風波。

西山訪李徵士夜歸

山翠雲邊墮，溪聲竹外虛。尋秋窮謝屐，隔水訪陶居。鄰嫗供新醞，家童剪夜蔬。醉歸蘿蕐底，殘月在襟裾。

別宗上人

孤琴宿白君，一錫喜逢君。祇爲譚空妙，因悲染世氛。窮秋燈影靚，殘月梵聲聞。明發身無住，空山又斷雲。

舟中望九華

雲錦積岩嶢，屏風倚碧霄。猿聲聽不盡，山翠望還消。俗駕何由稅，仙人不可招。夜深理孤棹，乘月逐歸潮。

送孫處士歸四明

聞說四明路，迢迢隔剡溪。天連滄海闊，樹擁白雲低。山憶謝公

---

① 《嚴州江上》共二首。

咏，人宜賀監棲。送君從此去，欲使宦情迷。

除　夕

殘雪初消夜，陽光已報春。客懷誰共慰，孤燭自相親。寂寞烟霞夢，飄颻霄漢身。君恩何以報，來日歲華新。

送沙子進赴禄州別駕

客舍酒初香，都門柳色黃。一官仍別駕，萬里赴炎荒。江路猿聲早，山城榕葉涼。遠人勞撫字，且勿厭殊方。

送人令南海

二月都門柳，那堪縮別離。雙鳧舞日下，疋馬到天涯。海氣滄溟夕，[8]山郵瘴雨時。惟應南海月，千里照相思。

平樂溪巾

一水縈銀練，亂山攢劍鋒。誰家孤嶼火，落日古城鐘。衰病易爲感，韶華何處逢。平生慕幽寂，對此太愁儂。

五羊城遇張順論舊有懷①

疋馬到炎荒，逢君鬢已蒼。邑人傳左語，官樹隱殊鄉。感舊看長劍，緘情憶縹囊。明朝愁又別，天海共茫茫。

其　二

握手京華道，相看又幾年。宦情從澹泊，鄉思共依然。滄海浮空遠，孤城落日邊。斗槎如可借，同覓閬壺仙。

邕　州

五管推名郡，雙江接上游。人家蠻洞曉，山雨瘴烟浮。遠客誰青

---

① 原書目録題作《五羊城遇張順論舊》，共二首。

眼，殊方易白頭。夜來南極上，分野望牽牛。

舟中懷彭詡

遠漢落星稀，疏林驛火微。已知去國遠，況與故人違。旅夢驚殘葉，涼聲到客衣。何時聯畫舫，同望楚雲歸。

與張從事夜坐幕府有贈①

亞夫登上將，劇孟在中軍。敵國真堪倚，雄姿獨數君。詞鋒傳電檄，劍氣動星文。戎幕新無事，高談坐夜分。

從軍樂軍中録示諸將②

爲問從軍樂，東南早罷兵。尚資磐石計，同醉伏波營。寶玦千金換，珠抱五采成。却慚楊子宅，終歲一書生。

其　二

秋原草色殘，千騎擁雕鞍。共道從軍樂，誰歌行路難。雕戈揮日落，玉劍決雲寒。準擬功成日，同歸謁禁鑾。

聞總戎破敵有作

功成指顧間，一劍定諸蠻。後騎方逾旬，前軍已斬關。凶徒應破膽，黎庶漸開顏。麟閣專相待，征旗及早還。

過梅關

五嶺壯炎服，兹關勝獨超。烏留南斗近，劍倚北風遥。夜艤商人棹，晨經使者軺。清時閑柝吏，山水自蕭條。

---

① 原書目録題作《與張事從夜坐》。
② 原書目録題作《從軍樂示諸將》，共二首。

五言絕句

楚調曲

君行巫陽道，妾住渚宮湄。莫戀荆臺樂，輕抛桃李時。

紈扇詞

皎潔渾無染，團圓孰與裁。秋風原不妒，四序自相催。

飲牛潭

洗耳在潭下，飲牛在潭上。白鷺飛復來，烟中立相向。

送人隱松溪

送爾松溪上，猿聲樹樹聞。夜凉弄溪月，衣上拂松雲。

寄友人

去歲春歸日，與君成別離。今年春又到，君尚客天涯。

秋江漁唱

漁舟晚唱來，聲在秋江水。月明曲未終，前汀鷺飛起。

荷　露

翠盤捧明珠，蕩漾圓復碎。夜來明月中，留得蛟人淚。

題美人撲蝶圖

爲惜韶華去，春深出繡幃。撲將花底蝶，祇爲妒雙飛。

從劉禮部折菊花歸

三徑猶未歸，東籬露華冷。折得一枝來，蕭蕭怨秋影。

望君山

風來洞庭白，雨歇君山青。巴陵明月夜，瑤瑟怨湘靈。

【校勘記】

［1］常陳：原書此二字爲墨釘，據《四庫全書》本《虛舟集》卷四補。

［2］櫪：原书此字爲墨釘，據《四庫全書》本《虛舟集》卷四補。

［3］疆：《閩中十子詩·王檢討詩集》卷四作“强”。

［4］菱：《閩中十子詩·王檢討詩集》卷四作“芰”。

［5］段：《閩中十子詩·王檢討詩集》卷四作“片”。

［6］陽：《閩中十子詩·王檢討詩集》卷四作“州”。

［7］車：《閩中十子詩·王檢討詩集》卷四作“紅”。

［8］海：《閩中十子詩·王檢討詩集》卷四作“蜃”。

虚舟集卷之五

七言律詩

登無諸釣龍臺懷古

高臺遠枕大江流，江上雲屏宿靄收。才子揮毫春作賦，商人酤酒晚移舟。空潭龍去山河改，古殿雲寒劍戟愁。莫向此中多感慨，漢家陵樹已千秋。

留別梅溪諸友

凉風才動芰荷衣，却憶青山賦獨歸。近別慈親温省曠，乍抛酒伴醉吟稀。天邊鴻雁秋雲薄，水面蒹葭夕鳥飛。後夜與君相憶處，蕭蕭蘿月掩荆扉。

新築草堂成有述

買得幽溪絶世塵，林間車馬到無因。茅廬新就堪招隱，松菊移來散及鄰。薄暝鳥歸臨水樹，傍崖鹿趁采芝人。廟堂豈敢干時用，但恨雲泉了此身。[1]

草堂與山僧夜坐自牧馬大見過①

移居深入水南村，五柳新栽正對門。傍岸春流沿翠篠，亂藤棲鳥近黄昏。床頭折簡山人致，燈下名香野衲焚。童子夜深知客至，隔鄰

---

① 原書目録題作《草堂與山僧夜坐》。

呼取醉芳尊。

春暮同周玄郊行宿烟霞道院時約黃生同奕①

累月看花奈醉吟，不知春樹變鳴禽。偶隨芳草同閑屐，静拂孤雲響素琴。塵世關情人事少，松壇期宿夜燈深。明朝入洞觀棋去，未許樵夫得見尋。

晚至鶴林寺

問訊山人指白雲，數聲烟磬隔溪聞。竹房燈静知僧梵，松院苔深見鶴群。聽法夜深山寂寂，懶吟衣上月紛紛。曉鐘又逐塵緣散，此地心期孰與論。

山中送陳生歸海上

洞口花飛春欲闌，玉缸携酒送君還。三年厭見天涯月，千里歸尋海上山。壯志功名看髮變，浮雲世事與心閑。要知別後相思意，萬壑松濤懶閉關。

登宿雲臺

一徑緣蘿到上方，宿雲臺閣樹蒼蒼。憑虛目送秋鴻遠，向夕窗涵海雨凉。童子見人能下拜，老僧出定自焚香。近來性癖耽禪悅，長向空門禮法王。

寄張員外

新年柳色滿都城，仙掖朝迴聽早鶯。日隱層埤殘雪在，香傳別殿曉寒輕。瑶池阿母憐方朔，漢室公卿羨賈生。獨笑長卿淹病久，茂陵高卧有餘情。

---

① 原書目録題作《春暮同周玄郊行》。

登古囊山辟友岩和瓢所居士之作因寄黃八粲①

何處秋吟覓遠公，蒼苔古道石林東。月生雙樹聞虛籟，香繞諸天見化宮。萬法已超言説外，此身多在別離中。明朝更寫三生偈，去約忘機海上翁。

中秋與劉大會温陵因寄舍弟②

相逢斗酒粵江濱，客裏襟期有故人。天上幾迴今夜月，此生空笑百年身。且須縱醉清尊倒，謾説憂時白髮新。却憶雁行同賞處，故山回首一沾巾。

温陵送劉大還三山

江流幔曙入河低，一尺魚箋醉懶題。古道菊花秋草裏，敗林莎井露螿啼。空林寒影凋芳樹，遠澗泉聲下碧溪。客路相逢方絶倒，馬蹄何事又東西。

秋日與胡泉州會小山叢竹亭分韻得飛字③

秋風江上早鴻飛，桂樹團團影漸稀。此日尊前須盡醉，古來林下幾人歸。青山烏帽情何戀，[2]翠竹黃花願不違。更愛山亭車馬散，照人蘿月自依依。

客清源贈董別駕

清時不逐登壇貴，瘴海聊因作郡過。細柳營中辭虎竹，刺桐花底聽弦歌。雙旌暇日朋簪盍，別駕行春雨露多。自是清源山水勝，日勤車馬訪烟蘿。

---

① 原書目録題作《登古囊山辟友岩》。
② 原書目録題作《中秋與劉大會温陵》。
③ 原書目録題作《秋日與胡泉州會小山叢竹亭》。

山中黃博士不至因再約以寄之①

秋風吹落桂花殘，寂寞淮南賦小山。自笑草堂魚佩冷，空將瑤水鶴書還。石門蘿月誰同醉，洞口松枝祇獨攀。明日角巾能到否，呼童竹下掃柴關。

春日對酒酬鄭公啓

與君相見即相歡，況值芳春感二難。尊酒且邀花底醉，流年不用鏡中看。江頭草色侵衣袂，雨後鶯聲滿石欄。世事悠悠祇如此，出門何處可彈冠。

送人歸任海南

一曲長歌梁甫吟，百年人事幾浮沉。青雲北上功名簿，白首南還歲月深。贈別臨岐思解劍，歸來相憶在鳴琴。江頭日夜東流水，欲識滔滔是此心。

登九仙山懷林頎因寄

雪後空江一棹過，新年草色送離歌。心知別後登臨少，福地重來感慨多。谷口飛花看薄暝，洞門啼鳥掩垂蘿。知君亦有東山屐，歸去雲林近若何。

游仰山寺

優鉢曇花幾樹開，寶坊作禮面如來。竹邊野衲參方至，龕裏神僧入定回。鹿女獻芝依法苑，雁王銜果繞華臺。空門且得休塵累，何待人間變劫灰。

崇川寄懋功張秀才

百尺灘頭一訪君，碧雲秋靄正紛紛。故人已嘆晨星少，此會翻成

---

① 原書目録題作《山中招黃博士不至》。

落葉分。遠樹孤城江上閉,晴空疏雁醉中聞。也知西去寧親日,還有相思寄斷雲。

呈芮建安

翩翩五馬擁朱轓,遠駐旌旗嶺海間。不以專城居虎竹,誰當西顧慰天顏。訟庭落葉知秋早,階樹啼烏見吏閑。早晚潁川先奏捷,大廷車劍爲君頒。

與夏少府迪話別登薛老峰

新秋客裏喜相逢,絶頂登臨興不窮。遠嶼緑波孤島外,亂山黃葉白雲中。明朝霄漢應誰共,別墅琴尊此會同。去後重來相憶處,短筇吟倚候歸鴻。

同自牧瓢所宿張氏南樓

鳥下平蕪夕靄收,偶携江客宿層樓。月明清夜聞鴻雁,窗近天河絓斗牛。幾杵鐘聲雲外杳,千家曙色暝中浮。[3]醉來枕藉秋衿薄,疑借仙槎覓遠游。

過舊游有感

濕雲如醉護輕塵,黃蝶東風滿四鄰。新緑祇疑銷晚黛,落紅猶記掩歌脣。舞樓春去空殘日,月榭香飄不見人。欲覓梨雲仙夢遠,坐臨芳沼獨傷神。

秋日懷林源前輩

載酒行吟野寺秋,青山去後與誰游。懷人獨卧雲中島,感興頻登江上樓。黃菊久拚陶令醉,白頭重抱仲宣愁。夜來明月還相照,好寄心期到劍州。

冬日與諸生登天香臺書寄王處士①

拂曉登臨上翠臺，天風吹送遠香來。雲空碧海三山小，臘盡寒梅一樹開。下界人看塵劫外，上方鍾斷白雲限。緱山忽憶吹簫侶，爲寫鸞緘付鶴迴。

寄自牧時客林王生別館②

芙蓉秋水漫魚磯，白石蒼苔靜掩扉。南國懷人成久別，茂陵多病有誰依。花飛別澗空流水，客去高齋對落暉。料得祇應賢地主，相看未訝故人稀。

挽石泉藍公前元閩省知事

曾將孤憤負當時，老判南荒衆豈知。王氣已隨陵谷改，劍歌空對海天悲。秋風白髮驚殘夢，落日窮泉有所思。欲吊玄沙孤鶴遠，不堪惆悵淚如絲。

送蔣大尹

秋來城下柳條稀，祖席官亭醉落暉。小邑弦歌千室遠，空林悵別幾人歸。舟移越渚清砧候，路入吳門驛火微。此去料應承寵渥，臨岐何必淚沾衣。

元日早朝

鍾山瑞靄曉蒼蒼，紫禁猶傳玉漏長。雙闕旌旗低鳳輦，千官環珮列鴛行。恩光已共陽和布，草木均沾雨露香。獨愧此身無補報，年年

---

① 原書目錄題作《冬日與諸生登天香臺》。
② 原書目錄題作《寄自牧》。本詩與《挽石泉藍公前元閩省知事》《送蔣大尹》《元日早朝》《閩中書贈陸員外顒》，以及《送卓民逸還越中，民逸以善書客翰林者三年，至是得請告歸》詩中前二十字"送君尊酒發都亭亭下春深柳色青別思漫縈風裏"底本缺頁，據《閩中十子詩·王檢討詩集》卷五、《四庫全書》本《虛舟集》卷五補。

萬歲祝堯觴。

閣中書贈陸員外顒

西京冠蓋日紛紛,那得才華似陸雲。北苑停驂時聽漏,南宮載筆擅摛文。龍旗影度天香近,玉佩聲移曙色分。獨愧才非枚乘侶,也陪霄漢逐鵷群。

送卓民逸還越中,民逸以善書客翰林者三年,至是得請告歸

送君尊酒發都亭,亭下春深柳色青。別思漫縈風裏絮,浮生慣學水中萍。客程蘭棹天邊遠,舊業柴扉海上扃。若向山陰逢道士,也應爲寫換鵝經。

駕幸太學扈從有作兼似冑監諸博士[①]

金輿旦出九重城,璧水風雲氣色清。千載衣冠尊俎豆,萬方禮樂值文明。橋門列士瞻天近,雲路群仙捧日行。講席更聞敷典誥,願將虞夏翊升平。

退朝左掖聞鶯追和鄭紀善之作[②]

帝城春早覺春和,朝罷鶯聲送珮珂。文羽不隨天仗散,調音偏傍上林多。嬌連苣石花前聽,迴雜雲韶柳外過。却憶故園芳樹底,停杯爲爾罷狂歌。

元夕午門侍宴

臘雪霏微柳外消,天衢香靄逐人飄。千門火樹攢珠斗,五夜笙歌下碧霄。玉醴恩頒春色早,金波影浸漏聲遥。侍臣霑露將何補,[4]願頌康哉答聖堯。

---

① 原書目錄題作《駕幸大學扈從有作》。
② 原書目錄題作《退朝左掖聞鶯》。

早朝同員外玄賦時有祀事①

花擁千官刻漏傳，蓬萊遥在五雲邊。星移北斗當宸極，樂動南薰捧帝筵。遲日漸晞仙掌露，輕風猶裛御爐烟。明朝海上祠金馬，紫鳳丹書下九天。

元夕黄庶子淮宅咏蓮花燈和胡學士廣韵②

剪製芙蕖朵朵新，元宵分得玉堂春。祇疑金炬來深夜，未許青藜繼後塵。星斗乍移光滿座，月波才動影隨人。[5]年年此會逢佳賞，醉落筵前紫綺巾。

棕殿成侍宴和趙郎毅之作③

別殿新開上苑東，旌旗遥駐五雲中。花深綺席來仙佩，香逐金貂引上公。自是衣冠逢盛世，非關歌舞樂春風。何人賦有凌雲調，明日天書許薦雄。

送曾侍講榮從幸北京

羽林仙仗擁皇圻，鳳輦時巡出禁闈。萬國歌謡歸盛世，兩京玉帛望天威。相如扈蹕人皆羡，賈誼匡時志不違。明日甘泉還獻賦，會令列從有光輝。

送戴子義之揚州幕府之作④

二月都門柳未眠，行人朝發廣陵船。酒酣起舞停鵾奏，惜別臨岐贈馬鞭。往事玉簫明月夜，江南春雨綠蕪天。憑君早慰居民望，莫學

---

① 原書目録題作《早朝同周員外玄賦》。
② 原書目録題作《元夕黄庶子淮宅咏蓮花燈》。
③ 原書目録題作《棕殿成侍宴》。本詩與《送曾侍講榮從幸北京》《送戴子義之揚州幕府之作》《晚集黄審理濟池上》《送馬進士之姑塾》底本缺頁，據《四庫全書》本《虚舟集》卷五補。
④ 原書目録題作《送戴子義》。

青樓覓翠鈿。

晚集黃審理濟池上

池上涼風泛夕波，筵前紅粉動高歌。朝迴不惜清尊倒，醉後從教白髮多。寒色又驚秋社燕，露香猶送晚空荷。歸鞍未許隨明月，良會人生信幾何。

送馬進士之姑塾

門外驪歌不忍聞，城頭落葉正紛紛。數尊白下分殘雨，一棹青山宿暮雲。吳苑砧聲霜後急，杜陵秋色雁邊分。朝迴玉珮成行處，年少心期獨憶君。

送文良輔湖廣憲副擢廣東憲使①

玉節重持出禁闈，都門觀餞有光輝。三湘曉色隨驄馬，五嶺春雲上繡衣。島樹盡隨霜後落，遠人多在日邊歸。會看滄海澄清遍，一鶚橫空似子稀。

送林叔亮教授四明

秦淮斷雁不堪聞，惆悵官亭一送君。尊酒暫留吳市月，扁舟遙指越溪雲。秋來幾處寒聲早，海上千峰秀色分。帳下諸生相待久，未應寂寞嘆離群。

送顯上人還閩中

半生踪迹慕雲山，結得真僧住世間。夜宿孤燈鄰妙梵，曉隨清磬度禪關。心通萬法緣俱寂，目泯空華意自閑。此日微官牽物累，更堪江上送師還。

---

① 原書目録題作《送文良輔廣東憲使》。正文詩題因底本缺頁而據文淵閣《四庫全書》本《虛舟集》卷五補。

寄鳴秋趙山人兼似幻居閑士①

石橋低覆薜蘿陰，澗户虛窗憶醉吟。書寄遠公林下偈，調高中散竹邊琴。藥蘭春去啼禽换，茶竈秋來落葉深。別後此情何所似，題封一寄故人心。

送龍河傑首座自五臺歸將赴天台②

偶逐孤雲下五臺，又携明月上天台。衣傳異域曾留偈，楓落長江見渡杯。上界經行人世別，天宮説法夢中迴。明朝相憶霞城遠，空仰金繩覺路開。

太常葛寺丞惠菊花賦答

重陽陶令嗟無酒，笑我霜餘未見花。黃菊忽驚移奉禮，白衣從遣到鄰家。寒生客邸秋光滿，擷秀疏英舞影斜。三徑縱令歸未得，也應一粲墜烏紗。

挽清暉亭林處士

芳洲蘭社正霏霏，忽訝中峰殞少微。雅調何因寄流水，孤琴空自掩清暉。雨荒修竹棋聲静，塵滿閒床鳥迹稀。爲問沙頭鷗鷺侶，此時誰與更忘機。

挽林給事中正

少年簪筆侍承明，誰復才華似賈生。零落桂枝天上夢，淒凉薤露世間情。秋風旅櫬歸何處，落日泉扉閉九京。欲致生芻陳楚些，不堪南望淚沾纓。

---

① 原書目録題作《寄鳴秋趙山人》。
② 原書目録題作《送龍河傑首座》。

過晚城謁余忠宣祠

寂寞孤城野水濆，亂餘猶見幾家存。女墻日落埋秋草，官樹啼烏集暮雲。百戰徒聞存國步，孤忠誰復吊英魂。夜乘遺廟空庭月，長蓬悲笳不忍聞。

登小姑山和何禮部韵

宦游久意愜登臨，此日憑高快賞心。水盡平湖空外落，天開絕島望中沉。仙人游佩春雲染，神女宮環曉霧侵。却羨漁舟烟浦笛，數聲何處答清吟。

泛舟漢江示同使何禮部讓①

郢樹西連鸚鵡洲，洲前浩蕩漢江流。當年神女曾遺佩，此日仙即更泛舟。雨歇鷗鳧屏底見，烟光島嶼鏡中浮。平生最有滄浪意，一曲傳君入棹謳。

過鐵甕城

大江東去浩無窮，江上孤城勢最雄。天地今逢王業盛，山河曾笑霸圖空。寒潮落盡春雲白，沙鳥飛來夕照紅。欲訪遺踪尋海岳，月明跨鶴共凌風。

過毗陵懷浦舍人源

毗陵烟樹晚依依，短徑行尋到夕暉。吟社空餘秋草没，故園時見野禽飛。晉宮詞筆應誰繼，聖代才名似子稀。此日懷君何處寫，臨風惟有一沾衣。

到南湖草堂

草堂舊隱白雲邊，湖上春風耐醉眠。別去松楸頻入夢，重來猿鶴

---

① 原書目録題作《泛舟漢江》。

又經年。移文漫假山靈誚，謝病終須聖主憐。明發江頭苟御動，晚林重鎖綠蘿烟。

登采石蛾眉亭

牛渚磯頭烟水生，蛾眉亭下大江橫。春歸楚樹浮空盡，山隱淮雲入望平。瓊館有才看倚馬，錦袍無夢借飛鯨。停橈欲和渝洲曲，都付吳歌子夜聲。

宿巴陵聞笛

玉篴飄殘月下聲，空江秋入思冥冥。怪來楊柳移關塞，可是梅花落洞庭。半夜旅魂隨調切，誰家少婦倚樓聽。曉來更覓龍吟處，一點君山水面青。

幕中贈張郎中

共投簪筆出蓬萊，萬里從戎亦壯哉。閫外論材需豹略，尊前說劍許龍媒。中朝人物希先輩，午夜文星接上台。坐見烽烟銷滅盡，秋風聯轡到雲臺。

寄郭麾使希武

青年建節似君稀，千騎轅門擁鐵衣。萬里獨留孤劍在，三苗已見遠人歸。西風暫及黃華醉，遠檄時將白羽揮。却笑參軍淹病久，未諧清論寸心違。

九月朔日起覺寒甚

誰道炎荒暑氣蒸，重陽未到早寒生。也知天運隨皇運，頓覺南行似北行。季氏貂裘猶未理，楚人騷佩暫辭榮。晚來笳鼓城頭急，祇有歸心對月明。

贈閫帥張鑑航海侯之孫。

將軍簪弁舊名門，奕葉曾承雨露恩。汗馬樓船成往事，玉符金券
至今存。節旄正倚雄邊重，弓劍休嗟瘴海昏。早晚馮唐勞帝想，定從
白下候歸軒。

憑祥道中遇元夕有懷

曾向蓬萊捧壽觴，良宵湛露沐恩光。鳳笙曲奏梨園譜，鰲背燈移
火樹芳。往事別來傷旅恨，流年老去在他鄉。夷歌蠻舞誰能解，馬上
看山夜未央。

與友人咏分得紅葉

一片飛來階下紅，滿林驚覺夜霜空。綠圭不剪封周弟，錦字頻題
出漢宮。亂撲征衣山徑裏，染成秋色夕陽中。幾迴記得停車處，錯把
春華認晚楓。

咏　萍

忽見新荷長綠萍，恍疑殘雨散銀屏。幻身慣舞風前白，弱質終浮
水面青。斗實當年歌赤日，中途何處覓繁星。却慚誰是深根帶，雨約
風翻總未停。

七言絕句

懷仙寄上清何尊師[①]

崇臺高映太羅顛，三素流雲繞碧天。王母不來春又暮，洞門閑却
古苔編。

雲母屏風月影孤，碧雲琪樹兩三株。道童慣識鈞天舞，偷向階前

---

① 原書目錄題作《懷仙寄上清尊師》，共二首。

教鶴雛。

漢苑行①

羞將團扇泣秋風，懶掃蛾眉傍笑叢。一自掖庭辭輦罷，梨花殘雨瑣深宮。

露凝仙掌月華清，燈暗長門夢不成。咫尺昭陽承寵處，夜深猶自按歌聲。

閨　思

冷落殘箏十指疏，良人遠戍近何如。樓頭數盡南飛雁，不見遼陽一字書。

山居偶成

拂斷紅塵與俗違，雲屏幾曲傍深依。幽蘭小徑無行迹，亂落松花自點衣。

秋山吟望

一徑吟秋到石壇，烟蘿遠映碧峰寒。松邊獨鶴歸來晚，贏得閑雲片片看。

題畫美人

八駿瑤池去不迴，蛾眉蕭颯鏡中哀。至今楚水荒臺上，化作行雲夢裏來。

題張友謙倭扇山水

萬里空濛海上山，仙人樓閣有誰攀。只緣博望星河棹，移得蓬萊

————————

① 《漢苑行》共二首。

到世間。

題畫白翎雀

塞花原草度交河，往日曾隨鳳輦過。一自翠華消息斷，空將遺恨寄雲和。

題米老山水

海岳庵前覓舊踪，蒼茫雲樹米南宮。別來幾片青山影，都付寒鷗一笛風。

題趙仲穆小景

疏烟淡月大堤傍，遠樹連墻接水鄉。子夜吳歌驚宿鷺，風流宛似趙家莊。

題鶺鴒

五陵鞍馬醉芳塵，翠袖籠香錦翼馴。一自雕屏辭鬥影，露苔烟草幾迴春。

爲周處士題枯木

風摧雨蝕大江濆，寂寞盤龍百尺根。莫笑支離空老却，五陵烟翠幾枝存。

爲林尚默題新竹

粉籜新凋亂玉叢，青青已覺萬林空。軒廷未製伶倫管，翠濕江南烟雨中。

題畫馬

鳳翼龍鬃意氣雄，霜蹄蹀躞襯輕風。時清不作沙場夢，日日承恩列仗中。

題林禽山雀圖[6]

人間不見甌封帖，粉墨驚傳落畫屏。山鳥飛來林雨後，蒼苔啄破子青青。

題梨花折枝

庭院深沉簾幕垂，雪香雲影露參差。別來環珮春如夢，爲洗殘妝付阿誰。

題王孟端畫梧竹

洞門一夜起涼飆，萬籟無聲听漸遥。記得朝迴明月底，井梧埤竹共蕭蕭。

題馬苑小景

天際蛾眉淡欲消，樓臺染出襯層霄。玉簫吹徹鸞飛去，人在西湖第幾橋。

題僧自悦山中白雲

度壑穿林元是幻，風收雨散却還空。要知自悦與持贈，都在青天片月中。

題清源持上人萬壑松濤亭

一徑蕭森萬籟寒，翠濤烟穀眇茫間。道人夜半經行處，悟入聲聞向上關。

題畫鶯

半窣芳簾醉夢驚，數聲拂曙繞花城。憑誰借得東風力，吹入簫韶雜鳳笙。

題畫鶺鴒

原草飄殘作雪絲，日斜馬上鬥歸時。五陵別後傷心事，零落涼州笛裏吹。

送僧歸山^①

一錫東歸雪正深，孤峰片月助禪心。道門亦有參方者，踏遍空花何處尋。

贈李進士

自古鐔津騰寶劍，爾家況住湛盧峰。盤根此日方看試，白日青天見躍龍。

王奉祠宅餞其伯氏之蜀縣令^②

我家仙令來何處，又見雙鳧日下歸。明發謝庭看玉樹，可憐片月憶光輝。

都門飲散動行旌，千里看花到錦城。好借三巴江上水，與君流作玉琴聲。

夜泊潯陽江驛

度盡名山問楚湘，扁舟此夜泊潯陽。琵琶聲斷知何處，江水江烟自眇茫。

雨中過洞庭

昨夜南風起洞庭，曉來湖上雨溟溟。忽看天際驚濤白，失却君山一點青。

---

① 原書目録題作《題僧歸山》。
② 《王奉祠宅餞其伯氏之蜀縣令》共二首。

長沙懷古

孤城獨上思徘徊，何似人間苦棄材。寂寞湘南烟雨裏，賈生還吊屈生來。

重登岳陽樓望君山

南湖烟水接天流，天際青螺掌上浮。欲吊湘均何處是，不堪重倚岳陽樓。

常山道中即事①

前山近曉樹蒼蒼，野蕨初抽綠筍長。一路春風如有約，馬頭吹送落花香。

提壺聲裏愛山春，山色葱葱滿四鄰。便欲共尋荷芰服，却慚簪紱苦縈身。

黄州夜泊

岸籠芳樹水籠烟，山月江風共客船。半夜洞簫聲起處，不知誰是玉堂仙。

宿鄂渚

禰衡洲古白雲低，庾亮樓空綠樹齊。惟見晚空漁艇火，隨風遠過漢陽西。

陳司馬舟中賞牡丹分韵得歡字②

折露移雲出楚山，錦筵盡舫錦中看。洛陽久負春風約，相對無辭盡醉歡。

---

① 《常山道中即事》共二首。
② 原書目録題作《陳司馬舟中賞牡丹》。

黃陵廟

芳洲烟草碧萋萋，古廟雲深落日低。剥盡殘碑無可問，春山惟有鷓鴣啼。

蔚林與陳司馬言別

鶴巘嘶風千嶂裏，鷁樓衝浪萬灘中。莫雲春樹重重見，客裏相思更不窮。

潯州驛

客裏潯陽暫泊舟，驛樓官樹晚烟稠。多情誤作琵琶夢，驚覺蠻天瘴雨秋。

潢州憶丁顯①

故人自是龍頭客，何似南荒久不歸。欲把一觴陳楚些，月江烟雨正霏霏。

登月江樓仙人槎浦也。

朝來一上月江樓，江雨長涵瘴水流。望斷釣槎人已遠，青山點點是邕州。

左江録似友人

左江江水日潺湲，鳥語沙裳住百蠻。[7]莫道天涯應在此，交州更隔萬重山。

交州即事②

一騎衝嚴到市橋，夕陽烟樹草蕭蕭。居人猶指高駢塔，碧瓦朱甍

---

① 原書目録題作《黃州憶丁顯》。
② 《交州即事》共二首。

尚未凋。

莫道平居是百蠻，烟江花月也同攀。一從烽火連天后，縱有神珠去不還。

交州病中録似諸友時軍中絶餉以手帖干主帥索糧①

問病尋方事總虛，謾勞車馬慰躊蹰。三年玉署蘭臺筆，學寫顏公乞米書。

答謝主帥②

半欹烏帽病參軍，萬里從戎未策勛。不有轅門賢主帥，飄零誰與慰殘魂。

曳裾近作轅門客，擁節終慚使者星。投李報瓊何日遂，空餘豪氣倚青冥。

病中懷故山③

遠向清溪掩石門，碧蘿烟帳鶴成群。一從誤作游仙夢，誰管秋山幾片雲。

裊裊樛陰石徑斜，野人迎住近烟霞。別來門外滄浪月，開遍青松幾度花。

九日有懷

故園松菊應無恙，上國新醪也自佳。兩地思歸俱未得，一身長笑在天涯。

---

① 原書目録題作《交州病中録似諸友》。
② 《答謝主帥》共二首。
③ 《病中懷故山》共二首。

九日黄司空招飲不赴書以答之①

菊觴茰豆有佳期，客裏憐均慰所思。不是參軍招不赴，病來烏帽未勝吹。

爲馮參議貴題畫風竹馮沅湘人曾爲給事中②

移得孤根過洞庭，禁埤曾送珮珂聲。如今座上涼飆滿，一掃炎荒瘴雨清。

寄莫參政時在寳陸破賊③

九月西風太白高，笑麾白羽氣偏豪。明朝歸振轅門捷，準擬盧江倒濁醪。

送趙侍郎毅還京

富良江畔草萋萋，旌斾如雲鐵馬嘶。帳下爲君斟別酒，京華歸夢使人迷。

晚眺鬱孤臺

百尺高臺怯暮寒，虎頭城枕碧雲端。縈迴二水蒼龍合，流下前溪十八灘。

雨中登快閣寄畦樂處士④

江風吹雨曉霏霏，江上孤鴻濕倦飛。欲向滄波期釣侶，清時未許着荷衣。

---

① 原書目録題作《九日黄司空招飲不赴》。
② 原書目録題作《爲馮參議題畫風竹》。
③ 原書目録題作《寄莫參政》。
④ 原書目録題作《雨中登快閣》。

江上見醲釀分得人字

向來同醉帝城春，馬首東風落絳茵。玉架錦屏消息斷，只今誰是冶游人。

閱兵呈總戎①時積雨大霽。

青天昨夜將星明，際曉風雲氣色清。試向閱兵臺上望，豺狼何處敢橫行。

將臺高築颺旌旗，百萬貔貅試閱時。上下風雲同一色，天心元與將心期。

平安南凱歌②

大將南征討不庭，節旄萬里耀威靈。轅門五夜狼星墮，直挽天河洗甲兵。

萬里炎荒貼海平，腥波千尺舞長鯨。王師百萬從天下，瘴雨蠻烟一霎清。

瘴海樓船一夕過，瀘江鐵騎曉鳴珂。皇家飛將功成日，不數當年馬伏波。

熠燁參旗護陣門，喧闐鼓角擁回軍。當年麟閣休專美，此日雲臺更策勛。

平胡凱歌③

六龍曉駕出居庸，萬里沙場一掃空。制號山川歸奏凱，一時天地爲昭融。

---

① 《閱兵呈總戎》共二首。
② 《平安南凱歌》共四首。
③ 《平胡凱歌》共四首。

旗翻魚海三秋雪，馬蹵狼居萬里冰。五夜旄頭橫陣落，六師齊和凱歌聲。

滅胡山下起秋風，飲馬河邊日射虹。從此玉門開不閉，華夷南北一家同。

六符同睹泰階懸，壯士平胡北到天。萬國衣冠陳玉帛，兩京日月照山川。

七言排律

暮雲春樹送張謙

岐路逢君賦遠游，傷心雲樹粵江頭。輕陰向夕花前度，秀色將春雨外浮。却訝梁園看漸杳，恍疑巫峽散還收。白衣靄靄迷征旆，翠幄籠籠引去舟。惜別不緣今日賦，高情那記昔人留。遙連蜃氣江東暝，迥帶猿聲渭北愁。夢覺微茫沙上驛，醉來掩映水邊樓。宦情已共青霄永，別思空隨綠水流。若到上林成五色，好分餘蔭及南州。

南宮呈大宗伯

東壁文章映列曹，南宮冠蓋富英髦。名垂霄漢當時重，身接風雲盛世遭。花引爐香聞整珮，風移扇影見揮豪。蓬萊宴罷春雲集，鸑鷟朝回朔雪高。坐客盡携毛遂穎，故人曾贈呂虔刀。獨憐璧海才華地，久逐詞林姓字叨。已睹重光歌舜禹，更期獨步許夔皋。天瓢若借恩波及，未必臨風嘆二毛。

醴泉應制時有禧事青禽白鶴先集慶雲甘露降①

寶筵初建曉蒼蒼，大駕躬臨禮玉皇。白鶴青鸞昭孝感，慶雲甘露兆佳祥。更傳聖水符前代，忽訝靈源湧上方。玉寶泛春時脉脉，金罍

---

① 原書目錄題作《醴泉應制》。

貯月乍泱泱。薦來只擬羞萍實，挹處渾疑剖蜜房。玄酒奠壇同瑩徹，黃流在斝等芬芳。謾誇沆瀣移仙掌，迥謝蒲萄入醉鄉。瓊液久疏神島□，瑤池曾引帝臺漿。中元表異還超漢，貞觀論功遠邁唐。妙絕醍醐班十瑞，嗽餘雲母已千霜。冰壺瀉罷同欣忭，天乳沾迴等壽康。自愧涓微無補報，祇應上祝紫霞觴。

寄題張真人耆山精舍

旭日初霞晃翠屏，琅玕芝草近珠庭。玉簫吹徹鸞初下，丹液凝成鼎自扃。海闊傳緘曾命鶴，夜深飛佩欲騎星。洞中石髓移仙乳，雲際松根長茯苓。象軿朱輤朝太乙，寶笈金訣授玄經。凡情久斷懸應解，塵劫都忘慮已冥。却笑蜉蝤同草露，也應歲月羨椿齡。何由共把浮丘袂，指點三山掌上青。

贈馮參議貴馮以給事中從軍交阯擢任其職[①]

平蕪古堞晚蕭蕭，秋盡炎荒草不凋。北望休嗟邊檄遠，南來已見瘴烟消。受恩部節分清要，托顧專城協上寮。海國諸生多在席，中朝老將半迴貂。文雄慣草軍門檄，地僻曾迀使者軺。萬里正看搏羽翼，一枝從此詫鷦鷯。座中論俠心逾壯，幕下延材氣不驕。會見徵書還賈誼，未應投筆羨班超。愧余感遇情初洽，念爾相逢意獨饒。孤館療餘頻見過，遝方溽暑不辭歊。呼童日午尋茶臼，隔屋時來問醴瓢。正喜詞華泉倒峽，俄驚歲月斗旋杓。星河耿耿當窗見，島樹依依入望遙。一曲劍歌何處寫，不堪聽盡海門潮。

南海劉閫帥席間有成

雨收雲散海天空，萬里相逢興不窮。畫戟轅門閑夜月，高堂粉署坐薰風。也知弓劍長懸久，且仗壺觴宴坐同。櫪馬亂嘶邀上客，佩魚

---

① 原書目録題作《贈馮參議貴》。

初妥列群公。芳尊瓊醴蒲萄色,錦席雕盤荔子紅。作客久經南瘴遠,當筵偏激劍歌雄。玉繩低繞雙星外,銀甲移來一笑中。醉後忽思驃騎幕,燈前含笑看吳鴻。

續書評

　　蓋聞規矩方圓之至,聖人以體天地之撰,以類萬物之情,故奇圓而耦方。轉筆爲圓,摺筆爲方,方之平爲準,圓之直爲繩,陰陽五行所以成象成形也。書以方圓平直爲之主,而輕重、大小、低昂、長短、邪正寓其變焉。上字之於下字,左行之於右行,橫邪疏密,各有攸當,所謂增一分則大長,虧一分則太短。魚翼鳥翅,花鬚葉芒,油然粲然,各止其所。上下連延,左右顧矚,意象森嚴,血脉生動,縱橫曲折,無不如意,毫髮之間,直無遺憾。其四面八方巧於善陣,所謂紛紛紜紜,鬥亂而不亂,渾渾沌沌,形圓而不可破,豈足喻其妙哉!必其一字之間,自應絜矩一篇之中,可無絜矩之道乎。故右軍書古本最善行列,近世惟趙吳興深得其旨。然就一篇之中,固皆欲佳密,有數字登峰造極者爲之主。一字之中,雖皆欲善,必有一點一鉤、一披一拂主之,如兵之有將,石之有玉,使人玩繹不可名言。若握筆則"虛圓正緊"四字盡之,其餘以意變通,則壓捺鉤揭,抵拒遵逸,其說益密矣。至於用筆之功,鋒芒毫釐之間,正用之、側用之、偏用之,批答用之、背向用之、承覆用之、傲讓用之、低昂用之、長短用之;逆而順之、下而上之、襲而掩之、空中擲之、架空搶之、窮深挈之;頓挫之、鬱屈之;周而折之、抑而揚之、藏而出之、垂而縮之、往而復之,盤旋之、踴躍之;瀝之使之人,^[8]衄之使之凝,築之如穿,按之如埠;注之趨之、指之擢之、揮之掉之、提之拂之、收而縱之、蟄而伸之;淋之浸淫之使之茂,捲之蹙之、雕而琢之使之密,覆之削之使之瑩,鼓之舞之使之奇;喜而舒之,如見佳麗,如遠行客過故鄉,發其怡;怒而激之,如撫劍操戈,介萬騎而馳之,發其壯。哀而思也,低回聚促,登高吊古,慨然而發其悲;樂而融之,如夢華胥之游,聽鈞天之樂,與其簞瓢而樂之也。忘情筆硯之間,和調心手之用，不知物我之有間，體合造化而生成之也，而後爲能書之至爾。

自述誄①

王偁，字孟揚。其先東阿人，宋寶元、康定用兵西方，士有没於元昊者，王氏遂爲西方人。元有天下，其地最後附，賜姓唐兀氏。高祖王父某從下江淮，^[9]授武德將軍總管，鎮廬州。曾祖王父某、祖王父某相繼襲爵，改上千戶。没，俱葬大蜀山下。先府君某，當搶攘以材用薦者，調民職廬州路治中，歷江西、福建行省郎中，至階朝列大夫、潮州路總管，當時稱廉吏第一人。所蒞政績卓異，字惠小民，攘剔豪右，禮賢士，植綱紀，民奉以祠。元運改王，^[10]度時不可爲，浮海去之。道閩，閩父老遮留，退居永福山中，爲黄冠服者十年。朝廷聘之，恥爲二姓臣，^[11]遂自引決。

嗚呼！^[12]是時偁生方六齡，^[13]家罄然壁立，太夫人守節自誓，艱阻備嘗，手疏先君之迹與古今豪傑大略教之。外王父姓劉氏，諱某，由宣文閣博士出僉閩憲，再召入爲秘書丞。没王事，贈嘉議大夫、福建行省參知政事。其學淹貫靡不究，博古好雅，翰墨之妙絕當世，偁不及見之。閩先正聞過齋吳公學行醇偉，爲士林望，與先君交誼相與也。先君没時，屬偁夫子教之，第未弱冠，夫子没，倀倀罔依歸。賴外王父遺圖書手澤多，杜門自研涊。少多病，負笈者三年，莫臻其至。弱冠入庠序，與陳君從範游。陳蚤入聞過夫子室，獲其指授懇懇，汰其瑕礫，示以瑜瑾，一旦如發䃂矣。洪武庚午賓興歲領薦，^②方去海濱，觀光上國，會試禮部不利，例入國子，處縉雲朱先生館下，日求齊魯士與談，訪其遺風，及四方之賢者而私淑之。上表陳情乞終養，高皇帝憫之。南歸，越震澤，^[14]徘徊吳會間，不敢留，趨侍湯藥膝下。始

---

① 本篇明抄本收録於卷一之前。
② 庚午：洪武二十三年(1390)。

冀收其實，而從範已物故，閩父老亦凋剥殆盡，四睇毗落，無可與語。晚得晉昌林志，相與論學，假以柯範抗顏爲多。[15]暇則窮幽極深，[16]徜徉物表，趣豁如也。未幾，太夫人捐館舍。[17]嗚呼！居喪不敢渝禮，[18]既合先君塋，[19]廬墓下者六年。

永樂初元，[20]以推轂者至京師，待命黃閣。因自陳願處學校勵人材，不允，授從事郎史官，翰林檢討，進講經筵，以文學供職。時錢塘王洪擅詞垣，與同官，一見過相推重。敕修《大典》，萃内外儒臣及四方韋布士毋慮數千人，濫竽總裁之列。大將軍英公覆征交阯，[21]辟居幕下，於是泛洞庭，浮沅湘，歷九疑，吊蒼梧，[22]徵兵南海。既而窮象桂，道五管，觀師於日南、九真之交，時有贊勵，大將軍待以爲揖客，歸仍守其舊官。先娶鄭氏，新安人，前名御史潛之孫女。先卒，再娶薛氏，閩故族，孝養子姑，[23]貞淑内得其亮。生男一人振，女子某一人。其次男拱，女子某十人，[24]側室李氏出也。此族系出處之概。

少鋭志於有爲，毅乎思準古以馭今，而用弗以施學，雖服群聖，獵百家，窮幽明，亟於聞道，而質淪耄朼。遇登高吊古，慨然發其悲壯愉樂，一寓於文若詩，而辭愧土苴。其爲人則似龍而容，似傲而恭，[25]家貧而心樂，身困而處裕。然疾惡太過，遇權貴不能俯首下之，[26]任情以直，不能齗以徇人成功，[27]此其見短於世也。見人善，不啻若己有之，雖匹夫問，未嘗不竭以盡，與人交，内外莫敢携，此則自以爲長焉。[28]

若夫怰以爲終身之憾者，[29]齔失所怙哭吾父幾不能生，粗知學而哭吾之師如哭吾之父焉，未幾哭吾友如哭吾之師，比得禄而太夫人不逮養，有子教之未立，荷兩朝之恩而莫一舉報。[30]嗚呼！況兹身繫縲絏，[31]西山東陵，淆而未分，孤臣之號，[32]庶女之慟，[33]南音之戚，梁岸之章，孰爲發之？日者以支幹推定人禍福生死，[34]謂吾年日皆庚，[35]迪於丙，[36]歲在閼逢，麗於鶉火，其弗延矣。嗚呼！其果然耶！孟子曰：“桎梏死者，非正命也。”①晝夜之理，吾曷念之，[37]因述其系

① 參見《孟子·盡心上》。

而極之以呼天之辭，用自誄，俾後之爲烏鳶、爲螻蟻，在陽侯、在回禄，或返其遺骸，或招其魂魄，或藏其衣冠，庶令有考者，憫其志而哀之焉。辭曰：

予概觀夫古之人，怙材者恒困於弗施，志大者惟顛頓之屢躋。[38]嗚呼孟揚！矧爾乏古之才而尚其志，焉得不奇於時而詨於戾。[39]爾負而君，爾負而親，嗚呼！誰其白之，悠悠蒼天！

【校勘記】

[1] 恨：《閩中十子詩・王檢討詩集》卷五作"幸"。

[2] 山：《閩中十子詩・王檢討詩集》卷五作"衫"。

[3] 曙：《閩中十子詩・王檢討詩集》卷五作"樹"。

[4] 霙：《閩中十子詩・王檢討詩集》卷五作"湛"。

[5] "隨人"至"綺巾"：底本缺頁，據《四庫全書》本《虚舟集》卷五補。

[6] 禽：原書目録作"檎"。

[7] 沙：《閩中十子詩・王檢討詩集》卷五作"莎"。

[8] 人：《四庫全書》本《虚舟集》卷五作"人"，當是。

[9] 從：明抄本作"蓯"。

[10] 王：明抄本作"玉"。

[11] 姓：《閩中十子詩・王檢討詩集》附録作"世"。

[12] 嗚呼：明抄本作"嗚呼痛哉"。

[13] 六：明抄本作"九"。

[14] 震：明抄本作"虚"。

[15] 柯：《閩中十子詩・王檢討詩集》附録作"模"。

[16] 窮幽極深：明抄本作"窮深極幽"。

[17] 捐館舍：明抄本作"殁"。

[18] 居喪：明抄本作"居喪毀瘠"。

[19] 合：明抄本作"合葬"。

[20] 元：明抄本無此字。

[21] 英公覆征：明抄本作"露征"。

[22] "辟居"至"蒼梧"：明抄本無。

[23] 子：明抄本作"于"，當是。

[24] 十：明抄本、《閩中十子詩・王檢討詩集》附録作"一"。

［25］似傲而恭：明抄本於此四字後有"似辯而訥"。

［26］俯首下之：明抄本作"俯眉下人"。

［27］徇：此字爲墨釘，據明抄本、《閩中十子詩·王檢討詩集》附録補。

［28］長焉：明抄本作"有徵長焉"。

［29］惋以：明抄本作"惋而"。

［30］荷兩朝之恩而莫一舉報：明抄本作"荷兩朝之極恩而尸餐莫一舉報"。

［31］繫：明抄本作"在"。

［32］孤臣：明抄本作"庶女"。

［33］庶女：明抄本作"孤臣"。

［34］日者以支幹推定人禍福生死：明抄本作"術家以生日支幹定人死生禍福"。

［35］日：明抄本作"月"。

［36］於：明抄本作"自"。

［37］念之：明抄本作"憾焉"。

［38］惟：明抄本作"曰"。

［39］戾：此字爲墨釘，據明抄本、《閩中十子詩·王檢討詩集》附録補。

書虛舟集後

嗚呼！此吾閩先正王孟揚先生集也。先生蚤歲業儒，我高皇朝應進士選，入太學。乞歸養，定省之暇儵焉自如。晚得與林宮諭尚默先生相友善。文皇初受知者薦，以布衣入侍講筵，拜翰林檢討。天兵下安南，英國公辟居幕下，贊畫尤多。先生之文力追古，作詩則直窮漢魏，而與李唐諸人相頡頏，具正法眼者當自知之。第其爲人豪宕跌蕩，傲睨一世，不與時高下，以此被誣繫獄而卒以死，可哀也。夫昔人謂李廣不侯爲數奇，而世之騷人墨士多抑鬱窮愁，終不能以自達，如楚屈平之湘羅，賈太傅之長沙，柳柳州、劉播州之投竄荒裔。觀先生自誄之詞，所謂數奇者果其然歟，抑韓昌黎所謂"斥不久，窮不極，雖有出於人，其文學辭章必不能自力以致必傳於後，如今無疑者"然也。

是集先師世英王先生守袁時，嘗翻刻諸郡齋，年久板缺，不能無魯魚亥豕之訛。予近得繕本於同寅徐君宗獻所，爰因巡歷之暇，屬袁守鄭君克新重加校正，訂其訛而補其闕，俾後之觀是集者，因詩以知文，因文以考其爲人，庶先生之心得白於天下後世云。明嘉靖改元歲壬午冬十月吉閩後學僅窗居士陳墀書於江藩分署。①

---

① 壬午：嘉靖元年(1522)。

參 考 文 獻

一、古代文獻

《孟子注疏》：（漢）趙岐注，（宋）孫奭疏，北京大學出版社 1999 年版。

《明史》：（清）張廷玉等撰，中華書局 1974 年版。

《四庫全書總目》：（清）永瑢等撰，中華書局 1965 年版。

《千頃堂書目》：（清）黃虞稷撰，翟鳳起、潘景鄭整理，上海古籍出版社 2007 年版。

《皕宋樓藏書志》：（清）陸心源撰，上海古籍出版社 1996 年版（《續修四庫全書》第 928 冊）。

《鐵琴銅劍樓藏書目錄》：（清）瞿鏞撰，上海古籍出版社 1996 年版（《續修四庫全書》第 926 冊）。

《八千卷樓書目》：（清）丁丙藏，丁仁撰，上海古籍出版社 1996 年版（《續修四庫全書》第 921 冊）。

《善本書室藏書志》：（清）丁丙撰，上海古籍出版社 1996 年版（《續修四庫全書》第 927 冊）。

《藏園訂補郘亭知見傳本書目》：（清）莫友芝撰，傅增湘訂補，傅熹年整理，中華書局 2009 年版。

《虛舟集》：（明）王偁撰，國家圖書館藏明弘治六年（1493）王俊刻嘉靖元年鄭銘、陳墀重修本。

《王檢討詩集》：（明）王偁撰，國家圖書館藏明萬曆間刻本。

《虛舟集》：（明）王偁撰，國家圖書館藏明抄本。

《虛舟集》：（明）王偁撰，臺灣商務印書館 1986 年版（文淵閣《四庫全書》本）。

《虛舟集》：（明）王偁撰，國家圖書館出版社 2015 年影印廣東省立中山圖書館藏清抄本（《古籍珍本叢刊》）。

《盛明百家詩》：（明）俞憲編，齊魯書社 1997 年版（《四庫全書存目叢書》第 304 册）。

二、現當代文獻

《王偁的生平及其詩歌創作》：蔡一鵬撰，《福州大學學報》（哲學社會科學版）2004 年第 3 期。

《論党項羌人王偁及其文學創作》：殷曉燕撰，《民族文學研究》2007 年第 1 期。

《論王偁的人格和詩風》：左東嶺撰，《學習與探索》2012 年第 8 期。

《〈四庫全書總目〉明人別集版本闕誤初探》：黄偉、張曉芝撰，《文藝評論》2013 年第 12 期。

《王偁生平及其詩歌述論》：林美雲撰，福建師範大學中國古代文學專業 2006 届碩士學位論文，指導教師陳慶元教授。

《黨項羌族詩人王偁〈虛舟集〉考略》：林光釗撰，《福建師大福清分校學報》2020 年第 4 期。

《國家圖書館藏明刻本〈虛舟集〉考略》：林光釗撰，《福建圖書館學刊》2021 年第 3 期。

《王偁〈虛舟集〉版本考述》：陸怡帆撰，《圖書館界》2021 年第 5 期。